L'invention du monde

Du même auteur

Phénomène futur
Seuil, « Fiction & Cie », 1983

Bar des flots noirs
Seuil, « Fiction & Cie », 1987
« Points Roman », 1988

En Russie
Quai Voltaire, 1987

Sept Villes
Rivages, 1988

En collaboration

La Havane
Quai Voltaire, 1989

Voyage à l'Est
Balland, 1990

Semaines de Suzanne
Éditions de Minuit, 1991

Fiction & Cie

Olivier Rolin
L'invention du monde

roman

Seuil
27, rue Jacob, Paris VIe

COLLECTION « FICTION & CIE »
DIRIGÉE PAR DENIS ROCHE

ISBN 2-02-012862-4

Laisse-moi chanter les œuvres des hommes,
et que chacun retrouve dans mes vers ces
choses qui lui sont connues,
Comme de haut on a plaisir à reconnaître
sa maison, et la gare, et la mairie, et ce bon-
homme avec son chapeau de paille, mais
l'espace autour de soi est immense !
Car à quoi sert l'écrivain, si ce n'est à tenir
des comptes ?
Que ce soit les siens ou d'un magasin de
chaussures, ou de l'humanité tout entière.

Paul Claudel, *Quatrième Ode*,
« La Muse qui est la grâce ».

1

Sur le toit d'un ascenseur à Krasnoïarsk

« Attends, oui, je te vois, je te vois bien, maintenant. Tu es debout, sur le bord de la scène... la scène du théâtre de Douchanbé, c'est bien cela. D'autres autour de toi, neuf, dix, onze. Tu te tiens à droite des douze. Dans le même temps, je vois la mer couverte de plumes bleues et vertes, qui fait la roue... mais c'est ailleurs, très loin... La mer ronde, entre une longue langue de sable, à l'est, et les falaises, à l'ouest. Ailleurs, dans un pays qui a un nom d'orange, dont tu n'auras jamais idée, sauf si... Douze finalistes d'un concours de beauté, l'élection de la "Reine de Navrouz", c'est cela. Très bien... Je ne me fais pas de souci pour toi, tes onze rivales ont l'air un peu godiches, fagotées dans leurs robes de la coopérative "Diana". Mais toi... Tu as un pantalon serré aux chevilles, noir, des talons hauts, une petite tunique à manches courtes échancrée en V entre les seins que je devine lourds et denses et bruns, ô bayadère... Je vois aussi que tes bras sont minces, tu es comme un jeune figuier aux branches souples et aux beaux fruits enflés, ô ombreuse... savoureuse... Tes épaules rejetées en arrière, j'ai envie d'arrondir autour d'elles mes mains, de les saisir, venu des coulisses, ô surprise... Tu as, je vois, de longs cheveux noirs formant sur le front une ogive, tranchant sur ton visage comme la nuit mêlée à l'aube, encadrant les pommettes larges, les longs yeux sombres, ô velours noir de la nuit d'Asie soviétique, la bouche circonflexe... Comment t'appelles-tu? Es-tu Tamara Malkhina? Goulnara Khalinova? Narguiz Balkhova, l'institutrice? Je ne détesterais pas. Que tu m'apprennes le tadjik... Ou bien Dilorom Olimova, l'employée? Employée de quoi, d'ailleurs? Victoria Popova? Cela m'étonnerait. Tu n'as pas, Dieu merci, une tête à t'appeler comme ça. Serais-tu Elena Maslova dont le nom évoque le beurre? Non, je crois que tu es plutôt Yana Bouria, la Tempête. Ou bien, oui, c'est cela, Tahminaï Egoreva, l'étudiante de l'Université Lénine, la reine de la nuit, ma Shéhérazade. Attends, j'ai des choses à te dire, à t'offrir, autrement plus belles que ces roses rouges que te tend maintenant un gros lard en costume de rayonne, avec une mitraille de médailles et une cravate marron... Fleurs coupées sur la colline / Il est mort le grand Lénine... C'est fini, tout ça... Tu as l'air triste, Tahminaï. Parce qu'en définitive ces cons ne t'ont élue que "Modèle de cinéma", le troisième prix, après "Supermodèle"? C'est la petite Sitora qui sera cette année la Malikan Navrouz... qui essuie une larme de joie du revers de son gant de tulle... Mais je vais te consoler, moi. Attends, ne boude pas, ne me repousse pas. Tu crois peut-être que je veux t'offrir du champanskoïe? Te faire faire le tour de la ville dans ma Jigouli, l'une des mieux entretenues de la République? Te glisser dans l'oreille de glougloutants gazouillants "Ia tibia lioubliou" au soleil couchant sur le Pamir? T'emmener voir... Attends, laisse-moi lire le programme, sur cette page de journal roulée qui émerge de la poche du coopérateur aux yeux de génisse, là-bas, au troisième rang... *L'Erreur d'un vieux bolchevik* au Kino Djami ... *Bach et Broccoli* au Zaravchon ... Mmm... pas très folichon... Mettons, *Le Dragon derrière la muraille* au Kino Zébounisso? Ou *Sur le tranchant du glaive* au Kloub du Combinat du ciment? Allons, je plaisantais, tu connais tout ça, je sais, tu en as déjà goûté, soupé, de ces plaisirs avariés, avec tous les gommeux, les petits cadres de l'Université. Mais je ne suis pas un minable d'étudiant, moi. Pas un coopérateur libidineux. Attention! Je suis un génie, un djinn, un chaman... Ce que je vais te conter, tu ne l'as jamais entendu ni ne l'entendras plus. Tu seras Shahriyar, ma sultane, et moi je vais faire pour toi Shéhérazade. Tu me tueras, si je ne te divertis pas. Oublie Sitora, son voyage à Moscou sur Aéroflot. Je t'emmène en tapis volant, moi, ô femme de haute lisse... Je vais t'offrir toutes les fleurs et tous les champagnes, et aussi tous les fleuves et toutes les campagnes... les arabesques bleues du Brahmapoutre, les deltas arborescents des cours d'eau tropicaux, la dentelle des mangroves pour t'en faire une voilette... les méandres de l'Amazone scintillant au milieu des choux-fleurs géants... les miroirs brisés des rizières pour que tu t'y contemples mille fois, ô jeune pousse, les plages de blé pâle du Saskatchewan... les sillages de café-crème des trains de barges sur le Zaïre... te faire peur avec les crocodiles... Ah, c'est autre chose qu'Intourist, pravda ? Ah, tu m'écoutes un peu, maintenant ? Je vais t'offrir le monde entier, moi, oui, mir, tout ça, la grosse boule... mieux que si tu étais cosmonaute. Une Jigouli... Ce n'est pas dans ce char à bancs que je vais te promener, non, mais dans des voitures que tu ne peux même pas imaginer, que tu ne verrais jamais sans moi. Je suis le maître des visions, le Kino Kosmos à moi tout seul, ô Modèle de Cinéma. Regarde, veux-tu celle-là, qui a transporté des maharadjahs, des présidents de l'Union indienne, Khrouchtchev sous son petit chapeau de paille de riz, et Kossyguine transpirant sous son chapeau taupé, se tamponnant le front avec une serviette de papier rêche, et la reine d'Angleterre, oui, ma chère, la reine, en 1961, au milieu des lanciers enturbannés ? Vois, la mer tremble dans la chaleur derrière la coque bleue du *Viking Sapphire*, quelques dockers philippins boivent du thé à l'ombre d'une muraille de containers, et une grue débarque sur un quai de Dubaï une black beauty, une beauté noire comme toi. L'homme en costume clair qui s'évente avec un chapeau sur le fond duquel est collée une photo d'Ava Gardner, c'est le propriétaire, un homme d'affaires indien qui l'a achetée un million de roupies aux enchères à New Dehli, un million et mille roupies même, pour être exact. Combien de roubles ça fait ? Ah, alors là, tu m'en demandes beaucoup... Enfin, disons... sachant qu'un riyal saoudien vaut zéro virgule deux mille quatre cent vingt-deux roupie indienne qui vaut elle-même deux fois la srilankaise, et qu'à un poil près le dirham vaut la même chose qu'un riyal, ça irait chercher dans les... dans les... dix-sept ôté de vingt reste trois et je retiens deux... quatre riyals virgule mille deux cent quatre-vingt-huit, attends, ne me fais pas perdre mon compte. Je n'ai jamais été très bon en calcul mental, ce sont les formes et les couleurs, moi, que je... pas les essences abstraites. Que je vois. Toi, tu fais des études de comptabilité, peut-être ? Non, Istoria, eh bien je préfère. Ça fait, converti en shillings kényans... huit cent soixante-quatorze mille cent vingt virgule quatre mille deux cent quatre-vingt-neuf, soit... divisé par un virgule sept mille six... multiplié par deux virgule sept mille huit cent deux... deux millions quatre cent trente mille deux cent soixante-seize virgule huit mille quatre cent trente-quatre couronnes suédoises... non ? Si. Voilà, on approche... disons dans les deux cent cinquante mille roubles à l'ancien taux officiel de deux dollars, et ne me demande pas combien ça fait au noir, c'est toi qui dois savoir ça... mille fois plus ? En tout cas, c'est une voiture chère, hors de prix, même. Pas du tout la Jigouli, tu vois ? Arora, l'heureux Indien, se souvient, sur le quai brûlant de Dubaï, que jusqu'au dernier moment il a tremblé, à neuf cent soixante mille roupies il avait encore un rival, il a annoncé neuf cent quatre-vingt-quinze mille, l'autre a allumé une cigarette, l'a éteinte aussitôt, neuf cent quatre-vingt-seize mille, une surenchère minable, mais parfois il s'agit d'une ruse pour décontenancer l'adversaire, un million et mille roupies, a-t-il lancé en regardant l'homme à la cigarette dans les yeux, l'autre a détourné le regard, elle était à lui... Il est tellement anxieux qu'on ne la lui abîme, sa prodigieuse Mercedes Benz décapotable, qu'il a fait gainer de velours les chaînes qui soutiennent le plateau sur lequel maintenant elle touche le sol, doucement, très doucement, comme ma main sur ton cou, si tu veux je la retire, non ? et le grutier sait qu'il recevra un mois de salaire en prime s'il manœuvre avec une délicatesse telle qu'un cobra enfermé dans un panier d'osier juste sous le centre du plateau ait le temps, avant que celui-ci ne touche le sol, de ramper jusqu'à une cage pleine de souris posée sur le quai, à la lisière de l'ombre et de la lumière... L'éclat du soleil sur les chromes oblige presque Arora à fermer les yeux (ou bien est-ce le plaisir ?), les dockers philippins se lèvent et tuent le serpent à coups de bâton, la grue rouge, la coque bleue, le grand ciel blanc, les faces cuivrées se reflètent sur les portières, noires et convexes, ô bien carrossée, le moteur démarre avec un bruit de soie doucement déchirée, ô très soyeuse... Elle te plaît? C'est pour toi qu'Arora a sorti son million de roupies, il ne sait pas, alors qu'il roule maintenant à grands sons de trompe sur les quais torrides de Dubaï, laissant voleter dans son sillage des billets de cinquante dirhams, que c'est une illusion qu'il conduit, que je lui en ai dérobé toute la réalité pour t'y asseoir dans le cuir à la place de la reine, ô atamane des Tadjiks... Ah tu hésites, maintenant, tu passes ta main baguée sous la courtine noire de tes cheveux... tu allumes une cigarette de première classe... à bout filtre... J'en ai autant que tu veux pour toi, américaines, turques, anglaises, brésiliennes, égyptiennes, ô Cléopâtre... Et le vert frissonnant jusqu'à l'horizon des larges feuilles de tabac, sur lesquelles se penchent de beaux corps presque nus, ô Carmen... et de fins bidis indiens, et des joints de Colombie... toutes les fumées, tous les mirages... Tu n'as jamais fumé d'herbe, vraiment? Pourtant, Pouchkine fumait, tu sais. Tu tombes bien avec moi, je suis le plus grand trafiquant du monde. Le chef du cartel planétaire. C'est mal? C'est interdit par la loi soviétique? Rassure-toi, je suis aussi le plus grand flic du monde. Je suis **tout le monde**. Je suis même toi, si tu veux, mon enfant, ma sœur. Non, je ne suis pas toi, parce qu'alors je serais seul au monde. Mais tout le monde existe, aime, s'agite, vit et meurt pour moi, c'est-à-dire pour toi. Tu me suis? Je suis... qu'est-ce que je disais? Les trafiquants. Ils risquent leur peau pour toi, aux quatre coins du monde, pour assouvir tes moindres désirs, même imaginaires. Débarquent sur des plages, avec des canots pneumatiques, des torches masquées. Atterrissent sur des pistes de fortune, dans la forêt. Rechargent leur fusil, meurent, une balle au front. Là, à l'instant, sous mes yeux, "la Mona", la Belle, je la vois dans la jungle, avec une cinquantaine de guérilleros, ils sont cernés par l'armée à El Bosque, près d'Antioquía. Ce sont des guérilleros mais aussi des trafiquants, tu sais, les choses ne sont pas aussi simples qu'on te les apprend à l'université de Douchanbé. Ah, pardonne-moi, elle me plaît, cette Mona, ô

Joconde, elle m'émeut. L'aube qui se lève éclaire les cimes de la Cordillère occidentale, la vallée du río Cauca est encore noyée d'ombre bleue, au fond tremblent quelques lumières, et de la route de Medellín montent d'invisibles soldats, il y a de courtes flammes au bout des fusils, des détonations qui font s'envoler les oiseaux dans un grand froissement de plumes et de feuilles. La Mona porte un uniforme de la police récupéré sur un mort, sans doute, un bandeau serre ses cheveux aussi nocturnes que les tiens, au moment où elle jette sa mitraillette au canon trop brûlant pour en saisir une autre une balle lui perce le cou, ses yeux qui se ferment aperçoivent vaguement, pour la dernière fois, derrière l'entrelacs noir des arbres de la mort, comme le mur éclatant sous lequel elle jouait, enfant, à la marelle, les Andes couleur de safran. Oui, c'est triste, tout de même, moi aussi, je suis triste. Paix à son âme, douchka. Mais ceux-là, regarde, qu'ils crèvent... Les lumières de Palmyra rayent leurs yeux de traits fulgurants, leurs oreilles, ah, s'ils pouvaient plaquer dessus leurs mains, ne plus entendre les affolantes sirènes, mais il faut s'accrocher aux accoudoirs, au tableau de bord, au volant, lancés à cent soixante à l'heure sur Canning Highway, avec dans le coffre les trente sacs d'héro débarqués tout à l'heure du *Klang Reefer*, un vieux cargo qui fait la ligne Hong Kong-Kaoshiung-Singapour-Fremantle. Ah, voir de nouveau l'eau s'élargir entre la coque et North Quay, cloquée de remous sur lesquels tourbillonnent des sacs de pop-corn, sentir de nouveau la houle gonfler sous le ventre du bateau, passé les jetées de Fremantle... le pinceau du phare dans les yeux, plein d'oiseaux de nuit... revoir Singapour et se ranger des vélos... Il fallait y penser avant, eh, enflés... maintenant les dés sont lancés, les cartes battues, c'est la Dame de pique qui sort, devant le pare-brise monte le mur d'un virage serré, les pneus hurlent, la voiture s'envole et tourbillonne au-dessus de Swann River comme un sachet de pop-corn dans l'eau du port, comme le palet dont Matthew Giblin, de Port-Adelaïde, a fusillé tout à l'heure, à trente secondes de la fin, Peter Noel, le goal de Campbelltown... Tu ne t'intéresses pas au hockey ? Ça tombe bien, moi non plus. Zappons. Tu sais, reine de Navrouz, que les palais de Persépolis racontaient dans l'ordonnancement des lignes, la géométrie des murs, des degrés, des terrasses, dans les plis de pierre des bas-reliefs, le dessin mouvant des ombres jetées par les surfaces immobiles, tout ce qui advenait dans le monde pendant le jour de Navrouz? Tu ne le savais pas? Tu ignores ce qu'est Persépolis? Mais que t'apprend-on dans ton université kirghize, ô étoile noire des étudiantes? Le palais n'était qu'un immense tableau crypté d'un jour du monde, comprends-tu? Ce jour-ci, précisément. Je suis, moi, la rotonde de mon œil labyrinthique, ses colonnes de marbre blanc, arches de jaspe, lustres de porcelaine, frises d'albâtre, rosaces d'opale et de calcédoine, dômes de nacre irisée, ses bassins de quartz où nagent des poissons protoplasmiques, ses cabinets de paillettes, tentures de moire, lambris d'ailes de papillons, tapis d'ocelles de paon, fouillis de lieux pâles, passerelles d'agate sous des pluies de plumes et miroirs laiteux où se résume la lumière, paravents d'écaille ou de soie derrière lesquels errent des fantômes, moi l'œil miraculeux, architecture ténue de rayons et de membranes, moi tout ce dédale lucide, je suis le palais du Grand Roi. Chaque chose y était représentée, chaque être, la multitude des hommes selon leur rang, adonnés à leurs activités (même excentriques), les bêtes se guettant l'une l'autre, le tremblement des feuilles dans la lumière, la germination immense des céréales, les routes poudreuses, les villes ceintes de murailles... les bateaux rayonnant de rames, comme autant d'yeux ombrés de cils, ô iris des steppes, prunelle des yeux de l'Asie... Tu y eusses figuré quelque part, à ta place au milieu du concert des êtres, des grands fleuves, des forêts vierges, des déserts, des armées, captive aux mains liées perdue dans une frise, déesse, ou bien tu y fusses apparue métaphoriquement, panthère, gazelle, svelte lance, flèche mortelle, ou métonymiquement, dans l'œil d'un lion égorgeant un taureau, la plume hérissée d'un griffon, la courbure d'un arc, le peigne gracieux d'une palme, ô belle chevelure. Moi, c'est un palais de mots aux mille tours extravagantes que je vais construire pour toi, pour t'y enfermer avec mon harem, princesse de Navrouz, Malikan des Malikan. Tu m'écoutes, maintenant, n'est-ce pas? Oui, je vois que tu m'écoutes, tes yeux sont fixes, tes lèvres entr'ouvertes, je vois tes dents de loup, dévoreuse de chevaux... Bientôt je devrai te quitter. Ne me demande pas pourquoi. Je suis celui qui ne s'arrête pas plus que ne meurt le récit, ni que la terre ne cesse de tourner, faisant éternellement, des millions de fois qui ne se distinguent pas autrement l'une de l'autre que les tours du jardin de l'Empereur Jaune, se lever le soleil, culminer, se coucher le soleil, incendiant ici la rampe de l'aube, posant là la grande paupière de la nuit, ici, là, si ces mots ont un sens... recommençant à l'infini, non pas à l'infini mais infiniment sur un tour fini, Sisyphe roulant dans l'éternité de chaque instant la meule du jour et celle de l'obscurité, et celle encore de l'abrupt midi et celle de chaque seconde, et en ce moment mais quel moment la nuit déferle sur nous comme la cavalerie mongole à travers toute la largeur de l'Asie, elle éteint le scintillement des glaces de la mer de Kara, elle saisit de ses doigts d'ombre les îles désolées des Komsomols et de la Révolution d'Octobre, allume les lampes à pétrole – celles qui n'ont pas gelé – de la ville de Norilsk et, beaucoup plus au sud, les ampoules électriques de Krasnoïarsk... Oh, sais-tu ce que je vois, à Krasnoïarsk-sur-la-Nuit ? Rue Kirovagradskaïa ? Je vois trois jeunes, ils doivent avoir dans les dix-huit ans... on ne voit pas bien, mais si, pourtant, deux garçons au crâne teigneux, une grosse fille aux cheveux de paille pourrie... sa robe est remontée, il y en a un qui lui enfonce la main dans le sexe, mais il fait ça de telle façon qu'on dirait qu'il y cherche un objet, vois-tu, une clef, des pièces de monnaie, quelques kopeks pour se payer une bière, je ne sais pas... On dirait qu'elle rit, elle est couchée sur un matelas de mousse, l'autre lui tend le fond d'une bouteille. Cela monte et cela descend, puis c'est immobile. Cela, la scène. Un bruit de moteur, puis rien, les beuglements des trains, loin, peut-être pas très loin, sur le pont de fer de l'Iénisséi, un éclat de lumière, puis la nuit ponctuée de rires, de couinements de geignements et de rots, puis de nouveau une lumière pauvre, une lumière de peinture enfouie dans l'ombre et faisant vaguement rayonner l'ombre, se déposant en traits épais, en nappes dorées sur un détail, une cuisse levée, un genou plié sur une épaule, une bouche cloutée de dents de fer, une chaussette tirebouchonnée, une nuque rasée, une main ouverte qui semble celle d'un crucifié. C'est une lampe de mineur, allumée puis éteinte, qui suscite et efface l'enchevêtrement des corps, le matelas de mousse dont de larges morceaux ont été arrachés, les bouteilles renversées, les quatre angles du puits et les câbles huileux au centre, on voit défiler les portes à la peinture écorchée de bites et d'yeux vaginaux, comme dans tous les pays du monde, et maintenant voici qu'ils se jettent sur le dos, côte à côte, comme des cosmonautes dans leur vaisseau, et s'aplatissent du mieux qu'ils peuvent cependant que le ronronnement du moteur, rythmé de déclics, devient plus fort, plus fort, et que comme dans un cauchemar le plafond baisse, ou plutôt c'est le plancher qui monte jusqu'à s'arrêter, dans un léger balancement, un nouveau déclic, violent, à un mètre environ du plafond, et maintenant ils rient nerveusement et se mettent à quatre pattes, et recommencent à fourrager la fille, et on dirait qu'ils font l'amour si l'on peut appeler ça ainsi mais pourquoi pas, on appelle ça ainsi, et la lumière de nouveau s'éteint. Cependant que la nuit, ô nocturne, emballe ses chevaux noirs au-dessus de la Mongolie, fond sur les échafauds atomiques de Lop Nor, au creux d'un désert de sel, efface l'une après l'autre, énorme et minutieuse, les lueurs des toits d'or feuillu de Lhassa-château de l'âme, tranche d'un coup de couteau d'ombre entre Sikkim et Bhoutan, investit, inexorable comme l'eau gorgeant une éponge, les grouillants labyrinthes de Dacca, pique d'essaims de lumières dérivantes le poumon boueux du Gange... Et non pas la nuit mais, pour qui sait voir, des myriades de myriades de nuits montant comme une inondation, avançant comme une marée, touchant une cabane après l'autre de Dharan Bazar, et d'abord le seuil de la cabane et ensuite le faîte, et avant encore la fourmi au pied du seuil et ensuite les palmes nonchalantes puis la colline puis bien après, une petite éternité après, le pic lointain de l'Himalaya, cependant que vers le sud l'avion qui va de Delhi à Tokyo traîne dans le ciel un sillage de cristaux où se multiplie encore le soleil, et que la croix de sa carlingue brasille comme si elle était sous le soufflet du forgeron. Et de la même façon, de l'autre côté du monde, non pas une aube mais une myriade d'aubes, le vase doucement versé du jour imprégnant d'abord le sillage du premier avion qui a décollé de Barranquilla et se prépare à atterrir à Medellín avec sa cargaison de moustachus et ses odeurs d'après-rasage, puis les aigrettes soufrées qui couronnent le volcan, puis goutte à goutte se répandant sur la forêt, dégageant le vert du noir à petits coups multipliés, infimes, puis le vert du vert, feuille après feuille, lavant sous les arbres le corps de la Mona qu'un soldat a retourné de sa botte, baignant enfin dans le fond de la vallée les cours de la ville d'Antioquía où les chiens commencent à prendre des coups de bâton parce qu'ils pourchassent les poules. Et les coqs ont chanté. Et un nombre infini de fois, là-bas – si là-bas a un sens – le soleil fait jaillir au-dessus des tuiles de l'horizon sa tête rutilante – pour toi, cette escarpolette, cette comédie immenses.

2

Fort coup de vent solaire

Le soleil se précipitait vers le point équinoxial, qu'il atteindrait dans la même journée (vingt mars) à quinze heures vingt-neuf minutes douze secondes temps universel soit pour nous, à Paris, une heure plus tard en temps local, ou encore à trois heures vingt-neuf minutes douze secondes le matin du vingt et un mars aux îles Fidji où règne l'éternel printemps, en Nouvelle-Zélande aimée des moutons, à Petropavlovsk Kamchatskii où les crabes géants titubent dans les rues, ou une heure plus tôt à Magadan-des-Camps, à Sakhaline dont le Dr Tchekhov alla visiter les bagnards, en Nouvelle-Calédonie et au Vanuatu, une heure plus tôt encore à Okhotsk la riante, que baigne (mais pas en cette saison, où elle est gelée) la mer du même nom, à Khabarovsk que l'Amour sépare de la Chine, à Vladivostok qui tient l'Orient, Port-Moresby, Aropa sur l'île de Bougainville où des émeutiers black-skins menés par le terrible ex-contremaître des mines de cuivre Francis Ona, ignorants du fait qu'ils perpétraient ce forfait au moment exact où le temps solaire coïncidait avec le temps sidéral (qu'ainsi la flamme semblait jaillir du frottement des deux disques, ou plutôt des deux sphères), mettaient le feu aux hangars de l'aéroport afin, entre autres raisons, de venger la mort de l'infirmière Deborah Dovonu tuée à coups de hache par des red-skins des Highlands (et était-ce un hasard si ces débordements déplorables qui, selon l'expression du Premier ministre Rabbie Namaliu, "compromettaient gravement la réputation et le standing de la Papouasie-Nouvelle Guinée à l'étranger", survenaient **au moment même** où M. Brian Bell, consul honoraire de Norvège à Port-Moresby, venait d'être élevé au rang de **consul honoraire général**, promotion qui marquait l'importance que SM le roi Olaf V **lui-même** attachait aux relations traditionnelles entre les deux pays ?). Et, plus au sud, à Brisbane, Sydney, Canberra, Melbourne, Hobart et Burnie, sur la mer de Tasman, où manifestaient des pharmaciens en colère. Et ensuite, remontant encore d'une heure, les habitants de Yakoutsk, Séoul, Tokyo et Djapapura seraient les derniers à vivre à la date du vingt et un mars cet événement sidéral, calculé de toute éternité ou presque par les ordinateurs du Bureau des Longitudes, soixante-dix-sept avenue Denfert-Rochereau dans le quatorzième arrondissement de Paris, à zéro heure vingt-neuf minutes douze secondes ni plus ni moins. Et n'importe qui aura compris, j'espère, qu'en continuant à faire tourner vers l'ouest la cage des méridiens, on arrive à celui de Greenwich, puis à celui de Paris, sur lequel je me trouvais, le vingt mars mille neuf cent quatre-vingt-neuf, peu avant quinze heures (locales), donc. Précisément dans le grand salon du WWWW Club (Women, Workers & Writers of the World Club, fondé en mille huit cent quarante-huit par le poète anglais romantique, féministe, panthéiste, utopiste et internationaliste William Wordsworld), une pièce somptueuse ornée de tableaux richement encadrés, rassemblés par l'éclectisme furieux qui formait une loi non écrite de cette société (la dernière, à vrai dire, à porter témoignage de son origine historique, les autres principes, naïvement progressistes, qui l'avaient inspirée au siècle dernier, s'étant insensiblement retirés devant ce qu'on appelait depuis longtemps **la réalité**) : *L'Excommunication de Robert le Pieux,* qu'il n'est pas besoin de décrire tant le public a eu l'occasion de se familiariser, lors des dernières rétrospectives Jean-Paul Laurens, avec cette œuvre majeure, la colossale *Chute de Ninive,* une huile de près de quatre mètres cinquante sur sept (la plus grande machine que peignît jamais John Martin, qui ne faisait généralement pas dans la miniature), œuvre d'après laquelle fut exécutée la gravure exposée au Victoria and Albert Museum de Londres, mais dont l'original, volé au musée du Caire après la chute du roi Farouk, avait été acheté par un de nos agents à un brocanteur copte de Bulaq, *La Voix mise en plis*, étrange tableau feuilleté où Serge Valène a fait tenir plusieurs centaines de personnages munis de tous leurs accessoires dans l'espace d'un petit pan de mur jaune vermeerien, une copie, exécutée de mémoire par Poussin, de *La Belle Noiseuse* de Frenhofer, ce mystérieux portrait de femme qui, paraissant fuir la vérité qu'il recherchait dans l'accumulation et la superposition monstrueuses du détail, la rencontra en fait à l'ultime et sublime instant, lorsque la flamme qui le dévorait lui eut conféré le bougé, l'éclat, le souffle enfin de la vie, l'*Équinoxe* du facteur Roulin, naïve et fourmillante composition dans laquelle se repèrent aisément, avec l'inévitable influence de Van Gogh, la trace de la lecture du *Kosmos* d'Alexandre de Humboldt, le fameux (encore que jamais exposé) *Autoportrait de l'artiste en globe terrestre*, dans lequel Van Gelderen, à la fin de ses jours, qui coïncidait avec l'explosion des grands voyages de découverte maritimes, a anamorphosé ses oreilles de loup, ses yeux embués et son tarin de buveur flamand en continents et océans sur une sphère portulane. Je venais de prendre mon déjeuner dans la salle à manger lambrissée, ouvrant par neuf fenêtres sur un beau jardin où, criblant les ramures sombres, des essaims de jeunes feuilles – certaines, petites, d'un vert cru, laissant pendre leurs lobes vers le sol, comme des mains aux muscles coupés, d'autres encore repliées en crosses argentées et pelucheuses – manifestaient la venue du printemps. Hors-d'œuvre, poisson bouilli relevé d'une "reading sauce" (la sauce du lecteur), roast-beef écarlate aux condiments "mushroom", chester arrosé d'un verre de porto, gâteau farci de tiges de rhubarbe et de groseilles vertes : enfin, comme tous les jours. Je songeais vaguement à ces événements cosmiques et humains en parcourant les colonnes du *Fiji Times*, du *Post Courier*, du *Sydney Morning Herald*, de la *Dalchiego Vostoka Pravda* et autres quotidiens qu'un domestique m'avait apportés, non coupés, sur un plateau d'argent. Le jour et la nuit étaient également répartis sur terre, tout était encore possible, rêvassais-je, rien n'était tranché entre l'ombre et la lumière, le Mal et le Bien. Je me berçai un moment de cette idée creuse. On ne prévoyait aucun cyclone, ni sur l'océan Indien ni sur le Pacifique. Il faisait de dix-huit à vingt-deux degrés à Auckland, de vingt-quatre à trente-trois à Bangkok, de trois à treize à Budapest, de onze à vingt-deux à Islamabad où le ciel était nuageux comme à Hong Kong, Harare, La Havane... il pleuvait sur Kuala Lumpur et sur La Mecque, tiens, pas fréquent, il gelait à pierre fendre sur Montréal. Bon. Je passai quelque temps à essayer les Mo krwaze (art que je me flattais de pratiquer dans une dizaine de langues) que me proposait le *Seychelle Nation*. Voyons... An traver : en mwayen transpo byen popiler, en huit lettres ? Je ne voyais pas. En zwazo, dan zar ibou, en quatre lettres ? Swet, facile. En cinq lettres, avyon ouswa zwazo ifer sa eun ler ? Ça n'était pas dur non plus. An longer : en pwason, six lettres ? Rien ne collait. Je laissai tomber un moment. Un front froid de faible intensité passait sur les régions sud-ouest de l'Australie, de la bruine tombait sur les highlands du Sud-Est et la côte du Queensland. Ça devait être bon pour les agriculteurs. A Gosford, Nouvelles Galles du Sud, le lévrier Jurayne avait gagné la première course, sur quatre cent quatre-vingt-six mètres, en vingt-neuf secondes quatre-vingt-deux, suivi par Coruba Rum et Autumn Parade, Little Leader s'était adjugé la seconde, en vingt-neuf trois, j'aurais plutôt vu Signature, qui ne faisait que troisième, derrière Lord Calypso. Ce tocard avait encore dû sauter une femelle, ça lui aurait fait des jambes de flanelle... Le soleil était le siège de très violentes éruptions, son disque était tout taché de grosses facules entourées d'auréoles brillantes projetant des geysers d'ultraviolets, de rayons X, d'électrons, d'ions lourds, d'ondes radio, d'ondes de choc déglinguant la magnétosphère. On n'avait jamais vu autant de protons interplanétaires dans l'environnement terrestre depuis mille neuf cent cinquante-six, c'était dire. Tout ce feu d'artifice était très beau à voir, mais n'allait pas sans perturber les communications radio, les signaux électriques, les satellites ramaient contre le vent solaire, perdant plusieurs dizaines de mètres d'altitude chaque jour, leurs panneaux s'érodaient comme s'ils étaient criblés de sable, la terre était balayée, fouettée par un énorme orage magnétique, des flux de hautes énergies, des giboulées de particules à plus de mille kilomètres par seconde, des voiles de lumière rouge flottaient la nuit au-dessus de la Nouvelle-Zélande, plongeant dans l'anxiété l'esprit fragile des moutons. Leur pelage, ratissé par le cataclysme, se hérissait nerveusement, on s'attendait à des répercussions (dont l'orientation, en hausse ou en baisse, était encore imprévisible) sur les cours de la laine. En pwason, six lettres, je ne voyais toujours pas. Ah, en zannimo féros, en quatre lettres ? Se sreti pa en lion ? Et avan o zordi, trois lettres : yer, fastoche ! Parcourant tous ces journaux, j'avais une idée derrière la tête : j'avais dû congédier, la veille, mon valet de chambre britannique, un certain James Forster, un drôle dont la négligence avait fini par venir à bout de ma patience, et je parcourais les petites annonces à la recherche d'un remplaçant. Peu m'importait son origine, du moment qu'il fût exact et scrupuleux. Même, qu'il vînt de loin ne m'eût pas déplu, peut-être ainsi pourrais-je lui inculquer ces habitudes de rigueur, de maintien, que nos régions avaient désapprises. Sa formation, également, m'importait relativement peu : le prédécesseur de Forster, un brave garçon dont le nom passe-partout m'est sorti de l'esprit, mais qui m'avait donné toute satisfaction, n'avait-il pas été, avant de me servir, écuyer de cirque, trapéziste, professeur de gymnastique et finalement pompier ? Ma recherche, d'ailleurs distrayante, se révélait assez décevante. Un capitaine de bateau fluvial zimbabwéen, disposant du certificat de première classe, me tenta un moment, parce qu'il était précisé qu'il était capable de faire la cuisine “for parties up to 6-8 people”. Je notai l'adresse, PO Box 526, Harare. A tout hasard. Un perroquet gris d'Afrique, même disposant d'un “great vocabulary”, ne faisait pas l'affaire : à part répondre au téléphone, what else ? Même chose pour le boa constrictor de cinq pieds huit pouces proposé par une gazette de l'Ontario : à quoi me servirait-il, sinon à me débarrasser des souris et des importuns d'une manière générale ? Un “vieux joueur professionnel de Las Vegas” (long time LV professional gambler) ? C'était un artiste du black-jack, et moi je ne jouais qu'au whist. Grand marabout africain, véritable phénomène de la médiumnité, vous étonnera par ses révélations ? Retour de l'être aimé, chance, travail, désenvoûtement ? Non. Hors sujet. Si j'avais eu l'âme d'un Pygmalion, j'aurais pu me composer un serviteur de toutes pièces avec les "jambes et bras artificiels, chaussures orthopédiques, corsets, etc." vendus au n° 517 norte de la rue du Dr Alarcón, à Tampico, les cheveux humains proposés à la Great Stuff Boutique de Manzini au Swaziland, une tête réduite par les Dayaks à Kota Kinabalu, etc. : mais je n'étais pas assez patient. Professional male & female direct from Philippines : Bulkelly Maids, Hong Kong. Kin Fung provides the right maids for your needs, professional yet personal. Je n'étais pas esclavagiste. A Rio, Sabrina, "linda gata extremamente adoravel", jolie chatte extrêmement adorable, ou bien encore Ana Paula, une chatonne, elle, brune, bronzée, beauté exotique, "tipo pantera, corpo escultural", me titillaient bien un peu, ça m'aurait changé de James, tout comme la mystérieuse Tahitienne "célibataire et motivée par travail de nuit en roulotte", mais enfin en principe je ne mélangeais pas les genres : trop d'ennuis à la clef. Pareil pour la masseuse Élodie, "le maximum à la hauteur de vos ambitions". Celle-là, pourtant, son adresse me plaisait bien : Waterloo, en face Inno Bascule. Il fallait le faire... Finalement, je retins deux annonces : R. Baker, pilote d'hélicoptère australien, trois cents heures de vol. "Desperate", disait-il. Ce qui me convainquit, c'est qu'il se présentait comme "stable" (c'était bien le moins pour un pilote), "mûr, et prêt à commencer immédiatement", "Will relocate anywhere", ajoutait-il : s'il était prêt à se déplacer n'importe où, il faisait mon affaire. Sa licence de vol toutes catégories n'était pas bien utile, encore que, après tout... avoir un valet volant, l'idée était plaisante. Je pouvais même lui acheter un ventilateur pour qu'il ne perde pas la main, le moins cher était un Robinson R22, je ne connaissais pas le modèle, à cent neuf mille dollars australiens chez Heliflite. Rapide calcul : ça faisait dans les soixante-quinze mille deux cents kinas de Papouasie, ou encore deux cent quarante-neuf mille ringgits de Malaisie, soit à peu de chose près le montant de mes droits d'auteur disponibles dans des banques de ces pays. Pas donné tout de même. Le perroquet, évidemment, volait pour moins cher... La seconde annonce était rédigée dans des termes plus énigmatiques qui peut-être pour cela retinrent mon attention : "Part time field officer young educated with motorcycle decorating company, apply PO Box 7226, Karachi." De quoi, de qui diantre pouvait-il bien s'agir ? Un officier à temps partiel, jeune, éduqué, disposant d'une motocyclette, d'une compagnie décorative ? Ou bien fallait-il comprendre : éduqué avec une motocyclette ? Ou bien encore : élevé dans la compagnie décorative d'une motocyclette ? Je décidai d'écrire à Karachi. Je le voyais grand, avec un turban, des pantalons de cavalier et un stick, la main posée sur le guidon de sa vieille Enfield, absolument parfait pour me servir le whisky le soir à sept heures trente-cinq (locales) précises. Yes Sahib. All right Sahib.

Sur ces entrefaites, Drauch, mon éditeur, fit son entrée dans le salon, bientôt suivi de plusieurs gentlemen, le sous-directeur d'un prestigieux établissement bancaire, qui garantissait aussitôt les chèques considérables que Drauch signait sans trop y regarder à de jeunes auteurs, un brillant et provocant (à penser) penseur de cette catégorie qu'on disait maintenant "médiatique" et un fameux critique littéraire : tous enragés joueurs de whist, et d'ailleurs littérateurs élégants. Le sous-directeur, par exemple, avait écrit (fait écrire, et par qui, en plus ? par moi, prétendaient les mauvaises langues) un roman dont le titre, *Les Dents en or*, disait assez spirituellement qu'il mettait en scène des carnassiers de la finance, l'homme audiovisuel un conte philosophique dénonçant – non sans courage, avait estimé le critique – le nouvel opium du peuple cathodique, le critique plusieurs romans s'inscrivant dans une tradition sociale ou maritime rénovée, qui avaient été unanimement loués, notamment par (avec quelques amicales remarques) le précédent. Et par moi, aussi, peut-être ? Oui. Bref, nous nous connaissions (pour le sous-directeur, je ne confessais que le titre). Ils s'approchèrent de la cheminée où brûlait un feu de houille. Émergeant de mon tas de papier, je sollicitai leur avis à propos de l'officier pakistanais à temps partiel, et ils furent unanimes à louer mon choix. Mais c'était de littérature – qui formait d'ailleurs le sujet de prédilection de nos conversations – que je voulais les entretenir.

Je dois dire ici que depuis quelque temps j'éprouvais à son endroit (la littérature) comme une insatisfaction, un taedium qui allaient croissant. Tel le Cavalier Marin sur son lit de mort, contemplant une fulgurante rose jaune (ou encore Bergotte devant le petit pan de mur de la même couleur, qui était décidément celle du deuil de l'art), j'en venais à penser que les livres, tous et les miens en particulier, n'étaient pas, comme dans le rêve de ma vanité, un miroir du monde, mais une chose de plus, un tas de choses éphémères ajoutées au monde. Dans la rue, lorsque mon regard tombait, à l'étal d'un fleuriste, sur une gerbe de roses jaunes, une angoisse mortelle me saisissait. Je connus quelques fiascos auprès de maîtresses qui pourtant n'avaient pas cessé de me plaire, pour la seule raison que ces fleurs éployaient leur sarcasme sur une table de chevet : nous sommes la vie splendide, semblaient-elles me dire, la vie éternelle, nous participons de ce corps immense, sphérique comme l'Être et la Beauté, qui roule les vagues bleues de l'océan, les coupoles nacrées des nuages, les frissons sinueux du vent dans les hautes herbes, les méandres des fleuves, les hanches des amoureuses... Nous sommes la spirale infinie et close sur elle-même, sûre d'elle-même, que jamais tes pauvres lignes – la géométrie d'un demeuré ! – ne pourront enclore. Ridicule, qui veux encager la vie dans des barreaux de cendre ! Cette crise dans laquelle je m'enfonçais, et dont je ne voyais pas qu'elle pût avoir de fin, me mettait dans un état de grande réceptivité intellectuelle à la première billevesée venue. Ainsi cet après-midi-là, cependant que je parcourais le *Straits Time* de Singapour à la recherche de mots croisés ou d'une annonce digne d'être prise en considération, mon regard avait soudain été vivement attiré par le titre d'un article : **Believe in yourself as a writer**. Bon sang ! Ayez confiance en vous en tant qu'écrivain ! C'était exactement le genre de choses que je souhaitais lire, aussi décidai-je d'y accorder une attention soutenue. Le Dr Shaharuddin Maaruf, de l'université de S'pore, donnait des conseils aux jeunes écrivains du Kumpulan Angkatan Muda Sastera

(KAMUS), et il y avait dans son discours une simplicité vigoureuse, une force obtuse de taureau, auxquelles aspirait mon esprit désabusé. “**Writers should think, think and think! think positive and have an inquiring mind!**” disait-il. Les écrivains devaient penser positif et avoir l'esprit d'investigation ! Et comment ! Ils devaient encore “essayer de s'améliorer et être honnêtes dans leurs écrits : be honest in their writings !” he said. Oh oui ! “They should write about what they feel is the truth, and not just because they want to bask in the limelight”, he said again : écrire à propos de ce qu'on pense être la vérité, et pas seulement pour occuper le devant de la scène ! To bask in the limelight ! Se chauffer aux feux de la rampe ! Comme c'était bien vu, bien dit ! Pour frimer ! Pour draguer, oui, emballer des petites étudiantes ! Se vautrer sur les plateaux de télévision ! Laper la soupe, toutes les soupes, à grand bruit, grand clapotis et chuintements de langue ! En en foutant partout sur sa cravate ! Parce qu'en plus on portait une cravate ! Oh, comme il voyait juste en nos âmes d'enfants vicieux et cupides ! Le Dr Maaruf ! Comme ses “think, think, think” claquaient, à la façon d'une lanière de fouet, sur nos dos arrondis par la bassesse, flétris par le stupre ! Enfin, pour inepte qu'il fût, ce prêche produisit momentanément en moi une profonde impression : presque une conversion ! Accablé, je parcourus une fois de plus la misérable matière des livres qui m'avaient apporté gloire et fortune, mais me laissaient défaillant devant une rose : des chroniques un peu salaces d'adultères en province, un roman d'apprentissage où je dépucelais ma cousine le jour de ma première paye, à Vierzon, la relation d'un amour automnal à Venise, une histoire alambiquée de robots anthropophages manipulés par un pharmacien rendu furieux par les rebuffades de sa laborantine, roman dans lequel le critique susmentionné avait salué une inflexion et une modernisation de ma manière, mais qui visait surtout, je le voyais bien, à élargir mon public du côté des lecteurs de bandes dessinées... Qu'y avait-il de **positif** là-dedans ? demandai-je à mes compagnons cependant que nous prenions place autour d'une table de whist. Drauch leva un sourcil perplexe. Il n'y avait non plus aucune **vérité**, et par exemple je n'étais jamais, de ma vie, allé à Vierzon ! Je m'étais contenté de lire des guides et d'étudier le plan de la ville et des cartes postales ! Pis, je n'avais pas dépucelé ma cousine (cette responsabilité ayant échu, pour autant que j'eusse pu m'en rendre compte, à l'entraîneur de son équipe de hand-ball amateurs) ! Et cette déconvenue avait même été, des années plus tard, assez directement à l'origine – soigneusement dissimulée – de l'histoire des robots mangeurs d'hommes ! Tous me regardaient avec une certaine stupeur : quelle importance cela avait-il ? Le jeu commença, pendant le robre nous ne parlâmes pas. La tête ailleurs, je jouai mal, suscitant une irritation perceptible chez mes partenaires. Think, think, think : l'injonction vide martelait mon esprit, comme le Trinch rabelaisien, comme les bielles d'une locomotive. Fort bien, mais penser **à quoi** ? En six lettres, en pwason ? Non, ça ne venait toujours pas. Truth, truth, truth. C'était cela, j'étais un célibataire de l'art. Il fallait repartir de zéro. Table rase. Lit de noce. A vous de couper : le critique me tendait les cartes. Entre les robres, la conversation reprenait. Et d'abord, qu'appelez-vous être "positif" ? me lâcha quelqu'un, l'air légèrement dégoûté. Eh bien, je ne savais pas, justement... traiter des problèmes fondamentaux, le chômage, le racisme, la couche d'ozone... la vie quotidienne... j'imaginais que c'était cela, être positif. Dans un style... un style moderne. Qui puisse passer à la télévision. Oui, retrouver la grande tradition du roman naturaliste-social, dans un style clair et concis, qui tienne compte des apports du rock'n roll et de la publicité en même temps que de la diminution générale de la faculté d'attention : c'était déjà le début d'un programme. Je ne peux plus regarder des roses, dis-je. Des roses jaunes. Achètes-en des rouges, me répondit Drauch, sarcastique. A vous de jouer, coupa le téléphilosophe. La partie reprit, durant laquelle nous n'échangeâmes pas un mot. Linda gata morena. En pwason. Truth, truth. Pardon. Vous ne comprenez pas, dis-je, lorsqu'elle fut terminée. Les roses jaunes, leur magnifique évidence, me font douter de... comment appeler ça... la vérité de mes livres. De tous les livres. Les rouges aussi, ça ne change rien à l'affaire.

La littérature est mensonge, avança le critique. Il n'y a pas de réalité, dit le télésophe : ni rose ni rien. Le sujet a disparu voici quelques dizaines d'années, et maintenant nous avons supprimé aussi les objets : nous sommes libres comme l'air, désormais, nous sommes l'air irisé. Il n'y a plus que des images, des ondes, des oscillations immatérielles. Des aurores boréales de mots, des perturbations magnétiques de sens. Quelque chose d'éventuel commençait à se dessiner dans mon esprit confus, un vague court-circuit pétillait dans les branchements. Un trafic crépitant d'informations : le monde n'est que ça, une grosse boule de gaz fictif parcourue de flux d'intensité, d'orages d'images. Je connaissais naturellement ces thèses, qui jusqu'alors m'avaient toujours semblé poétiques, tarabiscotées et plutôt sophistiques. Mais, cet après-midi-là, cependant que le soleil, désormais, s'éloignait à toute vitesse du point équinoxial, qu'une lumière fossile, partie il y avait trois cents millions d'années, prétendument, du cœur de la galaxie NGC 5548, pleuvait sur le miroir primaire de béryllium d'un satellite immobile, prétendument, à quelque quarante-cinq kilomètres au-dessus de nos têtes, puis de là sur le secondaire en silice fondue, qu'un maître d'hôtel chaussé de semelles de molleton nous servait le porto dans de scintillants cristaux à moule perdu disposés sur un admirable linge en toile de Saxe, puis sur la fenêtre d'entrée en magnésium fluoride d'un convertisseur couplé à une caméra télé SEC (secondary electron conduction), puis, accélérée par un puissant champ électrique, sur un écran de phosphore, que les incendies, prétendument, faisaient rougeoyer la nuit d'Arawa, Kieta et Touiva, dans l'île de Bougainville, puis, de là, à travers des fibres optiques, sur une cible poreuse de chlorure de potassium portée par une immatérielle membrane d'oxyde d'aluminium, que dans une rue de Karachi, à la lumière d'une lampe à kérosène, mon futur serviteur, peut-être, était en train de nettoyer le carburateur de sa vieille motocyclette Enfield, qu'à Greenbelt, dans la banlieue de Washington, où un pâle soleil jouait à travers les nuages, des ordinateurs XDS Sigma 5 et 9 acquéraient enfin, puis traitaient l'image, prétendument, qu'une neige mêlée de grésil tombait sans discontinuer, comme une pluie de photons, sur les collines du centre du Texas, l'Idaho Panhandle et les montagnes de la British Columbia, ces considérations me parurent soudain extrêmement tentantes. Les roses n'existaient pas ! La Malaisie n'était qu'un vibrionnement ondulatoire, un plasma excité, des décharges d'abstraites étincelles ! Le Dr Shaharuddin, ses conseils à la con, qui avaient un moment impressionné ma faiblesse : une imperceptible irisation ! Nous-mêmes, là, dans le salon du WWWW Club, n'étions que des fantômes sonores battant et échangeant des reflets ! Si c'était vrai ? Je n'avais donc plus rien à craindre ? Le monde, ce nuage de simulacres, cette agitation de fables, ne menaçait plus les livres ? Toute cette simultanéité affolante, cette muraille compacte, opaque, de réalité, n'était qu'une vaste esbrouffe de signes spasmeux ! Un balbutiement, un jeu de bulles géant ! Tout à mes imaginations, je ne suivais plus guère la conversation. L'intérieur, c'était l'extériorité absolue : qui avait dit ça, demandait Drauch : Hoffmann ? Hoffmanstahl ? Offenbach ? Tout à fait, disait le sous-directeur, comme la circulation monétaire. L'idée, le complot se dessinait dans mon cerveau enfiévré : profitant de la faiblesse peut-être passagère du monde, c'était aux livres de prendre leur revanche ! Et c'était moi, l'auteur d'*Un printemps de passage* (mon roman d'apprentissage), qui allais laver l'humiliation ressentie aussi, ressentie même par Homère et Dante ! Believe in yourself as a writer ! En pwason, six lettres : kasalo. Ah, tout venait, maintenant, tout se rendait ! Ah, j'avais trouvé ma baleine blanche, il ne m'échapperait pas, le léviathan d'images ! J'étais un système nerveux de fibres optiques, un flamboyant magasin de miroirs de béryllium ! Tout convergeait vers la cible poreuse de mon cerveau ! Parallèles et méridiens quadrilleraient mes cahiers ! Je serais l'antenne des antennes, le grand décodeur, le Sigma des Sigmas, l'Alpha et l'Oméga ! Je passerais à chaque être – chaque chose, chaque rose – le licol des mots. Chaque femme aussi, ne pas les oublier (ma cousine !). Vous devriez, me dit l'un d'eux, écrire sur les roses. Je l'ai déjà fait, répondis-je, c'était dans une autre vie : “Pourpre du jardin, ornement du pré / Gemme du printemps, œil de l'avril...” Ça n'était pas fameux, je vous l'accorde, mais ça plaisait. Non, vous n'y êtes pas : je vais écrire sur le monde. Faire un portrait du monde, plus exactement. Le tour du monde en un jour. Excellente idée, me répondit-on, mais c'est impossible.

– Très possible, au contraire. En littérature, tout est possible.

– Vous semblez avoir changé d'avis, depuis tout à l'heure ?

– Complètement. Pardonnez cet égarement.

– Et quand comptez-vous commencer ?

– Tout de suite. A l'instant.

– C'est de la folie ! A supposer que vous y parveniez, ce sera un fatras qui tombera des mains au bout de dix pages. Tenez, jouons plutôt.

– Refaites alors, répondis-je, il y a maldonne.

Drauch saisit les cartes d'une main fébrile puis brusquement, les reposant sur la table :

– D'accord ! Je mets quatre mille livres !

– Mon cher, dit le sous-directeur, réfléchissez. Cette histoire n'est pas sérieuse. Il y a des limites que le bon goût, et même le bon sens, ne sauraient dépasser. On ne peut aller trop impunément contre la tradition.

– Quand je dis d'accord, répondit Drauch, recalant sa Chesterfield au coin de sa bouche, c'est toujours sérieux.

Je distribuai les cartes :

– Je retourne carreau. A vous de jouer.

3

Couturière des lumières aux îles du Cap-Vert

Ensuite, il est possible – certains sceptiques, au moins, le prétendent – que je me sois endormi dans ma bibliothèque et que j'aie rêvé. Il est possible – il y en a bien qui affirment que je suis enfermé : enfermé, moi qui vois tout, prends part à tout, grimpe dans le premier métro de l'aube à la estación Nueve de Julio, sur l'avenue du même nom de Buenos Aires, et en redescends pour déjeuner, une minute après, à la stantsiya Aleksandra Nevskogo plochad, tout au bout de la perspective Nevski (c'est un exemple) ! –, il est possible que je sois fou. Certes, messieurs : mais il est possible également que le monde n'existe pas. Tout simplement. D'excellents esprits l'ont soutenu (peut-être suis-je de ceux-là). Alors ? Ah, ça vous la coupe ? Passons. Je dis, **moi**, si vous le permettez, que **ce jour-là**, vingt-vingt et un mars mil neuf cent quatre-vingt-neuf (faut-il rappeler aux ignorants qu'il y a toujours **deux** dates en service, si je puis dire, sur la terre ? Qu'il se passe non pas vingt-quatre, mais quarante-huit heures entre le moment où le vingt et un mars, mettons, surgit de l'écume du Pacifique le long de la ligne du méridien cent quatre-vingt – j'entends déjà la question : est ou ouest ? **C'est pareil, crétins !** – avec un crochet à gauche – si on parcourt cette ligne idéale du nord au sud, évidemment – pour englober le mufle carré de la péninsule des Tchouktches, un autre à droite pour effacer les Aléoutiennes, un troisième de nouveau à gauche, bien plus au sud, pour enfourner dans le sac les Gilbert, Fidji, Ellis, Kermadec, Wallis et Futuna et autres bricoles océaniennes, et celui où il s'engloutit définitivement **sur**

cette même ligne après avoir fait le tour de la terre d'est en ouest? **On me suit**? J'ai parfois l'impression de parler dans le désert. Il faudra que j'y revienne, je le sens), ce jour-là, donc, je dis, moi, avoir découvert que le monde était instantanément visible-lisible de part en part, en n'importe laquelle de ses lignes emmêlées. Je vis, oui, j'affirme que je vis le monde, tranquillement, sans me gêner, dans ses moindres détails. Si l'on ne me croit pas, qu'on vérifie. Je citerai des noms, des lieux, le travail de recoupement sera long, sans doute, mais pas impossible. Allez-y, je vous y invite. Si vous en avez l'estomac. De toute façon, ce n'est pas mon affaire. Je vis dans la ville de Paarl, en Afrique du Sud, le visage d'une grosse binoclarde aux cheveux frisottés, vêtue d'un bustier de satin et d'une robe plissée, les oreilles agrémentées de pendentifs, se fendre d'un large sourire en contemplant la robe informe, de la taille d'un sac de couchage biplace, qu'elle portait avant sa cure d'amaigrissement: je la vis et je fus heureux pour elle (je le répète: s'il n'existe pas, dans la ville de Paarl, une robuste commère boer dont les cheveux se recourbent en petits bigorneaux sur le crâne, si elle n'a pas constaté avec joie, en passant au pesage ce jour-là, qu'elle n'affichait plus que cent dix-sept kilos, si elle n'a pas décidé d'offrir à ses neveux son ancienne robe, en imprimé bleu et rose, pour qu'ils s'en fassent une tente – mais comment, grand Dieu, aurais-je inventé tout cela?: eh bien, que je sois convaincu d'imposture et de folie). Et aussitôt, très loin de là, je vis une autre énorme créature en train de disputer une compétition de golf pour cardiaques sur les greens du Royal Melbourne: son coffre, ses bras écartés, la main droite solidement crispée sur le club, sa petite bouche béante au-dessus d'un menton presque aussi haut que le front crêté d'une touffe pileuse, toute son attitude enfin paraissait suggérer que, mécontente d'avoir été dérangée en plein effort, elle s'apprêtait à me faire passer un mauvais quart d'heure à coups de canne de golf: je m'éclipsai. Adieu miss Monica (je distinguai fort bien son nom, cousu sur son tee-shirt rayé). Je contemplai une scène plus paisible, le soleil couchant près d'Anchorage, pamplemousse fulgurant dans un ciel saumon. Des scintillements couraient sur la neige mauve pâle, crevée par les rameaux nus d'arbustes ensevelis. Sur l'horizon, des silhouettes de conifères, et les branches d'un arbre mort, comme un tracé de foudre noire. Mauvais goût, sans doute, mais reposant. Ah, cristaux... Un trait pâle au loin : la mer ? Oui, la mer. Ce même soleil qui faisait flamber la glace d'Alaska éclairait la pommette droite de Gabriela Sabatini sur un court de Key Biscayne où elle était en train d'exécuter Helly Hakami, et les muscles nets de son cou à la base duquel, dans l'ombre exquise découpée par l'échancrure en accolade de la chemisette, volait une chaînette (je pus distinguer la médaille qui y pendait : la vierge de Luján, entre ses seins perlés de sueur ; et, suivant la glissade irrégulière de chacune des minuscules loupes liquides, subitement, aléatoirement grossi, sur le réseau bleu des veinules le hérissement d'un léger duvet châtain). Je vis sa chevelure noire rayonner autour de l'ovale du visage, briller la tache claire d'une incisive entre les lèvres retroussées, sa main gauche illuminée, abandonnée, ouverte, pouce écarté, index pointant vers le sol, les trois autres doigts légèrement repliés vers le ciel, la droite soudée sur le manche de la raquette, flotter sa jupette sur les fortes cuisses... J'aimais mieux Gabriela que Monica, je m'attardai un peu, sans me faire voir, pour ne pas la déconcentrer. Dans la prison municipale d'Altamira à Tampico, assis sur un banc derrière des grilles, tête basse, je vis José Antonio Hernández Aladro, Alfonso Torres García, Pedro de Angel Figueroa et Bernabé Martínez Cruz, serrés tous quatre après avoir tenté le classique pisa y corre dans la taverne louche Boca del Río, rue Diaz-Mirón : c'est-à-dire que ces quatre enflés s'étaient taillés sans payer en emmenant par-dessus le marché deux bouteilles de brandy, seulement ils n'avaient pas couru assez vite. Je lus tout cela, et ce qui suit, sur le rapport que l'agent Carlos Madero Márquez tapait d'un doigt hésitant (parce que, s'il y a dans le monde bien des choses inattendues, il y en a aussi qui ne changent pour ainsi dire jamais : comme, encore, le fait que l'agent Márquez, à l'aide d'un autre doigt – de l'autre main – alternativement se fourrageait les narines et se lissait la moustache. Sans ces repères, ces essentiels stéréotypes, le monde ne serait que chaos). A côté d'eux, Antonio García Robles, que son gros crâne et sa barbiche faisaient ressembler à Lénine en nettement mieux, s'efforçait de réfléchir : il s'était fait arrêter – c'est, au moins, ce qu'on lui avait dit – alors que, complètement ivre, il causait du scandale à l'angle d'avenida Hidalgo et de calle Esperanza. On aurait pu de prime abord lui trouver l'air sournois, en fait l'expression désagréablement fixe et oblique de son regard n'était due qu'à la concentration exigée par le rassemblement de souvenirs passablement épars et lacunaires : est-ce que c'était lui qui s'était accidentellement arrangé comme ça (son œil droit presque entièrement fermé, ses pommettes éclatées), ou bien on l'aurait allumé pendant qu'il était noir ? Ça changeait tout, évidemment. Gustavo Rodriguez Ruiz, qui battait sa femme et ne lui donnait pas de quoi nourrir leurs enfants, était là aussi, chemise ouverte, petite moustache tombante, cheveux courts et hérissés, oreilles bien dégagées, l'air un peu halluciné, essayant de suivre des yeux le vol d'une mouche qui revenait régulièrement se poser sur lui sans qu'il parvînt à l'écraser, avec Heriberto Piña del Angel et Roberto Bonita Santos, deux gosses qui s'étaient fait pincer en essayant de faucher des sodas dans une camionnette "Bonafina" garée à l'angle d'Aduana et de Madero, et qui maintenant jouaient aux dés sous l'œil morne de María Concepción Rodríguez Márquez, perturbada de sus facultades mentales, que ses parents avaient fait coffrer là en attendant qu'une place se libère à l'hôpital psychiatrique. Et dans une autre cellule je vis encore, marchant de long en large, Benjamín Cordero Araujo, menton fort et mal rasé comme le général Alcazar, sourcils épais sous un front bas, cheveux noirs et drus, une assez sale gueule en fait, que ne contribuait pas à rendre plus avenante la moue de fureur qui tordait ses grosses lèvres lorsqu'il se souvenait que les flics, après que, surpris en train de barboter de la ferraille dans un dépôt de la raffinerie Madero, il eut essayé d'en démolir un ou deux, n'avaient pas cru, ces fils de pute, aux "relations influentes" dont il s'était vanté dans l'espoir que cette ruse remarquable le ferait échapper aux rigueurs de la loi : et il ne comprenait toujours pas, l'industrieux Araujo, pourquoi ça n'avait pas marché. Et à côté de lui était assis un gros lard à chemise rayée et cheveux frisés, Eduardo Tudón Torres, qui avait esquinté "sans raison" (mais lui savait bien pourquoi) la Ford de Mauricio García Carrada, son voisin de la colonia Tamaulipas, pétant le pare-brise, crevant les sièges et bousillant la stéréo (et malgré toutes les conséquences malheureuses qui risquaient de s'ensuivre, le souvenir physique du verre émietté, de la mousse labourée, du bruit de vesse éclatée que fait le skaï sous le tournevis, de pétarade égrenée par les câblages arrachés d'un coup sec, rappelant les rafales flatulentes provoquées par l'abus de frijoles, tout ça le faisait sourire en douce, l'antisocial). Je vis sous les pyramides de glace scintillante du Groenland une quinzaine d'hommes en anorak porter sur leurs épaules, dans un léger traîneau que ses patins recourbés à l'avant et les hautes cornes du timon à l'arrière faisaient ressembler à une trirème romaine, coiffé d'une capuche de renard dont la lumière polaire faisait fulgurer chaque poil comme les rayons d'une gloire, Soren Madsen, le valeureux fils d'Ililussat, qui venait de triompher dans la course annuelle d'attelages de chiens de Diskobugten, devant deux autres compatriotes d'Ililussat et la foule dépitée des champions de Qeqertarsuak, Qasigiannguit, Aasiaat, Kangaatsiark et Niaqornaaruk. Je vis Legithor, monté par Elvio Bortuli, remporter le classique Leteo couru sur un kilomètre à l'hippodrome San Isidro de Buenos Aires, devant Auténtico et Centaurus, et dans les derniers mètres les trois concurrents galopant flanc à flanc, les dos des jockeys, les croupes, les poitrails, les têtes des chevaux, leurs pattes repliées sous eux, leurs sabots regroupés, volant au-dessus de la piste, chaque trait mobile de ce groupe était si parfaitement parallèle, lié, identique (ou bien séparé par un infime détail, une presque imperceptible déclinaison que le mouvement qui la recomposait sans cesse n'augmentait pas) qu'on eût dit l'image d'un seul, Legithor, dont Auténtico eût été le reflet, l'autre inauthentique dans un miroir, et Centaurus le reflet du reflet. Dans un hôtel de Lahore je vis un homme sursauter de frayeur lorsque sa cravate verte à rayures marron glissa comme un serpent du bord du lit où il l'avait posée. Au large de la

Floride, je vis une fusée de quarante-quatre pieds de haut jaillir des flots dans une explosion d'arcs-en-ciel pulvérisés puis, échappant au contrôle du sous-marin qui venait de la lancer, basculer, se retourner, faire une boucle complète en rasant la surface, remonter, piquer de nouveau, laissant derrière elle une traînée de fumée blanche enroulée comme une prodigieuse corne de mouflon. Sur un chemin du Brabant hollandais bordé à gauche d'une haie de peupliers noirs et nus, inclinés par la poussée des vents d'ouest, à droite de champs en friche où la terre se mélangeait à des plaques de neige, sous un grand ciel de marbre à la Ruysdael, je vis la Mercedes dont le coffre contenait les corps refroidis des frères Hans et Jan Van Reken, et au bout du chemin, sous un arbre grêle, une fermière aux joues rouges rentrer ses vaches, inconsciente de la proximité de la mort. Dans une chambre d'un hôtel d'Old Saybrook, Connecticut, je vis une jeune femme noire, Reta McPherson, vêtue d'une jupe en jean, d'un tee-shirt sans manches, un fichu noué autour des cheveux, faire son lit cependant que ses deux enfants, Arthur et Shonta, jouaient sur leur ordinateur. Je vis encore dans la pièce deux postes de télé allumés, des chiens et des lapins en peluche (de couleurs qu'on aurait dites choisies exprès pour leur laideur, mauve, vert pistache et jaune canari, mais qui n'étaient en fait que l'expression d'un mauvais goût qui la surplombait de très haut, elle et les autres, **le goût de l'époque : et je le vis aussi**), du linge qui séchait, accroché à des cintres, des caisses en carton contenant des bouteilles vides. On frappait à la porte, elle ouvrait, le gérant de l'American Motor Inn (aussi grotesquement habillé que les animaux en peluche étaient mal teints, homme en peluche lui-même, aux yeux en plastique) lui montrait une lettre de la municipalité dont je pris connaissance avec elle, lui enjoignant (la lettre) à lui (le gérant) de l'expulser (Reta McPherson) : car elle était sans domicile fixe, homeless. Est-ce que les mots avaient encore un sens, oui ou non ? Par hasard ? Bras gauche replié sous la tête aux cheveux ras, l'autre reposant entre les jambes (masturbación, peut-être ?), je vis un gamin dormir sur les dalles disjointes d'un trottoir de La Paz. Non loin de sa couche de fortune, à l'église Santa Ana de Cala Cala, Rene Arze, front bas barré de quatre rides profondes, cheveu dru, grand tarin, oreilles en pointe, et son épouse Edda B. de Arze, baraquée, large mâchoire, fortes pommettes, célébraient leurs noces d'or. Ils portaient pour l'occasion, lui un costume et une cravate sombre, du clásico, elle une robe rayée et un collier de grosses perles, ils ressemblaient un peu, lui à Van Gelderen, elle à ce que pourrait donner Caroline de Monaco à soixante-dix ans. Rue Amiral à Val-Belair, au Québec, devant le bar "la Camaradière" un homme en bottes et parka était accroupi auprès de la tête d'un cheval noir couché sur le flanc dans la neige, pattes étendues, raides, déjà poudreuses, ventre gonflé, énorme: mort. Derrière, on voyait (je voyais) un bosquet d'arbres nus, une limousine américaine à l'arrêt, noire également, trois hommes en pardessus sombre. Le tableau évoquait à la fois (le premier plan) une version moderne et triviale de *Moby Dick* et (le second plan) une scène classique d'un film policier américain (ce qui revenait peut-être au même, **en fin de compte** ?). Je vis ces choses et mille autres, des myriades d'autres encore, les replis de serpents bleus des courants marins, la fumée qui montait, roide et épanouie comme une haute fleur, du cratère du volcan Sakurashima dans l'île de Kyushu au Japon, l'ombre légère qu'elle faisait glisser sur la joue d'une vendeuse de poissons, la chevelure emmêlée des grands fleuves, un homme qui trouvait une pièce de cinquante kopeks (le monde frappé de la faucille et du marteau, surmonté d'une étoile à cinq branches, déposé dans un nid d'épis de blé emmaillotés de bandelettes comme des momies pharaoniques, tout cela broché par les lettres CCCP) dans des toilettes publiques à Vladivostok, l'essuyait soigneusement et la glissait dans sa poche, mais la perdait aussitôt parce que sa poche était percée, un autre qui trouvait une pièce de un franc (une semeuse aux cheveux éployés sous le bonnet phrygien, au geste auguste sur les rayons d'un soleil couchant ou levant – **ça revenait au même** !) dans un téléphone public à Ris-Orangis, la glissait dans la fente pour appeler sa poule, je vis un chien jaune écrasé dans une rue d'Antofagasta au Chili, cinq mouches affairées sur le sang séché de son museau, l'écume jaillir et des ondes concentriques s'élargir dans la rade de Valparaiso, faisant danser des fruits pourris et des bouteilles en plastique, après que le cargo *Prins Willem Van Oranje* eut mouillé son ancre de bâbord, je vis à Wangarei, en Nouvelle-Zélande, une femme glisser précipitamment sous une boîte de biscuits une lettre d'amour d'un pharmacien, pour la cacher à son mari qui entrait dans la cuisine en se grattant les cheveux parce qu'il s'était envoyé trop de bière aux fêtes marquant le vingt-cinquième anniversaire de la fondation de la ville, ab urbe condita, je vis un jeune homme bien peigné déposer une rose jaune sur la tombe de Jorge Luis Borges à Genève et un autre qui lui ressemblait mettre une cigarette "Parisienne filtre" allumée entre les lèvres de bronze de Carlos Gardel au cimetière de La Chacarita à Buenos Aires, la pluie faire briller les toits de Bruxelles et ceux de Kuala Lumpur, une éclatante barrière de cumulo-nimbus avancer lentement vers le nord-est de la Patagonie, une feuille tomber dans un jardin d'Adrogué. A Colina, au Chili, je vis la jambe tordue, noire, comme mazoutée ou brûlée, du petit Daniel Castillo Morales qu'avait piqué une araña de los rincones. Dans les rues de Kuala-Lumpur, un peu délavées par la pluie, je lus des affiches promettant une récompense – d'un montant non précisé – pour tout renseignement permettant la capture de quatre types suspectés d'avoir étouffé vingt-deux virgule deux millions de dollars (malaisiens) à la banque Negara : Harun Othman, trente-six ans, visage rond, air assez satisfait (il y avait de quoi), moustache clairsemée, sourcils longs et marqués, cheveux plats mi-longs ; Norlah Khan, trente-sept ans, officier des forces armées : visage long, épaisse moustache, yeux enfoncés, cheveux courts ; Che Man Che Mud, trente-quatre ans, avocat : visage rond, glabre, léger strabisme, cheveux gonflés (presque une banane, en fait) avec une sorte de curieux accroche-cœur sur le côté droit du front ; Rahman Ayob, trente-cinq ans, comptable : visage régulier, plutôt maigre, cheveux frisés, moustache et bouc clairsemés, paupières supérieures tombantes. Tête d'anarchiste de la fin du XIXe siècle, je dirais. Un militaire, un avocat, un comptable :

ces types étaient bien organisés. Naturellement je les vis aussi, eux, en train de se partager la monnaie dans une chambre d'hôtel de Pattaya, mais l'idée ne me vint pas de les balancer. Cette histoire, en même temps, me rappelait quelque chose, comme un épisode d'une vie antérieure (or, ma vie actuelle était déjà si foisonnante, si multiple...) Voyons... Oui, bien sûr, le coup des cent mille livres de la Banque d'Angleterre... la fois où j'avais berné ce con d'inspecteur Fix... en lui faisant croire que c'était moi... (Alors que, **justement, c'était moi**!) A Praia, aux îles du Cap-Vert, je vis une femme qui me plut bien qu'elle eût soixante-dix-neuf ans et ressemblât étrangement, avec ses paupières en capote et ses pommettes fripées, à l'académicien et prix Nobel de la paix Sakharov (que je distinguai aussi, sans la moindre difficulté, au sein du prodigieux tourbillon de visages qui s'enroulait devant moi comme les bras criblés d'astres d'une galaxie dont j'eusse pu à tout instant contempler à la fois chaque point et la totalité : en train de glisser un bulletin de vote dans une urne, à Moscou, au Soviet des députés du peuple). Sa main noire, aux veines noueuses, portant plusieurs bagues à l'annulaire, feuilletait un fascicule d'une encyclopédie populaire portugaise consacrée aux héros de l'Humanité. Henri le Navigateur et sa sphère armillaire... Sir Isaac Newton et la pomme... Victor Hugo sur son île... L'Amiral Gago Coutinho et son hydravion... Benjamin Franklin surmonté d'un paratonnerre, Sir Alexander Fleming et sa seringue... Pasteur plongé dans la contemplation d'une éprouvette... Au fond de la pièce lépreuse, la vieille Singer à pédalier et volant qu'un parent émigré lui avait envoyée des USA : la seule machine à coudre de l'archipel. Une fenêtre, une palme, maint diamant de patiente écume. Dans ce décor défilaient continûment, aussi solidaires que les fibres tissées que sa main lissait avant de les glisser sur le talon de la machine, composant une autre étoffe, de songe, un idéal brocart tendu du passé à l'avenir, au-dessus de l'Atlantique, les Titans du Progrès. Le senhor Prométhée... Carlos Marx... Nha Ilda Fernandes, couturière, ne s'arrêtait, de toute la torride journée, de pousser le drap sous l'aiguille que pour rêver à ceux qui à son avis avaient fait du bien à l'Humanité. Elle aurait aimé les connaître, leur parler (mais, sans doute, elle n'aurait pas osé). Leur couper un costume, le leur offrir, peut-être ? Un gilet de flanelle au senhor Victor Hugo, un habit à basques à l'Excelentíssimo Doutor Newton, un smoking pour Sir Alexander ? Sous les eucalyptus d'Addis-Abeba, qui faisaient tomber sur lui une pluie de flammèches comme on en voit aux murs des églises d'Entoto, un homme se hâtait, serrant contre sa poitrine creuse, dans un sac, avec une poignée de grains de café, un livre sur la couverture en papier grossier duquel il était écrit *Mirt Ye-Grimm Teretoch*, les *Contes* de Grimm, publiés le jour même en amharique, dans une traduction de Teferi Gedamu. La même joie un peu trouble – le sentiment non pas forcément de commettre une faute, mais en tout cas d'agir dans un sens qui n'était socialement pas recommandé, la certitude d'appartenir à un groupe absolument minoritaire et plus ou moins clandestin, la crainte diffuse de gaspiller le temps dont des êtres énormes et insatiables, le Parti, l'État, la Patrie, Dieu, chacun pour son compte, avaient paraît-il tant besoin, la fierté un peu suspecte d'être client d'un commerce luxueux, aléatoire, cosmopolite – cette exaltation confuse, donc, s'emparait au même moment de Sayed el-Etr, dessinant sur ses lèvres, sous la moustache jaunie de tabac, un sourire de vieux chat, cependant que, versant dans un gobelet orné d'une frise de gazelles et de lions le thé vert bien mousseux, il ouvrait la traduction de *Tandis que j'agonise* par Tawfik el-Assadi, qui venait de sortir en librairie à Damas. Au même instant, à Saqqarah, partant au volant de sa 4×4 Lada acheter des bonbonnes de gaz au village de Bedracheîn, dans la vallée que l'ombre gagnait (aux cimes des palmiers-dattiers se nouant encore de mouvants arcs de lumière, à leur pied, dans la brume bleue et rose, le scintillement des premières lampes), un égyptologue français voyait (et je le vis voyant), pour la trois-centième fois peut-être, mais avec une émotion renouvelée, le soleil-Râ se coucher derrière la pyramide effondrée d'Ouserkaf. Je vis un homme barbu et chevelu enculer une chèvre au Tadjikistan, ses mains extraordinairement longues et noueuses, aux ongles noirs, crispées sur les cornes comme sur un guidon de vélo, d'innombrables sodomisations et coïts plus ou moins classiques, dont l'un tout à fait ingénieux, pratiqué debout au milieu de la foule indescriptiblement entassée dans la rame n° 4051 du métro de Séoul bloquée avant la station Tongson, sans qu'un trait du visage des amants souterrains ne trahît leur commerce cependant qu'autour d'eux des hommes et des femmes s'évanouissaient à petits cris. Dans une classe de l'école "le Rocher" à Saïda, au Liban, je vis l'institutrice française inscrire au tableau noir la leçon du jour pour les enfants du camp palestinien : "Le mouton et l'ânon sont tombés dans le torrent. Nabil dompte les lions jaunes avec une canne de bambou. Ma tante Nicole emmène les enfants à la fontaine, à côté du petit pont." Plus au nord, à Beyrouth-est où les impacts des obus faisaient pousser de grands arbres de fumée et de poussière avec des branches de flammes, qui jaillissaient droits comme des cyprès, d'abord, puis s'aplatissaient et ondulaient comme des pins parasols, une jeune mère entrait dans une librairie avec son fils, qui y choisissait deux livres : *Le Retour des sorcières* et *Soixante-dix Tours de magie*. Dans la salle de classe de Saïda je vis les enfants en costume bleu et chemise blanche mimer la scène de tante Nicole autour d'un torrent imaginaire tracé au sol. Dans une rue de Binh Tan à Saïgon, entre des étals de chiens rôtis, je vis passer, chevauchant une mobylette Honda, une jeune fille "belle à renverser citadelles et cités", ainsi qu'il est dit dans le *Kiêu,* et je me promis de la revoir. Elle portait une casquette jaune et les cheveux relevés sur une nuque pâle, je n'aurais pas de mal à la retrouver. Je vis des torrents gronder sous des passerelles miroitantes d'ailes de papillons, abreuver les mufles desséchés de grands yacks aux yeux morts, entraîner les turbines de centrales au fond des vallées, à Coatepec, dans l'état de Veracruz, je vis le torrent Consolapan, telle une nymphe cherchant à échapper aux assauts d'un dieu, disparaître dans un gouffre soudainement ouvert puis, ce gouffre rebouché, un second, plus vaste, se creuser dans un bruit terrible et engloutir derechef l'arroyo, sous les yeux effarés de l'alcade et de la population, et les signes de croix du curé.

Je vis les gouttes de pluie ruisseler le long des feuilles qui couvrent les pentes du Ruwenzori et hésiter sur la ligne de partage des eaux du Nil et du Zaïre, les unes dévaler vers les grands lacs sous la torche des volcans, les cathédrales d'eau épaulées d'arcs-en-ciel, les déserts miroitants, les bourgades de boue et de tôle autour d'un drapeau-guenille, les bœufs violets tirant l'araire de bois, les tombeaux des rois-dieux entrevus à travers le rideau gracieux des palmiers, et un lointain destin de lettres et de Méditerranée gréco-arabe, les autres vers les arbres roulant à l'infini comme des nuages et les méandres lents sous les orages, la terre fumante dans l'étuve du ciel, les huttes de boue et de branches, les barges chargées d'hommes, de singes boucanés et de crocodiles garrottés, les prairies mouvantes de jacinthes d'eau, les terres de la magie et les eaux portugaises de l'Atlantique sud (et je vis dans chaque goutte se refléter un instant l'image – le mirage ? – d'un monde fulgurant de signes, où tout se lisait dans tout, tout s'échangeait et s'unissait en tout, sève immense, chants, plume moirée d'un oiseau, croyances, histoire, fétiche hérissé de clous, grouillant humus, langues, grognements, temples, pluies, littérature...). A Izotes, au Guatemala, je vis un homme mort couché en travers d'un chemin, plus rayé de coups de machette qu'une peau de tigre, et dans un terrain vague de la banlieue de Sherpur, au Bangladesh, non loin du bungalow du chef de la police (qui justement était en train de se raser avec un coupe-choux fabriqué au début du siècle à Birmingham, sursautait lorsqu'on l'appelait à grands cris et s'entaillait le menton), le corps d'un jeune lycéen égorgé, rongé par les renards des pieds jusqu'au ventre, et à côté de lui une chemise ensanglantée roulée en boule sous une pierre, une paire de sandales et une procession de grosses fourmis. Je vis que les lames bleues et les bouillons rouges du sang entre les lèvres d'une plaie étaient une des figures du monde. Je vis de mes yeux des milliers de milliers de visages, un ouragan de visages où se lisaient – où je lus – toutes les nuances liant imperceptiblement l'imbécillité à l'esprit, la férocité à la douceur, la beauté à la plus effroyable laideur, la hure franchement porcine d'un garagiste collectionneur d'armes à feu de Petaluma, Californie, la tête de gorille blond, aux yeux rapprochés, au nez court et épais, à la large mâchoire enfoncée dans la poitrine, du manager de l'équipe de base-ball des Cincinnati Reds, qui recevait des poissons crevés par la poste parce qu'il ne payait pas ses dettes de jeu, la tête chauve, barrée de profondes rides au front et autour de la bouche, d'un homme à lunettes, à grand tarin, surgie (comme s'il eût été surpris au beau milieu d'une défécation sylvestre) d'un taillis de fougères de la forêt de Sherbrooke, à l'est de Melbourne, où le vieux faune se désolait de ne plus entendre chanter les oiseaux-lyres d'autrefois, la face de Tartuffe, courts cheveux noirs prolongés par un collier de barbe, bouche tordue par une moue rébarbative, sourcils fournis, relevés dans une expression de surprise fâchée et de très grande réprobation au-dessus de paupières tellement lourdes qu'elles ne laissaient voir à leur soupirail que la moitié inférieure des iris, du président tout fraîchement élu du présidium du Sriedniei Azii Doukhovnii Oupravlienie Mousoulman, le directoire des Musulmans de l'Asie centrale, le beau visage indien, aux larges pommettes, au nez légèrement épaté, aux lèvres enfantines arquées comme par le dégoût ou la surprise, aux paupières entr'ouvertes sur d'immobiles prunelles, aux cheveux légers dépeignés autour d'un grand front, d'une jeune morte de seize ans à l'hôpital de Comayagüela, au Honduras, et il était étrange de penser que ce visage pur, flétri seulement au bord d'une narine par une petite tache de sang, plus jamais ne s'animerait, mais bientôt ressemblerait à celui, rongé et talé comme une vieille pomme, d'un mendiant lépreux place de l'Indépendance à Dakar : des millions de visages dans mes yeux, ou bien peut-être, reflété dans des millions d'yeux, le mien ? Dans le cimetière de Saint Albans, battu par une pluie légère et tenace qui sans doute tombait déjà sur Verulamium lorsqu'il y a dix-sept siècles la terre s'était ouverte pour accueillir le corps, je vis exhumer le cercueil de plomb enfermant le squelette d'un Romano-Breton du IIIe siècle, haut de six pieds, couché sur un matelas de paille et portant des lambeaux de vêtements de laine, et qui avait dû connaître Odin, les idoles de bois cliquetantes de monnaies barbares, les sacrifices de chevaux et de prisonniers. Au ciné Corimba de Luanda, je piquai quelques plans de *A Selva de jade*, de Fred Olen Ray, puis, comme ce film m'ennuyait un peu, je zappai au hasard vers les cinés de Douchanbé. *Igla*, l'Aiguille, au Khronika ... voyons voir... Et si je jetais un œil au théâtre ? Couché sur le dos dans une cave de la rue Arenales à Buenos Aires, je vis un vieil homme qui, quelques instants auparavant, à sa table devant une fenêtre au-delà de laquelle fanaient les fleurs mauves d'un jacaranda, venait de décrire en une trentaine de vers l'entrée, les guichets, la cabine de projection et les dix premiers rangs de fauteuils du cinéma Khronika de Douchanbé, voir (et me voir, moi, le voyant voir) une jeune fille brune assise sur une chaise de métal dans le jardin du Luxembourg, à Paris, sous le déploiement des premières feuilles de marronnier qui faisaient danser sur les pages une ombre dentelée, lisant (et moi l'observant lire, ou lisant, **ce qui revient au même**) ces lignes où lui, le vieil homme, était évoqué évoquant l'homme moderne dans sa tour de guet munie d'appareils d'enregistrement et de transmission à distance, d'horaires, indicateurs des chemins de fer, bulletins des Lloyds, Minitels, de téléphones, téléviseurs, télécopieurs, téléscripteurs, araignée télépathe dans sa toile mondiale, captant les moindres mouvements des plus chétifs moucherons planétaires : idée (disait l'auteur, un prix Nobel chilien, je crois), qui “me parut si inepte, son exposé si pompeux et si vain, que **j'établis immédiatement un rapport entre eux et la littérature**”. J'eus encore, avant de t'apercevoir, toi, le temps de surprendre dans une usine de pâte à papier au bord de la rivière Saskatchewan, à l'heure de la pause, un ouvrier vêtu de noir mangeant un sandwich assis sur un tapis blanc qui derrière lui se redressait pour s'enrouler en une énorme bobine suspendue à environ quatre mètres au-dessus du sol : et l'homme semblait une mouche sur un papier tue-mouches, ou bien alors une créature fabuleuse, mi-homme mi-lettre, évadée de l'espace blanc, plan, abstrait, qui lui laissait, pour quelques instants de break-time, avant qu'un tour du colossal rouleau ne le réabsorbe (ne le réimprime), la liberté d'observer, du bord du monde des signes, celui des choses. Puis, sur la scène du théâtre, je te vis toi, Tahminaï, oui, je te distinguai nettement, debout à la droite des douze, Malikan de la nuit tadjike, et je commençai à te parler.

4

Fuir la police est comme autruche cachée

(mythologie-science-fiction)

On se demande peut-être, des esprits vétilleux, comment j'en vins à lire dans le monde comme au travers d'une grosse flaque limpide. Faut-il retracer, au risque d'ennuyer, les chemins emmêlés que mon esprit embrassa d'abord au sein d'un vaste et éblouissant paysage conjectural, et qui me conduisirent à découvrir un aleph autogène et en quelque sorte portatif ? Cependant que nous continuions à jouer aux cartes, je m'efforçais, sans rien laisser paraître, d'analyser les effets étranges que le discours du télésophe, en lui-même assez banal et creux, avait déclenchés en moi. Je ressentais, je l'ai dit, une excitation et même un enthousiasme anormaux, inexplicables, ou que – si j'excluais l'hypothèse de la folie – je ne pouvais expliquer que par la présence, derrière le voile des stéréotypes contemporains, d'une vérité jamais encore aperçue et que, la dissimulant, d'une certaine manière ils désignaient (combien de fois les hasards des infinies combinaisons de la langue ont-ils fait passer un idiot – qu'illustre la fiction du singe dactylographe – à proximité d'une thèse profonde, d'un vers admirable auxquels d'ailleurs, les eût-il effectivement proférés, il n'eût pas prêté attention ?). Oui, j'étais dans la situation d'un homme qui pressent qu'un feu brille au fond de la brume, qu'un certain trouble ambré de la brume, à peine discernable, et dont il se demande aussi s'il ne l'a pas rêvé, annonce un fanal ou un phare. Et soudain, je compris ! Il n'était pas vrai de dire que le monde n'existait pas. Il existait bel et bien – constamment créé par les mots. Je vis (mais l'espace d'une seconde, comme dans l'éclair sidérant d'une révélation) des trombes de mots se résoudre en figures matérielles – locomotives, fleuves, clairs de lune sur la mer, entrepôts de poisson séché, parcs municipaux, jeunes filles, affiches de théâtre, charcuteries, baraques foraines, ateliers, autoroutes fermant leurs anneaux autour des tas de braises des villes, et aussi les visages ébahis des dormeurs sur les couchettes, pendant que les roues martelaient un pont de fer, et des bouquets de pisse gelée sous les wagons du Transsibérien approchant de la gare d'Oulan-Oudé, et le repli ocellé des contrecourants sous le pont de fer, le rebroussement des vaguelettes de l'estuaire à l'approche de la marée, la laitance lumineuse dont les fleuves ensemencent le ciel nocturne, les grandes corolles sombres que le vent dessine sur la mer, leur géométrie imprévisible et les équations qui pourtant la gouvernent, les vers qui dévoraient les morues d'Alcântara, les tucumarés et les pirapitingas de Manaus, les poissons-anges de Mar-del-Plata, les cristaux de sel humide, brunâtres, qui leur faisaient une cotte grumeleuse, je vis les papiers gras volant sur les pelouses et les abjectes carpes asphyxiées dans les pièces d'eau, et les jeunes gens timides, pleins de désir, hésitant à s'asseoir sur le banc que les oiseaux avaient conchié : oui, mon esprit, fugitivement, embrassa tout cela, tressé de mots, toutes ces scènes triviales comme autant de flammes au bout de torches de mots, et aussi le grand dégueulement cosmique des étoiles, leurs macédoines de rayons, leurs falbalas quantiques, et les soutiens-gorge fluorescents, vert pomme, violets, rose bonbon, des jeunes filles jouant dans les brisants de l'hémisphère sud, et, plus intéressantes que les répétitives crèmes fouettées des galaxies, les dentelles de sel sur leur peau brune et lisse, et les peignes démêlant leurs cheveux dans d'innombrables miroirs se réfléchissant l'un l'autre sur tout le tour de ce qu'on appelait le monde, jusqu'à mes yeux ultimes, mes yeux de béryllium et de silice fondue, mes yeux d'insecte géant, de Grand Capricorne, de divinité grammatologue en forme de bouc emplumé à élytres. Puis la vision s'évanouit, mais sa leçon restait inscrite en lettres de feu dans mon esprit : les langues, et avant elles les mots, et avant les mots les alphabets et les lettres, et avant même, bien avant les lettres, les flux de particules élémentaires dont le Verbe, tout comme la matière ou la lumière, était fait de toute éternité, constituaient un univers en expansion infinie (**se décalant vers le rouge!**), communiquant avec l'univers matériel qu'ils suscitaient continuellement par un filet d'innombrables, arachnéens puits cosmiques (un peu à la façon encore naïve dont certaines spéculations astrophysiques concevaient, à travers des trous noirs retournés en "trous blancs", le passage de la matière à l'"antimatière". L'antimatière! Certes, les singes dactylographes très évolués qui avaient accouché de cette fiction tordue n'imaginaient pas à quel point ils étaient proches de l'éblouissante simplicité d'une découverte que certains vieux mythes religieux dissimulaient-désignaient depuis toujours: le Verbe se faisait chair, et la chair Verbe!). Je compris que l'antimatière, l'antigravité, l'autre univers fabuleux dans lequel on pouvait remonter le temps et se livrer à toutes sortes de contorsions logiques, **c'était le Verbe**, que le cyclone de gaz ardent qui, avant de s'anéantir derrière l'horizon de toutes choses, à trois cents millions d'années-lumière, avait émis un rayonnement frappant aujourd'hui mes yeux de phosphore et de chlorures, allait se perdre, sur l'autre face de tout, dans les spirales infinies du Verbe, dont une partie aussi inconcevablement minuscule au regard de ce monde-là que l'air que je respirais au regard du cosmos physique allait à son tour, à travers mes mots, s'anéantir en matière: et cela, cet engendrement et cette destruction, ce rotor primordial, éternellement.

Les conséquences de cette hypothèse, si elle se vérifiait – et je n'en doutais pas – étaient si phénoménales, puisqu'elles allaient d'une révolution dans la lecture de la Bible (et notamment, bien sûr, de la Genèse), à une nouvelle théorie générale de l'univers, tout simplement, que le pari que je venais de faire, et qui semblait insensé à mes partenaires de whist, en était brusquement ramené aux proportions d'un jeu d'enfant sous-doué. N'importe, je m'étais engagé, je ne pouvais donc plus reculer. D'ailleurs j'entrevoyais que cet exercice m'apporterait peut-être l'occasion de premières vérifications expérimentales. Dès que je fus rentré chez moi, après avoir perdu tous les robres, je m'enfermai dans ma bibliothèque et tout en buvant un whisky que, n'ayant pas encore contacté le Pakistanais à la motocyclette, je dus me servir moi-même, je me mis à réfléchir : si mon hypothèse était exacte, un peu avant que les mots ne disparaissent sous l'horizon des mots, anéantis ou réifiés dans chaque mini-trou noir creusé par la suspension du discours (qu'on pouvait aussi bien, selon la perspective – le demi-univers – dans laquelle on se plaçait, appeler "trou blanc" : c'était égal), il devait se produire des phénomènes "analogues" (toutes proportions gardées) à ceux existant dans ce qu'on appelait en astrophysique les "disques d'accrétion" : bris d'étoiles sous les marées gravitationnelles, tourbillons radieux, courbures extravagantes de l'espace-temps permettant de voir simultanément le dessus et le dessous des objets, etc. Après m'être servi un second whisky, je commençai à essayer d'identifier un de ces lieux : je ne doutais pas d'y parvenir rapidement. Mû par une inspiration encore entachée de naïveté (mais l'histoire des sciences a surabondamment montré comment une fatalité épistémologique condamne les plus grandes découvertes à se penser en partie à l'intérieur des vieux systèmes qui les entravent et qu'elles détruisent), j'envisageai d'abord que les points dits "finaux" où semblait s'engloutir, comme dans une "singularité" cosmique, le tournoiement de l'écrit, fussent de tels objets. Cette logique simpliste me détermina à braquer tout d'abord mon télescope sur le point final de *L'Aleph*. Qu'il fût précédé par un z, la lettre ultime, la signature de l'éclair, une figure réversible (et cette réversibilité s'étendait jusqu'au point sur le i de Beatriz, qui faisait un écho – un mirage gravitationnel ? – au point final : z.), un emblème, enfin, de l'anéantissement, de la radiation, et du renversement d'un univers dans l'autre, me parut, je dois l'avouer, une indication éminemment prometteuse. Beatriz. Triz, triz. z. z. z. Je fixais ce point grésillant, la séquence qui le précédait : rien. Je ne voyais absolument rien qui manifestât qu'en ce lieu fonctionnait un des trafics élémentaires du cosmos, une des microscopiques sources ou fuites par lesquelles le monde physique suintait continuellement, comme goutte à goutte, de celui du Logos. zzz. Je dormis peut-être un peu. Lorsque je m'éveillai, je repris mon observation. Quelque chose, tout de même, à bien y regarder? Une vague agitation de formes très floues? Et si je tournais la page pour contempler **l'envers** du point final? De nouveau, je commençai par ne rien voir de spécial, le papier d'un blanc incertain, inégal, légèrement translucide, offrait un aspect de précipité floculeux évoquant un soleil voilé par la neige. Le mot qui précédait le point (ou l'antipoint) vu par transparence était "cristal", un cristal "sur lequel se reflétait l'univers entier". Hum... Le monde comme un cristal, ou une étoile d'images, un rayonnement continu de formes, suscité et voilé par la chute de neige du papier?... De nouveau, il me sembla... mais c'était si lointain, si inachevé... Le cristal, la neige, le monde... le songe... Cette association de hasard, sans doute aussi une idée non formulée de quelque chose comme des limbes ou un Purgatoire, me déterminèrent à sortir *Les Ames mortes* des rayonnages. Derechef, je me mis en embuscade autour du point final. Passage. Passage point. Ça n'était pas mal non plus, ce "passage" pour signaler, de façon à peine cryptée, un des trous de la grande passoire logophysique... De nouveau, je retournai la page, observai par transparence, etc. "Le ciel, les légers nuages, et la lune qui passe à travers..." **On insistait!** Il semblait décidément que quelque chose fît signe, suggérât une idée d'enfermement sous des épaisseurs vitreuses, comme une ville entr'aperçue au fond de la mer... sonnant de toutes ses cloches étouffées... un infini de formes presque translucides... tout un monde lointain, absent, presque défunt... S'adressait-on à moi, de l'au-delà des mots dans le pas encore matière? Je vis, fugitivement, ou je crus voir, bondir un tigre transparent comme une crevette, dériver sur une mer vaporeuse une avenue de glaces flottantes, une porte se fermer sur une femme en pleurs... une fête champêtre, très loin, dans la brume, avec des instruments de musique bizarres... un livre de cendres s'ouvrir, mais qui ne pouvait être celui que j'avais en main, car il était imprimé dans des caractères inconnus de moi, présentant une apparence de lichens, de griffes et de vrilles végétales. Il me semblait contempler par moments, comme derrière un mouvement de nuages, un monde mort, ou pas encore vivant – un monde de “têtes sans force” comme celui d'où, à travers les fumées du sang, vient vers Ulysse l'ombre d'Elpénor. Oui, tel le fils de Laerte scrutant le grouillement des lémures au fond de la fosse, au bout de son glaive tiré, je crus voir briller dans l'abîme dessiné par la page, derrière les fumées de l'hécatombe de mots qui s'y célébrait, une vague lueur, issue d'un monde centaure, mi-lettres mi-corps et qui m'adressait, de toutes ses bouches fantomatiques, des invocations : Honore-nous ! Fais-nous vivre ! Nous nous nourrissons du sacrifice des mots, mènes-en de vastes troupeaux à notre autel ! Des mots bien gras, des mots sans tache, au pelage luisant, au mufle puissant, habitués à brouter l'herbe la plus tendre ! Des mots à la jambe nerveuse, aux cornes acérées ! Aux saillies prodigieuses ! Aux portées innombrables ! Des mots qui fassent résonner la terre sous leurs sabots polis, qui soufflent du feu par les naseaux ! Comment nous, le monde, pourrions-nous vivre, si l'on néglige de nous offrir le sang noir des mots, leur chair rouge, leur graisse odorante pour que nous nous en repaissions, leur peau souple et laineuse, ou dure et rèche, et fauve, ou blanche, ou noire pour que nous nous en vêtions, leurs os creux pour jouer de la flûte ? Puis les voix, les visions vagues s'éteignirent. Je me versai un nouveau verre et essayai de rassembler mes idées. Ça n'était pas facile. Voyons... Le monde, pour advenir, avait faim et soif de nouveaux mots. **Il fallait faire fumer le sang noir du Verbe !** Sans plus attendre, et notamment la découverte d'un de ces points ou disques où je pusse observer à loisir mon immense et pitoyable objet, saisi comme d'une sorte de piété païenne, je commençai à écrire (à faire un sacrifice) : “Le soleil se précipitait vers le point équinoxial...”(je crois que contribuèrent à l'élection de cette première phrase, autant que le souci de dater exactement cette affaire, certains vagues souvenirs de romans débutant par des considérations géographiques, météorologiques, etc., et qui m'avaient frappé). Or, miracle, dès que j'eus commencé d'écrire, de nouveau le Carnaval immense envahit mes yeux ! Écrire et voir n'étaient désormais qu'un seul acte ! Le point miraculeux, luciférien, le trou blanc et noir (**c'est la même chose, faut-il le répéter** ?) d'où les mots, devenant matière, illuminaient fugitivement le monde entier, était là, sans cesse poussé en avant par mon esprit et ma main, dévorant les espaces, se nourrissant de ce mouvement (car, esclave de ma propre création, apôtre enchaîné à mon apocalypse, dictant ce qu'il me dictait à l'ange aux yeux de feu, si je m'arrêtais un instant d'écrire, tout pâlissait puis s'éteignait comme chandelle soufflée). Autour de l'avancée de ma phrase qui fonçait dans la nuit comme une fusée éclairante, se créait une irisation renouvelée d'images, un tourbillon crépitant où apparaissaient des villes entières, avec leurs amours, leurs racines et radicelles d'égouts, caves et souterrains les amarrant au sol, leurs grands dépôts d'ordures, leurs assassins, leurs bibliothèques, leurs trafics, un feu roulant d'artifices où flambaient des plaines monotones avec des paysans adossés à des machines agricoles, et l'ombre des oiseaux sur la terre, des mers refermées sans cesse sur le sillage des navires, des marchés au bord de grands fleuves où des parures de plumes se vendaient à côté de postes de télévision, des catastrophes impliquant tous les moyens de transport, les derniers instants d'une foule de désespérés, des prestidigitations planétaires, mille aurores et mille crépuscules, et le manteau des saisons, et, Argus cosmique, les yeux de glace des satellites recueillant dans la nuit les averses de lumière. **Et je vis que cela était bon !** Tout d'abord, à vrai dire, je ne distinguai que des scènes relativement proches et pour ainsi dire familières, voire triviales, l'arrivée du train Paris-Brest en gare de Guingamp (trois minutes d'arrêt), un homme en chapeau hésitant, dans un supermarché de Munich, entre plusieurs types de saucisses sous cellophane, trois minuscules singes à tête de lion et queue en pinceau, rayée, dans une cage à La Haye : bricoles. Rapidement, pourtant, sans que le cercle de mes visions s'étendît encore beaucoup, elles gagnèrent en relief et en précision. A Mol-Sluis, en Belgique, je vis retirer du canal le corps d'un suicidé, les plongeurs faisant des bulles dans l'eau trouble, une barque avec des hommes en ciré armés de gaffes, le petit groupe des imperméables mastic sur le chemin de halage, sous des nuages bas poussés par un fort vent d'ouest et, plus loin, dans un poste de la gendarmerie royale, une bicyclette abandonnée. Dans l'île de Jersey, battue par le même vent d'ouest contre lequel les mouettes planaient, immobiles, avant de chavirer brusquement sur l'aile comme des avions de chasse, je vis un groupe d'écoliers vêtus d'anoraks ou de K-ways passer en marchant, sous la heavy rain, devant une enseigne sur laquelle il était écrit "Ask for Mary-Ann" et je me demandai qui était cette Mary-Ann, mais je n'eus pas le temps d'éclaircir cette question car déjà, retenant mon souffle, je voyais l'inspecteur Graham Nimmo pousser la porte du pub "Soleil levant" dans Bath Street, à Saint-Hélier, et je comprenais aussitôt, à sa mine renfrognée et secrètement triomphante, à sa façon de se planter, poings enfoncés dans les poches de son caban perlé de pluie, devant le bar où l'on astiquait les chopes, l'air de rien, qu'il s'apprêtait à frapper un grand coup : et en effet, après avoir lancé à Dylan O'Connell, le gérant, un sonore et sarcastique "bad weather, isn't it ?" il extrayait de sa poche un papier signifiant au nom de la reine à Dylan et à son foutu barman (qui affectaient d'abord de prendre la chose à la plaisanterie) une inculpation de recel d'objets volés dans les magasins de l'île par une bande de champions de la fauche à l'étalage débarqués de Liverpool. The hell ! A Lerida, je vis le cycliste José Recio, déhanché sur ses manettes, l'emporter de trois secondes au sprint sur le Britannique Malcolm Elliott dans la seconde étape de la semaine catalane, tandis qu'à l'aéroport de Barajas les douaniers demandaient à Cruz Vitches Antón et Pedro Joaquín Lowenthal Andersky, nés (je le lus ou l'écrivis – **c'est pareil, ok** ? – sur leur passeport) l'un à Alcalá de Henares, l'autre à Bogota, de bien vouloir se déchausser. ¿Por favor ? Sí, sí, han entendido muy bién ustedes : quitense las botas ! Et la lame d'un couteau introduite entre talon et talonnette, cependant qu'ils affectaient de le prendre de haut, prétendant que les douaniers n'étaient pas payés pour faire les cordonniers, et autres forfanteries destinées, bien en vain, à masquer leur panique grandissante, révélait un peu plus d'un kilo de cocaïne qui leur faisait traîner les pieds. Puis, ma vue s'habituant peu à peu à porter au loin, j'aperçus dans son bureau dont le climatiseur, dans un crépitement de crécelle, venait de cracher ses derniers boyaux, João Manuel Gaspar da Silva, chef du secteur provincial de la Force de Travail de Luanda, en train de feuilleter en s'épongeant le front le *Jornal de Angola* pour s'assurer qu'était bien parue, et en bonne place, l'annonce passée par ses services relative au recrutement de camarades coiffeuses et aides-coiffeuses requis par l'accomplissement du plan de travail du salon Cândida, et je lus avec lui, par-dessus son épaule, la maxime civique suivante, étalée en gros caractères au bas d'une page (et dont la scène précédente, à Barajas, semblait une illustration) : "ASSUMA A RESPONSABILIDADE DOS SEUS ACTOS, PORQUE FUGIR DA POLICIA É COMO AVESTRUZ ESCONDIDA !" : "Assume la responsabilité de vos actes, parce que fuir la police est comme autruche cachée !" Ah ah ! Comme moi, la police voyait tout ! Ou bien, dit autrement : **Le monde pour moi était une énorme autruche cachée !** Devant les blanches coupoles d'une mosquée de Kaboul, je vis une foule en liesse fêter Navrouz, le premier jour de l'année zoroastrienne, autour d'un type qui, grimpé à un poteau haubanné, semblait une figure de bois emportée par la ronde d'un manège (et sous lui, au-dessus pourtant des têtes de la foule, on voyait dresser ses fleurs et ses hampes un buisson de lettres arabes). Du fond d'un décor de barbelés et de tôle ondulée à Belo Horizonte, devant un cercle de grévistes jouant à la purrinha, assis dans la poussière de coke sous la tour d'un haut fourneau, deux masques guerriers me fixaient : un sac en plastique blanc percé de trous pour le nez et les yeux, coiffé d'une chemisette dont les manches courtes battaient de chaque côté comme des oreilles d'éléphant, et un blouson à fermeture éclair d'où émergeait juste, par le col, un cimier de cheveux hérissés, flanqué, là où devaient se trouver les oreilles, par de curieuses trompes qui étaient en fait les manches. Les deux êtres à l'apparence de sorciers ou de fantômes brandissaient l'un une barre de fer, l'autre ses poings serrés vers les casques brillants, serrés comme des galets, de la police militaire. A Mbabane, au Swaziland, un homme tuait sa femme à coups de poing parce qu'elle avait mangé son poulet, et lorsque justice était faite il terminait le plat, suçait les os exquis que guettaient des cafards aux antennes frémissantes (il en écrasait un, purée jaunâtre de pattes et d'élytres qu'il expédiait d'une pichenette sur le cadavre de sa compagne), puis il léchait longuement ses pauvres doigts endoloris. Au dernier étage d'un immeuble d'Achrafieh à Beyrouth-Est, un homme qu'avait impressionné la lecture, dans *L'Orient-Le Jour*, d'un article où il était dit qu'il avait fallu au poète français Francis Ponge cent soixante-dix-neuf jours pour faire le tour d'un verre d'eau, en avait posé un sur un guéridon et meublait le loisir forcé que lui ménageait le bombardement à en détailler la peau ronde et luisante sur laquelle se reflétait, mais inversée, allongée et renflée, et avec une qualité d'éclat limpide que n'avait pas le monde réel, une partie du monde environnant, soit : l'angle d'une fenêtre murée de parpaings, un napperon brodé, taché, représentant un chalet du mont Liban sous un inévitable cèdre, le numéro, roulé, du journal dont le titre pouvait évoquer aussi le rayonnement d'une perle (les lettres grossies et convexes comme des poissons derrière la vitre d'un aquarium) et un paquet de cigarettes américaines à bout filtre dont un rang, prêt à être présenté au visiteur éventuel, était habilement étagé à la façon des tuyaux d'un chalumeau. Puis le gong d'un obus à une centaine de mètres ou peut-être un peu plus, faisant courir de la périphérie vers le centre du disque liquide de rapides cercles enchâssés de lumière et d'ombre se resserrant en définitive en une sorte de petit pédoncule ou bouton brillant, venait troubler et bientôt interrompre complètement cette contemplation (et, du même coup, la mienne). Rue Cheung Sha-wan, à Hong Kong, une fillette de dix ans qui, revenant de l'école, son cartable sur le dos, aidait un aveugle à traverser, se faisait renverser par une benne à ordures, et l'ambulance les emmenait tous deux mourants vers Kwong Wah Hospital : infortune de la vertu ! Dans la ville de Paarl une grosse commère boer aux cheveux frisottés souriait en contemplant l'immense voilure de la robe qu'elle portait avant sa cure d'amaigrissement. Une canonnière papoue, fonçant à toute vapeur vers Bougainville, lançait des étincelles dans la nuit couvrant la mer de Bismarck.

5

Dans les jaunes champs de moutarde du Penjab

(prologue)

D'abord le Chaos, le grand Illettré, l'Abîme sans mot pour le dire. Puis la terre aux larges flancs, pour qu'y prospèrent les vivants, puis l'Amour qui rompt les membres, et Érèbe l'obscur : ça aurait commencé comme ça. Et du Chaos la Nuit, et de la Nuit le Jour. La Nuit : velours noir, étoilé, des perles d'eau dans une toile d'araignée. D'elle, unie d'amour à Érèbe sombre comme l'encre, naît le Jour blanc comme le papier, et du Jour la Nuit : pas de commencement. La mère engendre le fils qui engendre sa mère en s'unissant à elle : boucle incestueuse qui produit tout ce qui tombe sous le chef de la copulation du noir et du blanc, dont le Bien et le Mal, l'équinoxe et l'écriture et tout le reste.

D'un autre côté, de la terre, le Ciel qui n'est qu'un grand œil jeté sur la nudité de sa mère, et finit lui aussi par la couvrir (ce sont nécessités des premiers temps), et de leurs amours, toutes les formes et les couleurs et les passions, l'Océan couleur de cyanure, le Temps, et les Titans, leurs jeux sinistres et gigantesques. Il y en a un qui coupe les bourses de son père et les jette aux flots, d'où, après diverses tribulations maritimes, naît...

Pourquoi est-ce que je te raconte ça ? Si tu crois qu'on sait toujours de quoi, pourquoi on parle... On a la tête traversée par des paroles qui viennent de très loin, sans qu'on s'en rende compte, on vole à travers des nuages de mots, on nage dans les eaux profondes de toutes les fictions, on naît de la mer des discours, on est irrémédiablement fictifs, mythomanes, même toi, ma Muse. Oui, c'est cela, je te parle comme ça parce que tu es ma Muse, et que c'est ainsi qu'on s'adresse aux Muses, Moubachara, ou que les Muses font parler les mortels : **ça revient au même.**

...naît, oui, la déesse qui lorsque reparaît le visage printanier du jour (comme aujourd'hui où le soleil a passé le point vernal, à vingt heures vingt-neuf minutes douze secondes précises chez toi, à Lahore), fait se peupler la terre et la mer, sous les alphabets errants du ciel, de créatures sorties de l'ombre,

Et fuir les vents, ces chiens à toison de nuages, vers leur niche caverneuse quelque part dans l'Hindou Kouch ou le Karakoroum, ou le Pirpanjal (et par exemple s'éloigner ou s'occlure cette dépression de la mer d'Oman qui couche devant Bombay les boutres chargés d'or du Yémen et rompt le ciel noir sur Lahore),

Et toutes les créatures aspirer à se rejoindre et à s'unir, depuis les demeures feuillues des oiseaux jusqu'aux maisons des hommes, feuillues aussi, certaines, cabanes de terre ou de tôle, ou de carton, ou de ciment, la plupart, hérissées de cheminées et d'antennes de télévision pour le trafic de la fumée et des images. Et moi par exemple aspirer à me joindre et à m'unir à toi, même ici, dans la bibliothèque de l'Aga Khan University, pourquoi le cacher ? Car dans toutes les poitrines la printanière Vénus enfonce le couteau de l'amour, Moubachara. Qu'y faire ?

Déesse ! (voilà où je voulais en venir) : Te sociam studeo scribendis versibus esse quos ego... Aide-moi à écrire ce poème que je... par quoi je veux enchaîner le monde. Muses ! Filles menteuses et véridiques, inspirez-moi des accents divins pour glorifier non ce qui a été ou sera, ta t'essómena pro t'eónta : **mais ce qui est.** Car j'ai formé le dessein de conter, en un récit continu, les métamorphoses qui composent la figure innombrable de ce jour. Et je vous célébrerai, moi, dans chacun de mes chants : car assurément vous êtes, vous aussi. Par exemple toi, Moubachara, je t'offrirai des mots qui ressemblent à des agneaux Karakul, pour honorer comme il convient ta cascade de cheveux noirs, la laine brillante et bouclée de ta chevelure qui comme celle de la princesse Budûr a la couleur de ces nuits sombres par lesquelles on se quitte et prend la route, tandis que ton visage penché sous la petite lampe a l'éclat des jours où l'on se retrouve et s'unit. Une mèche torsadée que d'un doigt, continûment, tu taquines, la roulant puis la déroulant, tombe sur ta pommette aiguë, à une oreille brille le feu discret d'une perle, pure comme le grain de ta peau. Tes cils sont baissés, longs et courbes comme la lettre ra', je vois, sous ta robe brodée à très amples manches, que ta taille, semblable encore à celle de la fille du maître des îles et des mers alentour et des sept palais aux mille tours, est élancée comme la lettre alif.

J'ai dit divins ? Allons, des accents humains, simplement, muse qui n'es la grâce qu'avec un **g** minuscule, pour glorifier non ce qui a été ou sera, mais **ce qui est**, simplement : ça ne serait déjà pas si mal. Les grues du port de Karachi, les sept brigands armés de Kalachs et revêtus d'uniformes de la police qui à Goth Tchandou menacent le chef de village et se font remettre quinze mille sept cents roupies, des bracelets et des colliers en or et en argent, et puis ensuite massacrent et violent un peu, faut-il être né de la cuisse de Jupiter pour les décrire ? Et les flics de la police des chemins de fer du Baloutchistan, de vrais poulets, ceux-là (mais les autres aussi, peut-être), qui grimpent dans le Mahran Express à la gare de Pad Idain, à la queue-leu-leu derrière le commissaire spécial Yunas Dar, et avec une idée derrière la tête ? Et quelle idée ? Une idée divine ? Non, une idée bien humaine, un tuyau, plus précisément. Et cependant que le train numéro quarante-six fonce vers le sud en ferraillant, en beuglant dans les courbes, enfin fonce, n'exagérons rien, roule vers le sud, vers l'Indus, selon le chemin, à peu près, emprunté il y a vingt-trois siècles par Alexandre de Macédoine, ils commencent à faire lever tout le monde, ceux qui ont trouvé une place pour s'asseoir, ceux qui se sont assis sur ceux qui ont trouvé une place, etc., et à retourner les banquettes, et à faire ouvrir les ballots de papier gommé ou de toile de jute, et les cartons, et il y en a un qui ne veut pas ouvrir son carton parce que dedans il y a quatre poules qui vont s'enfuir, il le sent bien, s'il obtempère, et en même temps l'idée de ne pas obéir à la police est si effarante qu'il ne sait que faire, que sa pensée est comme paralysée, et ses mains aussi sur la ficelle, jusqu'au moment où un coup de cravache lui cingle les côtes, alors il défait les nœuds et seule une poule s'enfuit en lâchant des plumes et des fientes verdâtres et des cris exaspérants. L'affaire aurait pu se terminer plus mal, notamment si le volatile avait conchié une chaussure d'un des policiers. Mais non, Dieu soit loué. C'est finalement dans le réservoir à eau de la voiture n° 5142 où naturellement il n'y a pas d'eau, mais cela n'est pas anormal, ce n'est pas ça, certes, qui a mis la puce à l'oreille des pandores, qu'ils trouvent ce qu'ils cherchaient : dix coupons de tissu made in India importés frauduleusement, les criminels, on peut en être sûr, seront bientôt dans de sales draps.

Oui, muse qui es la grâce humaine, prête-moi des accents à la hauteur grandiose mais terrestre de la sueur sous les bras des policiers, des moustaches du commissaire spécial Yunas Dar, de la fuyante fiente de poule dans le couloir du train qui descend vers l'Indus, du souvenir d'Alexandre bicorne de Macédoine, dit le Grand, de la cascade bouclée de tes cheveux noirs : car tout cela (pardonne-moi) est, à certains égards, semblable. Te sociam studeo scribendis versibus esse quos ego... Aide-moi, pour une heure, à dire cela, Moubachara, ou quel que soit le nom qui veut dire muse en ourdou. Le meurtre à Sahiwal de Mohammad Tayyab qui gît dans la poussière, oublieux à jamais des trente roupies qui lui ont été fatales. La panique qui convulse la foule à la foire aux bestiaux de Faisalabad lorsqu'une altercation entre un maquignon et des acheteurs dégénère en échange de coups de feu, les meuglements des vaches, les hennissements des chevaux qui déchirent comme des lames de scie, le cabrement des chevaux, dressés comme des idoles hirsutes, annonciatrices de terribles événements. La mort d'un inconnu heurté par une locomotive alors qu'il traverse les voies d'Orangi Station à Karachi. Tout cela je l'ai vu lorsque mes yeux, ignorants encore du fait qu'ils allaient rencontrer les tiens, erraient sur les pages craquelées, froissées, un peu noircies par le feu, de ton pays. Et le chien enragé qui mord dix-neuf personnes dans un quartier pauvre de Sukkur, près d'Islamia College, avant d'être abattu à coups de bâton, et le visage résigné des malheureux lorsque à l'hôpital, non loin du pont de chemin de fer sur l'Indus que franchit en ferraillant le train numéro quarante-six avec aux fenêtres les sept policiers triomphants, le médecin leur fait dire qu'il n'a pas de sérum, et qu'ils n'ont qu'à se débrouiller tout seuls. Ou bien la stupeur incrédule qui fige le visage de Sayyad Ali lorsqu'il arrive chez lui, à Wahdat Colony, de retour d'un voyage d'affaires en Iran, s'attendant à trouver Tasnim Khwaja, sa femme chérie, ou souffre-douleur, ça je n'en sais rien, enfin celle qu'il considère, d'une façon que j'ignore, sienne, et qu'il n'y a personne, ni aucune trace d'elle, sauf peut-être son parfum. Et voilà qu'il se renseigne auprès des voisins, ou plutôt ce sont les voisins qui viennent le voir, mi-narquois mi-compatissants, et lui apprennent qu'elle s'est mariée, contrainte et forcée, c'est ce qu'il veut croire, avec l'infâme Muktar Ahmad, même que c'est Maulvi Hafiz Muhammad Abdul Rashid, que Dieu le mène à la Géhenne, qui a célébré cette union illégale, avant que les conjoints ne partent pour l'étranger. Et cela lui donne comme un pressentiment, sans même songer à se cacher il file à la cuisine, plonge ses mains fébriles dans la grande bassine pleine de riz et... il plonge et replonge ses mains, les grains longs et cireux picotent ses doigts, s'amassent en vagues, débordent et tombent au sol, faisant entendre un léger crépitement, comme lorsque les gouttes annonciatrices de la première pluie de mousson tombent sur le toit de tôle, et... il l'a compris avant même de sonder la bassine où il avait l'habitude de cacher son magot, les liasses de billets bien roulés n'y sont plus. Alors, submergé par l'immensité de la fureur et de la douleur, comprenant que sa vie lui échappe et file emballée désormais vers des catastrophes qu'il est impuissant à détourner – qu'il retrouve ces chiens et les tue, il sera condamné, qu'il ne fasse rien, le voilà déshonoré et ruiné – l'infortuné Sayyad Ali plonge son visage dans le riz – s'il pouvait y disparaître tout entier, devenir lui-même un de ces petits œufs durs, opalins ! – et en mâche stupidement, convulsivement, les grains mouillés de salive et de larmes.

Assassinés ! Épouvantés ! Mordus ! Cocus ! Et tous les és, et tous les us ! Et tous les is, et tous les ants ! Quos ego... que moi ! Moi ! Les mots que j'utilise, que je vais chercher à sûrs tâtons dans l'immense magasin désaffecté du lexique, aussi écroulé désormais que les citernes de brique de Moenjodaro et Harappa, il me semble que c'est toi qui me les souffles, muse à chevelure d'astrakhan, le fil retors des mots il me semble que c'est toi qui m'en déroules la pelote, sombre Ariane d'Orient, afin que je tente de dire tous ces visages, ces regards diversement terrestres, les yeux clos de l'assassiné, un mince rai brillant, comme un ruisseau tari, entre les paupières, les globes de pur effroi bleu sombre roulant dans les orbites des chevaux, l'éclair horrible sur quoi meurent les yeux du vieil homme happé par la locomotive, les yeux de chien, tristes et patients, de ceux qui attendent une mort dont aucun chien ne voudrait, les yeux rougis, roulant dans des sacs de peau fripée, du voyageur à son retour, l'œil digestif du dacoït repu, du policier qui a rempli la mission dont s'enorgueillit son chef... Moi, qui suis le Grand Œil, te sociam studeo esse...

Et je sais aussi que cela n'est pas vrai, que c'est un mythe : mais j'ai besoin de l'arène versatile de ton visage pour que mes mots y éprouvent leur force et y meurent, entre ombre et soleil, de ton souffle physique pour leur conférer le souffle spirituel, le pneuma, de tout ton corps frêle et mat, de toi entière, comme d'une feuille de laurier âcre que je mâche. Si tu veux bien.

Ou bien alors préfères-tu que j'emprunte leurs mots à ceux-là, ces langues d'or et d'argent, ces athlètes de la parole qui s'affrontent à quelques pas de nous, à l'auditorium Bokhari du Government College, à l'occasion du concours d'éloquence

Allama Iqbal? Dis donc... tu crois que j'aurais une chance? Les finalistes sont en blazer. Écoute. Ils captivent l'attention des auditeurs à coups d'idées brillantes et de formules bien frappées... Comme c'est beau! Le miel de leur propos! C'est Ershan Uddin qui l'emporte. Il a choisi le sujet "life is action, not contemplation" (me dire ça à moi... moi l'Œil!). Il martèle ses mots, il cisèle ses phrases, il pointe le doigt vers nous, il s'écrie: "If we wish to escape, let us escape into the world of Prophet Mohammad!" Oh oui, Moubachara, fuyons dans le monde enchanté du Prophète, où tout n'est qu'ordre et beauté! Nous croulons en applaudissements. Son visage est si expressif, si accordé à la gravité de son propos! Mais Asim Aslam est bon aussi, je trouve, il parle avec flamme sur le thème "in this modern world, man has lost his soul". Quel beau sujet! Son discours est convaincant, adroitement souligné par une gestuelle énergique qui ajoute beaucoup de brio et de passion à son message, tu ne trouves pas? "Never has the tension between the experience of an age and its expression been so great as it is in the present": je suis absolument d'accord avec lui. Muse! Donne-moi la force d'accorder l'expression de cet âge à son expérience! Il serait temps, en effet. Et en ourdou, c'est Ali Gohar dont la tête est ceinte de lauriers mérités: quelle aisance, quel esprit, bien servi par une voix de tonnerre dont il sait user à merveille, pour traiter du topic "kuch log uqalmand hote hein, kuch shadi shuda". Quelle leçon, oui, quel exemple!

Aussi, pour te plaire je veux à mon tour concourir et derechef, mêlant à de vieux accents latins ceux de l'éloquence penjabie, évoquer le sacre d'un printemps parsemé de fleurs rhétoriques: une bergerie latino-harappéenne, en quelque sorte. Écoute: Dans les villes et les villages du Penjab, ô déesse nourricière à qui toute espèce doit d'être conçue, lorsque le sombre hiver, ramassant ses hardes, prend le chemin de l'Hindou Kouch et du Karakoroum, on dit, sur les toits en terrasses d'où les regards levés des enfants suivent les zigzags des cerfs-volants, "a'i basant, pala urant": voici le printemps, les frimas s'envolent. Pour célébrer la mort du froid, les belles du Penjab chantent, accompagnées par le ronflement du rouet, sous tes pas la terre industrieuse sème les plus douces fleurs, les champs de moutarde éclatent de mille jaunes corolles ondulant sous le souffle fécondant du Favonius, et les grandes plaines des mers te sourient sous le ciel apaisé. Le jaune, déesse aux beaux genoux entr'aperçus sous l'étoffe brodée, comme dans les friselis du courant de frais galets de l'Indus, à la taille juste d'une main, le jaune se voue à rehausser la grâce des corps. Les élégantes paysannes, sous les bains de la lumière, teignent de jaune leurs voiles, nouent dans leurs cheveux (de jais) des rubans de tissu jaune, et vont porter à leurs hommes, dans les champs de colza, un repas de pousses de moutarde, de pains de maïs et de sucreries au beurre (ouf, je n'en puis plus ; continuons, cependant). A leur suite, bêtes sauvages et troupeaux bondissent à travers les gras pâturages et passent à la nage les rapides cours d'eau du Jhelum, du Chenab, du Ravi et du Sutlej : tant, épris de ton charme, chacun brûle de te suivre où tu veux l'entraîner. Ita capta lepore te sequitur cupide quo quamque inducere pergis. Les jeunes hommes des villages nouent plus haut leurs longs pagnes et, joyeux, se coiffent de turbans jaunes. Lettres gréco-latines et ourdoues se carambolent et se niquent joyeusement dans les bosquets jaunis de poussière de la vallée de l'Indus, et je mène leur troupeau de rejetons absolument illégitimes. Le grand express international des mots, plein de couples adultères, de passagers clandestins et de marchandises de contrebande, descend en grondant, en sifflant, le cours de l'Indus, et je suis le cheminot aux moustaches cirées qui fait voler le convoi au-dessus des aiguillages en folie, derrière la figure de proue de la locomotive, une Vénus aux petits seins de biscuit sous la robe-drapeau noir. Tout mot m'est bon pour te plaire, ma muse, ceux qui me viennent de Rome ou de Béotie, ceux qui marquent, comme autant de pierres milliaires, les routes mémorables du musc et de la soie et des invasions, ceux des *Mille et Une Nuits* et ceux que cette nuit je pompe, par-dessus l'épaule d'un barbier de Rawalpindi, dans le journal *Nawa-e-Waqf :* les antiques, les modernes, les ornés, les vulgaires, les sobres et les ronflants, les paléo et les néologismes, aucun de ces dragons-jargons ne me fait peur, je les affronte volontiers pour toi.

Bref :

Puisque seule tu gouvernes, alma Venus, les mille doigts insistants de la sève, le rut glissant des poissons dans les plaines marines, aequora ponti,

L'équilibrisme amoureux des oiseaux, l'étreinte des hommes et des femmes n'importe où, dans les champs de moutarde ou de colza, sur les lits bruissants, les couchettes des trains emportées au travers des grands pays muets, même, parfois (encore que pas souvent), dans les bibliothèques,

Et aussi la copulation fourmillante des lettres sur les pages baignées de lumière (nitet difuso lumine pagina),

Puisque sans toi rien n'aborde aux rivages divins du jour, rien ne se fait de joyeux ni d'aimable,

C'est ton aide que je sollicite, te sociam studeo,

Pour le grand costume de vocables que je veux tailler au monde :

Veuille donc m'inspirer des mots minutieux, impérieux, des mots qui n'aient pas froid aux yeux, capables de dire aussi bien le grain particulier et la couleur de sable ou de terre cuite de la peau, sa douceur chaque fois différente, que le grain et la couleur des mers et des montagnes, les fantaisies énormes des nuages, le grouillement des villes et des destins,

Toute une planète de mots avec ses climats, ses reliefs, ses champs magnétiques, ses prodiges d'horribles petites choses humaines, un globe et une gravitation d'écriture roulant dans l'espace.

6

Meurtre dans le train Khachouri-Tbilissi

(symphonie minuit)

Entrent les instruments, un à un. En smoking noir, chemise noire, seuls les nœuds paps sont blancs. Et les boutons de manchettes : perles, diamants. Portant leurs étuis, leurs gris-gris. S'assoient sur les chaises, se relèvent, les déplacent un peu, ouvrent leurs partitions, les posent sur les pupitres. Échangent un mot ou deux, à voix basse, se demandent s'ils n'ont pas envie de, ce serait trop bête ? Non. Toussotent. Sortent leurs petites machines, les tapotent, les caressent, les essuient. Sapin, érable, ébène, palissandre des Guyanes, bois de Pernambouc : plantent leur futaie. Le Nord, les tropiques, les îles, la Charmeuse de serpents, forêts enneigées sous le cristal, forêts épicées. Anches, biseaux, clefs, tuyaux, pistons, cordes, chevilles et chevalets, marteaux et pédales, et tout le savant tremblement, montent leur atelier à bruit. Se délient les doigts, se tamponnent les mains. Paumes, lignes de vie et de mort, mouchoirs brodés, maisons familiales. S'étirent les bras pour légèrement remonter les manches sur les manchettes, se haussent les chaussettes, s'époussettent. Se calent les violons au creux de l'épaule, sous le menton, les violoncelles entre les genoux, fichés sur leur petite pique, se mettent en faction derrière les contrebasses. S'humectent les lèvres, un coup de langue, s'y collent le bec ou l'embout. Commencent à musiquer. Une rumeur, un tohubohu plaintif, un morne chaos sonore. Arrive le premier violon. Le hautbois donne le la aux bois, le si bémol aux cuivres, le premier violon donne le la aux cordes. Arpèges. Tout se tait.

Raclements de chaises, toux, quelques pages tournées. Vraiment pas ? Non, trop tard. Entre le chef, tout de noir aussi, serre la main du premier violon, incline le buste vers le public, qui ne le remarque pas, passe la main dans ses cheveux, grimpe au pupitre. Silence. Regarde l'un, l'autre. Attend qu'en lui se rassemblent, comme les rayons au foyer d'une loupe, tous les yeux. Lève la baguette d'ivoire puis, d'une inflexion du poignet, l'abaisse : en bas, comme l'eau miraculeuse du rocher, jaillit la première note.

CLIC.

Pardon ? Clic. C'est une note ? Oui. Et c'est tout ? Oui, je sais c'est un peu décevant, un peu modeste, pour le début d'une symphonie. Mais quel orchestre, pourtant ! Jamais Berlioz n'eût rêvé pareille masse. Des millions de fois ce pizzicato, au même instant, et sans sous-chef, sans métronome électrique. Peut-être un peu de retard ou d'avance au bout du rang, du côté de l'île Wrangel ou d'Anadyr, là où on livre le lait en briques, qu'on casse à coups de hache pour en mettre les éclats dans les casseroles, peut-être un peu de négligence sous les volcans du Kamchatka ou sur l'île du Commandeur, une ou deux, ou dix mille têtes en l'air qui lâchent leur note senza tempo, mais ces étourderies ne se remarquent pas, fondues dans l'immense houle sonore, ces millions de déclics, la gâchette formidable du jour.

Coup de pistolet, coup de canon, cymbales, timbale et grosse caisse fortissimo, énorme éclat mais infiniment fractionné, modeste, quelques millions de frêles bruits qu'à peine on entend, la foudre mise à la portée des enfants, un tonnerre minutieux roulant sur les eaux, des banquises aux lagons. A Providenja, à Oust-Kamchatsk où il arrive que les verres de vodka gèlent et restent pris dans les moustaches, sur les atolls de Taongi, Bikar, Wotje, Maloelap, Arno, Kwajalein, et puis encore Tarawa, Abemama, Arorae, Nanomea, Nanumanga, à Suva la divine où la mer est basse dans le port, où une foule clairsemée sort du cinéma Regal, les yeux pleins encore des spectacles légèrement incompréhensibles sous ces longitudes de la mort en duel de Valmont et de la Merteuil huée à l'opéra, sur les petites maisons coquettes de Wellington ou d'Auckland, avec la Toyota et le hors-bord dans le garage et des types en short qui boivent de la bière en regardant Eliot Ness sur Chanel One,

Partout par là, donc, et jusqu'aux îles Antipodes et à la base de Scott sous le mont Erebus, trois mille sept cent quarante-trois mètres de neige en feu,

Du nord au sud selon une tranche d'environ vingt mille kilomètres de côté, gelée aux deux bouts et où on rencontre tout de même plus de poissons que d'êtres humains, et les ailes de géants de maints albatros et le dos de vieux pneus vulcanisés d'une bonne proportion des baleines survivant sur la planète bleue,

Donc (j'y arrive),

Lorsque à vingt-trois heures cinquante-neuf minutes cinquante-neuf secondes locales la baguette d'ivoire du chef d'orchestre invisible commence à s'abaisser pour marquer le premier temps,

Ah ! Chacun retient son souffle.

Car voici qu'au même instant, à quelques millions de poignets, et même à celui d'un mort dans la morgue de l'hôpital de Christchurch, et encore par dix-huit mètres de fond au large de Savusavu, sous les yeux en gélatine d'une sorte de cliché radiologique noctiluque et vibratile, irrité par cette phosphorescence rivale chue de la surface,

Au cadran de toutes les montres le chiffre du dateur saute d'un cran, CLIC, et un nouveau jour s'affiche, qui n'existe encore nulle part ailleurs sur la terre. Si la planète tout à coup, frappée par un astre errant, explosait, les habitants de ce fuseau terraqué seraient les seuls, à tout jamais, à avoir connu le vingt et un mars mille neuf cent quatre-vingt-neuf. Et ce privilège redoutable se renouvelle toutes les vingt-quatre heures : au cœur de la nuit la date sort du fond du Pacifique comme, entre deux plaques tectoniques, une nappe de magma (ou comme Vénus née des bourses tranchées du Ciel), rien ne se voit, aucune émotion de l'air ni de l'eau, c'est une onde immense et abstraite, une immatérielle marée qui les frappe doucement et les isole du reste de l'humanité où l'on se contente encore de ronger les os de la veille.

Pendant une heure, en toute rigueur, la terre, à la date du vingt et un mars mille neuf cent quatre-vingt-neuf (ou à toute autre date) n'est peuplée que par quelques millions d'habitants, les goûteurs du jour, les premiers à boire à sa coupe parfaitement ronde :

Un type qui cherche des œufs de dinosaure dans la vallée de l'Anadyr,

Des astronomes qui observent, sur l'île Campbell, la lingerie pourpre du soleil séchant aux fils de la magnétosphère, des falbalas d'étoiles,

Eroni Waturalesi qui fait le tour de Viti Levu avec une croix sur l'épaule, en commémoration de la Passion de Notre Seigneur Jésus-Christ,

Le malheureux Iuliano Kirisome qui s'est relevé parce qu'il avait soif, qui pénètre dans sa cuisine pour boire un coup, n'allume pas la lumière, confond dans l'obscurité la bouteille d'eau minérale et celle d'acide pour batterie et ne verra pas le vingt-deux mars à Porirua,

Trois pilotes de Mig 23 qui font une patrouille de nuit vers les îles Aléoutiennes,

William Teneti, qui était auparavant chômeur, et qui maintenant se retourne sur son bat-flanc, dans la prison de Havelock North où il est enfermé pour avoir violé une femme de quatre-vingt-cinq ans,

Un fonctionnaire maniaco-dépressif de la Pogranitchnaïa Okhrana qui se demande, à Petropavlovsk Kamchatskii, si en marchant sur la glace il pourrait atteindre l'Amérique,

Un typographe qui aligne en bâillant les plombs pour composer la première une du monde, celle du *Fiji Times* ("The first newspaper published in the world today") : KAHAN SET FREE BY BRITISH COURT,

Alan Whiteside, inspecteur des douanes de Port Nelson, qui sert au chien Sam un petit supplément de chair à saucisse pour le récompenser d'avoir découvert cinq kilos de cannabis dissimulés dans une gaine de tuyauterie du cargo *Nedlloyd Marseilles*,

Jay Ram Reddy, de Natahua, Lautoka, qui achève avec sa femme d'ensacher du riz (ils y ont travaillé tout le jour),

Judith G. Allen, embaumeuse et funeral director agréée, qui rentre d'un agréable dîner chez des amis à Whangarei,

Vingt et un comploteurs enchaînés dans un cul-de-basse-fosse du port de Lautoka pour avoir tenté d'introduire des armes de fabrication tchèque aux îles Fidji, cela afin de renverser le gouvernement du major général Sitiveni Rabuka, le major général Sitiveni Rabuka lui-même, qui ne décolère pas parce que la Bow Street Magistrates Court de Londres a refusé d'extrader Rafik Kahan, chef des comploteurs,

Isikéli Mataitoga, procureur général des îles Fidji, qui rédige fébrilement, parce qu'il craint de laisser sa tête, ou au moins son poste, dans cette affaire, le texte de l'appel que le major général lui a ordonné, en termes peu amènes, d'interjeter contre l'arrêt sus-mentionné dont les attendus insultent gravement, par-delà sa personne, son régime,

Un marin philippin sur sa couchette, dans le poste avant du cargo *Southern Cross n° 1* qui, en route pour Pago Pago dans les îles Samoa, franchit le cent quatre-vingtième méridien (mais, selon un phénomène divertissant déjà relevé par Mark Twain, pas le frère du marin philippin, qui travaille comme graisseur dans la salle des machines, à soixante-quinze mètres de là, et se trouve séparé de lui, durant quelques secondes, par toute la durée d'un jour),

Et enfin une foule d'autres dont je pourrais dresser la liste, mais après tout il n'est pas certain que je doive faire concurrence à l'état civil de ces contrées (c'est avec une institution autrement plus vénérable et importante que j'entends rivaliser).

Puis l'onde poursuit sa route, elle atteint le cours sinistre du fleuve Kolyma, et le chapelet brumeux des Kouriles, touche Honiara aux îles Salomon, Ilmanga, Lenakel, Kaunamaiken et Lamatu au Vanuatu où les habitants, harcelés par les moustiques énormes, de véritables volatiles qu'ont fait pulluler les déluges de février, se grattent circulairement sur leur couche, de bas en haut et de haut en bas, Kaala Gomen en Nouvelle-Calédonie où le brigadier-chef Joncour est tiré de son premier sommeil, à minuit précis, par des coups sourds provenant du dock de la municipalité, que des individus masqués sont en train d'incendier, mais que, dormant avec le poignet gauche près de l'oreille droite, il attribue dans son cauchemar aux pulsations d'une trotteuse géante à laquelle il serait ligoté, nu comme un ver, portant simplement son arme de service. Rue Pallu-de-la-Barrière à Nouméa, le déclic signalant l'avènement du vingt et un à la montre volée d'un voleur est recouvert par le tintement cristallin de la vitre qu'il brise chez Mme Mélanie Tu. Et c'est ensuite aux montres Vostok de Vladivostok de saluer le jour nouveau, et aux tocantes japonaises des îles Marianne, de Port Moresby et de Buin à Bougainville, dont les verres reflètent le rougeoiement des incendies, et encore de Melbourne où, sur la scène de l'opéra, les chanteurs qui viennent d'interpréter *The Gondoliers*, l'œuvre fameuse de Gilbert et Sullivan, sont en train de saluer le public : Robert Gard qui a fait un excellent duc de Plaza-Toro, Dennis Olsen qui, lui, n'a pas convaincu dans le rôle de Don Alhambra del Bolero, etc. Et Dobbs Frank, le chef, dont la direction, de l'avis général, a été précise et sympathique.

Et déjà, alors que l'ébranlement parti du cent quatre-vingtième méridien atteint, bien plus au nord, l'archipel du Japon et la péninsule de Corée, son mouvement, sans perdre de sa force irrésistible, se divise, se ramifie, comme un flot s'ouvre et se recourbe autour d'un relief pour le contourner avant de le noyer : sur toute la rive droite de l'Oussouri, la Chine résiste à accueillir le nouveau jour qui depuis deux heures a planté ses bannières noires sur la berge russe, de Khabarovsk au golfe de Pierre le Grand, et, même après qu'il a poussé ses avant-gardes jusqu'à Pyongyang et Séoul, Moukden, Port-Arthur et Tsingtao se refusent à tomber. Un patineur qui filerait sur le miroir nocturne du fleuve Touman, si ce genre de fantaisie était loisible le long d'une ligne où se rejoignent les territoires de trois pays qui ne badinent pas avec le respect dû aux gardes-frontières, pourrait pendant trois heures, et au prix d'une très petite dépense physique, zigzaguant d'un rang de barbelés à l'autre, d'un mirador à son vis-à-vis, faire d'incessants aller et retour du lendemain dans la veille et de la veille au lendemain. Et lorsque enfin la Chine se rend, quatre heures après l'éveil maritime de la date, c'est d'un bloc toute son immensité qui tombe aux mains du conquérant venu de l'est, jusqu'à la lointaine région, plus froissée qu'une vieille feuille de papier journal, du Sinkiang occidental où le jour, comme épuisé par une avancée si rapide, va s'arrêter quelque temps pour abreuver ses chevaux aux sources de l'Amou Darya, avant de reprendre son chemin vers Douchanbé, au nord, où l'on s'apprête à le couronner, deux heures plus tard, sous le nom de Navrouz, et à lui offrir un tribut de jeunes filles, puis Lahore au sud, et Delhi où il entre en Moghol au milieu du cortège colorié du Carnaval de Holi, et enfin, se riant des ponts détruits par les moudjahidines sur la route de Jalalabad, Kaboul qui tient encore trois heures et demie avant de l'accueillir comme le premier de l'an mille trois cent soixante-huit du calendrier zoroastrien.

Ouf.

Et c'est là que tu l'accueilles toi aussi, annoncé par une légère commotion de ta montre qui s'appelle "Raketa", fusée, comme, dans le ciel nocturne de ta ville, ces paraboles de flammes que tu ne songes même plus à regarder. Et moi qui vais dans ses fourgons, qui suis son vizir omniscient, son œil universel, moi qu'il a chargé de lui désigner les plus belles femmes de ses provinces, d'en dresser la liste et la carte, c'est là que je te vois et te parle : tu es secrétaire et tu crois à la Révolution, tu as appris à parler un peu russe, tu fais réchauffer, accroupie, du riz dans une gamelle sur un réchaud de tôle noire où rougeoient des braises de sycomore, comme rougeoie aussi l'étoile rouge sur ton sein de laine noire, mais quelle révolution plus foudroyante, je te le demande, plus complète que celle de mon maître Minuit ? Courte natte de cheveux sombres, front bombé, nez aquilin, lèvres comme un arc scythe te composent un visage aigu sur lequel est jeté un air animal, farouche et furtif. Ton regard a l'éclat d'un sabre de Kandahar, je sens qu'il pourrait trancher dans ma gorge la source des mots, et cela est bien, car les récits ne peuvent se passer de ce risque d'être décapités à l'aube. Écoute-moi, je vois à travers le globe comme à travers la gelée d'un immense cristallin, les fleuves tressés comme des faisceaux de nerfs, des dentelles de cristaux sous les jupes des montagnes, les dessous des châteaux de cartes des villes, dans l'une d'elles, au bord d'un océan que tu ne verras jamais sans moi, à Lisbonne dont peut-être tu ne connais même pas le nom, un mannequin qui te ressemble, en jupe étroite à larges fleurs au-dessus du genou, un collier de perles sur le noir faisant briller le soulèvement des seins, présentant la collection printemps-été de la boutique Ayer, quelle futilité tu t'imagines, mais le monde est ainsi, plein de ces hasards, de ces répétitions et variations ironiques. Et maintenant laissant Kaboul et tes yeux noirs sous la voûte des fusées, Minuit poursuit sa route vers l'ouest : avant de rebrousser chemin pour réparer l'oubli de la Perse, une paille, il fait main basse sur quelques prises négligeables, la razzia la plus clairsemée de toute sa chevauchée : quelques centaines de verstes de boue neigeuse autour de la ville inintéressante de Kirov, le bassin de la Volga, l'isthme du Caucase entre mer Noire et Caspienne au moment où, dans le train qui brinqueballe de Khachouri à Tbilissi, trois inconnus égorgent, pour une raison également inconnue, Djoucher et Djemal Djaparidze, où Anatoly Kheladze, ex-vendeur au magasin n° 30 de Tbilissi, et petit malin déchu, se soûle pour oublier qu'il a été surpris le matin même à cacher des paquets de lessive sous le comptoir pour les vendre ensuite trois fois plus cher, et vidé en conséquence comme un malpropre, où Maka Bourachvili et sa mère font la fête parce qu'au tirage de la loterie Sprint-Kooperator, dans l'après-midi, à l'Ounivermag de Mtskheti, elles ont gagné un magnifique frigo "Tchinari" (Maka, qui n'a que douze ans, aurait préféré gagner le sixième prix, un jean de fabrication indienne, mais c'est tout de même beaucoup mieux que rien, le frigo : le signe que le monde, en dépit de tout, ne renonce pas à ménager la possibilité de l'inattendu) : et chacun, ouvrant la porte de l'engin, admire son intérieur immaculé, et y dépose de quoi le meubler un peu, une bouteille de vodka samogon, des boîtes de conserve de poisson, des harengs marinés, six petits œufs de poule très blancs, des pommes très vertes et piquées, et l'ours en peluche aux yeux de plastique rose de Maka, parce que les ours, kaniechna, c'est bien connu, aiment le froid. Et puis encore, enfoncée dans le ventre bleu d'Ormuz, la corne de l'Arabie, Dubaï où Arora, qui contemple, à travers une timbale de cristal ayant appartenu au roi Farouk et remplie de vieux Laphroaig, l'étoile à trois branches ornant la nuit de son capot, sent une légère pulsation, CLIC, au cadran de sa montre Vacheron-Constantin, Ras al-Khaimah où au même instant, couic, son compatriote moins fortuné, Thomas l'électricien goanais, passe la tête dans la boucle d'un long turban accroché au vasistas de sa chambre et se pend, Abou Dhabi où le Jordanien Tayseer Ahmed Mohammed percute un pick-up roulant en sens inverse, voit tournoyer les néons de la corniche maritime et meurt, avant que soit consommée la première minute du nouveau jour, et le sultanat d'Oman sur lequel tombe sans discontinuer la pluie. Et puis enfin, quelque trente degrés de latitude plus au sud, les îles Seychelles où, au dancing "Chez Rif" de Pointe Larue, le pas de velours de la date est recouvert par l'aboiement du 7,65 que brandit le lieutenant des forces aériennes Daniel Hoareau, et le bruit que fait en tombant l'employé des téléphones André Adela ; cependant que sous une lampe, dans une petite maison de Victoria, un vieil homme parcourt le *Seychelle Nation* : "Tou Seselwa i devret travay dan menm direksyon pour byenet pei en zeneral" : non, la barbe. Les mo krwaze, plutôt. Voyons. An longer : en fri byen popiler parmi zanfan, en six lettres ? Oranze ? En pwason, six lettres : Kasalo. Ah, 31, facile : avan ozordi, en trois lettres : Yer ! CLIC. Tiens, déjà demain.

7

Que se passe-t-il face au marché Wenze Camp Lufungula ?

Sachez encore, seigneurs, empereurs et rois, ducs et marquis, comtes, chevaliers et bourgeois, et vous tous qui voulez connaître les différentes races d'hommes, et la variété des diverses régions du monde, et être informés de leurs us et coutumes, que continuant à observer le scintillement d'images qui, tel un feu Saint-Elme, flambait sans cesse au bout de ma plume, à Istanbul sur le Bosphore je vis une hôtesse de l'air qui me plut aussitôt et avec qui je décidai de passer l'heure suivante, la distrayant, si je pouvais, de mes récits. Son visage au menton aigu, encadré et frangé de cheveux sombres, avait la forme d'un cœur, mais quelque chose de sauvage en elle inclinait plutôt à y reconnaître le triangle d'obsidienne d'une pointe de flèche ou de lance. D'épais sourcils noirs, presque dissimulés par sa frange, de larges pommettes, le nez à l'arête fine s'évasant aux narines, la bouche faite pour mordre des fruits ou tout autre chose, lui donnaient l'air d'une courtisane du Grand Khan, cruelle et jouisseuse, pouliche chevauchée-chevauchant, mort aux dents, dans les palais de soie et de peau de la steppe, et enfin elle était bien un peu mongole puisque turque. Assise, jambes repliées sous elle, sur son lit de peluche rose, telle Koubilaï sur les coussins de boquerant brodé d'or de son palanquin, cette hétaïre aérienne lisait *Biz Ayrilamayiz*, “Nous ne nous séparerons jamais”, un bien touchant roman-photo dans *Hürriyet* : “Cette nuit-là, Bülent ne pouvait s'endormir, elle était plongée dans ses pensées et ressentait encore plus profondément l'enfer de la solitude. Le jeune homme avait pénétré son âme et illuminait comme un astre son obscurité." Oh, comme c'était bien dit! "Il l'avait abreuvée de mots aussi doux que la poésie (oh!), il ne ressemblait pas à ceux qui l'entouraient, comme s'il venait d'un monde différent, comme s'il était un étranger qui lui offrait une amitié véritable: cet étranger qu'elle attendait depuis des années en se morfondant." En se morfondant... comme c'était beau, élégamment exprimé... La photo montrait Bülent Ersoy, un travesti célèbre, assise, en déshabillé de soie chair découvrant les épaules rondes comme des genoux, la gorge lisse et puissante comme une colonne de l'Artémision d'Éphèse, sur un lit à ramages noir et or. Sa main droite aux ongles corail, levée, tenait une cigarette allumée avec au moins trois centimètres de cendre, attention aux trous dans la nuisette, Bülent, la gauche, justement, serrait un cendrier posé sur le genou. Cheveux noirs tirés en arrière et relevés en une sorte de couronne broussailleuse, pommettes si larges que, la chérie eût-elle été couchée, on eût pu disposer dessus un service à thé, menton large et rond aussi, un petit nez mignon, la bouche grande et pulpeuse. L'air songeuse en effet. Au mur, une applique dorée genre cor de chasse portait des bougies électriques. Sur une console de bois noir et or soutenue par une cariatide dorée s'épanouissait un pot de roses azalées. Était-ce le jeune homme qui les lui avait offertes? Tout cela était extraordinairement beau et romanesque, empreint d'une atmosphère de recueillement chaste et mélancolique. Quant à mon hôtesse, on l'a compris, ce n'était pas spécialement une lady, à tel point même que la police lui faisait des histoires, l'accusant d'être membre d'un réseau de trafic de devises et d'or. Ah, je la disculperais, moi! Je serais, j'étais cet étranger qu'elle attendait depuis des années! Ah, elle me donnait envie de me morfondre, moi aussi! Je pénétrerais son âme, je l'abreuverais, oui, je l'inonderais de mots doux! Plus que tout, peut-être, son nom me séduisait, ou plutôt l'accord entre son corps et son nom, Selva, dans lequel pour moi jouaient des pénombres, des moiteurs, des corruptions de sphaignes, des veloutés de mousses où se rouler et l'ondulation dangereuse des serpents qui dansent, tout un mystère de grande forêt, je dirais vierge si le mot ici n'était déplacé, autour de ses hanches de Tamerlan en mini-jupe de cuir. Ah, Selva, elle connaissait les grands bois du monde et leurs fourrés profonds, et les frondaisons des nuages, et les sillages des avions de Turkish Airlines comme des lianes dans le ciel du crépuscule... Elle en connaissait un rayon, ma princesse tartare poissée par les flics, mais j'avais tout de même des rapports à lui faire, des choses à lui apprendre... des trafics d'histoires passées en contrebande d'un bout de la terre à l'autre, des devisements du monde et l'or de tous les récits pour la distraire de ses ennuis. Et voici, par exemple, sache qu'à Trivandrum où le soleil est si chaud qu'un œuf laissé dans un ruisselet se trouve cuit avant longtemps, il est un mire nommé Sri Gopalakrishnan Nair, qui a trouvé la panacée contre les boules de billard. Lorsque Mister Nair était préparateur en pharmacie, il se laissa un jour tomber une goutte de mixture sur l'avant-bras, une décoction d'herbes dans de l'huile de coco, et voilà que le surlendemain une touffe de poils drus avait poussé là. Bizarre, se dit Sri Gopalakrishnan, recommençons. Advint la même pileuse merveille. Flairant le gros coup, le préparateur essaie alors sa wonder oil sur ses filles, et les voilà bientôt qui se prennent les pieds dans leurs nattes : il comprend qu'il tient la fortune par les cheveux. L'ingénieux laborantin garde sa recette secrète, de quelles épiceries elle se compose (turbith, tamarin, encens, tambula, camphre, fansuri, brésil, noix du Pharaon et noix d'Inde, nard, musc, alves ?), il ne le révélera qu'à sa femme, qui le transmettra le moment venu à ses quatre filles. Et elles l'auront bien mérité, ces pucelles publicitaires qui, lorsqu'elles libèrent les flots de leur chevelure, semblent s'appuyer pensives au tronc d'un ébénier. Chaque mois on doit leur en couper un bon pied afin de pouvoir continuer à les coiffer. Comment faire du vélo, Selva, avec un arbre replié sur la tête ? Au cinéma, elles gênent tout le monde avec leur immense chignon. Lorsqu'elles dorment, des mèches les chatouillent dans des endroits indiscrets, leur faisant faire des rêves dont au réveil elles éprouvent de la honte. Mais elles seront riches, les héritières à la belle crinière : chaque flacon de cinquante millilitres coûte soixante-dix roupies, et il y a tous les jours devant la maison du fermier des crânes, sous le soleil brûlant de Trivandrum, des queues interminables de casquettes en peau de fesse. Et maintenant te dirai encore, Selva, une autre grande merveille, d'un homme appelé Karim Khairipour et demeurant à Miandowab dans le Kurdistan d'Iran. Or, sache que ce Karim a trois fils de quatre, six et huit ans, prénommés Kamal, Salman et Farman, et que ces chérubins, qui pèsent respectivement quarante, soixante-neuf et soixante kilos, engloutissent quotidiennement soixante-quinze pains, douze fromages d'une livre et soixante patates. Ils ont un grand frère et une grande sœur qui ont, Dieu soit loué, des poids et des appétits normaux, mais il est à craindre que leur petite sœur Raheleh ne leur ôte bientôt à tous le pain de la bouche : à quarante jours seulement, elle affiche déjà huit kilos sur la bascule. Et je n'aurais ajouté foi à cette histoire si on me l'avait contée, mais c'est de mes yeux que je vois, au fond à gauche (en regardant vers la Tramontane) de la terre de Perse, dans sa petite maison secouée par les camions qui vont de Tabriz à Kermanshah, et dans laquelle il a fait construire un four à pain, le malheureux Karim enfourner la pâte toute la journée, craignant vaguement que les féroces bambins qui mugissent derrière lui ne s'impatientent et n'aillent, d'un claquement de leurs terribles mâchoires, lui arracher un quartier de fesse pendant qu'il est penché sur le pétrin. Et te conterai encore une chose très extraordinaire. A Penang, qui est une ville en Malaisie sur la mer d'Andaman, où viennent beaucoup de marchands, Zaynal Abidin Saad, capitaine dans l'armée de ce pays, suit avec passion le second épisode du feuilleton télévisé *Le Fils de mon père* lorsqu'il s'inquiète soudain de ne plus entendre son fils à lui, Firdaus, âgé de deux ans ; quelques instants avant que Chu Kew Yin ne rencontre Yoke Sai, devenue vendeuse dans un grand magasin, et n'en tombe aussitôt amoureux, Firdaus jouait avec d'autres gamins sur le palier de leur cinquième étage. Mais Firdaus n'est plus sur le palier, ni chez les voisins, ni nulle part, et voici que la bouche béante du vide-ordures attire le regard du père, la télé continue de brailler, Chu Kew Yin déclare sa flamme à la belle vendeuse qui minaude, rosissante, un courant d'air froid et fétide sort de la gueule du conduit infâme qu'un train de cannettes de bière Tiger venu du septième étage dévale en brinquebalant, brinquebalant, puis rien. Un choc mat. Air fétide. Le bruit d'un... ? Comme un œuf qui éclate. Le capitaine dégringole les escaliers quatre à quatre, il n'a pas pris le temps de remettre ses chaussures qu'il ôte toujours en revenant de son service, juste avant d'allumer la télévision, il ouvre la porte du local des poubelles et là... ah, il n'est de force et de puissance qu'en Dieu... trônant sur un tas d'ordures, un peu effrayé seulement par la chute des cannettes de Tiger qui l'ont encadré de près, note l'œil d'artilleur du père, son fils Firdaus, un fruit pourri sur la tête, dégoulinant dans le cou. Ainsi alla l'affaire comme tu l'as entendue, Selva, et deviserai à présent de l'histoire qui tient en haleine les habitants du quartier de Lingwala, à Kinshasa. Au croisement des avenues Huileries et Usoke, face au petit marché dit "Wenze Camp Lufungula", que se passe-t-il au juste ? Il y a là toute une foule jacassante, de quoi discutent donc avec tant de fougue les citoyennes et les citoyens ? De la victoire contestée, par deux buts à brosse, de l'AS Tsimo Sport sur les Monstres de l'AS Bilima ? Lorsque Assombalanga, à la vingt-sixième minute, a trompé les défenseurs des Monstres, beaucoup l'ont vu s'aider de la main. Il s'en est suivi une violente discussion avec Beya, l'homme en noir, dont l'autorité n'est pas sortie grandie, ah non !, de cette affaire. Évidemment, ensuite, à la quarantième, quand Ayembe a fusillé le gardien bilimiste, de regrettables jets de projectiles ont interrompu la partie pendant une demi-heure. Bref, c'est avec une grande tristesse que les amoureux du ballon rond marqueront sur les tablettes de leur mémoire ce match opposant deux des meilleures équipes du challenge Papa Kaiala. Pourtant, ce n'est pas ce lamentable épisode ballonistique que commente la foule réunie à l'angle d'Huileries et d'Usoke, non, mais la présence dans l'égout d'**un gros crocodile tout vivant**. Le reptile sanguinaire a été vu pour la première fois vendredi après la pluie, se séchant au soleil au milieu des détritus du marché. Aux cris des passants étonnés, le bracelet-montre a plongé dans l'eau puante, avant de ressortir pour se cacher de nouveau. Des gendarmes ont tiré des grenades lacrymogènes dans la fosse mais ce crocodile urbain, apparemment, n'a pas la larme facile, et a bien l'intention de prolonger ses vacances en ville. Certains prétendent l'avoir aperçu près de la station-service, d'autres rôder autour du cinéma Sangria Yéyé. On l'entend renâcler comme un cheval sous la rue, on craint qu'il ne chicore les maisons par en dessous. Les anciens du quartier disent qu'il s'agit d'une octogénaire, qui avait déjà essayé auparavant la peau d'un boa, et qui cette fois tâte du croco pour vivre le plus longtemps possible sur cette bonne vieille terre des hommes. Et comme je vois que tu aimes les histoires de bêtes, Selva, qui te rappellent peut-être quelque chose d'enfoui en toi, une vie pas tout à fait oubliée de courses, de meurtres et de ruts sylvestres, t'en conterai une autre, de crocodile encore, qui donnera je l'espère bien lieu de t'émerveiller. Or, sache qu'Okulo Abir est un paisible et robuste habitant du village de Kagwana, sur le golfe de Kavirondo, qui est comme une oreille du lac Victoria. Le matin, il part cultiver ses terres, et il rentre le soir, poussant son vélo chargé de bananes et d'ananas, lorsque le soleil se couche au milieu des tours de l'orage hérissant les vertes collines de l'Ouganda. Quelquefois, lorsqu'il a beaucoup à faire, il demeure deux jours sur ses parcelles, couchant sous un petit abri de feuilles, et ça a justement été le cas hier, mais maintenant le voici qui revient chez lui, à Kagwana, avec, en plus de sa charge accoutumée, une grande perche du Nil qu'il a échangée contre des fruits. Or, de loin, il aperçoit un attroupement devant sa case, et bientôt il entend des cris et des pleurs. Et, approchant, il distingue sa mère prostrée dans la poussière, qu'essaient de relever deux parents de Kisii qu'il voit rarement, des amis de Kericho avec qui il boit de la bière les jours de marché, et même l'oncle de Kisumu, le chauffeur de matutu, qui est habillé comme un fonctionnaire du gouvernement, un commissaire de district ou au moins un policier. Okulo Abir est étonné de ce spectacle, il ne comprend pas, spécialement, la présence de l'oncle qui, fanatique du noble art, lui a dit avoir acheté un billet pour la réunion de boxe de ce soir entre Breweries et Prisons : or la cloche tinte sur le ring, à Kisumu, au moment même où Okulo Abir (le soleil disparu maintenant, dans des giclées de grenade et de mangue, au-delà de la ligne du Ruwenzori et des monts Mitumba, cette raie sur le crâne chevelu de l'Afrique) parvient à proximité du cercle de lumière strié d'insectes que les lampes à pétrole dessinent autour de sa case. La cloche tinte, et Mohammed Orungi, de Prisons, bondissant sur Charles Waithaka, lui place un jab à dessouder les cornes d'un buffle : mais le champion de Breweries, loin de se laisser démonter la gueule, réplique par une série de crochets des deux mains à la tête qui envoie presque au tapis le valeureux gladiateur de Prisons. Il martèle les grinçantes mâchoires d'Orungi de coups puissants, il lui fait sauter les rivets, d'enthousiasme la foule boxe l'air, puis ce qui devait arriver arrive, en effet : il prend un contre dans la poire à la fin du second round. A la reprise, combattant comme un léopard blessé, il cueille Orungi par deux uppercuts, mais le never-say-die de Prisons ne se rend pas, et c'est aux points que le matador de Brasseries l'emporte finalement, au terme d'un combat qui demeurera dans les annales pugilistiques du Nyanza. Et lui, l'oncle, qui a vu tant de tocards se tourner autour comme des rats palmistes en chaleur, il n'aura pas vu ça ! Cependant, à Kagwana, chacun est si occupé à gémir et pleurer et se prodiguer de mutuelles consolations qu'on ne remarque Okulo Abir qu'au tout dernier moment, lorsqu'il franchit, poussant, telle une divinité agraire et vélocipédique, sa bécane chargée de fruits, le cercle de lumière. Et alors sa mère, qu'on a réussi entretemps à relever, pousse un grand cri et s'évanouit derechef. Il se demande un instant, une seconde, si par hasard la perche du Nil, le grand miroir écailleux avec sa gueule en baleines de corset qui bat contre le garde-boue du vélo, ne serait pas en fait un esprit, un noyé du lac, une victime peut-être d'Amin ou de Milton Obote, jetée vivante du haut du barrage de Jinja en pâture aux crocodiles. Mais non, c'est lui qui est un esprit, apparemment, à voir comme on le regarde, comme on le touche, comme on fait autour de lui des cris et des gesticulations. Et l'oncle lui demande comment il est ressorti vivant du ventre du crocodile, quel crocodile, s'enquiert Okulo Abir, mais celui qui t'a mangé, neveu, répond l'oncle, et à ces mots de nouveau la mère se boxe la face et fait mine de s'évanouir, celui qui t'a avalé à Homa Bay, et comme il ne comprend rien on lui tend le journal où un témoin oculaire raconte comment il a été dévoré par un ferocious crocodile while bathing in Victoria Lake : et voilà Okulo Abir saisi par le doute, I'm very much alive, dit-il en s'efforçant de rire, je suis tout ce qu'il y a de plus vivant : mais de quelle vie ? Peut-être est-ce vrai, puisqu'on le dit dans un journal, peut-être n'est-il plus lui-même mais la grande chaussette aux yeux jaunes, aux dents fétides, qui l'a englouti, à la faveur de la nuit, avec son vélo, sa récolte, et la perche du Nil à la gueule en zigzag de masque sacré ?

Mais pourquoi vous ferais-je encore long conte ? Sept heures auront bientôt passé depuis que je nage dans l'eau claire du globe comme un poisson en son bocal, sept heures déjà depuis que j'ai commencé d'évoquer la boule de cristal du monde. D'autres lieux, d'autres images m'appellent, je dois vous laisser, belle trafiquante tartare du grand Ciel bleu, c'est que la terre tourne sous moi, ou bien est-ce qu'elle tourne en moi comme un enfant qui demande à naître, je ne sais. Je vois déjà, plus loin vers le Ponant, espérant mes récits, d'autres adorables oreilles au-dessus desquelles passent des cheveux sombres, un lien les serre sur la nuque avant d'en lâcher le vol, au rythme d'une course haletante, sur des reins qu'on dirait creusés par un luthier, une nymphe poursuivie, non, ah, une basketteuse, mon rêve. Un bref nez incurvé que fait briller une sueur sportive, une bouche circonflexe, des yeux comme des feuilles de saule, des pommettes hautes, ah, belle basketteuse au visage steppique, tu cours, le bras droit le long du corps, le gauche replié : je vois la cassure nette du poignet, la main curieusement, précieusement presque, abandonnée, alanguie, l'index et l'auriculaire allongés encadrant le majeur et l'annulaire repliés, comme dans un geste de conjuration. Sur le maillot de l'équipe estonienne de Tartu, de part et d'autre du numéro treize, combien faste à qui pourrait le toucher, je devine tes seins bondissants, au-dessus du bandeau noir frappé des lettres TRU (Truth ! Truth !). Ton équipe est en train de perdre, il me semble, face aux Kirghizes de Stroïtel, l'Ouvrier du bâtiment, mais qu'importe, c'est moi maintenant qui viens jouer avec toi, t'offrir pour ballon la grosse boule rayonnante d'images, la sphère bien cousue des histoires, aux imprévisibles rebonds. Je suis un genre de Magic Johnson, moi, numéro treize, mais tellement plus rapide, plus insaisissable, ensorcelant que ce grand noir assez embarrassé, au fond ! Un peu gauche, même, un peu myope et semelles en plomb, si tu veux mon avis. Tandis que moi, sache-le, numéro treize : jamais n'y eut aucun homme, ni chrétien ni Sarrazin, ni Tartare ni païen, ni Estonien ni Kirghize, qui ait couru le monde comme moi, il me faut moins de temps pour en faire le tour qu'à toi, si rapide que tu sois, pour traverser le rond central.

8

Ozeki Asahifuji ne sera pas Yokozuna

Tu vois ces deux vieillards, numéro treize (pour moi, tu t'appelleras treize, trinatsets) ? Ils sont assis dans le petit jardin d'une maison blanche à véranda attenante au campus d'une université américaine, dans le soleil bleu du printemps. L'un d'eux est paralysé, engoncé dans un fauteuil roulant, avec sur les genoux l'inévitable couverture. Un visage décharné, des yeux rougis de blépharite, une voix aigre qui déraille : je t'accorde qu'il n'a pas l'air très sympathique. Il s'appelle Kyk. C'est un drôle de nom ? Oui, mais pas tellement plus que trinatsets, à tout prendre. Et quand tu sauras le nom de son interlocuteur, le petit bonhomme sec comme un fagot, avec sa moustache blanche jaunie de tabac... Ils ne se supportent plus guère, mais ils ne peuvent se passer l'un de l'autre, comme cela arrive souvent, et dans leur cas cette amitié paradoxale est encore plus compréhensible quand on sait qu'ils se connaissent, s'irritent et se supportent depuis des milliards d'années. Oui, ce sont des choses qui arrivent, en Occident. Pas souvent, mais ça arrive. Ils se sont connus quelque part du côté du cœur de la galaxie spirale NGC 5548, qui d'ailleurs n'existait pas encore, à environ cent mégaparsecs d'ici, dans les trois cents millions d'années-lumière, si tu préfères. Tu vois le vieux couple... Il n'y avait pas grand-chose dans le coin, à cette époque, ni d'ailleurs nulle part, ils étaient infiniment vautrés dans le presque rien informe, une sorte d'immense potage obscur. Oui, des espèces de cosmonautes, si tu veux, comme Aleksander Volkov, Sergueï Krikalov et Valeri Poliakov qui, en ce moment, braquent le téléscope Roentgen du vaisseau Mir sur le centre de la Voie lactée, mais enfin en nettement plus vénérables, tout de même. Et comme ils s'ennuyaient abyssalement, cosmiquement, au lieu de tamponner des cartes postales comme l'ont fait tout à l'heure les trois de Mir, ils ont décidé de faire des paris sur l'évolution de cette vaste et ténébreuse affaire dans laquelle ils se trouvaient, apparemment, impliqués. C'est le petit moustachu, Qwafq, qui a eu l'idée le premier. Ils ont commencé par les débuts (mais qui étaient encore, à l'époque, prodigieusement virtuels), séparation de la lumière et de la matière, naissance des grandes roues galactiques, etc. Et de fil en aiguille ils en sont arrivés, alors qu'ils étaient là-bas, à cent mégaparsecs d'ici qui n'existait pas (là-bas non plus, d'ailleurs), à parier sur les horaires des trains, les arrivées des courses, le résultat du match Tartu-Stroïtel de Frounze, le vingt et un mars mille neuf cent quatre-vingt-neuf, deux millions quatre cent quarante-sept mille six cent soixante-dix-septième jour julien, sur la planète terre. Ça t'étonne ? C'est pourtant comme ça. En appliquant rigoureusement la logique cybernétique, à partir des prémisses, mouvements de gaz, flatulences cosmiques, on arrive jusqu'à nous : en principe, parce qu'au bout de la monstrueuse cascade des interactions, la moindre étourderie se paie évidemment très cher ; mais, si on est absolument attentif, on peut savoir, alors qu'on chevauche encore une vague ondulation primitive de l'univers, si tu vas rater ou réussir ton panier sept minutes et trente-trois secondes après le début du match (tu l'as réussi). Et maintenant, ils passent leur temps à parcourir la presse du monde entier pour savoir qui des deux a gagné, ou s'ils ont tous les deux perdu. Ils n'ont plus un moment à eux. C'est pour cela qu'ils ont l'air si nerveux, d'autant qu'ils sont l'un et l'autre mauvais joueurs. Tu vois tous ces journaux déployés autour d'eux, volant sur le gazon – ce qui irrite Kyk, l'atrabilaire en petite voiture, qui ne peut pas courir les rattraper lui-même, et trouve que Qwafq n'y met pas assez de diligence ? *La Voz del Interior*, *Le Devoir*, *The Winnipeg Free Press*, *El Sol de Tampico*, *Al-Qabas*, *Juventud Rebelde*, *Contra Costa Times*, *Emirates News*... Tout ça fait comme des vols noir et blanc de grands oiseaux mollassons, empêtrés, sur les greens... *Asahi Shimbun, Ethnos, South China Morning Post, Amazonas em Tempo, Pravda Vostoka, Ouest-France, Hadashot*... des écharpes de mots, des tortillons d'alphabets autour des massifs... des drapeaux claquants de lettres... Bon Dieu, Qwafq, gueule le paralytique, qu'est-ce que tu attends pour aller rattraper le *Berita Harian* qui est en train de passer chez le voisin ? Ne sois pas puéril, à ton âge... Tu crois que je n'ai pas compris ? Que tu veux me dissimuler que tu as misé sur le mauvais cheval au trente et unième concours de lecture du Coran, à Kota Kinabalu ? Ce tocard n'a fait que vingtième sur vingt-six... On aurait dit qu'il avait la bouche pleine de riz gluant... Je me marre. *Milliyet, Salongo, As Thawra, Atuagagdlintit, de Telegraaf*... tout ça se fait la malle... volette, gonfle, fasseye, se déchire... *Uhuru, Firda Tidend, Lien He Wan Pao, Nawa-e-Waqf, Tercüman... Dainik Inquilab... Dénik Djaguereun*... tout ça voltige, écume de vocables, récits cerfs-volants... words, words... the whole whirling... wuthering whirl of words... Tu sais, continue à vociférer le blépharitеux, combien de ringgits me coûte chaque année l'abonnement à *Utusan Malaysia ?* Par exemple ? La peau des fesses, je peux te le dire. Même avec tout l'argent que tu me dois, je ne vais plus y arriver. Et tu laisses traîner tout ça partout... Ils ont les mains toutes noires, poissées des titres du jour. BOEING CAI SOBRE GARULHOS. COCUKLAR DA KUMAR BATAGINDA. EKSPOR TEKSTIL BAKAL NAIK 200%. STORE NORSKE VINGEKLIPPES KRAFTIG AV DEPARTMENTET. FUJINAMI MOTO KAMBOCHOKAN KUMONGAKURE. TERORISTAS ATACARON LOCALES DE EDUCACION. Ils en sont tout barbouillés, surimprimés : NA OSNOVIE VOZROJDENIA LENINSKIKH PRINTSIPOV. KINDUNOS, PANE NA KLEISOUN TO MEGA SKANDALO. PISA DE NUEVO SU TIERRA EL HACEDOR DE PALABRAS. COUNTRYWIDE ANTI-RUSHDIE HARTAL OBSERVED. IM SHTEI SAKINIM HISHTOLEL HAROTZEAH MEAZA BITSFONE TEL AVIV. TOU SESELWA I DEVRET TRAVAY ANSANM DAN MENM DIREKSYON, ah, la barbe, GRANDE BAGARRE À LA CHEFFERIE DU QUARTIER CACAO BARRY À DOUALA. POLÉMICA : PINKY NEGO QUE SU HIJO MINTIERA ANTE EL JUEZ. Tatoués sur les mains, les avant-bras, les joues, le front, dégueulassés, barbouillés de langues, arcimboldiens personnages où les fruits fussent des lettres : THEY ARE NOT FORGOTTEN. MKOBA WADUTWA NA KILO 9,8 DHAHABU. À MOITIÉ MORT, IL DOIT FORCER LES PORTES DE SACRÉ-CŒUR POUR SURVIVRE. FANAFOANANA NY FIFIDIANANA MIAMPY 17 NY ISAN' NY FIRONDRONANA. ONMNOJAT' MORSKONIOU SLAVON RESPOU-BLIKI. DINCI YURTLAR, TERÖR YUVASI. CHUN, CHOI LIKELY TO TESTIFY ON KWANGJU AT CLOSED HEARINGS. FIERY HAVOC SPREADS ACROSS BOUGAINVILLE. LORRAIN MAHU TUJUH SAKSI. V CLUB PAS EN GRANDE FORME POUR ECRASER MUKUNGWA DU RWANDA. WILL DIMINCO PAY JAMIL $ 10,5 MILLIONS ? Est-ce que Diminco va payer Jamil, est-ce qu'il va les cracher, ses dix millions et demi, ça on ne le sait pas encore, mais eux ont déjà parié : l'un que oui, l'autre que non. C'est toujours comme ça. Leurs calculs les ont amenés à des pronostics extrêmement proches, à prévoir par exemple l'existence inimaginablement aléatoire de Diminco, de Jamil, d'une dette entre eux, même du fichu pays où cette affaire se passe, mais dans l'ultime alternative, ils se séparent régulièrement. C'est heureux, d'ailleurs, parce que sans ça, il n'y aurait plus de jeu possible. CAC CO' QUAN VÀ DON VI QUON DOI TRIEN KHAI NHUNG CONG VIEC MOI CUNG CHUAN BI TONG DIEN TRA DAN SO. GOVERNOR TO FONO : "THE BALL IS IN YOUR COURT." ASAHIFUJI TSUNA ZETSUBO. Qwafq avait pourtant parié qu'il deviendrait Yokozuna, cette enflure de Lever-de-soleil-sur-le-mont-Fuji, c'est son nom, Asahifuji, mais une fois de plus il déçoit. Déjà hier, au grand tournoi de sumo d'Osaka, il s'est fait sortir par Akinoshima. Et aujourd'hui, je le vois qui croche de la main droite la ceinture d'Ozeki Hokutenyu, mais il ne se bat qu'avec les bras, sans utiliser son corps, et l'autre, après un instant de doute, l'empoigne de la gauche et vous le fait tournoyer et vous le propulse comme un marteau, le pauvre tas de lard. Oh, le vol plané... Bouche-toi les oreilles, trinatsets, c'est qu'il va faire du bruit en retombant, l'hippopotame... L'espace d'une seconde, seul son grassouillet avant-bras gauche touche terre, dans un coin du dojo, tandis que sa jambe gauche de bébé géant rase le sol, je vois (tu vois ?) la plante de son gros pied potelé, la droite se baladant à un bon mètre d'altitude. Dans sa chute, il ouvre largement son entre-cuisse emmailloté d'une sorte de couche-culotte frangée de lanières qui volent en tous sens. Sa tête de nourrisson hyperbolique (le contraire, à certains égards, d'un bonsaï) est convulsée par une grimace de fureur, bouche comme un four, plis dans la barbaque, yeux fermés, sourcils haussés, trous de nez en prise de courant force. Il ressemble assez à Kamal, l'avant-dernier né de Karim Khairipour, à Miandowab : mais c'est une autre histoire, trinatsets, que j'ai déjà racontée à une autre. Son bras droit est encore croché dans la ceinture d'Hokutenyu aux fesses rubensiennes qui le dépose par terre et de ses ambitions d'un geste somme toute gracieux, compte tenu des circonstances : jambe gauche demi-fléchie, pied effacé, jambe droite tendue devant, presque l'esquisse d'une révérence, ou d'une figure de menuet. Vllanmmm ! Tu parles d'un Soleil levant ! Oshima, son maître, tire une énorme tête découragée. Mais il n'est pas le seul à avoir raté sa chance, Asahifuji : un autre qui l'a laissé passer sans même l'apercevoir, c'est Ozeki Konishiki : lors du tachiai, la première charge, Maegashira Itai, avec un à-propos facétieux qu'on n'imaginerait pas, à le voir, a fait un petit bond sur la gauche, comme ça, et, emporté par son inertie de tank en roue libre dans une descente, il est allé embrasser le dojo. C'est drôle que je te parle de ces éléphants, numéro treize, toi qui es si gracieuse, si élancée. Mais ce n'est pas moi qui ai établi le programme, ce sont ces deux maniaques de la conjecture, du temps qu'ils se tournaient les pouces dans les nuées de particules. Maintenant, je ne sais si je te l'ai dit, ce sont deux vieux Américains, deux Italo-Américains, précisément, oui, comme Al Capone, c'est cela. Ou comme Sacco et Vanzetti. Ils ont parié sur tout, tout leur est prétexte à engueulade, à ces deux bookmakers du Big Bang. Azad Sporting Club contre Power Development Board, à Dacca ? Deux à un pour Azad. Encore perdu pour Qwafq, qui avait pronostiqué un partout. Buts de Jahidul et Jahangir, et là il ne s'est pas trompé. Danubio contre The Strongest, au stade Centenario de Montevideo ? Un à zéro pour les Uruguayens, sur un tir puissant de Ruben Pereira, à la soixante-douzième, qui ne laisse aucune chance au goal des atigrados (lequel n'a cependant pas démérité). Les Chiliens de Cobreloa contre les locaux de Sol de America, au stade Defensores del Chaco d'Asunción? Zéro à zéro, sous une pluie de projectiles variés, œufs, fruits, piécettes, canettes de bière, chaises, etc. Le juge de ligne Juan Bara se ramasse une bouteille dans les côtes : bien fait, estime Kyk, qui avait misé sur les perroquets guaranis et s'indigne que l'arbitrage les frustre de la victoire en fermant les yeux sur deux mains incontestables, à son avis, des renards du désert. Le résultat est là, triomphe lourdement Qwafq, et d'ailleurs tu ne nieras pas que le héros du match a été Juan Covarrubias, l'avant-centre minero, qui n'a cessé de bombarder de ballons vénéneux les cages des macheteros. Petit con, lance le paralytique au moustachu, avec un regard plus perçant qu'une bouffée de neutrinos : tu n'y connais rien, au football, tu ne fais pas la différence avec le billard américain. Puis, avec un accent tel qu'on sent qu'il tient sa revanche : et le verdict dans l'affaire Clément Ragassi / Pambo-Mabiala, tu te souviens ? Cinq ans et un mois, c'était bien ça ? Mes félicitations... Onze ans et quatorze mois. Quand j'aurai besoin d'un avocat, je te ferai signe... Et comme l'autre fait mine de ne plus se souvenir, de ne pas voir de quoi il s'agit, il lui rafraîchit la mémoire : Clément Ragassi, un vieux cheval de retour, une dizaine de condamnations pour vol en quinze ans, non, vraiment, ça ne te dit rien ? Un des plus beaux casiers de l'Ogooué maritime... Il rencontre le comparse Pambo-Mabiala dans une boîte du quartier "Vie chère" et après avoir éclusé quelques bières, surgit la bonne idée : ils piquent une Suzuki et se font une villa : hi-fi, un peu d'argent, une belle robe et des souliers corail pour une fiancée. Ça marche si bien que quelques jours plus tard, nouvelles bières, nouvelle Suzuki, et hop !, une autre villa. Et là, au retour, dans la nuit chaude de Port-Gentil, deux types à moto avec chacun plusieurs costumes sombres d'homme d'affaires enfilés sur les épaules, une télé entre eux, sur la télé un presse-fruits électrique et un four à micro-ondes, et dans le four à micro-ondes trois paires de boucles d'oreille, deux montres et un radio-réveil, ça ne peut pas échapper à la vigilance des défenseurs de l'ordre et de la paix civile instaurés par le grand camarade-président-fondateur du PDG, El Hadj Omar Bongo : ils se font serrer. Et les voilà maintenant, les lamentables, Ragassi l'âme damnée, l'Attila des villas, en pantalon vert à rayures et chemisette à carreaux, Pambo-Mabiala le dévoyé, triste exemple pour la jeunesse du pays, en jean et tee-shirt blanc, dansant d'un pied sur l'autre, devant le sévère président Ndong-Minko et le clairvoyant substitut Jean-Hilaire Biyogué. Et maître Itchola a beau plaider avec beaucoup d'éloquence que son client, Ragassi Clément, n'a pas besoin d'une cellule mais d'une bonne éducation (voyez-moi ça...), tandis que, de son côté, maître Bikoro-bi-Eko argue que son client à lui, épileptique, devrait être soigné (et quoi, encore ?), **le verdict tombe** : onze ans de travaux forcés pour Ragassi, quatorze mois pour l'autre. Ah, tu te souviens, maintenant ? Et alors, voici que le moustachu brandit un journal birman, le *Working People's Daily*, à la une duquel s'étale une manchette absolument renversante, attends que je lise, voici : A CEREMONY TO MARK THE 77TH ANNIVERSARY BIRTHDAY OF TIPITAKADHARA DHAMMA BHANDHAGARIKA ABHIDAJA MAHA RATHA GURN STATE SANGHA MAHA NAYAKA COMMITTEE SECRETARY-GENERAL BHADHANTA VICITTASARA-BIVHAMSA MINGUN SAYADAWGYI AND TO PAY HOMAGE TO THE SAYADAWGYI WAS HELD AT THE TIPITAKA KYANGDAW. Eh bien... dans le *Working People's Daily*, une fois qu'on a écrit le titre, on dirait qu'on a fait la moitié de l'article... Bon, toujours est-il qu'ils ont parié sur l'heure, l'heure de la cérémonie en question, et c'était one p.m., et aucun des deux n'a gagné parce qu'ils se sont, à l'époque, emmêlé les pinceaux dans les fuseaux horaires, ce qui est bien excusable car la Birmanie, entre autres particularités détestables, est la première à introduire sur la terre la bizarrerie des demi-fuseaux, ainsi quand le soleil levant ricoche, à sept heures du matin, sur les hérissements d'or et de laques de la pagode Shwedagon à Rangoon, il est sept heures et demie sur les stupas de Bangkok et six heures et demie sur les minarets de Dacca et Chittagong, enfin passons, la chose est assez embrouillée comme ça, et ça n'était déjà pas mal de prévoir qu'elle aurait lieu, cette cérémonie (et pas une autre, par exemple). Mais ce qui excite l'enthousiasme de Qwafq, c'est qu'il ne s'est pas trompé sur un seul des dons que des citoyens de bonne volonté envoient aux Tatmadawmen servant dans diverses zones de front : U Win et sa famille, du village de Ywa-tha-ya ? Cent cinquante kyats. U Tun Yin-Daw Mya May et sa famille, de Cross Road n° 9, cinquième division, Bogale ? La même chose. U Thein Myint-Daw Than Shin, propriétaire du moulin à riz Win Maw, dans le village de Uyin ? Deux cents kyats. Le praticien de médecine traditionnelle U Mya Aung-Daw Nyunt Sein et sa famille, du village de Kautha-Myint ? Cent kyats. Etc. Les officiels responsables du Tatmadaw (Big Brother en birman, je veux dire le Parti, trinatsets) remercient les donateurs, et Qwafq aussi, du profond de son cœur : car c'est comme si tous ces kyats allaient un peu regonfler son compte dans une banque suisse, que dégarnissent continuellement les pronostics hasardeux formulés pas très longtemps après le Big Bang. Un qui risque de lui coûter cher, par exemple, c'est celui-ci : combien de balles dans la tôle de la Lincoln de Chen Chin-Long, Chen Chin-Chang et Li Pei-Fu ? D'après ses spéculations d'un moment enfoui au fin fond d'un gouffre temporel vertigineux qui excuserait l'oubli ou la confusion, mais que le paralytique a parfaitement gardées en mémoire, ce chiffre serait de treize, comme celui qui s'affiche sur tes seins bondissants, trinatsets (et Qwafq aussi, à vrai dire, bien qu'il soit tenté de prétendre le contraire, s'entend encore proposer le chiffre à Kyk, parfaitement ingambe à l'époque, et qui refuse quant à lui de parier, absorbé qu'il est par la contemplation d'un feu de Bengale d'hydrogène subitement allumé dans la nuit par une allumette gravitationnelle, et qui deviendrait bien plus tard, au terme de différentes péripéties qu'il serait trop long de raconter ici, le trou noir massif au cœur de NGC 5548 dont le voisinage incommodant les obligerait à déménager pour la Floride). Or, voici comment l'affaire se passe : Chen Chin-Long et Chen Chin-Chang emmènent leur beau-frère Li Pei-Fu faire une petite expédition matutinale à l'hôtel Shing Ya, rue Chiencheng à Taichung, dans la riante plaine côtière de Formose. Cinq heures du mat, la grosse Lincoln pile en saluant des amortisseurs, les portières claquent, les trois demi-sel en costume fil-à-fil pénètrent dans le hall, Chen Chin-Chang et Li Pei-Fu sortent un feu et prennent le contrôle de la réception où un type chauve en survêtement cesse soudain de somnoler devant un film de kung-fu, cependant que Chen Chin-Long grimpe au premier tirer de son sommeil une amie du dénommé Ah Pao, qui a envers eux une dette de jeu : histoire que la poulette leur indique où il se planque. Quelques claques et elle s'allonge. Jusque-là, tout marche comme prévu pour le trio, et pour Qwafq également. Mais là où, pour les premiers, ça commence à dérailler, c'est lorsque un client matinal prenant Li Pei-Fu (qui, je le rappelle, tient le réceptionniste en joue) pour le célèbre bandit Lin Lai-Fu, recherché pour des dizaines d'attaques à main armée, réussit à s'éclipser en douce et à prévenir les hommes de Chen Kuo-Yuen. Aïe ! Le chef de la brigade criminelle répartit en moins de temps qu'il n'en faut pour le dire ses hommes en quatre équipes, on enfile en courant les gilets pare-balles, on rafle les Uzi au râtelier, et en voiture : les incorruptibles déboulent devant le Shing Ya au moment précis où les trois minables, leur renseignement soigneusement recopié dans un petit carnet couvert de moleskine, glissé dans la poche intérieure de la veste croisée de Chen Chin-Long, rembarquent dans la Lincoln. La poursuite s'engage, zigzags, poubelles renversées, un chien écrasé, la grande caisse-corbillard-contrebasse noire tangue et rebondit de trottoir en trottoir tout le long des rues Chiencheng, Tuchih, Kuoyuen, il y a des éventails d'étincelles dans l'aube bleue sous les idéogrammes clignotants d'électricité rouge et de la fumée âcre de caoutchouc grillé et de la ferraille nauséeuse tout au long des rues Fondation, Sapience et Résurrection, les sirènes vrillent les tympans des trois petites frappes qui commencent à regretter sérieusement le jour où ils ont appris à jouer au mah-jong. Le soleil se lève sur le détroit de Formose, illuminant les palmures rapiécées des voiles dans l'estuaire de la rivière Tan Chi, au moment où la voiture du commissaire Chen Kuo-Yuen, dans une manœuvre d'une audace inouïe, tente de dépasser la grosse limousine. Un instant les deux véhicules se côtoient, tels, bord à bord, la baleinière et le Léviathan, les tôles se heurtent et se repoussent, se froissent et crissent, les hommes se dévisagent, se défient, le commissaire croit voir, il croit que, comme tous les commissaires, qu'un geste, qu'il est, comment dire à cette vitesse infernale, derrière la vitre feuilletée qui se couvre de zébrures blanchâtres, menacé, il riposte, suivi par ses fidèles G-men, qui ripostent aussi, avec leurs seringues ultra-rapides, Chen Chin-Long est touché à l'épaule et, une toute petite fraction de seconde plus tard, à la poitrine, le beau-frère a le cou traversé, cela fait une cloque de sang qui gonfle puis éclate en aigrette, comme lorsqu'une soudaine pluie de mousson hérisse la surface calme du lac, entre les feuilles de lotus, la grosse contrebasse désaccordée finit contre un poteau télégraphique dans une cascade de bruits décroissants (enjoliveurs tintinnabulant, roue qui tourne folle, éclats de verre qui dégringolent, essence gouttant, eau grésillant contre le métal chaud, et les derniers coups de feu, de moins en moins convaincus, comme après un armistice) avec, oui, il n'y a pas d'erreur, **soixante-trois** impacts dans la carrosserie, dont quarante dans la malle arrière. Game over. Ce jour qui marche sur les eaux vers Fou Tcheou, qui maintenant fait pâlir les feux tournoyants comme des pulsars des voitures de police arrêtées, portières ouvertes, moteurs ronflant, en travers de la rue de la Résurrection, n'est pas celui des demi-sel, qu'on évacue vers l'hôpital Chen Chin-Chang, pas non plus celui de Qwafq qui entend, en écho à la cascade du verre brisé, son compte se déverser comme une énorme machine à sous vers celui de ce risque-peu de Kyk. Insensible en apparence à ses sarcasmes, il allume une Muratti à bout doré et essaie, remontant vertigineusement le courant du temps et des raisons enchaînées, de parvenir au segment où son impeccable pensée a fait un léger, un fatal écart matérialisé à présent par cinquante petits cratères inattendus, franchement choquants, dans la tôle noire de la Lincoln. L'inattention momentanée provoquée par l'allumage des réactions nucléaires de l'étoile ? Ce n'est pas impossible, mais cela le surprendrait. S'il avait dû commettre de pareilles erreurs à chaque fois qu'il a vu ces grosses pelotes de gaz s'amasser comme de la barbe-à-papa, s'enflammer, exploser, s'effondrer, lâcher des pets ardents... Non, il songe plutôt à une curieuse méprise linguistique. Voici : au moment où ces événements se déroulaient dans l'île de Taiwan on découvrait, dans un appartement désaffecté du barrio Los Cedros, à Trujillo Alto, Porto Rico, le cadavre d'un évadé de la prison de Bayamón, un nommé Julio César Vega Pérez, alias Julio César Monserrate. Or ce dangereux antisocial, suspecté, et certainement pas à tort, de plusieurs assassinats, en avait eu pour son compte, puisqu'il avait encaissé pas moins de **treize** balles de quarante-cinq dans le buffet. Et c'est précisément la confusion possible entre le mot argotique français "buffet" et le mot coffre, ou malle (arrière) qui (suppute-t-il) a pu lui faire mélanger, une fraction de seconde (mais ensuite, les conséquences suivent leur cours implacable), à la faveur d'une circonstance extérieure (l'étoile), les deux affaires. D'autant (et c'est là que sa conviction se forge) que le surnom de l'individu découvert haché comme viande à chat à Trujillo Alto est précisément el Chino, le Chinois, tandis que l'île chinoise de Taiwan a longtemps été désignée du nom luso-hispanique de Formosa, la Belle : ambiguïtés supplémentaires, qui rendent plus plausible la méprise – il est toutefois possible, inversement, que ces bizarreries onomastiques en écho soient non pas la cause mais la conséquence, comme l'empreinte indéchiffrable par tout autre que le parieur cosmique, de son erreur originelle. Enfin, si l'on ajoute à cela que Porto Rico est une île tout comme Taiwan-Formose (circonstance géographique qu'il avait correctement prévue), cela constitue tout de même un faisceau assez troublant de présomptions, songe Qwafq en écrasant le mégot de sa Muratti. Maintenant, si l'on s'étonne, si tu t'étonnes, trinatsets, que Qwafq ait su assez de français, en ces temps anciens, pour se laisser induire en erreur par des glissements sémantiques, assez d'espagnol pour prendre un individu surnommé el Chino pour un vrai Chinois, c'est à tort : tu imagines bien qu'un homme qui, flottant parmi une soupe de matière si élémentaire que c'est à contrecœur qu'on lui donne ce nom, était capable de prévoir (avec quelques inexactitudes, c'est un fait, mais enfin quand même), que le vingt et un mars mille neuf cent quatre-vingt-neuf à l'aube, rue de la Résurrection à Taichung, la limousine de marque Lincoln conduite par Chen Chin-Long se ferait pointiller la tôle par l'équipe du commissaire Chen Kuo-Yuen, cet homme-là (ou appelle-le comme tu veux, cet esprit, cet éon, mais à présent c'est un homme, un vieil Italo-Yankee, comme je te l'ai dit) était en mesure d'inférer aussi les structures et le lexique du français, de l'espagnol, du chinois mandarin et autre, et de toutes les langues : d'ailleurs, trinatsets, prévoir le monde n'est pas autre chose que prévoir les mots pour le dire. Qwafq essaie de tricher un peu sur le taux de change des monnaies pour réduire l'ampleur de ses dettes de jeu (il sait où cela peut mener). Ou bien peut-être n'est-ce pas l'avarice, mais de nouveau l'amour du jeu, qui le pousse à truquer ? En vain la plupart du temps, car l'autre n'est pas paralysé des yeux. C'est égal, il essaie. Ainsi, devant régler un pari perdu en lilangenis (Sellinah et Bellinah Ndlovu, deux sœurs, se disputent une parcelle à Ngwane Park, Manzini. Elles vont en justice. Qui se voit confirmée dans ses droits de propriété ? Sellinah. Non, justement : Bellinah), il prétend que la monnaie swazi, au cours des premières transactions entre banques, s'échange contre 2,36 dollars (alors que, Kyk le vérifie aussitôt, c'est 2,56). Quand c'est en takas, même tabac, il le met à 0,10 riyal saoudien, alors que tout le monde sait que le cours du jour est de 0,1141, et c'est à ce taux-là qu'il devra payer ses mauvais pronostics dans le meeting de lutte au Comilla Stadium : à ma gauche Nasser Bulhu le Pakistanais, à ma droite Mighty Mongal l'Écossais, qui gagne ? le taureau des Highlands ? Pas de chance, au troisième round il vide le ring, éjecté par un coup de pied fouetté dans le dos qui le laisse pissant le raisiné par le front et la langue. Tiger Jalil, l'enfant du pays, contre le roastbeef David Barry Hawkins ? Ils sont tous deux disqualifiés par l'excellent arbitre Mazhar Hossain Dar pour s'être boxés en dehors des cordes, alors que Qwafq donnait Tiger vainqueur. Ayant prévu le nul dans la partie d'échecs opposant, au Cercle des journalistes de l'Équateur, Victor Pacheco à Carlos Frugone, qui va l'emporter en soixante-sept coups, dans une variante Samisch, il tente ridiculement de déprécier le sucre à 0,015 dollars. A ce prix-là, les bananes seraient données. Il faut dire, aussi, que la chance n'est pas avec lui : comment prévoir, **raisonnablement**, et quel que soit le sens qu'on ait pu donner à cet adverbe il y a quelques myriades de myriades d'années, qu'au stade Estrella de la colonía Tolteca les footballeurs de Real Grafos allaient mettre una goliza histórica, la plus sévère peut-être depuis la création du monde, au Deportivo Xilitla : **dix-huit à zéro** ! Huit buts rien que pour Héctor Constantino ! Les bras en tombent ! Qui c'était, leur gardien de but, à Xilitla ? Un manchot ? Un homme-tronc ? Un fantôme ? Même moi, dans mon fauteuil roulant, j'aurais fait mieux, ricane Kyk, agitant triomphalement la page sportive d'*El Sol de Tampico*. Ce petit jeunot de soleil qu'ils ont vu naître ensemble, accoudés aux tribunes de la galaxie... Alors, après tout cela, s'être trompé sur l'issue du match de basket Dynamo de Tartu / Stroïtel de Frounzé n'est pas si grave. Moi aussi je t'aurais donnée victorieuse, trinatsets. Ce n'est pas ta faute. Tu as fait ce que tu as pu. Tu étais la plus belle, numéro treize.

9

Orage sur le Sélangor

(sonnet)

D'ailleurs, je vais rester avec toi une heure encore. Ce n'est pas mon habitude, mais tu me touches, oui, tu me touches beaucoup, numéro treize. Assieds-toi près de moi dans le gymnase désert, maintenant, sous la grande voûte de béton où ma voix résonne et s'épuise en échos comme celle d'un officiant. Dehors il fait froid, le vent pousse des brouillards bleus au-dessus de la Courlande, ici nous sommes au chaud, cela sent la sueur et l'embrocation. Assieds-toi contre moi, laisse-moi poser ma main là, et là encore, et tes cheveux je veux les sentir agacer mon oreille. Je vais te dire, retiens-le bien, comment les voyelles créent le monde, trinatsets, le tissent continûment comme des vers à soie leur cocon, l'araignée sa toile.

Le A règne sur les souterrains, les caves dont le silence n'est rompu que par le goutte-à-goutte obsédant de l'eau et la cavalcade des rats, les catacombes et les tunnels des métros qui sont comme les pelotes de vide sur lesquelles reposent les villes, les veines brillantes du charbon, l'espace noir où tournent des carlingues de feu, les abysses privés de lumière où ondulent des lambeaux de vie ciliés. Il éclate dans les cris des treize ouvriers pris au piège d'une galerie de chemin de fer éboulée, entre Jammu et Udhampur, dans le nord de l'Inde. Il rayonne sur les cheveux, les voiles des femmes du Yémen, sur les yeux noirs, tes yeux, trinatsets, qui même fermés, dit le poète anonyme des *Nuits*, sont plus tranchants que de blanches lames dégainées, sur l'ombre en quoi se résout ton sexe. Il gonfle les nuages d'orage qui survolent le Transvaal, l'Orange et le Drakensberg, la Nouvelle Galle du Sud et les northern tropics du Queensland, les États de Kachin, Chin et Shan et la ville de Mandalay, il écrase de ses enclumes la région orientale du tropique bolivien, les cimes qui dominent la meseta centrale guatémaltèque, la Rift Valley et le lac Victoria au bord duquel Okulo Abir, songeur, mange au milieu des siens le repas préparé pour les esprits, le Sélangor, les régions de Johore, Pahang, Kelantan et Terengganu. Il tient boutique de parapluies et de bas-résille, de smokings et d'escarpins vernis. C'est chez lui que Doming Lam, le chef de l'orchestre de chambre de Macao qui interprète aujourd'hui le concerto pour quatre violons et violoncelles de Vivaldi et la symphonie vingt-cinq de Mozart, a acheté son nœud papillon, Choi Sown-Li le piano dans la laque noire duquel, cependant qu'il triomphe des incroyables difficultés de *Battle against the Typhoon*, se mire sa lisztienne chevelure, le padre Antonio Diaz la belle soutane qu'une goutte d'orangeade a tachée, contrariété qui le distrait quelque peu dans sa conférence, prononcée à la session de thé mensuelle du Comité des dames de La Paz, sur la doctrine sociale de l'Église. Il est le maître des fourmis, des corbeaux, des morpions, du café, des points noirs qui préoccupent les adolescents au miroir, le seigneur de la nuit qui décourage les regards et du fluide obscur et lucide, l'encre qui fait tout voir. Il scintille sur la carrosserie des longues limousines, celles qui attendent devant les hôtels de Central Park, celles qui, à travers les rues brumeuses de Moscou, filent vers la porte Saint-Georges du Kremlin, celle qu'astique un serviteur srilankais, dans le garage d'une somptueuse villa de Dubaï, celle qu'un camion-grue remorque dans le soleil levant, rue de la Résurrection à Taichung. Il luit au corset velu des mouches qui fouillent les quatre-vingt-quinze cadavres entassés sous les épineux calcinés du nord Darfour, non loin du lit asséché du ouadi Oumm Saggat. Tous tués à l'arme blanche, éventrés, mutilés, à demi décomposés par la terrible chaleur qui fait trembler la terre, à moitié fondus, grumelés, mêlés à la terre brûlante comme de la chaux, mêlés à l'air puant, certains devenus rouges comme des viandes rôties à la broche, d'autres gris ou violets comme des pierres volcaniques. Des yeux, des dents qui brillent horriblement au milieu de cette ordure, qui ont souri autrefois, il y a peu. Mangé aussi, mais pas beaucoup. Pas de vent en ce lieu, seulement la fournaise qui fait s'élever l'air, si bien que l'odeur de serpillière pourrie ne s'étend pas, stagne et reste posée sur le charnier comme une cloche de pestilence. Personne ne veut savoir qui ils étaient, personne ne veut se mêler de donner une sépulture à ces restes, si bien qu'ils demeureront là jusqu'à ne plus former que de légères bosses du sol : ici, entre la croûte aréneuse et le grand ciel de soude, il n'y a guère de place pour la tendresse de la chair.

Les domaines du E sont les calottes des pôles, les frêles fleurs de verre de la neige qui poussent sur les chevaux morts, la glace qui bloque dans le Hamilton Sound, à l'est de Terre-Neuve, le ferry-boat de Fogo Island et le bateau chargé de pâte à papier qui sort de Botwood, les prés scintillants de perles sous la lune, les longues rémiges des nuages d'altitude, les brouillards qui effacent au matin les vallées des Andes d'où montent les soldats. Il caresse, ce salaud, la peau des femmes là où elle est la plus douce, tire les draps délicieux sous lesquels s'emmêlent les corps, fait crouler entre ses doigts le riz crépitant, le lait mousseux, le coton dont la balle de trente-sept kilos et trois cent vingt grammes se renchérit aujourd'hui de dix roupies à la criée de Karachi, la farine dont le prix trop élevé met en grève les minotiers de Lahore en même temps que, très loin de là, les boulangers de Pemba au Mozambique, furieux d'avoir à débourser huit mille huit cents meticais pour un sac de cinquante kilos quand ils ne peuvent vendre que trente-trois meticais le pain de deux cent cinquante grammes : on les comprend. Le E est le maître des chiens samoyèdes qu'on embarque sur des vapeurs à Vancouver, le chauffeur du Transsibérien en folie dans les ornières du ciel, il pousse la reine blanche avec laquelle Rezaul Haque, du club Bangladesh Biman, met mat au trente-septième coup Anisur Rahman de Bangladesh Ansars, il règne sur le cul talqué des bébés, les cheveux d'Ivan Oulitch et ceux des femmes fidèles qui, vingt ans après, au soir tombé, vont revoir pour la dernière fois les hommes qu'elles ont aimés sans se résoudre à en faire leurs amants, la blanche cornée qui rend plus troublants les yeux noirs, les rivages désolés des mers de Barentz, de Kara, des Tchouktches, de Beaufort. Il tourbillonne dans les ciels vaporeux que Turner tend au-dessus d'un yacht approchant de la côte ou de la Salute à Venise, que Baudelaire voit se refléter dans les yeux des femmes dangereuses, il fait commerce de vierge papier pour nourrir la flamme noire de l'encre, de cierges d'église, de robes de mariée : c'est chez lui qu'Akemi Kurashima, ballerine au théâtre Kobayashi, a acheté la mousseline qui drape ses seins exquis de quatre-vingts, sa taille de cinquante-huit, ses hanches de quatre-vingt-six, et qui lui vaut, avec le regard réservé, sous la tiare de plumes blanches, qui sied à son rôle, de gagner devant mille deux cent soixante-seize candidates le titre envié de Miss Mariage de Happoen. C'est lui encore le peintre des fleurs de cerisier dont la vague, cette année, déferle sur Tokyo, Matsuyama, Hiroshima et Nagasaki avec dix jours d'avance sur les prévisions aimablement fournies par le saké Haku Tsuru, Cigogne Blanche. C'est aussi le Big Dealer, le chef contrebandier, le sniffeur universel, le patron des laboratoires clandestins où se raffine la blanche, le propriétaire des petits avions qui atterrissent dans la forêt et des chalands qui glissent sur les rivières amazoniennes. La guerrillera de l'ELN dont une balle a traversé le cou, ce matin à l'aube, entre Antioquía et San Luis, travaillait pour lui, el señor E, tout comme les huit hommes qu'un commando héliporté a capturés tout à l'heure, dans une hacienda de Canutalito, ou les quinze autres qui se font serrer dans la finca Chaparral, à El Difícil : avec tout leur fourbi de bricoleurs de la mort, bidons d'acide, d'ammoniaque, d'éther, fours à micro-ondes, balances, pistolets, fusils M-16, talkies-walkies, motopompes. C'est lui, el señor E, qui a stocké cent kilos de coke sur une île déserte du canal de la Mona, entre Porto Rico et Saint-Domingue, au milieu des oies sauvages, des iguanes et des tortues-luths, lui encore qui ravitaillait l'oncle du petit Alfonso Chavez qui vient de se faire pincer bêtement, dans un appartement du bâtiment quinze de la résidence Turabo Heights, à Caguas, avec tous ses petits sachets rangés dans l'armoire à linge : son neveu, à l'école élémentaire, distribuait les billets de vingt dollars à ses copains avec une prodigalité qui a fini par mettre la puce à l'oreille d'un instituteur. Ses agents forment la mafia la plus ramifiée du monde, l'église qui compte le plus de fidèles, la nouvelle Internationale. Carlos Fernández, chauffeur de colectivo à Buenos Aires, et son ami Eduardo Larregui en sont deux modestes affiliés. Carlos est au volant de l'autobus numéro soixante-trois qu'il conduit pied au plancher tout au long de la rue Lisandro de la Torre, rutilant de tous ses chromes et feux verts et violets, ses saintes vierges à courant alternatif, ses tigrures peintes et ses klaxons à trompes nickelées qui lui font la gueule bariolée et hérissée d'un poisson corallien, et pendant ce temps Eduardo à côté de lui discute des prix, il s'échauffe un peu parce que le machiniste les lâche avec des élastiques, et cette conversation attire l'attention d'un policier assis derrière, un fin limier qui se rend à son boulot au commissariat quarante-deux de Mataderos, le quartier des abattoirs. Et voilà qu'ils échangent une cigarette "d'aspect très spécial". Hum, hum... Le poulet se rapproche mine de rien, gaffe par-dessus son journal... Et alors Larregui refile à Carlos un billet d'un austral plié en huit. Comme c'est bizarre... Justement l'autobus va passer devant un commissariat. Surmontant la peur, instinctive chez le mâle argentin, du ridicule, le serviteur de l'ordre se lève et enjoint au chauffeur de s'arrêter. Puta que lo parió ! Il y a dix grammes de coke dans le billet ! Et il y en a qui disent qu'un austral ça ne vaut rien, soupire un passager qui n'en a pas assez en poche pour se payer un sandwich. Et Carmelo Pérez García et Gustavo Herrera Candia, alors... Ils se croyaient les plus malins, ceux-là, mais c'était compter sans la perspicacité de la police de Rosario qui les surprend dans un chalet de Tanti, rue General Paz, au plus mauvais moment. Lorsque les flics arrivent, Carmelo est sur le trône, oui, je ne saurais te le cacher, pantalon baissé, et il pousse, et il souffre, oh oui, il souffre, ce n'est pas qu'il soit constipé, non, il ne manquerait plus que ça, mais il doit expulser les dix suppositoires pleins de cocaïne qu'il s'est fourrés dans le cul de l'autre côté de la frontière bolivienne. Et maintenant les policiers sont là, devant lui, et il doit continuer à s'évertuer, les veines du cou gonflées, s'écartant les fesses des deux mains, sous la menace d'un pistolet et au milieu des gros rires.

Le I est pyromane, il fait courir des ruisseaux ardents sur la surface de la terre. A deux heures et quatre minutes du matin, il renverse une lampe à pétrole dans une cabane du bidonville “Prix Nobel de la Paix”, barrio du Christ-Roi à San José de Costa Rica. Une langue de feu sifflante comme un serpent jette de grandes lueurs violentes sur les visages de Guillermo Chamorro et de sa femme, occupés en pleine nuit à ressemeler de vieilles chaussures, s'engouffre sous la pile de caisses qui leur sert d'établi, rejaillit en flammèches écarlates pailletées d'étincelles vers le toit de carton et de plastique. En quelques minutes éclatent sur le tas de masures les grandes étamines ronflantes, les corolles frénétiques, les jets de pollen détraqués de l'incendie. Milton Bonnilla Arley, réveillé par la fumée, les cris et les crépitements, a juste le temps de faire sortir sa famille, Osvaldo Molina Cartallo de traîner dehors ses cinq enfants. José Antonio Masís, vendeur ambulant, reste hébété, assis sur des planches à même le sol, torse nu, enserrant ses genoux de ses bras, à contempler les dansantes fantasmagories qui dévorent les deux chemises sous papier cristal, le chapeau de paille tressée et le plateau de bois à baudrier qui constituaient son outil de travail et, avec un crucifix en bois de tamarinier, son unique bien. Le I noue au sommet des torchères des bouquets de lueurs qui font rutiler la nuit les eaux du golfe Persique, il souligne et commente les fautes sur les cahiers des écoliers du monde, les feuillets de papier grossier, agrafés ou cousus d'un fil lâche, maillés de lignes vertes ou bleues entre lesquelles sont prises des taches légèrement rugueuses, il fait ployer sous un faix de petits cœurs carmin les branches des cerisiers du Chili, rougeoyer la braise d'une cigarette sur un pont de la Neva, un quai de Charing Cross, au fond d'une cave de Beyrouth où l'impact proche d'une salve d'orgues de Staline fait trembler un amoncellement de fleurs en papier, à l'Ashmolean Museum d'Oxford il éclate, vermillon, aux bonnets, pourpoints, hauts-de-chausses des chasseurs d'Uccello caracolant sous un dais d'arbres mathématiques, aux selles, aux rênes, aux mors de leurs chevaux, aux fourreaux de leurs dagues, aux colliers des lévriers dont les bonds guillochent de claires volutes le centre obscur du tableau. Il porte les drapeaux sanglants de la place Tian An-men, la muleta qu'un vent du nord à décorner des taureaux, qui fait voler le sable tout autour des arènes Ponciano Diaz de Texcoco, arrache presque de la main gauche de Jorge Guttiérez cependant que, vêtu de bleu et or, affichant dans la faena l'angélique sourire de plénitude spirituelle évoqué par Juan Belmonte dans ses Mémoires, il affronte Platero, le sixième fauve de Doña Celia Barbosa, dont il va, il le sent, il le sait, couper deux oreilles. Il élève le murex tyrien, les cochenilles mexicaines, le vin aux sombres feux, il pique les coquelicots dans les blés d'été et les tulipes sur la steppe russe au printemps, il passe son doigt onctueux sur les lèvres des filles fardées, il colore, trinatsets, les joues des filles modestes. Il est surtout le maître du sang, celui qui toutes les quatre semaines revient aux femmes, celui qui ruisselle à chaque seconde de toutes les blessures, le flot salé, tiède, qui plaque de grandes taches sur le treillis kaki de la Mona, dans la morgue d'Antioquía, macule les sièges d'une voiture retournée en contrebas de Canning Highway à Perth, le coffre d'une Mercedes abandonnée au bord d'un chemin creux du Brabant, qui colle à la poussière la tête fracassée d'un émeutier black skin de Bougainville, le corps à demi dévoré d'un lycéen de Sherpur, marque comme d'un grain de beauté le visage d'une jeune fille morte écrasée à Comayagüela, élargit sous le bar une flaque reflétant les lumières du dancing de Pointe-Larue, jette des étoiles grenat sur les murs d'un appartement abandonné de Trujillo Alto, la fontaine pourpre qui à chaque galop jaillit, entre les banderilles, du garrot de Platero, et moire son flanc noir. Il sèche en plaques écailleuses sur les bras du métayer Manoel Rodrigues de Lima qui, hagard, suant, débraillé, suffoqué de sanglots, entre à pied dans Manaus, à trois heures du matin, sur la route qui vient d'Itacoatiara ou de l'enfer aussi bien, à travers les frondaisons noires, par Ponte da Bolivia. Ce n'était pas sa faute, pourtant : il avait toujours été un fidèle baptiste, craignant Dieu et aimant son prochain pour autant que cela fût possible, il avait la vocation de prêcher la parole du Christ, et voilà que, cette nuit terrible, il était devenu un assassin, un soldat de Pharaon. Ce n'était pas sa faute si son copain Antônio Taveira de Lima, après avoir descendu une bouteille de cachaça, était venu lui chercher des crosses dans sa baraque de Germano, alors qu'il écoutait pensivement la radio, peu après que le soleil eut plongé derrière les grands arbres. Ce que disait la radio avait jeté l'âme candide de Manoel Rodrigues dans la perplexité et la tristesse, il était question de la confession d'un toxicomane de Salvador, Gonçalo Alves dos Santos, dit "Juju". Avec ses deux complices, Edison da Silva Pontes dit "Guri", et Alberto Jorge Costa Dórea, "O Quiquinho", ils s'étaient glissés furtivement vers le van Chevrolet garé au bord de la plage, sous les palmes qu'une brusque averse avait fait soudain crépiter, ainsi que les tôles du van, même que cela avait facilité leur approche. Ils serraient dans leurs poches des facas peixeras, ces couteaux à large lame dont on se sert pour écailler et vider les poissons, trancher d'un coup l'arrête centrale des surubins ou des branquinhas, et pour eux les hommes et les femmes, eux-mêmes compris, n'étaient guère différents des poissons, sinon qu'on pouvait tirer plus d'argent d'un homme que d'un dourado, et plus de plaisir d'une femme que d'une cabeça lisa, et aussi qu'ils n'éprouvaient pas de haine pour les poissons. Ils avaient brusquement ouvert les portes de la camionnette, sous le tambourinement du grain, et ils étaient tombés sur deux amoureux qui s'étreignaient, Marcos Silva Gouveia et Grêcia Veronica. Ah ! la pêche promettait d'être intéressante, ce soir. Le sursaut des deux amants, l'effroi sur leur visage, leurs premiers cris vite étouffés, lame sur la gorge, main sur la bouche… Leurs corps palpitants de grands poissons pâles… Ils les avaient fait se dévêtir, puis après avoir roulé un peu ils avaient décidé de relâcher Marcos. Manoel imaginait avec horreur le dernier regard qu'avaient dû échanger les deux jeunes gens, lui nu, sur la route, dans la nuit, sous la pluie qui continuait à tomber, elle nue, abandonnée seule désormais aux trois pêcheurs d'hommes armés de couteaux à écailler, les portes qui se refermaient en claquant, les feux rouges qui disparaissaient au premier tournant. Manoel n'avait jamais compris jusqu'au bout l'enseignement du Christ selon lequel il faut pardonner, il se demandait s'il n'aurait pas aimé apprendre que les trois toxicos avaient été retrouvés et lynchés par la foule, mais il respectait les choses, d'ailleurs nombreuses, qu'il ne comprenait pas du tout ou seulement à moitié. Et voilà qu'Antônio était arrivé, complètement ivre, et avait commencé à lui chercher querelle à propos de son cousin à qui lui, Manoel, avait un peu frictionné les oreilles parce qu'il avait abîmé son lecteur de cassettes. Lorsqu'il avait sorti son couteau, Manoel avait essayé de le raisonner, mais après qu'il eut reçu une entaille au bras, il avait dû tirer lui-même le coutelas pour ne pas être égorgé. Jamais il n'oublierait ces moments atroces, peu après huit heures du soir : la lumière très blanche de la lampe à gaz, l'ombre de la forêt en lisière de son champ, le vol de soie des grandes chauves-souris au-dessus d'une chaise renversée, de deux chapeaux au sol, des yeux injectés d'Antônio et de la radio, tombée aussi, mais qui continuait à brailler : Juju prétendait n'être pas allé au-delà de Petrolina, près de Pernambouc. Il était revenu à Salvador, où il s'était fait cueillir, accroché aux ridelles d'un camion, laissant la jeune fille aux mains de Guri et Quiquinho, oh, absolument intacte, affirmait-il, ni violée ni torturée ni assassinée il le jurait, plutôt bien traitée, même. Après Petrolina, évidemment, il ne pouvait plus répondre de rien. C'est que Guri et Quiquinho n'étaient pas des types aussi boa gente, aussi convenables que lui, malheureusement. Les deux Lima s'étaient battus pendant longtemps, Manoel avait reçu des blessures aux bras et aux jambes, à la fin il avait planté son ami Antônio en plein cœur, puis il avait traîné son corps jusqu'à l'igarapé, à cinq cents mètres de là, et il l'avait jeté à l'eau : pas pour dissimuler son meurtre, non, mais pour ne plus voir ces flots de sang et surtout ces yeux d'ivrogne qui continuaient à le fixer avec stupeur. Et maintenant, il marchait, en larmes, dans les premières rues de Manaus au long desquelles on voyait, à la lumière de la lune, sur les tas pestilentiels d'ordures amoncelés par la grève des "garis", grouiller des centaines de rats, mais il ne s'en souciait pas, l'ordure et la pestilence étaient dans son cœur, il était devenu malgré lui un Holopherne. Il allait se livrer à la police, bredouillant des propos confus entremêlés de prières, qu'il avait tué un homme, qu'il était un satrape et un Jébuzéen, qu'il l'avait jeté à l'igarapé, qu'il allait mourir de remords.

Le U, apprends-le, trinatsets, fait serpenter ses alambics de la terre au ciel, il pousse à travers radicelles et racines, troncs, branches, rameaux, pétioles et pédoncules, la sève qui fait éclater et se déployer les feuilles. Il dresse ses sombres courtines entre le ciel et les yeux mourants d'Antônio Taveira de Lima, les yeux mourants de la Mona, il déploie ses dais de vert soufré, chloré, de vert épinard, de vert-de-gris, de vert chou, vert pomme, vert d'eau, Véronèse, émeraude, jade, céladon, bouteille, absinthe, il verse ses liqueurs vitreuses, ses apéritifs pour dames vertueuses au-dessus des pentes où roule la rosée qui formera les grands fleuves de l'Afrique, il pénètre les coques de sapin des bateaux ivres, flamboie dans le sillage des serpents de mer et les hallucinations des naufragés, il claque aux hampes des drapeaux de l'Islam, fait briller de ses néons le Caire nocturne, cerclant les minarets de volves de lumière. Il teinte les fientes des oiseaux, les viandes pas fraîches, les pituites, la mer devant laquelle se rase Buck Mulligan. Le U est le maître des fermentations et des moisissures, il ronge les tuyaux de cuivre, il fait pousser sa mousse sur les armes des guerriers et les pièces des banquiers d'autrefois, les pages des livres d'autrefois. Il est la couleur de la jeunesse, du tendre printemps enlacé à Vénus, ivre de vin immature, et celle de la vieillesse et de la ruine, des temples et des palais qu'habite la forêt, la couleur du ciel viride qui dans la nuit annonce l'aube et celle du rayon vert et du crépuscule, la couleur du passage et du cycle, de l'éternel retour. Il aime à s'afficher sur les robes des femmes rousses, les écailles des serpents, les billets de banque que Lorena Herrera Soliz trimballe dans ses deux valises à double fond lorsqu'elle se fait poisser à l'aéroport Viru-Viru de La Paz, sur lesquels il est écrit in God we trust, et qui sont les images du Dieu en qui croit le monde. Il fait rayonner d'un éclat mousseux emprunté aux lumières du bar les green bottles que Sam Putiphar aligne sur le comptoir du Highlife à Accra. Oh, Sam est le plus malheureux des hommes, on peut le dire. C'est vrai qu'il avait pris l'habitude de rentrer tard dans la nuit, après avoir séché une bonne quantité de green bottles, au foyer où l'attendait sa dodue épouse adorée et ses deux charmants bambins, et alors, c'est vrai encore, oui, il les menaçait et les frappait, il leur donnait des coups de pied, oui, et des coups de ceinture aussi, et la traînait un peu par ses cheveux permanentés european style, elle, et après il s'écroulait sans être capable de, pas toujours mais souvent, c'est vrai, non, la, bien qu'il en eût envie, mais quelquefois quand même il. Si. Et alors sa femme chérie a cherché dans une community church les consolations de la foi, et Sam n'y voyait pas d'inconvénient, non, au contraire, d'autant que le prêtre était un ami à lui, un très grand ami, même. Et voici qu'après quelques semaines de participation à la piété du groupe, la femme délaissée soudain s'est mise à resplendir, on lui voyait la joie des témoins toujours inscrite sur le visage, oh, le Seigneur lui avait donné l'allégresse : réjouis-toi, Jérusalem, pousse des cris de joie ! Et cela, tout de même, a fini par intriguer tellement Sam que cet après-midi même, à cinq heures et demie, il est rentré directement chez lui sans passer par le Highlife ni aucun autre lieu de perdition pour avoir une conversation avec Mme Putiphar. Il voulait percer le secret de son bonheur. Et là, devant la porte, il fallait le prévoir, la voiture du ministre de Dieu, son ami. Mais c'était peut-être, voulait-il encore espérer en entrant sur la pointe des pieds, pour continuer sa catéchèse ? Dans le salon, pas une âme. Ciel ! Son cœur a défailli. Il a marché droit à la chambre à coucher et voyez vraiment ça, oh non, c'est trop horrible à dire, mais si pourtant, il le faut, là, dans les draps emmêlés, un nœud de chairs cléricales et conjugales, my God, le vice dans les bras du crime, sa femme chérie avait une affaire avec le prêtre son ami ! Oh, les bouteilles vertes l'avaient perdu ! Mais il ne lui restait plus qu'elles, maintenant ! Ce soir, il allait boire à se rendre fou !

Ah, le O, maintenant, numéro treize.
Bleu, le O.
Comme...
La mer, d'accord...
La coque du *Vicking Sapphire,*
Les robes d'Ellen Oglethorpe,
L'étoile Sirius,
La fumée des cigares,
L'habit de lumière de Jorge Guttiérez cependant qu'il sourit dans la faena,
Les petites dents de flamme que le gaz sort puis rentre comme un chat qui crache,
Le curaçao que Manuel Salino Guevara, dix-sept ans, qui vient d'obtenir le grade de cantinero de classe B, dont le modèle dans la vie n'est pas l'illustre révolutionnaire homonyme, mais le barman Constante du Floridita, l'ami du señor Hemingway, mélange à la vodka au bar de l'hôtel España de Caibarien, à Cuba, sous les yeux de Rosa Elvira sa grand-mère, qui vient tous les jours s'asseoir sur un tabouret sans rien consommer, juste pour l'admirer, croquant des pépins de pastèque et tirant sur une cigarette tenue au bout de doigts de dentelle noire, des mitaines qui datent du temps de José Marti, et ça le rend nerveux, au point que le shaker glisse soudain de ses mains et éclate comme une bouteille d'encre bleue,
Les carreaux de faïence qui racontent, sur les murs de Lisbonne, des histoires humaines peintes aux couleurs du ciel,
Le ciel au-dessus de la tête du prince André couché sur le champ de bataille d'Austerlitz,
Le fond des casseroles qu'on oublie vides sur le feu, les boules pour blanchir le linge, le bleu de méthylène âcre aux gorges des enfants d'autrefois, les serviettes éponge des baigneurs,

Les champs de luzerne en fleur, les ailes iridescentes des morphos amazoniens, les cuirasses articulées des homards, les épaulettes du KGB,

La grande révolution de vapeurs crépusculaires qui surplombe la bataille d'Alexandre, la trombe de nuées céruléennes qui semble aspirer vers le vide de l'Univers clochers et forteresses, les tentes pointues des armées, les lances horripilées, les oriflammes, les hommes, les chevaux piaffant sur un tapis de morts, le Macédonien et le Perse, tout le fourbi de ce monde couleur d'automne,

Les veines sous la peau des vieillards,

Tes yeux.

Non. Ils sont noirs. Mais si, peut-être : quelque crapaud, dans leur pierre, violet ?

10

Victor Rosa lauréat du concours de cocktails de l'île de Pico

(photo satellite)

Bleu encore comme les yeux d'Argus mort que Junon, selon les *Métamorphoses*, fixa sur les pennes du paon, formant la roue constellée de changeant indigo dans laquelle, depuis, se laisse apercevoir une image du monde : si bien que dans le battement de l'éventail de plumes que j'ai acheté pour toi, en passant, sur les marches du jardin botanique de Bombay, tu peux voir, parcourant en un éclair un Atlantique de fibrilles diaprées, au moment où Manolito laisse échapper son shaker dans l'île de Cuba, Victor Rosa, barman à l'*Estalagem de Santa Cruz*, fêter avec ses amis et collègues José Gabriel Goulart et Luis Cardoso, au bar de l'hôtel Fayal, le premier prix du Concours de cocktails de l'île de Pico dans les Açores (et toi-même, le temps d'un battement de cils, seras devenue une autre). L'océan devant l'hôtel fait clapoter à sa santé ses lèvres blanches, le volcan au-dessus déploie sa tente immaculée et conique comme celles d'Alexandre et de Darius Codoman. Et en effet, et comme d'ailleurs son nom l'indique, Victor est un roi. Sur la table est posée, scintillante tel le bouclier d'un roi, la coupe qui constitue son prix, avec un billet d'avion aller et retour pour Lisbonne.

Dans tous les bars des Açores, cependant, l'heure n'est pas semblablement à la joie : à Cabouco, dans l'île voisine de São Miguel, Alberto Texeira Fragoso pousse la porte de la taverne *Cheiro de Lisboa* avec l'innocente intention de se payer une mousse. Alberto a émigré voilà des années aux États-Unis, il s'est fait une situation dans une banque, à New Bedford, là même où un certain Ismaël était descendu, par une glaciale nuit de décembre, à l'Auberge du Souffleur Pierre Cercueil, bien des années encore auparavant (mais, de même que chaque point de l'espace se trouve lié, tressé à tous les autres en lesquels il se transforme, chaque point du temps aussi n'est séparé des autres que par un point de vue, une irisation). Il y a même épousé une Américaine, une petite boulotte comme on aime dans les îles, mais blonde platinée avec des lunettes à verres effilés et branches sinueuses, une option plutôt haut de gamme. Tout ça, on le conçoit, ne lui vaut pas que des amis, il y en a qui trouvent qu'il la ramène un peu trop, l'Americano. Le genre à rouler en voiture japonaise et à se faire construire une grande maison en parpaings entourée d'hortensias, avec des antennes paraboliques sur le toit, ici, on n'aime pas trop. Alberto boit tranquillement sa Sagres, il est revenu passer quelques jours au pays natal pour les fêtes du Senhor Santo Cristo dos Milagres, c'est une pieuse raison qui ne peut indisposer personne, et surtout pas le senhor curé qui se réjouit au contraire de trouver dans la corbeille de la quête des billets de dix dollars étalés avec peut-être un rien d'ostentation, mais les manières américaines sont ainsi, là-bas, on n'a pas peur de l'argent. L'émigrant finit sa bière, l'âme en paix, s'essuie les moustaches, deux petites pressions parallèles, de haut en bas, du pouce et de l'index, suivies d'un passage horizontal du dos de la main qui poursuit son mouvement de façon un peu emphatique vers la droite avant de se suspendre pour plonger, doigts légèrement écartés, à la recherche du portefeuille : un geste qu'il affectionne pour l'avoir vu et appris dans des films, et qu'il perfectionne quotidiennement au *Whalers Inn* où il a ses habitudes, là-bas, à New Bedford. Un de ces petits riens qui distinguent. Et c'est alors qu'une autre main surgie de l'ombre, derrière lui, agrippe son poignet, interrompant son petit numéro. Il se retourne pour se faire cueillir, évidemment – ça aussi, il l'a vu dans des films – par un violent crochet en plein buffet, mais juste avant que le coup ne le plie en deux il a le temps de reconnaître un bouseux avec qui il a eu une altercation, lors de son précédent retour aux sources, il y a six ans, dans le même bistrot, parce que la façon qu'il avait de faire claquer, lui, Alberto, le couvercle de son Zippo, ouvert d'un sec mouvement du poignet, pour allumer une cigarette à bout filtre, refermé de la même façon et glissé du même geste dans la petite poche ménagée à cet effet à l'intérieur de sa veste, avait énervé ce trayeur de vaches qui en était resté aux allumettes fulminantes et aux clopes mal roulées de la Régie des tabacs. Et il comprend encore – en un dixième de seconde, mettons – que c'est la beauté, la pureté de son geste, la volte parfaite de sa main de la lèvre au portefeuille, l'aisance qui s'y affiche, la conformité de cette figure à un archétype que le rustre n'est pas sans connaître ni respecter, à sa façon, qui a réveillé dans son esprit glaiseux la mémoire en même temps que la haine. Il a conscience de tomber pour la culture et la civilisation, martyr d'une certaine idée de l'Homme. On le traîne dehors – l'agricole est avec des amis de la même grossière étoffe que lui –, on s'acharne sur lui à coups de pied et de caisses de bière.

Cependant, sur une autre île de l'archipel, ignorant de ces déplorables événements qui peut-être eussent altéré sa joie – car c'est un bon garçon, et d'autre part sa profession l'incline à apprécier, comme le curé de Cabouco, les libéralités des émigrants –, Victor Rosa, l'Achille des barmen, fête son triomphe. Il emplit sa coupe du cocktail qui lui a valu de l'emporter devant tous les autres Ganymèdes, et qui se nomme Orbita polar, la hausse des deux mains à hauteur de son front puis, la portant à ses lèvres, renversant progressivement la tête en arrière, il la vide à longs traits. Et ses yeux restent attachés au fond de la coupe luisant sous le film bleu-vert moiré, liquoreux, qui se déchire lentement, comme s'ouvre un rideau de théâtre. Or, cela ne t'étonnera pas puisque tu es grecque, ma petite muse, ma musette, sache que c'est un dieu qui l'a ouvrée, le fils de Sémélé et de la foudre, le seigneur de Chio, Iacchos aux belles pommes de pin, plus connu sous le nom de Dionysos qui donne l'ivresse. Moi-même, enfin, car je vais te soûler de mots pour te poursuivre plus sûrement à travers les sous-bois, les frondaisons du Jardin Ethnikos, ô belle ménade, m'abattre sur ta croupe comme un taureau fumant. Je suis, sache-le, un thyrse de mots, une érection et une éjaculation permanente de mots. C'est le rayon violet de tes yeux qui a attiré les miens, au fin fond de l'espace, à travers le mince voile déchiré derrière lequel je contemple, par les prunelles éberluées de Victor le barman, le monde. Le monde que je dépose à tes pieds ! Que je porte à tes lèvres, eh, comme un philtre de Colchide, un cocktail capiteux que tu boirais à l'hôtel d'Angleterre, sur Syntagma, en compagnie d'un ailier droit ! Qui collerait son pied habitué aux crampons entre tes jambes de déesse ! Te taclerait doucement ! Car tu es majorette du Panathinaikos, quelle idée charmante, excitante, tu défiles en jupette de Diane chasseresse sur le boulevard Reine-Amélie, accompagnée par la musique du club de foot ! Tu me fais comprendre, tiens, pour la première fois, pourquoi l'homérique épithète de *boopis*, aux yeux de vache, impliquait une idée de beauté : car il y a assurément quelque chose d'un peu bovin dans ton visage – mais pas d'une grosse vache du Nord, non, d'une fine et spirituelle vache méditerranéenne, habituée à brouter l'âcre laurier. Est-ce ton large menton, ta très grande bouche entr'ouverte, ton nez légèrement évasé, les beaux méplats de tes pommettes ? Sous des cils drus tes vastes yeux mi-clos de ruminante céleste ? Ah, je te reconnais, tu es Iô, la voluptueuse génisse ! Or, te disais-je, le dieu des pressoirs et des bâtons de majorette, qui préside le jury du Festival de cocktails de l'île de Pico (comme d'ailleurs tous ceux du monde entier), a ouvré lui-même cette coupe. Tout autour, il a jeté une triple bordure, sur laquelle paraissent le soleil infatigable et la lune pleine, et tous les astres qui couronnent le firmament : les Pléiades, les Hyades, le chasseur Orion dans son manoir flamboyant, et l'Ourse qui seule est privée des bains de l'océan. Sur les flancs et au fond, d'où se retirent enfin, dans la gorge de Victor, les dernières gouttes d'Orbite polaire, il a représenté la terre mêlée au ciel et à la mer. L'œuvre du dieu semble au premier coup d'œil une grande roue de vertigineuses vapeurs, un maelström de bleuités turgescentes à travers lesquelles se distinguent vaguement des formes arrêtées qui pourraient être des îles, des golfes, des montagnes. Peu à peu, cependant, la vision se précise, traits et couleurs se lient, se coagulent, et enfin apparaît, prodige incroyable, le spectacle de notre globe vu du char d'Apollon, à qui Ovide fait dire : "C'est moi qui suis celui qui voit tout, par qui la terre voit tout, l'œil du monde" ("Crois-moi, ajoute-t-il, tu as touché mon cœur" : c'est à Leucothoé qu'il dit ça, tu t'en souviens peut-être. Mais moi, l'œil du monde aussi, moi Dionysos-Apollon, entre autres, c'est à toi que je le dis). Vois, les plateaux de l'Iran, le rivage du Golfe avec la chicane du détroit d'Ormuz, le doigt de Ras Musandam pointé vers les terminaux pétroliers de Bandar Khomeiny, l'île de Kish allongée comme un rémora sous la côte, sont couverts par des floches nuageuses dont l'avant-garde, contournant Bagdad, avance vers le fond de la nasse méditerranéenne, en direction de Homs et d'Alep et du golfe d'Issos au bord duquel un œil exercé distingue, autour des tentes pointues des rois, la mêlée des chevaux et des chars. Au-delà, anamorphosée par la rotondité de la terre, une ombre étirée figure la Caspienne. Le ciel est complètement pur sur la péninsule Arabique, les deux golfes cornus d'Akaba et de Suez, la mer Morte. Seule la côte yéménite, d'Aden (où un voyageur français aux yeux pâles, aux courts cheveux blond-gris, boit une fine à l'eau sous la véranda du Grand Hôtel de l'Univers) à l'Hadramaout et au-delà, vers Oman, semble avoir été trempée par mégarde dans de la crème Chantilly. Plus haut, on distingue bien l'Anatolie avec la tache sombre du Tüz Gölü. Oh... Attends... Sais-tu ce que je vois, non loin du lac Tüz, à la gare routière de Konya ? Dois-je te le dire ? Oui ? Eh bien voilà, les employés de la consigne ouvrent une grande valise cerclée, en plastique noir et, agapi mou, c'est une demi-femme qui roule hors du bagage abandonné, deux jambes, deux belles jambes aux cuisses fermes et blanches gainées de bas noirs jusqu'au-dessus du genou rond, et qui s'immobilisent en adoptant une sinuosité voluptueuse, c'est horrible mais c'est ainsi, la droite repliée, la gauche un peu fléchie, la hanche saillante mais au-dessus, seigneur, une sorte d'énorme gigot tranché net, une grande coupe marbrée avec la tache noire de deux organes. Oh, ce n'est pas à une Grecque que je vais l'apprendre, ces Turcs sont de drôles de types... Mais n'es-tu pas toi-même une ménade, habituée à des soupers de chair ? Non ? Excuse-moi, alors. Remontons dans les nuages, on y est mieux. Un long col de cygne, ah, Léda, se recourbe à l'est du golfe de Syrte, voile l'éclat du soleil sur Tobrouk et le Fezzan, puis le Hoggar et le Tassili des Ajjers. Tout le Nord de l'Afrique, parcouru de lueurs et d'opacités, d'opalescences, coalescences, tissus et fibres, membranes et lymphes, placenta strié de réseaux nerveux, irrigué par la veine du Nil, semble un corps immense, un sac d'organes traversé par les rayons X. Une grande forme aérienne offre l'image d'un oiseau de proie à l'aile dépliée vers Moscou à travers la Biélorussie, au bec refermé sur les Alpes, aux serres crispées sur Thessalonique, et qui fondrait sur une forme duveteuse, recroquevillée d'effroi, quelque part vers l'Attique... Un léger croissant diapré navigue le long de la mer Noire, d'Odessa à Istanbul en survolant les bouches du Danube, un autre traverse le Pont d'Odessa à Sinope et Samsun pour ombrager finalement les palmiers de Batoum. Plus au nord, on voit bien la Crimée, la Chersonèse de Thrace où Jason dérobe la toison, la mer d'Azov et le golfe de Taganrog, les grandes retenues scintillantes du Dniepr. Et au-delà encore, au-dessus de la Sibérie occidentale et sous l'horizon bombé qui joint, le long des cours de l'Ob et de l'Irtych, la pointe orientale de la Nouvelle-Zemble à Tachkent et Douchanbé où j'étais il y a quelques heures, puis aux cimes du Pamir, étendues prodigieuses que la courbure réduit à une ligne, s'enroule un cyclone de nuées grises : vu d'ici, on dirait un renard ou une zibeline qui dort la tête dans sa queue. De l'autre côté du monde, une grande coulée sinueuse enfermant des milliers de petits tourbillons en abyme, d'ocelles, de tigrures, sorte de couenne adipeuse des vents roulant des hanches de la Nouvelle-Écosse à la Norvège, nébuleuse peau de léopard à quoi l'exactitude maniaque de certains détails donne l'apparence de l'immobilité tandis que du flou des traînées, bavures, sillages gazeux qui la tissent, naît au contraire une impression de vitesse, comme si elle occupait un espace bizarrement tordu où une forme pût demeurer une en contenant en elle le repos et le mouvement, s'étend sur l'Atlantique nord des îles Britanniques à l'horizon occidental où le Labrador et Terre-Neuve s'aplatissent avant de s'engloutir dans l'espace noir. Dans le golfe de sombre azur que borne, à l'ouest du promontoire européen, cette chlamyde trouée, au-dessus des Açores où Victor, à la stupeur de ses amis, reste figé dans la contemplation de la coupe miraculeuse, et jusqu'aux Canaries où il assiste à l'arrestation mouvementée, dans le barrio chino de Las Palmas, de Ricardo Pérez Batista, suspect d'avoir poignardé il y a deux semaines un marin nigérian du *Dragon 7*, un amphithéâtre de nuages s'adosse à une sorte de double éclatant et grumeleux de l'Anatolie (car, sache-le, ces immenses lacs et voiles de vapeurs perpétuellement changeants au-dessus de nos têtes, se nouant et se dénouant, se déchirant, se recomposant selon des variations infinies, sont comme les laboratoires où s'essaient toutes les formes du monde, des plus infimes – une puce, un cristal, un brin d'herbe – aux plus complexes ou aux plus vastes – un visage, un continent). Tout à fait à gauche de la coupe, une ombrelle légère semble tendue au-dessus des bouches de l'Amazone, Brasilia et le Planalto central resplendissent à travers un ciel transparent, qu'une légère péninsule aérienne, courant jusqu'à la hauteur de São Paulo, sépare des autres immensités limpides du Mato Grosso. L'Amérique du Sud se recroqueville vers l'horizon noir qui aspire, au-delà de l'échancrure du río de la Plata, le début de la côte de Patagonie. Au-dessus du dais de volutes et de flammes pâles qui couvre l'Antarctique se love un magnifique tourbillon tigré, gracieuses spirales de gaze qui projettent une traîne crémeuse le long des roaring fifties jusqu'au large du cap de Bonne-Espérance non loin duquel j'aperçois, au sein d'autres volutes blanches, une de tes compatriotes, une Grecque émigrée, Maria Georgeades, qui se marie à la Saint John's church de Germiston, une fleur de mousseline blanche tenue par un bandeau dans l'enroulement de ses longs cheveux bruns, un sourire voluptueux et niais écarquillant ses virginales lèvres, ah, une belle plante, une belle fleur d'amour, oui. Avec neuf autres charmantes, elle a été sélectionnée pour le concours de la mariée du mois du journal *The Star Metro*, "choose the bride you think epitomises the radiance and charm of a woman on her wedding day", que c'est bien dit, non, avec des mots choisis, des mots de noce, vraiment : "epitomises the radiance and charm", et enfin la gagnante aura droit à cinquante rands et à un chariot chauffe-plats "Supreme Hostess" de chez Steelfurn, quel beau cadeau, moi c'est elle que j'élis, Maria, mais ne nous égarons pas. Le ciel sur l'océan Indien est radieux comme une femme le jour de ses noces, si l'on excepte un large triangle pointant des latitudes glaciales des îles Kerguélen et Amsterdam vers Durban et qui s'effiloche ensuite au-dessus de l'État d'Orange, du Bechuanaland, du Kalahari et des sables rouges de Namibie, se terminant en un léger panache atlantique assez semblable au souffle d'un cachalot, au large de Baía dos Tigres, dans le Moçámedes. Au centre de la coupe terrestre, Afrique et Atlantique resplendissent comme deux divinités jumelles et opposées, peinte d'ocre rouge l'une, l'autre de bleu sombre, enlacées, imbriquées, comme moi bientôt, qui te presse à la course dans les halliers de l'Ethnikos Kiros, bandant de tous mes mots, et toi, the bride, ta jupette blanche volant sur tes cuisses de chasseresse chassée, s'accrochant aux épines qui laissent sur ta peau des traînées roses où perlent de minuscules gouttes de sang, tes épaules rondes que font saillir les avant-bras rejetés en arrière, ta main gauche flottant à hauteur du sein qui bondit, ah époumonée, sein en poire, je le pressens, magnifique et fondante, ton cou où l'effort sculpte les muscles, les faisceaux tendineux, ta chevelure noire, torsadée, sauvage, de bacchante, qui vole à portée de ma main, l'Afrique et l'Atlantique ?... Ah, laisse-moi reprendre mon souffle, oui, imbriquées dans une danse lascive, rouge et bleu, faisant voler des brassées de pétales, des tourbillons de voiles – d'habits déchirés, jetés : éclats effrangés, lambeaux rayonnants qui parcourent l'Équateur, coiffent le cap d'Ambre au nord de Madagascar, s'entassent en pluie moelleuse dans le détroit de Mozambique et jusqu'à Dar es-Salam, Zanzibar et Mombasa, zèbrent de blancs éclairs de lingerie les lacs Nyasa et Tanganyka, la forêt et les savanes du Zaïre, puis le Cameroun et le golfe de Guinée, puis jonchent, loin au large d'Abidjan, Monrovia et Freetown, l'océan de flottante soie.

11

Quadrupède entièrement automatique

Boit-on un peu plus ? Il suffit une fois ou deux encore d'emplir et de vider la coupe, ainsi que le fait Victor en l'honneur de sa victoire, pour voir apparaître, criblant l'écran du globe de façon d'abord imperceptible (un peu à la façon dont les lignes et figures qui forment les lettres restent inaperçues du lecteur, les touches et frottis de peinture de qui regarde un tableau), une poussière de microscopiques cristaux ou pixels prismatiques dont chacun, fixé attentivement, libère un minutieux ouragan d'images qui elles-mêmes en enchâssent d'autres, selon une réduction apparemment infinie mais où jamais ne se perdent la netteté ni les couleurs : c'est plutôt comme si soi-même, à mesure qu'on descend la vertigineuse échelle en spirale (l'infinité de vertigineuses échelles en spirale, serait-il plus juste de dire), on devenait plus petit, plus aigu, jusqu'à disparaître peut-être, au terme d'un processus de concentration-anéantissement observé sur d'autres objets dans le cosmos, dans un éclair de vision absolue : si parfait est l'ouvrage du dieu ! On y voit s'inscrire sur les pages de la terre la baroque calligraphie des villes, leurs millions d'idéogrammes, leurs ratures maniaques, San Francisco amarrée au rivage par les traits de feu des ponts, les carrés tartares de Pékin dessinant comme la trace dans la cendre d'une idole brûlée, New York hérissée de cils à la façon d'un œil, la cible de Moscou dans les cercles concentriques de ses boulevards, les damiers, échiquiers, jeux de go, mots croisés, les curieuses clefs que dessinent les bassins de ports, pistes d'aviation, faisceaux de rails, nœuds de rocades. Et au cœur de ces écheveaux, d'autres traits plus fins encore se déplient et se groupent en scènes de la vie, peintes avec un art achevé : et comme c'est le dieu du vin et du rut, le dieu un peu secoué des gueules de bois et des fornications de bouc qui a, pour le héros açoréen, ouvré dans on ne sait quelle matière hypersensible cette œuvre admirable, tu ne t'étonneras pas d'apprendre qu'il s'agit surtout d'illustrations de l'ivrognerie et du sexe crapoteux, un vrai tabloïd populaire imprimé au laser, sur feuilles d'or neuronal, par un Immortel. Ainsi, au pied des colonnes d'Hercule, à Gibraltar – j'aurais peine à le croire si on me le racontait, mais je le vois de mes yeux – **un officier de la Royal Navy sort à quatre pattes** du London Tavern ! Oui, à quatre pattes, au sens strict, il dévale la rue nocturne sur les genoux et les paumes, à assez bonne allure ma foi, braillant la chanson des sept nains : “Hi-ho, Hi-ho, it's off to work we go.” Mais ce n'est pas du tout au boulot qu'il se rend, parce que son boulot c'est de commander le sous-marin nucléaire d'attaque *HMS Winston Churchill*, qui l'attend pour appareiller dans un alvéole de la base : et en la circonstance le maître des torpilles atomiques est absolument incapable de distinguer le kiosque noir d'un sous-marin d'une écarlate cabine téléphonique. Son ordonnance le suit, debout, mi-consterné mi-amusé, portant sa casquette et sa cravate, fredonnant quant à lui, c'est inévitable, “We all live in a yellow submarine”, ce qui à tout prendre, et même si cet air n'est pas au répertoire des musiques de la flotte, et même si le *Churchill* n'est pas jaune, mais rouge vif (seul le cor de chasse peint sur les ailerons est bouton d'or), correspond mieux à son état. Le Commander s'est maintenant redressé, on ne saurait dire cependant qu'il a fait surface, c'est plutôt en immersion périscopique qu'il pénètre dans un premier restaurant où le waiter hésite à lui servir un, puis deux verres de bordeaux, mais après tout son métier à lui n'est pas de patrouiller sous l'eau mais de verser du vin à qui en demande, et si tout le monde faisait scrupuleusement son boulot – nains, barmen, officiers de marine et tous les foutus autres –, les affaires du monde, et notamment celles du Royaume-Uni, s'en porteraient mieux, c'est en tout cas son avis. Bordeaux, sir? Oui, j'ai dit oui, je veux bien oui. Ce sera donc deux verres, et puis deux autres encore un peu plus loin, et ainsi de suite jusqu'à ce que l'ambulance du Royal Naval Hospital jette les éclats bleus de son gyrophare sur les façades hispano-cottages tandis qu'une longue forme en fourreau noir, aux lèvres blanches fumant des Winston, portant à l'oreille gauche un rubis et à la droite une émeraude, glisse sur l'eau moirée des bassins. Accoudé en veste fourrée à la baignoire, jumelles infra-rouge sur la poitrine, le second attend que soient passés les derniers feux du port pour laisser paraître sur son visage que gerce le vent un fin, satisfait et sarcastique sourire : en temps de paix, les commandements sont rares dans la Navy, et ce vieux cochon ne se relèvera de son coma éthylique que pour passer en Cour martiale. "Two points to starboard. – Two points to starboard, sir." Et maintenant c'est très loin de là, à Brisbane, sur la côte Pacifique de l'Australie, que j'aperçois un moine qui sur le plan de l'intempérance en tout cas (quant à la lubricité, je ne sais pas) justifie la réputation ancienne faite aux tonsurés. Ce pauvre franciscain s'est imbibé à la bière entre deux messes, avec un de ses collègues du monastère de Kedron, à la seconde (messe) il commençait déjà à chanter de travers et à **roter entre ses mains jointes**, puis, sans doute pour oublier la fâcheuse impression que lui a laissée le regard glacial du supérieur, il est parti pochetronner tout seul dans un hôtel de Spring Hill. Noé buvait et l'Éternel ne voyait pas de mal à ça, se répète-t-il. Nothing wrong at all. Et moi, j'ai des excuses. Lesquelles, il ne sait plus très bien, mais il sent qu'il en a. Quelles excuses ? L'orage magnétique ? On en parle justement à la télé. Camberra magnetic observatory. Rots et hoquets solaires. Hoquets sur glace. Commande un autre Bourbon on the rocks. Déluges de particules à plus de mille kilomètres / seconde. Dis donc... So strong that some instruments have been sent off-scale. Le sun a fait péter l'alcootest. Domine non sum dignus. C'est ça, ses oreilles... ses oreilles qu'il a trop écartées. Il en a toujours souffert, de ces feuilles intempestives... excessives... c'est peut-être même ça qui l'a poussé à se retirer du siècle, non ? Le problème c'est que maintenant, avec la coupe de cheveux monacale, ça se voit encore plus. Conspicuous. Naturellement, il ne l'ignore pas, ça ne devrait plus revêtir d'importance à ses yeux. Mais justement : ça en revêt. Si bien que sa souffrance s'en trouve redoublée : le tourment narcissique se redouble maintenant d'un doute lancinant sur la force de sa foi et de ses vœux. S'il souffre de ses oreilles, n'est-ce pas parce qu'il pèche par ses oreilles ? Il souffre de souffrir d'elles. Maintenant il est dans sa Subaru et il file à tombeau ouvert sur la route de Surfer's Paradise, se signant et pleurant et baisant sa croix pectorale tout en conduisant, ce qui n'échappe pas aux deux motards qui le prennent en chasse. Sed tantum dic verbum et sanabitur anima mea. Dans le même temps, cent cinquante collègues des deux motards dévastent méticuleusement le motel Burke & Wills de la coquette cité de Toowoomba, pas très loin de là dans l'intérieur du Queensland, où on les a dépêchés de Townsville et Mount Isa pour éviter, précisément, que de tels débordements ne se produisent à l'issue d'un match de rugby opposant l'équipe locale à celle de Maryborough. Mais les choses ne sont pas si simples, on ne se rend pas compte, d'une manière générale, de la difficulté de la mission qui incombe aux policiers, du paradoxe qui lui est inhérent. Ceux-ci, par exemple, ont été privés de distraction (mot dont on ne remarque pas assez à quel point il est proche de celui de "destruction") par le fait que leur présence a dissuadé les excités de l'ovale de tout casser. Le motel, entre autres. Justement, s'ils avaient pu se colleter avec les vandales, réussir quelques retournements de bras suivis de strangulation, frictions de tête avec des clefs, coups de genou dans les parties, projections et bastonnades, la situation aurait été différente, bien sûr, et leur comportement autrement irréprochable. Mais là... on n'a pas joué le jeu... on les a, le mot n'est pas trop fort, empêchés de faire leur métier, on a voulu les ridiculiser, et faut-il s'étonner ensuite si ces fonctionnaires frustrés ont asséché toutes les pompes à bière de Toowoomba qui sous ce rapport est une ville bien fournie, si certains maintenant se sont déshabillés et **courent à poil dans les couloirs** du Burke & Wills Motel ? **Like animals**, oui, il y a de la couenne en chaloupe à la recherche des pensionnaires féminines de l'établissement. N'importe laquelle ferait l'affaire, mais le directeur, M. Arnold Vandenhurk, les a toutes bouclées dans une autre aile du motel. **Fumier!** Toutes sans en excepter une seule! Même les domestiques aborigènes! On veut donc les faire crever, décidément, dans cette putain de ville! Alors les poulets désespérés arrachent les draps et les rideaux, pètent les lits, certains entortillent dans une manière de toge leur ventre gonflé de bière, où le ceinturon laisse comme une balafre rosée et quelquefois, y songe-t-on assez, des furoncles, se saisissent des lattes arrachées aux sommiers et miment un combat entre Romains et Anglais, d'autres chient dans les couloirs et **font des virgules** sur les murs, d'autres pissent dans les ascenseurs, d'autres encore tirent à coups de revolver à travers les cloisons. Merde, alors! Si c'est comme ça... Tiens, en parlant de flics... Sais-tu comment s'y prend Kafando Kouka pour baiser la petite Abibou? Alors qu'il se balade dans une rue de Ouagadougou, il la voit passer sur une mobylette, son petit frère sur le porte-bagages, accroché à elle. Ses genoux luisent de chaque côté du réservoir, on dirait qu'ils sont en peau de satin, il entrevoit furtivement une **petite culotte couleur de mangue**, les fesses de la mobylettiste sont tendues en arrière sur la selle, luxueuses, capitonnées, rebondies comme deux gants de boxe, les mains du petit salaud dont la joue repose sur les reins de sa sœur, accrochées à sa chemisette, font saillir les seins, Kafando Kouka voit les tétons sous l'étoffe, **les titillants tétons tendant le taffetas**, son cœur s'emballe, son sexe durcit, tout ça est normal mais ce qui est bizarre c'est que ces altérations qui à beaucoup d'hommes ôtent toute présence d'esprit ne privent nullement, au contraire, Kafando Kouka de son sang-froid. Nette, lumineuse, l'idée lui vient aussitôt, dans ses moindres détails, alors que le dépasse le cyclo voluptueux : il tire de sa poche le sifflet avec lequel il arbitre les matches de foot dans sa cité et trrrrriiiii! Voilà Abibou qui freine, gracieusement déplie une jambe et, de son pied cambré prenant appui au sol, tourne une tête effrayée. Kafando Kouka cependant avance de cette démarche lente, majestueuse, signifiant que dans la punition même, réduit à l'espèce du contrevenant, c'est à peine si le simple citoyen existe, que le temps des policiers mesure une histoire absolument sans rapport avec celle des hommes ordinaires, et qui est aux fonctionnaires de l'ordre ce que le trot ralenti dit "passage" est aux chevaux de l'École de Vienne. Au bout de ses doigts il fait tournoyer son sifflet : ce mélange de nonchalance et d'irritation, cette menaçante désinvolture, il l'a observé à maintes reprises, se font aussi. Ce qui le gêne un peu, c'est qu'il bande fortement, visiblement. "Tu viens d'emprunter un sens interdit, lâche-t-il avec aplomb, toi tu ne regardes pas devant toi, ça n'est pas bien ça. – Mais quel sens interdit, ça n'est pas interdit ici, ose Abibou. – C'est interdit, un point c'est tout", rétorque-t-il. Il est assez content de cet "un point c'est tout" qui clôt en effet la discussion. "Tu vas me suivre au poste pour payer ton amende." En Argentine, cependant, à l'angle de la Panaméricaine et de San Lorenzo, ce sont deux vrais poulets en civil du commissariat Munro qui repèrent Ester Graziela attendant l'autobus 228 en compagnie d'une amie et de deux jeunes gens, à la sortie du cinéma, et ils ont aussitôt envie de se la manger, comme on dit là-bas : en voiture, ils embarquent le groupe pour vérification d'identité. A Los Angeles, l'officier de police Stanley Yorikazu Tanaka qui est, comme son nom l'indique, d'origine japonaise, et porte une petite moustache à la Hiro Hito, a l'esprit compliqué. Il y a deux jours il a croisé dans une rue, près de Dodger Stadium, une jeune Chicana de quatorze ans, une petite Aztèque effrontée en jogger qui l'a fait sortir de ses gonds : il l'a arrêtée et lui a demandé son adresse. Pendant deux jours, il a lu et relu cette adresse, l'a localisée sur une carte, a été tenté de la jeter et n'en parlons plus, mais le souvenir du bras frêle qu'il a serré sous le coton mauve et tordu légèrement quand il a interpellé la malinche... de ses yeux noirs, si noirs, si effrayés... non. Kafando Kouka, lui aussi, a refermé sa main sur le bras dodu d'Abibou, et si jamais il a été tenté de faire marche arrière, à présent c'est trop tard, trop tiède et tendre sous ses doigts, de temps en temps il fait exprès de tirer un peu pour la déséquilibrer et glisser un œil dans l'échancrure de la chemisette, pas trop parce que sinon il n'aurait même pas la patience d'aller plus loin, jusqu'au commissariat qui sera la piaule de son copain Kaboré Richard, le cuistot, il mordrait là même dans tout ça gonflé palpitant dérobé écarté chaud un peu avec odeur et du tissu qu'on déchire et des petits cris, oui, **là même** ! Maintenant, Stanley Yorikazu Tanaka passe à l'action. Pas gêné du tout, il gare sa voiture de service devant la maison, à Hollywood, en pleine nuit, sonne, se fait ouvrir par les parents terrifiés, qui ne parlent qu'espagnol, mais vont réveiller Jorge, le petit frère, pour qu'il traduise ce que dit ce Chino : il a reçu un appel à l'aide, à cette adresse : c'est à quel sujet ? C'est une erreur, disent les autres, une méprise, monsieur l'officier de police. Ah, voyez-vous ça, une erreur, c'est trop facile, de faire déranger la police comme ça, pour rire, en pleine nuit. Ah, on va voir. Tanaka n'aurait osé espérer tomber sur des pommes pareilles, ils tremblent de peur en bégayant des por favor, señor inspector, il leur ordonne sèchement de rester dans le salon pendant qu'il va interroger leur fille. Ah, délice, elle dort, il la réveille avec sa torche dans les yeux, elle tressaille violemment et se recule et cette fois il peut pour de bon lui tordre le bras tout en empoignant sa petite natte. En un éclair lui traversent et lui électrisent l'esprit toutes les annonces des journaux japonais qu'il lit chaque jour, heures sucrées à **les prendre comme des esclaves**, quatre mille yens les quarante minutes, supplices favoris, younge gial très chaudes hot cocktail, à la gare de Sugamo sortie nord nuit aventureuse, chez Stewardess à la gare de Omya en **costume d'hôtesse de l'air**, des infirmières et des filles en **col marin** vous attendent au salon Kanda, **collégiennes punies**, la belle infirmière vous attend à Merry-Go-Round, toutes les folies dans les couloirs de l'hôpital, **seins volumineux nus sous l'uniforme blanc ! Tout en gardant la pureté !** Ah, c'est trop fort ! Ah, Bijo Gunda, l'Armée des Belles, attention ! **Si vous voulez bander comme un cheval**, on a trouvé le produit à base d'entrailles de cheval qui vous rendra puissant comme ce quadrupède ! Envoyez deux mille yens à Éditions Musosha, poste restante Osaka. **Puissant comme ce quadrupède**. Pour deux mille yens. C'est donné. Ah, être un puissant quadrupède chargeant l'armée des belles ! Chevauchant une collégienne en col marin ! La cravachant ! Lui mettant le mors aux dents ! **Pour la vie agréable et confortable** il est indispensable d'avoir une **washerette Toto** ! (Non, pas ça !). Déjà un million cinq cent mille vendues ! (Non !) Ne coûte que cent trente-neuf mille yens. Entièrement automatique ! Jet en plein dans le fion ! Idéal pour tous ceux qui souffrent de coliques et d'hémorroïdes ! Entreprise Daïa Home. Se branler comme un cheval sur une washerette Toto ! **Aussi belles que les vedettes de la télé !** Il hurle tout ça en jap ! Il lui gueule aussi de remonter sa chemise de nuit et de mettre les mains sur la tête. Les petites aisselles découvertes, en amande ! Younge gial. Son pubis de collégienne ! Ses hanches aiguës qui se tortillent, ses seins de pain d'épice ! Il défaille presque. Il la frappe, elle crie, il lui plaque la main sur la bouche, elle se tord, comme c'est doux, il la retourne et lui écrase le visage contre l'oreiller, **quadrupède**, il enfonce sa torche entre les petites cuisses serrées, il fait la lumière, ainsi que c'est son devoir d'enquêteur, il la corrige à coups de lumière, ah, tu héberges des assassins, il gueule ! **Stewardess !** Tu deales de la drogue ! Je vais t'apprendre, moi ! Ses jambes battent le lit **entrailles de** tu fais partie d'un gang de **belles infirmières punies** il éjacule **entièrement automatique** ! mais dans son froc bleu pétrole : **tout en gardant la pureté** ! Viol lumineux ! Il faut dire, Mélissa, que les Japonais ont le sens de la mise en scène : lui, là, par exemple, le nommé Leiji Kashiwajima, qui court à poil, et tout mouillé en plus, dans une rue de Yamato-Tcho, dans la ville de Saga, aux trousses d'une **jeune fille pieds nus, aux vêtements déchirés**, qu'est-ce qui lui prend ? Remarque bien que je n'ai absolument rien contre les Japonais, pas plus d'ailleurs, je tiens à le dire, que contre les policiers. D'une façon générale. Au fait, ceux du commissariat Munro ? Oh, c'est si horriblement dépourvu d'imagination... Tu devines bien la suite : ils bouclent ses trois copains dans une cage, puis l'emmènent à l'étage, la déshabillent et la violent, l'un après l'autre. C'est tout, si on peut dire. La routine, en quelque sorte. Après ils la menacent, si elle parle, on peut encore facilement passer pour un subversif dans ce pays, ils font coulisser les culasses de leurs pistolets, tchac, tchac, c'est compris ? Puis ils la déposent avec ses amis, assez loin de là, dans la nuit. Très vite ils sont déçus de leur soirée. On a encore fait une connerie, se disent-ils, sombres, en tirant sur la pipette à maté. On est fichus d'avoir des ennuis, si jamais un pédé d'avocat veut faire l'intéressant. On aurait peut-être mieux fait de... ? Comme au bon vieux temps ? Trop tard. Heureusement, ils se souviennent que Canal Siete retransmet le match Boca Junior-Sporting Cristal de Lima. Puta ! Cette tipa a failli leur faire rater le match ! On a beau dire, rien ne remplace le sport. Quand ils allument le poste c'est déjà la dix-septième minute, sur la pelouse de la Bombonera archicomble, et justement Comas expédie le cuir dans les filets de Gustavo Gonzalez. Un payaso, celui-là, qui danse en embrassant son maillot alors qu'il vient de s'en manger un... Maricón, va... Kafando Kouka, l'arbitre amateur, arrive chez son copain Kaboré Richard, ce n'est pas trop tôt, il sent qu'il va exploser. Kaboré Richard n'est pas là, heureusement le patron du cuistot, un Coréen, va savoir pourquoi, ne fait pas de difficulté pour lui ouvrir la porte. KK dit au frérot d'Abibou de jouer dehors, le temps que sa sœur paye sa contravention. Vu ? Il referme la porte. En France, dans un foyer de jeunes filles de la ville de Nancy (là même où le colonel Pegliasco et le commissaire Liesenfelt exercent leur ministère de gardiens de l'ordre : **sous leurs yeux**, pour ainsi dire !), Pascal Trousse profite de l'heure creuse pour percer des trous à la vrille dans les portes de quelques-unes des pensionnaires. Il reviendra ce soir, comme tous les soirs. C'est un peu risqué, mais il ne peut plus se passer du spectacle, qui lui coûte moins cher que le ciné ou un peep-show, d'autant qu'il en profite pour faucher une ou deux bricoles. Des souvenirs. Il rentre par une petite fenêtre dont il a bloqué le pêne avec un chewing gum. Hop, les bras croisés devant le pull qui remonte, découvre le nombril, le soutien-gorge (il préfère celles qui en portent), puis les aisselles, creuses comme un fruit coupé, un avocat, par exemple. Y mettre de la vinaigrette ? Il aimerait les arrêter un moment comme ça, tête entortillée dans la laine, seins tendus par l'extension des bras, et leur ventre blanc de poisson (il est pêcheur à la ligne, aussi, Trousse, c'est un patient, un contemplatif), elles ressemblent à des publicités. Mais, évidemment, il ne peut rien dire. Tout de même, il y en a une, une petite rousse, sa préférée, qui le fait spontanément, elle doit aimer son odeur, s'attarder à renifler. A moins qu'elle ne sache que ? Non. Si elles ont le dos tourné, c'est moins agréable, mais qu'y faire ? Puis les bras dans le dos, déhanchées, dégrafent le soutien-gorge. Grand moment. Il y en a aussi par-devant, clac, et alors souvent elles ne résistent pas au plaisir (ou bien c'est pour la médecine ?) de se prendre les nichons dans les mains, de **se les palper**. Pascal aime ça, combien ça peut peser, se demande-t-il, dans les... (il travaille au rayon fruits et légumes d'un supermarché) cinq cents grammes ? Dépend. **Il les mate en se peaufinant la canne**. Il y en a aussi qui n'en ont pas, de soutien-gorge, c'est dommage. Abibou n'a pas de soutien-gorge, Kafando Kouka est récompensé de sa lumineuse idée, il la plaque contre la cloison et plonge ses mains entre ses seins tout ronds, faisant sauter un bouton, elle comprend enfin – pas tellement à cause de ça, mais parce que cette pièce avec juste un lit, une armoire de fer et une photo de footballeur ne ressemble pas à un commissariat – de quel genre de contredanse il s'agit, elle pleure, **non, non, pas ça** !, et l'autre qui **glisse la main sous sa jupette** et fait péter la fermeture éclair puis sous la culotte couleur de mangue, bien profond entre ses fesses dures comme deux ballons de foot. Si, si, seulement des caresses il dit en lui fermant la bouche, non ! Les Japonais, je te disais. Leur sens de la mise en scène. Ce matin de bonne heure Reiji Kashiwajima, qui est patron d'un magasin d'ameublement, a téléphoné chez Kasumiko, une de ses vendeuses. C'était son jour de repos, mais il voulait lui parler. Il lui a donné rendez-vous dans un café, est-ce qu'elle était contente de son travail, elle pourrait avoir de l'avancement bientôt, et autres conneries. Et est-ce qu'elle l'aiderait à faire ses courses, là, aujourd'hui ? Par exemple ? On n'a rien à refuser à un patron, alors elle le suit au supermarché, ils achètent de la pâte à champon, un chou, un paquet de germes de soja, des tranches de porc, des oignons, deux carottes et cinq cents grammes de sea-food, puis il l'emmène, quel rêve, dans une maison qu'il lui fait visiter, et jusqu'à la cave, ah ah ! Et là il empoigne sa belle chevelure, la jette à terre, déchire ses vêtements, puis la traîne jusqu'au lit qu'il a descendu dans cette idée, la coince contre le sommier de fer, ses petits cris et ses pleurs le rendent **presque fou**, il ôte sa ceinture et commence à la cingler. Ses yeux jettent des éclairs, la bave lui vient aux lèvres cependant qu'**il corrige la belle vendeuse** dont la peau couleur de clair de lune ne tarde pas à se couvrir de **zébrures roses comme les fleurs du pêcher** ! Lorsqu'il a bien assouvi sa cruelle passion, il l'enfile par-derrière, toujours agenouillée contre le lit et gémissante, lui empoignant les seins et lui mordant la nuque à travers les cheveux (de jais). C'est qu'il est un chat et elle la souris, il est un tigre et elle une antilope, il est un puissant quadrupède et elle une collégienne punie, le maître et elle la servante, **il gicle comme une washerette Toto** à plein régime, flac, flac, flac, oooh... Puis il **l'attache** par un poignet au montant du lit, se refagotte, remonte l'escalier de la cave et boucle la porte. Catastrophe, Kaboré Richard frappe à la porte au moment même où Kafando Kouka, revenant sur sa toute récente promesse (rien que des caresses, etc.), vient d'allonger Abibou sur le lit de fer grinçant, oh, la tentation était trop forte. Ce con (Kaboré) va le faire débander. J'ai une affaire, crie-t-il au cuisinier importun, va faire un tour et reviens dans une demi-heure, je te paierai une bière. Et maintenant il l'a retournée à moitié et a posé le pli de son genou à elle sur son cou à lui et après avoir fourragé un peu avec ses doigts il entre en elle qui ne proteste plus guère et c'est tendre et glissant, il la retourne complètement et c'est comme si son sexe devenait immense et vivant là, devant lui, sous ses mains, avec **un cul caramélisé carambolé** et des reins creux où il enfonce ses poings et de belles épaules qu'il agrippe et une tête couronnée de petites tresses comme crépitantes d'étincelles, il fait une grimace d'électrocuté, zigouillé par les zigzags dans son zob du courant alternatif, il baise son propre sexe qui baise le monde entier, transperce le cul bien rond du monde, il hurle comme un esprit, sa peau est hérissée de flammes couleur de mangue qui ne brûlent pas, il est une flamme, un chalumeau, un jet d'oxygène fulgurant qui dévore le monde puis s'éteint, c'est fini, pfft. Quelquefois l'électricité s'allume dans le couloir juste au moment où il y en a une qui est en train de faire glisser son slip, on croirait que c'est fait exprès, ça lui flanque une belle frousse mais il se cavale sur la pointe des pieds (il porte ses baskets accrochées par les lacets autour du cou) jusqu'au placard aux compteurs, il ne s'est jamais fait prendre jusqu'à présent. Parfois, il a envie de se faire prendre, il ne comprend pas bien pourquoi. Ce qui perd Reiji Kashiwojima, c'est la fantaisie qui lui vient de se faire savonner dans son bain par son **esclave**. Il la traîne donc hors de la cave jusqu'à la salle de bains, où ce con se déshabille et entre dans la baignoire. Quand il est là à barboter dans l'eau, avec déjà le nœud qui perce la surface savonneuse, coiffé d'un petit chapeau de mousse neigeuse genre Fuji-Yama, elle tente le tout pour le tout et fonce vers la sortie : cet apprenti Barbe Bleue a laissé la clef sur la porte, c'est bien, de toute la journée, la première chance de Kasumiko. Elle se lance dans la rue avec le baigneur à ses trousses, nu, dégoulinant et bandant, elle a vingt mètres d'avance, quinze, dix, elle trébuche, va-t-elle ? Non, une voiture de police passe par là. Je voulais qu'elle soit à moi seul, balbutie-t-il cependant qu'on lui met les menottes, et une couverture sur les épaules. De temps en temps, tu vois, **la police arrive au bon moment**.

12

Deux chiens s'enfilent sur Grand River Avenue

Par exemple, les policiers du commissariat de Noryang-jin contrôlaient devant le motel Ujung, dans le centre de Séoul, une automobile Stellar blanche immatriculée 1 NA 1666, occupée par trois individus suspects, du genre jeunes à cheveux longs, qui refusaient de présenter leur permis et prenaient la fuite. L'agent Kang Dal-won dégainait aussitôt et tirait trois coups de revolver à blanc. Un peu plus tard la Stellar, repérée devant le cinéma Yongsan, démarrait en trombe vers le grand pont du fleuve Han et dans sa course folle provoquait sept accidents, d'ailleurs relativement mineurs. Mais sept, tout de même. Devant le bâtiment de la société Pacifique-Chimie, les poulets tiraient de nouveaux coups de sommation, ce que voyant ou entendant, plutôt, la Stellar arrachait ses gommes en un U-turn terrifique au feu rouge, et filait en lâchant un sillage de caoutchouc vulcanisé vers le quartier de Samkakji. Devant l'état-major de l'armée de terre (un peu avant le troisième tunnel de Namsan), les trois individus abandonnaient leur caisse qui commençait, jugeaient-ils, à s'être fait trop remarquer, et continuaient leur petite virée à la course à pied. Kwon Hee-man, vingt ans, sans profession, résidant à Daekoo et grand fumeur, ne tenait pas longtemps le rythme et se faisait ceinturer. Il prétendait aussitôt connaître à peine les deux autres, c'était la première fois qu'il les voyait, en fait, etc. On continuait à l'interroger en lui conseillant de changer de disque, celui-là étant usé (on aurait dit Juju de Salvador ou autre, lui faisait-on remarquer).

Et en effet, il en mettait un nouveau : les deux autres, il les connaissait vaguement, mais au point de se souvenir de leurs noms et adresses, non, malheureusement ; ils avaient siphonné de l'essence ensemble à Anamdong, très peu d'ailleurs, et c'est parce qu'ils avaient peur d'être inquiétés à ce sujet qu'ils avaient pris la fuite, en dépit de ses réticences à lui, Kwon. Sans même s'être consultés du regard, les poulets de Noryangjin décidaient de l'inviter fermement à imaginer d'autres versions de l'événement. Un véritable atelier littéraire.

Et cœtera.

Sur toute la surface du globe, une énergie considérable était gaspillée, une dépense somptuaire d'essence, caoutchouc, tôle, adrénaline, poudre et plomb, sang et sueur, accomplie pour que se réalise et se multiplie le rite de la poursuite automobile, pas autre chose pourtant qu'un poncif cinématographique. Pour moi qui, je le rappelle, voyais **tout** à travers la glauque profondeur de la terre, podes et antipodes, et para ou péripodes simultanément, nuit et jour mélangés (**tout cela revenant au même !**), comme à travers une gelée, un cristallin énorme dont mon œil fût le foyer et le nerf, cette agitation incessante, bruyante, répétitive, et s'emmêlant, si je puis dire, les pinceaux, n'allait pas sans entraîner quelque gêne. Les paroles, les caresses que je prodiguais à ma muse ou nymphe footballistique, dont les courts vêtements blancs flottaient autour du monde tandis qu'elle-même reposait au creux d'un buisson de l'Ethnikos Kiros, j'étais obligé (et alors même que je craignais, naturellement, l'importune survenue des astynomes athéniens) de les dire, de les faire au milieu d'un nœud extraordinairement complexe d'autoroutes, qu'on s'imagine, d'un enchevêtrement de highways défiant les lois de la gravité et de la perspective, sphère armillaire sur les cercles flottants de laquelle ne cessaient un instant de hululer les sirènes, de rugir les moteurs et les pneus, de claquer les coups de feu : de mourir des hommes, enfin, tout autour de nous. Vous parlez d'un lit de noces ! A beaucoup d'entre vous, il a sans doute déjà été donné de faire l'amour en présence d'un poste de télévision que l'inattention ou la hâte ont laissé allumé, ou bien devant une fenêtre dont on a oublié de tirer les rideaux, et à travers laquelle se dessine soudain, avec une consternante netteté, la silhouette d'une voisine épluchant des légumes : vous savez combien cela peut être gênant. Eh bien, imaginez qu'autour de moi, autour de nous, se pliaient, se tordaient, s'entremêlaient comme une monstrueuse poignée de macaronis trop cuits des voies rapides parcourues en tous sens par des autotamponneuses mortelles. Seuls des chiens, et encore cela n'est-il pas sûr (mais j'en voyais tout de même deux qui s'enfilaient pensivement au milieu du trafic de Grand River Avenue à Detroit), seuls des chiens eussent pu rester indifférents. C'était comme un enchevêtrement de toutes les montagnes russes et les stands de tir du monde, le carambolage de cinquante fêtes foraines, une course géante de stock-cars à l'intérieur d'une centrifugeuse : et nous au milieu. Il fallait du sang-froid. Je dis ça afin que vous ne croyiez pas qu'il n'y a que du bon dans ma situation : mes pouvoirs exceptionnels, au contraire, entraînent aussi des inconvénients peu communs – à l'instar de ce pauvre type uruguayen, Irénée Funes, affligé d'une mémoire infaillible, dont la triste histoire a été racontée par un auteur sud-américain dont le nom m'échappe en ce moment. Sur le highway 40, deux types qui venaient d'attaquer une bijouterie de Saint-Lazare essayaient d'allumer la voiture de police qui leur donnait la chasse. Au moment où le conducteur obliquait sèchement pour s'engouffrer dans Saint John's boulevard Exit, faisant déraper la grosse Pontiac noire sur la neige fondue et rouler perles et bagouzes sur le tapis de sol entre les pédales, la vitre arrière éclatait, pulvérisée par une cartouche de lacrymogène. Contrebraquant à mort en lâchant de la fumée par les oreilles, la bagnole allait taper le trottoir neigeux de la chaussée d'Altoufierskoïe à Moscou contre lequel une Volga de la milice, jaune et bleu comme les phosphores chanteurs, coinçait un taxi noir à damiers dont les deux passagers venaient de piquer, sous la menace d'un couteau, la veste et le fric d'un troisième passager, un honnête grajdanin ramassé devant l'hôtel Cosmos où il avait passé la soirée en compagnie d'un ami étranger et de deux jeunes femmes en robe noire décolletée qui sentaient "Soir de Paris", avant de le jeter par la portière, en chemise, sur la neige boueuse de la rue Bolchaïa Olenia. Le couteau dont se débarrassaient les voyous russes, de la même façon qu'ils avaient expulsé le grajdanin, atterrissait sur la quatorzième rue SE de Washington aux pieds d'un agent fédéral au moment où il déchargeait son barrillet sur un van plein de sachets de coke qui fuyait vers Prince George's county en percutant une voiture en stationnement, les deux braqueurs de la Pontiac abandonnaient leur véhicule endommagé devant l'état-major de l'Armée de terre et continuaient à pied en crachant leurs poumons, dépassés à la course par les trois loubards coréens, l'une des balles tirées par l'agent fédéral de Washington s'enroulait deux fois en spirale loxodromique autour du monde avant de faire sauter le rétro droit d'une Oldsmobile bleue conduite pied au plancher sur South Dixie Highway par un moine déguisé en femme, talons hauts et robe gitane, oh non, voilà qu'il revenait, celui-là, mais sur l'autre voie et en Subaru, le maudit franciscain aux oreilles en rétroviseurs, il écrasait le champignon et tenait la dragée haute aux motards, le conducteur de l'Oldsmobile était en vérité (tout cela allait si vite que des confusions étaient inévitables) un costaud tatoué, laïc, déguisé en Carmencita, ses trois compagnons portaient des masques de Halloween et dans leurs fouilles tout le fric de la County National Bank, sur Le Jeune Road. "C'est qu'ils m'ont aussi volé mes lunettes, camarade milicien", pleurnichait le noctambule du Cosmos, au moment où, rebroussant chemin, le van qui laissait derrière lui, tel un traîneau d'Andersen, un sillage de neige, franchissait d'un bond le fleuve Han, la Swann River, la Moskova et le Potomac pour s'enfoncer à travers Alexandria déserte vers Kingstown village où il se faisait coincer, c'était trop con, sur une voie sans issue. Dans les poches de Michael Distefano, le conducteur (du van), on retrouvait les deux mille roubles et les lunettes du citoyen, avec un verre pété : "Qu'est-ce que je vais faire, maintenant, camarade fédéral, si je suis myope comme une taupe ?" gémissait l'ivrogne. A l'angle de Riviera Drive et Villabella Avenue un des masques sautait de l'Oldsmobile, portant calé à la hanche l'arme fétiche des fameux gangsters William

Matix et Michael Lee Platt, le fusil d'assaut Ruger Mini-14, en trois bonds il se joignait au peloton qui cavalait à travers les rues de Séoul, les poulets étaient maintenant seize à la poursuite des deux masques et de la femme à barbe en noir laissant derrière elle un sillage de "Soir de Paris" et dont une balle de 357 magnum satellisée depuis Sumkakji finissait par démantibuler le coude, d'où une formidable série de tête-à-queue et de coq-à-l'âne projetant des spirales d'accessoires tintinnabulants, enjoliveurs, phares, portières, un capot arrière percé de quarante impacts, des garnitures de caoutchouc dépliées en longs rubans, une roue qui fusait en tourbillonnant et se logeait en orbite géostationnaire à trente-six mille kilomètres d'altitude et par zéro degré de longitude, une tête de Nixon en carton-pâte. Kwon Hee-man, de Daekoo, reconnaissait enfin avoir fait avec ses copains Chen Chin-long et Big Jim Pei-fu, marin à bord du cargo *Klang Reefer*, le coup de la bijouterie à Saint-Lazare, la grande péniche bleue s'immobilisait sur Caballero Boulevard, raclant l'asphalte à reculons de ses ratiches nickelées, tous les voyants du tableau de bord clignotant, le franciscain s'envoyait un demi-sachet de coke, allumait la réchauffe et décollait en brandissant la croix sur la route de Surfer's Paradise, le milicien se disait qu'avec les cent vingt-cinq mille dollars de la County National Bank en fouille, ce n'était plus la peine de devenir flic en Amérique, un rêve longtemps caressé : mieux valait faire directement gangster. En attendant, il avait de quoi se payer quelques verres au bar du Cosmos, avec des femmes en robe noire décolletée sur des seins chromés de Pontiac. Le couteau gisait abandonné sur la neige de la quatorzième rue. "Une des poursuites les plus dingues que j'aie vues en des années", estimait Dennis Korronkiewicz, de la police de Coral Gables. Et moi je conduisais à cent à l'heure ma belle Chevrolet grecque, entièrement carrossée en marbre ionien à voluptueuses volutes, sur la route d'Olympie.

C'est très arbitrairement bien sûr qu'ici je distingue ce que mes yeux hyperesthésiques percevaient au milieu d'un mirobolant kaléidoscope. Vous n'imaginez pas un instant, j'espère, que la gelée miraculeuse de ma rétine se contentait d'accueillir les images stéréotypées et récurrentes de quelques dizaines de poulets rejouant la même scène en différents points du globe, avec quelques variantes. Non, je crois l'avoir déjà dit, je voyais tout: non seulement les flics aérodynamiques dans les lunettes aluminisées de qui se reflétaient les aiguilles bloquées des compteurs de vitesse, mais aussi ceux de Petaluma, Californie, qui se contentaient de ramasser un ivrogne à la station Shell de Lakeville Highway, d'enquêter sur un vol d'animal domestique au numéro 500 d'Acadia Drive, de régler une affaire de grivèlerie au restaurant Kwei Bin, sur East Washington Drive, ou bien encore ceux de La Fayette, dans le même État, qui pinçaient sur La Fayette Circle un type et une nana à poil, "engaged in sexual intercourse", c'est ainsi qu'ils consignaient l'affaire sur la main courante, à l'arrière d'une Oldsmobile bleue (tiens, encore: le même modèle), séparaient un mari et sa femme qui, en désaccord sur le point de savoir s'ils sortiraient ou non dîner en ville (à La Fayette), s'étaient (il l'avait) jetés à terre, balancé (elle lui avait) à la tête une casserole d'eau (froide) pleine d'asperges, traînés (il l'avait) par les cheveux à travers le living-room désolé désormais, quelle soirée! Pour ne pas parler de ceux de Moraga qui appréhendaient sur Viaduc Drive une femme de quarante-trois ans severely under the influence of alcohol, verbally and physically combative, au point de péter les lunettes de l'un des pandores: et je voyais tout cela, mais aussi bien sûr chacun des petits drames qui avaient précédé les interventions de la Loi, j'aurais pu dire, si je l'avais voulu (mais alors, je ne m'en serais plus sorti), qui avait dérobé sur Acadia Drive le cacatoès des Moluques sachant chanter les premières mesures de l'ouverture de *Guillaume Tell*, j'avais vu le gros lard en chemise à carreaux et casquette à longue visière de conducteur de truck se taper au Kwei Bin deux canards laqués, rotant après chaque gorgée de Coke, puis se lever et déclarer qu'il paierait un autre jour, parce qu'il n'aimait pas les Asiatiques depuis que son père avait été tué à Eniwetok, et qu'au surplus il avait confiance en sa masse de deux cent cinq livres, l'employée de l'American Motor Inn et le pompiste de la station Exxon attendre que la buée dégagée par leurs tripatouillages maladroits ait recouvert les vitres de l'Oldsmobile pour ôter leurs jeans, dans une pétarade de boutons-pression et de fermetures éclair, les asperges s'épanouir en gracieux éventail au milieu de rinceaux d'eau bouclée avant d'atterrir sur le mufle vérolé du conducteur de travaux qui avait déjà, en prévision d'une soirée élégante, noué une large cravate en soie synthétique vert pomme imprimée de motifs grenat (têtes d'Indiens emplumées, colts et Mustangs cabrés) et passé une veste, cintrée par une martingale, à revers en oreille de lapin, la pocharde de Moraga dont le fils, atteint du SIDA, venait d'être viré de son boulot, se commander sa onzième Budweiser de la soirée, j'avais vu tout ça, et les gouttes de buée ruisseler sur la boîte de bière, le conducteur de travaux glisser en douce dans sa poche un préservatif parce qu'il espérait se faire la serveuse dans les toilettes du Railway Station Inn, le pompiste d'Exxon vérifier que ses chaussettes n'avaient pas de trou, le gros lard se faire craquer les phalanges en prévision d'un bon petit remake de la guerre du Pacifique, le cacatoès des Moluques arrondir le cul pour laisser choir sa première fiente d'exilé, j'avais je voyais tout vu. Voui.

Je ne sais pas si vous vous rendez compte de ce que ça veut dire, TOUT : comment vous en rendriez-vous compte ? Vous dont la vue se borne à ce qui est nécessaire, strictement (et encore, pas toujours), pour ne pas renverser un verre ou rater une marche ! Moi... Comment vous dire ? vous donner la moindre idée ? Je parle de flics, et déjà vous avez le tournis... Tenez... Vous prenez les pages jaunes de l'annuaire : combien y a-t-il de professions ? A votre avis ? Vous n'en avez pas la moindre idée ? Eh bien, je vais vous l'apprendre : deux mille trois cent quinze. La première, c'est ABAT-JOUR, la dernière, ZOO. Ça n'est pas des professions ? Au contraire, c'est à chaque fois **plusieurs** professions. ABAT-JOUR, par exemple : un, matériel et fournitures pour ; deux, fabrication et commerce. Des milliers de gens, rien qu'en France, travaillent pour ou par les abat-jour. Zoo, c'est pareil : gardiens, vétérinaires, directeurs et sous-directeurs, fournisseurs de fourrage pour les éléphants, de poisson frais pour les phoques (**the**

Alaska zoo needs fish!). On ne compte pas les animaux, évidemment. Or moi, je... Mais patience. Ne perdons pas le fil. Je parle pour vous, pas pour moi. Deux mille trois cent quinze professions se subdivisant à chaque fois, mettons cinq mille au moins. Et ce ne sont là que des professions représentées à Paris intra muros. Ajoutez-en une bonne moitié en plus pour avoir le total français. ARTICLES ET LIBRAIRIES ÉROTIQUES, AVOCATS AU CONSEIL D'ÉTAT ET À LA COUR DE CASSATION, FABRICANTS DE BACHES ET BANNES, BOMBEURS DE VERRE, CALFEUTREURS, CHARCUTIERS EN GROS ET EN DÉTAIL, FACTEURS DE CLAVECINS, DESSINATEURS LITHOGRAPHES, DINANDIERS... d'accord... THANATOPRACTEURS, URBANISTES, UROLOGUES, VERNISSEURS SUR PAPIER, IMPORTATEURS DE WHISKY, MAITRES DE YOGA et FABRICANTS DE YAOURT, ZINGUEURS ÉLECTROLYTIQUES... c'est entendu...mais réparateurs de moissonneuses-batteuses ? vidangeurs ? bergers ? gardes champêtres ? arpenteurs ? cadastreurs ? tailleurs de pierre ? Etc. Nous arrivons donc à un total de sept mille cinq cents professions, au bas mot, en France. Maintenant, croyez-vous qu'en France il y ait des lutteurs de sumo ? des vendeurs de maté ? des pêcheurs de perles ? des orpailleurs ? des vendeurs de bonbonnes d'essence ? des cireurs de chaussures, tout simplement ? (Si, ceux-là, peut-être quelques-uns : mais pas répertoriés dans l'annuaire.) Multiplions donc encore par deux, au pif : nous arrivons à quinze mille professions, et c'est sûrement une approximation très inférieure à la réalité. Or, de la même façon que je voyais tous les flics du monde vaquer à leurs occupations, spectaculaires ou non, de flics, je voyais tous les avocats plaider, les calfeutreurs calfeutrer, les facteurs de clavecins faire des clavecins, les thanatopracteurs laver et embaumer, les urologues sonder les urètres, les vidangeurs pomper la merde... les maîtres de yoga se reposer, debout sur leur tête rasée... et attention ! : pas seulement plaider, calfeutrer, claveciner, vidanger, etc. Tenez, je vais vous raconter une histoire... Je suis obligé de donner des exemples, sans quoi je sens que vous avez du mal à me suivre. Dans la ville de Concord, aux États-Unis, je voyais le chef de la police municipale se rincer l'œil de bien curieuse façon : à l'insu de ses hommes, il avait installé dans l'urinoir de la police station une caméra vidéo dont l'objectif balayait, en un peu plus large (de manière à capter aussi les visages, sans quoi ce n'eût pas été intéressant), le champ couvert par la cellule photo-électrique déclenchant la chasse d'eau. Ainsi passait-il une bonne partie de sa journée à comparer les mensurations et performances excrétrices de ses subordonnés. Eh bien moi, comprenez-vous, ça n'était pas seulement Robert Anthony d'Ambrosio, Steven Walter Cottini, Gary Primavera, Melvin Joseph Domko et compagnie que je voyais, directement et répétés sur l'écran indiscret (comme si je n'en avais pas assez comme ça !), se débraguetter, pisser, se secouer la queue, rengainer : mais tout ce que la terre comptait de flics, de pêcheurs de perles, de zingueurs électrolytiques, de vernisseurs sur papier, d'avocats au Conseil d'État... Inutile de vous dire que ce spectacle, s'il pouvait au tout début procurer un amusement de cancre, devenait vite assez fastidieux. (Parfois, pourtant, il y avait de l'imprévu. Ainsi, dans les chiottes du shopping center d'Oaklands Park, à Darlington en Australie, je voyais d'un œil distrait un type, polisseur de métaux de son état, s'approcher très tranquillement d'un urinoir, porter la main le plus banalement du monde à sa ceinture, mais là... au lieu de sortir ce qui divertissait si fort le chef de la police de Concord, il tirait un poignard et le plantait dans le dos de l'utilisateur de la porcelaine voisine.) Tout ça, donc, l'infini grouillement de tout ça, et manger, dormir, s'habiller, se déshabiller, les maîtres de yoga et les fabricants de yaourt, les agents de change, les évêques, les audioprothésistes, les plongeurs sous-marins, baiser, s'arracher les poils du nez, les experts agricoles et fonciers, les experts en antiquités, les experts d'assurance, écrire, lire... je lisais dans toutes les langues toutes les lignes de toutes les pages qu'au même moment tournaient – on eût dit que, dans le monde transformé en un planétaire pigeonnier, des millions de colombes faisaient la roue – tous les lecteurs de la terre.

13

Ma l'a piqué à li comme un volaille

(où le Dr Fix montre une impatience bien légitime)

Il ne vous échappe pas, à moins que vous ne soyez complètement endormis, que... mais j'aimerais vous laisser trouver vous-mêmes. Je voyais, je vois, tous les fabricants, distillateurs, distributeurs, embouteilleurs, goûteurs d'eaux minérales, thermales, de javel, de jouvence, de mélisse, de seltz, fabriquer, distiller, distribuer, embouteiller, goûter, les releveurs de compteurs d'eau relever, les épurateurs d'eaux usées épurer. J'assistais au travail, si semblable au mien à certains égards, des ébénistes et des sculpteurs et sertisseurs d'écaille, des loueurs et monteurs d'échafaudages, des fabricants d'échangeurs thermiques, des vendeurs et poseurs de pots d'échappement, d'échelles et d'escabeaux, je voyais les éclairagistes, comme autant de points lumineux, de lucioles à la surface du globe, éclairer, les fabricants d'écrins... vous y êtes ? Oui, c'est cela, les **écrivains**, toute la basse-cour, ceux qui maniaient le stylo-plume, le stylo à bille, les tailleurs de crayons, ceux qui tapaient comme des sourds sur de vieilles machines noires en grillant des cigarettes (un, manchot, dans une cabine de paquebot, chapeau mou sur la tête, clope au bec, faisant tinter régulièrement la sonnette du chariot, sous la rondelle de soleil du hublot, face à une glace voilée), ceux sur le visage de qui l'écran de l'ordinateur jetait des lueurs blafardes, les cinglés faisant cliqueter de petits claviers à huit cents kilomètres à l'heure et douze mille mètres d'altitude, ceux qui marchaient de long en large en dictant à une secrétaire, à leur femme, ceux qui avaient l'air prospère et heureux de ce qu'ils faisaient, se levaient pour lire une page au téléphone à une amie, en riant aux éclats, ceux qui n'arrêtaient pas de se raturer, de se relire, de se ronger les ongles, tous les écrivains du monde, enfin, écrivaner. Seigneur ! Polir leurs petits écrins, allumer leurs lampes, dresser leurs échelles, monter leurs douteux, leurs branlants échafaudages, certains s'imaginant qu'ils allaient ainsi percer le ciel, ne regardant pas vers le bas de peur du vertige, d'autres ne visant que le premier étage d'une maison de rapport, ajustant leurs bijouteries d'écaille, leurs marqueteries, leurs chevilles et queues d'aronde, distillant leur eau tiède, répandant leur eau bénite, buvant leur eau-de-vie ! Et ainsi de suite du haut en bas de l'alphabet : baissant un peu leur abat-jour, vernissant leur papier, peuplant leurs zoos, donnant à manger dans la main à leurs phoques favoris ! Les vieux morses ! Et, naturellement, et c'était cela le pire, **je pouvais lire ce qu'ils écrivaient** ! Je pouvais si je le désirais, ubiquiste et invisible comme je l'étais, omniprésent et absent tel Dieu lui-même, copier sans vergogne leurs élucubrations ! Et je sais que certains ne manqueront pas de prétendre, d'ailleurs, que je l'ai fait ! Et je confesse que, même à moi, il m'arrive de m'interroger : s'il est vrai que j'écris, et un livre, ne suis-je pas en train d'écrire non le livre de tous les livres possibles, mais simplement le fatras, le grimoire grimant tous les livres réels, les anciens, les déjà composés depuis vingt siècles et plus, ou deux ans, et ceux dont l'encre sèche encore sous mes yeux, en même temps que la mienne ?

Oh, que ma quille éclate !

Je voudrais, à l'intention de gens comme ce prétendu médecin, sorti de je ne sais où (je ne l'ai pas vu venir), qui dit s'appeler le Dr Fix, et qui me persécute depuis que je me suis lancé dans cette aventure, à l'intention donc de sceptiques et d'empêcheurs de tourner en rond de son espèce (mais moins bornés, si possible), j'aimerais tenter d'expliquer un peu mieux que je ne l'ai fait les conditions, du moins ce que je puis en comprendre, de l'expérience sans précédent dont je porte témoignage. J'ai déjà dit, je crois (oui, Fix ?), que c'est à mesure que j'écris que le monde, comme éclairé par la matérialisation (ou l'anéantissement, **cela revient au même**) des mots, se révèle à moi. Mais, du fait qu'il est porté sans cesse par un point mobile et irradiant (comme une étincelle jaillie du contact de la plume et du papier), il ne faudrait pas déduire qu'il ne se manifeste à moi que ponctuellement. Tout au contraire, de même que ce n'est pas, sauf en apparence, un mot puis l'autre que ma plume étire sur le papier, mais une onde où sont virtuellement contenus, exprimés, tous les mots (de toutes les langues), l'arborescence infinie de toutes leurs possibilités que chacune des oscillations (contenue en puissance dans chaque point, si le mot convient, de l'onde) va faire très brièvement fulgurer, de même l'image dont le feu scintille une infinitésimale fraction de seconde (une nanoseconde, peut-être ?) enferme potentiellement toutes les images possibles, et cette potentialité se réalise, je dirais "explose" dans toutes les directions, sans que j'aie à intervenir le moins du monde, avec la quasi-instantanéité d'une réaction thermonucléaire. (J'ai découvert, peut-être, la fusion froide ? Oui, parfaitement, Fix. Et bien plus que ça encore !) Je sais que ces explications peuvent paraître compliquées : mais n'oublions pas que nous nous trouvons là aux limites extrêmes, jamais entrevues auparavant (avant moi), de la science la plus théorique, finistère absolu et glande pinéale de la pensée, où se contemple et se comprend la grande, fondamentale transaction de l'Être, l'échange par lequel s'opère l'unité entre un sonnet de Shakespeare et les montagnes Rocheuses, un mot prononcé en rêvant par un lépreux endormi sur un trottoir de Bombay et les arabesques bleues du Kuro Shivo, les pages jaunes de l'annuaire du téléphone et le mouvement des navires sur les mers du globe, les lignes qui filent sous ma plume et la face du monde.

Je dis ces choses, je le répète, à l'intention de gens comme ce prétendu Dr Fix, non pas tant d'ailleurs afin de les convaincre (c'est peine perdue) que de leur clouer le bec, un moment – le temps qu'ils me laissent écrire. Cet être – Fix – prétend par exemple (pour autant que je puisse comprendre quelque chose au fatras pseudo-scientifique qui franchit l'enclos des dents gâtées de ce Diafoirus) que je voudrais posséder toutes les femmes du monde, que dans cette affaire mon stylo est le substitut de mon pénis, l'encre de mon sperme, la page des draps, peut-être, aussi, enfin vous connaissez les vulgarités de ces gens-là. Il appelle ça le "complexe d'Apollon", il s'imagine avoir fait une découverte, et il prend des notes, ce con (il sursaute lorsque j'écris ces mots), sur un cahier à spirale, pour nourrir je ne sais quelle communication "savante" dont il attend une amélioration de sa position dans le top cinquante des psychiatres, un beau mariage peut-être avec la fille détraquée d'un patron, ou quelque chose dans le genre, bref il prend des notes cependant que j'écris, moi, sous la dictée du monde que je crée. Mais les femmes, mon pauvre Fix, bien sûr que je les possède **toutes**, et pas seulement avec mon stylo, je te prie de me croire, quand toi, misérable voyeur en blouse blanche, tu n'en auras **aucune**, et peut-être pas même la fille de ton patron, que d'ailleurs je te laisse très volontiers (il n'arrive pas – il ne cherche même pas – à comprendre, cet épais, comment je puis être à la fois créateur, spectateur et acteur des images : il est parfois si obtus que je crois que c'est la jalousie plus que la médiocrité, d'ailleurs incontestable, de ses lumières qui l'aveugle). Eh, Fix, il me vient une idée : veux-tu qu'ici, à l'instant, je la suscite, ta fiancée ? Pas de problème. Jupe et veste marine, chemisier blanc, seins genre vieux filtre à café après usage, contenance quatre tasses, avec de gros tétons très sombres (ça lui plaît, ça, à Fix-le-suçoteur : pas vrai ?), bon, continuons, taille peu marquée, fesses ovales et plates, rondes du bas, jambes fines mais trop droites, aucun galbe, des genres d'échasses, en fait, pieds forts de bonne marcheuse, rougis par l'escarpin, je remonte, épaules larges, bonnes pour le sac à dos, je vois d'ici les balades en montagne, les émois rousseauistes du couple, un peu de poil brun sur les avant-bras, rappel de l'animalité, c'est bon ça, tu aimerais y papouiller des lèvres, hein, blaireau, hein, tapir psychiatrique ? Cou assez gracieux, belles lèvres, beaux yeux liquides, narines pincées, front bombé, cheveux frisottés brun-roux. J'oublie quelque chose ? Poignets menus, ce qu'elle a de mieux, à mon avis, oreilles en coquille, pas mal non plus, un grain de beauté sur la fesse gauche, toison assez fournie, on s'en doute (d'après les bras), con étroit et profond, je te l'apprends, Fix, hein, tu n'as jamais osé y aller voir, non ? Veux-tu que je la baise ici, devant toi, dis, Fix, qui ne crois pas à l'incarnation ? (Il tressaille terriblement, mais continue à prendre ses notes : vas-y, la Science !) Fou ! Cet enflé me croit, me dit fou... Comme si je ne savais pas parfaitement ce que c'est, un fou. Comme si je n'en avais pas des dizaines à s'agiter dans le réservoir de mon stylo, tels des personnages des *Mille et Une Nuits* enfermés dans une bouteille par un mauvais génie... Tu en veux un ? cent ? un Belge ? Pas de problème. Voici : il roule à contresens, sur l'autoroute entre Mouscron et Tournai, heurte le muret central, abandonne sa voiture et s'enfuit en hurlant à travers champs vers le village de Dottignies. Oh, Seigneur, ne me dites pas que c'est encore ce maudit moine ! Mais non, c'est un autre, il s'appelle Francis, il cavale à travers les sillons brumeux vers le clocher de brique de Dottignies en brandissant, oui, une Bible et une croix... Ça n'est pas terminé... les gendarmes venus l'arrêter ont un accrochage en chemin... mais enfin ils finissent par le rattraper, et voilà que le forcené les mord, juste avant de tomber foudroyé par une crise cardiaque... la scène... en plein champ de betteraves... Et ça n'est pas fini encore... l'ambulance qui l'emmène à l'hôpital de Mouscron tombe en panne d'essence... Voilà ce que j'appelle un fou, moi, monsieur Fix, un fou contagieux. Un Chinois, maintenant ? Celui-là, par exemple, le nommé Liu Fu-yuen, qui est allé aider Tan Ming-chin, le beau-frère de sa tante He, à déménager, eh oui, c'est comme ça, à Hsinchuang, dans l'île de Taiwan. Après quoi ils ont tous dîné chez Wu Pi-yun, et puis ils se sont couchés. Liu dort dans la salle de séjour, au rez-de-chaussée, sur un sofa en face du poste de télévision, mais soudain il se réveille : il croit entendre des grattements vers la porte de derrière. Oui, oui, c'est ça, c'est sûr : on gratte ! Il en infère que le beau-frère de sa tante, le nommé Tan, donc, veut l'assassiner (pourquoi, en effet, l'a-t-on fait dormir sur le sofa de la salle de séjour : précisément ?) : il fout donc le feu au sofa avec son briquet. Bientôt, les flammes dévorent la maison, Wu Pi-yun saute par la fenêtre et se blesse au bras, la tante He avale trop d'oxyde de carbone, elle meurt. Entretemps l'assassiné imaginaire, qui est sorti très commodément par la porte de devant, sur la pointe des pieds, ses chaussures en daim à la main (pour ne pas donner l'éveil à l'assassin), a arrêté un taxi en vadrouille sur la voie des Deux Provinces, et filé en direction du pont de la Piété filiale. Parvenu au village de Sanchung, il demande au chauffeur de l'arrêter à hauteur du toboggan de la rue Chen, se laisse prestement glisser le long du fût d'un lampadaire jusqu'à la rue qui passe en dessous, et court, toujours en chaussettes, jusqu'à une station-service où il demande au pompiste de le conduire au palais présidentiel : il a un rapport urgent à faire. Parviendra-t-il à déjouer les manœuvres de ses poursuivants et à sauver le pays ? Non, car le pompiste appelle les flics, qui le trouvent assez anormal. Et en effet, monsieur Fix : Liu Fuyuen est un esprit dérangé, le pauvre : pas moi ! Et Charles Itéma aussi est un malade, atteint de psychose schizophrénique, même, selon le Dr Reverzy, un **vrai psychiatre, lui**. Cela fait vingt-cinq ans qu'il est interné à l'hôpital Saint-Paul de la Réunion (pendant que moi, je te le rappelle, je virevolte librement dans le monde, comme un missile de croisière photographique). Et puis voilà que Martin Grondin, un autre pensionnaire, vient lui demander de l'argent. Tout le temps il lui demande de l'argent, ce Grondin-là : Charles Itéma en a marre, il ramasse un couteau qui traîne malencontreusement par là et le poursuit à travers les couloirs de l'hôpital, il le coince et le larde, dix échancrures dans le cou par où pètent des bulles écarlates (j'écris et je souligne : "C'est ce qui pourrait bien finir par t'arriver si tu continues à m'emmerder, Fix, et ceci **bien que je ne sois pas fou**. Je ne me laisserai pas ligoter par le complot des blouses blanches : **c'est vu** ?" Eh eh, il a un mouvement de recul. Il fouette, le médicastre). Et maintenant on vient chercher Itéma, le maîtriser, c'est inutile, il est redevenu doux comme un enfant, il se dandine et dodeline de la tête, sourit et fronce les sourcils, il grommelle plaintivement des phrases légèrement décousues, "Li l'a cassé l'armoire, moin l'a pris un couteau, dit-il, ma l'a piqué à li comme un volaille." Et encore: "Mi veux revoir maman." En veux-tu encore un autre, de fou ? Celui-là, tiens... Dhouina Mohammed Dhouina. A sa place, je serais plus inquiet qu'il ne semble l'être, parce que tout à l'heure, il a tué deux policiers à coups de couteau : il les a proprement égorgés comme des moutons de l'Aïd, ce qui dans n'importe quel pays coûte très cher, mais spécialement au Soudan, où les policiers sont comme des envoyés de Dieu sur la terre. Et ce n'est pas qu'il ait eu quelque chose à leur reprocher en particulier, non, ni qu'il déteste la police en général, au contraire, mais il se trouve qu'un flic lui a porté ombrage, récemment – à quel propos, Dieu, il n'est de force et de vision qu'en Lui, n'a pas voulu qu'il s'en souvienne. Peut-être a-t-il reçu un coup de bâton, comme cela ne va pas tarder à être le cas de son copain Gwiji de Zanzibar s'il continue à énerver les forces de l'ordre ? Mais n'anticipons pas. Maintenant Dhouina Mohammed Dhouina est rentré chez lui, dans un faubourg de Khartoum, et il ne s'en fait pas du tout, il se gratte la barbe, au contraire, avec une satisfaction pensive, dans sa maison de poussière. Lorsque l'appel du muezzin retentit aux haut-parleurs de la mosquée voisine, il fait ses prosternations rituelles, puis il roule son tapis, s'époussette les mains et se prépare tranquillement une dose de l'électuaire dont les awliya, les hommes de Dieu, lui ont enseigné la recette, et qui le rend invulnérable aux balles : une page du Coran bien imprégnée d'eau, triturée et malaxée en boulettes. Aujourd'hui, ce sera la sourate soixante-dix, "Les degrés" : "Un questionneur a réclamé un châtiment inéluctable pour les incrédules. Nul ne peut repousser celui-ci, il vient de Dieu, le Maître des Degrés." Il mastique joyeusement, fait passer avec un peu d'eau, gloup ! "Le ciel, ce jour-là, sera semblable à du métal fondu, et les montagnes à des flocons de laine." Il avale le ciel et les montagnes de papier, et le feu qui dévore les impies, car telle est la nourriture que Dieu a réservée aux hommes qui seront honorés dans les Jardins. "Nous les avons créés de ce qu'ils savent." Fini. Il pousse un rot. Et voilà le travail ! Pas plus compliqué que ça ! Ils peuvent toujours venir, maintenant ! C'est en riant intérieurement qu'il les entend débarquer dans la cour et mener grand tapage, et lorsque le rideau qui protège l'entrée de son logement est arraché et qu'une balle lui démantibule l'épaule, ce n'est pas la douleur mais la stupeur qui le submerge : qu'est-ce qui s'est passé ? Pourquoi ça n'a pas marché ? Et il comprend alors, mais trop tard : il n'a pas su se préserver entièrement de la lubricité, il a fait exprès, il y a une dizaine de jours, de croiser le regard d'une des femmes de son voisin, une svelte Nubienne autrement gracieuse, soit dit en passant, Fix, que ta Dulcinée – autant comparer un baobab à un jeune palmier, un onagre à une gazelle ! Pourtant, cela était bien dit, en toutes lettres, cela était écrit dans les boulettes magiques : "Le châtiment du Seigneur est inéluctable – sauf pour les hommes chastes qui n'ont de rapport qu'avec leurs épouses et leurs captives de guerre : ils ne sont pas blâmables, **tandis que ceux qui en convoitent d'autres sont transgresseurs**." Ah, que n'a-t-il prêté plus d'attention à l'Écriture délectable, aux Saintes Lettres ingérées, au Texte qu'il dévorait comme une galette de sésame ? Ou bien alors, que n'en a-t-il fait sa captive de guerre, de cette gazelle ? Mais c'est lui qui gît maintenant, captif et blessé, ah, transgresseur !

Oh, que j'aille à la mer !

Oui, je vois aussi toute la mer étendue sous moi comme la robe tombée, froissée d'une jeune fille, comme l'étoffe bleuie à l'indigo qui couvre la farouche épouse nubienne et ne se retire que devant son maître, Amr el-Dib, agent de police (car voici, le voisin du mangeur de Coran, sur la femme de qui il a levé un œil de porc, souillé de stupre, appartient à cette angélique milice qui fait exécuter sur la terre du Soudan, de la troisième cataracte jusqu'aux Nil blanc et bleu et au Bar el-Ghazal en tout cas, la volonté de Dieu), et ne se retire, telle la mer d'Égypte devant l'imâm Musa le Cornu, que devant le policier Amr el-Dib, pour laisser paraître le doux, l'humide sable, la marne ocrée de son corps (et cet imbécile, tout à l'heure, lorsqu'il a vu la main de son voisin arracher **dans l'exercice de ses fonctions** le rideau bleu qui ferme sa tanière, a imaginé un très bref instant, avant que ne le transfixe une balle coulée en République démocratique allemande, qu'il dénudait l'épouse dont Dieu Lui-même a fermé et comme scellé la robe !).

Oui, la mer comme la robe chue et froissée autour de ses pieds de la reine de Saba ! Ou bien la mer nocturne, couleur de laitance, de pétrole, d'anémone pourrie, de marc de café, qui presse et bat l'île anglo-normande de Jersey où Robert Reginald Coutanche, ancien pensionnaire de l'hôpital psychiatrique de Saint Saviour's (des insensés, j'en ai autant que tu veux à ton service, je te le répète, Fix), commet ses pitoyables forfaits : se glissant dans l'ombre d'un escalier de Durban House, mettant le feu au moyen d'un chiffon imbibé d'essence à trois boîtes aux lettres ; ressortant, jetant autour de lui des yeux inquiets, courant sur Brighton Road en pensant à sa fiancée puis s'arrêtant pour emplir ses narines de l'odeur de roussi que jette vers lui le furieux vent d'ouest ; s'enfuyant derechef cependant que retentissent les premiers cris de deux vieilles femmes réveillées par le crépitement des flammes, maintenant ; filant vers Rouge Bouillon, inquiet pour sa fiancée, incendiant une poubelle, puis une autre, devant Rear Cottage, d'où jaillissent des fumées épaisses qui intoxiquent un couple tranquillement endormi, des bouillons d'étincelles touillés par les rafales, portés par les rafales jusqu'au-dessus de la mer couleur de papier brûlé, la mer cramée où éclatent de prestes escarboucles (comme très loin de là, tout autour de Bougainville, brillent sur le velours noir de la mer de Corail les brasiers allumés par les émeutiers négritos), filant vers Saint Saviour's Crescent, en direction de l'hôpital psychiatrique, récidivant, deux poubelles encore, soucieux pour la santé de sa fiancée, après quoi il n'a plus d'allumettes, s'assied au bord de la mer dont les braises fument et s'éteignent en sifflant sous une pluie brutale, remonte le col de son manteau et sanglote et a infiniment froid soudain.

Ou bien encore comme la robe légère, la mer, en organdi d'un bleu pastel avec des tigrures vertes, due au crayon de Mariazilda Monteiro, qu'essaie devant un miroir réfléchissant la lumière marine de Salvador de Bahía la jeune Rita Rehem, juste avant de se rendre au thé donné par sa belle-mère pour ses fiançailles (et pas avec toi, pauvre Fix, la despedida-de-solteira, pas avec toi, non, pauvre fou : mais avec moi, si c'est ma fantaisie) : oui, tous ces flots de faille bleue et verte et noire de la mer, avec des festons iodés et des soutaches dorées, des escarboucles et des perles de sang, des volants lie-de-vin et des cataractes crémeuses de dentelles du Nil, ces mailles de mots irisés, écumants, où se prennent pour moi les corps d'une troupe de sirènes (il note sans sourciller, ce con, ce voyeur), mainte à l'envers **si ça me chante**, Fix.

14

Shipping movements

Les poissons de toutes les mers du monde, sache-le, je les puis attraper comme le paysan de Tras-os-Montes les truites sous l'herbe, et quand je dis les poissons j'y inclus les baleines, pour m'en faire des quenelles, et les sous-marins, atomiques ou pas, pour les glisser entre mes doigts comme des stylos pissant l'encre bleu-noir, comme ce *Winston Churchill,* par exemple, qui fonce à travers des grêles de maquereaux en vadrouille déréglant les sonars (mais pas le mien), leur œil cerclé, obtus, de poules des abysses, écarquillé dans l'outremer piqué d'ultrasons, sous les jupons sombres où passe et repasse du pâle... Je regarde, immobile, yeux presque clos, s'infléchir dans la fumée du cigare que je fume en écrivant les courbures des courants marins, se ployer leurs volutes, les boucles de leur chevelure sous le fer de ma plume, tourner à rebours les unes des autres toutes ces compliquées horloges liquides, leurs grandes roues d'eau lente aux échappements de saphir, leurs muscles bleus se rétracter comme la chair d'un mollusque (que je gobe, hop, si la fantaisie m'en prend) devant la barrière de la terre, tâtonner, frissonner, hésiter, se ruer dans le piège des détroits. Le courant de Humboldt lécher la cuisse longue du Chili, former dans ses eaux froides comme une coquille pour la pulpe tiède du courant de Mentor, puis plier sous le joug de l'Équateur et retomber en pluie d'arabesques au milieu du Pacifique. La dérive des vents d'Ouest fermer sa ceinture de chasteté sous le ventre de la terre, remonter le long du vaste pubis de l'Afrique, de celui, plus effilé, de l'indienne Amérique. Des vulves s'ouvrir au centre nullement célibataire des Océans, des langues glaciales glisser dans des lèvres tièdes, jaillir des haleines, des turgescences foudreuses. Dans la gélatine mirobolante de mes yeux s'inscrivent les gestations fumantes des eaux, les ivresses des mastodontes benthiques, l'Atlantique titubant du Spitzberg au Groenland, les renards fusant de la gueule de Behring, cet ivrogne septentrional, autour de l'Alaska et du Kamchatka, des dragues et coquetteries gigantesques, accroche-cœurs du courant de Benguéla, fossettes du courant des Aiguilles, petits culs rebondis, rondes épaules, yeux de velours et dessous mauves tourneboulant les continents. Fluides tangos, hanches en chaloupe ! Et, au fin fond, dans les bas-fonds de tout ça, je vois des créatures livides en forme de palmier nain, d'alvéole pulmonaire, de raie au beurre noir, épuiser leur vie beckettienne à produire des pets de sable obscur, des sortes d'informes chicorées proliférer au bord de fontaines chaudes surgies du centre de la terre, mon œil hyperbare suit des festins boueux d'anguilles et de larves aplaties, des bulles lenticulaires de gaz puants, écrasées par l'horrible pression, des reptations millimétriques de peignes protozoaires. Les laminoirs planétaires crachent, toutes chaudes et grésillantes, les plaques sur lesquelles s'édifient nos châteaux de cartes. La grande forge primordiale haletant là-bas, tout en bas, sous le marteau-pilon noir des isobathes. Ah ah ! Je les connais, moi, les fonds des mers ! Comme ma poche ! Ils **sont** ma poche ! Une petite partie de ma poche ! Où je glisse ma menue monnaie de monstres ! Frais comme l'œil, mon œil-satellite survole les surfaces d'azur dépoli, mon œil-bathyscaphe se meut, insoupçonné, dans les gouffres. Infinis degrés d'eau cascadant depuis les friselis de lumière jusqu'à l'encre de l'encre ! Et entre les deux, comment donc ! A cœur joie ! Tous les bancs fusants de fuseaux brillants, les déluges de pièces d'argent, les premiers prismes brisés du soleil rayonnant dans les planctons ! Les navigations couinantes des cétacés, le rut glissant, l'impossible ricochet sexuel des cachalots, les yeux énormes ouverts dans la pénombre, ne cillant jamais, le squelette d'Achab marsouinant pour l'éternité, couvert d'anatifes, les calmars géants, hyperboliques tortellini ! Al dente ! Oui, je vois tout ça, Fix, vieille morue : et maintenant, puisses-tu être avalé par une baleine inattentive ! Puisses-tu, non pas disparaître à jamais dans son tube digestif, mais resurgir deux jours plus tard, ton prédateur ayant été harponné et son ventre ouvert sur le pont, vomi au milieu d'une cascade fétide d'immondices, fausses couches de phoques et mollusques inférieurs décomposés, rendu imberbe et inerme, lisse et blanc et mou comme un ver de cul, et aveugle par-dessus le marché (toi qui, de toute façon, ne vois rien, pauvre parenchyme), par les sucs gastriques du Léviathan ! Oh, fous le camp, sinon je te livre à un de mes monstres marins, espèce de Jonas à la mords-moi-le-nœud ! Ça n'est pas à toi que je parle, pauvre crustacé médical, maniaque contremaître, mais à cette jeune ouvrière que j'aperçois, ne t'en déplaise, penchée sur son métier dans une filature de Porto : parce qu'elle est belle et que je sens que son âme portugaise a soif d'une ode maritime, d'iambes iodées. Écoute-moi, Pénélope industrielle, je suis Ulysse qui te revient. O casque de cheveux sombres, Andromède liée au récif affreux de ta machine : je suis Persée venu te délivrer, le héros aux talons ailés, dont le vol parcourt le cercle entier de la terre, des Ourses glacées aux pinces recourbées du Cancer. Tes yeux aux rondes paupières, baissés sur ton travail, se relèvent et s'étirent vers les tempes, la moue de ta longue bouche dessine une courbe inverse, comme l'arc des deux tropiques sur un portulan, tu as l'air boudeur que j'aime, l'air qu'impriment aux lèvres romanesques le pressentiment, le regret d'une autre vie, qui serait à celle-ci ce qu'une rose est à un timbre-poste. On devine sous ton tee-shirt des seins petits et pointus comme ces accents circonflexes dont la langue de Camões est si crêtée, ton visage dessiné de quelques parfaits traits de plume a la légèreté d'une esquisse orientale, aurais-tu pas du sang (oui, j'en suis sûr) venu de Macao où le borgne poète exerça la charge splendide de Curateur des biens des morts et des absents ? Tu n'es pas née, je te le dis, pour cet esclavage où s'usent tes mains et tes yeux, mais pour boire des gin-fizz avec moi, sur le tillac, à l'ombre des voiles frappées de la croix latine que le vent pousse vers des royaumes dont je vais te faire souveraine, ô ouvrière considérable ! Ta mère ne t'a pas expulsée de son ventre pour tisser des toiles synthétiques, comme une araignée, mais pour parcourir la terre en ma compagnie, en recevoir les hommages et les présents : vois sur ces bassins, venus du bout du monde, dormir ces vaisseaux : l'*Alkazar*, le *Skarland*, le *Volga*, le *Widar*, l'*Idun* et le *Tunadal* à Tilbury, l'*Arriaga* au mouillage de Gravesend, avec le *Sveafjord*, le *Rakow* et l'*Evguéniy Nikonov*, évitant autour de leurs coffres au rythme de la marée qui pulse dans la Tamise, emplit et vide Londres comme un immense cœur couvert de fumées, traînant sans trêve, sous la pluie, vers Greenwich puis vers Southend où sont amarrés le *Wood Pioneer* et le *Rathkyle* son arroi de vieux bidons, de bouteilles bouchonnant dans les nappes de pétrole irisées, de planches, de branches, de fruits et légumes pourris, de cadavres de goélands, de chiens et d'hommes noyés, de bourses d'écailles puantes, l'*Activity*, le *Doris 1*, l'*Allurity* au wharf d'Everards, le *Trans Sea* et le *Betty C* devant Erith, le *Viola Gorthon* et le *Nordic Link* en face, à Purfleet, le *Janales* et le *Yuny Partizan* au môle de Phoenix... le *Finnfighter* à l'Imperial Jetty, le *Deer Sound* au Granite Wharf... l'*Hesiod*, naturellement, le berger des moutons de la mer, à la jetée numéro cinq de Coryton... Et tous les autres dont les noms composent sur les poupes mastoc un poème brut, une ode au négoce, aux rêves et aux plaisirs grossiers, aux grandes peurs, aux tristesses et à la nostalgie maritimes, écrite à coups de masse, de riveteuse, de burin et de chalumeau, en lettres latines, grecques, cyrilliques, en idéogrammes rouillés, par quelque Alvaro de Campos un peu poundien sur les bords, batteur de grèves et de docks :

Anta Barbara-Chris Bargstedt Bencleuch
Blackheath Boleslaw Ruminski Bow Forest
Brandaris Bromley Carrigrennan Crescence
Croma Don Edda R Elpis Friesland
Heidberg Inisheer Luo He Marc L
Muhlenberg Norden Othonia Robrix
Sarnia Seacombe Trader Seahorse Shelltrans
Sindbad Thor Vibrence Vivaldi... :

tous leurs trafics monotones et splendides à ces mastodontes, bigoudis de vaguelettes, pets de fumée, grandes orgues, gras doubles d'arcs-en-ciel huileux, marmelades d'eaux vaseuses, raclements de chaînes, déchargeant des bois tropicaux, des motocyclettes japonaises, des caisses de champagne, des fraises et cerises australes ; estives de laine, de thé ou de tabac... de musc, de benjoin et d'encens... cargos pots de caviar, cargos flacons de parfum, cargos bourrés d'or et de perles, de perroquets versicolores et d'esclaves... Tout ça, aux wharfs de Lovells, de Seabrights, de Wards, de Creekside, ces mouvements lents de palans et de crocs, de roues crantées, de muscles tatoués, pour assouvir, oui, tes moindres désirs : ces sifflets, ces sirènes, ces chocs sourds sous les nuages, le long des môles de Mullberry, Mountfields, Fords ou Bevans. Et la même chose, le même grand déballage pour t'offrir des tracteurs, des tourteaux de soja, des stères odorants de bois de rose et de palissandre, des pyramides fumantes de grains de blé, des sacs de ciment, des cascades moussantes, mordorées, de pétrole, dans tous les ports du monde qui sont comme une image du port primordial de Londres, plus ou moins lointaine et rapetissée, répercutée dans l'infini jeu de miroirs liquides des mers, la darse nord de Buenos Aires où déchargent le *Monterosa* en provenance de Rotterdam, le *Yaguar* venu de Tampico et le *Christine L* de Singapour, les docks de Hong Kong pompant par leurs tuyaux, leurs grues, toboggans et trémies les soutes de l'*Atlas Rex* au nom de tragédie, du *Bay Bridge*, de l'*Als Strength*, du *Hwaypung Namjin*, du *Kapitan Valery Ushakov*, du *King Hwa*, du *Luo Fu Shan*, du *Pyramides*, du *Neptune Emerald*, débordantes d'oranges, de pâte à papier, de caoutchouc, de semi-conducteurs, de riz, de pin d'Oregon et de fil de fer pour clore tes jardins, de caisses de clous pour pendre tes photographies, embarqués à Vancouver, Kaoshiung, Pusan ou Durban, le même grand décrochez-moi-ça d'étoffes pour te vêtir, wax, brocarts, basins, soies de Shantung et de Satin, lins, cotons d'Égypte, mousselines pour ton mariage, laines et failles froufroutant chatoyant par les panneaux de cales du *Kota Timur* à Montevideo, du *Larga Vista* à Baltimore, du *Vulcana Bay* au Havre... du *Calamo* à Porto...

Va-et-vient de bras mécaniques, coulissement des écoutilles, éclats de soleil sur les vitres pivotantes des grues, glissement doux et puissant des vérins, cris des dockers dans toutes les langues portuaires, battements lents des machines, tonnerre des containers sur les quais, grincements des roues sur les rails, à Melbourne, Yokohama, Monbasa, New York, Anvers, Buenaventura... pour te servir... des caisses de pêches empilées sous le grand soleil bleu, les maisons de velours de Valparaíso, à bord du *Machu Reefer*, du *Spring Delight*, du *Greenland Rex*, de l'*East Breeze*, pour fondre dans ta bouche... six cents veaux piétinant et glissant, et chiant de peur, sur des coupées de planches jetées à flanc du *Novillo* amarré au Puerto de la Luz, côté du Levant, pour te faire des saltimbocca... Tous ces fruits, ces bestiaux beuglants, ces machines-outils, ces matières premières, le cuivre fin dont quatorze mille cinq cents tonnes métriques s'échangent à la Bourse des métaux de Londres, le minerai de fer de Krivoï Rog qui embarque à Sébastopol, l'étain de Khaptchéranga qui roule en grondant vers Vladivostok, la bauxite qui fait rougeoyer les quais de Kingston, le café dont les sacs entassés font flotter sur les entrepôts de Barranquilla et de Carthagène des Indes un arôme énorme de brûlerie, l'arachide dont les alizés portent les effluves écœurants jusqu'aux bateaux qui sont encore à douze heures de mer du Cap-Vert, tout cela je le décrète biens des morts et des absents et, conformément aux prérogatives de ma charge de curateur, je t'en constitue la destinataire et l'usufruitière unique, ô damnée de la terre : pour que tu puisses t'en faire des bracelets, des casseroles, des épingles, des pinces à épiler, des tains où te contempler en même temps que, posés sur toi qui te coiffes (et aussi, je le confesse, sur toutes les femmes qui se coiffent, toutes les chevelures du monde relevées étirées retombant roulant cascadant frisottant de l'autre côté du miroir), mes yeux de voyeur universel, pour que ta bica soit forte et corsée comme tu l'aimes, que tu ne manques jamais de cacahouètes à croquer avec ton verre de vintage. Et aussi, bien sûr, l'or que mes flottes vont chercher dans le lointain Witwatersrand, et le sombre argent extrait des montagnes de Cœur-d'Alène ou de la Cordillère, et dont les lingots s'entassent en tintant au creux de mes galions, à Seattle et el Callao : pour que tu t'en pares.

Craindrais-tu d'appareiller avec moi, cara minha inimiga, ma chère ennemie ? Serait-ce que tu te souviens de ce qui advint à ta lointaine ancêtre, embarquée avec le borgne de Ceuta qui est à ta nation ce que le manchot de Lépante est à l'espagnole ? La nef qui les portait fit naufrage au large des bouches du Mékong, elle périt et lui nagea jusqu'au rivage, son livre à la main, haussé comme son œil unique au-dessus du gouffre amer. Et d'élégiser sur sa beauté pérégrine qu'éternellement posséderaient les eaux, mais que non moins éternellement feraient revivre ses vers dans la mémoire des hommes... Mais n'aie crainte, Dyna : la même mésaventure ne risque pas de t'arriver, parce que la caraque qui craque et sombre sous ses flammes de soie mouillée, et toi avec ton jean et ton tee-shirt, et nos navigations et la mer elle-même, tout cela est **dans** mon livre (ou mon œil, **cela revient au même** !), et quelle apparence que je t'y laisse mourir ? D'un trait de plume, s'ils nous sont contraires, j'assèche la mer, j'apaise les vents : et notre bateau, s'il coule, à l'instant j'en suscite un autre, et un autre, et un autre encore, à l'infini. Celui-ci, par exemple, qui approche des jetées du port de Leixões, ses hélices barattant au ralenti les longues vagues crémeuses à reflets de cuivre et de lotion capillaire, et, vois, je sors aussi de mon chapeau les grues, la plage, le soleil couchant, et le bar aux vitres poisseuses de sel où je t'emmène boire un verre, a beira-mar. Um whiskizinho ? Voilà. Il suffit de le dire. Es-tu pas mieux ici que courbée sur ton métier à tisser ? Veux-tu que je te montre comment je décide souverainement des naufrages et des sauvetages ? Prenons ce caboteur, par exemple, l'*Annie Butler*, qui trimballe en ahanant, par nuit noire, de la magnésite d'Aaheim à Honfleur : eh bien, il n'arrivera jamais à Honfleur, car je jette sur sa route les dents acérées d'un haut-fond rocheux, au large de Stordoy. Voilà, il vient droit dessus, tu vois ses feux ? Le barbu qui lutte contre le sommeil, qui se gratte machinalement le ventre sous son tricot, et un peu plus bas là où quelques foutus morpions se sont incrustés (danois ? normands ? norvégiens ? Comment savoir ? Il a bien un soupçon, mais... parasites nordiques en tout cas, revivant, récrivant à leur façon, sur le pubis-drakkar du navigateur endormi, les antiques sagas, les routes hérissées d'écume et de flèches de la mer du Nord et de la Manche), le barbu somnolent derrière les carreaux de la passerelle encroûtés de sel comme les vitres du bar ne se rend compte de rien. Faibles lueurs : l'écran radar, où se dessine, puis s'efface, puis revient, repart, et ainsi de suite, comme une traînée d'essuie-glace, le fouillis luminescent de la côte aux environs de Stavenger, et le rougeoiement d'une cigarette. Encore cent mètres, ça va aller très vite, tu vas voir, encore vingt mètres, ah, c'est excitant, hein ? D'être dans le secret ? C'est mieux qu'un jeu video, non ? For helvede ! Ça y est ! Il se soulève, retombe lourdement, tous les objets valsent à bord, et trois types qui ronflent dans leur couchette, remonte avec la houle et retombe, avance encore un peu en déchirant ses tôles, et pique aussitôt du nez en s'emplissant, le radio, tout estourbi par sa chute, fonce en chaussons vers son poste et a à peine le temps de lancer un Mayday que déjà les hélices sortent de l'eau, le pont se lève sous les projecteurs allumés, on lance le canot de survie, on s'y tasse, la machine explose dans un bouillon mazouteux, et vllouff, la mer enfourne le gros suppositoire : plus rien, des bulles, des remous, des bidons. Les cinq, sur le canot orange, recommandent à tout hasard leur âme à Dieu, dans ces cas-là on ne se pose plus de questions philosophiques. Et je les sauve ! Je fais voyager les ondes intelligentes dans la nuit d'encre jusqu'à l'antenne de Bergen-Radio, un opérateur blond, fumeur de pipe et lecteur de bandes dessinées pornographiques, recueillir cet immatériel fretin, se dérouter le M / V *Rafto* qui les récupère et les débarque à Haugesund où ils s'attablent devant des assiettes de hareng et des bières pâles, aux premières heures de l'aube ! Et je sauve aussi les quatorze hommes d'équipage du *Maritime 1* emplafonné par le ferry *Intan Sari* au large de Pasir Panjang jetty, à Singapour ! Et qui tu veux ! Et je cueille délicatement, comme s'il s'agissait de boutons d'or, les jaunes pétales martelés des hélices, et je fais avec leurs corolles un collier de fleurs pour te plaire : celles de l'*Annie Butler* et du *Maritime 1*, qui gisent désormais par cent et vingt-cinq mètres de fond (**respectivement !**), sur l'onctueux papier vergé du sable, et toutes les autres qui à force de nœuds d'eau lisse, de spirales de bulles, de trombes de mercure, transforment les eaux en faux marbres, en pétillantes coupes de champagne : celles du *Palawa Island* et du *Tropic Jade* qui vrillent vers le port de Bridgetown, celles du *Providence Bay* et du *Dariyu Maru* qui font route sur Abu Dhabi, celles du *Ming Pleasure* entre Hong Kong et Djeddah, du *Tolaga Bay*, du *Nantai Prince*, du *Kota Mulia* ... du *Norasia Sharjah* à Djebel Ali, de l'*Oslo Sky* à Port Moresby... Oui, je fais à ton cou une rivière de toutes ces orpailleries emperlées d'eau brillante, de phosphorescences où des noyés parfois descendent, j'allume à tes oreilles assourdies par la rumeur de l'atelier tous les feux, verts, et rouges, et blancs, qui scintillent sur les mers nocturnes, je ferme à tes poignets toutes les chaînes qui jaillissent en grondant dans toutes les rades du monde, à Hambourg, Liverpool, Bornéo... celles qui cascadent hors des écubiers du *San Antonio*, un gris navire de la VIIe Flotte en escale à Pusan. Regarde : voici que les hommes, tout joyeux de contempler enfin, après tant de jours et de travaux sur la mer stérile, les rivages riants de la Corée, se demandent d'abord si c'est un mirage, puis s'apostrophent avec de grandes claques dans le dos, se tâtent mutuellement les bourses, sous le pantalon blanc serré, et font un fraternel assaut de gestes obscènes, index passé dans l'anneau des doigts de la main gauche, poing fermé limant dans le V du bras replié, langue dardée par saccades hors des lèvres serrées, paumes arrondies de chaque côté de la braguette, etc. Les officiers regardent d'un œil indulgent cette virile parade, car les rudes fils de la vaillante Amérique ont bien mérité que les dieux leur accordent enfin les repos de l'île d'Amour, et d'ailleurs eux-mêmes, les officiers, si les traditions de l'Académie navale d'Annapolis leur interdisent une telle expressivité, n'en pensent pas moins. Le médecin du bord fait, aux hommes rassemblés sur la plage arrière, devant les plis langoureux de la bannière étoilée, les dernières recommandations, et distribue à chacun un petit lot de préservatifs. Quelques-uns se sont procuré à Osaka, lors de la précédente escale du *San Antonio*, le produit à base d'entrailles de cheval qui fait bander comme un quadrupède, ils demandent au surgeon s'il n'y a pas de contre-indications, il y en a, d'après lui, et même de très sérieuses : éruptions, vomissements, priapisme, croissance incontrôlable du système pileux. What does it mean, doc ? Que ton sac de marin ne sera plus assez grand pour y fourrer ta queue, connard, et que du poil te poussera aux fesses et aux genoux. Ils se marrent. Ils glissent quand même le produit dans leur poche, on verra, ça peut être intéressant. Puis, dans les rapides chaloupes, on gagne le rivage où maintes nymphes, réparties dans le quartier du port, ont résolu de faire aux navigateurs la charmante offrande de leur corps en même temps que la surprise, ô combien délicate, d'une feinte épouvante. Ainsi, cependant que l'équipage se répand dans les rues, elles s'enfuient mais, moins légères que malicieuses, se laissent peu à peu rejoindre en poussant de grands cris entremêlés de rires. A l'une de ces bondissantes beautés le vent soulève des cheveux de jais, à l'autre la tunique délicate : et le désir s'enflamme à l'apparition de cette chair éclatante, les rugissements retentissent, les dollars sortent des poches, les triques montent dans les pantalons blancs. D'autres se laissent surprendre demi-nues dans des couloirs obscurs puis, feignant d'être effarouchées, s'élancent en poussant des clameurs dans les escaliers : elles trébuchent bientôt à dessein et, montrant plus de bénignité que de courroux, pardonnent aux agresseurs qui s'abattent sur elles et commencent à les besogner à même le sol. Le commandant cependant, à qui l'étiquette navale prescrit d'autres jeux, plus conformes à son rang, déjeune chez une courtisane de haut vol. Les plats d'or fauve, tirés du trésor de l'Océan, se chargent de nourritures exquises, qui surpassent les fameux festins de l'ancienne Égypte. La bière Crown coule à flots, ainsi que le bourbon ambré. Un chant suave et mélodieux émane des bafles d'une chaîne CD. Lorsque le repas est achevé, Simchung (elle a, en effet, adopté le nom de cette touchante héroïne d'un roman traditionnel coréen, existant sous d'autres variantes dans d'autres pays du Sud-Est asiatique et qui, l'héroïne, pour permettre à son vieux père aveugle de se faire soigner, se vend à des marchands, puis est jetée vive dans les flots où elle va épouser le fils du Roi de la mer, etc.), Simchung, donc, en qui la grâce se mêle à la majesté, voulant, par un régal plus noble, mettre le comble aux délices de cette radieuse journée, se lève et s'adresse, en ces termes choisis, à l'officier : "Vaillant héros, la Providence t'octroie de contempler avec des yeux mortels ce qui à nul avant toi n'a été dévoilé" (elle exagère, se dit l'autre en étouffant un rot). "Suis-moi sans crainte et sans faiblesse en haut de cet escalier : **tu vas voir**."

15

Mini de Quiroga fait un exposé sur un thème métaphysique

(carnet mondain)

Voici donc qu'ils gravissent l'escalier, elle devant, son petit cul-flipper extrêmement mobile (chaque pas dessine le slip sous la soie bleue) chaloupant à hauteur de ses yeux à lui, derrière : portant sa casquette, que le règlement interdit d'abandonner sans surveillance en quelque lieu que ce soit, sous le bras droit, sa queue presque sous le bras gauche : nulle faiblesse, Dieu merci, le commandant a hissé les couleurs à bloc. Puissant comme un quadrupède, et entièrement automatique, d'ailleurs. Il avance les mains (la casquette tombe), saisit les hanches, plaque son visage entre les fesses dures. Hhmmmff ! Ne sois pas si impatient, lui dit-elle, ramassant la casquette. Elle pousse la porte d'une chambre. Un miroir au plafond, auquel est suspendu un globe lumineux dépoli, un lit tendu de cramoisi, une lampe à fanfreluches posée sur une applique, une coiffeuse surmontée d'une glace en triptyque, un téléviseur sur l'écran duquel s'inscrivent en mosaïque une dizaine de canaux au moins, un tapis à motifs rouges et verts : du classique. On trouverait la même chambre, Dyna, dans beaucoup d'endroits du monde, et par exemple dans certain hôtel discret du quartier Boa Vista où nous pourrions aller, puisque maintenant il pleut sur la mer. La tenant devant lui, de dos, il trousse la robe étroite de soie bleue bien haut, de sa main gauche la tord et la serre sous les seins, tu me fais mal, dit-elle, de la droite dégage une fesse, puis l'autre, point trop vite, point trop lentement non plus, comme on pèle un fruit, baisse le slip, enfonce ses doigts dans la raie, la maintenant toujours étroitement par le tourniquet d'étoffe, la mordant à l'épaule, au cou, fait tomber la femme du fils du Roi de la mer, ainsi entravée, sur le tapis. Ah, c'est toujours la même chose, maintenant il faut s'arrêter un moment, enlever son uniforme, elle en profite, elle, pour éteindre la lumière, dans la pénombre de la pièce il n'y a plus que des spasmes lumineux faibles et désaccordés, des pétillements silencieux d'images, ça ne va pas nous gêner, demande-t-il, non, chéri, au contraire, répond-elle : tu vas voir. Maintenant il s'allonge sur elle, ce n'est pas trop tôt, les chaussures de l'Amirauté sont terriblement longues à délacer, ah ! Ah, Paulina, murmure-t-il, je vais te baiser, je vais te violer, salope. Paulina, c'est un nom qu'il donne aux femmes qui l'excitent, c'est le nom que je vais te donner aussi, pérégrine. D'ailleurs peut-être est-ce ton vrai nom ? Oui ? Quelle incroyable coïncidence ! Il lui mord les tétons, Palinure, doucement puis durement plus durement jusqu'à ce qu'elle laisse échapper des cris et se torde un peu sous lui, alors du bout de la langue il masse ses seins petits et durs et hauts, balade ses mains du ventre aux cuisses et puis, l'attrapant aux épaules il la bascule sur le côté et la tient ainsi, tête un peu tirée en arrière par les cheveux saisis sous la nuque, et il la tient et la regarde ainsi, cou arqué, yeux fermés, coins des lèvres un peu remontés comme par une souffrance et un dédain, robe bleue bouchonnée sous les aisselles toujours, et il aime la voir ainsi, le galbe, la guibre de son buste et de son cou, les seins tendus en taille-mer, qu'il caresse, son visage fermé, énigmatique, comme de bois, lui rappellent la figure de proue de la *Thetis*, le voilier-école sur lequel il a fait son année d'application à la sortie de l'Académie navale, est-ce pour ça ? De nouveau il la plaque au sol par les épaules et commence à la pénétrer, sa queue est grosse comme une torpille maintenant, son sexe à elle étroit, et elle crie doucement, il lui enjoint de sortir sa langue et elle la sort, et de lui lécher les épaules et la poitrine et sa main entre les doigts qu'il plaque sur sa bouche et elle les lèche, ah, je te viole, souffle-t-il, gronde-t-il, Paulina, petite traînée, allumeuse, tu entends ? Et puis il fait passer sa jambe par-dessus sa tête à lui et sans se démancher la retourne sur le ventre et l'attrape aux hanches pour faire saillir son petit cul et s'enfoncer si profond qu'elle crie puis se retirer et s'enfoncer encore et de nouveau, et l'attrapant encore aux cheveux il lui retourne un peu la tête pour voir ses paupières closes que l'afflux de sang fait rougir et sa bouche serrée et son profil de petite idole figé par un plaisir qui a l'air diantrement fait de douleur aussi, comment savoir, et puis ce sont les seins qu'il emprisonne dans ses mains, laissant retomber la tête dont il ne voit plus que les cheveux épars sur le cou qu'il mord, et puis maintenant il bascule, lui, sur le dos, l'entraînant, la dressant à genoux sur son sexe, fesses qu'il fouaille encore et dos creusé de petite fille enfin pas tout à fait, mais étroit et laissant deviner les côtes sous les mains qui y courent, et sa nuque renversée laissant choir ses cheveux du classique aaaaaahhhhh...

...il aperçoit un globe vitreux flottant dans l'air, comme un cristallin que des décharges de lumière traversent de part en part. Et, ah, il semble qu'il soit composé de plusieurs orbes, que la baguette divine a assemblés autour d'un centre rayonnant, qu'il roule sur lui-même, s'élevant ou s'abaissant sans jamais monter ou descendre... commençant et finissant partout... trouvant appui en lui-même... archétype éclaboussé de giclures... Et il comprend alors (ou, tout au moins, des nuées de points, de bulles, de phosphènes, de stimuli électrico-gazeux zigzagant dans le plasma de son cerveau laissent en lui une trace d'étincelles, vite éteintes, qui a à voir avec l'intelligence de quelque chose), il entrevoit, oui, le sens de ce qu'elle lui a dit tout à l'heure, avant de monter l'escalier, "ce que nul mortel avant toi..." et puis encore en éteignant, pendant qu'il ôtait son uniforme, "te montrer le monde entier" et qu'il avait pris pour de la rhétorique érotico-commerciale un peu appuyée. Aahh, voici le doigt dans l'œil brillant du ciel, la verge frappant le rocher, les larmes scintillantes et l'aurore magnétique et l'orage boréal, le vibrionnement d'images du grand aster spermatique. Dans les quartiers changeants de la sphère (une sphère gonflée, comme une poche d'œufs, de multiples sphères, une laitance radieuse en dilatation constante), il voit, dans une succession si accélérée que c'est une quasi-simultanéité, S. M. le roi des Belges recevoir au palais de Laaken les lettres de créance de MM. Alvaro Porta Bermudez, ambassadeur du Nicaragua, Kinibalu Moyanso Wa Lokwa, ambassadeur du Zaïre, Ensio Helaniemi, ambassadeur de Finlande, et celle, parfumée à la violette de Parme, de Mme Isabelle Bassong-Akoumba Moneyang, ambassadrice du Cameroun ; puis Baudouin Ier, avec son air courtoisement ennuyé, se commute électromagnétiquement (ou comment, sinon ?) en Sir Donald Dunstan, gouverneur de South Australia, qui descend de la Rolls-Royce du vice-roi devant le town-hall de Corabie, tapotant les manches de son costume d'alpaga bleu marine que le dust bowl a légèrement poudrées, en dépit de l'excellente étanchéité de la limousine climatisée, pour se faire aussitôt entourer par une foule de bouseux endettés en chemise à carreaux de l'Eyre Peninsula : rudes péquenauds empoussiérés, dont l'un à son tour, et de la façon la plus inattendue, devient Lord David Brooke, fils héritier du huitième Earl of Warwick, tandis qu'un autre, affublé d'une casquette jaune de joueur de base-ball, prend les traits aristocratiques de Lady Brooke, tous deux embarquant à Perth sur le vol Cathay Pacific pour Londres, où ils vont rejoindre, à l'occasion des Easter holidays, leurs enfants qui étudient dans une pension suisse : have a good trip ! A partir de là, les métamorphoses prolifèrent à toute vitesse, c'est une insémination fulgurante, une sorte d'orgasme optique, des saccades d'images secouant la sphère translucide, chacune se scindant en deux, puis quatre, huit, et ainsi de suite, Lady Brooke libère par ovulation la señora Mini de Quiroga qui fait un exposé sur un thème métaphysique devant les membres du Club de Libros Rotary Norte réunis chez la señora Gloria Rojas de Lara, à Cochabamba (malheureusement la liaison, très mauvaise, permet difficilement de saisir un mot, à un moment on distingue EL AMOR écrit en rouge et souligné sur l'une des feuilles qu'elle tient dans sa main bagouzée, il ne s'agit sûrement pas de l'amor tel que l'entendent certaines personnes, le commandant du *San Antonio* par exemple, mais plutôt de quelque chose de plus, comment dire, spirituel, ou élevé, enfin toutes les dames de l'assistance ont l'air très intéressé), et la Begum Raushan Ershad, épouse du président du Bangladesh, qui invite avec beaucoup de conviction, à Rastrapati Bhaban, les femmes de la BAFWWA (Bangladesh Air Force Women Welfare Association) à se consacrer à l'aide de l'humanité en détresse, qui elles-mêmes (la señora et la Bégum), après diverses multiplications et mutations intermédiaires (la reine Sophie et le roi Juan Carlos assistant à Palma de Majorque aux régates du trofeo Princesa Sofia dans lesquelles le prince Felipe – son bronzage est superbe – court en Soling et l'infanta Cristina en 470, le public trié sur le volet du concours du Cat Club Provence-Côte d'Azur à Menton, qui voit le best in show décerné à Casanova von Amorsbrunn, un magnifique main coon à Mme Busser de Lausanne, le best general à un persan noir appartenant à Mme Noventa de Turin, tandis que le prix de champion international est raflé par Chi Pahlewi's Exotic Gismo, un sublime shorthair silver shaded à monsieur Banki de Genève – et les greffiers français alors ?) libèrent (les avatars de la Bégum) trente femmes d'ambassadeurs et de ministres – peut-on concevoir spectacle, manières, propos plus gracieux ? – prenant leur morning tea dans le Taman Burung, le jardin aux oiseaux de Ragunan, à Djakarta. Oh, ce tableau est un enchantement, s'il pouvait durer un peu... Qu'on se figure les frondaisons tropicales émaillées de fleurs éclatantes suavement balancées par la brise encore fraîche, ou tiède à peine, du matin, qui fait voler aussi, espièglement, les cheveux de ces dames cependant que trente petites cuillers tintant sur la porcelaine la plus fine font à leurs spirituels propos un accompagnement cristallin, we wanted something different, to get close to nature, déclare la charmante amphitryone, Mrs Vibeke Bendix, femme de l'ambassadeur de Suède. Get close to nature, quelle bonne idée ! Toutes sont très excitées à l'idée de voir les deux bébés lions si mignons, les perroquets si coquets, les serpents si tentants, les dégoûtants orangs-outangs. Oh pourquoi dégoûtants, demande la femme de l'ambassadeur d'Allemagne, ils ressemblent tant à des hommes dit-on. Justement, répond la femme de l'ambassadeur d'Italie, qui est réputée pour son franc parler : et plus d'une de laisser paraître une délicate érubescence. No I'm not afraid, minaude Yukie Whittleton, de l'ambassadeur du Canada, à qui on vient de passer un boa autour du cou, et elle l'est bien un peu, mais elle veut avoir l'air brave. Et maintenant il est temps d'embarquer dans des calèches attelées à de dodelinants éléphants de Sumatra, ce que c'est émouvant ces bêtes-là, et si intelligent dit-on. On le dit. Vieux sacs de voyage fripés, talés, pleins de mémoire. Gros yeux rouges de teckels Vuitton. And **the ladies have fun riding the huge animals** ! Oh oh, ça se corse ! Ces dames prennent leur pied en chevauchant les puissants quadrupèdes ! Les énormes bêtes à trompe ! Et Simchung aussi, tout là-haut, vigie sur le mât du sailorman... observant le cercle parfait de la mer...rotondité lumineuse... When you're on it you feel a little sea-sick, dit joliment Mrs Claire Wolfowicz, de l'ambassadeur des États-Unis. On a un peu le mal de mer, Sissick. Lord David, cependant, fils du huitième Earl of Warwick, a accouché, par multiplication des pixels, du Dr Rouleyn Fanton-May, un très chic type, ça se voit tout de suite, un gros bébé aux cheveux bruns bien peignés dégageant autour des oreilles une demi-aréole rose et lustrée par l'usage opiniâtre de crèmes assouplissantes, raie à gauche, moustache, menton épais, le look gendarme ou politicien argentin, qui fête, au sommet d'une tour de Hong Kong, sa nomination toute fraîche au poste envié de senior vice-president de Coca-Cola Central Pacific Limited (laissant son regard las errer à travers une baie, un jeune commercial anglais qui se prend pour un poète et que ses collègues, pour cette raison, soupçonnent d'être pédéraste, remarque à haute voix que la ville nocturne, millions de bulles brillantes éclatant dans un fluide obscur, semble un gigantesque verre de Coke), et de S. E. l'écuyer Baudouin de la Kethulle de Ryhove, ambassadeur du royaume de Belgique, qui a l'infortune de présenter ses lettres de créance au colonel Maaouya Ould Sid Ahmed Taya, président du Comité militaire de salut national, chef de l'État mauritanien, au moment où une panne d'électricité vient d'interrompre l'action rafraîchissante des climatiseurs. Et ces deux-là à leur tour, par scissiparité photonique, ont engendré une foule croissante de zombies : Dündar Kiliç (tiens, il a le même nom que Selva, ma petite gouape aérienne) et Idris le Kurde, bandits turcs à moustache et menton mal rasé, comme il se doit, mais stricts du nœud papillon, en revanche, qui se noircissent lentement à la bière en compagnie de Nihat Akgün lors de la soirée de soutien au club sportif Sanliurfaspor organisée, au casino de Cakil, par la sympathique association "les compatriotes d'Urfah". Dündar et Idris ont engagé une partie de bras de fer sur la table couverte de cendriers pleins et de bouteilles vides (**Jeune homme turc ! protège-toi du tabac, de l'alcool et du poison blanc ! cultive la force de ton poignet ! participe à des compétitions de bras de fer !**). Nabi Inciler dit Nabi le Mince, qui récupère de mauvaises blessures à l'hôpital, n'a pu à son grand regret, non plus que son rival Mehmet Yasak, lequel se trouve présentement en taule, assister à cette brillante soirée, mais tous deux, parfaits gentlemen, ont fait envoyer des fleurs qu'on répartit entre le chanteur Ibrahim Tatlises et la danseuse du ventre (ne gigote donc pas comme ça, Paulina, tu vas finir par me dégonder ma quéthulle, ahane le commandant), et la danseuse du ventre qui va coucher avec Kiliç après que ce dernier, dans un geste magnifique, aura offert au club Sanliurfaspor la Renault 9 dernier modèle qu'il vient d'emporter aux enchères, pour cinquante millions de livres (un prix moindre, tout de même, que celui de la Mercedes d'Arora), devant Idris le Kurde et Nihat Akgün, ne gardant que le porte-clefs en or dont il va d'ailleurs faire présent à la danseuse du ventre pour qu'elle s'en fasse une boucle d'oreille. Voilà un prince ou je ne m'y connais pas, Paulina. Je ne te raconte ces histoires, Paulina, que parce qu'elles te sortent un peu de tes habitudes, de ton monde machinique et salarial, enfin il me semble. Mais dans les facettes de l'œil tourbillonnant du ciel on voit le beau et le pauvre monde, le grand et le demi, le tiers, le quart monde, tous les mondes du monde, le carnet mondain et l'institut médico-légal. On voit sept personnes dont les os percent la peau souillée de merde mourir de diarrhée parce qu'elles ont bu de l'eau des fossés, en divers lieux des upazilas de Pirojpur Sadar, Bhandaria et Mathbaria au Bangladesh. Dans l'hôpital de Maulvibazar dont l'unique pompe est tombée en panne on voit, couchés à même le sol, d'autres diarrhéiques hagards, agonisants, qu'on ne peut, faute d'eau, ni laver ni hydrater. Ils sont couverts de mouches qu'attire leur odeur pestilentielle, ils ont les yeux fermés. On voit les latrines de l'hôpital, cloaque infâme qu'on ne peut plus nettoyer. On voit, autour de l'hôpital, entre des chemins de terre rouge, les canaux emplis d'eau croupie et d'ordures, les mares couvertes de jacinthes d'eau où les petits enfants jouent au milieu de nuages de moustiques. On voit, rua Moreira Neto à São Paulo, le corps qui n'est plus qu'un tas informe, un sac de tissu sanglant plein d'esquilles et de chair crevée, de Wilson Gomes da Silva, tué par des inconnus à coups de briques, de bâtons et de couteaux. On découvre, dans un placard à balais de l'unité G du pavillon E du pénitencier de Donnacona, près de Québec, le corps de Claude Péloquin, vingt-cinq ans, condamné pour vol qualifié : il a été étranglé avec une cordelette puis, pour parfaire le travail, on lui a enfoncé un éclat acéré de manche à balai à travers la gorge (ou bien alors ces opérations dans l'ordre inverse : ce qui est certain c'est qu'on l'a égorgé et étranglé). Son sang a empli un seau sur lequel il s'est écroulé et dans lequel nage une serpillière écarlate et un bidon de détergent. Est-il bien nécessaire de continuer ? Voici qu'en une succession de flashes de plus en plus éblouissants, et dont le rythme va s'accélérant, les gentlemen bandits du casino de Cakil se désintègrent en un nuage de clones, les dames mexicaines de la Société des épouses de médecins de Ciudad Madero réunies au Lions Club pour préparer le prochain thé-canasta de bienfaisance, la famille royale de Jordanie vaquant à ses occupations (Her Royal Highness la princesse Basma ouvrant, au Nuzha Community Center, le bazar de charité annuel du Fonds pour l'Enfance, la reine Nour prononçant une allocution liminaire sur les effets psychologiques du cancer lors d'un symposium consacré à cette maladie à l'université d'Amman, la reine mère Zein al Sharaf recevant l'hommage d'une délégation de chérubins à l'occasion de la fête des mères, le prince héritier Hassan patronnant, à Yarmouk University, un séminaire sur le devoir islamique de charité, Sa Majesté le roi Hussein déposant une gerbe au monument aux martyrs de Shouneh pour commémorer, en présence du mufti des armées, le sacrifice glorieux des combattants de Karameh, et le compte y est), une foule de personnalités nancéiennes autour du préfet et de la préfète, M. et Mme Carli, nommément les parlementaires Boileau, Léonard, Gaillard et Dinet, ceints de leur écharpe, le président du Conseil général, le trésorier-payeur général, M. Roman, directeur de la Banque de France, le crâne colonel Pegliasco, commandant le détachement de gendarmerie, avec toutes ses fourragères tressautant sur son seyant uniforme, M. Liesenfelt, l'inquiétant directeur des Renseignements généraux, tous réunis pour saluer le sous-préfet Lambert, dit Colbert, qui vient d'être muté – et la peine de chacun à le voir partir pour la lointaine Vienne (le département) est un peu adoucie par les roboratives paroles que prononce M. Carli avant d'épingler sur la poitrine de son collaborateur la croix de chevalier du Mérite agricole : "Vous allez à Montmorillon, vous réussirez là comme ailleurs" –, et, oh, l'apothéose, l'acmé, le bouquet de ce feu d'artifices s'engendrant l'un l'autre, d'images pétant l'une en autres crépitantes fusées fusant autoallumées plus haut toujours en plus hyperbolique gerbe incontrôlée, plus ascendante spire de météores, c'est la vision des innombrables invités qu'Olivier et Héloïse Poivre d'Arvor ont réunis chez eux, à Alexandrie (grand pressoir de l'amour), Omar, Nasri, Boutros, Charbel, Moustafa, Nadine, Monique, Marysa, George, ah, encore, Élisabeth, Christiane, Mounir, Jean-Pierre, le champion de la danse orientale, encore, Walid, Sami, Guy, ah, tourbillonnante, trépidante, vertigineuse soirée, encore, je t'en prie, où Orient et Occident se donnent gaîment la main sous le signe de la danse et de la musique, il y a Ahmed Abdel-Hak qui égrène ses chansons, coiffé d'un tarbouche, et Ibrahim el-Helou qui l'accompagne à l'oud, et toutes les invitées rayonnantes de beauté autour de la douce maîtresse de maison dont la robe pendant qu'elle danse tourbillonne autour de ses jambes rayonnantes de beauté comme le rayon du phare d'Alexandrie, Alexandra, ah, et Olivier, boute-en-train, qui y va gaîment, en tarbouche, marquant ses pas au rythme du tambourin, soirée folle, soirée inoubliable, sous le signe de la danse et de la musique, des boissons de choix, des conversations aussi intéressantes qu'agréables, autour de l'Orient pas du tout quel-devint-mon-ennui et de l'Occident, tout le contraire, charmants amphitryons, invités distingués, follement réussi. Monde est un bal masqué. Inoubliable. Old Tiresias. Irina aux anges. Adore l'Égypte. Alexandrie surtout. Alexandra. Le Phare. Le Cecil Hotel. Surtout.

Mais que ? Que se passe-t-il ?

Alors que rien ne semble plus devoir arrêter sa puissance d'expansion, l'explosion hésite, vacille comme un jet d'eau rattrapé par la pesanteur, puis s'inverse en implosion, la turgescence lumineuse se rétracte et se ratatine en pâlissant, les charges d'images mirvées, parcourant à rebours le réseau d'éclatements successifs qui les a fait diverger pour arroser l'espace, rentrent l'une dans l'autre comme un éventail de cartes qu'on referme, s'agrippent en grappes, se greffent, remontent le courant de leur dispersion et précipitent une trajectoire palindromique vers le globe de pénombre laiteuse et indifférenciée dont elles sont issues. Désarmement général. Effondrement stellaire. La robe d'Héloïse cesse de voler, retombe mollement sur ses jambes dont le rayonnement s'éteint, elle-même se brouille et se confond avec la femme du président du Conseil général, tandis que le rouge du tarbouche de son époux se résorbe dans la fourragère rouge du colonel Pegliasco, et l'ensemble dans le sang vermeil du prisonnier égorgé, la bouteille de champagne que le sémillant gendarme s'apprête à sabrer se retrouve sur une table du casino de Cakil où Dündar Kiliç malaxe la main de la danseuse du ventre, le sabre du pandore, ne rencontrant que le vide, lui échappe, fend l'espace des représentations en débâcle et regagne en sifflant le fourreau qui bat la jambe de Sa Majesté le roi de Jordanie lequel, à la surprise interloquée du mufti des armées, au moment de déposer sa gerbe aux martyrs de Karameh, se ravise et la fait porter à Nabi le Mince sur son lit d'hôpital pour qu'il la transmette à la danseuse du ventre qui transmettra. La fête est terminée. La femme de l'ambassadeur des États-Unis en Indonésie se retrouve sur le dos du chat Casanova von Amorsbrunn, le prince héritier Hassan dispute une régate de Solings sous les yeux du fils du huitième Earl of Warwick, il a le mal de mer et concède la victoire, dans le dernier bord de largue, à un bateau barré par un éléphant de Sumatra au superbe bronzage. On remballe. On voit passer en courant, rassemblant leurs défroques, le senior vice-président de Coca Cola Central Pacific et l'inquiétant directeur des Renseignements généraux de Nancy. Par ici la sortie. L'écuyer Baudouin de la Kéthulle de Ryhove fait du stop sur une piste torréfiée du Sahara mauritanien, en plein dust bowl, coiffé d'une casquette jaune de joueur de base-ball à la visière retournée sur la nuque. Chance, la Rolls Royce du vice-roi s'arrête, le chauffeur de Sir Donald, un porte-clefs en or à l'oreille droite, ouvre la portière gauche. On ferme ! "Faites vite, ne laissez pas entrer de sable", lui dit le gouverneur, qui prend son morning tea, un boa autour du cou. Il a peur pour son costume d'alpaga spécialement épousseté au pinceau en vue de l'audience royale de Laaken, à laquelle il se rend. Circulez, y a plus rien à voir. Une feuille de papier descend en virevoltant des cintres, sur laquelle il est écrit en rouge, et souligné, EL AMOR, un tambourin tombe en tambourinant sur la scène déserte où les lumières se rallument et là, tabernacle ! dans un coin, se rhabillant, le roi des Belges et l'ambassadrice du Cameroun ! Oh, non, faites excuse, Majesté, Excellence ! C'est l'uniforme qui trompe, et la robe bleue... Une regrettable erreur. Ne se reproduira plus. Et là, se rhabillant, le commandant du *San Antonio* et Simchung. Je répète : et là, se rhabillant, l'officier et la putain. Annule le message précédent. Bien reçu ?

Folle soirée !

Ainsi l'a voulu le Père tout-puissant qui créa le feu et l'air, le vent et la neige que tu vois déposés au milieu de tous ces orbes, avec pour centre la mer et la terre.

16

Terrible bataille de deux bandes de Raras

Au milieu de tous ces orbes, au centre de la mer et de la terre, il y a la ville de Jean-Rabel, en Haïti. C'est du moins ce qu'on peut inférer d'un article du journal *L'Union* qu'une vieille fille, en cet instant où à Pusan les amants se rhabillent après des choses dont elle n'a pas idée, lit sous sa véranda déglinguée qui sert aussi de poulailler (mais toutes les poules ont été mangées, par qui, elle ne sait pas, enfin elles ont disparu), ruelle Canne-à-sucre aux Gonaïves. "Le Grand Architecte de l'Univers, écrit en effet M. Wisler Marcellus, a béni la demande de l'évêque de Port-de-Paix, le miracle fut fait à Jean-Rabel (...). Jean-Rabel offre quant à présent la possibilité d'une sincère coopération pour la sauvegarde de sa **position géographique comme zone miraculeuse du XXe siècle**, et la dignité de ses paysans comme un nouveau peuple racheté." Etc. (la suite découlant logiquement). Ce ne sont d'ailleurs pas des questions fumeuses d'eschato-cosmographie qui tourmentent l'esprit inquiet de Toussinette Agony, mais bien, comme la señora de Quiroga, **le mystère de l'Amour**. Ah, l'Amour ! Elle est presque une vieille dame maintenant, qui porte de longs gants de filoselle jusqu'au coude et s'aide, pour lire, d'un face-à-main acheté il y a bien longtemps chez un brocanteur de la rue Babiole à Port-au-Prince : or, depuis que son promis est mort d'une mauvaise fièvre, elle était toute jeunette encore – c'était du temps du président Estimé –, elle a consacré sa vie à essayer de comprendre ce que c'était, l'Amour. Entretemps, ses idées à ce sujet ont changé, sans doute, mais elles n'ont pas gagné en netteté, bien au contraire. Si elle parcourt, en ce moment, l'article de Wisler Marcellus, c'est à cause de son titre : "A Jean-Rabel, le signe d'Amour paraît." Pourtant, l'ensemble du texte lui demeure assez confus, et bien vite elle revient à ce qui, depuis une semaine, l'occupe tout entière, ne lui laissant pas le moindre répit : les exercices spirituels proposés, dans la même feuille, par le Dr Louis Eddy Jeanty : "**Hygiène mentale : la culture de l'amour**." Ah, si ce soir sa longue quête allait être récompensée, enfin... Allons ! Concentrons-nous ! "1. Assis confortablement sur une chaise, vous surveillez avec intérêt le rythme de la respiration et la façon dont vous procédez pour absorber l'énergie lumineuse de l'environnement. Un manteau de silence s'abat sur vous. C'est un signe très positif." Toussinette surveille sa respiration qui d'ailleurs ne requiert pas une vigilance excessive, sa poitrine flétrie s'élève et s'abaisse trente-huit fois par minute, sous le large col rabattu jauni par le temps et le tabac (car elle pétune assidûment – mais pas pendant l'exercice quotidien –, têtant une longue pipe à petit fourneau rond que lui a donnée, c'était il y a, oh, longtemps – mais longtemps aussi, il faut le préciser, après la mort de son fiancé – un marin hollandais venu de Curaçao, qui faillit bien lui prendre sa vertu, mais en fin de compte non, et cela fait longtemps encore – mais un peu moins, forcément – que les regrets qu'elle ne se souvient plus d'en avoir éprouvé se sont mués en fierté). Dix-neuf inspirations, dix-neuf expirations, ni plus, ni moins. Ce qui, dans le texte du Dr Jeanty, lui paraît un peu mystérieux, c'est ça : "la façon dont vous procédez pour absorber l'énergie lumineuse". Comment surveiller cela ? Elle n'en a pas la moindre idée, mais comme cela la vexe d'être prise en défaut dès le premier point de l'exercice – comme un joueur débutant, songe-t-elle (car, à ses heures, elle tape opiniâtrement le carton), qui n'arriverait pas à comprendre ce que c'est qu'une annonce –, elle fait semblant : elle a allumé, en plein après-midi, une lampe à kérosène sur laquelle de gros insectes filandreux viennent s'abattre, mais qu'y faire, dégageant une odeur écœurante d'oignons frits, et elle fixe, yeux écarquillés, cillant le moins possible, le manchon ardent, à la fin ça la fait pleurer, elle ne voit plus rien à travers ses larmes, que ce feu qui dévore tout "l'environnement" : soit un frigo à pétrole, une machine à coudre du même modèle que celle dont se sert, dans la lointaine Praia, Nha Ilda Fernandes, un vieux tourne-disques Hali Crafter, quelques livres (vaudou, ésotérisme, vies de saints, romans de Delly, *Les Contemplations* de M. Victor Hugo et les *Exercices spirituels* de saint Ignace) achetés pour la plupart chez le même brocanteur de Port-au-Prince, un grand ventilateur rotatif qui ne marche plus et lui sert à accrocher des chapeaux, un portrait d'un lointain aïeul qui prit part au soulèvement de Toussaint Louverture de qui lui vient son curieux prénom, quelques margouillats dans l'œil d'obsidienne desquels doit se refléter, à côté d'un halo lumineux qui les fascine, cette vieille toquée grisâtre et immobile en qui ils reconnaissent peut-être, à leur inexpressive façon, une des leurs. Au moment où un manteau de silence, lui semble-t-il, s'abat sur elle, des hurlements effroyables éclatent dans la rue : ce sont deux bandes de Raras qui en viennent aux mains, la Fleur Auguste, de Jubilé Blanc, et la Fleur Debien, de Raboteau, les uns et les autres déjà bien déchouqués à petits coups répétés de tafia et de vaccines. Comment dans un tel pays, soupire la vieille fille, faire place en soi à l'Amour ? Le combat, heureusement, est violent mais bref, la Fleur Auguste, plus arrosée que la Fleur Debien, ne tarde pas à s'enfuir en traînant ses blessés, et Toussinette, repartant à zéro, peut bientôt aborder le deuxième degré de l'exercice, déjà nettement plus compliqué : "2. Vous prenez conscience séparément de chaque cellule de votre corps, c'est-à-dire dans une vision intérieure vous visualisez chaque cellule ou chaque unité biologique de votre corps." A quoi peut bien ressembler chaque cellule de son corps ? à un grain de sable ? de café ? à une tête d'épingle ? d'allumette, point de feu contenu, susceptible de s'enflammer ? Ça serait une idée, ça. Dieu serait le grattoir. Mais ça ne marche pas. Elle n'arrive pas à visualiser. A une bulle ? La bulle ne lui déplaît pas, à cause de sa légèreté, de sa **translucidité** : mais non, elle n'arrive pas non plus à suivre cette voie, dès lors qu'elle essaie de se représenter comme une immense grappe de bulles, elle se disperse inéluctablement. Que l'Amour est donc chose compliquée à entendre... Elle a bien vu, dans des revues, des photographies d'espèces de petits cerfs-volants irréguliers, grossièrement construits, qui étaient supposés être des cellules, des éléments premiers du corps : mais ça, elle n'arrive pas à y croire, que Dieu nous ait assemblés à partir de trucs si mal foutus. Elle essaie de se souvenir de grands ensembles qu'elle a vus : les étoiles à la Marmclade, au-dessus de leurs têtes, à elle et à Roosevelt (son fiancé), quand les nuits étaient belles, autrefois, dans l'Artibonite... Maintenant, elle ne les voit plus. Le sable humide des plages de Jérémie, dans lequel elle s'amusait, avec Wilhelm, à marquer leurs pas, qui s'emplissaient doucement d'eau salée, cela voulait dire des larmes, qu'il repartirait sur la mer... Mais non, qu'est-ce qu'elle radote ? C'est elle qui l'a chassé, quand il lui a manqué de respect. Des poissons captifs d'un filet, à Petit-Goave, une fois, scintillants comme un immense miroir brisé... Sept ans de malheur... il y en eut plus, au bout du compte. Mais non, elle est heureuse, elle a toujours été heureuse, qu'est-ce qu'elle va inventer là ? Ou bien encore les éclats innombrables du soleil sur la mer ? Elle a déjà essayé tout ça, tenté de se représenter comme le ciel nocturne, la mer, la plage... En vain. Quelque chose de trop modeste en elle, peut-être, pour se voir dans d'aussi grandes choses. Soudain, une idée la fait tressaillir, une idée qui ne lui était pas venue jusqu'à présent, saugrenue : **les lettres** ? Rien que dans les dix ou quinze livres qu'elle a, combien de lettres ? Des millions, sûrement. Rien que dans ce numéro de *L'Union*... Si chaque cellule de son corps – non, c'est trop extravagant – était comme une microscopique lettre... Un bacille d'alphabet... Quand même, cela expliquerait que les corps soient à la fois si semblables et si irréductiblement différents... Comme les livres, les articles, tous faits des mêmes lettres, et pourtant ne se ressemblant pas... L'article de Wisler Marcellus, par exemple : il parle de l'Amour, lui aussi, et très bien, avec éloquence, mais il n'a rien à voir avec celui du Dr Jeanty : "Réveillez-vous ! Pour le soleil qui a peur de la bataille, les étoiles du champ de la nuit devant lui brillent. Soudain le feu d'Amour paraît. Quelle réalité ! Jean-Rabel avec sa beauté flamboyante de jadis, devant le fantôme des faux matins se réveille et se renaît tendrement, doucement, lentement et sans bruit." Cela est bien dit, cela coule comme un jus de fruit poétique dans le gosier de l'esprit, c'est à la fois la même chose et autre chose que les enseignements du Dr Jeanty, comme elle et sa sœur Antoinette, par exemple, sont à la fois les mêmes, par certains côtés, et si opposées pourtant. Ainsi, c'est de lettres qu'elle serait tissée ! Supposons... Grouillante de lettres, tatouée intérieurement, pour ainsi dire, comme les avant-bras et le torse de ce pauvre Wilhelm... (Et autre chose avait-il dit, ce malappris ! Elle en rougit encore. Elle a bien fait de le chasser, vraiment !). Et le Verbe se serait fait chair ! Un formidable entrelacs de mots croisés ! Voyelles, consonnes, même des x et des z, ainsi ses douleurs, peut-être, ce serait à cause de ces petits crochets et croix minuscules agrippés au-dedans d'elle ? D'un autre côté, s'il n'y avait que des o... On se déferait... Cette idée la fait rire innocemment. Bon, supposons. Ça a l'air de marcher. Maintenant elle peut passer, pour la première fois, au troisième degré de l'enseignement : "3. Mentalement, vous véhiculez l'expression 'Je suis Amour' dans une substance fluide, subtile, de lumière blanche qui pénètre et illumine presque instantanément chacune des cellules." Oh, comme elle est enthousiaste, maintenant ! Allons. Je suis Amour. Je suis Amour. Oui. Seigneur, Grand Rhéostat, est-ce possible ? De célestes néons s'allument en tremblotant dans ses viscères, des flots opalescents, de douces voies lactées l'inondent, des sidérations calmes émanent des millions de petits signes de ses circuits imprimés, ou bien alors ce serait dans sa nuit comme des flocons de cette neige dont lui parlait Wilhelm, qui en hiver paraît-il, là-bas, chez lui, fait rayonner l'obscur ? Seigneur, que c'est bon d'avoir vécu jusque-là, pour ça... "Vous continuez d'émettre avec force et décision des vibrations de lumière blanche : Je suis Amour, je suis Amour, je suis Amour... jusqu'à ce que votre corps soit embrasé de la flamme ineffable d'Amour infini..." Dans le crépuscule ionisé, les Macoutes affûtent leurs sabres d'abattis, Séraphin Lucie, de la Fleur Debien, ferme des yeux au beurre noir sur une gueule de bois, la pluie brise soudain ses lances pâles sur les auvents de tôle d'Anse à Galets, de Gonaïves, de Saint-Michel-de-l'Attalaye : Toussinette Agony, cependant, devenue "le mental parfaitement équilibré qui veille sur la cité-univers", émet sans discontinuer, tout son corps déprimé est désormais une antenne, une parabole passionnelle. Et ce bombardement d'ondes venues de l'Artibonite produit dans le monde une cascade de perturbations amoureuses.

Et d'abord, c'est un faisceau émis ruelle Canne-à-sucre, sûrement, qui, sur l'écran intérieur de mon contrôle radar personnel (à côté duquel les installations souterraines du NORAD semblent un dispositif aussi approximatif que la hune de branchages dressée à la fourche d'un arbre par des chasseurs pour suivre les évolutions d'un vol de palombes), illumine, parmi les centaines d'avions que mon œil distrait voit, au même instant, charruer des sillons de cristaux dans la haute atmosphère, un petit jet blanc frappé des lettres ER surmontées d'une couronne, qui a sorti volets et trains, allumé ses phares et plonge en plein potage nébuleux vers la piste de Saint-Jean de Terre-Neuve. Oui, bien sûr, tous les avions du monde je les ai à l'œil, et pas comme un nuage de lucioles sur un cercle réticulé, non, je ne les lis pas en braille, moi, c'est tels qu'ils sont que je les vois, avec leurs grandes tôles pointillées frémissant à travers les nuages, leur crinière d'eau fouettée, leur dos blanc brillant sous la lune, leur ventre argenté de poisson naviguant au-dessus des villes qui ressemblent à des paquets de braises, des tas de verre pilé, leurs feux qui tournoient dans la nuit, les milliers de petits chiffres et aiguilles phosphorescents titillant la pénombre, les premières flèches du soleil qui frappent leur gros pif surmonté des yeux bridés du cockpit, tous leurs tutus de turbines, leurs flips et leurs flaps, leurs rivets, leurs longerons, leurs volets-rémiges qui se déploient à l'approche du sol pour ratisser, chaluter les banlieues assourdies, leurs vérins, tuyères par lesquelles tremble l'air chaud, leurs roues qui en touchant le béton lâchent un gros pet de fumée. Et je vois aussi tous ces corps ankylosés, ces visages fripés, ce ramassis de torticolis et de ballonnements intestinaux, de barbes mal rasées, pieds gonflés, gorges sèches, qui constitue la population cosmopolite d'un sixième continent, d'une polynésie aérienne avec ses amours (le type qui, au-dessus de l'Atlantique sud, entre Buenos Aires et Paris, fait porter par l'hôtesse un flacon de Chanel n° 5 à une belle Argentine endormie qui ressemble à l'idée qu'il se fait de Cléopâtre), ses naissances, ses morts qu'on recouvre sur leur siège d'une couverture, pour faire croire aux vivants qu'ils dorment, ses boutiques où on vend toujours la même chose, ses guerres et même ses hold-up : je vois un type qui semble faire de la spéléologie en plein ciel, oui, dans l'obscurité de la soute du vol 989 d'Eastern Airlines qui a décollé il y a un peu plus d'une demi-heure de Newark pour Atlanta, et laisse en ce moment sur sa gauche Baltimore et Washington, il rampe, la tête protégée par un casque à lampe, jusqu'à un container postal, sort tranquillement ses plumes d'un sac de sport et se met à travailler. Il surveille le cadran de sa montre, il sait qu'il lui reste trois quarts d'heure pour rafler les sept cent mille dollars en travellers entassés dans la caisse de tôle, puis s'y glisser lui-même et refermer bien proprement l'ouverture. Prévoyant, il a emmené des tablettes de chewing-gum pour se débloquer les oreilles pendant la descente, et un petit flacon-échantillon de whisky pour arroser peinard son succès, dont il ne doute pas. Mais je vois aussi le vol 801 cargo de Transbrasil en provenance de Manaus se présenter beaucoup trop vite et trop bas dans l'alignement de la piste 9R de l'aéroport de Garulhos à São Paulo, il semble qu'il ait un problème sérieux, le commandant mange fébrilement ses moustaches, putain, il voit, et moi avec lui, se précipiter sur nous, enfler dans le hurlement des réacteurs et le tremblement de toute la carlingue, effacer irrésistiblement le ciel qui dérape en basculant, le soleil couchant qui gicle en haut à gauche et disparaît, une vague de ciment, de bois et de tôle qui est la favela Jardim de Ipanema, il tire à fond le manche et les gaz, mais trop tard pour empêcher la vague de déferler, dans un formidable fracas l'aile droite, marquée PT-TCS, fauche le toit du n° 3000 de l'avenida Otávio Braga de Mesquita sous lequel dort dans son berceau la petite Aline Caetano Elias da Silva. Sa mère, Vera Lucia, est au rez-de-chaussée : elle se précipite dans l'escalier et trouve sa fille pleurant sous le ciel hérissé de fers à béton et d'échardes de duralumin brûlant, avec juste quelques égratignures aux jambes : c'est un des miracles de la journée, avec la chute moelleuse du jeune Firdaus dans un vide-ordures de Penang, mais j'ai déjà raconté cette histoire, n'y revenons pas. Faut-il y voir un effet des ondes compassionnelles émises à jet continu depuis la ruelle Canne-à-sucre, et dont une digression aéronautique qui se termine fâcheusement nous a, un moment, éloignés (mais nous allons y revenir) ? Peut-être. Le réacteur qui a arraché le toit sous lequel dormait l'enfant ricoche en tournoyant comme un ballon de rugby, lance des gerbes de flammes et finit par s'incruster dans le mur du bistro où Keiko Terada, effrayé par le grondement et le tremblement du sol et de l'air, fixe en priant le chromo de la Vierge ouvrant ses bras au milieu des bouteilles : il porte ses mains à sa tête en hurlant "Nossa Senhora aparecida !" Un autre chalumeau tombe rua Sandovalina à un mètre de la baraque où Dona Leonor Nascimento Farias prépare le dîner, aidée de ses filles, pendant que dorment ses petits-enfants Lilaine et Clayton, et en une seconde une palissade de feu entoure la maison. Le combi du senhor Pedro, le vendeur de poissons, explose avec toute sa fétide cargaison de tambaquis, de tucunarés, pirapitingas, capararis, piramutabas, matrinchãs, et d'autres écailleux que je ne distingue plus, rôtis et même carbonisés qu'ils sont. L'étudiant Sergio Alonso da Silva regarde *Les Dents de la mer 2* à la télévision lorsqu'un poisson-scie en duralumin de trois mètres de long crève le mur devant lequel est installé le récepteur, manquant le décapiter. A cent mètres de là, Waldemar Alves Correira, ferblantier, qui boit une bière dans un bistro de l'avenida Otávio Braga de Mesquita, voit un train d'atterrissage, tel un tampon encreur géant, écraser le toit de la maison de Sergio. Dona Terezinha Alves Rodrigues tend du linge dans sa cour, rua Regente Feijó, quand les murs des maisons voisines, auxquels son fil est accroché, s'écroulent, et il n'est pas sûr – ces quantités psychologiques infimes échappant à la pesée de notre entendement, même du mien – qu'elle ne soit pas, pendant le balbutiement d'une seconde, fâchée à la pensée que sa lessive va être à refaire. Puis elle voit passer une silhouette de flammes, impossible de dire s'il s'agit d'un homme ou d'une femme, un éclat de brique s'enfonce dans sa jambe, et elle tombe. Le mécanicien Nelson Ademir Ramos se prépare à casser la croûte, il ouvre sa gamelle et, en même temps que le fumet de la feijoada s'en échappe, l'usine de machines à tisser NCW lui dégringole sur la tête. Sur le toit de sa maison, au-delà de Jardim Scyntila, l'étudiant Walfrido Bernadino répare la citerne d'eau lorsqu'il voit venir vers lui un énorme sillage de blocs de béton, de planches, de ferrailles et de feu : il saute dans un buisson, sa maison retombe en pluie de gravats sur lui. La famille Pereira da Silva regarde le Journal de São Paulo sur TV Bandeirantes lorsque trois postes de télévision crèvent le plafond : les soutes du vol 801 en étaient remplies. Waldemar Alves Correira, qui n'a pas lâché sa boîte de bière, mais d'émotion l'a écrasée entre ses doigts, et le liquide poisseux a coulé sans qu'il s'en aperçoive tout le long de son poignet et de son avant-bras, voit maintenant s'élever à trente mètres de haut un grand soleil tonitruant, c'est l'explosion finale. La tête entre les mains, les yeux grands ouverts, bégayant les mêmes phrases, ela era a nossa raspinha de panela, c'était notre petit éclat de sucre, le boulanger Adonias Ferreira reste immobile au milieu du tumulte des sinistrés, des pompiers, policiers, ambulanciers qui arrivent toutes sirènes hurlantes, qui le bousculent, dans la rue en flammes où sa plus jeune fille, Raquel, est sortie jouer deux minutes avant la chute de l'avion dont le fuselage disloqué, sans ailes, fumant, semblable un peu à un train déraillé, s'est maintenant immobilisé en travers de la rue Regente Feijó, au bout d'un sillon de trois cents mètres d'habitations et de corps broyés. Le téléphone sonne chez le directeur de la Brinks, à São Paulo : le vol 801 transportait aussi du fret pour sa société, argent, bijoux, il ne s'agirait pas qu'en plus de tout ce désastre la précieuse cargaison tombe aux mains des gueux survivants. Il appelle la police, c'est occupé, toujours pareil, il fallait s'en douter, jamais disponibles quand on a besoin d'eux. Il saute dans sa voiture. Le petit jet blanc frappé aux initiales d'Elisabeth

Regina, cependant, a atterri sans encombre à Saint-Jean de Terre-Neuve. Et qui en descend, toujours fringant, bronzé, vêtu d'un manteau bleu marine et souriant chaleureusement malgré les couteaux effilés du vent ? HRH le prince Philip d'Edimbourg, bien sûr, venu spécialement des Bermudes pour remettre, à treize jeunes Newfoundlanders particulièrement méritants, les prix qui portent son nom. Il s'engouffre dans la longue limousine du lieutenant-gouverneur, il roule dans le brouillard vers Saint John, vers toi.

17

Dernières paroles d'un peintre en bâtiment

Et l'Amour, dans tout ça ? On y arrive. Sous la véranda, la vieille fille, vieille pomme fripée d'arrosoir d'où jaillissent des ondes de lumière blanche, ruelle Canne-à-sucre. Nous y sommes. C'est un de ces faisceaux lasers amoureux qui illumine l'avion du prince consort, qui guide vers lui, le prince (mon rabatteur en quelque sorte : qu'il me pardonne), le missile intelligent de mon stylo. Voilà : surmonté l'inévitable brouillage causé par une catastrophe aérienne d'ampleur moyenne survenue en direct, je l'ai acquis de nouveau, je ne le lâche plus, l'Altesse, sa Bentley s'arrête devant le perron de Government House, on lui ouvre la portière, il va descendre, toujours smiling warmly, non, que se passe-t-il, je mets au point sur l'objet de son regard, une de ses impeccables chaussures noires, un lacet dénoué, il le relace souriant toujours, descend, voilà. Dans le grand hall sont alignés les treize lauréats et parmi eux il y a toi, Sylvia. Ah, quelle réalité ! A Newfoundland, le signe d'Amour paraît ! Le prince, je le vois bien, n'est pas insensible, lui non plus, à ces yeux lumineux, d'eau verte et froide et pétillante, de grands yeux d'eau Perrier, des yeux embués pour allonger le whisky, voilà ce que tu as, Sylvia. Et sur l'un d'eux tombent des boucles brunes. Et tu montres aussi, dans le sourire dont en faisant ta révérence tu te fends, plus épanoui, plus triomphant peut-être que le protocole ne le voudrait, mais qu'importe, des dents éclatantes, taillées dans la glace la plus pure. Un col à rabats blancs, un grand nœud de satin, une robe longue de velours vert bouteille. Je dois t'avouer que j'ai connu, il n'y a guère, sur la Corne d'Or, une hôtesse de l'air qui avait presque le même prénom que toi, mais alors elle n'avait pas très bon genre, il faut bien le dire, on ne l'imaginait pas du tout recevant le Golden Duke of Edimburgh Award, en fait c'est plutôt d'un mandat de dépôt qu'elle risquait d'écoper. Tandis que toi, tu es l'exemple assez rare (malheureusement ! Je le déplore !) d'une beauté **absolument recommandable**, à donner en exemple à toutes les jeunes filles d'aujourd'hui. Rayonnante, saine, joyeuse, franche, tous ces mots un peu tocards de nos jours tu leur redonnes du lustre, ô jeune fille Sylvia ! Tu donnerais un baiser à un lépreux pour le rendre heureux, toi, cela se voit. Je ne suis pas surpris d'apprendre de la bouche du maire de Saint John, qui te présente au prince, que toute petite tu as été Brownie, puis Pathfinder, éclaireuse, puis Girl Guide, oh, je te vois bien avec ton chapeau sur tes belles boucles auburn, dans la neige, sous les étoiles perçantes, le buffet d'orgue des grands sapins, au milieu des loups, peut-être, qui se couchaient devant tes pas, leur férocité domptée par ta candeur ! Et maintenant, poursuit le maire, tu joues du piano pour la chorale de l'église (le prince consort sourit, approuve du chef), tu montes des spectacles de marionnettes (idem), tu veux être infirmière... Et voilà, le baiser au lépreux, je le disais bien. Tu fais du ski et des randonnées à raquettes, tu dois avoir des cuisses terribles, soit dit en passant, musculeuses et frémissantes tels les saumons qu'on pêche à Bonavista Bay, si je puis me permettre (je ne devrais pas : c'est vulgaire). Tu as le genre femme de pionnier, admirable Irlandaise du Far West capable de faire la cuisine dans les déserts, l'amour brûlant dans un chariot bâché (mais avec ton mari seulement, un type en peau de daim et bottes de buffle), cinq ou six enfants issus de tes larges hanches (mais la taille étroite, qu'il saisit pour danser dans une salle en planches, au son des crincrins), et avec tout ça de lire la Bible tous les soirs et de manier la Winchester quand il le faut. Ainsi, tu montes des spectacles de marionnettes pour les enfants de la paroisse ? Quelle belle, rafraîchissante idée. Vois comme ça tombe bien : je suis, figure-toi, le grand montreur de marionnettes. Répertoire international, et tous les genres, je te prie de croire. Pour enfants, pour adolescents, pour adultes, pour adultes sous toutes réserves, série X, carré blanc... Tout. Succès garanti. Veux-tu un crime bien effroyable, je le mets en scène aussitôt: "Près de Sugar Loaf Road, un jeune chien puppy déniche dans les broussailles un pied humain décomposé dans une chaussure de sport", ça te dirait? Ou bien, "A Waldbillig, l'apprenti-boucher Schuch affûte ses couteaux et allume pour la dernière fois son sinistre bûcher"? Non? Tu fais non de la tête, tes yeux d'eau minérale me lancent des rayons verts, tu cherches la présence rassurante, garante de la paix publique, de l'époux royal, mais c'est que je l'ai effacé, le prince, pff, tout Royal Highness qu'il soit, et le maire et tous les autres avec, d'un trait de plume je les ai biffés, je les ferai reparaître dans un moment, je te le promets, tu l'auras ton Golden Award, mais en attendant je t'en prie n'en parlons plus. Mets-toi plutôt au piano, et laisse-moi chercher un peu dans mon répertoire ce qui pourrait te plaire. Voyons... "**Agence beau-cœur, cinq douces, jeunes jolies filles, fines au bout. Faut voir!**" si on essayait ça? "Faut voir", c'est dit dans la réclame. La scène se passe à Québec. Non. Shocking. Je m'en doutais. Pourtant, le "fines au bout" m'intrigue. Tant pis. C'est entendu, ce sera un spectacle pour tous publics, sans aucune réserve. Attention, le rideau va se lever sur la scène du Grand Théâtre de marionnettes de l'Amour et des Beaux Sentiments. Approuvé par les plus hautes autorités morales. Golden Awards comme s'il en pleuvait. Avec Toussinette Agony comme éclairagiste. Commençons par une apparition de la Vierge. Je sais bien que pour vous autres, parpaillots, les apparitions – et de la Vierge, en plus! – sont des gris-gris de sous-développés négropapistes, mais pour moi, catholique panoptique, tout se montre, s'expose, tout s'apocalypse, ordures et trônes, saints et pécheurs, béatitudes et supplices, Dieu et sa famille aussi bien que les Dalton de la Moselle que je brûle de te présenter – mais non, j'ai promis –, et tout cela forme comme un immense ressort hélicoïdal dont les spires seraient elles-mêmes vrillées, de telle façon que si on l'étirait, le déroulait, il resterait encore hélicoïdal, une tresse infinie d'images torsadées en volutes vertigineusement serpigineuses, noires et dorées, allant de la terre au ciel et retour, suspendant l'une à l'autre, l'un à l'autre, se dilatant et se comprimant sans fin au milieu des fumées d'encens et des pestilences de décharges, des hymnes et des hurlements, et qui passe par le serial killer comme par le petit enfant à la recherche de sa mère que je vais tout à l'heure faire apparaître devant toi, par les boxons les plus répugnants comme par la virginité de la Très Sainte Vierge : telle est la farce délectable qui bourre nos crânes baroques, à nous qui avons réellement pris la mesure de cette affaire prodigieusement embrouillée et complexe de la Création, comprends-tu, ô tête de cristal ? Nous les Vivants du livre prophétique, "pleins d'yeux tout autour et en dedans". Et tout ce sur quoi se pose mon regard, ainsi qu'il m'est prescrit par la Voix, je l'écris dans un livre et le mande aux Sept Églises. La Vierge, donc. Premier tableau, à l'attention de l'Église de Saint-Jean de Terre-Neuve : "La fontaine miraculeuse". C'est un monsieur bien vêtu, en costume sombre, qui l'aperçoit le premier : elle est tout en haut d'un jeune ceiba, à la limite des terrains vagues et du barrio Camilo Torres, dans la ville de Sincelejo en Colombie. Derrière l'Institut de la culture féminine, exactement. Elle a son habituel vêtement bleu et blanc, son sourire accoutumé, aussi, doux et modeste, yeux baissés, petites fossettes aux coins de la bouche, et elle tient l'enfant Jésus dans ses bras. Pas de rayons, en revanche, pas de mandorle autour d'elle, non, très simple, et elle ne dit rien, elle se contente d'être là, à la cime de l'arbre. Et remarque bien ça : à la lisière des terrains vagues, c'est là qu'elle apparaît, là où je vois, en même temps que je la vois elle, cinq chiens jaunâtres aux oreilles alourdies de tiques, aux yeux blépharíteux (à eux cinq, d'ailleurs, ils n'en ont que sept, d'yeux), avec des tas de pendeloques violacées (que par égard pour toi je ne détaillerai pas plus avant) brinquebalant par en dessous, se livrer à toutes sortes de dégoûtants trifouillages, triflages, trichouillages, tri- et quadrupatouillages. Elle les voit sans gêne, elle sait bien, l'Immaculée, que cela aussi, ces obscénités couinantes, ces gigotements baveux, fait partie de la Création (de l'apparition, du mystère). L'homme prend son chapeau d'une main, l'enfant de l'autre, et part en courant vers les maisons, rameutant la population. Et les gens sortent et vont vers l'arbre où elle se tient toujours, et ils constatent aussi que de l'eau, maintenant, coule du tronc, pure et fraîche, alors que celle qui goutte d'habitude des quelques robinets publics, ou bien que livrent des camions citernes, est boueuse et tiède. Quand je dis "d'habitude" c'est façon de parler, car de toute façon, depuis une semaine, il n'y a plus d'eau du tout. Alors, mus à la fois, dans une proportion variable pour chacun d'entre eux, par la dévotion et par l'esprit pratique (quand ça n'est pas l'esprit de lucre, car à plus d'un il vient l'idée qu'une bouteille d'eau miraculeuse, à la porte de l'église, se vendra bien dans les mille pesos), ils courent à leurs cabanes, sans cesser de chanter des hymnes mariaux, y ramasser bassines, bidons, seaux, brocs, etc. Et l'homme en costume sombre, à genoux, emplit d'eau son chapeau et y boit à longs traits. Mais je t'avais promis, Sylvia, toi qui dois être aussi bonne fille que tu seras bonne mère, un cas touchant d'amour filial : le voici. Second tableau : "L'Amour déplace les montagnes". A la gare routière de Lima, Robinson Gadafi Mora, qui n'a que treize ans, débarque du bus de Trujillo. Il est fatigué par quatre jours de voyage, désorienté – Lima ne ressemble pas tellement à Bogota, où il vit avec son père, un marin à la retraite qui fréquente plus volontiers le bistro et le bordel que la sacristie –, mais en même temps un peu rassuré de constater que les gens, ici, ont à peu près la même couleur et parlent presque la même langue que chez lui. Robinson n'a jamais connu sa mère, pendant quelque temps il ne s'est même pas posé la question, ses vieux c'était ce Popeye en chaussures à bascule, point à la ligne, certains de ses copains avaient deux pères, d'autres, les plus nombreux, juste une mère, d'autres ni père ni mère, enfin il n'était pas le plus mal loti. Plus tard, quand il a compris des choses, qu'il a commencé à interroger le marinero, ça ne lui a rapporté que des ennuis, horions, insultes et menaces diverses. C'est évidemment le genre de réponse qui aiguise la curiosité. Et puis il y a un mois, une lettre est arrivée. Una carta ! Un événement ! Le borracho, d'abord assez fier d'être ainsi distingué aux yeux des voisins par le facteur, l'a dépliée lentement et lue et relue, assis devant sa porte, au vu de tous, puis quand il a été sûr que toute la rue était au courant, il l'a froissée et jetée dans un coin de la maison. Robinson n'a eu aucun mal à récupérer la feuille de cahier roulée en boule, que l'autre avait déjà oubliée, et à se la faire déchiffrer par la grande sœur d'Alberto, un copain. Una carta de tu madre. ¡La puta ! Une lettre de sa mère ! Elle ne disait pas grand-chose, mais ça suffisait : la santé est bonne, je vis à la Pascana, à Lima. Il y a du travail de temps en temps, il ne faut pas se plaindre. Embrasse el chiquito, que Nuestra Señora de la Guadalupe le protège ! Sandra. Elle s'appelle Sandra. Elle existe, elle a presque un visage, un corps, puisqu'il peut la nommer, Sandra, et qu'il sait qu'elle habite dans une banlieue de Lima, au Pérou. A Soweto, en Afrique du Sud, le cœur de Desmond Mavuso bat la chamade, il a envie, malgré son âge et la solennité du lieu, de gambader à travers l'église, d'enfoncer sa tête dans le bénitier et d'y souffler des bulles, et en même temps il est très intimidé : dans quelques instants, le révérend Stephen Moreo va l'unir devant Dieu à sa sweetheart de toujours, Miss Anna Loetle, de Mapetla. C'est l'épilogue d'une belle histoire d'amour, comme on dit, c'est aussi la récompense de la persévérance. Il l'a connue quand il était jeune homme et elle une gamine jouant dans la poussière, puis lorsqu'il conduisait un bus elle était écolière (et, certes, lui ne se comportait pas comme ce porc lubrique de chauffeur catalan qui... mais non, c'est vrai, j'ai promis, "pour tout public, sans réserve". On verra ça plus tard), et maintenant qu'il est à la retraite, la voilà assistante au Black Hair College (Permanente, nattage, coupe, relaxing, teinture, style, soins de la peau, make-up, manucure), un boulot distingué. Dès que le marin d'eau-de-vie est reparti en bordée, sachant d'expérience qu'on ne le verrait pas reparaître avant un jour ou deux, ce qui lui laissait un peu de temps pour mettre les voiles, Robinson a fauché cinquante mille pesos cachés dans le poste de radio, et a pris l'autocar pour Lima. Ibagué-Armenia-Cali-Popayán, trois mille kilomètres de Panaméricaine plein sud, plein pot à dos de cordillère, sous les châteaux de neige en feu les éboulis de glace bleue les mâchicoulis de nuages, la frontière avec l'Équateur sur le río San Juan, Ibarra-Quito-Ambato-Cuenca-Loja, montées dans des déchirements d'engrenages des jets de fumée des pulvérisations d'eau bouillante, les saints clignotants du pare-brise accrochés au ciel entre les ailes des condors, bascules embrumées des cols, plongées interminables où tremble toute la tôle du vieux Chevrolet pétant des soupapes claquant des rivets, filant un sillage d'huile et de caoutchouc et de signes de croix, filant vers les sombres vallées, virages-roulette russe, roues dans les cailloux à grands coups de klaxon et de Vierge Marie, frontière péruvienne à Macará, Sullana-Castillo-Chiclayo-Trujillo, Chimbote, la plaine enfin, actions de grâces, la poussière, les sables, les vagues scintillantes du Pacifique, les ponts de fer sur des fleuves côtiers, Lima. Sandra. Limasandra. Ce qui a le plus estomaqué Robinson, c'est l'océan, ainsi cela existait bien, même pour lui, le grand tapis de violettes et de tessons de bouteille sur lequel avait dansé son père quand il était jeune et fort, et dont il parlait de moins en moins, ce qui lui a causé le plus de frayeur, c'étaient les passages de frontières, tous ces militaires inspectant les papiers et lui n'en avait pas, évidemment. Il a eu de la chance, la première fois une vieille Indienne l'a laissé se cacher sous son siège, parmi les cartons et les ballots, et la seconde, à Macará, le chauffeur qui l'avait pris en sympathie a parlementé avec le chef, il a dit que c'était son neveu, a glissé un billet, l'autre n'a pas insisté, il tombait une pluie froide sur la capote des soldats. A Soweto, Sylvia, la cérémonie est terminée, le flash éclate, attention, troisième tableau : "La persévérance récompensée." La photo sort du Polaroïd, tout humide d'émotion, si je puis dire : lui, le marié, beaucoup plus âgé qu'elle, en costume sombre, chemise blanche et cravate, oreilles décollées, moustaches, nez très épaté, a l'air doux et un peu niais, heureux et mal à l'aise, un sourire figé sur les lèvres ; l'éclair fait briller les plats de son visage ; elle, la mariée, a la peau café au lait, de beaux yeux calmes, le front haut, de larges pommettes ; elle porte une robe blanche et une barrette dans ses cheveux permanentés, les ombres de leurs deux têtes se découpent sur le mur clair du studio. Robinson est fatigué et désorienté, mais rassuré de voir qu'ici, dans cette ville où l'on sent l'océan, on parle sa langue, ou presque. Il aborde une dame et lui demande où se trouve la Pascana, la dame ne sait pas, comment savoir où se trouvent des endroits pareils ? Tout le monde ne va pas se promener dans le cono norte de Lima, bien au-dessus du Rimac. C'est égal, maintenant que je suis arrivé ici, se dit Robinson, dans une ville si loin de Bogota, presque dans l'océan, avec des bateaux amarrés aux églises, je vais trouver Sandra. Et si elle est pauvre – il faut voir les choses en face –, je travaillerai pour rester à côté d'elle. N'est-ce pas émouvant, Sylvia ? Et l'histoire de Cingiz et Alexia, ne va-t-elle pas tirer une larme de tes beaux yeux pers ? Ils ont tous deux dix-neuf ans et ils s'aiment, mais lui est turc, elle grecque, et c'est s'exposer à beaucoup de déboires que de s'aimer dans ces conditions-là, à Chypre. Ils se sont connus quand Alexia est allée à Famagouste visiter ses parents, qui font partie des très rares cinglés grecs à être restés au nord, il faut croire qu'ils ont un grain dans la famille. Puis elle est retournée au sud, et Cingiz l'a suivie, traversant au risque de sa vie la Green Line, entre deux miradors, une nuit à Nicosie. Maintenant ils sont prêts à se marier à l'église orthodoxe, mais on a arrêté Cingiz et on va le mettre dans l'avion pour Athènes, et de là pour Istanbul. Alexia est à la police, elle supplie qu'au moins on la laisse accompagner Cingiz dans le fourgon jusqu'à l'aéroport, à Larnaca, mais les petits moustachus la regardent en rigolant grassement, crachent vers elle des pépins de pastèque, la traitent de mori poutana et de xeskizméni, de sale pute et de déchirée du cul, et lui font des propositions obscènes, Sylvia. On ouvre la cage où se trouve Cingiz, on le traîne menotté jusqu'à la camionnette, en faisant exprès de tirer sur les bracelets pour qu'il crie, si bien qu'Alexia crie aussi et s'élance vers lui, ce qui permet de lui tordre le bras dans le dos et de la peloter un peu au passage, cette salope, c'était le but de la manœuvre et il a été parfaitement atteint, l'adjudant Markopoulos a plus d'un tour sous la casquette, c'est pas une fille à Turcs qui lui en remontrera. Oh, mais voici un spectacle qui va te plaire, Sylvia, absolument ruisselant de bons sentiments. Bon sang, ça clapote ! Ça dégouline le long des manches ! Mais que ne ferais-je pas pour un sourire de toi, une marque d'approbation ? C'est une distribution des prix, comme tout à l'heure, avec le prince. Il est réconfortant de voir la vertu honorée, tout de même, de temps en temps. Cinquième tableau, donc, "Les Aigles du Bien". Ils sont six, John, Ken, Dave, Steve, Joe et David. Tous les six ont le cheveu bien rafraîchi, je te prie de croire, des vraies têtes d'ice-cream. Ce sont des scouts, des collègues à toi du temps que tu étais Pathfinder. Meilleurs qu'eux en Californie, on ne trouve pas. De la crème de gruyère, du beurre de cacahouète, ces têtes de lard. On leur confère le grade d'Eagle, dis donc, le plus haut dans le scoutisme. Pour ça, il a fallu qu'ils gagnent au moins vingt et un Merit badges, qu'ils exercent plusieurs fonctions de commandement et qu'ils développent un projet utile à la communauté. Cette saucisse de John, membre de l'équipe de water-polo, a construit deux tables de pique-nique (avec des bancs) dans la Happy Valley, en voilà une bonne idée ! Même les vallées ont des noms tarte, au pays des Aigles ! Je les vois d'ici, les tables sous les pins, avec des bouffeurs de burgers affalés dessus, une touffe de french fries dépassant des babines comme de l'herbe de la gueule d'une vache, et le siphon à Coke planté là-dedans ! Dans le fourrage ! La bagnole à côté, portières ouvertes, radio allumée... Happy valley to you ! Tu parles d'une bonne action ! Cet enflé de Ken, qui joue au soccer et au base-ball et caresse le violon à ses heures, a installé des cabinets au siège de la League of Women Voters et à celui du La Fayette Blind Center. Qu'est-ce que c'est que cette histoire ? Des tasses pour la Ligue des électrices et pour les aveugles ? Je dis bravo ! Les électrices peuvent désormais pisser, les aveugles lire en braille sur le trône ! Voilà un aigle qui n'a pas volé ses plumes ! David est membre de l'équipe de natation et de celle de basket d'Acalanes High School, il a repeint une salle dans l'école, il n'y a pas de quoi en faire un plat, à mon avis, mais enfin... A propos de peinture... mon œil, terminal de tous les yeux du monde, satellite à quoi tous les nerfs optiques des humains et des bêtes, branchés sur des milliards de capteurs à lentilles, facettes, diaphragmes, propulsés par ailes, pattes, nageoires, robots animés glissant sous les eaux, rampant ou marchant sur la terre, planant dans les airs, fouissant sous le sol à travers la blême forêt des racines, envoient continûment leurs signaux, leurs impulsions, mon œil dont le centre est nulle part et la périphérie partout, ou bien alors, peut-être comprendras-tu, visualiseras-tu mieux ainsi, dont la périphérie serait constituée par le grand miroir sphérique de l'atmosphère faisant converger et flamber un soleil d'images au centre de la terre (et c'est de là que je te parlerais, de ce feu central, foyer d'une fusion nucléaire et nerveuse relié à tout ce qui voit par la voûte bleue de l'air : tu me suis ?), mon œil, donc (ma plume) d'aigle me montre, dans le plasma-mirage où vibrent toutes les visions, excuse du peu, un peintre en bâtiment. La chute te surprend ? Montagne accouchant d'une souris ? Mais ça n'est pas un, bien sûr, mais mille, dix mille peintres en bâtiment que je vois à l'instant dans leur blouse blanche, une bataille planétaire de polochons, badigeonner des cottages, des gratte-ciel, des usines, des palais, des blockhaus, des maisons Phénix, des silos à blé, des châteaux d'eau, des phares... Deux, tiens, qui sont coincés sur leur plateforme à flanc du Shell Center, à Calgary, d'ailleurs non, ce ne sont pas des peintres mais des laveurs de vitres, pour le travail de l'œil **ça revient au même**, et ils ont froid (le thermomètre est en train de descendre en dessous de zéro), et tout le temps d'observer la ville, du vingt et unième étage... Une centaine au bas mot, je n'ai pas le temps de compter, qui manœuvrent leur passerelle pour mater, plus chanceux, des femmes au bain, au lit, en train de se dévêtir... et je reçois tout ça, eux peignant, vus par d'autres, et ce qu'ils peignent, eux gaffés gaffant et ce qu'ils gaffent, un fatras de rues en plongée et de déshabillés louches... Mais c'est ce peintre-là que je veux te faire voir, parce qu'il a un rôle à jouer dans mon spectacle, il sera le héros du sixième et dernier tableau, "Échafaudage pour le ciel" (un joli titre, non ? Mais rien à voir avec le songe de Jacob) : Ibrahir Barbosa, sur son hourd de planches branlantes au 63 de la rue Dilhermando Cruz, dans le Grand Rio. Ce qu'il regarde par la fenêtre, lui, tout en passant le rouleau, ce n'est pas une gonzesse, non, Ibrahir est un cœur pur, comme toi, Sylvia: c'est un enfant de douze ans, Mario Augusto, qui mordille avec ennui son stylo à bille parce qu'il a un devoir à faire pour demain, un devoir assez compliqué qui consiste à rédiger une interview imaginaire. Or, comment raconter ce qu'on ne voit pas, n'a pas vu (n'est-ce pas, Dr Fix)? Mario Augusto ne comprend pas à quoi riment ces calembredaines. A quoi bon inventer, d'ailleurs, quand il y a déjà tant de choses autour de lui dont il serait bien en peine de rendre compte avec des mots? Pourquoi rajouter des bouts de monde sur le monde qui est déjà assez complexe comme ça? Mario soupçonne là-dessous une espèce de futile supercherie, il n'a pas l'âme d'un romancier. C'est alors que, tournant la tête, il aperçoit, de l'autre côté de la vitre, Ibrahir qui lui fait un petit signe de la main. Mario ouvre la fenêtre et demande au peintre s'il peut l'interviewer: l'autre aime bien les enfants, il allume une cigarette, ça va lui faire une pause. Brave gars. Cette tête de nœud de Dan est également d'Acalanes High School, sa pomme d'Adam fait l'ascenseur, ses poumons de joueur de base-ball à la varsity sont gonflés à bloc, il est au garde-à-vous, ce Mickey, il a rénové vingt grands jouets en bois au Happy Valley Kindergarten. Jouet toi-même. Good toy... Allez, au suivant: Steve a construit une rampe pour permettre aux vieux et aux handicapés d'accéder à l'église méthodiste de La Fayette, ça leur fait une belle jambe, aux fauteuils à roulettes... Pardon pour cette vulgarité, je réciterai trois Notre Père en pénitence. Dix? Va pour dix. Et Joe, lui, qu'est-ce qu'il a inventé pour se rendre utile? Joe a enregistré des histoires pour les enfants aveugles de l'école de Fremont. Quand il s'entend nommer, d'émotion il lâche un pet, croit que tout le monde l'a entendu, mais personne, heureusement, ses parents sont fiers de lui, son père assiste à la cérémonie en uniforme de la Navy, c'est un camarade de promotion du commandant du *San Antonio*, mais, certes, il ne partage pas ses débordements pulsionnels. Et maintenant, du vent, les Aigles! Allez voler ailleurs, on vous a assez vus!"Où habites-tu? demande Mario Augusto à Ibrahir Barbosa. – 23, rue José Antonio de Oliveira, à Campo Grande.

– Pourquoi est-ce que tu travailles ? – Parce que j'aime ça et que ça m'occupe. – Qu'est-ce qui te soucie dans la vie ? – Le lendemain. – Tu es heureux ? – Je suis heureux, très heureux." Vingt flics sortent en courant du siège de la 9e DP, rua Espirito Santo Cardoso, se jettent dans leurs voitures. Gilets pare-balles, lunettes Ray-ban, mitraillettes et fusils à pompe sortant par les portières, bagnoles américaines, chewing-gum et maxillaires à l'équerre : pas du genre qui se déplace pour une fuite de gaz. Ils foncent vers le morro da Casa Branca. Alexia erre en pleurant le long des remparts de Nicosie déserte, elle n'a pas pu trouver un taxi, cela fait cinq jours que les pompistes chypriotes (chypriotes grecs) sont en grève, et plus une voiture ne roule, sinon le fourgon à travers les ouvertures grillagées duquel Cingiz voit défiler la lagune juste avant l'aéroport de Larnaca avec au bout le Hala Sultan Tekke, la petite mosquée où l'on prétend que fut enterrée la mère du Prophète. Un avion qui décolle pose sur le dôme blanc, les cyprès et les palmiers, les flamants roses, une écharpe noire de pétrole lampant.

18

Vision béatifique des vertus moraux

(évangiles hypocrites)

"Il y a une moto volée au morro da Casa Branca, c'est la bande de Zé Mocotó qui a fait le coup" : telle est la substance du coup de téléphone anonyme qu'ont reçu, il y a cinq minutes, les poulets ultra-modernes de la 9e DP. La bande de Zé Mocotó, les bocas de fumo du morro ! Leurs ennemis préférés ! Frein écrasé, volant braqué, dérapage en travers dans des gerbes poussiéreuses, portières ouvertes à la volée, éjectant par le seul effet de la force centrifuge les hommes qui courent courbés entre les parpaings et les tôles, d'autres en couverture derrière la caisse, Special Police bloqué à bout de bras sur le capot : l'assaut du morro commence au même moment, lancé de quatre côtés différents. Comme à l'entraînement ou au tournage. Progression par bonds, courtes rafales. "Qu'est-ce que tu penses de l'amour ? demande Mario, à un kilomètre de là. – C'est formidable pour ceux qui aiment, répond Ibrahir, sans trop s'engager. – Quel est ton plus grand ami ? – Mon père. – Qui est Dieu ? – L'unique créateur du ciel et de la terre." Ayant dit ces mots, précisément, qui eussent pu être les derniers d'un paladin du Moyen Age, Ibrahir porte sa cigarette à ses lèvres et pompe une longue bouffée, qu'il expulse ensuite savamment, en plusieurs temps, selon un système un peu comparable, dans son principe, à la "réchauffe" ou post-combustion des jets : il ouvre d'abord la bouche sans souffler, en déboîtant la mandibule inférieure, et en déclenchant simultanément une aspiration par ses narines qui entraîne une bonne partie de la fumée buccale, puis il expire vivement, projetant deux jets bleus divergents par ses naseaux, enfin, arrondissant les lèvres, il se débarrasse loin devant lui, oralement, de la fumée résiduelle. Il lui semble qu'ainsi il profite pleinement de sa cigarette, et il aime le côté bien décomposé de l'opération, en quatre temps, bouche-nez-nez-bouche, et trois jets, quelque chose comme un beau mouvement de gymnastique ou un triple axel bien enroulé. Ibrahir est homme à tirer plaisir d'un rien. Il lui faut environ dix secondes pour accomplir un cycle entier. Il faut douze secondes à Mario, qui n'est pas un champion de la tachygraphie, pour transcrire sur son cahier la réponse du peintre, en grosses lettres un peu tremblées : "o unico creador do ceú..." Il faut deux secondes à une balle de FAL 7,62 pour parcourir la distance séparant à vol d'oiseau, si on peut dire, les lignes avancées de la 9e DP autour de la cabane où se sont retranchés les deux larrons, Josenildo Pereira da Silva et Anísio de Araújo, du numéro 63 de la rue Dilhermando Cruz. On peut donc estimer que la balle perdue qui fait éclater la tête du peintre en bâtiment, aspergeant de sang le cahier de Mario qui n'a pas encore eu le temps d'écrire "e da terra" a commencé à se perdre au moment où l'écolier entamait le c de "ceú" et où Ibrahir venait de tirer tout le plaisir possible d'une bouffée de cigarette tirée selon les règles de l'art, la dernière avant de monter au ciel, tout de blanc vêtu comme un ange, rendant grâces à son créateur, et, enfin, en absolue odeur de sainteté. J'oserai même dire, Sylvia, si l'on tient compte du fait que les susnommés Josenildo et Anísio vont être eux aussi dessoudés dans l'affaire, et qu'ainsi l'innocent Ibrahir, sur son échafaudage, expire en quelque sorte entre deux larrons, qu'il s'agit d'une reconstitution moderne et policière du Golgotha.

Des histoires de grands et beaux sentiments, j'en avais encore des bottes. La bonté, l'amour, couraient les rues de la terre, je n'avais qu'à me baisser pour en cueillir de pleines brassées, ça n'était pas compliqué. Par exemple, je voyais un journaliste d'*E le Songo*, quotidien de la République centrafricaine, tremper sa plume dans le cirage à faire reluire les bottes pour se fendre d'un éditorial intitulé "Vision béatifique des vertus moraux" que j'écrivais en même temps que lui : moi à ma table à tréteaux, chez moi (Fix prétendrait : à l'hôpital), un verre de whisky posé à côté du cendrier (alcool, tabac, oui, je suis comme ça, old style. En tout cas, si j'étais interné, est-ce que j'aurais du whisky, Fix, hein ? Dis-moi ? En fait, tu n'es pas plus médecin qu'évêque, je crois que tu es le successeur de James, j'ai dû t'engager par mégarde à la place du Pakistanais, et je m'en vais te licencier sans attendre, mais pas avant cependant que tu ne m'aies apporté un autre verre. Allez, et que ça saute !), lui, le rédacteur, revenons à nos moutons, au marbre d'*E le Songo*, qui était aussi une table à tréteaux, en fait, décorée elle de bouteilles de bière, et d'un cendrier, également, et dont la vision me parvenait sous plusieurs angles simultanément par les yeux d'un cafard (un tas de feuilles de papier froissées comme une montagne enneigée, déglinguée ; une peau de banane noircie dont j'espérais ardemment faire mes dimanches ; une paire de mocassins beiges, croisés l'un sur l'autre et remuant lentement, assez poussiéreux, constituant un danger évident ; un tasseau s'élevant selon un angle d'environ soixante-dix degrés avec le sol, et sur lequel je pourrais grimper au cas où on – les mocassins – me chercherait des ennuis sur la route de la peau de banane), d'un margouillat (un rectangle clair, avec deux mouches qui s'enculaient à l'un des angles, un autre plus petit et plus clair dessus, une calvitie noire brillante sur laquelle atterrissait une troisième mouche qu'un geste machinal d'une main faisait s'envoler, mais pas vers moi malheureusement), de ladite mouche (une patinoire séborrhéique entourée de bosquets de cheveux serrés, un con de lézard suspendu là-haut par ses ventouses, deux collègues occupées au bout d'un fouillis de lignes et de couleurs privé de signification nourricière ou autre), de l'ouvrier typographe (un lèche-cul affalé sur la table, qui faisait l'important, avec des poses vues au cinéma, se prenant pensif le menton dans la main gauche, ou bien se levant, marchant de long en large, mains dans le dos, et qui me faisait perdre mon temps, se rasseyant, croisant et gigotant sous la chaise ses deux semelles), de l'éditorialiste lui-même, enfin : une gomme, une règle, deux mouches énervantes (faisaient bzzz, me faisaient penser à des choses qui n'avaient... n'avaient pas de rapport avec quoi, déjà ? Avec vertus moraux. Président général béatifique. Enculer la petite Farida ? Continuons), deux bouteilles de bière, un cendrier, une feuille blanche sur laquelle ma main alignait ces mots parfaits : "Accepter d'être un homme total, c'est aimer notre prochain pour ne faire qu'un avec lui. C'est en fait la dimension horizontale de l'homme vers les autres (ah, ces mouches ! Tap ! Ratées... Est-ce que ça n'est pas un peu, heu... alambigu ? Continuons.). Celui qui n'atteint pas cette dimension est un homme inachevé. Naturellement, les hommes ne sont pas des individus superposés, non, je raye, juxtaposés, ils sont des personnes liées les unes aux autres par la connaissance (ah, très bien. Continuons. Au fait !). Le Chef de l'État cultive à haute voix l'unité et l'amour qui représentent pour lui (pour Lui ? Non. Pas exagérer.) nous disions donc qui représentent pour lui un grand dessein qui draine et unifie sa vie profonde (il me semble que c'est bien dit. Grand dessein. Vie profonde. Gros seins de Farida dans le décolleté profond, mon vit à fond dans le cultive. Non. Continuons. Draine.) Quelles que soient nos richesses intérieures personnelles, si nous nous isolons nous n'atteindrons jamais notre pleine maturité : nous devons faire la chaîne, d'abord avec ceux dont nous pouvons saisir la main, puis viendra le reste (est-ce que ça n'est pas un peu, heu... ? Tap ! Niquées. Il était temps.) Disions donc le reste (les deux mouches accolées, oui, accolées, ce n'est pas un mastic de l'ouvrier typographe qui, en attendant la livraison de l'édito, parcourait rageusement un roman-photo de cul édité au Ghana, sans comprendre les légendes mais le sens général était clair, les deux mouches donc accolées dans la mort traversaient le champ visuel du margouillat que cette vision béatifique faisait passer instantanément en position haute, dressé sur ses vérins à ventouses). Car quelqu'un (qui, déjà ? Peu importe) a dit : 'Le salut de l'homme est le salut personnel et collectif puisque chaque homme doit refaire en lui l'unité originelle de l'Humanité.' Pas mal envoyé." Et il signait : J.-C. Mamadou Salifou. J.-C. pour quoi ? Pour Jean-Claude ? Jésus-Christ ? Et passait au prote. Oui, je voyais la paix et l'amour régner sur les rues heureuses de Bangui, dans les cases, les bidonvilles, les dispensaires, les commissariats de police... Je voyais l'immense harmonie universelle émanant de tout cela, tout reposait dans Bangui et dans Jean-Rabel, un frais parfum montait des touffes d'asphodèles, un oiseau chantait dans un manguier, près de la véranda où Toussinette Agony avait fini, épuisée d'avoir irradié toute la terre, par s'endormir. Je voyais, au-dessus des villes magnifiques, les enveloppant, la vie profonde des chefs d'État, leurs desseins d'unité et d'amour, planant comme un grand dais, **un baldaquin au-dessus du lit nuptial où s'engendrait une humanité réconciliée**! Mais je voyais aussi que mes histoires ne marchaient pas, avec Sylvia. Elle trouvait qu'elles se terminaient mal. Le début allait, mais la fin, non. Ou bien alors je faisais du mauvais esprit. Quel besoin de me moquer grossièrement de ces scouts? Et puis, un type qui voyait par l'œil d'un cloporte... pour elle qui fréquentait les princes consorts... qui rêvait d'être infirmière... ne savais-je pas quelle chasse on donnait, dans les hôpitaux, à ces orthoptères? Au fond, elle n'était pas tellement épatée par mes dons de vision absolue, elle voyait plutôt en moi, me semblait-il, une variété de charlatan latin. Beau parleur, hâbleur... Papoteur papiste... Tout dans la tchatche, et on savait bien à quelles fins. Elles n'étaient pas plus oies blanches qu'ailleurs, à Terre-Neuve. C'était un échec, il fallait le reconnaître. Ça aurait pu me décourager, mais ce ne fut pas le cas, car pour dire la vérité j'avais cessé moi aussi de m'intéresser à ces mômeries, j'observais depuis un moment, fasciné (depuis le milieu de l'édito "Vision soporifique..." en fait, dont je bâclai exprès la fin), une adorable Marie-Madeleine qui répétait, au fond d'une obscure salle paroissiale, son rôle dans la Passion de N.S.J.-C. (le vrai, pas Mamadou Salifou), qu'elle devait jouer le lendemain dans les rues de Villa Nueva, au Guatemala. O divine pécheresse! Comme on eût aimé la voir soupirer au pied de notre croix! Tendre vers nous (Nous?) l'ovale parfait de son visage encadré de cheveux noirs, ses vifs et sombres yeux brouillés de pleurs, auxquels des paupières inférieures légèrement gonflées donnaient toutefois un air malicieux, riant à travers les larmes, son éclatante bouche encadrée de fossettes ! Ses bras aigus de sucre de canne, ses poignets si fins que nouait la douleur ! A genoux, forme dorée sur le noir du ciel, ainsi qu'elle paraît sur le retable de Grünewald ! Elle portait sur un chemisier blanc à col montant un collier de boules dorées, et une jupe noire sur des jambes plus belles que celles d'Hérodiade. Ah, que celui qui n'a pas péché me jette la première pierre ! Le moment venu, c'est-à-dire le lendemain du sabbat, de grand matin, je décidai de lui apparaître sous les traits du jeune homme vêtu d'une robe blanche qui est assis à droite, dans l'entrée du tombeau (j'avais renvoyé chez lui, muni de quelques centaines de quetzals, le figurant qui devait jouer ce rôle, et de la bouche de qui j'avais appris le nom de la Magdaléenne : Maricel). Je dissimulai d'abord mon visage sous une capirote, une de ces longues cagoules à la sévillane confectionnées pour la procession du Vendredi Saint, dont un stock fraîchement achevé traînait dans un coin de la salle. Puis, l'ôtant d'un geste gracieux, je me fis connaître du mieux que je pus, dans les termes qui me parurent les plus convenables : "Ne t'effraie pas, lui dis-je. C'est Jesús que tu attendais, le cruciverbiste (c'était le surnom de Jesús López, le figurant, depuis qu'il avait failli gagner – se classant troisième en fin de compte – le concours national de mots croisés du journal *Prensa libre*) : il n'est pas ici, je l'ai renvoyé chez lui. Quant à moi, je suis celui par qui tout paraît, la lumière du monde, ô sel de la mer et de la terre : je suis venu chez toi pour que tu ne restes pas dans les ténèbres, m'accueilleras-tu ?" J'avais deviné en elle, non une mercenaire du théâtre aux autels, mais une âme authentiquement exaltée. "Peut-être, continuai-je, suis-je Lucifer, puisque en effet je porte partout, jusque dans les recoins les plus reculés, les plus dissimulés et poussiéreux du monde, qui n'est pas pour moi une plus grande affaire que cette salle paroissiale, le rayon lumineux du regard. Je puis dire, comme le Découvreur dans sa *Lettre rarissime* : 'Digo que el mundo es poco.' Le monde n'est pas un si grand embarras que le prétend le vulgaire. Peut-être suis-je Lucifer, ou le Découvreur, car je découvre tout : peut-être suis-je l'amiral illuminé sur ses navires vermoulus, le fou clairvoyant, resplendissant, projetant comme un phare des rayons à travers les trous de tarets de ses coques noires? Le *Burying at sea*? Peut-être, aussi bien, suis-je Dieu, je ne sais pas. Qui sait qui il est? Comment le saurais-je, moi? Car ce que je dis, ce que je vois – **c'est la même chose** – ce n'est pas moi qui le dis ou le vois, mais en moi quelque chose de plus vaste que moi qui fait ses œuvres. Et pour cela le monde me hait: car le monde, Maricel, n'aime que les paroles qu'il peut rapporter à la petite souille personnelle de qui parle. Mais moi, qui que je sois, je ne suis pas une personne: mais si ma lampe éclaire sans que je sache d'où vient son huile, d'où s'alimente sa flamme, dois-je pour autant la mettre sous le boisseau?" Et comme je voyais que mes propos, passé l'effroi premier, avaient insensiblement engendré en elle comme une sorte d'hypnose, de suggestion, j'érigeai en un tournemain la capirote, base au sol, pointe effilée en l'air, je la fis croître jusqu'à la taille d'une haute montagne andine, je l'entraînai au sommet et de là... Ou plutôt, non, j'en fis une fusée et nous expédiai en orbite à huit cent trente kilomètres d'altitude, et de là, pour la tenter, ainsi qu'il est écrit dans Luc et Matthieu, je lui montrai en un instant tous les royaumes du monde et leur gloire. Je fis paraître à ses yeux les fonds de sable qui environnent les archipels des Bahamas, des Andaman, des Paracels, gonflant sous la mer des lessives de tissus noyés, des ondulations d'indigo, les dentelles de corail autour de Bougainville et des îles Salomon, les méandres ciliés de mangroves des fleuves tropicaux, comme des valves de coquillages, leurs deltas où les chenaux dessinent branche par branche d'immenses arbres minutieux, toutes les formes que prend la terre, les cordes tressées des ergs, les feuilles de fougères écarlates des monts du Gansu, les toiles d'araignées des Tassilis, des mâchoires de géants enterrées dans l'Atlas, des dunes nervurées en ailes de libellule dans la vallée du Paraná, l'Ararat comme une fleur séchée, des ocelles de papillon dans des déserts salés, de blanches avalanches sur le canal de Mozambique, les arabesques bleues du Bengale; je lui montrai le monde comme un tissu de métaphores, la terre semblable à un tapis de feuilles dans un sous-bois, les fleuves redoublant les spirales des cyclones, d'autres brisés comme des nerfs, des éclairs, les montagnes en papier d'argent froissé, les nuages comme des vergers de pommiers en fleur, de grands quartiers de foies et de poumons marécageux, mou pour mes chats. Je lui fis voir la nuit avançant comme une marée, sous une résille de fils d'or, et dans le crépuscule violet les dômes éclatants de cumulo-nimbus au-dessus de Cuba, je lui montrai que la terre, milliards de courbes entrelacées, pelote de nœuds atrocement embrouillés, géant écheveau de branchements, de contacts, était un énorme cerveau : **mon cerveau** ! Villa Nueva, le Guatemala, l'isthme vermiculé qui se tord entre les Amériques, lui dis-je, ne sont qu'une partie infime de mon cortex. Un petit département du centre de l'amour. Et elle, alors ! Un neurone, à peine. Mais de la même façon que Dieu se soucie de la moindre de ses créatures, que son Fils a donné sa vie pour la rédemption du dernier des pécheurs, moi, Christ-Narcisse, je me penche vers elle, la plus parfaite partie de moi-même, je tourne vers elle mes yeux, je brûle et me meurs pour elle. Et je lui dis : "Tout cela, ce vertige de figures qu'enserrent les innombrables cercles de l'horizon, tout cela qui est à moi, que je donne à qui je veux, est à toi si tu veux bien m'adorer." Mais elle, qui n'a rien compris : "Il est écrit : Tu n'adoreras que le Seigneur ton Dieu." Alors, sur le tapis richement tramé, je jetai les motifs compliqués, dont nul ne répète nul autre, des villes : la poche quadrillée de Buenos Aires, comme un épervier lancé sur les eaux poissonneuses du rio de la Plata, Hanoi toute criblée d'eau, effilochée en flèches de fer sur le fleuve Rouge, ressaisie par le quadrilatère de la citadelle, la ventouse de Saigon collée au flanc de la rivière, le gros cœur incliné de Bruxelles d'où rayonnent, comme autant de veines et d'artères, chaussées, canal et faisceaux de rails, la main de Bombay tendue dans la mer d'Oman, l'index pointé de Colaba, le pouce de Malabar, ouverts autour de Back Bay et de Chowpatty Beach, la rose des vents des murailles de Nicosie sur lesquelles Alexia errait en pleurant, Lisbonne dévalant vers le Tage, hésitant entre labyrinthe et échiquier, le pectoral géométrique de la Baixa suspendu aux avenues da Liberdade et

Almirante Reis, Irkoutsk qui évoque un balbuzard se posant sur les bords de l'Angara, l'aile déployée encore dessinée par les rues divergentes, entre Sournova et Barricades, du quartier de Kouybichev, le jabot et la queue par ceux de Kirov et d'Octobre, la tête et le bec, massifs, de l'autre côté de l'eau, détourés par le trait de fer du Transsibérien enveloppant le quartier de Sverdlovsk. Je lui montrai le glissement vers la mer des plaques réticulées d'Athènes déraillant sur les obstacles du Lycabette et de l'Acropole, et la salade d'angles froissés qui en résultait, la grande fleur safran du Caire ouverte sur la tige du Nil, depuis les sépales de Gizeh et du quartier copte jusqu'à la corolle effrangée d'Imbaba, de Shubra, d'Abbasiya et d'Héliopolis, l'hémicycle de canaux et de boulevards de Leningrad courbé autour de la scène vide de la Neva, les coulées de lave de Rio de Janeiro charriant leurs escarboucles entre les morros, grésillant et fumant autour de la baie de Guanabara, les bataillons au carré de l'Ensanche faisant le siège des Rondas barcelonaises, La Havane en train de se jeter derrière la cravate (représentée par la lezamienne calle Obispo) sa baie mordorée-mazouteuse comme un verre de Cuba libre, la digue de pierre d'Alexandrie entre mer et marais, Bogota qui ne ressemble à rien, Londres à pas grand-chose non plus. Puis, en une série de zooms vertigineux, comme si notre vaisseau, dévalant à la vitesse de l'éclair les pentes de prodigieuses montagnes russes, allait s'écraser à la surface de la terre puis remontait soudain, je jetai vers ses yeux agrandis d'effroi mais aussi d'émerveillement des scènes minuscules choisies parmi ces millions de vies dont le grouillement affectait l'instant d'avant, épuré par la distance, l'aspect d'une figure abstraite : dans un appartement du barrio Sur de Buenos Aires, au numéro 600 de la calle Chile, à quelques cuadras de la bibliothèque où l'auteur de *L'Aleph* éprouva l'extinction irréversible des formes et des couleurs du monde, un coiffeur travesti se faisant appeler Jorgelina saisissait un couteau dans un tiroir et tirait mille cinq cents australs à l'idiot qu'il avait dragué, quelques instants auparavant, à l'angle de Belgrano et de Saavedra. A Hanoi, deux vélos entraient en collision et précipitaient dans leur chute tout un embrouillamini d'autres qui formaient bientôt, à l'intersection des rues Bâ Triêu et Trân Hung, comme un vol de sauterelles désarticulées, dans le quartier Thu Duc de Saigon un homme tenant une petite fille dans ses bras donnait à manger aux poissons-oreilles d'éléphant de la pagode du Chien céleste, dont on voyait bâiller sous l'eau les sales gueules de vieux pneus à lèvres fardées, une péniche glissait sur le canal de Willebroek, passait sous le pont de la chaussée de Ninove, à travers les vitres ruisselantes de pluie de la passerelle on devinait une jolie blonde rustique aux joues hâlées en train de se rouler une cigarette, assis sur une couverture noire, le dos contre le parapet de Marine Drive, à Bombay, trois adolescents au crâne aplati, à l'occiput en pain de sucre, aux arcades sourcilières proéminentes, à la mâchoire prognathe, dodelinant du chef et poussant de petits couinements, étaient exposés à la curiosité pourtant blasée des passants qui jetaient des pièces, et même des billets de deux roupies, un barbu dessinait avec des craies de couleur une crucifixion (avec Vierge et Marie-Madeleine) sur un trottoir de la rua Augusta, cependant qu'au-delà de l'arche monumentale un cargo descendant le Tage semblait rouler sur la place du Commerce, parmi les tramways, dans le jardin enneigé du monastère du Signe, entouré de fumées d'usines hautes et droites comme de grands arbres dans l'air froid, un vieil homme aux yeux verts profondément enfoncés dans les orbites, à la longue barbe grise bifide, fleurissait d'une unique pivoine rouge la tombe des Décembristes, avenue Thésée à Kallithéa un gros pope en soutane violette et manchettes blanches crasseuses, à la tête d'une manifestation de parents d'élèves, braillait “thanatos stous emborous narkotikon” mort aux trafiquants de drogue, les policiers du 20e BPM découvraient, à l'angle de la rua Afonso de Albuquerque et d'Estrada do Capim, le corps d'un homme criblé de balles et décapité, ils ne trouvaient pas tout de suite la tête qui avait roulé à quatre mètres des épaules et du reste, derrière un tas d'ordures, la barque *Jayalaxmi*, chargée de fêtards du carnaval de Holi, était retournée par une grosse vague devant le paquebot-mosquée funéraire de Hadj Ali, Carlos Martínez

Oliveira et Alexis Gola Sánchez faisaient main basse, dans une boutique de l'hôtel Nacional, sur tout un lot de pantalons, chaussures, chapeaux mous, parfums et déodorants, une affaire, attirant malheureusement pour eux l'attention d'un veilleur de nuit, non loin de là une belle mulâtresse jouait au piano l'air de *Besame mucho* sous les arcades du bar "El Patio", dans une ruelle misérable près de l'aqueduc de Saladin un petit garçon borgne, dépoussiérant avec un chiffon la carrosserie noire d'une Bentley de l'année 1952, s'amusait à regarder son visage déformé dans le miroir de la tôle, deux ivrognes titubaient devant le magasin "Zviozdotchka" la petite étoile, "réparation de montres, d'appareils photo, de vêtements militaires", au quatrième étage d'un immeuble d'oulitsa Prjevalskogo un jeune homme maigre gravait dans le mur, avec ses clefs, SALUT RASKOLNIKOV, dans le scintillant sillage du paquebot funèbre de Raskolnikov chavirait une barque chargée d'hommes-singes, un cygne glissait sur la Serpentine, volait aux répugnantes lèvres roses des poissons-oreilles d'éléphant (des fantasmes de castration subaquatique) une miette de pain lancée par la main, tannée de lessives et de bises nordiques, d'une blonde pénicheuse frisonne, non, tout ça non, oui jusqu'à la rue Prjevalskogo mais après non, mais oui aussi bien, il eût suffi de peu de chose, une petite erreur d'aiguillage dans les mots, que je les dispose autrement, et si elle le voulait je pouvais, pour elle je le pouvais, brancher autrement les boulevards les fleuves les canaux, tisser d'une autre façon le tapis de ma prière, la perspective de l'Amirauté avec Shari Qasr el Nil, la flèche portant la frégate d'or au-dessus des voiles triangulaires des felouques, les parapets du Malecón au bord du Tage, avec l'Acropole à la place du château São Jorge, ça n'était pas plus mal comme ça, la Bentley noire traversait le pont sur l'Angara, prenait la rue Maïakovski puis à gauche Vokzalnaya, la rue de la Gare, pour déposer Jorgelina sur le quai où beuglait la locomotive du Transsibérien, la péniche *Ni dieu ni maître*, chargée à ras bord d'une cargaison de popes de contrebande, culs par-dessus têtes, glissait sur le canal Griboïedov, le fleuve Rouge, passait sous le pont de Niteroï, le transbordeur du Riachuelo, les trois étages de fer tonnant du pont d'Imbaba, accostait au Greenland Dock, non ? C'était comme elle voulait, tantum dic verbum, et je lui refaisais le monde en un instant, le retournais, en faisais des nœuds, des charades, il n'y avait pas de problème. Nous remonterions la Tamise, la rivière de Saigon sous le castillo del Morro, Maricel serait au bastingage se roulant une cigarette sous l'averse de mousson, et moi aussi décapité portant mon feutre mou, tête et chapeau planqués derrière une bitte d'amarrage à quatre mètres de ses jambes de princesse de Judée que découvrirait haut une échancrure de la jupe noire, le reste de mon corps très digne, maintien parfait, irréprochable acéphale courbé sur le sillage et ne laissant rien voir de mon émotion, la mulâtresse cependant jouerait sur le piano, dans la cale, besame besame mucho non ? Une cargaison de pianos à queue ? Mais elle une seconde fois, ne comprenant toujours pas, me rétorqua qu'on ne baisait que le Seigneur Son Dieu. Un semi-remorque Mercedes couvert de la boue des grands chemins trouait de ses phares blancs le brouillard de la perspective du Gaz puis de la perspective Rimsky Korsakov, il serrait ses freins devant les clochers d'or de Saint-Nicolas-des-Marins, des popes barbus commençaient en chantant à se balancer de main en main, non des pianos à queue, mais deux cents caisses de Nouveaux Testaments venus de France. Et ça c'était vrai.

19

Chose vue à Congo Market

Seigneur, je me mourais d'impatience. Mais que lui fallait-il donc ? Je décidai de faire pour elle étinceler ces calligrammes de tout l'or de la nuit. Je tirai sur l'Atlantique le grand voile d'encre, j'allumai d'un coup des rivières d'ampoules reflétées par la mer, des averses de lumière, des champs d'étincelles, des sillons dans l'obscurité où germaient des pousses de feu, d'immatérielles forêts dont il semblait que chaque feuille fût un éclat d'électricité : je fis disparaître Rio de Janeiro et suscitai à sa place un fantôme grouillant de lueurs, je posai Fortaleza comme une forteresse de cristal sur la côte, je fis retomber sur Recife, à la pointe de l'Amérique, une pluie d'embruns scintillants, j'allumai des millions de cierges dans l'ombre bleue de Salvador. Je fis miroiter les immensités de São Paulo comme une mer sous la lune, je poussai la marée de la nuit le long du rio de la Plata, je couvris Montevideo de fils et de pièces d'argent, je plaquai sur la Pampa, comme sur le visage d'un roi indien mort, l'immense masque d'or craquelé, de cabochons biseautés de Buenos Aires. J'incendiai les grilles de flammes des villes d'Amérique du Nord, Toronto, Detroit, Chicago, Cleveland, New York cousue par les agrafes incandescentes des ponts, j'eus soin de peindre en vis-à-vis, comme le second panneau d'un diptyque, éclaboussé de traînées de paillettes de plus en plus diffuses à mesure qu'elles s'éloignaient des radieuses géométries, le noir de l'eau. Je jetai dans les profondeurs des plaines les immenses filaments noctiluques des autoroutes. Lorsque j'eus allumé tous ces candélabres, brillant comme les cheveux de Marie-Madeleine dans la nuit du Golgotha, je vis que cela était beau. Et de nouveau, me tournant vers elle, je lui dis : "Je te donne, à toi, la gloire de ces royaumes, parce qu'elle m'a été livrée, et je l'offre à qui me plaît : et elle sera à toi si tu m'aimes." Mais une troisième fois elle me résista et me dit : "Vade retro, Satanas." Alors je lui montrai, moi l'Évangéliste, les scènes de l'Écriture sainte répandues dans le monde, voyageant à la surface écrite du monde. Je la fis plonger dans le métro de New York pour assister à la naissance de l'Enfant : pas de bœuf ni d'âne, pas de mangeoire de paille, pas de bergers et pas d'étoile, pas d'ange ni de rois mages non plus, mais un flic en chemisette de la Transit Authority Police, une rampe au néon, un établi avec un étau, des armoires en métal, un distributeur automatique de Coca-Cola, dans un coin un masque de soudeur et un chalumeau oxyacétylénique, au mur des photos de filles à quatre pattes en porte-jarretelles et bas résille ou bien debout, tête renversée, arrondissant les mains autour de seins énormes. Martha Davis est sans abri, elle erre dans le métro toute la journée, elle s'y protège du vent glacial qui fait voler chapeaux et parapluies, rouler gobelets de carton et boîtes de bière au long des avenues de Manhattan, claquer les bannières étoilées et écumer la mer au-delà de Battery, et mourir les pauvres. C'est à la hauteur de la cent soixante-troisième rue qu'elle a senti son ventre devenir dur comme de la pierre, puis se relâcher, se durcir encore, et ensuite les contractions se sont succédé au rythme des stations, cent cinquante-cinquième, cent quarante-cinquième, cent trente-cinquième, cent vingt-cinquième, cent seizième, Cathedral Parkway, puis s'accélérant le long de Central Park, cent troisième, quatre-vingt-seizième, soixante-douzième, Columbus Circle, quatre-vingt-sixième, septième Avenue, mon Dieu que faire, tous ces gens qui la regardaient et s'éloignaient d'elle, quelqu'un l'a aidée tout de même à sortir à Rockefeller Plaza, les eaux commençaient à ruisseler le long de ses jambes. Et là elle s'est presque évanouie dans les bras du flic, "Je suis prête", lui a-t-elle soufflé, "I'm ready", et il l'a portée dans un atelier de la station. Et maintenant l'enfant sort la tête la première, Dieu soit loué, entre ses cuisses écartées sur l'établi, le flic fait chauffer de l'eau et cherche partout des serviettes qui ne soient pas maculées de cambouis, il ne sait pas très bien pourquoi tout ça mais il l'a vu faire au cinéma, dans de pareilles circonstances, dans quoi déjà, était-ce pas *Autant en emporte le vent* ? On entend la rumeur des métros express, le grondement de fer des rames qui filent à pleine vitesse, Martha a l'impression que c'est dans le tunnel de son ventre qu'ils roulent, par son sexe ouvert qu'ils jaillissent, puis elle se dit que son fils vient au monde, tout de même, dans une des stations les plus chics de New York, elle y voit un présage heureux, ou pas trop malheureux, il aurait pu naître à Dyckman Street où elle était tout à l'heure, dans Harlem, ou à Intervale Avenue où elle a dormi ce matin, dans le Bronx. Le massacre des Innocents se jouait en même temps sur plusieurs scènes du monde. (Tout, chaque épisode, chaque vers ou verset des histoires fondamentales, se récrivait sans cesse dans des variations à chaque fois nouvelles : le monde, disais-je à Maricel, était l'ensemble de ces millions de récritures simultanées.) Je la menai d'abord, non sans hésiter, tant je savais qu'elle allait en être affectée, à Congo Market, dans le West End de Freetown. Je dus écarter à coups de bâton deux charognards qui, ailes en drapeau, rebondissant sur les ignobles ressorts violacés de leurs serres, se disputaient de la cisaille, dans le caniveau d'Aitkin Street, quelque chose que la boue empêchait d'abord de bien distinguer, courbes et bosses noyées, érodées, comme l'empreinte d'une monnaie très ancienne qu'on eût exhumée. Ce paquet replié au milieu des ordures, à demi immergé dans un magma opaque et fétide, c'était un tout jeune enfant, de quelques jours à peine : tête tournée vers le ciel, bras replié sous le menton, fesses calées contre une feuille de bananier, jambes allongées vers la gauche, comme s'il était assis. Au village de Buteheri (non loin de Kisumu où Charles Waithaka, le champion de Breweries, avait remporté un match historique contre Mohammed Orungi de Prisons), lorsque Rose Khateri revenait de la rivière, un lourd bidon d'eau sur la tête, elle voyait de loin sa case transformée en une colonne de flammes explosant en étincelles et en fumée très haut dans le ciel blanc, et au milieu il y avait son bébé d'un an. Au large de Pulan Perenthian, parmi les corps gonflés et désquamés, aux yeux et aux lèvres rongés, que la houle roulait sous la brume mauve de l'aube, qui heurtaient le bois de la barque avec un bruit mou et se défaisaient comme du pain trempé dans les filets du pêcheur Osman Ahmed, il y avait ceux de cinq petits enfants vietnamiens. Les soldats d'Hérode s'appellent feu ou mer ou maladie, faim et malheur, parfois des masques étranges recouvrent leurs visages, leurs corps disparaissent sous des armures d'allégories, souvent aussi on leur voit des traits pauvrement humains : ceux des villageois de l'arrière-pays de Lahore, par exemple, qui courent en vociférant derrière le jeune Masuk parce qu'une des pierres qu'il lançait pour faire tomber les mangues a atterri dans leur casserole de riz. Ils le rattrapent, le jettent sur la terre rouge et le tuent à coups de pied, l'un d'eux se baisse et ramasse le sac de mangues de l'enfant, ça leur fera toujours ça à manger. Ou bien le visage de bigots fanatiques des parents de Johnson Siaka, qui ne le nourrissent que d'eau et de prières : et maintenant ses côtes, comme des couteaux jouant sous la peau bleue et sèche, se soulèvent une dernière fois, puis il meurt, sur un grabat entouré d'images pieuses, dans la chaleur étouffante de dizaines de bougies qui font fourmiller d'ombres et de lueurs son corps presque momifié, à Kakamega, non loin de Buteheri. Ou bien encore les têtes de Pharisiens du camarade Galilée Mukangadza et de sa femme, la camarade Finika Mukangadza, lorsqu'on vient les arrêter. La scène est presque exactement la même, le monde, Maricel, est comme un immense miroir pulvérisé, un amas tourbillonnant d'infimes éclats catoptriques, un cyclone s'enroulant sur lui-même dans tous les sens, et dont chaque gouttelette de chaque nuage, réfléchissante comme si elle fût de mercure, en reproduirait d'autres, parfois toutes proches, puis l'instant d'après infiniment éloignées, emportées par d'incessants et imprévisibles mouvements de convection et d'advection : la scène est presque exactement la même, elle se répète aussi dans un village enneigé de Silésie, dans une ferme ensevelie de l'Oregon, les images, les flammes des bougies, et l'enfant, Abednico, allongé sur un grabat, à Bulawayo, l'écume aux lèvres, mort d'une pneumonie soignée avec des prières parce que Galilée et Finika appartiennent à l'église apostolique du camarade Johane Masowe qui enseigne que, Jésus-Christ n'étant allé, que l'on sache, ni à l'école ni à l'hôpital, il n'y a pas de raison de ne pas l'imiter sur ce chapitre comme sur tous les autres. "Nous croyons que la maladie peut être soignée par l'Esprit Saint et la prière, déclare Finika aux policiers, nous avons été élevés dans cette croyance et il n'y a aucune chance que nous en changions." There is no way we can change it. Car il arrive, Maricel, et même souvent, que les soldats d'Hérode aient des visages de femmes, les traits furieux de Médée, des masques obtus de mère ou de marâtre, les yeux flambant de haine d'une maîtresse éconduite : telle cette Madam Digba qui est venue se réfugier chez son amie Moniya à Motemo parce que son mari la battait, que ne lui a-t-il rompu les os ! Car lorsque la trop confiante Moniya est partie quelques jours rendre visite à ses parents, qui habitent dans un village de brousse, Madam Digba, pire en vérité que la femme de Putiphar, en a profité pour have fun, hacer las porquerías, si tu préfères, avec Foday, le mari. Mais le pire est à venir, voici : Moniya est revenue et Foday, qui n'est pas fou, délaisse la Digba, qui en conçoit de la colère. Alors, pendant que le petit Musa, l'enfant de son amie et rivale, dort, elle dissout de la soude caustique dans de l'eau puis réveille le bébé et le force à avaler, enfonçant la bouteille dans la bouche habituée à téter le lait : peux-tu concevoir semblable horreur ? Je montrai encore à Maricel, moi l'Évangéliste, les miracles qui s'accomplissaient pour que croient les générations incrédules et perverties : Osmesinda de Jesus, la bien nommée, rentrait chez elle en claudiquant, à Olavia, dans la banlieue de Rio, s'aidant de sa canne comme d'une gaffe elle poussait sa lourde barque fatiguée, aux larges tangantes hanches, le long de la rue Vitorino do Amaral, au n° 20 de laquelle elle demeurait, elle boitait bas et pourtant son vieux visage fripé rayonnait d'un bonheur qu'elle s'arrêtait tous les dix mètres pour communiquer aux voisins, tels les deux aveugles que le Fils de l'homme guérit près de Capharnaüm et qui, malgré ses injonctions, allèrent rapporter le prodige par tout le pays : c'est que dix jours auparavant, elle était couchée sur une paillasse à l'hôpital, son pied et sa jambe gauche gonflés, marbrés, violacés, commençaient à ressembler aux saucisses qu'on fait cuire dans la feijoada, et le chirurgien était venu lui dire qu'on ne pouvait plus rien contre la gangrène, et qu'il allait falloir l'amputer. Alors Osmesinda avait commencé une neuvaine de prières à São Juda Tadeo, patron des choses difficiles (et, certes, son affaire à elle l'était !) : "O très glorieux apôtre São Juda, priez pour moi qui suis si malheureuse et faites usage je vous en prie de ce privilège à vous accordé de secourir promptement et visiblement lorsque presque tout espoir a disparu !" (Au même moment, dans le monde entier, des milliers de calamiteux, une internationale de malades, d'abandonnés, de vilipendés, de dépouillés, une balbutiante armée de laissés pour compte, de misérables qui n'avaient que leurs chaînes à perdre, et la corde pour se pendre, priait Thaddée, le méconnu des Douze : O Saint Jude, apostle and martyr, great in virtues and rich in miracles, near kinsman of Jesus-Christ, faithfull intercessor for all who invoke you, special patron in time of need ! O grand par les vertus et riche en miracles, proche compagnon de Jésus-Christ, ô fidèle intercesseur, patron des temps difficiles ! Et, par exemple, John Tambo, un jeune homme de Soweto, qui passait des nuits sans sommeil et des jours d'agonie depuis que sa fiancée, Miss Precious Musisiwe Nkoe, avait disparu. Ils devaient se rencontrer le quatre mars à dix-sept heures, à Croesus Station, mais Precious n'était pas au rendez-vous, et depuis nul ne l'avait revue. Il avait couru tous les postes de police, tous les hôpitaux, toutes les morgues : imagine-t-on ce que c'est que de trembler en voyant le drap soulevé par une forme qui a la taille et la corpulence de son amoureuse, d'éprouver, en découvrant le visage de pierre d'une inconnue, un mélange de soulagement et d'horreur ? Les jours, les semaines passant, ces corps abstraits sous les bâches, ces visages interchangeables puisqu'ils n'étaient pas le sien – certains, pourtant, horribles, écrasés, mutilés, rongés, marqués par le sceau de la mort violente, d'autres lisses et paisibles, aux traits tirés, un peu affaissés, beaux comme ceux d'anges très anciens – avaient fini par se rassembler pour composer une sorte de fantôme flou qui luttait pour détruire, ou au moins altérer le souvenir concret des traits, du corps de Precious, pour s'emparer de la mémoire qui était ce qui lui restait d'elle, et lui faire subir la corruption que la mort inflige à la chair. John Tambo priait saint Jude, demeurant jour et nuit maintenant près du téléphone à attendre un appel, voyant par la fenêtre, indifférent, les lampes s'allumer puis s'éteindre puis se rallumer, sursautant lorsque la sonnerie retentissait, maudissant horriblement, malgré qu'il en eût, ceux dont la voix lui infligeait la déception de n'être pas la sienne, ou celle de quelqu'un qui connût des nouvelles d'elle. I have recourse from the depth of my heart. I humbly beg you to whom God has given such great powers to come to my assistance now. Des profondeurs de mon cœur je m'adresse à vous, je vous supplie humblement de venir maintenant à mon aide. Et si vous ne pouvez pas me la rendre, épargnez-moi au moins d'avoir sans cesse devant mes yeux l'opéra démoniaque de tous ses destins possibles.) Or, voici, le dixième jour, après les vingt-sept Pater, vingt-sept Ave et vingt-sept Gloria habituels, la jambe d'Osmesinda avait subitement désenflé et ne la faisait presque plus souffrir, pas plus qu'avant en tout cas, et le médecin lui avait dit lève-toi et marche. Alléluia ! Aux îles Fidji, les parents du petit Rakesh Chand étaient, comme tous les jours depuis deux mois, prostrés de part et d'autre du lit où leur onzième enfant gisait immobile, les yeux clos, plongé dans un coma profond depuis qu'un autobus l'avait renversé dans la rue principale de Tabia. Et soudain, à leur stupeur incrédule, et à celle des autres malades de la salle commune de Labasa Hospital, et des infirmières qui accouraient dans un grand tintamarre de cris perçants et de portes claquées, les paupières de l'enfant se soulevaient, les bras bougeaient sous le drap, un genou se relevait, et Rakesh, s'asseyant sur son lit, se mettait aussitôt à parler, exactement comme la fille du chef de la synagogue à qui Jésus avait dit "Talitha koum" : fillette, lève-toi ! J'avais encore des miracles en pagaïe à lui montrer, à la rebelle Magdaléenne, et des marchands chassés du Temple, et des têtes de prophètes tranchées pour les jambes de jeunes danseuses, mais j'accélérai le film car j'avais hâte d'en venir à la Passion. Je sentais que mon temps était compté auprès d'elle, que très bientôt j'allais devoir la quitter. Et dans mon esprit que le déferlement incessant de la mer des images n'empêchait pas (comme s'il se fût agi d'une autre part de lui-même) d'ourdir tranquillement de basses petites ruses, de méditer des embuscades où les visions les plus horribles, les plus sacrées même, fussent utilisées à des fins de profane galanterie, ce que j'escomptais c'était que, comme on voit, sur le retable d'Issenheim, la mère du Christ soutenue au pied de la croix par l'apôtre le plus aimé – visages penchés l'un vers l'autre, yeux fermés, corps ployés, dans la nuit qui s'est faite d'un coup, ils semblent danser – de même Marie la Villanovienne, terrassée par trop d'émotion, se laisserait enfin aller dans mes bras hypocrites. Je lui montrai alors la populace vociférant "Barabbas, Barabbas" et "crucifiez-le" autour du prétoire de Pilate et du Sanhédrin, et c'était à Dacca et à Chittagong qu'elle se rassemblait, pendant et décapitant des effigies de papier ou de chiffon de l'écrivain Salman Rushdie, trimballant des cercueils sur lesquels avait été écrit, avec souvent des fautes, son nom honni, conspuant ceux des poètes Shamsur Rahman et Sayeed Atiqullah, de la bégum Sufia Kamal, du professeur Ahmed Sharif, déchirant et jetant leurs livres dans des brasiers en criant "à mort", se repaissant d'un festin de symboles macabres, s'épuisant en cris de haine, s'enivrant et se désespérant de l'odeur du feu, des cendres qui volaient, du spectacle des bûchers, des potences, des haches, des suppliciés imaginaires, s'abrutissant de braillements répercutés par des haut-parleurs, déformés par les échos et les grésillements, incompréhensibles mais d'autant plus excitants, voix et pas voix, comme la Parole révélée, portant, aucunement altérée par l'équivoque détestable des mots, la signification brute du fouet, de la chair lacérée, tranchée, de la vengeance et de l'expiation, de l'humiliation triomphant mais ne s'en sentant pas moins humiliée, ne trahissant pas les humbles, de la communauté trouble, agrégée par la haine de l'humain, la haine de soi, effrayée par Dieu parce qu'effrayée par soi, mettant l'effroi de soi dans un Dieu effroyable, la haine des lettres humaines dans la vénération craintive de la lettre divine, s'encourageant à être bestiale dans l'imitation de Dieu, trouvant dans l'adoration féroce de l'Un et de l'Unique la stimulation à être multitude et vile multitude, se frappant et se déchirant la poitrine, s'époumonant, à Gulistan square, devant les mosquées Anderkilla Shahi Jame et Dampara Jamiatul Falah, lançant des briques dans les pare-brise des autobus à Pallabi et Mohakhali, incendiant des mobylettes à Motijheel, bloquant des trains à Kamalapur et Narsingdi Station, marchant, courant, transpirant, crachant dans les gaz lacrymogènes, attaquant les (rares) commerces qui n'avaient pas baissé le rideau de fer, cassant des vitres, s'imaginant qu'en prenant une rue elle prenait le monde, hissant à un croc, au bout de l'élingue d'une grue, un pantin disloqué, lardé de couteaux, qui était une représentation magique de l'écrivain, ou de l'esprit humain, et aussi le simulacre de sa détresse matérielle et morale, au-dessus des bassins, des entrepôts, des docks de Chittagong, des coques, des tas de coprah et de riz, des balles de jute, des rails, des quais, des locomotives diesel, des fumées déchirées par un vent d'orage, au-dessus d'hébétés à l'ombre d'un hangar, des baraques, des chiens scrofuleux fouillant les tas d'ordures, disputant leur pitance aux enfants, des flaques d'eau paludéenne, des terrains vagues, de toute la misère immense que tranchait la lame d'argent noir de la mer. Et pour achever de lui dévoiler le monde comme un vaste mystère, un gigantesque auto sacramental joué, sans aucun artifice, avec d'authentiques miracles mais aussi de vrais outrages, de véritables couronnes d'épines, sur des milliers de scènes à la fois, et pas seulement dans la calle maior de Villa Nueva (comme si la sphère terrestre était formée de l'évidement de deux amphithéâtres accolés, vissés l'un sur l'autre, dont chaque gradin eût été peuplé de millions d'acteurs – et nous suspendus, spectateurs uniques, au centre de cette toupie dramatique), je lui fis paraître le Golgotha. Je n'eus pas à porter mes yeux bien loin de Chittagong : j'en trouvai un à Dholaikhal, quartier de Dacca. A un pylône électrique était lié, par trois tours de grosse corde qui le serraient, l'un sous les genoux, l'autre au milieu du ventre, le dernier à hauteur de la poitrine, un homme jeune, maigre, vêtu d'une sorte de long pagne rayé et d'un tee-shirt dont l'ample encolure ronde dégageait une partie du torse. Les pieds de Khokan – c'était le nom du garrotté, que proclamait un panneau de carton fixé au-dessus de sa tête : "Khokan, voleur" –, très longs et tendineux, comme ceux du crucifié d'Issenheim, reposaient sur le socle de béton du pylône. Le corps, suspendu par les liens, était légèrement déjeté vers la gauche : le sang ne coulait pas selon l'axe sagittal, mais en formant avec lui un angle aigu d'environ vingt degrés. Cheveux courts, lèvres proéminentes, tuméfiées, pommettes et nez marqués, le visage légèrement simiesque se tournait vers le dernier à lui avoir porté un coup, un gamin de douze-treize ans. Le regard de Khokan, pourtant, semblait presque indifférent. Il avait été surpris, tôt dans la matinée, en train de voler dans la maison d'un riche. C'est Pet Kata Jahangir, Jahangir "Estomac fendu", qui l'avait chargé du boulot. Le riche l'avait livré à la foule. Comme c'était justement hartal, grève, à cause de Salman Rushdie, on ne travaillait pas, et il fallait trouver des distractions pour meubler la journée. Les gosses, aussi, ça les changeait du cricket et du foot dans la rue. Il y en avait douze autour de lui, crânes ras, piaillantes petites gueules pouilleuses, rieuses, certains avec des lattes de bambou, d'autres y allaient à mains ou pieds nus. Le plus malin avait inventé d'enduire ses lèvres et ses plaies de sucre, et d'en déverser un petit tas à ses pieds, pour que les fourmis soient de la fête. Personne n'avait songé au vinaigre. Et il y avait des ténèbres sur toute la terre.

20

Petite fille morte sur un manège à Colombo

(mundus speculum)

A Dholaikhal, quartier de Dacca au Bangladesh, un voleur attaché à un pylône est livré à la justice des enfants de la rue, qui le frappent à coups de pied et de poing, le cinglent avec des tiges de bambou, enduisent ses plaies de sucre pour que les fourmis y promènent leurs minuscules, minutieuses cisailles. A Puerto Maldonado, au Pérou, l'aube se lève sur les maisons au toit de tôle du lotissement Las Palmeras, les murs noirs du bagne, où tremble une unique lumière, se découpent sur le ciel jaune et vert, bientôt le soleil va faire jaillir ses palmes de feu au-dessus de la forêt qui, de l'autre côté du río Madre de Dios, file vers le jour rasant des pantanales et des serras amazoniennes, le jour oblique du Mato Grosso, le jour zénithal de Pernambuc et de l'Atlantique : c'est un escalier de lumière, Luz, qui à chaque instant se construit et se défait, une immatérielle et mouvante pyramide à degrés, faite de rayons et d'ombres, qui d'un océan à l'autre surplombe la forêt et le réseau des fleuves jeté en travers du continent comme les nervures d'une seule et immense feuille. Le río Madre de Dios qui enferme dans une de ses boucles, juste avant de recevoir le Tambopata, Puerto Maldonado, le mur noir du bagne, le lotissement Las Palmeras et la tête rasée, émergeant du sol au milieu d'un cercle de lampes, de Martín Levano Espinoza, attire ensuite à lui les cours du Manurimi, du Manupari, du Beni, du Yata et du Mamoré, et cette pyramide d'eau trouble qui se construit en avançant vers l'est à travers la grande forêt semble une ombre au sol, inversée, déformée, gondolée par le moutonnement des cimes, fractionnée par l'éclatement des arbres, des branches, des feuilles, de celle que la lumière élève dans le ciel. Après Villa Bella, cet escalier d'eaux devient le Madeira qui s'augmente de l'Abuná, du Branco et du Jaciparana, du Jamari, du Preto et du Jiparana, puis, gravissant toujours la forêt à contresens du jour, l'Ipixuna et le río dos Marmelos, le Mataurá, l'Araná et l'Aripuaná, et désormais cette gerbe de courants et de noms mêlés, tressés en un seul courant et un seul nom, commence à ressentir, à travers l'épaisseur spongieuse de la sylve des sylves, trouée de lacs, de marécages, de cours d'eau affolés tournant sur eux-mêmes, se recoupant, formant d'inextricables nœuds liquides, l'attraction, la succion géante de l'Amazone auquel elle se noue en aval de Manaus. Et la divinité qu'honorent cette pyramide d'air et de lumière, ces degrés de soleil étagés à l'infini, du sol terrestre au cœur ardent de l'astre, ne cessant de glisser l'un sur l'autre comme des écailles, détruisant et recomposant à tout instant la parfaite géométrie dont l'équilibre est un déséquilibre permanent – aussi rigoureux qu'un cristal et aussi volatil qu'une vapeur –, c'est une machine myriaspéculaire, une prodigieuse idole réfléchissante qui n'est autre que le monde. Oui je te le dis, toi dont le nom, Luz, veut dire lumière, qui te contemples une seconde dans la glace avant de partir t'entraîner au hockey sur les pelouses du Yacht y Golf Club d'Asunción – et ce que tu vois et qui te tire un sourire orgueilleux, et que je vois aussi et qui me tire un soupir amoureux (ah, être ton entraîneur... te chercher quelques crosses...), c'est, dans le camée ovale du visage que porte un cou souple et dense, sur lequel quelques muscles nets tendent la peau doucement luisante, couleur d'une de ces rivières près de la source, dont le cuivre et l'ocre des alluvions n'ont pas complètement encore altéré la limpidité, une grande bouche indolente, un nez délicat, à l'arête légèrement creusée, de longs yeux dont les cils redoublent la courbe du nez, à demi masqués, ombreux, sous le vif désordre de mèches noires, c'est toute une beauté stupéfiante de lignes esquissées, de sang sous la peau, de paupières baissées, d'ivoire et d'ambre, des veloutés devinés de soie et de petit-gris, de sauvagine –, je te le dis, ô ma Délie, le monde est un miroir de miroirs. Imagine – mais en infiniment plus compliqué – une de ces machines cristallines que décrivent les traités de géomètres alexandrins, de jésuites baroques ou d'abbés cabbalistes de Bohême (et même si tu ne vois pas de quoi je parle, ça ne fait rien, tu vas comprendre), appareils à métamorphoses, roues catoptriques, cabinets de facettes, tourniquets et jongleries de rayons ricochant, entrecroisés, multipliés, divisés, additionnés, soustraits, toute une géométrie et une arithmétique d'éclats captifs, une fantasmagorie qui faisait les délices des philosophes et des princes savants, une miroiterie faustienne qui scintillait dans l'ombre des Kunst- und Wunderkammern du XVIIIe siècle... Tu me suis? Rouets et métiers à tisser l'illusion, boîtes à météores qui d'un livre faisaient une bibliothèque, d'une maison une ville, d'un brin de persil une forêt, qui transformaient un homme en l'apparence d'une armée, ou bien en minotaure ou en cyclope... Imagine donc un de ces dispositifs, mais infiniment plus raffiné, quelque chose comme une sphère tournant à l'intérieur d'une autre, chacune d'elles formée de millions de facettes réfléchissantes dont l'inclinaison varierait en permanence: tu me suis? Imagine encore que certains de ces miroirs mobiles sont colorés, que d'autres sont déformants, concaves ou convexes, d'autres bossués comme ceux qu'on nomme "sorcières", que d'autres encore sont constitués, à la manière des tabulae scalatae, de lames ou prismes tournants, et tu auras une toute petite idée de l'infinité de figures qu'ils peuvent produire à partir d'un archétype unique. Et c'est ainsi, Luz, que s'engendrent les figures du monde qui, pour diverses qu'elles soient, ne sont que l'écho, plus ou moins lointain, plus ou moins déformé, combiné, compliqué, crypté, d'une forme unique et jusqu'à ce jour inconnaissable. Oui, toi-même, ton visage adorable, ton corps que je devine, menu, nerveux, sous le maillot rayé du Yacht y Golf Club, tu es comme moi, comme l'enfant au crâne pouilleux qui frappe le voleur ligoté, comme le voleur au visage tuméfié, le forcené barbu qui crie "à mort" dans les rues de Chittagong, le lépreux qui souque sur ses moignons dans une rue d'Afrique, l'énorme Osmesinda de Jesus qui rentre chez elle à Rio, Idris, le bandit kurde mal rasé, le prisonnier Claude Péloquin égorgé dans un pénitencier canadien, le grand mufti des armées jordaniennes, le cheval mort dont le ventre gonfle sous la neige, le margouillat qui, ventousé à une corniche, observe une mouche sur le crâne chauve d'un rédacteur en chef, comme cette mouche même, comme les monstres à tête plate qu'on expose aux badauds dc Marinc Drive à Bombay, ne le prends pas mal, tu es comme moi et comme tout, beauté, le reflet anamorphosé d'un motif primordial. Ainsi, par exemple, étant amoureux de toi, ce n'est pas exactement de moi que je le suis, mais d'une forme dérivée de la même forme que moi. Et chacune de celles qu'avant toi j'ai aimées aujourd'hui – parce que je ne te cache pas qu'avant d'arriver jusqu'à toi, je me suis laissé séduire plusieurs fois – était aussi une variation de ce thème originel, assez proche d'ailleurs de celle que tu réalises et qui te définit, si bien qu'il n'est pas faux de dire que les aimant, je m'approchais de t'aimer (mais on peut prétendre aussi, **cela revient au même**, que t'aimant, c'est elles toutes que j'aime en toi : car fidélité amoureuse et donjuanisme ne sont que deux aspects d'un même phénomène lumineux, comprends-tu ?). Je te raconte tout cela, lumen de lumine, pour t'enseigner une chose : dans l'inépuisable production de formes qui sans cesse jaillissent, dans toutes les directions, de la fontaine spéculaire, il arrive très rarement que l'une se répète, absolument à l'identique, en une autre ; en revanche, il est fréquent que, de ces reflets qui constituent le théâtre du monde, deux ou plusieurs laissent paraître une similitude où se lit, de façon imparfaite, leur commune origine : c'est l'empreinte, extraordinairement déformée parfois, mais que l'esprit peut lire, de l'unique principe qui est en eux. Et par exemple, je te l'ai dit, toi tu ressembles un peu à une actrice guatémaltèque, à une ouvrière portugaise, à une hôtesse de l'air turque, que j'ai connues, qui étaient comme des simulacres de toi. Et, de façon apparemment très différente, mais au fond, je te l'ai dit, semblable, regarde : à Dholaikhal, le voleur pris sur le fait est lié à un pylône et livré à la justice sommaire des enfants. A

Puerto Maldonado, dans la boucle du Madre de Dios, Martín Levano Espinoza se fait surprendre par une ronde nocturne de vigilants cependant qu'en compagnie de deux complices ils quittent la maison d'Agapito Condori avec tout leur butin : appareils domestiques, télévision, et des poules de la basse-cour. C'est ce dernier détail qui les a perdus, évidemment, les gloussements frénétiques des gallinacés égorgés, et le sillage de gouttes de sang dans la poussière du chemin. Les deux complices de Martín ont réussi à mettre les voiles, mais lui s'est fait prendre, et les hommes de la ronde de nuit, alors, ont creusé un grand trou dans la terre, lui disant qu'ils allaient l'enterrer vivant. Finalement, ils ne l'ont enterré que jusqu'au cou. Puis ils ont commencé à fustiger son visage avec les poules égorgées, cela faisait un beau spectacle, une scène pour un peintre, la tête sortant du sol dans le cercle des lampes, ruisselante de sang, environnée d'un nuage de plumes qui retombaient en virevoltant. Martín ressemble un peu au fusillé anonyme du *Tres de Mayo*. Et de fil en aiguille, tout ce sang leur a donné une autre idée, ils ont sorti un rasoir et ont dit à Martín que maintenant on avait assez ri, qu'on allait l'égorger comme il l'avait fait avec les poules. En fin de compte ils se sont contentés de le tondre, mais alors sans prendre trop de précautions, en lui pelant et râpant le crâne bien à vif : et ils lui ont collé dessus une perruque de plumes. Avec tout ça l'aube se levait, le ciel au-dessus du navire noir du bagne virait au lilas puis au vert pomme, au jaune safran, on voyait trembler une lumière solitaire. Alors ils l'ont déterré, et ils l'ont tiré par les rues jusqu'à la plaza de Armas, entravé comme un animal, avec autour du cou un collier de poules mortes, et une pancarte disant : "Ce n'est qu'une partie de ce que j'ai volé." L'un des vigilants aurait voulu lui faire une cravate avec une corde et le téléviseur au bout, mais en définitive non, on ne l'a pas fait : ainsi, cette nuit, Martín Levano Espinoza n'a été ni enterré vif, ni égorgé ni étranglé, il ne faut pas se plaindre. Et regarde encore : à Calgary, au Canada, Cliff Anderson, conducteur d'une grue automotrice, a la peur de sa vie lorsqu'une dalle de béton de un mètre sur quatre, pesant cinq tonnes, qu'il hissait en haut d'un immeuble en construction à l'angle de 9th avenue et 2nd street SW, se désarrime et fait un plat sur le trottoir, de la hauteur du sixième étage, à raser sa cabine de commande. Sur un quai du port de Hong Kong, Wong Ngau, chauffeur, est en train d'allumer tranquillement une cigarette, il a posé les pieds sur le tableau de bord et prend quelques instants de détente lorsque son camion, de façon absolument contraire à toutes les lois de la pesanteur, décolle dans un bruit de tonnerre, grimpe à la verticale, accomplit un looping complet pour finir par plonger dans un bassin, à quelques encablures du cargo *Hwapyung Namjin* : un bloc de béton de douze tonnes qu'une grue soulevait hors de sa benne a glissé et est tombé sur le hayon. Wong Ngau parvient à ouvrir la portière et à regagner le quai à la nage, il a perdu dans l'affaire sa cigarette, sa casquette et la boîte d'allumettes. Maintenant il faut que je te précise, lumière des hockeyeuses, que les miroirs innombrables dont est faite la machine du monde sont presque immatériels, ce sont des lames d'air subtil, des vapeurs bombées, des nuées réfléchissantes, des cônes, ellipses, paraboles éthérés, lentilles gravitationnelles, prismes d'ondes et vitres de vide, des horlogeries d'arcs-en-ciel mues par des calculateurs à mémoires de rayons et d'ombres. Et si tu me demandes en quel nombre sont ces miroirs, des millions t'ai-je dit, et je ne saurais être plus précis, mais te révéler tout de même la mesure incommensurable qui les contient, cela je le puis : ils sont aussi nombreux, ni plus ni moins, que la somme de tous les mots de tous les lexiques de toutes les langues écrites ou non écrites, mortes ou parlées. Et quand je dis tous les mots de tous les lexiques, je désigne par là non seulement les mots des différents argots propres à chaque langue (disons, le latin que parlaient les voyous et les esclaves de Suburrhe, celui des marins et des trimardeurs d'Ostie, celui, à demi barbare, des garnisons du limes au bas Empire, et celui des clercs du VIIe siècle – disons), mais aussi les néologismes attestés ou simplement possibles, qu'un hasard, l'inattention ou la paresse ou le conformisme d'un auteur a retenus de naître sous la plume, le clavier, le stylet, le calame, le pinceau.. Celui qui connaîtrait l'ensemble prodigieux de ces mots morts et vivants, et mort-nés, sans en omettre un seul, celui-là connaîtrait aussi l'archétype qui, réfléchi par la mouvante nuée de miroirs, à lui tout seul peuple le monde. Et je te jure, lumière de mes yeux, que je suis loin, infiniment loin, en dépit de mes efforts, de connaître tous ces mots, et que donc je ne connais pas non plus le caractère primordial : sans quoi je te l'offrirais, comme un lys dans une aiguière à long col : car, je ne sais pourquoi, j'ai l'idée qu'il ressemble à cela, ou encore à une espèce de clef de sol. Et maintenant, regarde encore : Lynette McNeil a emmené son petit frère Bruce au Royal Easter Show d'Auckland. Ils sont tous deux sur les montagnes russes, Bruce est assis devant, Lynette derrière, à chaque montée ils retiennent leur souffle, c'est si beau de voir éclater les feux de la fête en gerbes multicolores, en rafales pointillées, en roues flamboyantes sur le fond noir de la baie, sous les baldaquins rougeâtres de l'orage magnétique, Bruce se retourne alors pour voir si sa sœur est toujours là, lui faire partager son excitation, et puis, avec une douceur infernale qui laisse tout le temps à la peur de venir, l'engin bascule et plonge dans un hurlement de roues et de rails, un déchaînement de vent, Bruce rit aux éclats, nerveusement, Lynette crie, se cramponne à la barre d'appui, ses cheveux volent, l'estomac bondit dans la gorge et déjà c'est la remontée, le décollage vers les étoiles, la délicieuse ascension, le vol suspendu au-dessus du tumulte, le pétillement de l'électricité, le piqué, l'accélération et un coup un choc le cœur qui s'arrête de battre cette fois les deux bouches qui s'ouvrent pour un cri de terreur vraie, les têtes horrifiées en bas, la cabine quitte les rails, jaillit comme un obus, s'incline, s'écrase : un grand bruit, puis la nuit. Lynette et Bruce se souviendront longtemps de Mad Mouse. A Colombo, Mohammed Osman emmène sa nièce Asifa Banu à la foire. Elle grimpe sur un éléphant aux yeux bleus et roses ourlés de longs cils, le manège démarre, un tigre bondit derrière elle sans la rattraper, des papillons volent dans le cercle d'ampoules, le manège accélère, le tigre allonge la foulée mais l'éléphant aussi, l'oncle fait bonjour à la petite qui lève joyeusement la main pour lui répondre, glisse, lâche la perche, tournoie, vient cogner de la tête contre le moteur : meurt instantanément, au son d'un orgue mécanique, sous une pluie d'ailes de papillons brûlés, au milieu de la ronde des enfants terrifiés. Un rien parfois, une déclinaison infime, une nuance distingue deux scènes du grand manège des formes : à l'imprévisible loterie des mirages, elles ont presque tiré le même numéro. Dans un commissariat de Johannesburg, l'élève policier Johan de Jongh fait le guignol avec son pistolet, la détonation d'un pot d'échappement le fait sursauter, son meilleur ami, Duanne Conn, tombe mortellement blessé. A dix mille kilomètres de là, à la caserne Sant Climent de Sescebes, en Catalogne, le cabo de guardia qui vient relever le factionnaire Carlos Martínez Díaz le vise pour jouer avec son arme de service, le coup part, ce n'est plus un jeu, la balle transperce la tête, la sentinelle s'écroule en sang, le caporal en larmes. A Brazzaville, Brigitte Koussafoula, qui vient d'accoucher dans une cuisine, précipite son nouveau-né dans le trou des latrines. A Dubaï c'est sur le toit d'un immeuble, derrière la cabane qui abrite la machinerie de l'ascenseur, que s'est traînée la Sri-Lankaise Dawn Banda, employée de maison, autant dire esclave, qui a été violée par son patron neuf mois auparavant (notamment), sur la table de la cuisine : et lorsqu'elle a mis au monde l'enfant né de cet accouplement horrible, elle l'étrangle, l'emballe dans un sac en plastique et le jette dans les cabinets. Sur Hegeman avenue, à Flatbush, dans Brooklyn, deux flics suivent un type qui leur semble avoir un comportement bizarre : il se retourne brusquement, les aligne avec un 45, presse la gâchette : le flingue s'enraye. On trouve cinquante mille dollars sur lui, ce qui ne contribue pas peu à aggraver les soupçonneuses spéculations des poulets. Rue Pervaïa Naproudnaïa, un sergent de la milice arrête un passant qui zigzague plus qu'il n'est d'usage, même à Moscou à minuit, et lui demande ses papiers : l'ivrogne sort de sa poche un pétard avec lequel il braque le milicien en lui gueulant "Vot my dokoumenty", les voilà, mes papiers. La gâchette gelée, ou bien le relâchement éthylique prononcé de l'asocial, font que le coup ne part pas. Dans ses poches, il y a cinquante roubles, un oignon et une photo en couleurs pliée en quatre, découpée dans un magazine ouest-allemand, d'une femme blonde en train de sucer une énorme bite. D'autres fois, belle au miroir, c'est un simple détail, une signature à peine visible, une mouche semblable sur deux visages du monde, qui témoigne du lointain et commun foyer de toutes les représentations : à Mar del Plata en Argentine, dans une rue en pente au bout de laquelle le petit matin fait découvrir, à travers une brume chocolat, les vagues de l'océan, gît le corps perforé d'une balle dans l'avant-bras gauche et d'une autre, fatale, dans le dos, d'un jeune homme blond âgé de vingt à vingt-cinq ans. Dans le caniveau brillent deux douilles, l'une de 38, l'autre de 45. Le mort, qui mesure un mètre soixante-dix, est vêtu d'un jean, d'une chemise brune dans la poche de laquelle sont glissées huit balles de 22 court (tout ça fait beaucoup de calibres, pense en se grattant la tête l'inspecteur venu faire les premières constatations), et chaussé d'espadrilles de pointure 43 couleur du drapeau argentin, bleu céleste. Au moment où le commissariat n° 7 de Caisamar est averti, par un coup de téléphone anonyme, de la présence du cadavre calle Aguirre, on repêche dans la Sambre, à Auvelais, le corps gonflé, filandreux, hydrophile, d'un homme entre vingt et trente ans, corpulent, mesurant un mètre soixante-quatorze, aux yeux marron (à l'œil marron, plutôt, parce que l'autre, les poissons se le sont farci) et aux longs cheveux noirs, présentant une cicatrice de cinq centimètres au-dessus de la malléole interne de la cheville droite et, sur l'avant-bras gauche, les traces d'un tatouage à partir desquelles les Champollion de la première section de la PJ de Namur ne tardent pas à reconstituer la fameuse devise “Ni Dieu ni maître !”. Le noyé (enfin, noyé, c'est ce qu'on va voir : n'allons pas trop vite en besogne !), le repêché, donc, porte un lambeau de chemise bleue finement lignée (“type aviateur”), un singlet blanc à manches courtes, un slip blanc avec un fin dessin blanc et orange, un jean noir de marque Touch of class, des chaussettes grises et **des mocassins bleu ciel de pointure 43** !

21

Ex-Joseph Nzoko boit du champagne

“N’importe quoi ! Des rapports de police, maintenant, des chaussures, des slips, des cicatrices ! Des douilles, des tatouages ! Des détails sans intérêt ! Sans intérêt littéraire aucun, veux-je dire !” Derrière moi Anatole Fix, de l’Académie française, grommelle. Cette vieille barbe. Je le sentais s’énerver depuis quelque temps, là, dans mon dos. “Je l’avais bien dit, que ça ne ferait jamais un roman, mais un fatras assommant. Où sont les personnages, où est l’histoire, la psychologie ? Je ne vois rien nulle part, qu’une pulvérisation de figures sans épaisseur. J’ai été patient, pourtant, j’ai attendu. Mais maintenant mon verdict tombe : **on n’y croit pas !** Ça ne marche pas ! Ces petits messieurs (pour la plupart, d’ailleurs, notez-le bien, anciens gauchistes embourgeoisés, ayant retourné leur veste !), ces petits maîtres tragiquement dépourvus d’imagination croient pouvoir faire les malins en s’affranchissant des **règles que nous ont léguées nos ancêtres**. Mais ça ne trompe personne ! Ce n’est que leur impuissance à maîtriser un vrai récit, à le conduire de bout en bout, à **inventer des types humains** (impuissance due, au fond, à la stérilité de leur esprit, à la sécheresse de leur âme) qui les pousse à jouer les originaux, les iconoclastes de salon, à inventer à toute force des **trucs** ! Mais, croyez-moi, Picasso, lui, savait aussi bien dessiner que Léonard de Vinci : alors, il pouvait se permettre ses extravagances, si ça lui chantait ! Et James Joyce, avant d’écrire *Ulysse* (ne parlons pas de *Finnegan’s*... Non, n’en parlons pas !), eh bien, monsieur Joyce, il avait écrit *Dubliners*... Une suite de portraits parfaitement classiques... Brossés de main de maître, enlevés... Inspirés par l'observation attentive de l'âme humaine ! Que je me permets d'ailleurs de préférer à cette histoire un peu confuse de Bloom, dans laquelle il eût été judicieux, à mon avis, de pratiquer certaines coupures. Et, dans un autre domaine, quelqu'un comme... comme Webern, par exemple... N'ayez pas peur, il savait faire pleurer le violoncelle aussi bien que Brahms, l'Anton... (Brahms qui, soit dit entre nous, est tout de même plus... délassant). La vérité, c'est ça : ces messieurs, ayant échoué à subvertir la société à leur profit égoïste, se sont dit que la prétendue 'révolution' (prétendue, car **ils n'inventent rien**, même dans le domaine du mauvais goût et de la provocation), où en étais-je ? oui, la prétendue révolution, la chienlit en fait, c'était peut-être plus facile, moins dangereux, eh eh, de la faire triompher dans la littérature. N'ayant pas vraiment réussi à effrayer le bourgeois, ils n'ont pas renoncé à l'épater, voyez-vous... Alors, ils tournent leurs faibles ressources contre le roman, qui est comme notre pacte social ! Notre Père qui est dans les cieux des Lettres ! Avec un grand 'L' les Lettres, je n'ai pas peur de le dire, moi ! En dépit de tous les ratés sociologijargonnants à la mode ! Les **belles lettres**, parfaitement ! Je disais ? Oui, c'est toujours, au fond, la même passion rageuse, mesquine, envieuse, de détruire ! Ah, Notre Père, donnez-nous un Jules Romains ! Qui d'ailleurs, remarquez-le, n'avait eu besoin de personne pour écrire, le premier, un livre à personnages multiples se déroulant dans l'espace d'une journée ! Mais un **vrai livre**, ça, le *Six Octobre !* Humain, social, etc. Rassemblé par l'unité de conception, de style, d'un créateur ! La patte d'un artisan-démiurge : car, ne l'oubliez jamais, il y a du menuisier **et** du Dieu dans le **vrai** écrivain, la modestie laborieuse du tour de main et le génie visionnaire du prophète ! Évidemment, dans leur insondable ignorance, nos petits messieurs 'modernes' (comme si le 'modernisme' n'était pas l'humble acceptation de **l'héritage** !), ils n'en ont jamais entendu parler, des *Hommes de bonne volonté*... Pff... De vieilles lunes, sans doute, pour ces fats...

– Ça suffit, Fix ! Tu ne vois pas que tu importunes la demoiselle ? Et d'abord : garde-à-vous ! Ou plutôt, non : couché ! A la niche ! Il continue à ronger son os, regarde, ce vieux clebs de Fix. Il est impayable, ce Fifix.

– Et le style ! Parlons-en, du style ! Illisible... Or, le style c'est l'homme. C'est Boileau qui l'a dit. Ce qui se conçoit bien s'énonce clairement. Ta-ri-Ta-ri-Ta-ra,Ta-ri-Ta-ri-Ta-ra. Là ! Voilà qui est envoyé ! Pourquoi, s'il vous plaît, croyez-vous que cette formule a passé les siècles ? Parce qu'elle est frappée au coin du bon sens et de la langue la plus pure ! Mais ils ne conçoivent pas bien, ils ne conçoivent rien ! Alors, ils embrouillent tout, pour dissimuler le vide de leur pensée... Pensez-vous, par hasard, qu'il y ait plusieurs syntaxes ? Non monsieur, il n'y a qu'une syntaxe, comme il n'y a qu'un Code civil. C'est comme ça. Si vous n'êtes pas contents, allez voir ailleurs. Croyez-vous qu'il faille des mots compliqués pour exprimer une pensée élevée ? Non monsieur. Voyez Pascal, Descartes, le *Discours de la Méthode*. Le génie de la langue française, c'est la simplicité. Seule, la poésie a droit... et encore... dans une certaine mesure... les plus grands n'en abusent pas. 'Demain, dès l'aube, à l'heure où blanchit la campagne' : voilà de la poésie française ! 'Le ciel n'est pas plus pur que le fond de mon cœur'... Ah, la pureté ! Même un homme comme Breton, André Breton, qui pourtant, vous en conviendrez, n'avait rien à apprendre sur le chapitre de la... disons, de la licence, morale et poétique, eh bien même lui il y est revenu, à **la pureté** ! 'Cueillez dès aujourd'hui les roses de la vie' ! 'Dans le courant d'une onde pure' ! Enfin les exemples abondent, heureusement ! Personnellement, d'ailleurs, je préfère Racine à Mallarmé, disons. Je ne vous le cache pas. Mais, au moins, Mallarmé était bref, concis... Un cristal enfumé, certes, mais un cristal tout de même, il faut le reconnaître. Le génie de la langue française, que dis-je, du peuple français, c'est encore **l'économie** ! L'épargne ! C'est avec l'épargne qu'on fait le franc-or, et c'est avec l'économie des mots qu'on cisèle une langue comme une monnaie ! Une médaille ! Fleur de coin ! Tout est lié ! Laissons les afféteries baroques aux Espagnols, aux mulâtres, aux pochards irlandais ! Les enflures métaphysiques à l'esprit embrumé des Allemands et autres Russes ! Qui d'ailleurs sont très respectables **dans leur contexte** ! Géniaux, même, je n'en disconviens pas ! Mais est-ce que vous voyez Angkor Vat, le Taj Mahal, la cathédrale Saint-Basile au bord de la Loire ? Vous imaginez le Kremlin au bout du pont de la Charité ? Non, n'est-ce pas ? **Chacun chez soi**, c'est mieux ainsi ! Ce qui n'interdit nullement, au contraire, de **s'enrichir** ensuite des apports étrangers ! C'est comme le tourisme, le tourisme culturel, j'entends : très bien, parfait, on n'apprécie que mieux la grâce de Chenonceaux quand on a connu la grandeur écrasante, impressionnante certes mais **totalitaire**, des pyramides ou de l'Escorial. Même l'art nègre... Il faut avoir vu ça. Apollinaire le prisait. N'empêche ! 'Sous le pont Mirabeau, coule la Seine / Et nos amours...' : c'est du Racine, ça ! Du **pur** Racine ! D'ailleurs, je suis respectueux de toutes les langues, moi, elles ont toutes leurs mérites, mais je ne suis pas pour les mélanger : je dis halte-là ! Fait-on du meilleur vin en le coupant de lait ou d'huile ? Je vous le demande. Commencez par connaître votre lexique français, mes petits amis ! Vous verrez qu'on y trouve tout, de quoi exprimer tous les sentiments : à condition, bien sûr, d'avoir du talent ! De l'inspiration ! C'est là, ç'a toujours été là la grande question ! L'hic Rhodus, hic salta ! On n'y échappe pas par des contorsions ! Des marivaudages, des adultères linguistiques ! Des miscellanées, des mésalliances ! Je répète : une langue pure, bâtie en purs blocs carrés de craie blanche française, un style simple, clair, concis, économique, une histoire **qui tienne la route**, mettant en scène des personnages fouillés par le scalpel des sciences de l'homme, psychologie, psychanalyse (qu'on ne vienne pas me dire que je ne suis pas moderne !), sociologie, un zeste d'humour par là-dessus, une unité de moyens mise au service d'une unité de dessein : voilà en quelques mots l'art du roman. Le reste est affaire de grâce.

– Bon. Silence ! Maintenant, ça suffit ! Ce type est jaloux, lumière de mes yeux. Il voudrait, ce cuistre, être à ma place, marcher à tes côtés sous les jacarandas du Yacht y Golf Club, sentir danser tes cheveux d'encre contre sa main, sur ton épaule, voler au hasard des pas le frôlement d'une hanche, d'un sein, tout cet exquis, excitant petit mic-mac qui à chaque fois vaut bien la littérature entière, l'embûche d'un retroussis de lèvres sur tes dents de piranha, d'un éclat d'œil noir fiché dans la chair. Cours toujours, Fix ! Porte le sac de la señorita, veux-tu, et tiens-toi dix pas en arrière. Ou bien non, rends-moi ce sac, et cours au Club regarder la télé. Je ne veux plus te voir traîner dans mes pattes, professeur. Ou alors je te retransforme en chien. Tiens, voici les programmes, tu n'auras que l'embarras du choix. Des histoires, des caractères, de la psychologie. A la louche ! De la psychanalyse comme s'il en pleuvait ! Qu'est-ce que tu préfères ? Attends voir... *Rueda de fuego* ? Les hommes de main envoyés par Felipe détruisent le bar de Joana. Elle recourt alors à Renato, qui promet de prendre des mesures (ce 'prendre des mesures' est admirable ! O économie !). Elle est surprise des attentions qu'il a pour elle. En se rendant à la maison de Lucía, Renato apprend ce qu'a fait Elio. Carolina très préoccupée désire savoir où et avec qui est parti son mari, Mario décide de lui raconter que l'histoire de Lucía est un subterfuge pour lui enlever les documents que Labanca lui a laissés. Tabaco parvient à tranquilliser ses fiancées. Dis donc, parce qu'il en a plusieurs ? Ça m'a l'air un peu compliqué, tu vas arriver à comprendre tout ça ? Si tu essayais plutôt *Niña moza* ? Je te résume : El Barón demande à Bruno de chercher en cachette Ricardo et de l'amener à l'hacienda pour qu'ils aient une explication à propos de quoi déjà, oui, c'est ça, à propos du cheval. Mario dit à Rafael que Juliana n'aime que lui (en voilà une bonne nouvelle, Rafael !). Ana, astucieusement, parvient à convaincre Adelaida de revenir avec José. Ça te dit ? Pas tant que ça ? Qu'est-ce qu'il te faut... Tu préfères peut-être *Roque Santeiro* ? Écoute-moi ça : pour que les gens ne pensent pas du mal d'eux, Roque emmène Lulú, qui ne veut plus voir José, à la maison de Tania (je flaire une intéressante hypocrisie...). Porcina continue à être surveillée par le señorito Malta (ah ah ! la petite Porcina... attention ! Cuidado !). Juan Ligero désire que pour le moment personne ne s'aperçoive de ses relations avec Dondita parce qu'il attend encore un peu pour se venger. Et toi aussi, Porcino, je vois bien que tu médites de te venger. Un bon petit article bien vachard... Prends toujours ça dans les gencives... Ah, voilà, je crois que je tiens ce qu'il te faut : Deborah arrive au Club (au Club, Porcino ! Au Yacht y Golf Club !), Deborah, donc, arrive au Club et **embrasse passionnément** Luis Javier (scène...). Valeria, qui est avec Rogelio, **sort en courant pour ne pas pleurer devant lui**. Alors là, on est en plein roman, ou je ne m'y connais pas... Leoncio dit à Rogelio qu'il est un cobarde, qu'il n'a pas la suficiente hombría (qu'il n'a pas les couilles, si tu préfères) pour... pour quoi, déjà ? Attends, j'ai perdu le fil. Voilà : pour **dire toute la vérité** (Truth ! Truth !) à Puny. Il (Rogelio, ce salaud !) confesse qu'il **aime une autre femme** ! Leoncio lui donne une gifle. Bravo ! Et maintenant, si tu ne veux pas t'en manger une toi-même, file, Lagarde & Michard ! Va te carrer dans ton fauteuil et n'en décolle plus ! Mets-t'en plein les mirettes ! Allez, dégage ! Et toi, lumière noire, excuse-moi. Mais ça fait un moment que ce type me colle aux basques, il faut que je le remette à sa place de temps en temps. Je te racontais que le monde était un miroir semblable, en infiniment plus compliqué, à celui devant lequel, tout à l'heure, Luz, avant de partir au Yacht y Golf Club, d'un doigt tu faisais glisser une mèche sur ton front. Regarde ces yeux brûlés par le soleil, hallucinés de peur, ces lèvres que la soif a craquelées comme des terres cuites, ces visages rongés, pelés, ces bras qui se tendent vers la silhouette minuscule d'un bateau, tout ce tableau vivant, ce remake du *Radeau de la Méduse :* ils sont partis de l'île d'Utila, au large du Honduras, il y a trois jours, puis leur barcasse est tombée en panne, sans réserves d'eau ni de nourriture. Et voilà qu'ils reprennent espoir en voyant grossir le *Miss Suelen* (!). Vois maintenant, très loin de là, entre les lignes des grands arbres tremblant à l'horizon, sur une nappe d'eau immense, encombrée d'herbes, de trompeuses îles végétales où clabaudent les oiseaux, dériver lentement, sous un ciel de plomb fondu, une sorte de *Titanic* équatorial légèrement gîté, ses coursives, sa coque blanche maculée de rouille, de mazout, de chiures diverses, comme dévorée par la putréfaction de la forêt. Penché à un bastingage, plus qu'à demi-ivre, ex-Joseph Nzoko boit au goulot, à grandes lampées, du

Moët et Chandon cuvée réservée. Il lui semble voir marcher sous les frondaisons du ciel un Christ-léopard farci de clous rouillés, aux yeux sertis de miroirs. Il jette la bouteille par-dessus bord, puis rote profondément, caverneusement, et tombe à genoux. L'ITB *Mudimbi* était parti de Kinshasa pour Lubumbashi lorsqu'à hauteur d'Ireba, là où les eaux de l'Oubangui entrent en coin dans celles du Zaïre, à grand renfort de troncs tournoyants et d'éclosions boueuses, il a perdu une de ses hélices, comme ça, partie virevolter avec les éclats de cuivre des poissons. On a alors envoyé un remorqueur pour l'épauler, mais voilà que, redescendant vers Kin, à deux cent quatre-vingt-cinq kilomètres au nord, entre Bolobo et Chambiri exactement, c'est le gouvernail qui a lâché le citoyen-commandant Wenge Nsempongo. Puis, par le travers de Nkana, le remorqueur est tombé en panne de gasoil, au moment même où il ne restait plus ni eau, ni bière Simba, ni vivres à bord du bateau ivre. Alors là, il n'y avait plus rien à faire vraiment, avec ses cinq mille passagers (si le mot n'est pas un peu trop luxueux, dans ce cas) entassés, agrippés partout, couchés partout, jonchant les ponts, assommés par la chaleur que ne combattait plus le léger vent de la marche, certains hurlant, des femmes, les enfants, d'autres priant, pleurant, délirant, dégueulant, débourrant par-dessus bord, et encore pas toujours, le bateau est devenu le jouet du courant, un jouet énorme au fil majestueux du fleuve, semblant immobile au milieu d'un cercle éblouissant de détritus, de déjections et de jacinthes d'eau, entre les arbres qui reculaient au loin, sous le feu gris des nuages. Heureusement, il y a aussi une Miss Sue Ellen dans l'histoire, et c'est, sauf le respect qu'on lui doit (et que cette histoire va encore conforter), le président-fondateur du MPR, le maréchal Mobutu Sese Seko remontant infatigable le fleuve, enfermé dans le bureau climatisé de son yacht *Kamanyola,* plongé dans ses pensées. Car le Père de la Nation aime à méditer sur les eaux gigantesques qui donnent leur nom au pays (**son** pays !), et en symbolisent l'énergie toujours renouvelée, avec la panthère dont la peau orne son chef (le chef bien nommé du Chef bien-aimé). Or donc, pendant trois heures, le Guide va s'enquérir de la situation, lamentable du reste, des passagers. Sans hésiter, il donne l'ordre à son capitaine de mettre en avant toute, et bientôt l'impeccable *Kamanyola* est en vue du gémissant et pestilent *Mudimbi*. Une prompte navette fait passer d'une cale à l'autre des tonnes de vivres frais et d'eau, et même des caisses de champagne dont beaucoup de ces malheureux n'ont, de leur vie, jamais vu une bouteille (aussi incroyable que cela puisse paraître, ô pétillante, ô très flûtée jeune fille dont sur le gazon du Club je dégraferais bien, comme un muselet, le corsage !). Et ex-Joseph Nzoko, qui est fort comme un buffle, et assoiffé comme un tamanoir, parvient à s'emparer d'un magnum et à démonter le bouchon comme il l'a vu faire dans un James Bond à la télévision (si bien que même l'explosion mousseuse qui s'ensuit ne le prend pas complètement au dépourvu). Et il boit, appuyé au bastingage, face au fleuve immense, rotant et rendant grâce au maréchal coiffé de léopard qui, de la coursive de sa cabine, suit la scène aux jumelles. Dieu soit loué ! La navigation présidentielle pour ses moments de profonde réflexion sur les grands problèmes de la vie nationale a été salvatrice ! Maintenant regarde encore, yeux de jaguar, comment dans le texte du monde deux phrases trahissent, par une commune bizarrerie du style, non pas qu'elles ont le même auteur, car il se peut qu'il n'y ait pas d'auteur (et le contraire aussi est imaginable, et même que ce soit **moi**, el Hacedor), mais qu'elles disent **la même chose**, qu'elles sont toutes, et pas seulement elles deux, des variations prodigieusement modulées d'un même signe (car en vérité il n'y a pas d'alphabet, il n'y a, il n'y a jamais eu qu'un alpha primordial et inconnaissable) : à Naplouse, en Israël, lorsque le tribunal militaire condamne à la prison à vie Mohammed Daoud qui a fait brûler vifs, d'un jet de cocktail molotov, une jeune femme et son fils de cinq ans, une chose étrange, une chose insoutenable se produit : l'assassin se met à rire en regardant la famille de ses victimes. A Penang en Malaisie, quand le président Datuk Mohammed Dzaiddin Abdullah annonce à Ooi Tian Huat, Yung Ean Huat et Yeoh Beng Hock que, pour avoir purifié quatre-vingt-dix-neuf grammes d'héroïne dans une maison de Lebuh Raya

Fettes Pertama, la cour les condamne à être pendus jusqu'à ce que mort s'ensuive, un sourire se dessine sur le visage de Ooi, et ce masque énigmatique d'ange de la mort (qui n'est pas sans rappeler celui qui, dans les arènes de Texcoco, transfigure Jorge Guttiérez lorsqu'il marche sur Platero, le sixième taureau de Doña Celia Barbosa) est encore le sien au moment où, plusieurs longues minutes après, il disparaît derrière la porte du fourgon cellulaire : peut-être, on ne sait, on ne sait pas ces choses-là, le gardera-t-il jusqu'au pied de la potence. Vois encore : entre Volkrust et Ingogo, sur la route de Durban, un barrage de police arrête un semi-remorque des Refrigerated Trucking, chargé à bloc de poulets congelés, et fait descendre le chauffeur : c'est au moment où, bâillonné et ligoté à une clôture, celui-ci les voit grimper dans sa cabine et démarrer plein pot vers l'État libre d'Orange, qu'il comprend que les poulets qui l'ont arrêté, quant à eux, sont des faux. A Vancouver, il est six heures du soir, il bruine, la marée est haute, quatre mètres au-dessus du zéro des cartes, dans cinq minutes le soleil va disparaître derrière l'île de Gabriola, Rosamund Johnson, qui tient la caisse du Church's Chicken, au 258 de West Broadway, feuillette le programme des cinémas, se demandant quel film elle va aller voir pour tromper son ennui, sa solitude, lorsqu'elle quittera le travail, à vingt heures : *Bill & Ted's excellent adventure*, au Granville, ça doit être sympathique et divertissant, ou bien *Skin deep*, au même ? Ce qui la tente et la repousse à la fois, c'est la notice qui suit : warning : some nudity, suggestive scenes, very coarse language (**w : sn, ss, vcl**). Peut-être *Dangerous Liaisons*, alors, à l'Oakridge Centre, some suggestive scenes, occasional nudity (**sss, on**), pour couper, oh ! la poire en deux ? C'est une histoire française, il paraît, or les Français sont vicieux mais chics, il lui semble qu'elle aura moins honte qu'à **sn, ss, vcl**. Toutes ces histoires de sexe lui font peur, pourquoi grand dieu le monde est-il si malade de ça de nos jours, les nudités aussi, parce qu'elle se trouve laide, mais d'un autre côté c'est bien excitant... Suggestive scenes... *Dream a little dream ?* Warning : occasional very coarse and suggestive language. **W : ss, vcl. W : ocl**. Toutes ces whistling letters font comme une langue sifflante, insinuante, de serpent tentateur, une petite langue vive et fourchue et suggestive de french snake qui, qui fait quoi mon dieu ? Petit salaud ! Rrring ! La porte s'ouvre et paraissent une grande métisse décharnée et une grosse Indienne, l'air stoned toutes les deux, Laurel et Hardy a-t-elle le temps de penser juste avant que Stan ne sorte un revolver et Oliver un couteau : Seize ailes de poulet pané et plus vite que ça, et magne ton gros cul sinon c'est toi qu'on va rouler dans la chapelure, turkey ! Voilà ce qu'elles veulent. Mais naturellement... Tremblante, Rosamund emballe les ailerons graisseux dans deux sacs en papier, et les deux poulettes franchissent la porte à reculons, continuant à la braquer. Juste Ciel ! Pendant qu'elle téléphone à la police, puis reprend péniblement ses esprits (finalement, c'est décidé, elle ira voir *Women on the verge of nervous breakdown* au Royal Centre), les voleuses de volaille foncent sous la pluie au volant de leur Ford Tempo rouge. Trémoussant des hanches, claquant des doigts, Michael Jackson à fond les baffles, Laurel conduit, Hardy compte les prises tant bien que mal, cinquante-deux, cinquante-trois, cinquante-quatre morceaux répartis en neuf sacs (treize pilons fauchés au 7 Eleven d'Oak street, vingt-huit ailes provenant du Shell Circle Food et de Church's Chicken, donc, quarante et un, putain, conduis pas si vite, j'en ai perdu une sous le siège, treize blancs avec des french fries et du ketchup raflés au Sue's Grocery de Victoria drive, cinquante-quatre, c'est bien ça), la Ford freine en dérapant, roues bloquées, sur la chaussée mouillée de Bute street, devant les lumières de Robson Gourmet Meat : putain, ça sent le chicken au garlic jusqu'à l'autre bout du Pacifique, garez vos abattis, les gourmets, il y a du grabuge dans l'air ! Il y en a aussi, et même du sérieux, au bar "Olho por olho", œil pour œil, du bairro La Compensa à Manaus : Pedro Ceará, un chercheur d'ennuis très connu dans le quartier, est pété comme tous les soirs, il balance de la bière à la gueule des autres clients. Vônio Afonso Santos da Silva, marchand forain, qui habite non loin de là, au n° 50 de la travessa Tiradentes, n'a pas l'esprit à rire, ce soir : la giclée poisseuse qui lui asperge la face, éteint sa cigarette et ruisselle dans son col, il la prend mal. Il marche sur Ceará, qui tire un couteau de sa ceinture et le plante en pleine poitrine, la lame entre jusqu'à la garde, dans trois minutes il va mourir. Au même moment, dans le train Nairobi-Mombasa qui vient de dépasser la gare de Marajani, qui cahote, tamponne, patine vers l'océan Indien, entre les hautes herbes couchées par la tornade, Peter Kinuthia Mirara se sent devenir excessivement nerveux, la pluie lui fait toujours cet effet depuis que, gamin, il a failli se noyer dans l'Athi en crue, charriant des bœufs morts et des paillottes déracinées, et ce sont maintenant des murailles d eau grise qui s'effondrent sur le train, faisant trembler ses tôles et ses vitres. Peter s'enfile une bière, puis une autre, puis l'indifférence de ses voisins devant le désastre l'exaspère : pour leur apprendre à mépriser l'humide, il les asperge de bière, et l'agent Alfred Nganga qui, n'écoutant que son devoir, cherche à s'interposer, il lui lance la bouteille en plein visage. Ne voient-ils donc pas, tous, que l'océan, comme un grand singe malfaisant qu'il est, un vieux singe mâle couvert de poils gris, aux moustaches d'écume, puant mangeur de poissons morts au pénis de vent, a grimpé jusqu'au ciel ? Depuis le temps qu'il essayait !

22

Son Altesse Saqr Bin Mohammed al Qassimi inaugure l'abattoir automatique de la compagnie des volailles

(théâtre)

"Entre l'Auteur, vêtu d'un manteau d'étoiles, des rayons à son chapeau." L'Auteur, c'est moi, mais Amparo, qui tient ouvert sur ses genoux le théâtre de Calderón, ne le sait pas encore. Autour de ses cheveux qui couvrent un peu le front, tombent sur l'épaule et le sein droit, la lumière de saphir de la baie de Valparaíso, encadrée dans le rectangle d'une fenêtre, festonnée de palmes, où nage un cargo blanc, forme des aiguilles, une neige brillante d'infimes cristaux. Entra el Autor... Bien qu'étudiante en art dramatique et comédienne débutante, Amparo ne connaît pas le pouvoir magique d'un livre. Elle ne sait pas que le monde peut exister aussi véridiquement dans une page que l'océan Pacifique dans le plan de la fenêtre. Pour l'instant, je n'entre pas encore : dissimulé comme un dieu antique dans une légère nuée, je la regarde. A certains moments, on a beau être l'Auteur, le Grand Indifférent, une tristesse vous saisit à voir l'offense que les créatures adressent continûment à la Création. Et ça n'est pas qu'on en fasse une telle histoire, de la Création, quand on est le Créateur, mais tout de même... De là à la saloper comme ça... Mais il y a d'autres fois – rares, il faut bien le dire – où c'est au contraire une sorte de paix, de joie naïve comme celle d'un enfant, qui vous submerge. La beauté du monde est là, et l'on voit que cela est bon, en effet.

La mer, les feux liquides pris dans les cheveux de cette fille, la volute d'une palme, les flammes noires des cyprès dans la blancheur d'un cimetière littoral, une table sur laquelle sont posés des livres, une orange, une carafe d'eau où se meuvent d'autres clartés... Les lignes douces du menton, des cils, l'arc à la double courbure des lèvres, l'éclat d'acajou des yeux, le creusement des reins, le poli des beaux genoux serrés, des jambes croisées, obliques, le brillant mat de la peau... Oui, vraiment, dignum et justum est... Ah, Amparo, tu vas être mon abri, une heure ou deux. Je suis l'Auteur, des rayons tournoient autour de ma tête comme autour de la lanterne du phare qui guide jusqu'à l'abri du port. Je viens vers elle, j'entre, vêtu d'étoiles... Achernar, Antares, Agena, Algol... Capella, Deneb, Electra, Fomalhaut... Zauzak, Zuben Elgennubi... toutes les lettres boréales et australes, grecques, juives, arabes, romaines, italiques, les bleues, les rouges, les naines et les géantes... les majuscules, les minuscules... cousues à mon manteau. Elle est étudiante à l'école de théâtre de Gustavo Meza, une bonne école, et elle lit, devant la fenêtre où la mer étincelle entre les palmes, *Le Grand Théâtre du monde,* un auto sacramental qu'on ne joue plus guère, aujourd'hui. “Campagne d'éléments, de forêts, de rayons, d'océans et de vents, que de tout leur poids sillonnent les oiseaux, ces navires ; avec ces océans et ces mers où tour à tour se pressent des escadres de poissons ; avec ces rayons dont t'illumine l'aveugle colère de la foudre...” Une mouette d'un coup d'aile glisse vertigineusement au-dessus d'une escadre de cargos en rade, enfile la rue Cochrane, l'avenida Errazuriz, remonte à flanc de cerro vers les tombes blanches des Insurgentes, jette son ombre en faucille sur l'escalier des frères Montgolfier, la maison couverte de tôle ondulée peinte qui lui fait comme un costume de velours, la fenêtre derrière laquelle lit la jeune fille. C'est *La vie est un songe* qu'elle devait étudier et puis le livre, feuilleté (le battement de cet éventail de mots, chaque page comme une fenêtre ouvrant sur le vol des oiseaux, le labyrinthe des villes, le travail minuscule des destins et des pensées sous des tempêtes de rayons et d'ombres), l'a laissée interdite soudain devant le culot superbe de cette ouverture du *Grand Théâtre* : "... Pour te nommer en une fois, toi, le Monde, qui nais comme le Phénix et dans la gloire de tes propres cendres, viens, je t'appelle ! (**entre le Monde, par une porte opposée**)." C'est cela surtout, cette notation scénique extravagante, qui la laisse amusée et perplexe. Cependant, Amparo, me voici, moi l'Auteur : j'entre par la fenêtre avec l'ombre rapide de la mouette dans le grand soleil bleu. Je ne me fais pas voir, je me glisse dans les pages, j'y demeure, je me contenterai, cette fois, de jouer le génie discret, le sorcier, le daïmon qui, invisible, fait tout découvrir, l'œil de la lettre : ainsi me tiendrai-je, incognito, sur ton giron. Ce n'est qu'à la fin peut-être que, dans la tradition des contes, je me ferai reconnaître en prenant forme humaine (parce que je n'en suis pas moins homme). Le monde, donc, à mon appel, entre par la page opposée. Le voici qui interroge : "Que me commandes-tu, que veux-tu de moi ?" Je veux, c'est simple, qu'il fasse paraître sur sa scène le spectacle de la comédie humaine. Qu'entrent d'abord LES ROIS DU MONDE, ceux qui s'imaginent que leur reviennent la pompe et le laurier. Nul besoin de voyager loin pour trouver le premier, c'est en bas de la colline, sur les quais du port de Valparaíso, qu'il vaque à ses royales occupations. Il a une belle veste blanche avec huit boutons dorés, des parements pourpre et or, un pantalon gris-bleu et une haute casquette de la même couleur, il avance en roulant un peu des épaules, balançant ses mains au dos veiné, une grosse chevalière d'or à l'annulaire gauche, une grosse montre à cadran noir dépassant sous la manchette, deux rides profondes, un peu dégoûtées, encadrent la bouche surmontée d'une fine moustache grisonnante, on dirait un vieux caïd las de devoir s'occuper d'affaires qui ne sont plus de son âge, aller encore une fois au feu avec sa bande, mais c'est comme ça, les jeunes sont des demi-sel, qu'on aperçoit autour de lui en costumes de cadres-larbins (gilets, cravates rayées), d'évêques (soutanes violettes, croix pectorales), ou bien alors de prolos (chemises à carreaux, bleus de travail et casques de sécurité). Décor : pattes d'araignées géantes des grues, portes métalliques d'entrepôts, rails, piles de caisses marquées "APPLES". Le capitán general Augusto

Pinochet Ugarte visite impromptu le poste un du port, pour marquer son soutien aux fruits chiliens, pommes, pêches, raisins, etc., ses sujets, injustement boycottés (sous prétexte qu'on y aurait trouvé du cyanure) par le lobby judéo-marxo-impérialiste nord-américain. Et pour bien manifester la justesse de cette cause sacrée, une pomme qu'on lui tend respectueusement, bien verte et luisante, il la montre au peuple (cadres-laquais, évêques et prolétaires), puis la porte à sa bouche et y plante ses très chrétiennes ratiches : Prenez et mangez-en tous, car ceci est mon corps, pensent, machinalement, les ecclésiastiques. Or, voici paraître sur scène, justement, le maître du puissant empire. Son esprit vague bien loin des pommes chiliennes, qu'on en juge : dans ce qui fut le salon de maquillage de Nancy, la charmante femme de son prédécesseur, il se penche sur une caisse frappée de l'aigle américain où gît la première chienne des USA. Millie, entourée de ses six chiots, halète quelque peu, mais sa bonne grosse langue papuleuse, dégoulinant par les interstices des crocs telle une tranche de jambon d'un sandwich bien garni, trouve la force de lécher la main qui tient la foudre mégatonnique lorsque celle-ci, descendue du ciel, s'attarde à gratouiller le fidèle museau. Cependant le président, que les affaires de la planète appellent depuis les coulisses, est bien vite relevé, et son œil jupitérien, un instant embué, se rassure en lisant la dépêche qui vient de s'afficher au même instant sur des milliers d'écrans, from coast to coast, et même, devançant le jour ou remontant son cours vers la nuit, au-delà des deux grands océans, et dont un officier d'ordonnance lui apporte, sur un plateau, la copie : "Une légère fièvre, causée par une petite infection utérine, a été la cause de quelque inconfort pour Millie", y lit-on. "Le traitement à base d'ampécilline trois fois par jour a déjà commencé à produire ses effets et l'état de l'épagneule présidentielle n'inspire aucune inquiétude." Même compte tenu de la volonté légitime de rassurer le peuple américain (ainsi, le président sait bien qu'il ne s'agit pas d'une *petite* infection, mais d'une métrite carabinée), les termes du communiqué ne laissent pas de place au doute, et c'est d'un pas plus léger que le maître du monde s'en retourne au bureau ovale. Quelque soixante-dix-huit degrés plus à l'est et huit plus au nord, un autre grand ami des chiens, le président de la République française, arborant le chapeau noir à large bord et l'écharpe rouge qui humanisent son masque impérial d'une touche Aristide Bruant, descend d'un hélicoptère à Saint-Gaudent dans le Poitou. Il tombe une pluie fine, la température est de douze degrés. Bondis d'autres aéronefs, ministres et courtisans (parmi eux, plusieurs écrivains) courent pour figurer, sur les photographies, dans le cercle de grâce efficace qui, comme une mandorle, entoure le roi (et dont on peut estimer le diamètre à vingt fois celui du chapeau, pas plus). Cette cohue de haut vol empêche l'abbé républicain Desnoues de faire entonner par la chorale paroissiale un hymne de sa composition, "Je t'aime, ô ma patrie", qui ainsi ne sera jamais, selon toute probabilité, créé : on imagine sans peine la déception du prêtre jureur. En revanche Pierre Barusseau, le maire, vit son heure de gloire : après que la petite Sandrine, en costume d'époque, a gracieusement offert au chef de l'État un bouquet de vraies fleurs, il en compose un autre, tout de roses et de lis rhétoriques, avant d'offrir à l'hôte illustre de Saint-Gaudent "un de ces vieux ouvrages comme il les affectionne". Ensuite, tout va très vite, on aperçoit des têtes ministérielles hilares, d'autres très joyeuses aussi bien qu'anonymes, les visages affairés de paysans d'opérette en bonnet phrygien, foulard rouge, gilet moutarde, chemise à manches bouffantes et hauts-de-chausses ou quelque chose du genre, une sorte de lessiveuse dans laquelle le président enfonce une pelle, il doit y avoir de la terre là-dedans, une casquette plate de préfet, quelques parapluies ouverts, un grêle arbrisseau qui est un chêne d'Amérique, un arrosoir, plusieurs qui se poussent du col pour voir, puis celui que certains irrespectueux brocardent du nom de "Dieu" remonte au ciel, parmi ses anges mécaniques, dans un grand fracas de vent. Et maintenant, en as-tu assez des rois, Amparo, ou bien veux-tu en voir paraître sur la scène quelques autres ? Moi, l'Auteur, j'en ai encore des bottes, pour te divertir : au milieu d'un concert de mâles blatèrements, par exemple, sous des pluies de sable et de lumière, Sa Majesté le

Sheikh Zayd ben Sultan al Nahyan donne solennellement le départ, dans la ville de Wathaba, de la première épreuve, dotée comme premier prix d'une Nissan Station et comme second de onze mille ryals, du grand festival annuel de courses de dromadaires pur sang, auquel participent des animaux venus de tous les États du Golfe ainsi que d'autres pays arabes frères. Pendant ce temps, au milieu d'un concert de lamentables gloussements et caquètements, sous des pluies de plumes et de néon, Son Altesse Saqr bin Mohammed al Qassimi, accompagné de Sheikh Saud bin Saqr al Qassimi, inaugure à Ras al Khaimah l'abattoir automatique de la Compagnie des volailles, capable d'expédier deux mille poulets à l'heure. Dans une villa de Jalan Slamet Riyadi, à Djakarta-Est, le président Suharto honore de sa présence le mariage de sa nièce Retno Widiyanti Djoehron avec Ir. Abdullah Qadar Siregar. Il pose pour la photo officielle avec les jeunes époux et des parents, sous un baldaquin de tapis à ramages portés par des colonnettes torsadées. Son Excellence Ngwazi Dr H. Kamuzu Banda, quant à lui, président à vie du Malawi et commandant en chef, entre autres troupes, des Young Pioneers, conclut au stade qui porte son nom, le Kamuzu Stadium de sa bonne ville de Blantyre, la cérémonie d'ouverture de la Semaine de la Jeunesse. Aussitôt après, galvanisés par ses exhortations, les jeunes se ruent, au cri mille fois répété de "Long Live Kamuzu !", sur les routes qu'ils désherbent, les maisons de leurs professeurs qu'ils retapent et repeignent, les latrines et les égouts qu'ils curent, les mares qu'ils assèchent, les vieillards qu'ils assistent, les sols des hôpitaux, bureaux, écoles, qu'ils lavent et désinfectent, dans un enthousiasme indescriptible. Sa Sainteté Jean-Paul II, pape, se fait remettre par une délégation d'horticulteurs néerlandais huit cents arbrisseaux et dix mille fleurs pour décorer la place Saint-Pierre, présent dont il les remercie de quelques bénédictions. A Freetown, dans son bureau dont les baies de verre blindé laissent voir les vagues grises de l'océan, le major-général président Dr J. S. Momoh, muni des exemplaires récents de *The Globe*, *The Vision*, *The Progress*, et d'une liste d'entreprises installées en Sierra Leone, pointe celles – peu nombreuses, d'ailleurs – qui ont omis de faire paraître un placard lui souhaitant d'heureuses fêtes de Pâques. Ibrahim Obries Mansaray, alias Brima Datsun, directeur général de Rosetta Enterprises (Howe street), n'a pas oublié, quant à lui, cette gentille attention (pour quelques leones de plus, il a même rajouté, après "Happy Easter", "We heartily support the constructive policies of the New Order Regime of Maj. Gen. Momoh !"). Néanmoins, il risque d'aller en prison : alors que, déjà stark drunk, il file à toute allure le long d'Aberdeen Ferry Road au volant de sa Mercedes dorée, il balance violemment sa grosse pépite six cylindres dans le pare-chocs d'une beaucoup plus modeste Toyota. Et en plus, l'effronté et arrogant jeune businessman, jailli en smoking lilas de son carrosse amoché, commence à insulter grossièrement sa flegmatique victime. Son haleine pue le whisky, et attention, pas l'akpetachi, plutôt le Knockando. Las ! Sous le vol des grandes chauves-souris de velours, l'homme de la Toyota décline son identité : Hon. S. M. F. Kutubu, Chief Justice of Sierra Leone. Shit ! Datsun chancelle sous le coup. Son instructive aventure nous permettra de passer, Amparo, au second rôle de la distribution : LES RICHES. Nous commencions à en avoir assez, n'est-ce pas, des simagrées des gouvernants ? Ainsi, rois de ces méprisables empires, que cessent vos ambitions, car sur le théâtre du monde vos rôles sont achevés ! Mais vois, nombre de ces cabotins continuent à se presser derrière la porte pratiquée côté jardin du globe scénique : si fort est leur désir de battre les planches, en dépit même des lazzi et des œufs pourris. Papandréou le Grec, la main sur le cœur, en costume et maquillage de pilote de ligne (lunettes Ray-ban, cravate dénouée, teint hâlé, tempes argentées, ailes d'Icare déglingué), insiste pour déclamer sa tirade : "Écoutez-moi juste un instant ! Il est de mon devoir de ne pas cacher une relation aussi bouleversante que celle que j'entretiens avec Dimitra, mon hôtesse de l'air ! C'est une femme qui a de la personnalité, du jugement, de la générosité. Elle me donne foi et espoir en… – Stop ! Suffit ! – Attendez ! Cette relation est fondée sur un amour profond, croyez-moi, monsieur le Directeur, soudé lors de ma récente attaque, à l'occasion de laquelle, comme vous le savez, monsieur l'Auteur, je me suis trouvé au bord de... – Suffit, ai-je dit! Revois ton texte. Moins de pathos, moins de stéréotypes: je me fais comprendre? C'est du grec, non? Au bord de quoi, au bord de la mort, je parie... Allez, Graeculus: moins de *Marie-Claire*, plus de Sophocle. OK? Va voler ailleurs, Phaéton!" Mais voilà qu'à peine l'ai-je repoussé dans les coulisses, c'est un Australien (poche marsupiale, beaux cheveux blancs ondulés) qui martèle la porte de ses poings: "Laissez-moi entrer, je suis le Premier ministre, j'ai quelque chose d'inouï à déclarer: j'ai trompé Hazel, ma femme, c'est vrai, et pourtant je l'aimais et l'aimerai toujours! – On s'en fout, Amparo et moi. – But she is an incredible woman, incredible..." (il laisse rouler, en même temps que les r d'incrredible, quelques larmes sur ses joues burinées). "Elle a compris que cela faisait partie de mon caractère plutôt instable et exubérant. – Dehors, j'ai dit! On n'a plus besoin de gouvernants. C'est des **riches** qu'on cherche, maintenant. De simples riches." Il sanglote, il insiste: "J'ai aussi eu quelques problèmes avec l'alcool. Je suis un personnage de roman, vous savez. – Mais moi aussi, mon vieux. Ça n'est pas la question. Je te répète qu'on n'a plus d'emploi pour toi. Le casting est bouclé, c'est clair? Va voir Channel Seven, womaniser, tu les intéresseras peut-être?" Il décampe. Ouf! Ce qu'ils sont collants... Ah, voici un riche qui se présente. Non, c'est une riche, et même une pléiade de femmes riches et bronzées, quelle chance, qui vont nous jouer le défilé de mode, elles sont toutes assises dans des bergères Louis XVI, sous les lustres du grand salon du palais Piwonka à Santiago du Chili, pour assister à la présentation de la sublime collection automne-hiver 89 créée par le crayon génial de Carmen Gana pour Felix Bassano. L'air est embaumé des fragrances étourdissantes de multiples parfums, parmi lesquels dominent tout de même les accords aristocratiques de Joy de Patou, Shalimar de Guerlain, Cinq de Chanel, Miss Dior de Dior qu'affectionnent les plus jeunes des spectatrices, First de Van Cleef & Arpels, la signature internationale de la fortune la plus sélect, qui se croisent et se mêlent avec les battements des éventails de nacre, d'écaille ou de soie, créant une atmosphère langoureuse, ensorcelante, de conte des mille et une nuits moderne. Au cou, aux poignets, sur le sein de nos élégantes scintillent l'or, l'argent, les gemmes les plus rares, dont l'éclat rivalise avec celui de leurs yeux, si bien qu'on peut se demander si le spectacle est sur le podium, où glissent, ondulent, dansent pourtant des grâces sculpturales, parées d'étoffes dont formes et couleurs semblent avoir été choisies par des déesses, presque immatérielles à force de rigueur épurée, ou bien dans la salle, de chaque côté, où douairières et héritières des plus belles fortunes du pays s'extasient, commentent, applaudissent de leurs doigts menus, font courir nerveusement sur le bloc-notes leur stylo Cartier ou Shaeffer (et il est émouvant, il est réconfortant de penser que ces femmes à qui rien ou presque n'a été refusé éprouvent, devant ces radieux chiffons, l'émotion du petit enfant pauvre devant un jouet en vitrine : universalité de l'humaine condition !). Il y a là, en effet, les fleurons de l'agriculture, du commerce et de l'industrie nationales, les canons et mitrailleuses Cardoen qui président à la fête par l'éclatante entremise d'Angelica Delano de Cardoen, la bien nommée, les agrumes, les fruits injustement boudés par les ennemis de la patrie, les vignobles Concha y Toro et autres, qui rehaussent tant de tables des deux Amériques et au-delà, les pêcheries et conserveries de poissons, etc. Ces gracieuses ambassadrices du rude travail des hommes, on ne saurait toutes les citer, qu'il suffise d'évoquer quelques roses de ce bouquet (les autres nous pardonneront) : outre Angelica de Cardoen déjà nommée, vaste blonde genre Line Renaud, Francesca Cardoen, sa mignonne fille, María Luisa Fernández de Schweitzer, Malú del Río de Edwards, Isabel Contardo de Montero, l'excitante blonde cendrée Jackie Wolf, à la lippe désabusée, Deborah Calderón, oui, la petite Deborah au menton pointu, aux yeux songeurs, qui porte le nom, Amparo, de l'auteur du *Grand Théâtre...* (c'est-à-dire un de mes innombrables noms, Amparo), Susana Roccatagliata, une belle brune rizotada, frisottée, Deborah Heggie qui me plaît beaucoup, je dois le dire, en chemisier rayé d'une exquise simplicité, María Teresa Pellegrini de Vial et Mónica Vial de Pellegrini, Patricia de Torres et Nella María Celis de Honorato, deux jolies blondes, Jennifer Dobleway et Belinda Moro, à ne pas confondre avec Belinda de Moro, sa mère et la mairesse de Providencia, qui est là aussi, en compagnie de María Angelica Cristi de Morrisson, la belle mairesse de Peñalolén, au grand front encadré par d'impeccables bandeaux de cheveux bruns, aux dents éclatantes et féroces de grande bourgeoise sud-am nourrie à la viande rouge et à l'hostie consacrée. Enfin, comme c'est beau, toutes ces chairs suaves et prospères, ces peaux de soie, ces manières, ces intonations exquises, cette culture raffinée qu'insuffle la fréquentation dès le plus jeune âge des clubs hippiques et nautiques, des célébrations liturgiques, des cercles militaires, et tout cela revêtant, exprimant des âmes généreuses, en plus : car les fonds recueillis seront versés sur le compte du centre cardio-vasculaire de l'hôpital pour enfants Calvo Mackenna, voilà le plus émouvant de tout, Amparo. Non, il n'y a pas de quoi rire. Allons, maintenant, merci, mesdames, votre représentation a été parfaite, quittez la scène, je vous en prie, par la porte de droite. Comment ? Pour le cachet ? Et quoi, encore ? Versé aux petites sœurs des pauvres. Un moment... Deborah, et vous aussi, Deborah, passez me voir, voulez-vous, tout à l'heure. Moi, l'Auteur. Ou bien non, c'est moi qui vous joindrai. Au revoir. Hasta prontito. Bon, maintenant, nous avons ? Faites entrer... Arora, un homme d'affaires indien de Dubaï qui a acheté pour un million de roupies, aux enchères à New Delhi, une Mercedes décapotable de mille neuf cent cinquante ? Désolé, mon vieux, ce n'est pas que votre numéro soit mauvais, au contraire, mais il est déjà passé, et en lever de rideau, encore ! En vedette américaine... J'espère qu'il aura plu au public. Revenez demain, on verra. Dans le rôle du nabab collectionneur, cette fois, on mettra l'ex-star du base-ball Reggie Jackson, qui vient de signer un chèque d'un million de dollars à Carl Dwiggins, un vendeur de voitures d'occase de Conover, en Caroline du Nord, pour reconstituer sa flotte détruite par un incendie en août dernier. Il en a acheté trente d'un coup, des Jaguar E, une Testarossa, deux Aston, une Porsche 911, rien que du "classic, high performance", et il blinde sur la route de

Charlotte, le long de Big Duke Lake, au volant de celle que le vieux Carl a eu le plus de mal à lui lâcher, une Camaro ZL 1 de mille neuf cent soixante-neuf, putain, un avion à réaction monté sur roues, un squale shooté au méthanol, elle lui a coûté cent vingt mille billets à elle toute seule, mais il ne les pleure pas, ses dollars : être assis le cul au ras du bitume dans son baquet, la casquette des Dodgers vissée sur la tête, derrière le petit pare-brise, l'immense capot, violet dans les lunettes noires, sur lequel se couche un soleil rose, bossué par les carbus quadruple corps qu'on entend boire comme toute la cavalerie de Custer au bord d'une rivière, après une belle charge, et par-dessus tout ça dans les oreilles le ronflement des pots nickelés qui ressemblent plutôt à des tuyères de fusée, aussi puissant que celui d'un stade au moment d'un home run réussi en finale de National League... bordel ! c'est mieux que... que d'être président des États-Unis... de coucher avec Ava Gardner ! Bon, pas mal, au suivant, s'il vous plaît. Who's that guy ? – Heuh... Hem... Lord David Brooke, fils du huitième Earl of Warwick, débarquant à Londres du vol Cathay Pacific en provenance de Perth, accompagné de ma femme, Lady Brooke. – Je sais, pour retrouver, à l'occasion des Easter holidays, vos enfants qui étudient dans une institution du Valais. Je connais. Écoutez, les gars, ce n'est pas sérieux. Des gens de votre condition, resquiller... On vous a déjà vus en train d'embarquer, à Perth. Ça n'était pas si palpitant, ça allait une fois, mais on ne vous a pas bissés, d'accord ? Sorry. A qui le tour ? La senhora Lídia Tourinho ? C'est à quel sujet ? Le thé de fiançailles de votre belle-fille Rita Rehem ? Ah, mais nous l'avons déjà visionnée, la petite Rita, essayant au miroir sa robe d'organdi bleu et vert sous un caraco champagne. Ravissante, avec ses longs cheveux bouclés, soyeux, dans cet ensemble de Mariazilda Monteiro. Je la retapisse très bien. Ainsi, c'est avec votre fils, Livio ? Félicitations. Eh bien, allons-y pour le chá-de-despedida-de-solteira. Ça fera un peu double emploi, je le pressens, avec le défilé de mode au palais Piwonka, mais enfin... Dépêchez-vous, alors... – La meilleure société de Bahía se presse sur les terrasses décorées par Luizinho Bastos, sous les velums de lin grège que fait palpiter la brise marine. On peut continuer? – Oui, oui, c'est très beau, mais allez à l'essentiel. – Entre les tables revêtues de nappes de dentelle, décorées de vases de céramique pleins de pommes d'amour et de gerbes de fleurs tropicales ensorcelantes, on remarque, échangeant des propos aussi intéressants et spirituels qu'agréables, les grands-mères de la fiancée, Elza Almeida Silva et Santa Rehem, charmantes vieilles dames malicieuses à qui ce jour de fête fait revivre les émotions les plus délicieuses de leur jeunesse, et puis Risoleta Romano, Cecília Miranda, Remilza Fiúsa, Fátima Freire, Noêmia et Carmen Isensée (Abrégez!), Lucy et Clô Bastos, Luizinho et sa femme Stelinha, très belle dans une robe rouge décolletée, Lelena Macedo Costa et... – Non, fini. Et tant d'autres, d'accord. Obrigado. Merci. En avons-nous déjà assez des riches, Amparo? Nous ont-ils appris quelque chose? Ils sont aussi cabotins que les rois, n'est-ce pas? Écoute: j'en laisse encore entrer trois, qui sortent un peu du commun. En robe de chambre de soie bleu ciel, le prince Dicka Akwa Nya Bonanfusa, Pic de la Mirandole et Gaúdi camerounais, prend son petit déjeuner – des croissants venus de Paris par le vol UTA, servis par un valet monégasque en habit à la française – sur la plus haute des sept terrasses du château des Dualas, sa résidence, construite selon ses plans à Douala. Tout en se demandant à laquelle de ses nombreuses activités il va se consacrer aujourd'hui – il excelle en architecture, politique, droit, histoire, anthropologie, philosophie (il professe une doctrine, lointainement héritée peut-être du matérialisme d'Épicure, selon laquelle, entre le temps vertical et l'espace horizontal, l'ordre est oblique), le prince laisse errer son regard sur les formes compliquées mais en même temps concises, puisque le monde entier y est sténographié, comme autrefois à Persépolis, du palais que frappent, animant un mouvant dédale d'ombres et de lumières, les feux naissants du jour: les quatre ailes représentant les civilisations orientales, occidentales, africaines et camerounaises, les quatre angles désignant les points cardinaux, les soixante-douze pièces, le lion et le tigre de marbre sur lesquels se soulève un aigle royal couronné d'un diadème égyptien, et flanqués par deux caïmans au regard étincelant, qui marquent l'entrée de cette forêt de symboles : "un cri de prince", a excellemment écrit le journaliste Koum Jules dont le laquais monégasque vient de lui apporter, avec les croissants chauds, la prose à peine sèche, "qui fait se retourner les passants et leur arrache quelques brindilles du respect qu'ils n'osent plus accorder aujourd'hui à la mémoire des Kings". En fin de compte, pense en finissant son second croissant le cent-neuvième descendant de la dynastie des Akwas, c'est à la réalisation d'un projet longuement réfléchi, mais qui devait sans doute attendre, pour commencer à voir le jour, l'égalité, l'équanimité cosmiques de l'équinoxe, qu'il va consacrer ce vingt et un mars : commander à un vieux bronzier très habile, héritier de ces artistes qui firent la gloire du Bénin, les panneaux sculptés d'un portail monumental semblable à celui du palais du Soleil décrit dans le livre second des *Métamorphoses* : où étaient figurées, repère de Protée aux formes changeantes, la mer sillonnée par l'énorme échine des baleines, habitée par des sirènes à la verte chevelure, la terre portant des hommes et des villes, des forêts et des bêtes, des fleuves et des nymphes et d'autres divinités rustiques, sous le ciel resplendissant. Voilà une bonne idée. Satisfait, il se lève, époussette d'un revers de main les miettes qui parsèment comme des îles l'azur moiré de sa robe de chambre. Au-dessus du port qui s'éveille flottent de lourdes fumées traversées de vols de charognards et qui mêlent peut-être, aux exhalaisons de fioul brûlé des cargos, le fumet écœurant de la chair d'un voleur grillé entre deux pneus.

23

Meurtre à la droguería Trópico

La loi, chante : Agis bien, car Dieu est Dieu. – Oh, la ferme ! On ne t'a pas sonnée, toi. Il me semble, abri de mon âme, qu'après la fin horrible du tableau précédent, le moment est venu de faire pénétrer sur scène le troisième rôle du Grand Théâtre : LES PAUVRES. Voyons qui nous allons élire, parmi leur foule innombrable. Je crains que nous n'ayons que l'embarras du choix. Mais... on frappe, on cogne à la porte, côté jardin. Qu'est-ce que ? Vous êtes des pauvres ? – Non, des riches ! – Riches ! Et quoi, encore ? Avec les dégaines que vous tirez ! Regarde-les, Amparo : lui, un brun enveloppé genre Jo Dassin (tu ne connais pas ? C'était un sympathique crooner, autrefois, en France), en chemisette à carreaux blancs et bleus, elle, cheveux bruns frisottés, lunettes et robe blanche décolletée à quatre sous. Avec un sac en skaï à l'épaule. Ses Tampax dedans, je parie. Et ils veulent jouer les riches ! – Mais c'est que vous aviez promis, monsieur le Directeur... – Monsieur l'Auteur. – Vous aviez promis, monsieur l'Auteur : "J'en laisse encore entrer trois, qui sortent du commun." Or, après le prince... comment vous dites ? Bon sang, mais c'est vrai. Je les avais oubliées, ces deux pommes. Des pauvres riches. Des riches pauvres. Une transition heureuse. OK, excusez-moi, allez-y. Ils s'embrassent à pleine bouche, donc : lui en chemisette à carreaux, bleu-gris et blancs, grassouillet, cheveux ondulés bruns, elle avec ses cheveux frisottés, ses lunettes et sa robe à quatre sous, l'épaule barrée par la bretelle de son sac en skaï qu'elle peut désormais abandonner sans regret, sans crainte du lendemain, au premier voleur à la tire. James Watson est pompier, Treasa, sa femme, vendeuse chez un concessionnaire automobile, ils habitent une petite maison en bois avec un peu de gazon autour, éclairé la nuit par une rangée de lampadaires de jardin qui joint le perron à colonnettes à la boîte aux lettres style Mickey, dans la banlieue d'Albany. Seulement voilà, il y a deux semaines, James a gagné cent quatre-vingts dollars au loto : il a hésité un moment, avec ça ils pourraient presque aller passer un week-end à la mer, à condition de se serrer la ceinture, et puis finalement il n'en a rien dit à Treasa, il a gardé quatre-vingts dollars et, avec les cent autres, a acheté cent billets de la loterie de Floride. Et aujourd'hui, en consultant les listes du tirage, il a cru s'évanouir : il touche le gros lot, vingt-trois millions quatre cent soixante mille dollars ! L'État de Floride va lui verser vingt annuités de un million cent soixante-treize mille dollars, soit approximativement trois mille deux cent onze dollars par jour ! Par jour ! Finie la grande échelle, Treasa, adieu les enjoliveurs ! A nous les Bahamas, les paquebots blancs appareillant de Miami, les valses sous la croix du Sud, le champagne, les cigares et les tenues de soirée, les casinos et les baignades à vie parmi les poissons coralliens ! Et les petites femmes aussi, peut-être, se demande Treasa pendant qu'ils posent pour illustrer dans tous les journaux le bonheur américain, les petites garces vénales qui vont mettre des idées dans la tête à mon gros Jimmy, maintenant qu'il peut tout s'offrir ? Les blondes platinées zyeux bleus à cils télescopiques des feuilletons, qui dès demain vont commencer à lui tourner autour, à mon fireman, trémoussant leurs petits seins sans soutien-gorge, leurs petits culs bronzés ? Si ce jour incroyable était aussi, comme le veut la tradition, le dernier de notre bonheur domestique ? Allons, n'y pensons pas pour le moment, on dit aussi qu'y penser attire le malheur. C'est ça, ça vaut mieux, Treasa. Bon, eh bien, on vous remercie. On ne vous retient plus. C'était rafraîchissant. Ah, mais, attendez... Une minute encore... Si je suis bien renseigné, sur les cent billets de James, il n'y en avait pas qu'un, de gagnant ? Pas vrai ? – C'est exact, monsieur l'Auteur. Il y en avait encore deux qui ont gagné sept mille quatre cent quatre-vingt-seize dollars chacun, trois, cent cinquante et un, et huit : six dollars. – Eh bien, ça fait tout de même quinze mille quatre cent quatre-vingt-treize dollars, si je ne m'abuse. En d'autres temps, vous vous en seriez drôlement contentés, n'est-ce pas ? Vous auriez fait la plus grande java de votre vie, non ? Mais maintenant, vous n'y pensez même plus. Et qu'est-ce que vous allez en faire, de cette mitraille ? – Eh bien, euh... la donner... la donner aux pauvres ? – Voilà ! Comme ça, vous serez peut-être reçus à la table de l'Auteur, le moment venu, quand s'ouvrira le globe céleste... C'est une assurance... et qui ne vous coûte pas cher. Et ils en ont plutôt besoin, les pauvres. Tiens, par exemple, dans votre pays, dans le quartier le plus chic de votre pays, le Connecticut : Rita McPherson, homeless, expulsée de la chambre de motel où elle s'est réfugiée, à Old Saybrook. Vous pourriez peut-être l'aider ? Elle est noire, ça ne vous gêne pas ? Vous n'êtes pas raciste, quand même ? Bon. Et Martha Davis, homeless aussi, qui a accouché il y a quatre heures dans le métro de New York ? Vous pourriez lui envoyer un petit quelque chose pour le gamin, elle a déjà cinq enfants... cinq enfants et pas de toit. OK ? LA LOI : Agissez bien, car Dieu est Dieu. – Silence ! Je t'ai déjà dit que je ne voulais plus t'entendre. – Mais j'étais dans le texte : la Ley de Gracia. – C'est une adaptation libre, tu n'as pas remarqué, Ley de Gracia (un nom à assister à un défilé de mode à Santiago...) ? Dorénavant ton rôle est silencieux. Sois encore heureuse que je ne t'ai pas congédiée : j'en ai assez de tes sempiternelles interruptions. Ou alors trouve autre chose à répéter, de plus intelligent, ou de plus poétique, comme tu veux. Agissez bien, etc. ! Tu crois que ça a un sens pour Luis Alfredo Guerrero Malave, par exemple ? Vois, Amparo : il est en train de faire la tournée des compraventa de Chapinero, à Bogota, pour échanger son pantalon plein de chaux contre un moins visiblement dégueulasse. Vaut mieux être propre pour faire la manche. Enfin, pas trop propre non plus, naturellement. Entre les deux. Il bruine, le pavé est gluant. Et pourquoi son pantalon est-il plein de chaux ? Tu sais ça, toi, la Loi ? Je vais te l'apprendre. Je vais te raconter sa journée. Ou plutôt, non, c'est lui qui va te la raconter. Vas-y, Luis. – ....? – Oui, oui, explique-lui. N'aie crainte : elle s'appelle la Ley, la Loi, comme la police, mais c'est juste un surnom. Ça ne veut plus rien dire. Tu as quel âge, d'abord ? – Dix-huit, dont quatorze dans la rue. Así es. Bon, je commence où ? Hier, ç'avait été une bonne journée. Je faisais la manche avec mon verre en plastique Kokoriko, à l'angle de la soixante-trois, quand une gringa est passée, mais alors, ¡hombre !, une super gringa, una buenissima moza, enfin une blonde comme dans les journaux. Je m'y connais en journaux, je couche dedans, j'en récupère pour les revendre au poids. Six pesos le kilo. C'est comme ça que je couche avec des tas de filles en papier, je les étale bien sous moi, je les défroisse, sur le bitume, et allez ! Ça réchauffe ! Et le lendemain, elles me payent ! Six pesos le kilo... Pas cher, mais quand même... En somme, elles font le trottoir pour moi. Une fois, je me suis réveillé avec les nibards de Kim Basinger dans ma paume... Comme tatoués... Je les ai gardés toute la journée, je faisais bien gaffe à ne pas les effacer. Bon, enfin cette gringa, en chair et en os, là, elle m'allonge mille pesos. L'équivalent de... plus de cent cinquante kilos de journaux, une semaine de ramassage, là, dans ma timbale ! – Car Dieu est... – Nom de Dieu ! Ça suffit, Dr Folamour ! Qui m'a collé cette débile mentale ? Calderón ? Ça ne fait rien, les temps ont changé, tu es virée, allez, ouste ! Fuera ! Je t'avais prévenue. Continue, Luis, ne fais pas attention. Continue pour Amparo. – Mille pesos dans le cornet ! Du coup, je me suis payé un dîner de gala au Toledo, sur la soixante-trois. Riz, pommes de terre et viande bouillie. Putain ! Ça faisait longtemps ! Ce qui me gênait, c'était la tête des collègues, des cradingues dans mon genre, derrière la vitrine, les cous à la dévisse ! Les crânes rasés à se gratter, à balader leurs yeux jusque dans mon assiette ! En plus, en sortant, le gardien du PPC, du Pizza Pollo Carne, à côté, m'a rempli de soupe mon verre à manche. Vraiment une bonne soirée. Ensuite, donc, ramassage des journaux dans les poubelles, à l'angle de la soixante-huit et de la vingt-quatre. A trois heures du matin, je m'installe comme tous les soirs sur le terre-plein de la Caracas, c'est mon dormitorio, je feuillette, je gaffe un peu les photos. Pas de fille terrible, des assassinés, des mecs en train de se baigner dans des grosses vagues, à Carthagène des Indes. Le début de la saison touristique... Des soldats avec des RPG... Antinarcotiques... Je ne sais pas lire beaucoup, mais assez pour comprendre ces conneries. Voir de quoi il retourne. Tomás Molinares s'excitant contre un punching-ball... Ah, si : la bonne gueule de Zape. Pedro Antonio Zape : nez de lion, bien ouvert pour pomper l'air, coupé court et plat pour dégager la vue, oreilles larges et un peu pointues, avec un bon ourlet en cuir cousu autour, écartées et solides comme s'il allait bloquer les ballons avec, petite lippe, cheveu dru, cou de taureau, œil de lynx : le fauve des cages, le dieu des filets, le bouffeur de pelotas, l'arquero légendaire de l'équipe de Calí du temps de Roberto Resquín : je n'étais même pas né, mais tu parles si je connais ça, tout le monde connaît ça, ici, dans la rue. On l'avait surnommé l'antipenalty, il en avait bloqué cinquante-cinq ! Et à l'époque, on n'en distribuait pas comme maintenant ! Le plus incroyable, tout le monde vous le dira, c'est celui qu'il avait arrêté à Fernando Morena dans les cages du stade Centenario de Montevideo, au cours du Suramericano de soixante-quinze. Je n'avais que quatre ans, mais je m'en souviens... Le ballon lui avait démantibulé l'épaule, parce que Morena, de son côté, il ne chaussait pas les crampons pour aller au bal, je vous le garantis, et Zape avait continué après ça à arrêter d'une seule main... **d'une seule main**, ¿Te das cuenta ? Avec l'autre bras en déglingue... Il n'y a qu'Efraín "Caimán" Sánchez qui peut lui être comparé, et encore... Je ne sais pas. Et tu sais ce que lui demandait le journaliste : des buts qu'il avait laissé passer, parce qu'il y en a eu, quand même, c'était lequel le plus beau ? Et tu sais ce qu'il répondait ? Il répondait textuellement ça : "Ce qu'il y a c'est que le boulot consiste à ne pas laisser passer de but, alors tous ceux qui passent sont moches !" Ça, c'est envoyé ! A mon avis, maintenant, les joueurs prennent des airs de durs, comme ce Leonel Alvarez du Nacional qui se fait appeler le lion du stade (et si ça se trouve, il s'appelle Francisco), avec ses cheveux bouclés dans le dos et sa petite moustache et son air d'en vouloir à tout le monde, mais ils n'arrivent pas à la cheville de ceux d'avant. C'est mon avis. Un mauvais tacle et ils se roulent sur la pelouse... ils pleurent leur mère... En tout cas, Zape se retirait, sans faire de chichis. ARCOS VACIOS, c'était le titre : les cages sont vides. Salut, Zape ! Les mille pesos, c'était la bonne nouvelle de la soirée, et ça c'était la mauvaise. Ça m'a donné envie de dormir, je me suis allongé entre les journaux, il était quatre heures, il faisait froid. Et maintenant, continue, l'Auteur, puisque tu sais tout. J'ai trop parlé. Tu es un gringo, toi, l'Auteur, mais moi, il faut que j'aille gagner ma vie. – Luis Alfredo, donc, dort sur le terre-plein de la Caracas, à la hauteur de la soixante-trois, une main couverte d'une mitaine noire, pleine de trous, sur le nez. Il tombe une bruine froide. Sous sa tête marquée par des traces de coups anciens, une pile de journaux, avec la bonne bouille de Zape au sommet. Sur son corps, dépliés, d'autres journaux qui se gorgent d'eau. CAPTURAN DOMESTICA. Nurís María Amador Vázquez, quarante-cinq ans, arrêtée à Barranquilla. Elle est accusée par Carlos Miguel Niño, chez qui elle travaillait comme femme de ménage, de lui avoir dérobé une paire de boucles d'oreille, une bague et une chaîne avec une breloque, d'une valeur totale de quatre-vingt mille pesos (soit le prix, notons-le en passant, de treize mille trois cent trente-trois kilos de papier journal). HALLAN CADAVER DE UNA MUJER. Les autorités policières ont découvert le cadavre d'une femme d'environ trente-cinq ans dans un égout à la hauteur du barrio Villa Nueva. Selon le communiqué officiel, elle serait morte par immersion. Le corps a été découvert à neuf heures du matin par diverses personnes qui passaient dans le secteur. Les caractéristiques sont : peau brune, cheveux noirs, taille 1 mètre 65, mince. Elle portait une robe de couleur verte. Elle était déchaussée. Selon les premières versions, il s'agirait d'une démente, cependant ce point n'a pas été établi. La femme présentait des excoriations près de l'œil et au coude gauches. A cinq heures trente, la pluie a réduit en charpie gluante le patchwork d'histoires entre lesquelles dort Luis Alfredo, le froid le réveille, il se lève et va prendre un tinto dans un bistro au coin de la soixante-trois, avec les enfants de la zone et les dernières filles du strip d'à côté. Puis va se recoucher. Choisit de nouveaux journaux, secs, s'enroule dans de nouveaux destins. POLICIA INVESTIGA ESPOSA DEL COMERCIANTE ASESINADO. A Baranquilla, le Grupo sangre du F2 de la police arrête Ercilia Céspedes, trente-deux ans, et Euclides Calderón (encore lui !), dix-neuf ans, commanditaires présumés du meurtre du commerçant Alberto Pinilla Pinilla, le mari de la susdite Ercilia, maîtresse d'Euclides, employé d'Alberto. Tous deux auraient contracté avec Fabián Quintero, dix-neuf ans, natif de Valledupar et y résidant, l'assassinat du mari moyennant deux cent cinquante mille pesos (convertis en papier journal : quarante et un mille six cent soixante-six kilos. Une somme). Ce qui fut fait le dimanche, dans la droguería Trópico dont le malheureux cocu était propriétaire, et en présence d'Ercilia, ou presque : le tueur à gages entre, se plaint d'une rage de dents, et pendant que la présumablement diabolique Ercilia va chercher un verre d'eau, Pinilla Pinilla tend des comprimés d'aspirine au maleante qui actionne à trois reprises son Smith & Wesson 38 : produciéndole la muerta en forma instantánea. Puis il court se réfugier chez son beau-frère et complice Luis Eduardo Jímenez, mais l'action rapide des agents de la police aboutit à sa capture. La investigación continua. C'est le bruit de la circulation qui réveille Luis Alfredo au milieu de rêves hauts en couleurs, pleins de coups de revolver, de strangulations, de viols et de noyades. Le tonnerre des bus. Il est dix heures du matin. A peine a-t-il le temps de faire brûler quelques journaux pour se réchauffer qu'une patrouille de police lui tombe dessus. On le fouille, on lui pique les pesos qui lui restent d'hier, on l'embarque avec cinq gamins et cinq mendiantes. Au poste n° 1 du quartier Juan XXIII, on leur fait une petite réception : seaux d'eau dans la gueule, coups de matraque, menaces : la prochaine fois qu'on vous ramasse, on vous flingue. Puis on regroupe toutes les prises de la nuit et de la matinée, qui se montent à cinquante-deux, et au travail ! A nettoyer tout, dans la police on aime la propreté ! A récurer les chiottes, à cirer les godasses, à balayer la cour, à passer un coup de chaux sur le mur d'enceinte : voilà pourquoi le pantalon de Luis Alfredo est tout maculé. Quand c'est fini, que tout brille bien, on les emmène à flanc de cordillère, au-dessus de la ville, ramasser des feuilles d'eucalyptus: les flics les brûlent, quand ils n'ont plus de bois pour se faire leur frichti. Une pluie torrentielle cascade des nuages qui se déchirent sur la montagne, au ras de leur tête, on n'aperçoit de la ville énorme en contrebas, entre des guipures d'eau, que des fantômes gris encoconnés de lueurs, de halos. On dirait que Bogota est prise dans une énorme toile d'araignée. Ils ne risquent pas de nous flinguer la prochaine fois qu'ils nous ramassent, pense Luis Alberto, ce n'est pas qu'ils auraient des problèmes, tuer n'est pas un problème dans ce pays, c'est qu'en principe on n'a pas intérêt à tuer ses domestiques, ou alors seulement un de temps en temps. Lorsqu'ils ont rempli une quarantaine de sacs bien bourrés, on les relâche, violets de froid. Et maintenant voici de nouveau Luis Alberto, qui n'a pas réussi à échanger son falzar, sur le trottoir de la soixante-trois, son gobelet en plastique à la main. Sa récolte se monte à cent pesos: de quoi acheter un pain et une gaseosa. Les sex-shops de troisième zone commencent à se remplir. Chauffeurs de taxi, putes, voleurs à la tire, déglingués en tout genre envahissent le coin. De nouveau, il bruine. Des gamins lèchent les vitrines de gargotes puant la vieille huile, d'autres s'enfoncent sous les porches, disparaissent sous des montagnes de vieux journaux. Sur l'un d'eux on relate la mort, la nuit dernière (au moment à peu près où Luis, se réveillant pour la première fois, allait prendre un tinto à l'angle de la soixante-trois), d'une guérillera surnommée la Belle, la Mona. DADOS DE BAJA CINCO GUERRILLEROS DEL ELN. Une colonne d'environ cinquante hommes armés se dirigeant vers San Luis. Accrochée par des éléments de la XIVe brigade cantonnée à Puerto Berrío. A trois cents kilomètres au nord-ouest de Bogota, sur les flancs de la cordillère occidentale, sud-est d'Antioquía. Lieudit El Bosque, exactement. La mujer, sous-intendante de la colonne "Carlos Alirio Buitrago", portait un uniforme de la police. Et puis, mais alors en vraiment tout petit: MOTIN EN LA ISLA PAPUANA DE BOUGAINVILLE. Une armurerie de la police attaquée. Trente hommes de la garnison de Wewak font mouvement vers Arawa... "Je voudrais intervenir, clame une voix dans l'ombre du public, parmi les fauteuils d'orchestre. J'ai quelque chose d'important à dire." D'où sort-elle, celle-là, avec sa terrible intonation yanquí? Et d'abord, il y a un public, au Grand Théâtre du monde, s'inquiète Amparo? Tu ne me l'avais pas dit, l'Auteur. – Cela dépend de moi, de mon caprice du moment. Il peut n'y avoir que toi et moi, dans notre loge, ou bien je peux convoquer la moitié de la planète. Parlez, madame (*à part* : Je crains le pire. Je te traduirai, Amparo). – Eh bien voilà, je me présente : Ethel Hoover, de Victoria, au Texas. Victoria, à trois cents kilomètres à peine du rio Grande, si vous voyez ce que je veux dire. Sur la route Houston-Laredo. Le pays est infesté de Chicanos. La scène désolante à laquelle nous venons d'assister, l'histoire de ce pauvre jeune homme colombien, m'inspire quelques réflexions que je crois salutaires. Avec un peu de bon sens, de discipline, tout ça n'arriverait pas. D'ailleurs, j'ai déjà écrit sur ce thème à Ann Landers, vous savez, Dear Ann Landers, elle a des pages dans tout un tas de journaux, c'est une puissance, vous savez. – Allez au fait, madame. – Voilà. Je suis la marraine d'un enfant du tiers monde : c'est vous dire que... on ne peut pas me reprocher... Mais je pense profondément que nous devrions enseigner le birth control aux femmes de ces contrées. They should not be breeding like animals, out of ignorance. Elles ne devraient pas, par ignorance, mettre bas comme des bêtes. Je ne comprends tout simplement pas comment ces femmes sous-alimentées ont la force de porter et de mettre au monde des bébés. Si on enseignait le contrôle des naissances dans ces malheureux pays, la santé et le bien-être s'en trouveraient dramatically améliorés, et ils n'auraient plus besoin de toute cette aide que nous leur apportons. Je comprends que tout le monde, **même les underprivileged**, a le droit d'être parent, mais je crois aussi que s'ils ne peuvent pas nourrir leurs enfants, ils n'ont pas le droit de les mettre au monde. – Vous pouvez répéter ça, madame? – Yes, of course : If they can't feed their children, they have no right to bring them into the world. Quel genre d'amour est-ce que celui qui peut contempler les yeux d'un enfant affamé, sachant qu'il va mourir de malnutrition ? Je vous le demande. Voilà, j'ai terminé. – Merci, madame. Votre témoignage nous a éclairés. Nous n'en attendions pas tant. Le pinceau de lumière d'une poursuite s'arrête sur elle : pantalons fuseau en jersey et sandales en strass, blouson mauve fluo, cheveux d'or rose fraîchement bigoudisés, pendentifs et lunettes ailes de papillon pailletées. – Pourquoi m'éclairez-vous comme ça ? – Pour rien. Pour voir. Eh bien maintenant, Amparo, si l'on faisait entrer LES ENFANTS ? Mais attention, pas les enfants modernes, bien nourris et astiqués, suceurs d'ice-creams et bouffeurs de poulet pané, porteurs de Reebok à ressorts, joueurs de jeux vidéo ou visiteurs de parcs Mickey, non ! La petite Karen Scott, de Granville College, par exemple, qui reçoit en ce moment même, des mains du directeur du Jersey Hotel, un chèque de vingt-cinq livres récompensant le premier prix du concours de projets pour la Battle of Flowers : la maquette qu'elle a proposée représente une espèce de géante langouste à roulettes remontant Victoria avenue... Ben dis donc... Une langouste motorisée et mayonnaise, en plus ! Quelle imagination délicate ! Elle a oublié les rince-doigts. Bon, passons. Et ceux-là, ces deux pommes, Diva Waqa et Frederick Pranjeevan, sont-ils pas mignons ? En train d'empocher chacun un bon de caisse pour le Whishbone Restaurant et un bon d'achat pour une pizza family size au Pizza King Restaurant (soyons précis !) ? Ce sont leurs parents qui vont être contents ! Et qu'est-ce qu'ils ont fait pour mériter ça, peut-on savoir ? Ils ont gagné le Radio Fiji Easter Bonnet Parade : la parade de bonnets de Pâques de radio Fidji. Non mais je rêve... Le chapeau gagnant, œuvre de la Diva, représente, à vue d'œil, une tête de chouette surmontée d'un nœud de Pâques ceint d'un œuf de tulle, non, le contraire, enfin c'est compliqué, comme composition, presque autant que le groupe animalier du palais du prince-philosophe à Douala, quant au couvre-chef sorti de l'imagination de Frederick, c'est un lapin à cravate, basically. D'accord, mais ça ne nous intéresse pas, Amparo et moi. Nous sommes obligés, malgré tout, de respecter plus ou moins un texte. D'en tenir compte. Or, el señor Calderón de la Barca a fait dire à son enfant : “Il me faut mourir sans être né." L'enfant, c'est une sous-catégorie du pauvre. Plus pauvre que le pauvre, c'est clair ? Vous voyez bien que les bibis-œufs de Pâques et bunnies endimanchés sont déplacés, dans ce contexte. Ce serait une impardonnable faute de mise en scène que de les accepter. De même que d'ailleurs, et dans un tout autre genre, je dois refuser l'engagement du jeune Cameron Cocher, neuf ans, qui passe en ce moment devant le juge Ronald Vican, du comté de Monroe, à Philadelphie. Et je le regrette, croyez-moi : car c'est une personnalité, Cameron. Une nature. Figurez-vous qu'il y a deux semaines, il a dézingué d'un coup de fusil de chasse la petite Jessica, qui faisait de la snowmobile sous ses fenêtres, à Kunkletown. Bon, on peut plaider l'accident. Oui, mais le problème tout de même, fait remarquer l'assistant du District Attorney, c'est que la fenêtre étant trop haute pour lui, eh bien... eh bien **il a fallu qu'il grimpe sur quelque chose pour viser**. Hum... Cameron, vêtu d'une chemise bleue, d'un pantalon de velours gris et d'espadrilles, s'agite vaguement sur son banc, se gratte le crâne. No comment. Néanmoins, Mark Pazuhanich, qui vient de relever cet embarrassant détail, ajoute aussitôt qu'il préfère ne pas en tirer de conclusion. C'est un good boy, affirment ses parents, he tries hard at school, il bosse dur à l'école, he does his best, c'est sûr. Oui, mais en attendant, sa place est je ne sais où, en maison de correction, chez ses parents, c'est au juge d'en décider, mais pas sur la scène du Grand Théâtre. En revanche, je puis hélas admettre dans ma troupe la fillette, âgée de quatre ans, de Suraj Kamar, qui est manœuvre à Meigunyah, aux îles Fidji encore, et de Roop Mala : Ranjeeta porte un bindi indien entre les sourcils, ses yeux ronds sont sages et tristes, ses membres sont comme des ébauches grossières, aussitôt abandonnées par le sculpteur. Les mains sont hérissées de moignons de doigts, certains agglutinés en une masse de chair informe évoquant une coulure de cire fondue. Le pied droit n'a pas du tout d'orteils, le gauche est tordu à angle droit. Il paraît qu'en Australie on pourrait peut-être l'opérer, mais c'est si loin, si cher... Il en coûterait dix-neuf mille dollars fidjiens, environ douze mille cinq cents dollars US. A peine quatre jours de la vie de l'ex-pompier d'Albany, le prix des quatre roues de la Camaro de l'ex-champion de base-ball. C'est ainsi, c'est la vie. Quelle va être sa vie, à Ranjeeta ? Se traîner dans la poussière, comme un animal inerme ? Mais laissons les îles Fidji, c'est dans le Bronx que je dresse maintenant mes tréteaux, à l'Albert Einstein College of Medicine. On y soigne les enfants potentially brain damaged, c'est-à-dire dont le cerveau risque d'avoir souffert de l'exposition, durant la grossesse de leur mère, à la drogue ou au virus du SIDA, en général aux deux. C'est un grand temple du malheur, le baptistère tout de briques, de néon et de phénol des vies écrabouillées avant que d'avoir commencé. La doctoresse Toni Cabot attend que sa mère lui amène Rachel, qui à sept mois présente des mouvements anormaux des yeux et un tonus musculaire déficient, il est onze heures trente et Rachel n'est toujours pas là. Rien de vraiment étonnant, sa mère est si défoncée et alcoolique que lorsqu'elle vient à l'hôpital, souvent elle chancelle et s'écroule dans les ascenseurs, se perd dans les couloirs et ne trouve pas le service. Pendant ce temps, le Dr Gary Diamond se rend au Short Stay Unit pour prendre des nouvelles de Christina, une enfant de deux ans, d'ascendance italienne, séropositive. Son apparence, son développement sont ceux d'une enfant de six mois. Elle repose sur son lit de fer, entourée de ses deux grand-mères, dans une salle où il y a sept autres enfants malades. Un long tuyau de plastique branché à une pompe intraveineuse lui injecte des gammaglobulines dans le pied. Son abdomen est protubérant, sa respiration très rapide (infection pulmonaire chronique, pense le pédiatre), ses doigts bleuâtres et grossièrement renflés au bout. Clubbing, note-t-il : les tissus périphériques du corps ne reçoivent pas assez d'oxygène. Christina est très effrayée, l'aiguille fichée dans sa chair l'irrite et lui fait pousser des cris, il faut l'aide d'une des grand-mères pour mesurer, avec un mètre ruban, sa circonférence crânienne. On lui tend des cubes en plastique, des anneaux, une poupée, on lui demande de nommer et de pointer des images coloriées. Verbalement bien développée. C'est dû à l'intelligence de sa mère, qui a mal tourné à cause d'un type, dit une des deux vieilles : "My daughter went bad because of the man she frequented, ah, malditto. She was so clever..." That's life. Mais la capacité motrice de Christina s'est détériorée depuis sept mois. Ne peut faire que quelques pas seule. Peut à peine soulever un poids. Mouvements de rotation des poignets limités. Hypotonie musculaire. Les clowns du Big Apple Circus jouent de l'harmonica entre les lits, distribuant des œufs de Pâques et des jellybeans aux enfants émaciés tandis que le Dr Diamond va examiner Linda, onze mois et deux semaines. Née d'une mère héroïnomane et cocaïnomane, fumant trois paquets de clopes par jour, et d'un ancien du Viêt-nam, également adepte de la shooteuse, mort récemment du SIDA. Hispanos tous deux. Alex, son frère aîné, est mort lui aussi du SIDA, il y a quelques mois, à l'âge de trois ans. "Il me faut mourir sans être en vie", dit l'enfant de Calderón. Ou bien est-ce cela, naître ? Linda a la peau brune, les yeux ronds et vifs, des cheveux sombres, ondulés, extrêmement doux au toucher, brillant magnifiquement dans la lumière fluorescente. Son dernier test de séropositivité a été négatif, et Kathleen, sa mère adoptive, est partagée, amère ironie, entre la joie de ce bon résultat et l'angoisse que du coup sa grand-mère paternelle, qui jusqu'à présent ne voulait pas entendre parler de la petite fille, ne la reprenne. Así es la vida. Aucune dysmorphie faciale. Tonus musculaire normal. Head normocephalic and atraumatic. Légère sclérose de la membrane tympanée droite. Très légère lymphadénopathie sub-mandibulaire, pas de thyromégalie. Pouls net. Cœur : normal sinus rythm, S1, S2 normaux, sans souffle, femoral pulses 2 + bilaterally. Peau, pas de lésions. Linda va peut-être s'en tirer grâce à Kathleen, à sa fille Charlene, quatre ans, qui alors qu'elles roulaient en taxi vers l'hôpital, lui a dit : "If the germs are out of Linda's body, then you shouldn't show that you are too happy, mommy, si Linda n'est pas contaminée, il ne faut pas trop montrer ta joie, maman, parce qu'il faut penser aux autres mères qui sont là et savent que leur enfant est malade." Linda va peut-être s'en tirer, mais Kashandra ? Cela fait déjà sept ans qu'elle est née en enfer, à Los Angeles, dans une famille haïtienne défoncée de génération en génération. Sa mère avait quinze ans lorsque elle l'a mise au monde, elle est morte du SIDA à dix-neuf, son père se piquait et ramenait des putes à la maison. Pour la faire taire lorsqu'elle pleurait l'un de ses grands-pères lui soufflait de la fumée de marijuana au visage. L'autre, qui vit maintenant à Brooklyn, pratique le vaudou pour la soigner. Égorgements de coqs, transes, prières à Erzulie et tout le sacré tremblement. La petite vit maintenant avec sa tante paternelle à Jersey City. Elle est séropositive, atteinte de diarrhées constantes, d'infections récurrentes de l'oreille et de la bouche. Ses ganglions lymphatiques sont enflés, spécialement au cou et à l'aine. Kashandra est capable de faire seule le chemin de deux blocks qui mène à l'école, mais là s'arrête son effort scolaire, et c'est tout récemment qu'elle a appris à boutonner ses vêtements. Elle ne sait distinguer sa droite de sa gauche, pisse au lit, parle un mélange faiblement articulé de créole, d'anglais et de français. She's functioning in the borderline range of intelligence. They shouldn't be breeding like animals, comme dirait la donneuse de leçons de Victoria, Texas.

24

Apocalypse sexuelle à l'Universal d'Asunción

(ciné)

Allons, c'est la fin du spectacle, Amparo, déjà tous quittent le théâtre. Courte fut la comédie, mais quand ne le fut-elle pas, la comédie de la vie ? Seules durent un peu les vagues du Pacifique, emplissant inlassablement de lumière le carré de ta fenêtre, refermant sur la scène abandonnée du songe leur rideau de soie bleue. Mais, et LA BEAUTÉ, me demandes-tu ? Oui, en effet, la Beauté, Hermosura, figure aussi dans la distribution, elle est même la seconde à se présenter à l'appel de l'Auteur, juste après le roi. "A elle les couleurs du jasmin, de la rose et de l'œillet, les fontaines sont ses miroirs, le soleil tourne autour de sa lumière comme un héliotrope." Enfin, etc. Mais ta question est perverse : tu sais bien que je n'ai commis nul oubli – comment t'oublier ? – car c'est à toi que j'avais réservé le rôle. A toi et à toutes celles qui sont toi, dont le visage se confond insensiblement avec le tien, le corps sinueux se mêle, comme se mêlent des eaux fraîches, agréables au toucher, au tien : Tahminaï, Moubachara, Mariam, Selva, la basketteuse et l'ouvrière, la majorette et la cheftaine, Luz et Maricel, toutes mes muses, mes sultanes, mes heures éclatantes du jour, mes heures sombres et douces de la nuit. Et d'autres encore, tant d'autres, ondulantes, ambleuses, allumeuses, allant sous la torche de leur chevelure, sous l'étoffe glissante, celles qui parcourent dans de petites voitures très astiquées, des bracelets tintants au bras, les avenues illuminées des grandes villes, celles qui penchent au-dessus d'un étal une chemise échancrée sur une peau d'ivoire, celles qui marchent pieds nus sur les routes poudreuses, drapées d'étamines plus colorées que le ciel au couchant, et les yeux noirs comme l'enfer, les vierges visitées par des anges, les Dianes chasseresses, les pécheresses, les Lolitas, les Karénine, les Bovary qui rincent, au-dessus de l'évier d'une cuisine de banlieue, de belles mains rougies de lessive puis les portent, pour les rafraîchir, à leurs joues qu'échauffent des rêves d'amours romanesques et probablement (**cela revient au même**) inconvenantes. La starlette aux lèvres circonflexes à demi allongée sur sa planche de surf, sur la plage d'Ipanema, crinière fauve tombant sur la saillie de l'épaule, ébouriffant un visage renversé au bout du cou long ployé en arrière, des grains de sable poudrant de menus miroirs micacés ses jambes, l'une étendue, l'autre pliée, cheville ceinte d'une chaînette, du classique qui plaît toujours, image de crème solaire, con sabor de sal e de sol no corpo dourado, et alors, Totor : elle s'appelle Mônica Victor, et aime, dit-elle, le soleil, la mer et les livres, oui, les livres. Allez, les livres te le rendent bien, Mônica ! La gracieuse élève du collège La Salle, au sourire enjoué, aux blonds cheveux recourbés autour de l'oreille que pince (comme j'aimerais le faire) la bise du Saint-Laurent, que j'aperçois manifestant devant le ministère de l'Éducation, à Montréal, vêtue d'un long manteau noir, et qui ressemble beaucoup à Miou-Miou. L'excitante petite Magdalena Flores qui fête quince, ses quinze ans, en grande pompe, valsant sur l'air du Danube bleu avec son père Alfredo, dans le salón Versalles de la colonía del Valle, à Mexico : petite c'est une façon de parler, car elle frise le mètre soixante-quinze, la belle adolescente, dont les jambes fines de donzelle hispano-aztèque se laissent découvrir sous les volants spiralés de dentelle rose, les tourbillons de cabochons incendiés par le feu des lustres, dont flottent les noirs cheveux vaporeux, les boucles ombrageant comme une nuée d'orage les yeux que rend plus troublants une légère coquetterie, me semble-t-il, la bouche faussement dégoûtée qui sied aux pucelles, une beauté créole et Directoire, je dirais, une Beauharnais à la taille haute, ah, l'enlever, Dieu me pardonne !, bras serrés comme une ceinture sous les seins menus et durs, terracotta, battant des pieds soulevés, miracle, assomption, au-dessus des marches de Nuestra Señora de Fátima... Je te dis tout cela, Amparo, parce que tu ne dois pas être jalouse, pas plus que le monde n'est jaloux du monde, la neige immaculée, que le soleil bas glace de rose, de la mer sur laquelle le vent dessine des trompe-l'œil, des faux marbres, des rebroussements de velours, la plume du geai de l'aile iridescente du morpho, parce que la passion, qui t'habite, de la comédie, t'a enseigné que tout est forme qui se transporte en autre forme, apparence glissée dans une autre, masque qu'on prend, qu'on quitte, jeu qui n'est grand que d'être l'ensemble et la confusion mystérieusement ordonnée des rôles, l'abolition continue des contraires en quoi réside l'incompréhensible beauté de la création, ou du monde, appelle-le comme tu voudras, ça m'est égal. Tu le sais, n'est-ce pas ? Tu sais que tout se forme, passe, s'annule et se reforme comme ces vagues éternelles qui brillent dans le champ de ta fenêtre, qu'ainsi tu es tous ces visages, ces corps, ces peaux moites, ces étoffes les épousant, ces noms les disant, ces désirs, et les désirs et les masques qu'ils suscitent en réponse, et bien au-delà tout ce qui dans le monde est dit "beau", fleur, nuage, éclat du soleil sur une fenêtre, sur une eau qui se brise en menues aiguilles, croupe et galop d'un cheval, lueur enfouie dans la fibre de l'acajou, dans l'orient de la brume, toute la foule innombrable de ce qui est dit "beau", et bien au-delà encore la foule innombrable de ce qui est dit "laid", puant, corrompu, outrageant, et qui, il faut le croire – et toi, qui es comédienne, tu dois le croire –, participe pourtant, étrangement – comme ces barges d'ordures naviguant sous les tours de cristal de Manhattan –, à la paradoxale beauté du monde. Et puisque tu sais tout cela, Amparo, tu sais aussi que je ne t'abandonne pas, qu'au contraire je t'honore et te multiplie, hermosura, quand mon regard, tel celui de ce prince Jânshâh dont parlent les *Nuits*, dérive soudain sur l'aile d'un condor-coupe-papier séparant, dans un crissement de rémiges, la vierge page outremer du ciel de la blanche page froissée des Andes, griffonnée, raturée de milliers de noms, cerro Aconcagua, Atacama, salar de Maricunga, Antofagasta, paso de San

Francisco, San Miguel de Tucumán, Arica, y tal, dérive soudain avec l'œil, qui fixe le soleil, de l'oiseau de proie poussé par les jet-streams et qui fond, environné de tresses d'air glacé fusant en vapeur et cristaux entre les grandes pennes vrombissantes, sur le carré de maisons de Santa Cruz de la Sierra, étalé comme une cible à l'extrême bord des Llanos : et dans le modeste fouillis de rues, de places, de terrasses adossé à la Cordillère, qui vrille vers mes serres, mes yeux, à la vitesse d'une pierre tombant à rebours, je vois une maison à toit plat abritant un cinéma dont je n'ai pas le temps de lire le nom dessiné en néon vert dans la nuit mauve (le soleil s'est enfoncé derrière le cerro Bravo, vers Cochabamba, comme un fruit dégringolant d'un arbre), et dans ce cinéma, la comique cérémonie d'un concours pour élire, non, je ne rêve pas, miss ADN : miss acide désoxyribonucléique, nuestra señorita de la matière vivante, l'alma Venus biochimique sans qui rien ne naît aux rivages de la lumière ? Ah, ce serait trop beau, mais mes yeux, maintenant, détaillent le décor, l'ADN c'est l'Acción democratica nacionalista, le parti de l'ex-dictateur bolivien Hugo Banzer, rien à voir avec la vie, dont les bannières frappées d'une flèche verticale s'affichent entre deux groupes de trois jeunes filles, robe longue noire et cheveux pareils, robe blanche décolletée en V, robe noire à volants, blonde à pendentifs, mains pendant bêtement, peu importe, godiches, et toi : visage rond aux très courts cheveux noirs, dont une mèche tombe abrupte sur le front, et que barre une bouche grande et carrément boudeuse, dallienne, courte robe en cloche, blanche et presque transparente, dégageant le buste, le haut gonflé des seins, les belles épaules, et tout ce miracle de courbes fondues, de lumière mousseuse, perlée, de tendre dureté devinée, duvetée, ô chair de poule, ô neiges éternelles, ô doux globes de glace à la gorge des cascades andines, et laissant voir jusqu'à mi-cuisse les jambes qu'enlacent des reflets serpentins. Et cet ennui de la bouche et des yeux, cette pose déhanchée un peu, bras derrière le dos, genou gauche glissé devant le droit, cette torsion légère de saint Sébastien suggèrent que tu es liée par des liens lâches et peut-être même volontaires (car rien dans l'abandon de ton corps n'indique la souffrance ou la contrainte) à un poteau de supplices exquis qui serait la hampe d'une de ces bannières ADN. Or, belle martyre indienne, laisse là ce concours stupide, qu'est-ce que tu vas y gagner, de coucher avec un colonel dont la moustache puera le tabac et l'aguardiente, et qui jurera en allemand ? Plaque ce parti bidon de militaires mal déguisés, leurs flèches en érection incontrôlée, leurs petits ventres, leurs mâles discours, la Patria, el Interés nacional, el Ejercito, el Pueblo, la Lucha contra la Subversión, Subversión toi-même, laisse-toi donc subvertir, miss Adoración ! Car je suis raide d'amour pour toi. Et puisque je t'ai connue dans un cinéma, viens, je t'emmène au ciné, j'ai un passe, moi, pour tous les cinés du monde. Dis donc ! Te voilà à m'écouter, hein ? Toutes les salles de la planète, celles qui ont pour toit le ciel étoilé, et des bancs pour se poser le cul, celles qui sont toutes tapissées de velours, les grandes qui jouent à l'opéra avec des balcons et des lustres et des fanfreluches, les minuscules, celles où on crache des pépins de pastèque, celles où on suce des glaces, celles où il n'y a jamais de femmes, celles où des hommes seuls se masturbent, celles où on drague, où les mains se baladent, où les bouches se trouvent, toutes, je te dis, je suis le projectionniste universel, celles où les ciseaux de lumière tressautante découpent des papillons de nuit et des chauves-souris, celles où l'on cause, où l'on rit et fait des vannes, celles où on joue aux dames en attendant que la pellicule soit réparée, celles où l'on fait chut !, celles où des attractions passent avant le film, contorsionnistes, charmeurs de serpents, joueurs de vinâ, de berimbau ou d'accordéon, celles qui ont encore des rideaux couverts de publicités encadrées, LE MEILLEUR MOUTON C'EST CHEZ FARID, EDUARDO PACHECO, MEDICO NEFROLOGISTA, DOENÇAS DOS RINS, PAPAL UNISEX T-SHIRTS TO COMMEMORATE THE POPE'S VISITS TO MALAWI ALREADY AVAILABLE AT MONI BOOKSHOP, LIVINGSTONE AVE., MARIO, COIFFEUR, LE ROI DES ACCROCHE-CŒURS, MÉTODO KROHNE, LA CLAVE DE LA FIGURA ELEGANTE Y DE CLASE, EXCLUSIVAMENTE EN EL CENTRO DE BELLEZA CHUSITA, VUSA ! PUTS EXTRA POWER IN YOUR BLOOD ! SO YOU CAN BE STRONGER AND NOT TO GET TIRED QUICKLY ! WOMEN LOVE A STRONG MAN ! PO BOX 2464, PINETOWN, SI VOUS VOULEZ

BANDER COMME UN CHEVAL, ÉDITIONS MUSOSHA, non, pas ça ! Excuse-moi, Adulación ! Et si, pourtant, dans certaines salles, il faut que tu saches, où je peux t'emmener aussi, mais ce serait mieux de finir par là, peut-être ? Le Carlos Gomes, à Porto Alegre, par exemple, où l'on donne, Dieu me pardonne, *O Estabulo de seducões alucinantes* (sexo explícito explícito), ou bien, toujours dans l'hallucination, le Lido 2, avec *Orgias de mulheres alucinantes* ? Moi je préfère le Carlos Gomes, qu'est-ce qu'ils peuvent bien faire dans une étable ? Une étable de séductions hallucinantes ? A mon avis... non, je n'ose le dire. Où trouvent-ils des idées pareilles, franchement ? Veux-tu que nous allions voir ? Non, eh bien d'accord, n'en parlons plus. Alors, on laisse tomber aussi *Obscenidad total* au Novedades de Bogota, et *La Mente sucia de la joven Sally* au Tequendama, si je comprends bien ? L'âme dégueulasse de la petite Sally ? Tu ne veux pas savoir ce qui s'y passe ? Ah, au Moderno de San José de Costa Rica, écoute-moi ça : **après leurs audaces et leurs aventures osées, elles croyaient qu'elles étaient belles et prêtes** ! Hermosas y listas ! Mais rien du tout, elles n'avaient encore rien vu, on suppose ! Bon, au Mignon de Mar del Plata, en voilà un gentil nom, *Garganta profunda* en alternance avec *Tardes deliciosas*, délicieux après-midis, ça ne te dirait pas ? Déconseillé aux couples et aux retraités, ça tombe bien, on n'est dans aucun de ces cas-là. "De dix-sept heures à deux heures du mat", on a le choix des séances, "si les coupures de courant le permettent". Eh bien, ma foi, si l'électricité était interrompue, je ne détesterais pas, moi. Tu ne veux pas ? Je n'insiste pas, je vois bien que ce n'est pas ton style. Alors, *Quo Vadis* au Colón 2, à San José toujours ? **Historia de amor entre un soldado pagano y una esclava cristiana** ! Con Robert Taylor y Deborah Kerr ! C'est très bon genre, ça ! Absolument recommandé ! Et au Colón 1, ils donnent *Ben Hur* ! Onze Oscars ! La course de chars ! Un truc qu'il faut absolument avoir vu ! Si la salle ne te plaît pas, ça passe aussi au Ciné J J à Guayaquil ! Au San Pedro, à San Pedro Sula ! Bon, écoute, je vois bien que tu es une difficile, une indécise, alors saute sur le dos de mon condor, accroche-toi là, avec moi, OK ? Tu veux un esquimau ?

Voilà. A la vanille. Allez, mets ta main dans la mienne, n'aie pas peur, abrocha el cinturón! On décolle, on est partis, on va faire le tour des affiches du continent. Se faire une idée de visu. Commençons par le cône sud. On pique pleins pots vers Santiago. Glissade entre les cerros, spirales au-dessus de la cuvette du Mapocho. Dis donc, on n'y voit goutte. Rentre la tête, mets-la sur mon épaule, cramponne-toi à moi. Je sors les aérofreins. Ça tangue un peu. Là-bas, au-dessus des vapeurs, le soleil se couche vers le Pacifique. Il doit flamboyer dans toutes les vitres de Valparaíso. En-dessous, dans la mélasse, un bouillon de lumières. Des feux brillent sur les pentes de la cordillère. Incendies de taillis. Santiago est noyé dans la fumée, on a l'impression de descendre dans une cheminée. Atterrissage sans visibilité, ne t'en fais pas, ça me connaît. Je suis une vieille tige. On y est, on émerge de la crasse. Angle de Huerfanos et d'Estado : au Montecarlo, **una hermosa y rebelde mujer** ! Une femme belle et rebelle, possédée par une passion et un désir irrésistibles ! ¡ *Y Dios creó a la mujer* ! Et Dieu créa la femme ! Son extrême érotisme a fait que soixante mille personnes l'ont déjà vu en six semaines de succès incroyable ! ¡Rotundo Exito ! ¡Atención, miss ADN ! Ce film comprend des scènes d'une grande crudité ! Seulement pour personnes au jugement formé ! Con criterio formado ! C'est ton cas, non ? Bien formado, ton criterio, il me semble ? L'affiche : une étreinte assez classique, bouche ouverte, yeux clos, du torride soft. ¡Hoy a precio rebajado ! Aujourd'hui, on fait des rabais sur le billet ! On solde la mujer ! Ah, embrasse-moi, belle petite rebelle, irrésistible est le désir qui me possède ! Allons, je tire sur le manche. Ressource. Virage sur l'aile. Avanti ! Passons le Mayo, sur Monjitas (les petites nonnes, les nonnettes !), *Chair impure, Outrage à l'innocence,* le Ritz, qui nous propose, mais de quoi parle-t-il, “Personne n'en a un plus beau que le mien”, on est dans la zone X, laisse-moi régler mes gyrocompas, voilà, filons vers des quartiers plus purs, retour à Estado, n° 235, nous y sommes, on aperçoit les lumières de l'Imperio, qu'est-ce qu'il y a à l'affiche, laisse-moi me pencher pour voir, *Secretaría ejecutiva*. Ouais. Con Harrisson Ford, Sigourney Weaver y

Melanie Griffith. **Divertissement, sexe et romantisme.** Six Oscars. Pas très excitant, si tu veux mon avis, mais si c'est ça que tu... on peut aussi le voir à Valparaíso, au Metroval, après on mangera des fruits de mer... des oursins à la coriandre... Ou bien alors, sauter les Andes, Aéropostale, un coup d'aile ivre jusqu'à l'autre océan... la porte à côté... à l'Atlas de Mar del Plata. Mais ils n'ont pas d'oursins, là-bas. Il y a encore le Gran Rex, à Buenos Aires. J'avais un copain, dans le temps, qui allait à ce ciné. Un Polonais, un peu écrivain, un peu mythomane, comme moi... un peu amer, pas commode. Fauché comme l'as de pique. Vieux Vitoldo... Et le Trocadero, à Montevideo, de l'autre côté du rio de la Plata. Là-bas aussi, j'avais un copain, mais il y a plus longtemps de ça. Tu ne me croiras pas, c'était avant le cinéma. Bon, retour à la Secretaría. Beaucoup plus au nord, nous avons le Plaza 3 et le Tauro, à Tegucigalpa. Maintenant, si tu veux le voir en anglais, on traverse l'Atlantique en suivant sans débander le trente-troisième parallèle sud, aucun problème de navigation, on s'embroche là-dessus pour ainsi dire, le trente-troisième parallèle entre nous comme l'épée de Tristan, on se fade quatre-vingt-neuf méridiens d'eau salée, pratiquement un quart de tour en un clin d'œil, dans le bon sens, vent en poupe et paille en queue, et on atterrit à Cape Town. Montagne de la Table, aire bien dégagée, visi parfaite, du billard. Voyons voir... *Working Girl*, ça s'appelle, ici. Kine Entertainment, Kine Vanderbijlpark, Kine Potchefstroom, Velskoen drive-in, ça passe partout. Ce qu'il y a, c'est qu'il fait encore jour, de ce côté, on est un peu tôt pour la séance de l'après-midi. N'importe, on n'a qu'à aller à la plage, aux courses à Kenilworth. Ou alors on continue plein est, une pincée de degrés plus au sud, aspirés par les roaring forties, une bonne brassée de méridiens encore, cent vingt-six exactement, de quoi faire un beau bouquet, rien que de la flotte de nouveau, venteuse et froide, en compagnie des albatros, et voici le jour qui se lève sur Melbourne, et encore Sigourney, Harrisson et Melanie. Tu vois, le monde n'est pas une telle affaire, on tombe toujours sur les mêmes. Nous avons le choix entre le Balwyn, le Toorak Trak et le Waverley Gardens. Allez, on laisse tomber, on met les voiles cap au nord-est, en avant pour la grande diagonale pacifique, on efface la barrière de corail, je t'en fais un collier, un collier piquant sur tes belles épaules de cuivre, le tropique du Capricorne, ça se réchauffe, poussière d'îles, de jour ça fait, vu d'ici, comme des petits pois tombés dans le curaçao, mais là, évidemment, étincelles à peine dans le noir partout, dessus dessous, l'azur a fermé boutique, c'est le cirage cosmique, la grande salle obscure, laisse ma main s'égarer un peu, ma bouche, on est si loin, il n'y a rien à l'écran, corte de luz, coupure de courant, l'Équateur passé en douce, pas de ciné en vue, si, voici tout au fond Honolulu, allons jeter un œil, survol en rase-mottes, colliers de perles, guirlandes, reflets, palmes éblouissantes, vite disparus, chandelle, tropique du Cancer, et là-bas à l'horizon, lueurs dans la pluie, de nouveau l'Amérique, fillette, par le nord tout à fait, rétrofusées, plongée dans le coton, irisations, silence radio, et on se pose à Vancouver. Et qui on retrouve, là ? Harrisson, Sigourney et Melanie au Westminster Hall et au West Van Ocean. Ajustons nos montres, quatre heures de décalage avec l'Imperio, la séance commence tout juste. Melanie rentre du boulot pour trouver son mec au lit avec une fille. Mais, j'y pense, tu dois avoir froid, pauvrette, serrée contre moi dans ta petite robe transparente... Laisse-moi te réchauffer... tes beaux seins bleuis par la nuit, la vitesse inconcevable... et tu ne disais rien ! Allez, on repart, on file vers la tiédeur du Sud. Hop ! Halos, incandescences, comètes de la côte US, Galapagos, île de Pâques, phares de Valparaíso, et nous voici de retour, au 235 de Estado. Pile. Qu'en dis-tu ? Écoute, finalement, on n'ira pas voir *Secretaría ejecutiva*. Ce film ne nous intéresse décidément pas. Alors, on repart ? Vol domestique, cette fois. Vuelo de cabotaje. Tu es habituée, maintenant ? Tu y as pris goût ? Tu voudrais passer ta vie à voler ? Et moi aussi, avec toi. Deux trois loopings au-dessus des Andes, neige sous la lune, éclat opalescent comme d'un écran, d'un drap chiffonné, et ce paquet de feux au bout de la nuit du Chaco, c'est Asunción. Qu'est-ce qu'ils affichent au Cosmos ? Muscles comme des rumsteacks, mâchoires crispées, harnachés de fusils d'assaut et de poignards commando, Oliver Reed et James Ryan dans *Furia para matar* (**c'est une machine à tuer!**) ne laissent rien présager de bon. Laissons-les jouer ensemble, ces engins. Dis donc, c'est hard, Asunción! Fortes turbulences. Orages libidineux. *Le Souterrain des condamnées*. Je vois ça d'ici. *La Fièvre du sexe. La Déesse du sexe. Femmes qui disent oui*. Dis-moi oui ou je t'enferme dans le souterrain des condamnées, ma petite martyre. *Les collégiennes se divertissent*. Tout me plaît. *Chupetines para golosas*, sucettes pour gourmandes. Au Splendid. *La Femme et le Cheval*. Une histoire d'écurie, cette fois. Tu crois que c'est un reportage sur la vie d'une femme jockey, ma petite pouliche? *Gorge profonde, Chatte à louer* et *Apocalypse sexuelle* à l'Universal. Eh bien, ils ne s'embêtent pas, les Paraguayens. Allez, on file, le Brésil est à deux battements d'ailes. Quelques grands cercles autour de la baie de Rio, on double un Boeing qui atterrit à Galeaõ, énorme maladroit hululant, clignotant, trépidant, toutes serres dehors, plumes arquées, braquées, hérissées, ceinturé d'une centaine de nez écrasés aux hublots, nous autres on descend en plané dans l'air chaud, le sourire aux lèvres, on tournicote autour du Corcovado, glisse vers la lagoa de Freitas dans laquelle on aperçoit une ville sous-marine tout illuminée, et, merde! Au Leblon 2, encore Melanie, Sigourney et Harrisson! Ils ne nous lâchent plus, ceux-là! *Uma Secretaria de futuro*, ça s'appelle, ici. Alors on file au ras des vagues le long d'Ipanema, des écharpes de brume violette autour du cou, les lumières des grands hôtels foncent à notre gauche comme un train express courant dans la nuit sous sa fumée d'écume, il y a à Copacabana un cinéma où j'ai mes habitudes, le Condor, voilà, je cabre, une secousse légère, un rebond, on est arrivés, ma caille. Voyons... C'est *Rain Man* qu'on donne, huit nominations aux Oscars. Charles et Raymond. **Ce sont des frères, des étrangers, ils apprennent à se connaître**. Dustin Hoffman et Tom Cruise marchent vers nous, côte à côte, Dustin en blouson au zip bien remonté, bras ballants, traits tirés, l'air embêté, Tom main droite dans la poche, la gauche balançant un sac de voyage, menton levé, lunettes noires, assez frime, un petit côté Alain Delon. Ils marchent comme ça à notre rencontre, dans la rue

Figuereido Magalhães qui va buter sur l'arc d'électricité et de ressac d'Atlântica, mais je peux t'assurer qu'ils marchent comme ça, exactement pareil, blouson, lunettes noires, sac de voyage, infatigables stéréotypes, dans les rues du monde entier, enfin, du monde riche, ou pas trop pauvre : à Buenos Aires et à Jo'burg, à Sydney, Tokyo, Paris, Ottawa, Singapour... Et de la même façon, à travers tout l'archipel du monde et du demi-monde, brûlent dans la nuit au fronton des cinés, entre Gene Hackman et William Dafoe, les croix klaniques de *Mississippi em chamas* qui illuminent l'affiche du Tijuca Palace, rua Conde de Bonfim, bat l'éventail de la marquise Glenn Close, charbonne l'œil libertin du vicomte John Malkovitch que tu vois illustrer, ô ma très prude Tourvel, les *Ligaçoes perigosas*, à l'entrée du São Luis, rua do Catete, sur tous les cinés du monde comme il faut, ou peu s'en faut, un primate hirsute retrousse ses babines sur des crocs formidables au-dessus de la tête nattée, pas très rassurée, de la petite Sigourney, tu sais, la copine de la secrétaire, qui, **sur une terre de beauté, de prodiges et de danger**, a risqué sa vie pour sauver de l'extinction les gorilles de la montagne, croisent de longues jambes obliques quatre femmes assises sur un sofa, au bord de la crise de nerfs, ondule de la nageoire dans un bocal, au bout d'un canon de revolver, *Um Peixe chamado Wanda, Un Pescado llamado Wanda, A Fish called Wanda* : le monde, ADN, est un long fleuve tranquille où nage un poisson nommé Wanda.

25

Finale du concours de Miss Trésor public au restaurant Elabola d'Ivato

Et maintenant, viens. Je vais te montrer quelque chose que tu n'as jamais vu, ni personne. Rua do Catete, que nous descendons lentement, enlacés, vers la plage de Botafogo, venant du São Luis où nous n'avons pas vu les *Liaisons dangereuses*, pas plus qu'au São Luis 2 les *Irmãos gêmeos*, les inévitables twins avec Arnold Schwarzenegger, marchant doucement vers la plage de Botafogo, passant devant l'affiche alléchante de *Surfistas adolescentes*, l'ignorant, à un étal j'achète un ananas tranché pour que tu y plantes tes dents, une bouteille de cachaça et une demi-douzaine de petits limons ronds et verts. Et nous asseyant maintenant sur le bord de la parfaite conque dominée par le Pain de sucre, dont quelques éclats vont choir et fondre au fond de nos verres (et si tu veux de la glace, j'allonge mon bras au-dessus de l'Atlantique sud et prélève, pour rafraîchir ta gorge, deux morceaux bleus de banquise antarctique), au bord de la ronde eau noire où nage une ville renversée (et, quelque part dans ce miroir, notre reflet), buvons notre caipirinha. Maintenant, regarde : ce limon que je n'ai pas pressé, glissant sous l'écorce, au point où la tige a laissé une légère caroncule, la lame acérée du poignard piqué au passage à Oliver Reed, je découpe en spirale un fin serpentin qui va bientôt rejoindre l'autre pôle, laissant le fruit nu, ma petite orange amère, sous sa tendre peau blanche. Et bien, imagine que j'en fasse autant de la terre. C'est facile. Partant du pôle, disons du pôle Nord, selon un angle très faible, je lève un infime ruban de glace, et progressivement, m'aidant du mouvement de rotation du globe (qui se déshabille ainsi lui-même), je descends doucement, tout doucement, vers les latitudes tempérées, croisant et recroisant sans cesse les méridiens selon le même angle que je choisis d'une demi-minute, je te dirai ensuite pourquoi. Lorsque j'entame le quarante-cinquième degré nord, c'est-à-dire la latitude de Montréal, Bordeaux, Turin, Stavropol, du sud du lac Baïkal, de la pointe nord d'Hokkaido, de Salem en Oregon et Minneapolis dans le Minnesota, il me reste encore un millier de spires à découper avant d'atteindre la ligne équinoxiale, une première fois je perce en deux points le tropique du Cancer, puis, tournant et revenant et revenant encore, ma pelure, dont la largeur n'a cessé de croître lentement, jusqu'à atteindre environ cinq kilomètres, gruge et desquame l'Équateur, et enfin, dépouillant tour après tour la terre de sa surface, rétrécissant désormais, à mesure qu'elle descend en hélice l'hémisphère Sud, elle se vrille infiniment sur elle-même autour du pôle antarctique. Maintenant, tandis que la planète roule une pelote de roches écalées, où se mélange une palette sans forme de bruns, de noirs, de gris, de blancs piqués de-ci de-là de plumets de lave écarlate, j'étire et je déroule dans l'espace un film immense, torsadé, quelque chose, ô ma miss, qui ressemble à une molécule d'ADN prodigieusement grossie jusqu'à atteindre (c'est pourquoi j'ai choisi cet angle d'une demi-minute) cent cinquante millions de kilomètres, c'est-à-dire la distance de la terre au soleil, et qui est le film du monde. Visionnons-le : ce machin n'a pas de sens. Il semble qu'il y ait eu un sac de nœuds au montage. On y voit s'enchaîner des séquences incohérentes, à des scènes tournées dans une ville d'Asie qui est peut-être Pékin succèdent des épisodes désertiques, montagneux, maritimes, puis des vues d'exploitations pétrolières, de systèmes nuageux, de bases aériennes, de plaines céréalières, de marché à Samarkand ou Ankara, comment savoir, et il faut attendre que passent une infinité d'images pour que reviennent d'autres scènes qui ont un air de ressemblance avec les premières dans cette ville qui est peut-être Pékin. Par exemple, si – ce qu'à Dieu ne plaise – je te laissais là cinq minutes pour aller, je ne sais pas, trouver un orelhão en état de marche de l'autre côté de la plage, vers l'avenida Pasteur, il se pourrait que je me retrouve dans une séquence éloignée de plusieurs dizaines de milliers de kilomètres de celle où tu te trouves – séparé de toi, mon Eurydice, par une spire étirée de milliards d'images sans queue ni tête, favelas accrochées aux morros, rues de Jacarépagua, navigations fluviales sur des affluents du Paraná, mangroves à alligators, solitudes herbeuses du Mato Grosso, faubourgs de la ville de Concepción, vieux suçotant des pipettes à maté, marécages, poudroiement éblouissant d'un lac salé dans la cordillère, mines de cuivre dans l'Atacama, désespérantes infinités bleues rayées par deux ou trois sillages, l'embranchement de Rockhampton de la ligne de chemin de fer Brisbane-Cairns (Queensland), d'interminables plans, mortellement ennuyeux, de terre rouge, craquelée, d'arbustes épineux et de cours d'eau asséchés, avec peut-être la chance épisodique de quelques kangourous, mais sans doute même pas, et de toute façon on se lasse vite de leurs bonds, les sympathiques bourgades d'Arltunga et Haasts Bluff, des chevaux sauvages abattus à la mitrailleuse, de nouveaux raccords de bleu à n'en plus finir, des champs de café en feu au sud de Madagascar, un dîner dansant au restaurant Elabola d'Ivato, au cours duquel vont être départagées les sept finalistes du concours de “Miss Trésor public”, Hanitra Ramamonjy, Farasoa Andriambololomanana, Anita Razafimandrato, Lalanirina Razanamahefa, Noro Andrianaly, Laurence Raharisoa et Astrid Belalahy, toutes jolies, charmantes, superbes et dignes, c'est un fait, mais moi c'est toi que je veux retrouver, du bleu, des dunes de sable rose dans le Kalahari, des villas allemandes dans la brume, sur la côte de Namibie, du bleu... le Pain se sucre, et moi dessous, hélas... car j'ai compris maintenant que, dévalant une loxodromie, au moment où le film repasse tout près de toi, c'est pour repartir plus loin, toujours plus loin, jusqu'au terminus du pôle. Par exemple. Or sache-le, dans cette délirante pellicule cosmique, il n'y a que deux figures, deux signes dont la répétition, irrégulière mais fréquente, pourrait suggérer, à un déchiffreur extra-terrestre faisant défiler l'incompréhensible document sur sa table de montage, l'idée d'une forme perdue mais cohérente, d'une sorte d'alphabet dont ils seraient les clefs : les longues émissions de bleu intense qui correspondent, nous le savons toi et moi, à la traversée des océans, et, gesticulant identique au sein de presque toutes les séquences urbaines, au Miramar de Luanda comme au Reservoir de Melbourne, au Real de San José comme au Kartika de Djakarta, au Rainbow de Nairobi, au Metro de Lima, au Dynasty de Manille, au São Luis 2, rua do Catete, une sorte d'Hercule ou d'Atlas moderne, divinité honorée chez toutes les nations, les classes, sous tous les climats, dont la puissante musculature indique la vocation phorique : et qui s'appelle (nous le savons, nous) Arnold Schwarzenegger, dit Schwarzie.

Et maintenant, lâchons, si tu veux bien, les deux extrémités du film-molécule géant : le ressort d'images se rétracte souplement, rebondit sur lui-même en oscillations de plus en plus faibles, avant de retrouver enfin la forme grossière d'une sphère, mais éclatée de toutes parts, mal suturée. Glissons-nous, pour rire, par l'une de ces lèvres, nous voici à l'intérieur de la boule, avec du fil, une aiguille, un rouleau de scotch, raboutons, recousons, recollons, nous voilà seuls au monde, ADN, incognitos au sein de l'immense caverne. Et maintenant que nous n'avons plus à craindre les regards indiscrets, laisse-moi... Je n'y tiens plus, je bande comme l'axe des pôles. Moi qui ai déshabillé la terre pour te divertir, je vais te dévêtir, ma petite, laisse-toi faire, nous sommes si loin de Santa Cruz de la Sierra... ce vacillant halo, comme d'une chandelle, d'une petite lanterne, Lili Marlène... là-bas, au fin fond de l'espace. Allez, viens, roulons-nous dans le drap de l'Équateur céleste...

Plus tard, nous gisions épuisés, embrassés au centre vide de la terre, là où, peu de temps auparavant, avait bouillonné la marmite des métaux en fusion. Il faisait encore chaud, d'ailleurs. Autour de nous, on voyait tourner le jour et la nuit. On pouvait vérifier qu'ils étaient exactement égaux. Cela faisait une immense pénombre agréable. De là où on était, avec de puissantes jumelles de théâtre, on pouvait voir tous les films à la fois, dans la partie du globe où c'était l'heure à ça. Alors, couchés ensemble, sirotant nos caipirinhas, on s'en était payé, des toiles. On avait vu tous les X d'Amérique centrale, ADN était bien dessalée, maintenant. Au Trebol de Guatemala City, *La Portera ardiente*, et au Lux 3, on avait bien aimé *Prisonnières* : **un groupe de femmes victimes de cruelles tortures et des viols les plus effarants ! ¡Infame salvajismo !** On pouvait le dire ! Au Capitol 5, *Les Intimités de miss Aggie*. **¡Un torrente explosivo de pasión y placer !** Et puis aussi *Ange charnel* au Sexta Avenida et *Bouches expertes* au Doral 1. Plus convenu, je dirais. A l'Izalco, à San Salvador, *Les Tentations d'une belle adolescente* et *Violadores de chicas virgenes*, *Violeurs de jeunes vierges*. Pas mal. Ce dernier, surtout. Ça m'avait redonné la trique. Pour racheter nos âmes impures, on avait vu tous les sacrés peplums, Richard Gere dans *El Rey David* (**el niño pastor que mató a Goliath**, pour le cas où on ne saurait pas) au Tikal, au Clamer de Tegucigalpa *Ben Hur*, **un véritable joyau de ciné ! la plus grande histoire de courage et de foi de tous les temps !** *Les Dix Commandements* à l'Olmedo de Guayaquil ! **¡La película mas grande y maravillosa de todos los tiempos !** On était gâtés ! *La Bible* par John Huston ! Plus fort encore ! **l'inoubliable histoire de l'homme depuis la Création !** On ne s'embêtait pas une minute ! D'autant plus, je le répète, que, couchés peinards où on était, comme des cosmonautes intérieurs, dans notre grand nid d'amour, on voyait tous les films **à la fois** ! Les jeunes vierges fourragées en même temps que les trompettes de Jéricho ! Les pipes explosives de miss Aggie à la première borne de la course de char ! Putain ! Elle va lui péter le timon ! Et ça ne ratait pas, le gars roulait sous les sabots ! Complètement pompé, l'aurige ! Les collégiennes en jarretelles se faire enfiler en couinant juste au moment où David alignait Goliath ! Ça ne l'empêchait pas de viser juste, le berger ! Très concentré ! Comment qu'il l'a morflée, le géant ! En plein dans son œil ! Mais non, ADN, n'a-qu'un-œil, là-bas, c'est Polyphème ! Un ennemi du señor Ulysse ! C'est égal, elle en trépignait ! Et puis aussi les crucifix ! A Guayaquil, spécialement, il n'y avait que ça. C'était à se demander où un athée équatorien pouvait bien passer sa soirée. *La Vida de NS Jesu-Cristo* ! **¡La autentica ! ¡Recomendada por Su Santidad el**

Papa! Ah, elle préférait ça, quand même, ADN. Ça la rassurait. **La version la plus complète jamais filmée jusqu'à présent! le drame sacré que toute l'humanité est tenue de voir!** Nous aussi, on voyait: simultanément au Capitol et au 9 de Octubre, même. Il n'y avait pas beaucoup de suspense (sauf que la pellicule s'étant rompue au Capitol, au moment de l'éponge de vinaigre, et le projectionniste étant parti se jeter une bière, le légionnaire restait là comme un con sous la croix, à se gondoler et à griller, la lance en arrêt. Bien fait!, gueulait ADN. Ah, je l'aimais!), mais c'était quand même valable. Et au Fenix, alors! *El Martir del calvario.* **¡Totalmente en español! Filmé sur les lieux saints mêmes! ¡A colores! Le rendez-vous obligé de tout bon chrétien!** On y était! On répondait présents, ADN et moi, lovés au centre de la terre, au fond de la grande catacombe! Et Poncio Pilato à l'Astor, alors! Se lavant les mains! S'essuyant dans sa toge, le salaud! Pendant que sur l'écran d'à côté Moïse balançait les Tables! Dans le genre macho coléreux, pourtant, Charlton Heston et Yul Brynner n'arrivaient pas aux rangers de Bryan Rostron et d'Anthony Freeman dans *Mercenaires de l'enfer.* A mon avis. Partout où ils passaient, ceux-là, ils semaient la panique! **La terreur, la mort, la destruction étaient leurs compagnes!** Personne ne se risquait à les défier! Ces gars brandissaient des espèces de marteaux-piqueurs qui éjectaient des projectiles gros comme des courgettes. Non, vraiment, on ne s'ennuyait pas. Pas du tout, même.

Une à une, cependant, les salles de l'Amérique centrale s'éteignaient. Ben Hur rentrait au garage avec miss Aggie, dans la nuit bleue. Jésus-Christ avec Ponce Pilate, se démaquillant tous deux, c'était plus long pour Jésus. Et Pharaon et Moïse, et Goliath avec le petit David, et Marie-Madeleine suivie de toutes les piaillantes collégiennes, bras-dessus, bras-dessous avec les mercenaires de l'enfer très sympas. J'envoyai un petit sourire en passant à Marie-Madeleine. Tous s'enfonçaient vers le centre de la caverne, marchant, flottant sur d'invisibles degrés dans le clair-obscur, parlant gaîment entre eux, s'envoyant des bourrades, se débarrassant, à mesure qu'ils s'éloignaient de la surface, de leurs accessoires qu'ils déposaient très discrètement près du lieu où nous nous trouvions et qui était, en somme, le grand magasin des colifichets mythologiques : couronne d'épines, bas résille, pschent, fronde, bustier, fusil d'assaut, etc. Toute cette brocante (potences, fouets, godemichets, ventilateurs à séparer la mer, buissons ardents électriques...) orbitant autour de nous nous faisait comme un paravent, à ADN et moi. Là-haut, les écrans s'allumaient plus loin vers l'ouest, devant des champs de bagnoles dans les drive-in de Californie, sur San Bernardino freeway, Beach boulevard, Bellflower, Lakewood... Gueules médusées mâchant des hamburgers, s'essuyant les doigts aux jeans, suivant vaguement les épisodes de *Fletch lives*, *Leviathan*, *Poltergeist 3*, *Troop Beverly Hills*... Ça nous intéressait moins, ADN et moi. On aimait, nous, le ciné des pauvres. Le film qu'on avait peut-être le plus aimé, avec les *Violadores*..., bien sûr, ç'avait été *Hercules 2*, à l'Universal de San José. Lou Ferrigno était inoubliable dans le rôle du demi-dieu redresseur de torts. Il avait des abdoms articulés comme des chenilles de char. Les flèches s'écrasaient contre. Rien à faire. Des bras que les muscles bossuaient de petits paquets comme des rognons d'agneau. Une bonne tête, avec ça. Il portait sur une mâchoire genre pince de homard un court collier de barbe, très grec, qu'il caressait pensivement lorsqu'il méditait un stratagème. En général, il trouvait vite, d'ailleurs c'était plutôt le type à préférer l'assaut frontal à la ruse. L'homme d'une force surnaturelle revenait pour combattre les forces du mal ! ADN l'adorait. Peut-être que lui, s'il avait eu les moyens de la technologie moderne, aurait pu faire regretter le jour de leur naissance aux mercenaires de l'enfer ? Tu crois, toi, me demandait-elle, au centre vide de la terre ? Je ne sais pas, je répondais. Peut-être, mais c'est pas sûr. Je ne m'engageais pas. Mais quand même, oui, je croyais. Je sentais que ça lui faisait plaisir. En tout cas, c'était **une gigantesque aventure qui nous transportait dans un monde de rêve, de romance, de mystère** et, hélas, de trahison. Voir comme il bramait, l'athlète, quand Déjanire lui enfilait sa tunique ! ADN pleura beaucoup. Après, on a joué à un jeu. Couchés bien peinards dans notre petit hamac équatorial, en se tournant et se retournant on observait un hémisphère puis l'autre. Nous aidant d'une lampe torche pour scruter la voûte terrestre là où elle était obscure, gênés parfois par l'amoncellement d'accessoires qui nous entouraient maintenant, certains très encombrants – le bûcher de Lou Ferrigno, l'Arche de Noé, le Colisée avec ses fauves, le Temple de Jérusalem avec ses marchands, les éléphants d'Hannibal parqués dans les écuries d'Augias, une ou deux pyramides, etc. –, on jouait à une sorte de jeu de cartes avec les noms des cinés. Il y en avait qu'on ne trouvait qu'en un exemplaire, le Matchedji de Maputo ou le Coquitlam de Vancouver, ceux-là ne valaient qu'un point, mais d'autres qui faisaient le tour de la terre, qu'on retrouvait dans les endroits les plus imprévisibles, les plus éloignés semblait-il du champ de leur signification originelle et depuis longtemps oubliée. Des Palace, des Lido, des Ritz, des Capitol, des Metropol... Des Odéon, on en trouvait à Paris, mais aussi à Nairobi, à Djakarta, à Manille... des Rex à Buenos Aires, à Santiago, mais encore à Nouméa, Port of Spain et Antananarivo... des Phénix à Guayaquil et à Suva, des Plaza à Montevideo, à Dakar, à Lusaka... Les Russes faisaient bande à part, chez eux c'étaient les Kosmos et les Mir qui tenaient la corde, ils aimaient bien aussi les Oktyabr' et les Znamia... Notre jeu était facile, c'était un genre de bataille, la chance comptait, puis le coup d'œil, on tirait un nom, qui valait autant de points qu'on en dénichait d'occurrences à la surface du globe. Ma petite Indienne, je le voyais bien, n'aimait pas perdre : pour la laisser gagner, je ramassai exprès, lors de la dernière donne, le Koït de Tallinn, lui laissant le Miramar de Luanda (qui, tiens, affichait justement Schwarzie, dans *O Masacre*) : avec une brême pareille, je n'avais aucune chance.

Tout a une fin. On voyait, d'en dessous, l'ombre refluer sur toute la hauteur de l'Atlantique, repoussée par le jour qui allumait autour de nous, de haut en bas, un immense vitrail bleu, vert et mauve, parcouru de feux liquides, d'irisations. Déjà l'île de Fernando de Noronha sortait de la nuit, bientôt l'électricité allait s'éteindre à Rio de Janeiro, laissant la ville, pour quelques instants, reposer dans la brume rose de l'aube. Mon Dieu, le jour déjà, que vont dire mes parents, commença à s'inquiéter ADN. Son père était militaire, à ma chérie, et ne plaisantait pas avec la discipline ni les bonnes mœurs. Ne t'inquiète pas, je te ramène, la rassurai-je. Avant que la lumière, sortie des pantanales et des llanos, ne fasse scintiller les cimes de la Cordillère orientale, je te le promets, tu seras de retour chez toi, à Santa Cruz de la Sierrá. Voilà, on était remontés à la surface, sans se retourner. On marchait sur la plage de Botafogo, couverte des détritus de la nuit. ADN, tenant à la main ses chaussures roses à talons hauts, titubait à mon bras. Une bretelle de sa petite robe transparente, tombée sur l'épaule, dégageait presque un sein. Nous avions la tête, les yeux lourds, le cœur aussi peut-être bien. Les vagues faisaient un bruit de soie, comme il sied aux vagues. J'y jetai nos deux verres. Le moteur d'un yacht matinal lâchait des pets dans l'eau, naviguant vers Guanabara. La dent du Pain de sucre, noir sur bleu étoilé. A l'horizon on voyait un liseré pourpre. Une bonne dizaine de cadavres commençaient à refroidir dans les rues du Grand Rio, notamment celui d'un jeune homme de seize ans, la tête emportée par les balles, près du terrain de foot de la rue Julio Teixeira de Oliveira, à São Gonçalo, et celui d'un moustachu d'environ trente-cinq ans, pieds et mains liés, farci de plomb, près d'une carrière à Estrada do Anaia. Je voyais tout ça, mais n'en montrai rien à ADN. Dans un paroxysme de réacteurs, le premier avion du jour, un vieux 707, jaillissait de l'île du Gouverneur, son ventre argenté rasait les flots, on voyait le pointillé lumineux des hublots, puis il chavirait sur l'aile et s'enfonçait vers le soleil levant, laissant derrière lui des écharpes de pétrole lampant, une pluie de douce suie qui retombait lentement sur la mer. Sur Pasteur, descendu d'une voiture, un flic nous siffla. De loin, je reconnus la silhouette : cet enculé de Fix, bien sûr. – Vous ne savez pas qu'il ne faut pas se promener sur la plage, la nuit ? Qu'il y a des choses qu'il ne faut pas faire ? Qu'un honnête citoyen ne doit ? Qu'il y a des limites ? Que c'est dangereux ? – Merci du conseil, vieux, lui dis-je. Mais regardez Hercule, Ben Hur, David, Moïse : qui n'ose rien n'a rien.

26

Il manque encore une des mains de Reyna

Mais qu'est-ce que j'ai avec les basketteuses ? Il y avait déjà Trinatsets, que je n'ai pas oubliée ni n'oublierai jamais, la flèche noire de ses yeux asiatiques dans la pénombre du gymnase... Les brunes aux yeux d'ombre, c'est cela mon genre, je le sais bien. Mille et une nuits, Tanagra, tout le tralala, sveltes terres cuites, faire mille fois le tour de la terre n'y changera rien. Or voici que justement, à peine ADN reconduite à sa porte, dans Santa Cruz qui s'éveille, ce sont deux bondissantes, rebondissantes pousseuses de ballon que je ne quitte plus de l'œil : élancées jaillissantes, enlevées en extension totale, beaux arcs de chair bandés sous les paniers... ...coureuses, sauteuses, feinteuses, dribbleuses... Mais blondes l'une et l'autre, aux courts cheveux en casque, cendrés Sheila, de Regina dans le Saskatchewan, absolument de paille et d'or Ellen, de Lamorinda en Californie. La Canadienne, à vrai dire, c'est par l'imagination que je la vois ainsi se dépenser, car pour l'heure elle se tient dans sa cuisine dominant un faisceau de rails brumeux où roule un train fantôme. Flocons d'avoine, pain grillé, sirop d'érable, elle s'active au petit déjeuner tout en écoutant les nouvelles : Météo : ciel nuageux et neige dans la région proche de la frontière US, cependant que le reste du Saskatchewan demeurera sous l'influence d'un courant d'air sec venant du nord. Prévisions pour Regina : nuageux, chance of flurries, vents d'est trente km/h. Température minima moins huit, maxima moins deux. Beaucoup plus chaud qu'hier, se réjouit-elle, où il a fait moins vingt pendant la nuit. Huit heures du matin, le soleil levant fait courir des lueurs roses sur les rails, on dirait, se dit Sheila, le sang pâle d'un poisson, c'est drôle, pourquoi penser à ça ? Oui, parce qu'hier elle a acheté des ailes de raie chez Safeway ? Le panache de la loco diesel comme une grosse glace au chocolat sur la neige sale. Winnipeg-Saskatoon. Elle feuillette le cahier "Food" du *Leader Post*. Tasty baskets add "egg-citement". Ces journalistes... Ce qu'ils ne vont pas inventer... Egg-citement. Ah, ah ! Elle s'appelle Claire Barriger, celle qui a pondu ça, si on peut dire. Ah, ah ! Il est difficile d'expliquer pourquoi, mais Sheila a l'air à la fois lente (pas sur le parquet, certes !) et futée, ce qui semble contradictoire. Elle doit aimer qu'on lui fasse des niches, sans être elle-même très portée sur la plaisanterie. Une impression. Donc, la recette des Peter Rabbit's Easter baskets : le mets favori de Peter Rabbit – des carottes fraîches, comme on sait – crée une sensation de goût délicieux combiné à la suavité chocolatée du cacao. Youngsters will adore ! Berk ! Pas moi ! Va te faire foutre, Peter Rabbit. Va dégueuler dans ton terrier, lapin de mes deux. Au Saddledome de Calgary, au cours du match de hockey sur glace opposant les Flames aux Islanders de New York – ah, Sheila tend l'oreille, qu'elle a jolie, bien ourlée –, match gagné 4-1 par les Flames (ah, c'est Gary, son mari, qui va être content quand elle va lui annoncer ça, tout à l'heure), Lanny McDonald a marqué le cinq centième but de sa carrière. Sheila apprécie en connaisseuse. C'est dix minutes et cinquante-quatre secondes après le début de la première période que McDonald, soutirant la rondelle au défenseur Marc Bergevin derrière les filets des Islanders, a trompé le gardien Mark Fitzpatrick. Les supporters, debout, lui ont fait une ovation de trois minutes. Bon... 1 can pineapple, crushed ; 1 1/4 cup all purpose flour ; 3/4 cup sugar ; 1/2 cup cocoa ; 1 1/2 cup carrots, finely shredded. Mais peut-être Alysha est-elle trop jeune pour aimer ça ? Pas encore deux ans... Oui, trop jeune. Le Bunny cake, alors ? A hit for children. A spectacular cake. Ah, ça doit être bien, ça. Noix de coco et chocolat pour le corps, noix de coco avec une goutte de colorant rose pour l'intérieur des oreilles, noix de coco tout court pour le nœud pap. Et c'est tout? Elle est mignonne, Sheila, entraîneuse des Lady Cougars. Une bouche mince, encadrée de légères fossettes, de belles pommettes lumineuses, elle ressemble à une Russe, elle l'est peut-être lointainement, le nom de sa fille le laisse présumer. Mais ses Bunnies m'indisposent. Toute cette connerie nord-américaine. Bons sentiments, église presbytérienne, drive-in, Walt Disney, Easter eggs... corn syrup... coconut... gâteaux spectaculaires... health... Merde! Rien à faire, je suis un latino, au fond. Ou un Slave, un Asiate, un vieil Européo. Je pressens l'échec, comme avec Sylvia. Et puis de toute façon, il y a Gary. Un costaud des biscottes, en plus, j'en jurerais! Adieu donc, lady Cougar! Cap au sud, où Susan, étudiante en deuxième année d'italien à la varsity en vague souvenir d'un arrière grand-père napolitain dont le nom est gravé dans le parapet de cuivre d'Ellis Island, et guard-forward de l'équipe de basket de Miramonte, court, dès potron-minet, dans les bois du Redwood Park, sous l'inondation de lumière qui, débordant la crête du mount Diablo, dévale vers la baie en contrebas, rasant les toits de Berkeley et d'el Cerrito, coupant l'eau en deux, bleue et scintillante déjà vers la prison de San Quentin, l'îlot d'Alcatraz, Angel island, la colline éclatante de San Francisco, un banc de nuages dorés sur le Pacifique, verte et un peu brumeuse encore vers Oakland et Alameda: tout cela, que Susan aperçoit en courant, entre les branches des arbres, ce renversement visible de la terre sous le levier du jour, ce radieux earthquake qui lui fait penser vaguement, d'une façon non formulée, mais qui emplit ses poumons et ses veines, dirait-on, d'une force renouvelée, que le monde est beau. Et elle-même, Susan, est belle, ah oui, très belle, elle le sait: ses bras nus de jeune Junon, ses longues jambes qui lui ont valu d'être nommée meilleure joueuse de la Foothill Division, avec son amie Debbie Flandermeyer, son visage de fair beauty hitchcockienne, entre Grace Kelly et Eva Marie Saint, aux clairs cheveux volant sur les yeux sombres, la bouche aux lèvres parfaites aspirant goulûment l'air frais, expirant de petits panaches de vapeur, sssh, sssh, filant à longues foulées dans le tremblement d'ombre et de soleil du sous-bois, les doigts d'or brumeux du petit matin, l'aquarelle bleu-vert de la baie, sont une autre manifestation, plus petite, harmonieusement enchâssée dans la première, et comme la déclinant autrement, de la beauté du monde. Elle le sait, et c'est tout cela qui la fait courir si légèrement sur la mousse, la chaste Susan. Mais voici qu'insensiblement s'enfonçant dans le bois, grisée de sa grâce, ivre de sa vitesse, soudain elle ne voit plus la mer palpiter entre les pins, un paquet de brume passe devant le soleil et une ombre froide tombe des arbres, soudain elle est perdue et c'est pour le coup, les yeux agrandis par un début d'anxiété, la main posée sur les lèvres ouvertes, haletant sous un grand tronc humide, qu'elle ressemble à une héroïne hitchcockienne, la belle basketteuse. Voici qu'elle se souvient de cette controverse qui agite le comté depuis qu'un certain Bob André et sa voisine, Julie Rapkin, de Moraga, ont prétendu avoir observé un mountain lion dans les collines de Lamorinda. Je l'avais vu une ou deux fois de loin, a déclaré Bob André, et je croyais que c'était un gros chien. Mais cette fois, j'ai compris. J'ai chassé le mountain lion autrefois, dans l'Arizona, pour des éleveurs, et je sais à quoi ça ressemble. Pas à un épagneul. Bob a filmé en vidéo l'animal, à deux cents yards, mais Gary Beeman et Terry Palminsano, des spécialistes de la faune sauvage, ont affirmé qu'il s'agissait d'un chat domestique bien pelucheux en train de filer le train à une femelle. Là-dessus un nommé Leslie Coffin, qui vit dans le Hunsaker canyon, a témoigné qu'il avait souvent croisé des empreintes énormes. "Huge", c'est ce qu'il a dit, Les Cercueil. Terry Palminsano a dû admettre que des lions, dans le coin, de toute façon il devait en traîner encore quelques-uns, depuis ce jour lointain de l'hiver mille neuf cent soixante-quatre où Todd Sanders et Chuck Lance, partis chasser la caille dans les collines de Lamorinda, en ont dégommé un : mieux valait donc garer les chiens et les enfants. Évidemment, maintenant, Susan entend des craquements partout et, légèrement vêtue comme elle l'est, en short et maillot sans manche, elle tremble de froid et un peu de peur, dans la brume qui s'installe. Surtout que s'il n'y avait que les lions... Mais il y a aussi les dépeceurs. Beaucoup plus embêtant, ça. Ces horribles histoires, qu'elle a entendues hier soir à la télé... Oh, mon Dieu ! Tout près d'ici, juste un peu au sud, dans le comté de Santa Cruz... entre Scotts Valley et Summits road, exactement... elle s'en souvient bien, parce que quand elle a entendu ça, elle a frissonné en pensant qu'il y a juste une semaine, elle a été pique-niquer avec des amis de l'Université dans cette région, sur le cours du San Lorenzo. Et voilà qu'on disait qu'un jeune chien, un puppy, avait ramené à la maison de ses maîtres, sur Sugar Loaf road, une chaussure de sport Reebok free style blanche – le modèle même qu'elle porte en ce moment ! – contenant, oh, quelle horreur ! **un pied de femme en décomposition**. Un pied gauche, taille six et demi. Impossible de savoir depuis combien de temps il pourrissait dans les fourrés, peut-être deux semaines, peut-être plus, ni comment il a été séparé de la jambe, selon le porte-parole du sheriff de Santa Cruz. "It's possible that it was eaten or gnawed by animal", a-t-il encore déclaré. Possible qu'il ait été mâché par un animal. Brr ! Quel animal, d'ailleurs ? Un mountain lion ? Imaginer ça, cette charogne dans une chaussure de sport... Le chien ramenant le truc au beau milieu d'une garden party... content de lui, titillant de la queue... le froid que ça doit jeter... le bar-b-q dégueulé illico dans les massifs... Et du coup, c'étaient des tas d'autres histoires qui revenaient à la surface. Des puzzles macabres... Ce jeune homme dont la mer avait déposé les mains, les pieds et la tête à Greyhound Rock, et ensuite c'est son torse qu'on avait trouvé dans la montagne, près de Boulder Creek. Dans le même coin, exactement. Et puis cette sombre affaire de Luis Reyna que son copain Enrique Zembrano, selon toute apparence, avait découpé en morceaux avant de prendre la fuite, sans doute au Mexique, avec sa maîtresse... une fille qui portait un nom terrible, comment était-ce, déjà ? Concepción Doberman ? Non. Celebración. C'est ça, Celebración Oberman of Alameda. Plaquant sa femme de dix-sept ans avec deux enfants. Dix-sept ans, deux enfants d'un assassin, et abandonnée, en plus. Quelle vie ils ont, ces chicanos... Ils ne sont quand même pas comme nous, on a beau dire... Enfin. En tout cas, un promeneur venait de trébucher sur son crâne, à Reyna, dans les collines à l'ouest de Happy Valley (là même, et aux antipodes, pourtant, sur la sphère morale, où cette saucisse de John "Aigle du Bien" venait de construire de ses mains deux tables de pique-nique avec bancs!). Comme on avait déjà retrouvé une de ses mains dans un fourré, puis, une semaine plus tard, son corps raccourci au cou et aux poignets, il était presque au complet, maintenant, avait fait remarquer le coroner: "Just one of his hands is still missing." Il ne manque plus qu'une main. Et si c'était moi qui allais la trouver? Oh, quelle horreur! Il semble soudain à Susan que toute la forêt obscure est remplie, comme après le passage de ménades, de lambeaux humains accrochés aux branches. Elle est complètement perdue, désormais, dans cette selva selvaggia e aspra e forte! Cette sylve sauvage qui ranime la peur dans la pensée! Che nel pensier rinova la paura! C'est alors que, prenant des traits qui devraient lui rappeler quelque chose, teint olivâtre, nez de faucon, menton proéminent, je viens à elle. Mais, j'aurais dû m'en douter, elle est du genre à fréquenter plus assidûment les entraînements que les cours de littérature médiévale: elle me prend pour un gangster mexicain, en fait, pour le terrible Zembrano, peut-être... Elle tombe comme qui succombe au sommeil. Je retiens sa chute, la réchauffe contre moi, la gifle un petit peu, gentiment, pour la faire revenir à elle. Belle effarée, plus hitchcockienne que jamais. Ayez pitié de moi, murmurent ses lèvres tremblantes. Qui êtes-vous? Ne vous ai-je pas déjà vu quelque part? Ah, tout de même! Oh, lui dis-je, vague, je suis... la source d'un grand fleuve de langue. Tu as pris par mégarde le chemin qui mène au séjour de la gent perdue. Je voyais bien que ces phrases énigmatiques lui évoquaient lointainement quelque chose, mais quoi? Je ne lui aurais pas donné son examen, à la pauvrette. Il est vrai que les circonstances excusaient quelques trous de mémoire. J'insiste: lasciate ogne speranza, voi ch'intrate! Ah, là, d'un seul coup, elle voit! Bon sang! The hell? elle me demande, convulsée. Yes, the hills of hell, my love. Tu as dû, dans la brume, te glisser par une crevasse dans la faille de San Andrea, et tu es arrivée au royaume souterrain. Je vois le sang abandonner son beau visage, qui devient froid et blanc comme celui d'une statue. J'ai envie un peu de poursuivre le jeu cruel, de la transformer en marbre, en Niobé, j'ai, je l'avoue, un plaisir sadique, une basse jouissance à la voir ainsi figée par la peur, la bondissante. Amazone mourante... étendue sur la mousse, sein palpitant... Mais je ne suis pas vraiment méchant, en fait, je la rassure, elle a de la chance d'être tombée sur moi. Je vais la tirer de là. Lui épargner la descente tout au fond du gouffre. A moins qu'elle ne veuille jeter un coup d'œil? Tous les cercles, les bolges? Les fleuves de merde, les pluies de feu, la cité de fer, les tombes brûlantes, la glace du Cocyte? Les Lager, les hôpitaux psychiatriques, les quartiers de haute sécurité, les sous-sols des polices politiques? Les chaises électriques, les chambres à gaz? Elle n'y tient pas vraiment. Elle commence, tout doucettement, à reprendre ses esprits. Il doit lui revenir, oh, confusément, que l'histoire qu'elle a lue, ou parcourue plutôt, et dans une copie ou une variante bizarre de laquelle elle semble maintenant se trouver entraînée, se termine bien. Le type, le vieil Italien avec des lauriers dans les cheveux, s'en sort. Sinon, d'ailleurs, il n'aurait pas écrit son truc. Une barbe, autant qu'elle s'en souvienne. Elle a de la chance, je lui répète. Very very lucky. Ses joues rosissent, sa respiration se calme. Ici, elle n'est qu'au premier étage de l'enfer, consacré au service de renseignement, en quelque sorte. Pour préparer les admissions. Il y a tellement de clients... Et, évidemment, il ne faut pas compter sur eux pour faire des réservations à l'avance. C'est notre boulot, dans ce secteur frontalier avec le monde d'en haut: on déploie des antennes très perfectionnées, on observe, on scrute, on écoute, on rédige des fiches, des synthèses. On a tout ce qu'il faut, maintenant, une technologie luciférienne, ça a beaucoup changé depuis le XIVe siècle. Écrans vidéo, consoles, ordinateurs à giga-mémoire. A vue de nez, ça ressemble à n'importe quel PC souterrain de l'US Army. Mais, évidemment, les informations qu'on recueille, les objets qu'on traite sont différents: luxurieux, pécheurs contre nature, faussaires, mages, rufians, simoniaques, toute la clique, voilà notre gibier à nous. On a des détecteurs pour chaque cas. Des espèces de chambres multifils, en beaucoup plus perfectionné et sensible, évidemment, qui repèrent les émissions liées à chaque catégorie. Je peux lui montrer, c'est assez instructif, et plutôt distrayant. Elle a de la chance, vraiment, je suis l'officier de permanence, ce matin. D'autres n'auraient pas été aussi coulants, certes ! Libicoco ou Graffiacane, par exemple. De vraies peaux de vache, ceux-là. Ou Draghignazzo. Le lieutenant Al Draghignazzo, buveur d'éther, héroïnomane, tatoué des pieds à la tête, ancien du Viêtnam. My Laï, ça te dit quelque chose ? Non, évidemment, tu n'étais pas née, ou à peine. Enfin, une brute, qui prend justement la relève cet après-midi. Bol de pas être tombée sur lui ! Alors, a-t-elle envie de voir quelques-uns des futurs locataires de l'enfer ? Pris sur le fait ? Après, il y a une issue de secours qui débouche dans un restau drive-in en sous-sol (un endroit romantique au possible, jamais on n'imaginerait...), au 860 de Petaluma boulevard north, j'ai la clef, je la ramènerai. Ah ah, elle ne dit pas non, elle est tentée, ça se voit. C'est une expérience titillante... alléchante... Elle hésite, quand même, frotte ses Reebok l'une contre l'autre. Ses belles jambes bronzées, miel à coulisse, son petit short... Mamma mia ! Allez, c'est oui, avec un sourire timide, ou bien peut-être faussement timide. Elle met sa main dans la mienne : "Tu duca, tu signore e tu maestro." Tu seras mon guide, mon seigneur et mon maître. Je l'avais bien mérité. J'avais le sentiment d'avoir finement joué, et aussi celui (toujours un peu embêtant) de ne pas être dans un de mes rôles les plus sympathiques.

27

Le grand schisme de Kanyariri

(théorie des séducteurs étranges)

Comme je tournais le bouton du rhéostat, l'écran hémisphérique de la brume s'illumina doucement. Sur le clavier, je tapai : LUXURIEUX. Aussitôt nous fûmes entourés, surplombés par une coupole d'images scabreuses, salaces, scandaleuses, se fondant, se filant l'une en l'autre : une grande bulle de stupre kaléidoscopique, une perle bigarrée de pure obscénité. Tout près d'ici, dans le parking souterrain de la gare d'Upper Orinda, un type à poil, hormis la tête qu'il avait entortillée dans son pull, se branlait contre l'aile avant d'une Oldsmobile, puis se jetait, son membre turgescent brandi comme un bélier, sur une Le Baron décapotable dont la conductrice s'enfuyait en hurlant. A Sydney, un homme se glissait sans bruit dans la chambre où dormait, enlacée à son Teddy Bear, la fille de sa concubine, une blondinette de quatorze ans avec des taches de son sur le nez et de petits seins, already : il baissait précautionneusement le pantalon de son pyjama, introduisait son index doucement, très doucement dans le sexe de la jeune fille, le retirait, le léchait, recommençait, finissant par la réveiller. A Antofagasta au Chili, un médecin pédiatre en usait de même avec une de ses petites patientes de onze ans, qu'il avait dévêtue et couchée sur une table d'examen, après avoir fermé à clef la porte de son cabinet : ajoutant d'ailleurs à la consultation des léchouillages axillaires (dont il raffolait) et un franc toucher anal. A Mar del Plata en Argentine, en plein midi et au beau milieu de la plaza Colón, deux déplorables sujets, Victor Marcelo Fabián Arias et Enrique Martínez, passablement défoncés, tripotaient lascivement une mineure tout en frappant et insultant son père : remake crapoteux et gauchesque de *Don Giovanni*. Une affaire plus compliquée se déroule au même moment dans le quartier Lemba-Échangeur de Kinshasa. Maman Tshidibi Kadima, veuve de cinquante-quatre ans et mère, il faut le noter, de quatorze enfants, balaie sa parcelle lorsqu'un jeune homme de passage sur l'avenue Pépinière lui demande si elle n'aurait pas besoin, par hasard, de feuilles de manioc : car il en cultive justement un petit carré, près de l'échangeur de Limete. Et comme oui, elle en a besoin, elle prend son panier et le suit. Arrivé sur les lieux, non loin du boulevard Lumumba, il lui arrache son cabas, la jette par terre, déchire ses vêtements et la viole. Des passants, entendant des plaintes étouffées sous les feuilles, s'approchent, découvrent la scène poignante, jettent des pierres au pervers qui, se saisissant d'une machette et d'une barre de fer planquées sous les légumes de son potager, file se réfugier dans une galerie obscure, au pied d'une tour en construction. Qui s'approche aura la tête tranchée, vocifère du fond de l'ombre le maniaque au manioc : je ne rigole pas. Arrivent les Caders, qui tentent en vain de parlementer, puis les gendarmes. L'échangeur est bloqué par un embouteillage indescriptible. Soudain, les inspecteurs Semu et Ndudi, de la BSRS, se fraient un passage, soufflant au poing, à travers la foule qui retient son souffle. A l'entrée de la galerie, ils tirent six coups de balles : pour toute réponse, des blocs de ciment volent vers eux, la machette luit sardoniquement dans l'ombre, comme les dents d'une murène au fond de son trou, ou de ce crocodile d'égout qui défraie la chronique, face au marché Wenze Camp Lufungula. On apporte des lacrymogènes. L'un des enquêteurs, à qui un agent vient de transmettre cette arme redoutable, la dégoupille et, d'un geste aussi ample que bien calculé, la balance dans la tanière du fauve. Éclate un bruit infernal, jaillissent des fumées ocre. Et soudain, tel un roi que le peuple attend, le délinquant sort de sa cachette majestueusement triste, jette ses armes aux pieds de ses vainqueurs et se livre. De taille moyenne, vêtu d'un pantalon gris, d'un gilet noir en gabardine, des chaussettes noires trouées couvrant ses pieds qui accusent une grande pointure, il confesse s'appeler Kamanongo ex-Frédéric, être originaire de Lusambo, orphelin de père et de mère, sans domicile ni profession. C'est sûrement l'homme le plus seul au monde, retiens cela, Susan, je le note sur ma fiche, parce qu'on essaie d'humaniser l'enfer, enfin c'est la politique officielle, on a même des assistantes sociales et des psychiatres, maintenant (n'est-ce pas, "docteur" Fix ?). Je le note parce que cela me paraît être une circonstance extrêmement, tragiquement atténuante. C'est comme ça que je vois les choses, mais il est certain que ce con de Draghignazzo, par exemple, ça ne lui passerait pas par la tête, ça non ! Ce n'est pas le genre de type à faire du sentiment. Appliquer le règlement, c'est tout ce qu'il connaît. Or, le règlement est clair (dirait-il !) : les luxurieux, deuxième cercle, châtiment dit "de l'air noir". Point. Je suis donc obligé, même moi, de l'inscrire, cet ex-Frédéric, avec le branleur du parking, le beau-père à l'index insinuant, le pédiatre indélicat et les lamentables de Mar del Plata, au nombre de ceux que doit fustiger et faire danser comme fétus l'éternel ouragan. C'est mon boulot, même si j'essaie de le faire, disons, avec cœur.

Tête en l'air, le mouvement de son beau cou, ployé en arrière, haussant les seins sous le maillot, elle semblait captivée par le spectacle de ce planétarium infâme dont – moi son guide et son maître ! – je désignais et commentais les scènes en m'aidant d'une longue baguette coupée dans le sous-bois. Dans la vieille ville de Safed, un homme que sa mise semblait désigner comme un juif orthodoxe apercevait deux enfants en train de jouer, à l'ombre d'une maison, dans une ruelle du quartier de Maor-Haïm, qui signifie (expliquais-je) Lumière de la Vie. Il se jetait sur la fillette, l'attrapait par un bras et la traînait vers le cimetière. Vue d'où nous étions – et indépendamment de toute considération morale – la scène était dramatiquement, presque théâtralement belle : l'homme au chapeau noir tirant sa victime en pleurs par les rues désertes, matraquées de lumière, les tombes au-delà desquelles, dans le lointain, tremblait sous les hauteurs mauves du Golan la plaque d'acier bleu du lac de Tibériade. Entre les stèles, il arrachait les vêtements de la petite, la plaquait au sol et commençait à se défaire lui-même de son sacré harnachement. Heureusement, Yahvé ne laissait pas souiller si honteusement ce jour de Pourim : les cris du petit frère, accouru, finissaient par faire fuir le Tartuffe, entravé dans son noir froc baissé, butant sur les dalles, tombant, perdant son chapeau, se relevant, courant, mains crispées sur sa ceinture ouverte, basques de son habit de corbeau volant aux fesses, disparaissant dans le flamboiement du soleil : cet épisode, traité au début (commentais-je) dans une esthétique sobrement bunuélienne, se terminait en farce. Sur la route de Tarrega à Lerida, Martins Pla était au volant de son autobus lorsque, à un arrêt, montait Susana, une jeune brunette de quinze ans qui regagnait l'institution dans laquelle elle étudiait. Instantanément, le sexe du chauffeur grandissait et durcissait sous son pantalon au point d'atteindre presque la taille du levier de vitesse de son vieux Pegaso. Et puis non. Je n'allais pas continuer comme ça. Si certaines visions étaient plutôt déprimantes, d'autres avaient commencé de m'échauffer. Qu'on imagine ! Qu'on se mette à ma place ! Je me trouvais, en compagnie d'une blonde sculpturale et court vêtue, sous une voûte changeante d'érections, de pelotages déshonnêtes, d'étreintes volées, de copulations scélérates. Il fallait que je me calme. Cette scène-là, de l'autobus, qui présentait certaines analogies avec notre propre situation, à Susan et à moi (moi **conducteur et maître**, je le rappelle !), je décidai de la mettre en mémoire. Patience. On verrait plus tard. Sur le clavier, je tapai : SCHISMATIQUES. Une catégorie un peu plus reposante pour les sens. Cependant que le radôme de brume se couvrait d'insensés d'obédiences multiples, j'inculquai à Susan quelques rudiments de cosmographie infernale. De notre point de vue, lui expliquai-je, la terre est constituée d'une multitude d'enveloppes imbriquées, adhérant l'une à l'autre à la façon des membranes d'une peau d'oignon. Chacune est comme le développement sphérique, réservé à une espèce particulière de malfaisants, d'un des cercles ou girons concentriques de l'enfer. Ou bien – **cela revient au même !** – chaque cercle de l'enfer – qui est, comme tu le sais, un gouffre conique dont la pointe (le fond) abrite le corps glacé de Lucifer – chaque degré de l'enfer, donc, est une projection plane d'une enveloppe terrestre. Comme je voyais qu'elle commençait déjà à nager un peu, je lui fis un dessin. Dans la conception ancienne, poursuivis-je, précopernicienne (– ??), le fond de l'entonnoir, où gît Satan, correspondait au centre du monde. Nous avons renversé cette perspective. C'est un petit peu plus compliqué, mais tu vas comprendre. Imaginons la chose au repos : la base d'un cône, c'est un cercle, n'est-ce pas ? Eh bien, dans le cas de l'enfer, ce cercle est égal, ni plus ni moins, à une grande circonférence terrestre. Et maintenant (dans ma démonstration de l'enfer moderne, je m'enthousiasmais de plus en plus. C'est vrai que la science avait **fait des progrès** !), et maintenant, si la base du cône est formée par une grande circonférence terrestre, où se trouve le sommet ? Le sommet se trouve **sur la surface terrestre, au point que perce une droite (un axe) élevée depuis le centre de la base !** Susan semblait complètement perdue, elle ne devait pas être très bonne en géométrie, non plus. Écoute, insistai-je, c'est très simple. Reprends tes esprits. Par exemple : la base, c'est l'Équateur. D'accord ? Et le sommet (ou le "fond" : **cela revient au même**), c'est ? C'est le pôle Sud. OK ? C'est-à-dire que le cône infernal est inscrit parfaitement dans un hémisphère terrestre. Maintenant, sache que ce cône tourne sans arrêt. Progressons pas à pas : suppose que la base, le plan de l'Équateur, tu me suis toujours, fasse un tour complet autour d'un axe perpendiculaire à l'axe des pôles : elle va engendrer une sphère, la sphère terrestre. D'accord ? Maintenant, au cours de cette révolution, quelle figure va dessiner le sommet ? – ?? Son incapacité à la construction dans l'espace commençait à m'irriter, au point que je me laissai aller à cingler de ma baguette – oh légèrement, mais assez pour y faire paraître une fugitive roseur – sa cuisse bronzée. – Mais enfin, Susan, il va tracer un méridien ! Je dessinais la chose au sol, elle voyait. Mais attention ! poursuivais-je : ça n'est pas fini ! Parce qu'en fait ce cône tourne, comme une centrifugeuse spatiale, **absolument dans tous les sens**, et de façon désordonnée ! C'est-à-dire que, si le cercle de la base – qui correspond, dans les représentations anciennes, au fleuve Achéron – engendre en effet, dans ses rotations folles – dans n'importe laquelle de ses rotations folles –, le globe terrestre, le sommet, lui, le point luciférien, trace sur ce globe des figures aléatoires, des pelotes embrouillées, des emblèmes du chaos qu'on a nommés, très justement, attracteurs étranges : on pourrait aussi bien, et même mieux, dire : "séducteurs étranges". Remarque bien que ledit point luciférien finit lui aussi par parcourir, ou engendrer, cela revient au même, la totalité du globe : quoiqu'il y faille beaucoup plus de mouvements, et même une infinité. Je puis te le révéler : la fin du monde surviendra lorsqu'il n'existera plus **aucun point** sur la planète qui n'ait été visité par le stylet infernal (lorsqu'il aura achevé, à son tour, de l'engendrer). Mais en attendant, comprends-tu ce que ça veut dire ? Dans mon exaltation, j'agitais machinalement ma baguette. Elle me jeta un regard apeuré, comme si elle eût été en face d'une sorte de Raspoutine ou de Dr Folamour d'un nouveau genre. Je rentrai en moi-même. Il n'était pas mauvais que je lui fisse un peu peur, mais il ne fallait pas que je lui fisse horreur. Cela veut dire, repris-je sur un ton plus égal, lui prenant une main qu'elle m'abandonna volontiers, que Lucifer, le grand attracteur étrange, est potentiellement partout, de façon absolument imprévisible. **Non pas au centre, mais n'importe où sur la surface de la terre**, que sa course démente suscite et imprime d'un incompréhensible tatouage. En toi, sur toi peut-être en cet instant, cette marque, ou sur moi, et une seconde plus tard sur la cime d'une montagne d'Asie, sur le quai d'une gare bulgare, sur une piste rouge de Bougainville où fuit la bande d'émeutiers qui s'est emparée de cinq fusils à l'armurerie de Buin... ou bien quelques kilomètres plus loin, sur le chemin des quinze soldats papous qui les poursuivent... Et repassant parfois l'instant d'après par le même point, ou des millions d'années après, ou jamais ! L'enfer est un gouffre tournoyant dont le bord et le fond sont partout ! Mais le bord beaucoup plus que le fond ! Mais ce qui n'est pas l'enfer est **également** partout ! Est beaucoup plus partout ! Ah, elle est salée, celle-là ! l'enfer est partout et nulle part, en un sens !

C'est-à-dire que son **entrée** ("le fleuve Achéron", la grande circonférence, l'Équateur infernal) est **réellement** partout, et son fond (le "Cocyte", le sommet, le pôle infernal), qui est **en puissance** partout (à la fin des temps), n'est **réellement**, à chaque instant, qu'en un seul et unique point du monde ! Tu as compris, n'est-ce pas ? – Yes, yes, of course, me dit-elle (menteuse !). That's very... very... (elle cherche) very funny ! Funny ! Si je m'y attendais, à celle-là ! The hell, funny ! Enfin ! Passons... Je ne te cacherai pas, poursuivis-je, qu'il y a chez nous des gens qui se mêlent de réfléchir – pas Draghignazzo, bien sûr, ni Libicocco ni ce genre d'engeance, non, des savants, des exégètes –, et qui s'interrogent, à partir de l'incontestable géométrie dans l'espace que je viens de te décrire à grands traits, sur le véritable statut de l'enfer : car on peut dire aussi bien que, dans ses rotations erratiques, il engendre la rotondité terrestre, qu'il est donc le générateur du monde (c'est ainsi que je viens de te présenter les choses), ou alors, et contradictoirement, que l'enveloppe du monde, la calotte terrestre, est la prison qui le maintient strictement enfermé et l'empêche, malgré ses convulsions furieuses, d'accéder à la surface, de s'épanouir et de devenir lui-même surface. La première position est dite "pessimiste", la seconde "optimiste" (on les appelle aussi parfois "masculine" et "féminine", en référence à une symbolique des volumes qu'il n'est pas besoin, j'imagine, de t'expliquer plus avant : dans un cas c'est le cône qui est premier, dans l'autre la sphère). Nous entrons ici dans le domaine de la pure spéculation. De toute façon, tu aperçois sans doute que les conséquences ultimes de l'une et l'autre hypothèses, pour opposées qu'elles soient, risquent fort d'être, paradoxalement, les mêmes. Non ? – Euh... A franchement parler, elle ne voyait pas. – Écoute, continuai-je avec patience. Réfléchis bien. Ce sont des conséquences assez, comment dire, immoralistes : et donc – nouveau paradoxe – contraires à l'objet historique et social de l'organisation souterraine. C'est pourquoi d'ailleurs on les garde secrètes, connues seulement de quelques initiés, au nombre desquels je vais te faire accéder, parce que tu me plais : passagère clandestine du vaisseau intraplanétaire, que je pourrais, que je devrais – si j'étais un Draghignazzo ! – précipiter au fond de ses plus horribles cales, voilà qu'en une heure de temps tu vas être admise dans le cénacle clandestin de ses docteurs : vois la confiance que je te fais ! Le risque que je prends ! Eh bien, voilà, réfléchis (Think ! Think !) : si le monde est engendré par le mal, il est inutile de résister à ce qui nous crée more geometrico. Et si le monde est ce qui empêche le mal d'advenir, alors, quoi que nous fassions, nous faisons bien. Ah ! Tu n'y avais pas pensé ! Qu'en dis-tu ? Je la voyais troublée. Mais ne va pas le répéter, ajoutai-je aussitôt, pour conforter ce trouble.

Cependant que je discourais ainsi, les schismatiques continuaient autour de nous leur manège. Il me sembla que le moment était venu, de nouveau, d'un peu de spectacle. Il ne fallait pas l'épuiser, Susan, par des considérations trop théoriques. Justement, une sainte bagarre était sur le gaz à Kanyariri, au Kenya : alors que le révérend Nicholas Mukoma Gachigi disait tranquillement la messe, comme tous les jours que Dieu fait, dans l'église Saint-James, trois voitures pilaient devant le parvis et, des portières ouvertes à la volée, s'extrayaient Stanley Magu, Samuel Ndungi, Francis Mbugua, Charles Kariuki, John Gikera et Margaret Wambui, la bande d'enfants de chœur à gourdins des Old Calendar, quelque chose comme les Vieux Croyants russes, peut-être, menée par son chef l'évêque Niphon Kigundu. Barbe blanche à l'équerre, lunettes de soleil carrées, soutane noire à ceinturon de cuir, coiffé d'une sorte de képi, Bishop Kigundu avait tout de l'aumônier de la Légion. Il avait décidé de donner au révérend Mukoma, de l'African Orthodox Church, à qui l'opposaient des questions de doctrine assez embrouillées, une leçon dont il se souviendrait. Cependant que les fidèles orthodoxes, à genoux et tête basse, laissaient se déliter sur leur langue l'hostie consacrée, une grêle de caillasses éclatait, dans une pétarade à cailler le sang, sur le toit de tôle de l'église, provoquant un début de panique, quelques étranglements au pain azyme, et la chute du ciboire. Damnation ! Les fidèles, se reprenant, se précipitaient sur le parvis pour empêcher les Old Calendar boys de profaner leur temple. C'est là que Mrs Mary Waithera Kugeria, s'étant appuyée contre la voiture de l'évêque, se faisait traiter de grande pétasse de Babylone et gifler par un de ses séides, d'où s'ensuivait une mêlée générale au cours de laquelle Mrs Hortensia Gathoni Waweru recevait un coup de couteau entre les côtes. Pendant que ces événements se déroulaient à Kanyariri, le révérend Manasa Lasaro, récemment libéré de la geôle où l'avait jeté la persécution du Domitien de l'Océanie, l'inique Sitiveni Rabuka (que les diables lui fassent pendre le sac à merde entre les jambes !), le révérend Lasaro, donc, agitait en ricanant sous le nez de son âme damnée, le révérend Rati Isireli Caucau, le télex qui mentionnait les dernières propositions de conciliation du World Methodist Council. Le jour n'allait pas tarder à se lever sur Suva la divine, les deux hommes avaient veillé toute la nuit, marchant de long en large dans le bureau (classeurs métalliques, lampes zigzag et crucifix) du soi-disant président de l'Église méthodiste des îles Fidji, le prétendu révérend Josateki Koroi, pour mettre au point les dernières mesures de la pieuse guerre qui les opposait à ce Judas (que les diables lui fassent descendre les poumons dans les bourses et la trachée dans la verge !). L'affaire (expliquais-je à Susan), n'était pas aussi compliquée qu'il y paraissait. Il fallait seulement savoir que Lasaro, ex- (suivant le point de vue du révérend Koroi) secrétaire général de l'Église méthodiste, avait été jeté en prison pour avoir organisé des barrages routiers contre le décret scélérat du gouvernement de Sitiveni (que les diables l'ouvrent du menton jusqu'au trou qui pète !) autorisant la circulation des autobus et taxis le jour du Seigneur. Or, à peine avait-il été embastillé pour la foi que l'ex- (suivant le point de vue du révérend Lasaro) président de l'Église, Josateki Koroi, loin de le défendre, en avait profité pour le démettre lui, Lasaro, de sa charge. Libéré par la grâce de Dieu, Lasaro avait aussitôt franchi le Rubicon, occupé manu militari le QG des méthodistes, démis à son tour Koroi et bombardé son homme de paille Caucau à sa place. Et maintenant, voici que le dernier télex du Conseil mondial, faisant le lit du despote Sitiveni et de ses collabos, leur proposait, à Lasaro de rester secrétaire-général, à Caucau de retourner dans sa paroisse de Bau, restituant sa présidence à Koroi ! Caucau, lui (expliquais-je à Susan), qui n'avait pas l'âme d'un révolutionnaire, ni d'un prophète, et commençait à se sentir inquiet, à être fatigué de passer toutes ses nuits à griller des cigarettes dans le bureau squatté de Koroi, échafaudant des plans, des appels au peuple, craignant l'assaut des josatekistes ou des sitivenistes, et cela jusqu'à tomber infailliblement, l'aube blanchissant déjà la mer de Koro, épuisé de fatigue, le pif dans un cendrier bourré de mégots, sous la lampe zigzag, Caucau, lui, serait bien retourné à Bau sans demander son reste : laissant l'autre exalté se débrouiller. Mais que faire, comment oser, alors que son patron, le révérend Lasaro (je le rappelle !), agitait sardoniquement sous son nez le télex du Conseil mondial, avant de le torsader en mèche, d'y mettre le feu et d'allumer à sa flamme la cinquantième cigarette de la nuit, grinçant des imprécations entre ses dents jaunies de nicotine ? Caucau à Bau ! Et quoi encore ? On en était là.

28

Lamentable histoire de Bambang Sukardi et Sunarti Santi

Et celui-là, qui gît sur un lit de l'hôpital Vladimir Ilytch Lénine de Zanzibar, ce barbu menotté à un barreau, l'air très agité, et qu'interroge Lawrence Mtembei, le chef de la police, qui est-ce ? Connais-tu le sens du Jihad ? lui demande l'officier. – Oui, répond l'alité. C'est la volonté de combattre le péché et le blasphème par la force, la persuasion ou la parole religieuse. – De tout ton cœur, poursuit l'enquêteur, crois-tu que Sofia Kawawa a prononcé un blasphème ? – Oui. – Selon toi, le chemin à suivre pour contester le blasphème est-il celui de la manifestation ? – Je ne sais pas, admet Said Suleiman Masoud dit Gwiji, car c'est ainsi qu'il se nomme. – Mais la manifestation et l'émeute sont-elles des choses désagréables à ton cœur ? insiste l'officier. – Oui, répond sans hésiter l'hypocrite (tu parles !). De toute façon, il n'y est pour rien, lui, Gwiji, dans cette manifestation, il n'a rien fait de mal. Il reconnaît avoir dénoncé en chaire, avec l'assentiment de l'imam de la mosquée de Forodhani, Sheikh Saloum, que Dieu soit sur lui, les hérésies de Sofia Kawawa, car le Livre de Dieu le Créateur ne peut pas être ainsi déformé. Cette impudente truie, que l'arbre ardent de Zaqqoum lui brûle les entrailles !, n'a-t-elle pas, à Dodoma, affirmé que la polygamie était préjudiciable aux femmes ? Ignore-t-elle ce qui est écrit en toutes lettres dans la sourate IV : "Épousez, comme il vous plaira, deux, trois ou quatre femmes" ? Dieu a fait descendre sur nous de clairs versets, Il est le Subtil, Il voit parfaitement toutes choses, Il anéantit la ruse des incrédules ! Ce qu'il a dit, lui, Gwiji, tout bon musulman l'aurait dit. Mais il n'a fait que parler. Après, il est sorti de la mosquée de Forodhani pour rentrer chez lui, et c'est en rentrant qu'il a croisé des manifestants, venus de la mosquée de Malindi, qui scandaient "Lailaha Illalah" et "Allahu Akbar", et comme il était d'accord, lui, Gwiji, avec ces mots d'ordre, il a suivi le cortège en demandant à ceux qui l'entouraient pourquoi ils défilaient, glorifiant Dieu ainsi. Et les autres de lui répondre que c'était pour protester contre les hérésies de Sofia Kawawa, que le Seigneur des mondes lui fasse boire de l'eau bouillante !, hérésies proférées à Dodoma. Évidemment qu'il était d'accord avec eux ! Alors il a continué à les suivre, calmement et respectueusement, criant des paroles agréables à Dieu, jusqu'à ce qu'ils se heurtent, à Mivinjeni, à un barrage de policiers armés de matraques et de fusils. Il se trouve, par hasard, au premier rang, lui, Gwiji. Où allez-vous ? demande un officier. Nous prenons cette rue, là, devant, ndugu officier, camarade officier, répond-il très poliment. Alors l'autre mécréant donne l'ordre de tirer sur les croyants, certains tombent, d'autres s'enfuient, d'autres pleurent au milieu du sang, son ami Ali Masoud, qui se trouvait là par hasard, lui aussi, s'écroule, mortellement touché, son ami Mohammed Abdalla a la jambe hachée par la mitraille, ses amis Nassor Islam Moussa et Abdalla Hamid Abdalla reçoivent du plomb dans les fesses et lui-même, Gwiji, est blessé au bras. Voilà la vérité, ndugu inspecteur, affirme Gwiji sur son lit de l'hôpital Lénine, Dieu connaît le secret des cœurs, si je mens qu'il me change en singe à cul saignant ou en porc mangeant sa merde.

Nous étions assis sur la mousse, Susan et moi, l'un contre l'autre, son épaule envoyant dans la mienne un voltage croissant, une mèche de temps en temps, fil d'or, électrisant mon cou, au pied d'un grand pin d'Oregon. Derrière la brume, San Francisco devait étinceler sur la mer. Il me semblait en vérité être bien loin de l'enfer, au très haut jardin où coulent les ruisseaux, en compagnie d'une houri. Quant à elle, qui ne semblait plus s'inquiéter de savoir quand je la ramènerais dans ce monde-là, par le souterrain de Petaluma boulevard, elle était comme au cinéma. Voulait-elle qu'on passe un autre film ? Qu'on change de disque ? L'image, lui expliquai-je aussitôt, un rien pédagogue, était pertinente : car c'était un peu à la façon d'un diamant ou d'un rayon laser sillonnant un disque que le stylet infernal lisait le globe. Simplement, c'était un disque sphérique, parcouru par la pointe intelligente – diaboliquement intelligente – selon une infinité de tracés si rapides qu'ils en paraissaient simultanés. Notre boulot à nous, moi, Draghignazzo, Graffiacane et les autres visionneurs-programmeurs, consistait à suivre et enregistrer les déplacements fous de ce cristal démoniaque, cette **tête de lecture**. La technologie hi-fi, les appareils ultra-sensibles de poursuite, d'acquisition, d'amplification, de visualisation, d'analyse et de stockage des données, étaient... A chaque fois que j'abordais des considérations théoriques ou techniques sur le fonctionnement du **rotor** – c'est par ce palindrome qu'entre nous nous désignions le satellite intérieur de la terre, laissant les mots "enfer", "hell", "inferno", "jahannam" et autres "shéol" aux esprits mal dégagés de l'émotionnel, sinon de l'irrationnel –, je voyais se rembrunir légèrement son beau visage de blé mur, de Cérès-corn-flakes au lait et au miel. Ce qu'elle voulait, c'était **des images** ! Ça n'était pas une abstraite, Susan. Bon, eh bien on allait mettre un autre disque, comme sur un vieux juke-box d'un bistro de Sausalito ou de Pacifica, avec dehors des palmes noires sur un ciel de cuivre, d'accord. On avait encore bien le temps. En avant la musique, donc, messieurs les faussaires et les escrocs, et tâchez de nous amuser. Le premier à paraître dans le cercle des mirages s'appelle Bambang Sukardi et il vit en blousant les péquouzes. Ce petit malin, traînant autour du terminal des bus de Pulo Gadung, à Djakarta, repère des culs-terreux bien égarés, frais sortis de l'autocar, et leur met le grappin dessus. Aujourd'hui, il jette son dévolu sur Sunarti Santi, une paysanne de vingt ans qui débarque de Ngawi, un bled du fin fond de l'est de Java. Elle n'a jamais vu de grande ville, ce qu'elle a vu de mieux dans le genre c'est Surabaya, un jour où un oncle y était mort et que toute la famille avait été lui rendre les derniers honneurs. Bambang a une belle chemise blanche des pompes reluisantes, il a l'air d'une personne éduquée, d'un monsieur de la ville. Où tu vas ma petite et tout ça, tu es perdue, elle lui répond qu'elle va chez un parent à Grogol, mais c'est tout à fait de l'autre côté de Djakarta, ça, autant dire au bout du monde, pauvrette, tout à fait à l'ouest, Grogol, alors qu'ici on est à l'est. Gros problèmes en perspective. Bon, coup d'œil sur sa scintillante montre-bathymètre-altimètre-tachygraphe-calendrier-réveil : elle a de la chance, il a un peu de temps devant lui, il va l'y emmener. Émoi reconnaissant (jusqu'à un certain point, me dis-je in petto, ce type me ressemble ; mais passons). Ils prennent le bus pour le terminus de Cililitan. Là, si on prenait un café ? Ainsi, elle vient de Ngawi ? Lui, c'est drôle, il a un parent à Semarang, le plouc de la famille, pour ainsi dire. Oh, excusez-moi, mademoiselle, je ne l'ai pas dit pour... Mais il faut reconnaître que la vie là-bas n'est pas très... enrichissante, ni amusante, non ? Pas vrai ? On a tôt fait de devenir stupide comme un buffle. Ça n'est pas comme ici, certes. Tout ce qu'il faut pour les jeunes, ici. Les divertissements les plus modernes. Évidemment, il faut un peu d'argent. Gagner sa vie. D'ailleurs, elle a un travail ? Non ? Et elle aimerait en trouver un ? Oh, comment a-t-il deviné... Voyez comme ça tombe bien, il est justement, lui, Bambang Sukardi, un des responsables du personnel du grand magasin Sarinah Jaya : sur Jalan Thamrin, en plein centre du centre de Djakarta ! Vendeuse, ça lui dirait ? Pour être vernie, elle est vernie, Sunarti Santi ! Ils prennent un taxi, elle a de la beauté plein les yeux, des articles de mode, des parfums, des bas de soie, des tubes de rouge à lèvres, de ces cosmétiques que Martha Tilaar, elle a lu ça dans un journal, fabrique à partir des antiques recettes des princesses de Surakarta et Solo... Peut-être qu'un jour... Madona en world tour viendra lui en acheter ? Mais non, c'est trop fou... De toute façon, même si Mister Bambang la met à l'électroménager ou aux produits d'entretien, ça sera bien aussi. Son bienfaiteur, justement, la rappelle à la réalité : il vaut mieux ne pas porter ni garder ses bijoux en or, c'est dangereux à Djakarta, c'est la rançon du progrès... Qu'elle les lui confie plutôt, il les mettra au coffre et lui donnera leur contrepartie en argent liquide. Comme c'est gentil vraiment, elle ne sait comment remercier. Il ramasse les trésors de famille, et tire de sa poche une enveloppe fermée sur laquelle il écrit: “Rp 1,5 million – satu setengah juta”. Pleine de rectangles de papier journal, tu as deviné, Susan. Mais Sunarti, non. Et puis, naturellement, il faudrait aussi un peu d'argent pour arranger l'affaire du boulot. Elle allonge cent quatre-vingt-douze mille roupies. Maintenant, il ne lui reste pratiquement plus rien, la voilà à l'aise. Arrivés sur Jalan Thamrin, le gentleman paie le sapin, et dans le magasin, quel émerveillement! La petite n'a jamais vu d'ascenseur, elle veut essayer cette maison qui s'envole, c'est comme un baptême de l'air, et là évidemment, profitant de la cohue, des portes qui se ferment automatiquement, adieu fillette, Bambang démarre sur ses pompes à reflets. Elle n'ose pas crier d'abord, dans la maison qui monte, et puis quand elle se retrouve perdue dans la foule, au deuxième étage, avec ses rêves fracassés, et toute sa vie sans doute aussi, en un instant (mais elle ne le mesure pas encore complètement, c'est une chose trop énorme), elle crie au secours, au voleur, les gens la regardent et se moquent d'elle, qui éclate en sanglots et s'affaisse, se recroqueville au sol, comme on fait quand on a la terre sous les pieds, mais ici? Et ces deux-là, qui marchent dans la nuit vers le cimetière de Bita, sur le plateau des Bateke, traînant un crucifix et des barres à mine, c'est quoi leur combine? Cachons-nous entre les tombes, Susan, dans la stridence des criquets et le hululement des hibous, pour voir. Ils soulèvent une dalle, l'un des deux, tout petit et mince, se glisse dans la fosse, c'est Kusimana Bifundu, et celui qui reste à la surface c'est son grand frère, ce pendard de Kufutekana Kulimbu. Maintenant il attend quelqu'un, manifestement, grillant des cigarettes et consultant sa montre-bracelet, et voilà justement le gogo qui arrive, à minuit pile, l'air pas rassuré, regardant sans cesse derrière lui. Il est vêtu d'un complet veston et porte chapeau melon et parapluie, il faut se saper quand on a rendez-vous avec les esprits des disparus, on dirait un lord anglais tout noir et un peu rapiécé. En fait, il s'appelle Mampuya et tient commerce de sandales en plastique au marché de Ndjili. Depuis quelque temps ses affaires vont mal, et c'est pourquoi il est allé consulter un prétendu féticheur : qui n'est autre, tu t'en doutes, que Kufutekana. Ce cave lui a raconté sa vie. Maintenant, après s'être fait allonger cent mille zaïres, voilà Kufu qui allume des bougies et se contorsionne devant la tombe des parents en proférant des paroles incompréhensibles. Et bientôt – les cheveux du gentleman vendeur de sandales se hérissent si violemment que le melon, catapulté, roule par terre, et toi-même tu sursautes, Susan, ta main agrippe mon bras –, la voix de Kusi, le frérot, sort de là-dessous, déformée par un entonnoir qu'il applique contre sa bouche. Il évoque la vie privée et intime, sur laquelle il y aurait bien des remarques à formuler, de Mampuya qui écoute à genoux, yeux exorbités, à demi évanoui de frayeur, puis exige qu'il vende tout son stock, à n'importe quel prix, au profit du féticheur. A cette condition, les affaires repartiront. Et à condition aussi qu'il continue d'obéir aveuglément à Kufu. Sinon, c'est la mort assurée, ou au moins la folie. L'esprit n'a rien d'autre à déclarer. Qu'en dis-tu ? Voilà un business ingénieux, non ? Plus profitable en tout cas que l'affur de Yun Yong-ja, marchand de poissons au marché de Paemyon-dong, au sud de Séoul, qu'on voit accroupi là-bas, regarde, en train de plonger des brèmes de mer à moitié pourries dans un bain de teinture, pour les faire paraître fraîches ! Ou le trafic sans imagination de Manuel Martínez García et Mario Gómez Nuevo, qui refilent pour cinquante mille pesos deux anneaux en laiton estampillé dix carats, aïe !, au porteur de la plaque numéro huit cent quarante-quatre de la PJ de Mexico, et les voilà maintenant avec tous les inspecteurs du secteur Azcapotzalco aux fesses, ça risque de chauffer pour eux, l'honneur de la police est en jeu. Pigeonner un collègue ! Il y a des assassinés dont les dossiers vont attendre... Et celui-là, Mohammed Hassan, qui vend pour de l'huile de cuisine dix bidons de dix litres emplis de flotte au ndugu Ramadhani Kimolo, un commerçant d'ordinaire plus avisé de Dar es-Salam, qu'est-ce qu'il espère, franchement ? Que l'autre va avaler ça ? Au moins Vladimir Abdoujalikov, petit pègreleux kazakh qui termine, à quatre heures du matin à Alma Ata, de colorier au pochoir, sur des rectangles de papier essuie-mains lissés au fer à repasser puis convenablement froissés par un séjour dans sa poche fessière, les derniers des Lénine bleus de cinq roubles et des Lénine rouges de dix qu'il empile maintenant en liasses très présentables de cinquante et cent roubles n'en comportant respectivement, sur le dessus et le dessous, que quinze et trente imprimés par la Gosbank, liasses qu'il serre avec un élastique et qu'avec un peu de chance, et à la faveur de l'obscurité, il pourra échanger, na barakholkou, aux puces, contre un jean américain, au moins ce traîne-savates a-t-il eu non seulement une idée, mais de la suite dans les idées, car le papier, il est allé le faucher dans les toilettes de l'aéroport d'Alma Ata, les crayons de couleur au rayon papeterie de l'Ounivermag, quant aux roubles véritables, garantis dans la mesure du possible par l'État soviétique, et entre lesquels sont pris en sandwich les billets essuie-mains, ils proviennent d'une commission perçue deux semaines auparavant pour la mise en contact de Tatiana Feodorova, qui s'est fait refiler, au même marché aux puces et aux mêmes heures où tous les chats sont gris, une paire de bottes fourrées de taille trente-huit, toutes deux du pied gauche, avec Svetlana Bystrova à qui la même mésaventure est arrivée avec deux pieds droits chaussant du trente-sept (s'il avait trouvé, ou plutôt si, ayant filé vingt roubles à un sous-traîne-savates défoncé à la colle forte, le sbire en question lui avait dégotté une autre blousée de la même pointure exactement, ses royalties en auraient été doublées. On peut rêver. Ces coups-là n'arrivent pas toutes les semaines, sauf si on les arrange avec le forban azéri qui vend des bottes : mais, justement, Vladimir Abdoujalikov est fâché avec lui, pour une histoire qui nous entraînerait trop loin, Susan et moi). Quant au jean US qu'il espère, si la chance des voleurs est avec lui, récupérer pour quelques dizaines de roubles, il le revendra pour deux cents au moins, et avec ces deux cents, etc. L'accumulation primitive, un des grands mécanismes de l'enfer, est en marche. Vladi Abdou, un de ses modestes serviteurs, sort dans la nuit noire d'Alma Ata, qui sent le charbon, le chou et le dégueulis.

Plus con que Draghignazzo, cependant, il y a : il y a le sergent Fix, le plus con de tous les diables, qui soudain sorti de terre comme une grosse taupe, un champignon venimeux en équilibre, retenu par la pointe de ses oreilles, sur son crâne de gutta-percha cirée, vient nous déranger. C'est à moi qu'il en a, comme d'habitude. Cet abruti, pour se donner un genre, s'est vêtu comme un croupier de casino mais, au lieu d'une pochette de soie, il arbore sur le sein gauche un boisseau de lombrics. Ne fais pas attention, dis-je à Susan, ce mec me suit partout, je crois que c'est une vieille tante. Mais le voici qui se campe devant nous, encore tout terreux, les poings sur ses hanches grassouillettes. Excusez-moi, mademoiselle (il parle, évidemment, un américain exécrable, avec un accent de Vesoul à couper au couteau, il faut l'entendre débiter ça, éxequiouzemimisse...), je ne voudrais pas me mêler de ce qui ne me regarde pas, mais savez-vous à qui vous avez affaire ? Un mythomane, un fabulateur, qui prétend lire le monde à livre ouvert alors que... qu'il ne connaît même pas le prix du bistèque sur le marché, je parie. Savez-vous que ce monsieur est un ancien séide d'une organisation terroriste très puissante, ramifiée, implacable... heureusement démantelée par nos services (Susan, je m'en rends compte, ne comprend goutte à son sabir hamburger-saucisson à l'ail). Mais ces subversifs n'ont pas renoncé ! Ne renonceront jamais à leurs plans de **conquête du monde** ! Car c'est de cela qu'il s'agit, ni plus ni moins ! Jamais, sauf si, évidemment... il n'y aurait qu'un moyen, assez, heu, comment dire ? Radical... Je le dis toujours à mes chefs, nous montrons trop de mansuétude à leur égard. Le résultat, c'est que le travail est constamment à recommencer. A peine terminé, il faut remettre ça. C'est le tonneau de Pénélope ! Or savez-vous, mademoiselle, quel est le nouveau plan de ces antisociaux ? De ces lâches ? C'est de tourner la tête à de jolies femmes et de les pousser devant eux ! Prétiwaïves ! Pour endormir notre vigilance, n'est-ce pas ? Vous comprenez l'astuce ? Parce que les femmes, n'est-ce pas, excusez ma franchise, mademoiselle, mais je parle comme un vieux soldat, un vieux flic, si vous préférez, les femmes ont bien des qualités, certes (clin d'œil égrillard ; un grumeau de terre en équilibre instable au bord de sa calotte de gutta-percha dégringole sur sa paupière, Ach !, le voilà à se fourrager l'orbite des deux poings), je disais donc que les femmes, mademoiselle (il sort un monocle de sa poche, souffle dessus, l'astique contre sa manche et le cale dans un repli de ses cernes pochelus), nous sont supérieures sous certains... angles, si vous voyez ce que je veux dire, mais **elles n'ont pas la tête politique**. Mais alors pas du tout ! Leur domaine, c'est les fleurs, l'élégance, la mode, la musique, la littérature, à la rigueur... poèmes, romans, sentiments... l'amour, surtout, l'amour, toujours (il lève un index bagué : lui aussi a dû se faire avoir par Manuel et Mario) ! Des choses, voyez-vous, tout à fait aussi importantes, je ne dis pas le contraire, que celles dans lesquelles, nous autres, nous excellons... Que serait le monde sans l'amour ? Sans le parfum des fleurs, sans la poésie, sans le... la petite musique entêtante du roman ? Mais la politique, non ! Et c'est ce qu'ont bien compris ces messieurs (il me désigne). Ces séducteurs ! Au sens étymologique du terme : parce que voyez-vous, miss, j'ai fait un peu de latin, dans le temps, et séduire, je suis sûr que je vais vous l'apprendre, ça veut dire détourner ! Hors du bon chemin ! La diritta via ! Ils vous embobinent, excusez-moi, mademoiselle, ils vous racontent de belles histoires, ils vous chamboulent la tête, oui, absolument, vous donnent le vertige, tout comme après une valse – j'ai été un excellent danseur, eh eh, on ne le dirait pas, c'était, oh, il y a assez longtemps, à Berlin, autrefois... –, ils vous retournent complètement, pour vous faire servir ensuite leurs desseins criminels. Pour vous **manipuler**, oui, je ne crains pas de le dire ! Car je les démasque, moi ! Je protège, moi, la vertu des jeunes femmes et l'ordre du monde ! **cela revient au même** !... Je vous l'apprends, mademoiselle ! Regardez, par exemple, cette petite Coréenne : un frêle bambou, une fleur de pêcher... Élevée dans la meilleure famille, son père diplomate nord-coréen en poste à Cuba, communiste, certes, mais de la bonne société, une enfance heureuse, les plages, le soleil, les cocotiers... tournant toute gamine dans des films... embrassée par le président Kim Il-sung ! Leur président à eux ! Et puis soudain... Un jour, déguisée en touriste japonaise, sous le nom de Mayumi Hachiya, elle monte à Bagdad dans le vol KAL 858 à destination de Séoul... **qui n'arrivera jamais** !

29

Le directeur de la fabrique de macaronis de Tbilissi surpris en train de toucher un pot-de-vin

Pendant que cet abruti s'échauffe à son sermon, je la vois, la frêle Kim Yon-hui, protégée par des hordes de policiers anti-émeutes, arriver au Tribunal criminel de Séoul, en pantalon brun et blouson de plaid à larges carreaux bleus, l'air gracieuse et jolie, en effet, cheveux noirs voltigeant sur ses yeux éplorés. La foule, autour, vocifère, à mort, à mort cette putain, montrez-la-nous en tenue de bagnard et menottes aux poignets. Une femme, qui a perdu son mari dans l'explosion du vol KAL 858, transformé en pluie d'étoiles filantes au-dessus de la mer d'Andaman, lui lance une godasse qui la rate de peu, Kim, alias Pak Ok-ran, alias Kim Okwha, Yeh Chi-Jing, Baek Chi-il, Mayumi Hachiya, alias encore Lilly de Macao. C'est évidemment de tous ses noms celui que je préfère, je l'imagine glissant en longue robe noire, décolletée profondément sur ses petits seins de sirène – dans la section spéciale de l'université Kim Il-sung, on l'a entraînée à la marche commando, au close-combat, à la conduite sportive, à la nage de fond, au tir instinctif (elle mettait neuf balles sur dix dans le mille, la fleur de pêcher) –, un collier de perles soulignant la sveltesse de son cou, muscles parfaits d'inquiétante jeune gymnaste glissant sous la soie noire, Lilly, fume-cigarettes entre ses dents de nacre capables de sectionner un câble haute tension, entre les tables de jeu du casino Oriente, s'adressant à un diplomate en anglais, à un homme d'affaires de Tokyo en japonais parfait, lâchant à un apparatchik pékinois en goguette quelques phrases en chinois mandarin, laissant derrière elle un parfum léger de thé vert, s'asseyant au bar, maintenant, où on lui sert un champagne cobbler, le long drink favori de Lilly de Macao (une cuillerée à café de sucre en poudre, deux traits de curaçao, une demi-cuiller à café de jus de citron, champagne, glace pilée, tranches d'orange), tirant avec une pudeur provocante sa robe noire sur ses genoux croisés, ouvrant son sac de soirée, extrayant de ses valves de satin un miroir serti d'écaille et un bâton de rouge à lèvres, soulignant d'un trait rapide les belles courbes de sa bouche, le soleil couchant sur la mer de Chine lançant un bref éclat cuivré dans le miroir qu'elle referme, clic, glisse avec le tube de rouge dans le sac, à côté du petit automatique Star nickelé et du paquet de cigarettes à bout filtre dissimulant des ampoules de cyanure, une pression sur le fermoir, clac, passant l'une sur l'autre ses lèvres avant d'en effleurer le bord givré du tumbler : ah, je l'aurais bien manipulée, moi, comme disait ce porc de Fix, mais peut-être est-ce elle qui m'aurait roulé... Peut-être aurais-je fini comme son compagnon de mission, la cigarette mortelle aux lèvres, sous le soleil d'Arabie... après que, la bombe oubliée dans un compartiment à bagages, à l'escale d'Abu Dhabi, ils eurent été pincés au Hyatt Regency de Bahrein. Kim, donc, entre dans le prétoire, et annonce, d'une voix étouffée, avoir demandé à son avocat de ne pas la défendre. Je veux expier, dit-elle en sanglotant, je serais heureuse si ma mort pouvait être un réconfort pour les âmes des victimes et les membres de leur famille. Mourir ? Ah, mais non ! Je vais la défendre, moi, la sortir de là, Lilly de Macao ! Monsieur le président ! Je... La voix de l'absurde Fix me fait sortir de ma rêverie : Regardez-le, miss, mais regardez-le ! Ce suborneur ! Ce maquereau subversif ! Mais il n'a plus d'yeux que pour elle, ma parole ! Qu'est-ce que je vous disais ! C'est peut-être bien lui qui l'a envoyée au casse-pipe ! Déguisé en instructeur de la section spéciale de l'université Kim Il-sung, comme maintenant il fait le bon diable, le bon apôtre (**ça revient au même !**) ! Heureusement, Susan ne comprend rien à ce qu'il dégoise. Elle a bien remarqué que j'avais eu une absence, mais je la rassure d'un petit pincement à la hanche. L'enflure continue à chapitrer. Je le laisse faire. Et cette pure jeune fille péruvienne, regardez encore ! Héritière de toute la noblesse hiératique de ses ancêtres incas ! (Fix ne connaît le monde, ses civilisations, que par les publications des agences de tourisme et les pages "voyages" des journaux populaires. D'ailleurs, ce presse-purée mélange tout. Le Parthénon ! Édifié par la femme éplorée de Socrate ! A sa mémoire ! Grand philosophe ! Connais-toi toi-même ! Auteur des manuscrits de la mer Morte ! Directement à l'origine du judéo, enfin, du christianisme ! Primitif ! Le hammam des Thermopyles ! Entièrement chauffé par les émanations de Charybde et Scylla ! Géothermie avant la lettre ! D'où tenaient-ils ça ? Des Martiens ? La salle d'audience des ambassadeurs extra-terrestres au Machu-Pichu ! Décorée par Holbein ! Comme la chapelle Sixtine ! Remarquez-le ! Bizarre ! S'explique peut-être par l'Atlantide ! Et les statues gothiques de l'île de Pâques, alors ? Dressées par les Templiers ? Gross mystère !) Je la vois bien, elle aussi, pendant qu'il pérore, dans son cul-de-basse-fosse de La Paz (mon Dieu ! Quand je pense que le père d'ADN... tortionnaire, peut-être ?) : menton large, bouche sur laquelle la peur plaque une moue de mépris (car la peur ne laisse d'autre choix que d'être méprisant ou méprisable : et celle-là, Tania Tineo, vingt ans, est une dure, comme l'était la Mona, sans doute, et je l'admire secrètement), fortes pommettes, sourcils arqués, court casque de cheveux noirs sur une peau très mate. Assez inca en effet, cet idiot n'a pas tort. Elle porte une robe de gros tricot. Elle est responsable du comando regional sur de Sendero Luminoso et vient de sécher, avec un Smith & Wesson 38 (l'arme dont Fabián Quintero s'est servi pour effacer le malheureux Pinilla Pinilla), l'attaché militaire de l'ambassade du Pérou, le capitaine de vaisseau Juan Vega Llona. Marin mort dans les Andes, sang écarlate caillant sur le trottoir de l'avenida Seis de Agosto, casquette galonnée de l'Armada au caniveau, à quelques encablures des eaux marécageuses du lac Titicaca, bien loin du Pacifique : triste destin aussi, il me semble (moi, je ne sais pas, je ne fais pas de politique). Toujours est-il que c'est son fiancé, José Camacho Taboada, mort depuis à la prison d'el Frontón, qui a fait entrer Tania au Sentier. Et c'est ça qui indispose Fix : Je vous le disais bien !, vocifère-t-il. C'est la nouvelle politique de la subversion ! Se servir des femmes, comme d'autres envoient les enfants à travers les champs de mines ! Se faire un rempart de femmes ! Méfiez-vous, mademoiselle. Take care, miss ! Extrêmement care ! Ne vous laissez pas enrôler ! Engeôler ! Vous vous retrouveriez vite dans de sales draps, comme cette petite Kim... cette Tania... Des vies brisées par ces messieurs... avec le dernier cynisme... Encore heureuses de ne pas être définitivement refroidies, pardonnez la crudité de l'expression, mais il s'agit d'affaires trop graves, alors, foin de ronds de jambe, n'est-ce pas... épargnons-nous les zeunderstéitements... Oui, refroidies, je disais, comme cette fille, cette Mona... La Belle, on l'appelait, vous vous rendez compte... vous me suivez ? Morte à l'aube, près d'Antioquía... Une balle dans le cou, voilà ce qu'elle aura gagné dans l'histoire... Alors qu'elle aurait pu être, je ne sais pas, moi... hôtesse de l'air... reine de beauté... mère de famille ! L'illumination, la transfiguration de la maternité, **voilà pourquoi vous êtes faites** ! Tableaux de la Renaissance... Madones à l'enfant ! Croyez-moi !

Soudain, j'en ai assez de ce guignol. Saisissant ma baguette, je lui en cingle vivement les fesses. Décampe, je lui fais, je ne veux plus te voir. Qui t'a payé pour me suivre partout, grotesque ? Vieux dégueulasse ! Il se dandine, l'air stupide, il ricane. Il voit que je ne plaisante pas. Je suis en rogne, cette fois. Il hésite une seconde, puis file en glapissant, le puant, comme un putois poursuivi par des chiens, et s'enfourne dans un terrier. Il en perd son monocle, je le ramasse, ça pourra toujours servir. Mais le gros nuisible, dans sa fuite, a aussi piétiné ma télécommande. Sur la géode perlée s'affichent maintenant, sans plus aucune sélection, aucune **suite dans les idées**, des scènes issues de tous les horizons, pêchées dans toutes les eaux troubles de la dinguerie crapuleuse. C'est une prolifération cancéreuse de turpitudes, un pandémonium, un shaker d'images lamentables, une chapelle Sixtine d'infamies spasmodiques sous la voûte de laquelle nous nous trouvons, Susan et moi. Juan Carlos Edelman enlève une prostituée dans une rue de Regina (tiens, chez Sheila!) et la sodomise dans la neige, sous la calandre de sa Chevrolet. Près de Nantes, un père blanc se fait tailler une pipe par un jeune paralytique togolais. Entre des rideaux de cretonne, on voit la pluie traîner des voiles gris sur l'estuaire de la Loire. Dans un jardin public de Tbilissi, le directeur de l'usine "Vingt-six commissaires de Bakou" se fait remettre par le comptable de la coopérative "Biely Parous", dissimulée dans un numéro de *Zaria Vostoka*, une enveloppe contenant six mille roubles en contrepartie du versement de vingt-cinq mille roubles pour des travaux imaginaires. Je pianote fébrilement, fais courir la souris de droite de gauche, cherchant à rétablir un peu d'ordre dans ce cirque. On ne va quand même pas s'envoyer tous les péchés du monde! Jusqu'à la criminalité économique! Des fenêtres menaçantes clignotent, bombes à la mèche allumée, pièges à loup ouverts, masques grimaçants de tragédie, des inscriptions comminatoires, CAUTION! OSTOROJNO! ¡ATENCIÓN! Vous allez tout effacer! Des ricanements de singes électroniques éclatent dans des forêts crépusculaires, des piles de bidons vides s'écroulent dans des entrepôts nocturnes, des rafales de pets, parfaitement perçus, perturbent la performance publique d'un percussionniste, je suis perdu! Paumé! Débordé, submergé par la rébellion des simulacres. Ils volent autour de nous comme des chauves-souris cinglées, nous enveloppent d'un tourbillon d'ailes translucides. Susan a peur, s'ils allaient s'accrocher dans ses cheveux! Dans l'or olympique de sa chevelure! Je la serre contre moi, tente de la rassurer, c'est l'affaire de quelques instants, des turbulences imprévues, je vais reprendre le contrôle de la machine. Merde, en attendant, on frôle la collision avec un fou absolument imprévu. Le type se balade dans une rue de Rosebank, un quartier nord de Johannesburg, un étrange sourire aux lèvres. Il y a quelque chose, dans la poche de son blouson, qui a l'air fragile, ou dangereux, à en juger par la façon qu'il a d'y porter de temps en temps la main pour vérifier que c'est bien là, bien en place, pas cassé. Un œuf, peut-être, ou bien un pistolet? Il a une tête de moustique blond, de grandes oreilles d'un rose diaphane, il ricane nerveusement tout en marchant, apparemment, sans but. Ah, si, il s'arrête à une cabine téléphonique, regarde autour de lui pour s'assurer qu'il n'y a personne en vue, non, la voie est libre, il sort de l'autre poche du blouson une page de journal pliée en quatre, où il y a des annonces. Il a souligné deux numéros : le 614 7269, A SWEDISH MASSAGE, BY ATTRACTIVE MAURITIAN LADIES, 10 am-8 pm, et le 23 1138, PLEASURELAND, ORIENTAL + CONTINENTAL GIRLS. GUYS AVAILABLE. Oh, je crains le pire. Rapidement, il compose le premier numéro. Rrring, rrring, rrring, ça décroche, une voix roucoulante qui hérisse ses cheveux filasse, fait venir du sang dans ses oreilles, dessine dans leur gélatine tout un réseau progressif de veinules qui lui donne l'apparence d'un axolotl arborant, de part et d'autre de la tête, ses branchies, son cœur bat si vite et si fort que toute la cabine en résonne, qu'on dirait que la cage de verre se gonfle et se dégonfle, palpite comme une pompe, que les vitres vont péter sous la pression, lorsqu'il articule dans le combiné : Putains ! Il y a une bombe dans votre bordel ! Vous avez deux minutes ! Pas le temps de vous rhabiller, salopes !, puis raccroche. Nouveau coup d'œil circulaire, il se tamponne le front avec un mouchoir en papier, et remet ça au Pleasureland. Là, il ajoute : Je vous pisse dans le con, salopes ! Il raccroche et sort, secoué par une quinte d'étranges ricanements gloussants, un fou-rire de poule pondeuse. Il marche vite maintenant, hoquetant, l'air content. Il recommence à tâter sa poche droite. Il se poste près d'un feu de signalisation. Il attend, main dans la poche. Passent des camions, des 4×4, des vans, des taxis, passe une décapotable conduite par une blonde, il crispe sa main sur l'objet dissimulé, trop tard, chuintement de pneus, flot de cheveux, la vision s'est enfuie, mais voici que freine et s'arrête au feu passé au rouge une voiture de la portière de laquelle émerge un bras portant bracelet. Ah, c'est le moment ! Louis, c'est son nom, s'approche, cœur battant de nouveau, oreilles en écarlates crêtes de coq, survolté de crainte et de désir, il s'approche comme qui va demander un renseignement, ça y est, il y est, hello, dit-il à la conductrice interloquée : **what about some nice warm piss in your face ?** Qu'est-ce que tu dirais d'une bonne petite giclée de pisse bien tiède ? Il sort vivement la seringue de sa poche, ôte l'opercule et appuie sur le piston, et en même temps qu'il fait ça, il éjacule à grands traits, oh, quel bonheur! Presque aussi grand que lorsqu'il s'agrippait à l'unique fille qu'il ait jamais connue, autrefois, dans une maison de passe de Pattpong, quel beau voyage ç'avait été! Louis-la-seringue disparaît en fumée, comme il est venu, mais en attendant, rien ne va décidément plus dans mes installations. Tout se carambole, se télescope, luxurieux et faussaires, parricides et voleurs des choses de Dieu, Benito Cirasola, fabricant d'enseignes au néon, tourne, dans son entrepôt de Gravina, près de Bari, le volant d'une presse à fabriquer des fausses pièces de dix francs en argent, il est vêtu d'un short et d'une chemisette et il transpire beaucoup, Pedro Mendes Tavares dit Pedrinho, dérangé cap-verdien, se glisse hors de l'église de Santo Amáro Abade, à Tarrafal, dont le tabernacle bâille comme une huître, avec sur l'épaule un sac contenant un ampli, le tronc plein de (vraies) pièces, un ciboire bourré d'hosties et des cierges, la mer est noire et blanche sous les palmes, Ramón Fernández Bernal, depravado mexicain, tente de violer une femme en pleine Glorieta de Insurgentes. L'enfer est devenu un vrai bordel, un caravansérail, **on n'y comprend plus rien**! Et l'autocar de Lerida, où est-il passé? Quelque part dans tout ce fatras, mais où? Comment le retrouver? Mais qu'est-ce qu'ils faisaient, à la fin, dans l'autocar de Lerida? me demande Susan. Eh bien, figure-toi que ce salaud de chauffeur a proposé à Susana de la conduire à l'œil jusqu'à son institution scolaire – religieuse, même, peut-être! Puis, après que tout le monde est descendu, au terminus, il l'a fait venir près de lui et a commencé à la caresser, la main gauche sur le volant, la droite allant, venant, sous la jupette, sur le corsage, tentant de défaire un bouton, ¡la leche! un virage! heureusement qu'il connaît la route, depuis le temps qu'il la fait avec son vieux Pegaso, l'Apollon des transports en commun, redescendant en catastrophe au trépidant levier de vitesse, remontant le long de la cuisse, là, même que c'était très dangereux parce qu'il y avait du brouillard, sur la route de Lerida, des phares faisaient de brusques trous blancs dans la vapeur, avec des beuglements étouffés de klaxon, et la Sainte Vierge qui clignotait de toutes ses petites ampoules derrière le rétroviseur, la malheureuse, qu'est-ce qu'il ne faut pas voir en ce monde, Susan ? – Mais pourquoi est-ce qu'elle avait accepté, pourquoi est-ce qu'elle se laissait faire ? – Je ne sais pas, moi, elle avait peur, peut-être, elle était impressionnée par sa qualité de chauffeur, c'était lui qui conduisait, qui menait la barque, tu dois savoir mieux que moi, c'est de la psychologie féminine (oh, non, je n'allais pas me mettre à parler comme Fix !). Excuse-moi, je dis des conneries. La vérité, c'est que... Oh, pitié ! Pajalousta ! De nouveau s'affichait la gueule de faux-jeton du comptable de la coopérative géorgienne, cette fois c'était dans l'obscurité de la salle du cinéma Partizan : où l'on se livrait à de tout autres attouchements : car, à la lueur épileptique des images de *Nach Bronepoiezd*, Notre train blindé, on voyait bien l'enveloppe passer de ses mains à celles (que la peur sans doute, la convoitise aussi – psychologie masculine ! –, faisaient trembler) du directeur de la fabrique de macaronis de Tbilissi. Écoute, lui dis-je : l'enfer est complètement déréglé. On ne peut plus rien en tirer. Je ne sais pas ce qui se passe. Les cercles ont déjanté. Je vais éteindre tout. Moi, la technique, ça n'est pas mon rayon. Draghignazzo réparera. C'est un bricoleur. Il a ça dans le sang. La brume se déchirait, des doigts de lumière pianotaient entre des arbres-fantômes, un long nuage bleu et blanc s'accrochait aux branches, avec des viscères d'éclats brefs, troubles, comme de pièces de monnaie tournoyant sous l'eau, et enfin ce devait être San Francisco, des fenêtres qui s'ouvraient, des vitres de yachts au mouillage à Fisherman's wharf, accueillant toute cette histoire du jour, cette fantasmagorie. Et maintenant ? Qu'est-ce qu'on fait ? dis-je. Il fait beau. Si on allait se promener dans les bois, pendant que le lion de Lamorinda n'y est pas ?

30

Mammouths congelés dans le permafrost

(polar)

E quindi uscimmo a rivveder le stelle... C'est en sifflotant cette rengaine italienne, le tube de ce printemps-là, qu'au volant de ma convertible Le Baron (de Münchhausen, songeais-je, l'esprit à rire) je me dirigeais, par le San Rafael bridge puis Redwood Highway, vers Petaluma. J'avais bien une idée derrière la tête, tout à l'heure, lorsque j'avais proposé à Susan de la ramener sur terre par un souterrain débouchant au 860 de Petaluma boulevard north... Naturellement... Vous me connaissez, à force. En fin de compte, je l'avais laissée à la varsity, Susan, elle avait un entraînement avec je ne sais quel coach tocard. Comme elle voulait. N'empêche : ce coup de l'enfer, je ne m'en étais pas trop mal tiré. Je me sentais assez gai, le soleil tapait bien, maintenant, ayant définitivement dissipé les smog patches. Cette Le Baron, c'était autre chose qu'un autocar Pegaso, pour sûr. Rouler là-dedans, baigné de lumière du matin, bras gauche flottant contre la rondeur bordeaux de la portière, ça rendait euphorique. "Objects in the mirror are closer than they appear", était-il écrit sur le rétroviseur. Les objets dans le miroir sont plus proches qu'ils n'en ont l'air. Cela me fit rire. Comme si je ne le savais pas ! Je branchai la radio. Mostly sunny and warm weather after dense fog and drizzle. Les killer bees rappliquaient inexorablement, venant du sud. Breeding like killer bees. Elles étaient attendues à Brownsville, Texas, dans les jours qui venaient, mais un bateau pouvait bien leur faire un petit lift jusqu'en Californie, ça n'était pas à exclure. Passagères clandestines. Des pièges avaient été installés à Richmond, Auckland, San Francisco et Alameda, d'autres allaient l'être à Stockton et Sacramento. Individuellement, les killer bees n'étaient pas plus dangereuses que leurs homologues US. Le problème, avec elles, c'est que lorsqu'elles étaient dérangées, elles attaquaient ensuite sans relâche, par centaines et milliers. Et il n'en fallait pas beaucoup pour les déranger, d'après Gera Curry, la spokeswoman du State Department for Food & Agriculture. Les enfants imprudents et les vieillards traîne-savates étaient particulièrement vulnérables. Et les joggeuses, alors, pensai-je, tout en me demandant vaguement à quoi pouvait bien ressembler un piège à abeilles tueuses : quelque chose comme une fosse à éléphant en miniature, creusée sous une fleur ? Non, sans doute pas. Autre genre de tueur, on attendait pour aujourd'hui le verdict dans le procès intenté à Willie Bosket, un Noir de vingt-six ans qui se décrivait lui-même comme un "monstre", pour sa énième tentative d'assassinat d'un maton. L'affaire s'était déroulée en avril dernier, alors qu'il était interviewé, au parloir de la prison de Shawangunk, par un jeune reporter de l'*Utica Observer Dispatch*, tu parles d'un journal, qui se proposait d'écrire un livre sur sa vie. Ben voyons... On le voyait venir de loin, celui-là. Serial killer, un placement sûr... une vraie poule aux œufs d'or. Surtout pour un type qui avait plutôt dû s'occuper jusqu'à présent, dans sa vie professionnelle, des parasites du maïs ou de la protection du raton-laveur. Enfin, c'était mon avis. Toujours est-il qu'au beau milieu de la séance de magnétophone, Bosket avait sorti de sa poche un couteau fabriqué avec du métal de boîtes de conserves, et poignardé le garde Earl Porters. D'après l'assistant du district attorney, son seul regret était de ne pas l'avoir refroidi pour de bon (car le type s'en était tiré). Quant au plumitif, tout ce qu'il trouvait à faire, c'était de pleurnicher : "We had made an agreement that he wouldn't do anything to undermine the book... Il m'avait promis de ne rien faire qui compromette le bouquin. I was so stupid..." Tu l'as dit, bouffi. Willie, en dépit d'évasions multiples, n'avait trouvé moyen d'être libre que dix-huit mois depuis qu'il était entré en maison de correction, à l'âge de neuf ans. Là, il tirait les alarmes d'incendie, fauchait les bouquins, pétait les vitres, attaquait les éducateurs à coups de batte de base-ball, volait les voitures, buvait, enfonçait un tisonnier dans l'œil d'un de ses camarades, en sodomisait un autre dans les douches, bref, comme déclarait un de ses profs en third grade, "he was having problems". Entre neuf et quinze ans, selon ses propres dires, il avait commis environ deux mille délits, dont vingt-cinq stabbings. Le stabbing, le coup de couteau, c'était sa spécialité, à Willie. Mais il jouait aussi du pistolet, c'était selon. A quinze ans, évadé du Brookwood Center, il écume en compagnie de son cousin Herman Spates la ligne 7th avenue de l'IRT subway, à la recherche de pochards à détrousser. Le dix-neuf mars mille neuf cent soixante-dix-huit, une de ces cloches a la mauvaise idée d'émerger du sommeil éthylique juste au moment où Willie lui fait les poches, sans trop de ménagements : il le bute d'une balle de 22 dans la tempe. Huit jours plus tard, autre alcoolique, même motif, même punition. Arrêté, Willie déclare : "I shot people, that's all. I don't feel nothing." Il dessoudait les gens, ça ne lui faisait ni chaud ni froid, rien à ajouter. "Si on me condamne à mort, avait-il déclaré à un autre grand reporter, genre *Contracosta Sun* ou *Popcorn Inquirer*, je pourrai enfin me reposer. Then I can rest forever." Et cœtera et cœtera. Et autres déclarations fracassantes, dues à himself, the monster, à sa pauvre mère, à des juges, des travailleurs sociaux, etc., que la speakerine débitait d'une voix d'hôtesse de l'air. Ce qu'il y avait de plus beau, à mon avis, dans la vie de Willie, c'était la mort de son père, Willie Sr. Double meurtrier, casseur de banques, prisonnier modèle, études en prison, évasions à la queue leu leu, rangé des vélos, remet ça, et pour finir, après que sa girl friend, déguisée en infirmière, lui a fait passer un flingue, la dernière cavale, tous les deux. On imagine la mortelle balade, les highways la nuit, Elvis à la radio, It's now or never, les motels, les aubes sur les grandes plaines, les feux arrière des bagnoles, rouge fluo sur le ciel couleur de pomme pas mûre, et enfin ils se font cerner par les flics près de Milwaukee, il reste deux balles dans son Smith & Wesson : une pour sa compagne, une pour lui : le sept mars mille neuf cent quatre-vingt-cinq, il y a juste quatre ans et deux semaines. Bon. Quoi d'autre ? Un léger tremblement de terre de magnitude 3,8, dont l'épicentre se situait à quatorze milles au sud-est de la ville d'Oxnard, avait réveillé à quatre heures cinq les habitants de la côte sud de la Californie. Pas de victime à déplorer. A côté de Willie Bosket, les séismes ne faisaient pas le poids. Paraissaient rafraîchissants. Autre chose : un connard nommé Eldon "Pepper" Shanks, ancien drogué et alcoolique, nous apprenait-on, trimballait une croix d'Oakland à Mission San José. Je ne dis pas "connard" pour le plaisir d'être grossier, mais parce que ce type avait équipé sa croix d'une roulette de queue et d'un rembourrage genre mât de fun board à l'endroit où elle portait sur l'épaule. Avec ça, monter au Golgotha ne devait pas être plus pénible que de pousser une trottinette, ça n'était même pas la peine de se déranger, à mon avis. Et pour que la chose ne lui cause décidément pas la moindre ampoule, un ami venait tous les soirs le chercher en voiture, le ramenait chez lui avec son outil, et le reposait le lendemain au point où il s'était arrêté la veille. Pepper assurait ne pas faire ça pour la pub. "Jesus name is more important than mine", disait-il : le nom de Jésus était plus important que le sien (parce que, dans le cas contraire, on imaginait le centurion demandant : Qui c'est, le crucifié, à la gauche de Pepper ?). Modeste, ce type. Courageux et modeste. On ne précisait pas si, pour s'épargner quelques kilos, il avait fait réaliser sa croix en balsa, pendant qu'il y était. Je me demandais ce que Maricel aurait pensé de tout ça. Je me promis de lui tailler un short au passage si jamais je le trouvais sur ma route, cet empoivré. A ce propos... Toutes ces mirifiques histoires m'avaient fait dépasser ma destination. D'autres que moi, il faut dire, en auraient perdu le nord. Je coupai la radio, exécutai un U-turn à mi-distance déjà de Santa Rosa, et repartis vers le sud. Et c'est ainsi que revenu à la hauteur du 860, je m'enfilai dans le sous-sol du Sonic drive-in, le nouveau car hop restaurant. A peine avais-je serré le frein qu'elle venait vers moi, à cette heure j'étais le seul client, vers moi chaloupant comme un canot d'acajou dans le port de Sausalito, de lisse acajou métis étaient en effet ses hanches, portant sur un cou caoutchouc, Gina, un visage rieur au menton pointu, à la grande bouche découvrant des dents blanches comme une vague d'étrave, au front haut arrondi sous les noires boucles à ressort que ceignait une visière, et entre les hanches et ça, sous le blouson veux-je dire, s'ouvrait dans un maillot bleu un V voluptueux chocolaté : pas exactement bon genre bostonien comme Susan, Gina, le contraire eût été étonnant puisque avant de travailler au Sonic, qui est un établissement très convenable en dépit de sa situation souterraine, elle était employée au Mustang Ranch qui est quand même ce qu'il faut bien appeler une sorte de bordel, non loin de Reno dans le Nevada, je connaissais aussi. Hello me dit-elle, qu'est-ce que tu veux ? Et moi je lui demande un coney, qui est une sorte de hot dog avec du chili et du fromage, mais without cheese, mon coney, justement. Rien que pour voir. Eh bien, pas de problème. That's just how she'll prepare it. Il faut vous dire maintenant qu'avant que je ne fasse irruption dans ce parking gourmet Gina, installée dans sa propre voiture, une Datsun Cherry canari cabossée des ailes, ses longues jambes (de faon !) allongées en biais sur ce qui tenait lieu de planche de bord, lisait un bouquin, un genre de polar d'un type dont j'ai oublié le nom, enfin où il était question d'un privé miteux, le plus miteux de San Francisco, en fait, qu'une blonde qui apparemment ignorait jusqu'à l'existence des mites chargeait d'aller récupérer un cadavre à la morgue. C'était ça l'histoire. Tel que vous me connaissez, rien ne vous étonne plus, vous avez déjà compris qu'au fur et à mesure qu'elle tournait les pages dans son sous-sol, moi je les lisais aussi tout en conduisant sur Hoffman boulevard, San Rafael bridge, Redwood highway et Petaluma boulevard (en même temps d'ailleurs que je parcourais beaucoup d'autres pages, et boulevards et ponts suspendus et ruelles, que je captais sur diverses radios le flot de purin, de parfum, de la mélodie mondiale, que je suivais du coin de l'œil pas mal de scènes pittoresques réparties ici et là sur la surface du globe, et par exemple, à Kinshasa, le cocktail de lancement, auquel on m'avait naturellement invité, de la revue *L'Œil* : "Au nom de la révolution mobutiste que je te charge de défendre par une **vigilance révolutionnaire de chaque instant**, je te baptise *L'Œil* pour qu'à partir du jour d'aujourd'hui le flambeau de la révolution ne s'éteigne jamais au sein de l'Office Zaïrois de Contrôle" : c'est de cette formule que le secrétaire d'État à l'Information et à la Presse, le citoyen Ngongo Kamanda, ondoyait la revue portée sur les fonts baptismaux par son parrain, le commissaire d'État au Portefeuille (Portefœil ?) Kingonzi, et sa marraine, la citoyenne Endundo Bononge, épouse du P-DG de l'OZAC. Mobutu oye ! MPR oye ! Vigilons comme *L'Œil* !). Et enfin, en arrivant au 860, j'étais parfaitement au courant. Donc, pimpante, la voici qui revient, avec mon coney tout fumant sur un plateau. Sans fromage. Parfait. Si tu n'as rien d'autre à faire, honey, lui dis-je, tiens-moi donc compagnie cinq minutes (je lui désigne le siège de ma convertible). Je me présente : l'Œil, détective privé (le minable de son roman s'appelait comme ça, The Eye, allez savoir pourquoi). L'Œil, me rétorque-t-elle, il ne roule pas en décapotable. Les bons jours, il voyage en bus. Le reste du temps, il use ses semelles. Oui, poulette, je lui réponds sans me démonter, je suis payé pour le savoir. Mais le temps des pompes éculées est fini pour moi, je te l'annonce. Même que je me suis acheté hier une vingtaine de paires : croco, peau d'autruche, joue de zébu, scrotum d'hippopotame, toute la faune africaine y est passée. L'Arche de Noé à mes pieds ! Je lui exhibe, au bas de mes pantalons à revers, d'impeccables éclairs au chocolat : qu'est-ce que tu dis de ça ? Cette fois, je suis sur un gros coup. Assieds-toi donc, honey, je ne vais pas te manger. Te causer, juste. Ça peut t'intéresser. Si je t'engageais comme secrétaire, qu'est-ce que tu en dirais ? Ça serait quand même mieux que de passer toute la journée à convoyer des hot dogs dans une cave, non ? A part moi, je l'ai dit, pas d'amateur de saucisse en vue : elle s'assied donc à ma droite. Voilà, j'explique, hier j'avais rendez-vous avec un client, devant une station de radio sur Powell street. Je m'attendais à voir débarquer un cuisinier philippin soupçonnant sa femme de le cocufier avec un épicier chinois pendant qu'il mitonne le seafood risotto, eh bien je n'y étais pas du tout : à midi pétant, je vois piler une décapotable Le Baron bordeaux avec dedans une fille comme il y en a dans les pages intérieures de *Playboy* : cheveux blonds lançant des éclairs, une bouche qui avec quelques autres du même genre aurait fait une gerbe de roses, un petit nez court et mignon, du genre qui donne envie de fourrer sa langue dans les narines. Enfin, et cœtera. En short et tee-shirt, tennis aux pieds. Elle me délivre une œillade à faire flancher un rhinocéros, et me fait signe de monter, de m'asseoir là, là où tu te trouves, en fait. La journée avait mal commencé, mais j'avais nettement l'impression qu'elle allait mieux se terminer. Si on allait boire un verre à Sausalito ? elle me dit. Elle avait un charmant accent français, c'était une riche toquée française, il y en a là-bas aussi, d'ailleurs elle n'était pas vraiment française mais russe d'origine, née Ostrova, elle aurait pu aussi bien débarquer sur la côte ouest en posant précautionneusement ses jolis pieds, d'île en île, sur les Aléoutiennes – Ostrov, au fait, ça veut dire l'île, en russe, dis-je à Gina pour lui montrer que j'ai de l'instruction : l'Ile avec l'Œil, je vois tout de suite que ça va marcher –, et enfin où en étais-je ? Oui, les Aléoutiennes : mais on a beau dire, Paris c'est tout de même mieux pour l'art lyrique qu'Ivanof Bay. Car, attends, tu vas comprendre, la dame a commencé et vite abandonné une carrière de soprano sous son premier nom de mariage de Thalia de Beaumont. Maintenant, elle vit en troisièmes ou quatrièmes noces, je ne sais plus, avec un courtier en pétrole libano-irlandais, entre Londres, New York, Hong Kong et San Francisco. Pacific Heights, pour être précis. Tout ça va très vite, je te résume ce qu'elle me dit pendant qu'on dévale Viaduct street vers le Golden Gate. Et c'est là – un cargo, surmonté d'une aigrette de pissenlit faite en mouettes, sort avec la marée, le jusant commence vers midi, je le sais, j'étais si désœuvré la veille encore que j'avais prévu d'aller pêcher la truite de mer à Point Bonita –, là, en passant sur le pont, qu'elle me l'allonge : "Je voudrais que vous voliez un cadavre." Pas de problème, réponds-je, j'ai l'habitude. Oui, je sais, elle me fait, c'est pour ça que je vous ai contacté. Mais là, il s'agit de quelque chose d'un peu particulier : parce que j'ignore absolument de quel cadavre il s'agit. – Ça complique les choses, en effet, dis-je, moi. – Et ce n'est pas tout, ajoute-t-elle : je ne sais pas non plus dans quel pays ça s'est produit. – Quoi, ça ? dis-je. – L'assassinat. – Quel assassinat ? La conversation prend de plus en plus le tour automatique d'une déclinaison latine, rosa rosa rosam rosae rosae rosa : pendant ce temps-là, j'essaie de réfléchir. – Celui qu'a commis ma fille, tiens. – Parce que vous avez une fille en âge de commettre ? Je lui jette un coup d'œil de biais : eh bien il faut croire que ça conserve, d'engendrer des criminelles. – Je me suis mariée très jeune, si ça vous intéresse (et comment, que ça m'intéresse). J'ai connu Georges de Beaumont quand j'avais dix-sept ans, j'étais étudiante en première année de Conservatoire, à Léningrad. Elle accélère si sèchement que je nous vois déjà escalader le pylône du pont. Il était zoo-paléontologue, il participait à une mission franco-soviétique qui exhumait des mammouths congelés dans le permafrost. – Ah oui (je n'ai qu'une vague idée de la question, sinon que je vois que le permafrost, ça doit encore être un genre de morgue. Une morgue pour mammouths, faut croire), pourquoi pas ? Moi, dis-je, j'ai bien connu un type qui cherchait des œufs de dinosaure dans la vallée de l'Anadyr. – J'ai eu Élisabeth à dix-huit ans, continue-t-elle sans relever, après nous sommes partis en France. C'est là que j'ai commencé à me produire, d'abord des caf'conc', la Vieille Grille, le Café de la Gare, le Bar des Flots noirs, puis un premier engagement à Montpellier, vous connaissez la suite. Elle me dit ça comme si elle était la Callas. Passons. Moi, de toute façon, ce que je connais de l'opéra, ça s'arrête à *The Gondoliers*, de Gilbert et Sullivan. Et puis aussi *Nabucco*, tout de même. Parce que Babylone, je ne sais pas pourquoi, ça m'a toujours botté. Bon. Toujours est-il que sa fille, Élisabeth, dix-huit ans et toutes ses dents, et à part ça héroïnomane et amnésique profonde, est arrivée la veille au soir par le vol American Airlines de Londres. Genre affolée, roulant des yeux et se labourant les joues avec ses ongles (rongés, heureusement). La seule chose dont elle se souvienne, c'est qu'elle a transité par Heathrow dans l'après-midi, qu'elle a vécu un certain temps avec un genre de contremaître belge, ou bien peut-être hollandais, qui faisait des chantiers dans le monde entier – de quoi, plates-formes pétrolières, usines de gaz de combat, digues contre les inondations ? Dieu seul le sait – et qu'elle vient de commettre un meurtre quelque part, en un lieu (mais lequel ? Surabaya ? Valparaíso ? Athis-Mons ?) où elle a dérivé après que Gaston, ou Jan, elle ne sait plus, adepte lui-même de la Heineken et du Pernod, mais lassé que tout son pognon passe en injections pluriquotidiennes, sans compter les infidélités que ça implique, fatalement, l'a plaquée. Sèchement. Il faut vraiment être fortiche comme moi pour enregistrer tout ça mentalement (fais-je remarquer à Gina), pendant qu'on roule à pas loin de cent mph à travers Fort Baker, maintenant. – Et alors ? je dis (jouant au con). Et alors il s'agit de savoir qui la petite Élisabeth a bien pu refroidir, et ensuite si possible de faire disparaître, avec le corps, la principale pièce à conviction. Ah, d'accord... Le plan était clair... Eh bien (je voyais venir les ennuis)... Ça va être cher. Ça va chercher... sûrement assez loin. Pour dire vrai, dans les combien ça pouvait aller chercher, je n'en avais pas la moindre idée. Elle, heureusement, m'affranchit très vite : Cette bagnole, pour commencer, est à vous. Pour vos déplacements. Vous me posez à Sausalito, et je vous laisse la clef et les papiers. Établis à votre nom. Putain ! Mes cheveux se hérissent ! Rien qu'en revendant cette caisse, je peux tenir... un an... deux, peut-être. En ne mangeant que des coneys... Dans le vide-poches, elle me fait, il y a vos honoraires pour, disons, la semaine qui vient. D'un doigt dont je m'efforce de maîtriser le tremblement, j'ouvre la boîte... une enveloppe... assez joufflue. Il n'y aurait eu que des timbres-poste dedans, je lui ramenais le corps d'Alexandre le Grand... de Jeanne d'Arc... du capitaine Cook. Enfin, je décolle le rabat... Bien soigneusement, sans déchirer le papier, genre qui en a vu d'autres... qui ouvre la lettre d'une de ses innombrables admiratrices... une correspondance publicitaire... Dear M. l'Œil... nous avons pensé à vous... tout spécialement... pour vous proposer notre dernier modèle de canne à pêche... à prix sacrifié ! Suicidé ! **Parce que nous savons qui vous êtes !** Quel genre d'homme exceptionnel ! Un décideur ! Bon, dedans, une grosse liasse... Des hundred... Je rêve ? Pas avoir l'air vulgaire, crève-la-faim et tout ça, mais quand même... Je compte... rapido... vrrrrouf... Genre cent ! Je recompte, en m'appliquant, cette fois. Pas d'erreur : cent. Cent fois cent : égalent dix mille, non ? Et voilà le travail. Gina n'a pas l'air de comprendre : quel travail ? Eh bien, c'est pourtant clair. Étant donné que des vols en provenance d'à peu près tous les pays du monde, à l'exception peut-être de la Mongolie extérieure et de la Birmanie, et encore ce n'est pas sûr, arrivent quotidiennement à Heathrow... directement ou avec une correspondance... il n'y a pas d'autre solution que d'éplucher la presse du monde entier... Tous les assassinats non élucidés, les corps découverts, les disparitions mystérieuses... La victime d'Élisabeth doit se trouver dans le tas. Quand on lui mettra l'information sous le nez, ça lui rafraîchira peut-être la mémoire. Elle, Gina, m'aidera à faire les fiches... croisant et décroisant ses jambes café au lait sous la table de la machine à écrire. Ça te dit ? Après, on pourrait aller passer des vacances au Mexique... La perspective de devoir dépouiller les chiens écrasés de la planète entière ne la réjouit pas outre mesure, mais elle accepte quand même. Nous voilà partis.

31

Celebración Oberman of Alameda fait un tour de piste impromptu

Dans le bois de Fourche, près de Diors, où c'était, ça ? dans l'Indre, en France, on avait découvert sous une tôle le corps à moitié nu d'une femme de soixante-huit ans qui avait disparu depuis deux semaines de son domicile. En France toujours, à Soissons, son frère James avait découvert Marilyn, trente ans, nue dans sa baignoire, où stagnait un peu d'eau (c'était étrange, troublant, les rapports qui existaient entre la nudité et la mort). Le corps portait des coupures et des traces de coups au visage. La porte d'entrée de l'appartement était ouverte, les volets clos. Petite, brune, célibataire, Marilyn était réputée sérieuse dans son travail d'employée de cuisine au centre hospitalier, mais elle passait pour avoir une vie sentimentale agitée. Nu aussi, et vidé de son sang, était le corps du dentiste uruguayen Emilio Prekul Vujcovic lorsqu'on l'avait retrouvé, caché sous un lit, à son domicile de la calle Veintecinco de Agosto à Libertad. L'infortuné odontologiste, qui était hémophile, était mort d'une simple estafilade au cuir chevelu, et le pire était que cette blessure superficielle avait été causée par une bouteille vide de crema doble qu'il conservait depuis quatorze ans, sans que l'on pût désormais connaître la raison de cet attachement étrange à un objet apparemment insignifiant, soit qu'il s'agît du vestige d'un événement ancien, probablement heureux, mais qui se fût ainsi trouvé relié par une circulation mystérieuse, à travers le temps, au malheur ultime, et dont le souvenir venait de disparaître à tout jamais avec lui, soit que le

Dr Vujcovic eût inexplicablement reconnu dans ce flacon, au moment où il en buvait les dernières gouttes, il y avait de cela quatorze ans, l'émissaire de quelque chose à venir dont il ne pouvait préciser la nature, mais dont la grandeur se faisait déjà invinciblement ressentir de lui. Quoi qu'il en soit, la bizarrerie quasi philosophique de cette mort, que j'étais d'ailleurs tenté de mettre en rapport, je ne sais pas pourquoi (un pressentiment, expliquai-je à Gina), avec la présence dans le port de Montevideo du cargo britannique *John Biscoe*, prétendument chargé de matériel et de vivres pour une station antarctique, mais que les autorités soupçonnaient d'être affrété en réalité pour le ravitaillement de Port Stanley, dans les îles Malouines, autrement appelées Falkland, l'étrangeté borgésienne, donc, de cette mort, me la firent retenir parmi celles qu'aurait pu donner la main égarée d'Élisabeth de Beaumont. A première vue, il fallait écarter comme peu plausibles – encore qu'on ne pût être assuré de rien – les crimes qui paraissaient le fait de maniaques sexuels. Ainsi, la malheureuse dont on avait retrouvé le corps, violé et portant des marques de tortures, sous un ponceau de la route Rangpur-Kurigram, au Bangladesh, ou bien encore la jeune Irlandaise découverte étranglée et à demi dévêtue dans une casemate abandonnée de Cascais, sur les bords du Tage, il y avait vraiment peu de raisons d'imaginer qu'elles eussent succombé à la rage désaxée de l'héritière franco-russe. De même pour la fillette mexicaine dont un vagabond qui faisait sa cueillette quotidienne de boîtes d'alu venait de trouver le cadavre au fond d'une poubelle de Griffith Park, dans les Hollywood hills. Et cela d'autant plus que, si toquée que fût Élisabeth, il semblait tout de même hautement improbable qu'après avoir commis un crime aux États-Unis, elle eût pris un avion pour Londres avant de rebrousser chemin jusqu'à San Francisco. Ce raisonnement permettait donc, dans un premier temps, d'écarter aussi l'affaire du pied gauche féminin chaussé d'une Reebok Freestyle de pointure six et demi, à Sugar Loaf road. De même pour le jeune dépecé de Greyhound Rock, ou pour Fortunato et Miguela, que des parents avaient découverts, à dix heures vingt-sept, dans leur chambre à coucher à l'étage de leur maison, sur Santa Maria Drive à Union City, avec chacun une balle dans la tête. Selon Severina Canilao, une employée qui avait quitté la maison à huit heures du matin pour aller ouvrir, sur Alvarado boulevard, l'une des nombreuses épiceries orientales dont le couple de riches commerçants philippins était propriétaire, à cette heure-là tout semblait normal : "fine". Ce qui rendait la chose encore plus curieuse c'était que Fortunato et Miguela s'apprêtaient à faire, à l'occasion du cinquantième anniversaire de leur mariage, un voyage à Manille, qu'ils avaient quittée onze ans auparavant. De proche en proche on pouvait, toujours si l'on suivait le même raisonnement, tenir pour relativement hors sujet les crimes commis au Canada et en Amérique du Sud, sous-continent d'ailleurs fertile en morts violentes et inexpliquées. Il fallait donc renoncer à l'hypothèse romanesque du dentiste uruguayen ? Ça ne me plaisait guère, mais je devais être cohérent. Se trouvaient, du même coup, écartés le jeune homme blond aux espadrilles célestes découvert près de la plage de Mar del Plata, la demi-douzaine de décapités ou écrabouillés de Rio, São Paulo et Porto Alegre, l'inconnu transformé en passoire dans un matagal de São Bernardo do Campo, item, ceux de São Gonçalo, la femme en robe verte, nu-pieds, présentant une excoriation près de l'œil et une autre au coude, repêchée dans un égout du barrio Villa Nueva à Barranquilla, ainsi que : José Ariel González Acevedo, paysan colombien criblé de balles au lieu-dit el Ariete, près de la route d'Apía à Viterbo, dans le municipe de Risaralda ; les deux inconnus découverts, l'un dans le corregimiento Alto Cauca, avec une balle dans le crâne et des perforations du thorax causées apparemment par un couteau, l'autre au lieu-dit Condina, chemin de San Joaquín, avec les mains liées et plusieurs trous dans la viande ; les deux hommes en survêtements de sport, ligotés et bâillonnés, découpés à coups de machette à Boca de Monte, à l'ouest de Tuluá ; Alejandro Claro Román, trouvé mort sur la route de Morales, au Guatemala, avec de nombreuses blessures et des traces de strangulation ; l'infortuné sujet mesurant un mètre soixante-cinq, peau brune cheveux noirs, portant une chemise à raies blanches et bleues et une veste café à franges orange, et que le train de Tampico avait horriblement déchiqueté, dans la nuit, près de la gare de Doña Cecilia (c'étaient des habitants de l'avenue Monterrey, entre Carranza et Sarabia, qui avaient fait à l'aube la pathétique trouvaille); l'infeliz campesino Antonio Hernández del Angel, à demi enfoui dans la décharge municipale de Ciudad Tantoyuca, à Veracruz, apparemment ultimado a machetazos, expédié à coups de machette; l'employée de maison paraguayenne fortement décomposée dans un logement de la calle 6 du barrio San Rafael de San Lorenzo; le paysan Pablo Ovelar Quintana, Paraguayen mais habitant la localité brésilienne de Viedma, contre le corps de qui deux chasseurs revenant de chasser avaient buté, en travers d'un chemin près de Pedro Juan Caballero; l'inconnu salvadorien de trente-cinq ans environ, peau brune cheveux noirs (on se demande pourquoi, en Amérique du Sud, on donnait ce genre de détail), un mètre soixante-dix, complexion forte, vêtu d'un pantalon gris, de chaussures noires et d'une chemise bleue, découvert dans la colonia Bosques del Río à Soyapango, le pare-brise étoilé d'une balle; et enfin, l'indigent mexicain assassiné d'une balle de 7,65 en pleine tête sur le banc où il dormait, barrio de Analco à Guadalajara. Cette dernière affaire était carrément étrange, qu'on en juge : c'était le cinquième clochard à être sacrifié pendant son sommeil, d'une balle de 7,65 entre les deux yeux, à Guadalajara. Avant celui de ce matin, il y avait eu Francisco Ibarra Ontíveros qui, tel Luis Alfredo sur le terre-plein de la Caracas, dormait couvert de cartons et de journaux à l'angle de la lowryienne calle Humboldt et de Juan Manuel, puis, on ne disait pas où, un certain Roberto Alexander, un non-identifié au croisement des avenues Yanquis et México et enfin, dans le marché San Juan de Dios, Francisco González López. De l'aveu même du directeur de la PJ de l'État de Jalisco, Héctor Córdoba Bermúdez, la police nageait. Qui pouvait bien s'amuser, si le mot convenait, à exécuter des clochards dans la nuit de Guadalajara? Évidemment, évidemment, réfléchissais-je tout haut, en me caressant le menton, Élisabeth ferait une meurtrière plus que convenable... Je voyais d'ici les titres des journaux... L'ASSASSIN DES CLOCHARDS ÉTAIT UNE JEUNE ET BELLE HÉRITIÈRE ! Pauvre petite fille riche tuant l'ennui en dessoudant des miséreux... Le scandale ! Le délire dans la presse populaire ! Les commentaires des psychiatres, psychanalystes, psychologues ! Les manifestations nationalistes ! DE RICHES GRINGAS VIENNENT TUER NOS PAUVRES ! DES RUBIAS ! Des blondes ! Bas les pattes devant les pauvres MEXICAINS ! Mexicanos adelante ! A côté de ça, l'enlèvement des Sabines ou l'affaire Dominici n'auraient été que des épiphénomènes ! Vraiment, ça collait très bien. Il y avait tout de même cette histoire d'avion. Embêtant, ça... Et soudain, je compris que mon hypothèse à ce sujet ne tenait pas la route : après avoir commis un meurtre (ou des meurtres) sur le continent américain (en Uruguay, ou au Mexique, par exemple), la petite avait très bien pu, soit pour essayer de se forger un piteux alibi (mais auquel la fortune de sa mère pourrait donner quelque poids), soit, tout simplement, par affolement, s'envoler pour Londres et de là revenir chez maman... se blottir dans les somptueux appartements de Pacific Heights, guetter songeuse le rayon vert sur les flots violets, en sirotant un milk-shake... en enfonçant le piston de la shooteuse, plutôt... le temps qu'une cloche grassement payée (moi !) arrange l'affaire. Mais bien sûr ! Ce trajet apparemment aberrant pouvait très bien s'expliquer ! Du coup c'étaient aussi tous les autres crimes qu'il fallait, si j'ose dire, réhabiliter. Le pied de taille six et demi à Sugar Loaf road ! Les commerçants philippins ! Le rectifié aux espadrilles bleues ! Ces trois-là, en tout cas, autour desquels on pouvait assez facilement, à mon avis, reconstituer des scénarios à base de dope ou de prostitution clandestine. Sans compter que... Une supposition stupéfiante traversa soudain, tel le rayon vert, l'océan agité de mon esprit : si Élisabeth de Beaumont et Celebración Oberman of Alameda, la diabolique maîtresse d'Enrique Zembrano, **n'étaient qu'une seule et même personne** ? Oh la la ! Ils auraient passé au marbre l'infortuné Luis Reyna, et après, direction Acapulco ! Mais peut-être compliquais-je trop des choses déjà assez embrouillées comme ça ? Provisoirement, je décidai d'établir le classement suivant, par ordre de probabilité :

1) Les clochards de Guadalajara. 2) Le dentiste hémophile de Libertad. Une affaire d'espionnage, peut-être. Élisabeth agente du MI5 ? 3) Le jeune homme de Mar del Plata. Conflit entre dealers. Et, ex-aequo, les commerçants philippins. Je ne voyais pas clairement le motif, mais quelque chose me disait que... bon, on aviserait. Si, trafic de blanches, quelque chose comme ça. De toute façon, la liste n'était pas close. Nous avions encore une foule de cas à inventorier. Il y avait les deux noyés belges, celui du canal Dessel-Kwaadmechelen, à Mol-Sluis, et celui de la Sambre, qui portait “Ni Dieu ni maître” tatoué sur l'avant-bras gauche. A première vue, je ne voyais pas la frêle Élisabeth (car, frêle, elle l'était sûrement, bien que j'eusse omis de me renseigner à ce sujet) précipiter des balèzes dans les voies d'eau. Un autre noyé avait été repêché sur la rivière bretonne Laïta, c'était le patron du sablier *Toulfoën 2,* Alain Guellec, qui l'avait aperçu, accroché aux branches de la rive comme un gros poisson pris au filet, entre le Vechen et les Guern. Le matelot René Le Doze avait mis l'annexe à l'eau, puis les pompiers, alertés, avaient repêché le corps, qui se trouvait maintenant à la morgue de Quimperlé. Si par hasard c'était lui notre homme (dis-je à Gina), il n'y aurait pas de problème pour le récupérer. J'avais un copain qui travaillait à la morgue de Quimperlé (elle ouvrait de grands yeux, ne sachant même pas que ce bled existât), un invalide de guerre, un nommé Pilon, un type à la coule. Mais ça m'étonnerait (je lui disais), ça m'étonnerait même beaucoup. Je ne sentais pas une noyade. Question de flair, je lui disais, histoire de lui faire comprendre nettement que je n'étais pas n'importe quel blaireau qui se paie une casquette à carreaux et une loupe et se prend pour Sherlock Holmes. Il y avait encore l'ouvrier basque de l'usine Tubos Reunidos d'Amurrio qui avait été tué, vers vingt et une heures, d'une balle de 22 dans la nuque et deux derrière l'oreille, sur un chemin entre les pins nocturnes. Ah ! Espérons (disais-je à Gina) que notre victime n'est pas la pauvre fille trouvée morte dans un canal, elle aussi, sous Howard Cooke highway à Montego Bay, à la Jamaïque. Ce serait peut-être plus agréable d'aller faire une virée à Kingston qu'à Mol-Sluis, mais il y

avait un problème : cela faisait cinq jours maintenant que le Dr Royston Clifford, Government pathologist, exerçant à Kingston, refusait de se déplacer à Montego Bay pour pratiquer l'autopsie. Que le légiste local y aille, disait-il : à quoi l'indigène rétorquait que c'était à Clifford de mettre la main à la pâte, pas à lui. En attendant, il faisait tranquillement trente degrés dans la journée à Montego Bay, et le corps, placé dans une grande caisse sur des tréteaux, continuait à pourrir sous l'autoroute, gardé par deux flics mouchoir sur le nez. Je n'aurais pas aimé avoir à le voler, même pour dix mille dollars de plus, disais-je à Gina. Elle non plus, me disait-elle. On commençait à avoir des complicités. Ah ! Il y avait M. Sudomo, marchand de café indonésien trouvé baignant dans son sang, tête cabossée, gorge tranchée, passeport envolé, dans sa chambre de l'hôtel de Subang Airport, à Kuala Lumpur. Là, deux éléments qui ne s'articulaient pas vraiment en piste, mais pouvaient en constituer l'amorce : un, l'infortuné M. Sudomo était inconnu sur la place de Kuala, dans le milieu très fermé des courtiers en café ; deux, quelques heures avant sa mort, on l'avait vu en train de jouer au casino de Genting Highlands. Cette affaire, par son apparente absurdité, semblait sérieuse. Naturellement, et comme toujours (expliquais-je à Gina), les hypothèses les plus évidentes devaient être écartées. La dette de jeu, en l'occurrence. Pourquoi un courtier en café indonésien serait-il allé se faire plumer mortellement en Malaisie ? Non, ça ne tenait pas debout. Mais on pouvait imaginer, disons : le négociant rencontre, traînant à Djakarta, dans le lobby d'un grand hôtel, une jeune beauté occidentale défoncée. Acte un. Il en tombe raide entiché. Acte deux : elle lui propose un petit séjour d'agrément à Terengganu ou sur une quelconque plage paradisiaque de la mer de Chine méridionale. Le pigeon est aux anges. Il vend une tonne de café, achète deux billets pour Kuala, un string vert fluo, et en route pour Cythère. Acte trois : nous venons de débarquer à Subang, il faut attendre le lendemain le vol intérieur pour Terengganu, en attendant, chéri, si on allait jouer à Genting Highlands (où justement la donzelle a un complice croupier, ou barman, ou n'importe quoi, défoncé comme elle) ? L'acte quatre, même un idiot peut le prévoir. Ce qui n'est pas ton cas, n'est-ce pas, Gina ? Couleur café, que j'aime ta couleur café : enthousiasmé par mes supputations, je chante ça à Gina, ma main batifolant. Quelquefois, Dieu me pardonne, je suis un peu vulgaire. Bon, calmons-nous. Il y avait encore Krurksak Kanchanathep, retrouvé à son domicile de Wangthonglang Bangkapi à Bangkok, un collier en fil électrique très très serré autour du cou, et des blessures à la poitrine par précaution, causées, comme il est d'usage sous tous les climats, par un instrument contondant. C'était le capitaine Phongyut Naphadthalung qui avait fait les susdites constatations, et enregistré aussi qu'on avait fauché au défunt une chaîne en or de cent cinquante grammes, une montre Rolex et des stylos précieux. Demander l'heure **mine de rien** à Mlle de Beaumont, dictai-je à Gina. L'expérience, quand même, il n'y a que ça... Elle était admirative, ma secrétaire. Elle n'était pas au service de n'importe quel pied plat. Je décidai (et lui dis) qu'à partir de maintenant, elle devenait mon **assistante**. Pour quelqu'un – et toute révérence due à son beau... enfin, à son charme – qui servait des saucisses à des pots d'échappement une heure auparavant, l'avancement était rapide. Bon, ne traînons pas, on avait encore du pain sur la planche. Peut-être Élisabeth était-elle la pièce manquante permettant d'assembler le puzzle passablement embrouillé que proposait à la sagacité des enquêteurs l'assassinat du riche commerçant Pracha Pherakulawanit (Thirakulvanija, selon d'autres versions : dès le début, on était en plein cirage) ? Ce qui était certain, en tout cas, c'est que ledit Pracha, alias “Po Brandy”, du nom du comptoir d'alcools et cigarettes étrangères qu'il possédait à Siam Square, dans le centre de Bangkok, s'était fait passer le goût du cognac par un homme en moto armé d'un pistolet 11 mm et qui, son contrat exécuté, s'était enfui vers le quartier de Pattpong. Bien. A la suite de diverses déductions, la police avait arrêté un certain sergent Theera Ruangdej ou Ruangdet lequel, porteur d'un pistolet 11 mm et de quatre-vingt-cinq mille bahts, reconnaissait avoir reçu pour faire le coup cent mille bahts du lieutenant Kitti Sapaothong, inspecteur attaché à la première subdivision de la division anticriminelle. Interpellé, Sapaothong n'avait pas fait de difficulté pour avouer que le sergent Surat Boonmeechote, de la "191" Police force, d'ailleurs natif comme lui, Kitti, de la province de Phetchaburi, lui avait refilé deux cent mille bahts pour trouver un gunman pour tuer Pracha. Arrêté à son tour, le sergent Surat, après avoir d'abord essayé de charger le lieutenant Sapaothong, s'était mis à table : son "boss", à l'en croire, lui avait donné deux cent mille bahts, à lui Boonmeechote, pour demander à Kitti Sapaothong de trouver quelqu'un, en l'occurrence Theera Ruangdej ou Ruangdet, pour liquider Pracha Pherakulawanit ou Thirakulvanija, comme on voudra : enfin, Po Brandy. Bien. Et qui était son "boss", selon lui ? Soyai, dite la marraine de la mafia, laquelle croyait (toujours selon Boonmeechote) que Po Brandy était responsable du meurtre de son mari, survenu des années auparavant, mais qu'elle n'avait toujours pas avalé. Inutile de dire que ladite Soyai niait en bloc. Tout bien pesé, dans cette affaire qui comptait déjà un nombre excessif de protagonistes, l'entrée en scène éventuelle de la fille de ma cliente n'eût rien arrangé : je laissai tomber. Qu'est-ce qu'il nous restait ? Les deux frères dans le coffre de la Mercedes derrière le camping Fort Oranje. Si l'on supposait à Élisabeth une énergie considérable, capable de refroidir deux Bataves d'un coup, le coup était jouable : selon la police brabançonne, en effet, le chemin vicinal aux environs de Zwart Moerken était un lieu de rencontre habituel de dealers et de toxicos. Et puis le jeune lycéen poignardé et rongé par les renards à Sherpur, la femme coupée en deux de la gare routière de Konya, un inconnu trouvé refroidi dans un camion frigorifique garé près de Marco Polo condominium, sur Kapiolani boulevard à Honolulu (même genre de scénario que pour le courtier en café indonésien, mais en plus rustique : et tu vas où comme ça, chérie, elle grimpe dans la cabine du Trailmaster, se laisse peut-être, ou peut-être pas, par le chauffeur, ancien du VN – par exemple –, bras gauche tatoué "Death is my mother", bras droit "Khe Shan my love", simple supposition, enfin à un moment quelconque, pré ou post coitum, elle sort un feu ou un rasoir, on ne disait pas quel type de blessure ? Non, aucun intérêt). Et, en fin de compte, un nouveau-né découvert par la police de Katmandu à Samakhusi, une petite fille vêtue d'un blouson rouge, d'un pantalon blanc à rayures noires et de soquettes blanches, trouvée étranglée dans les marais de Aoukigahara, au pied du mont Fuji, et une autre fillette dérivant au fil du Buriganga, au Bangladesh. Il me fallait maintenant refaire mon classement. En numéro un je gardai, décidément, l'affaire de Guadalajara. J'y étais attaché, à cette histoire. Je la voyais, la blonde diaphane, la seringuée avec son 7,65 dans la nuit sordide... ange de la mort... Hésitant entre la tentation ignoble de se coucher au côté du pelave ronflant sur son banc, blindé au mescal, de mêler ses jambes dorées aux pattes croûteuses du soûlot, coller ses lèvres à la bouche édentée, puante... et celle de le supprimer comme ça, comme una cucaracha... une pichenette, un déclic, une détente de ressort... un jeu bien huilé de belle mécanique, d'acier bleu comme la nuit... le canon de la nuit pointé sur le Zocalo... la culasse des rues chaudes. Je fis passer en seconde position le cas du courtier en café indonésien. En trois, je gardai le dentiste de Libertad. Il avait percé à jour les plans du capitaine du *John Biscoe* ... Il fallait le supprimer. Le supprimer avec **la bouteille à la mer** ! Je ne voyais pas encore très bien toute l'histoire (notamment ce dernier détail), mais je trouverais... Fais-moi confiance, Gina... J'ai élucidé plus d'une affaire... Des très embrouillées... Des faramineuses... Numéro quatre : le jeune homme de Mar del Plata. Facile, évidemment. Un deal qui tourne mal, compliqué peut-être d'une déception sentimentale ? Cinq : le couple philippin et, ex-aequo, le Thaï à la Rolex. Les autres cas ne me paraissaient pas très prometteurs. J'avais écarté finalement comme trop romanesque (mais non sans un intime regret) l'hypothèse Celebración Oberman of Alameda. Un, deux, trois, quatre, cinq, cinq ex-aequo. Bon travail, du vrai travail de vrai pro, dis-je à Gina en lui flattant les fesses de la main, comme font les vrais pros. Un, deux, trois, quatre, cinq, cinq ex-aequo : oui, pas d'erreur. Un bon petit blot. Et le consul, alors, me fit-elle ? Le consul, quel consul ? Ah, bon sang, mais oui ! C'est bien sûr ! Le consul de Yougoslavie à Hambourg, Vasiliji Delibasic ! Ah, elle s'y entend déjà, Gina ! Je ne regrette pas de l'avoir engagée ! De l'avoir promue au bout d'une demi-heure à peine ! Le consul de Yougoslavie à Hambourg, en vacances chez lui, dans son pays, et farci de plomb alors qu'il se promenait sur le boulevard maritime de la coquette station balnéaire de Budna, regardant le soleil se coucher sur l'Adriatique, comme Lisbeth de B. allait regarder le surlendemain le même soleil s'enfoncer dans le Pacifique, depuis une terrasse fleurie de lauriers roses et d'hibiscus, on pouvait le supposer ! Mourant, le consul, appuyé contre une cabine de bains, glissant le long du bois écaillé au moment où le rayon vert, jailli du côté d'Ancône ou de Pescara, faisait virer au noir, une fraction de seconde, la tache de sang qui s'élargissait sur sa veste de lin blanc ! Ou son polo de rayonne ! Histoire d'ailleurs liée, on pouvait le conjecturer, via Hambourg, à Montevideo et au *John Biscoe*, au dentiste d'origine évidemment yougoslave ! Ah, oui, alors ! Et comment ! Il fallait le placer, le malheureux Delibasic, en troisième position, au moins, avec le dentiste ! Donc : un, Guadalajara, deux, Kuala Lumpur, trois, Libertad et Budna, cinq, Mar del Plata, six, Union City, six ex-aequo, Bangkok, et restons-en là.

32

Embarquement, à l'aéroport d'Ezeiza, d'une guenon de tamarin-lion à tête dorée

On n'en avait pas fini pour autant, Gina et moi. Restaient encore les disparus. Vaste, inquiétante rubrique, et à travers laquelle il était beaucoup plus difficile de s'orienter. Rien de plus abstrait qu'une disparition. Aucune aspérité, aucun détail troublant où accrocher le soupçon. La mineure de treize ans Teresa Pomba s'était volatilisée à Luanda. Point. On demandait à qui savait où elle se trouvait de la mener au comando municipal de la Police populaire de la Samba, ou de contacter M. Fundamga à la Procurature militaire. A Córdoba, on était sans nouvelles du mineur Raimundo Sebastián Shar, dix-sept ans, un mètre soixante-quinze, peau blanche, yeux verts, cheveux bruns, toute information pouvait être communiquée, etc. Avec ça, on était bien avancés, Gina et moi. On en était réduits à un travail fastidieux de compilation, sans que notre perspicacité trouvât vraiment à s'exercer. Ses proches auraient aimé savoir où se trouvait Augusto Hipólito López, qui avait disparu depuis une semaine de l'établissement de bains de Pehuen Co. Ah, il y avait peut-être l'amorce d'une histoire, d'un scénario, avec cet établissement de bains ? Il portait un pantalon de bain (qu'est-ce que ça pouvait bien être que ça ?) jaune, des espadrilles beige, des chaussettes bleues, une veste jaune et un chapeau bleu de France. Le plus embêtant de l'histoire, c'est qu'il était hémiplégique. Communiquer tout renseignement au commissariat de Punta Alta. Dix mille bahts à qui retrouverait Mme Khammun Phonmsutthaphon, surnommée Looktoo, amnésique, sans lunettes et porteuse de fausses dents. Ça faisait combien, ça, dix mille bahts ? Voyons... Dans les deux cent cinquante dollars. Pas un pays de cocagne pour les privés, la Thaïlande... Au demeurant, cette histoire d'amnésie... Élisabeth l'était aussi, ne l'oublions pas. Alors ? Un règlement de comptes dans un gang d'amnésiques ? Ça n'avait pas l'air de mener loin. Il y avait aussi Mme Phong Wanphen, qui n'avait plus toute sa tête et avait disparu de la maison depuis une semaine. Bon, classons. Les enfants et les vieillards formaient le gros de cette troupe envolée, évidemment. La petite Judy, douze ans, qui se rendait avec sa classe au Royal Easter Show de Sydney, puis on perdait sa trace à Central Station, à huit heures du matin ; Aziz Mia, qui portait un tee-shirt orné de la photo imprimée de Mithun, une vedette de ciné bengalie ; Krishna Maya, effacée de Katmandu alors qu'elle attendait, à la gare routière de Sorha Khutte, le bus pour Trishuli ; enfin, bien d'autres, hélas... Le seul costaud à s'être évanoui dans la nature, c'était Gerasimos Panagiotopoulos, quarante-sept ans, du Pirée, qu'on donnait pour grand, brun, à forte mâchoire, vêtu d'un pantalon gris, d'une veste et d'un pull bleu. Il n'y avait guère que deux disparitions sur les circonstances desquelles on pût commencer à échafauder des hypothèses, c'étaient celles d'un pêcheur de la Barbade et d'un employé des télécommunications malaises. A soixante-dix ans, Ainsley Carter était l'un des pêcheurs les plus expérimentés de Bridgetown. Comme tous les jours, il était parti en mer tôt dans la matinée. Un certain Chris Craig, qui regardait le *Sky Princess,* un blanc paquebot de croisière, passer les jetées, un nuage de mouettes faisant du planeur dans l'air chaud de ses cheminées, le soleil levant incendiant les vitres de sa passerelle, l'avait aperçu sur le wharf, vers six heures quarante, sa casquette à visière et protège-nuque enfoncée de travers sur le crâne, s'apprêtant à larguer les amarres. Autant que j'aie pu voir, avait déclaré ce Craig, papa Carter était seul. Le temps était beau, la pression de mille quatorze millibars, le vent de vingt kilomètres / heure, la mer belle à peu agitée. Or, les coast guards avaient retrouvé son bateau, le *Flying Breeze*, dérivant au large de Needhams Point : vide. Le vieux Carter, après plus de soixante ans passés à pourchasser tout ce qui portait nageoires, n'était pas du genre à se prendre les pieds dans une aussière. Ça n'était plus des pieds qu'il avait, d'ailleurs, mais des grappins, des serres de mouette, il aurait traversé la Caraïbe debout sur un aviron, fumant tranquillement son cigare. D'un autre côté, la vie de pêcheur devenait de plus en plus dure. Le poisson se faisait dramatiquement rare. Il arrivait de rentrer au Careenage, après douze heures de mer, avec seulement une centaine de poissons volants en cale. Tout de même, de là à se suicider... Aurait-il été, au large, le témoin involontaire de **quelque chose** (quelque chose qui eût un rapport avec le *John Biscoe*?)? Mais, dans ce cas, pourquoi n'avait-on pas pris la précaution élémentaire de couler son bateau? L'affaire de l'employé de Syarikat Telekom Malaysia était encore beaucoup plus énigmatique. Encik Hazlan Hashim était parti, il y a trois jours, faire du jungle trekking avec sept amis au-dessus de Klang Gates Dam, à Taman Melawati. Sa femme, Puan Sabariah, lui avait préparé un pique-nique. C'était une belle journée qui s'annonçait. Et voilà que (selon le témoignage d'un de ses compagnons), Encik Hazlan ayant marqué le pas au moment d'entamer l'ascension d'une colline escarpée, ils l'avaient laissé derrière eux. Un peu plus tard, s'arrêtant pour reprendre leur souffle, ils l'avaient vu se remettre en route pour grimper vers eux. Même, ils l'avaient encouragé de la voix. Vas-y, Hazlan! Encore un effort... Tu y es presque... Tu parles... D'un seul coup, pff, plus personne. On ne l'avait plus revu. L'instant d'avant il était là, à cent mètres en contrebas peut-être, et puis la colline, apparemment, l'avait digéré. Qui allait gober ça (demandais-je à Gina)? Des policiers, aidés par des collègues d'Hazlan, avaient fouillé la zone en vain. Plus trace de l'employé des télécommunications. Un bomoh avait prédit qu'il resurgirait de la verdure, comme un insecte camouflé, un phasme décollant lentement de la branchette avec laquelle, immobile, il se confond parfaitement, et sa femme s'accrochait à cet espoir, mais tout de même, ça devenait difficile. Avait-il été changé en arbre, comme les suicidés du septième cercle de l'enfer?

Tout ça, malheureusement, ne nous menait à rien. Il n'y

avait aucune raison sérieuse de penser qu'Élisabeth fût mêlée, d'une façon ou d'une autre, à la disparition d'Encik Hazlan, non plus qu'à celle d'Ainsley Carter. On n'avançait plus guère, Gina et moi. Je ramassai donc mon paquet de fiches, lui fis un gros baiser sur la bouche tout en enfonçant d'un coup de poing mon feutre sur ma tête, et en voiture! Direction Pacific Heights! Je serais de retour sous peu! Tout en roulant, je me demandais à quoi pouvait ressembler le pied-à-terre de Thalia de Beaumont. J'avoue que mes imaginations étaient loin du compte... Après la classique introduction caméra vidéo-interphone-porte coulissante télécommandée, je fus accueilli par un majordome ou quelque chose comme ça, avec un cou en marbre cannelé genre colonne du Parthénon, et une tête qui pouvait très bien évoquer un chapiteau, mais alors en assez massif et rustique, pas le style feuilles d'acanthe. Ce que je veux dire, c'est que quand on regardait sa mâchoire, à ce type, on imaginait qu'il ne devait pas avoir de mal à se taper deux douzaines de creuses même s'il avait oublié le couteau à huîtres. C'est tout. Enfin, il m'invita à garer ma voiture et à lui laisser les clefs. Mais comment donc... Pour ce qu'elle m'avait coûté, de toute façon... S'il voulait aller faire un tour avec, ça n'était pas moi qui allais m'y opposer... alors là, pas du tout! Au contraire! Bref, il me conduisit, en Jeep électrique, à travers un parc japonais, un jardin à la française, un romantic garden et une petite forêt tropicale très bien imitée, jusqu'à une espèce de krak des chevaliers manifestement muni de tout le confort moderne. Après, j'abrège, Thalia vint m'accueillir en haut d'une reconstitution des escaliers d'Odessa, vêtue comme il se devait (c'était la seule chose que j'eusse prévue correctement) d'un peignoir de soie noire, elle me pilota (tout en conversant, par l'intermédiaire d'un vidéotéléphone coincé entre sa joue et son épaule bronzée, avec un interlocuteur inconnu de mes services, mais qui n'avait pas une bonne tête), à travers différentes ailes des châteaux de Windsor et de Versailles, du Palais d'hiver et de l'Escorial, et nous débouchâmes sur une terrasse où trois piscines étagées en gradins, entourées de bosquets d'orangers et de lauriers-roses, dominaient le Pacifique. Nous nous assîmes. Je me sentais un petit peu coincé. Un loufiat du même gabarit que celui qui m'avait accueilli vint me demander ce que je désirais boire. Un champagne cobbler, dis-je. Le long drink de Lilly de Macao ! Le janissaire revint quelques instants plus tard, avec mon cobbler dans son gobelet n° 3 réglementaire, et deux boîtes de Heineken pour mon hôtesse. Ça vous étonne ? me fit-elle, suave. Rien ne m'étonnait plus. Le balèze avec son plateau d'argent se serait présenté : "Encik Hazlan, pour vous servir", j'aurais aperçu Ainsley Carter en train de se goberger sur un matelas pneumatique flottant au milieu de l'eau rose – oui, rose, j'ai oublié de dire que la piscine intermédiaire était carrelée de céramique de cette couleur, ou peut-être bien de pétales de rose (les deux autres de bleu et de vert) – que ça ne m'aurait pas étonné. – Pas du tout, dis-je, pourquoi ? Peut-être pourrais-je maintenant rencontrer mademoiselle votre fille, histoire de proposer à sa mémoire défaillante la petite collection de joyeusetés que j'ai réunie à son intention ? Elle terminait sa première Heineken. Elle eut un sourire charmant. – Vous avez bien compris, j'en suis sûre, que ma fille n'existe pas ? Alors là ! J'en recrachai mon cobbler ! – Naturellement, fis-je en m'essuyant le menton. Dès le premier instant. J'attendis la suite, sans bouger, résigné. Prêt à tout. Mes fiches, dans ma poche, pesaient quelque chose comme deux cents kilos. Dix fois le poids de la croix de cette enflure de "Pepper" Shanks, au bas mot. – Excusez-moi, poursuivit-elle, nous vous avons un peu joué, certes, mais je suis sûre que vous ne nous en voudrez pas. Elle disait ça du ton de quelqu'un qui sait ce qu'un homme est prêt à faire pour dix mille dollars. Plus la voiture, si jamais l'haltérophile de la conciergerie me la rendait. Voulez-vous bien confier vos notes à Winckler ? Nos artistes attendent. Au milieu de la piscine, je n'aurais pas plus nagé. Elle bipa, et aussitôt parut une sorte de secrétaire, un jeune chauve en bermuda à fleurs qui s'empara du paquet de fiches où j'avais résumé à grands traits les crimes et disparitions du jour. Allez, venez, me dit-elle en me prenant la main. Ne faites pas cette tête-là ! Je vais vous présenter le Grand Pictomobile. Qu'est-ce que c'était encore que ça ? La voiture du pape ? C'est une idée de Barnabooth. Vous connaissez, naturellement ? Percival Barnabooth, le peintre culte ? Je ne répondis même pas. Je crois qu'elle n'attendait pas de réponse, et de toute façon je n'en avais pas. D'ailleurs, j'en avais assez d'être mystifié. Nous débouchâmes dans une vaste rotonde construite selon le modèle des "panoramas" si fort prisés au XIXe siècle. Par un regard muni d'un diaphragme percé au centre de la coupole coiffant la chambre circulaire, le jour plongeait sur un jeu de miroirs qui, apparemment, permettaient ensuite d'en orienter à volonté les rayons. Mais on pouvait aussi éclairer l'étrange construction en faisant rouler l'un ou l'autre des écrans hémicylindriques qui la protégeaient : le coulissement des deux coques opaques, l'une effaçant progressivement l'autre, pouvait découvrir sur cent quatre-vingts degrés l'énorme lanterne de verre. L'intérêt du dispositif, m'assurait Thalia, me serait dévoilé plus tard : je n'en doutais pas. Pour l'heure, les caches ayant été complètement déployés, et le diaphragme obturé, la rotonde était éclairée par quelques projecteurs disposés sous la coupole. S'affairant sur des passerelles circulaires à différentes hauteurs de l'édifice, des hommes en combinaison blanche constellée de multicolores taches de peinture accrochaient des toiles tendues sur de minces châssis. La circonférence de cette *Enseigne de Gersaint* d'un nouveau genre, m'assurait Thalia, était de quarante-huit mètres, et sa hauteur de six mètres. Chaque toile formant un carré d'un mètre de côté, il était aisé d'en déduire que pour la tapisser entièrement, il fallait en accrocher... il fallait en accrocher combien, demandai-je à Sonia (sûr qu'elle ne trouverait pas) ? Voyons, réfléchis... Deux cent quatre-vingt-huit ! Et c'est ce qu'on faisait chaque jour, sous la direction de Percival Barnabooth (elle me désigna, sur une des coursives, un petit jeune homme à l'air las qui, dans la pénombre où il était plongé, ne me parut pas – mais c'était peut-être la jalousie ? – avoir rien de bien marquant, si ce n'était peut-être des yeux d'un bleu profond, un teint de craie, et des cheveux tirant sur le roux, liés en catogan). Chaque jour, on demandait à des pigeons comme moi, grassement rétribués d'ailleurs, de colliger sous des prétextes divers des séries de menus incidents de la vie quotidienne de la planète – résultats sportifs, décès, naissances, crimes, suicides, aléas météorologiques, vie des bêtes, réceptions et mondanités, manifestations de rue, etc. Au fur et à mesure que les renseignements demandés parvenaient, sous forme de fiches, de communications téléphoniques, de télex, de fax, ils étaient transmis à une équipe d'une cinquantaine d'étudiants des Fine Arts qui se faisaient un plaisir tarifé de les coucher sur la toile, dans les délais les plus brefs, et cela quels qu'ils fussent : *M. Costa Dimitria somme les quarante-sept employés de la teinturerie Boston Dry Cleaners, sise Jeppe street à Jo'burg, d'évacuer les locaux qu'ils occupent en chantant et psalmodiant; Une vingtaine d'artisans en colère envahissent les bureaux de la Société montbéliardaise de construction et y répandent des copeaux pour protester contre le non-paiement des travaux effectués; A l'aéroport d'Ezeiza, João Pinotolima, attaché de l'ambassade du Brésil, et Marta Guttierez, représentante de la Ligue internationale pour la protection des primates, assistent au rapatriement, par le vol régulier de la Varig, d'une guenon de tamarin-lion à tête dorée (Leopithecus chrysomelas) introduite en contrebande en Argentine* (le correspondant, m'expliquait Thalia, avait très heureusement ajouté une notation visuelle qui avait facilité le travail du peintre : "le singe-lion a une tête de phoque mal peigné") ; *Des vents frais soufflent sur la Seward peninsula, le Norton sound et Saint Lawrence Island, rafales à 35 mph à Nome, à Cold bay, le long des Aléoutiennes de l'Est et de la péninsule alaskaise.* Bref, n'importe quoi. Dans ce dernier cas, le peintre stipendié avait représenté un bateau de pêche bleu éclaboussé de minium, bouchonnant sur une mer marbrée, veinée, au large du port de Chernofski dont on reconnaissait, couverts de neige, les hangars et l'église coiffée de bulbes, le plus haut surmonté d'une croix d'or barrée. Un phoque pointait sa tête très bien peignée hors de l'eau écumante, lorgnant apparemment un crabe géant, aux yeux pédonculés, aux pattes grêles, empêtré dans un filet sur le pont du chalutier. Le soleil qui se couchait derrière le volcan Tulik, sur la gauche du tableau, jetait sur toute la scène des éclats cuivrés. Quand on pensait que le type devait en peindre pas loin d'une dizaine comme ça dans la journée, on pardonnait certaines facilités dans sa manière. Moi, si ça se trouve, j'aurais mis juste un phoque, de l'eau et de la neige, et toi ? dis-je à Sonia. Et non, peut-être même pas de phoque. Juste de l'eau et de la neige. On finissait, en général, m'expliquait Thalia, d'accrocher le dernier des deux cent quatre-vingt-huit tableaux peu de temps avant minuit. Ils formaient alors, horizontalement, six couronnes superposées de quarante-huit toiles, ou bien, verticalement, quarante-huit colonnes de six : chacune symbolisant une heure de la journée terrestre qui, comme je le savais peut-être, durait quarante-huit heures. Bref, et dit d'une autre façon, chaque toile valait pour dix minutes d'une journée. Les passerelles circulaires s'effaçaient dans un puits à la base de l'édifice, dont on faisait coulisser les demi-coques, masquant l'une sous l'autre : alors, l'ensemble accomplissant une lente révolution, un jour artificiel suscité par une couronne de projecteurs disposés à l'extérieur, traversant l'épaisseur des tableaux, comme né des peintures elles-mêmes, tournait autour de la rotonde. On pouvait aussi n'entrebâiller les géantes élytres que d'un angle de sept degrés trente : cette fente, correspondant à un quarante-huitième de la circonférence, n'éclairait ainsi, dans sa rotation, qu'une colonne, une "heure" après l'autre. Il était également possible, bien sûr, de plonger l'ensemble dans la nuit d'où n'émergeait, dans le pinceau d'un des projecteurs suspendus à la coupole, que telle ou telle scène choisie au gré de la fantaisie ou du hasard. Le jeu de miroirs permettait de compliquer encore ces fantasmagories, et enfin c'était un nombre presque infini de combinaisons qui s'offrait. Lorsqu'on s'était bien amusé (il arrivait qu'on invitât des amis, qu'on bût du champagne au milieu de la rayonnante bigarrure de la banalité mondiale, que Thalia, se souvenant de sa brève carrière lyrique, chantât une aria), on décrochait l'ensemble des toiles et on les brûlait aussitôt. Déjà de nouvelles histoires, recueillies sur toute la surface du globe pour satisfaire la coquecigrue du peintre et de sa mécène (n'était-elle que ça ?), commençaient à affluer vers le secrétariat tenu par Winckler, le chauve en bermuda que j'avais aperçu tout à l'heure, déjà une équipe de relève nettoyait ses pinceaux, un jour nouveau se préparait. M'ayant donné ces explications d'une voix qu'altérait l'enthousiasme, une voix d'autodidacte monomane convaincue d'avoir mis au point, en dépit des sarcasmes, un mécanisme à mouvement perpétuel, Thalia m'invita à observer les toiles qu'on venait d'accrocher sur le tour de la passerelle numéro deux, une série de croûtes exécutées sur des informations fournies par une éphémère conspiration d'échotiers et de localistes de la presse mondiale qu'on avait convaincus – ou que l'argent avait convaincus de se laisser convaincre – de l'histoire à dormir debout qui suit : la petite Élisabeth, âgée de quatre ans, avait été enlevée par des racketteurs agissant pour le compte d'une mafia internationale. Ces criminels particulièrement avertis et prudents ne correspondaient avec la famille que par le truchement d'événements minuscules, par eux suscités aux quatre coins de la planète : événements insignifiants en apparence seulement, et dont les malheureux parents sauraient déchiffrer le code. Ils ne pouvaient en dire plus, de crainte de ruiner le fragile édifice des tractations ainsi engagées. Il s'agissait donc de faire connaître à Thalia de Beaumont, de toute urgence et contre forte rétribution, les faits les plus dépourvus de sens et de portée visible, les manifestations les plus banales, infimes ou ridicules survenues dans leurs ressorts respectifs. La leçon philosophique des toiles illustrant ces broutilles, me commentait Thalia, était évidente : l'énorme machine du monde, ces tourbillons prodigieux d'images qui étaient des passions, des idées, des destins, étaient peut-être faits pour dissimuler, invisible en leur sein immense, une chose à peine, un signe presque effacé, une infimité. Il arrivait que le secret d'une vie tumultueuse fût le souvenir d'un être entr'aperçu, jamais connu, d'une passante baudelairienne. Il arrivait qu'on écrivît un livre qui eût la complexité d'un univers pour y celer profondément le trésor d'un mot, moins encore, l'arcane d'une lettre : c'était en tout cas l'avis de Percival Barnabooth, à la rencontre de qui nous étions allés, cheminant sur la passerelle numéro deux : il me le confirma d'un bref plissement de ses yeux bleus, d'une légère pression sur ma main de ses longs doigts bagués.

33

Limousine de deux tonnes ex nihilo

De ses longs doigts bagués, maintenant, me désignant les éphémérœuvres : *Un couple qui regarde la lune sur la mer, dans une voiture garée Praia das Melícias, aux Açores, se fait lancer des pierres par un individu menaçant :* des étoilements de verre laiteux, au premier plan, encadraient deux visages retournés, déformés par une expression d'effroi que soulignait encore la lumière bleutée de la lune jouant, au-delà du pare-brise, sur la mer. Un numéro du journal *O Açoriano oriental*, astucieusement plié sur le tableau de bord, permettait de localiser la scène. Il y avait une idée de composition. *Au cours d'une réunion au collège Draréni à Bouzareah, Bouhassan Abdelkader est élu secrétaire-général du syndicat des non-voyants* : une forêt de bras levés, appartenant à des hommes en djellabah porteurs de cannes blanches, se tendait vers un bureau sur une estrade où parlait un orateur enturbanné, les yeux protégés par des lunettes noires. Mains tendues comme pour un serment, drapés à l'antique des vêtements : cet épisode avait été traité dans le style solennel des grandes machines historiques genre *Urbain III prêchant la quatrième croisade* ou *Pélage vainqueur d'Alkhamah se faisant couronner à Covadonga*. La seule critique qu'on pût faire à ce tableau (mais que je me gardai bien de formuler), c'est que l'auteur n'avait apparemment pas songé à l'invraisemblance d'un vote à main levée dans une réunion d'aveugles. La scène suivante, *Le professeur Vingt-Un Rosado réélu pour la sixième fois consécutive, et à l'unanimité des huit votants, président de la fondation Guimarães Duque de l'École supérieure d'agricul-*

ture de Mossoró, avait été exécutée dans le même style, manifestement par le même peintre. *Au café Champión de Chinchina, Fernando Arias dit "el Cura" gagne le championnat de billard à trois bandes organisé par cet établissement :* l'artiste avait représenté "le curé", sans doute en raison de son surnom, tout de noir vêtu, brandissant une queue de billard, porté en triomphe par un groupe de moustachus derrière lesquels on pouvait lire à l'envers, sur la vitrine, ИOIꟼMAHƆ, et voir se profiler, passant dans la rue, un personnage en chapeau à vastes ailes monté sur un âne qui devait être une allégorie du continent sud-américain. L'œuvre, de facture médiocre, était une des moins réussies de la série. *A l'occasion de la Foire internationale du Golfe, Johnny Hart, le magicien le plus génial de la fin du siècle, fait apparaître ex nihilo une automobile de deux tonnes sur une estrade vide du Centre des expositions de Sharjah* : le tableau captait la scène au moment précis où, sous les yeux médusés d'une assistance de cheikhs dodus, barbus, portant kefieh et, pour quelques-uns, un long poignard à manche courbe passé dans la ceinture, l'illusionniste britannique était parvenu à tirer du néant un quart environ de la pesante limousine vert pomme, soit le capot, l'aile et la roue avant gauche, la calandre, le coffre, la portière et le feu arrière droit ainsi que le siège du conducteur, deux vide-poches et l'allume-cigares ; le reste, pour quoi une place était ménagée entre les éléments susdits, n'allait pas tarder à venir. L'œuvre qui suivait manifestait une certaine puissance expressionniste : un soleil qu'on pouvait présumer bas allongeait sur la neige les ombres de deux malabars en anorak fourré, dont l'un rengainait un pistolet tout en passant sa main gauche sur ses yeux comme pour en chasser des larmes. L'explication de cette émotion paraissait au bout des deux index d'ombre qui convergeaient vers l'angle supérieur droit où un petit chien noir gisait au milieu d'une flaque de sang. La composition diagonale très structurée, avec tous les éléments du drame minuscule rassemblés dans un triangle isocèle dont la médiane joignait les extrémités opposées de la toile, les larges carrures des deux hommes, vus de trois quart arrière, en dessinant la base et l'animal sacrifié le sommet, le contraste violent entre la force ramassée d'un côté et la faiblesse suggérée de l'autre, jointes par une flèche de couleurs dures – bleu des uniformes, noir des ombres, noir et rouge du centre excentré de la toile, éclatant sur le fond uniment blanc –, rendaient très saisissant ce blason, peint un peu à la façon d'un Hopper (comme d'ailleurs, on s'en doute, nombre d'autres autour de la rotonde), et illustrant l'anecdote ainsi définie : *La police de Nuuk doit se résoudre à tuer un chiot jeté à la rue, à Tuapanuguit, par un maître sans cœur.* Venait ensuite *Une pluie fine tombe sur la mer de Marmara :* c'étaient des vols tourbillonnants d'aquarelle, des lumières dans des bouillons troubles, des herses de blancheur, des orages, des trombes devinées, l'esquisse lointaine d'une muraille bleue, d'un minaret, un navire peut-être : une nacre turnerienne à la va-vite, mais assez agréable à l'œil. Un homme en complet veston pointait un index accusateur vers un bassin où flottait, ventres en l'air, une masse puante (on le déduisait du mouchoir qu'il tenait pressé contre son nez) de poissons crevés. Un second personnage que son dos voûté, ses épaules basses, désignaient évidemment comme le responsable de ce gâchis, écartait vaguement les bras dans un geste d'impuissance. Au loin, sous des nuages gris, on voyait un tracteur rouge, un hangar bizarrement surmonté d'une étoile rouge, et une éolienne, rouge également. Ainsi avait été rendue, dans un style s'apparentant beaucoup aux dernières tendances post-brejnéviennes du réalisme socialiste, la scène dont Thalia me lut l'intitulé : *Boris Korotchenko, directeur du rybkhoze Krasnaïa Sloboda, raïon de Soligorski, reçoit un blâme pour n'avoir pas entretenu convenablement l'eau des viviers, provoquant la mort par désoxygénation de dix-neuf tonnes de carpes.* Quelque peu énigmatique était le sujet de la croûte suivante, qui représentait un élan courant dans la neige et la nuit, coiffé de ce qui semblait à première vue être un voile de mariée, et mâchouillant des glaïeuls Renseignements pris, il s'agissait d'un de ces (**puissants !**) quadrupèdes qui, pour satisfaire une petite fringale nocturne, avait passé sa tête de chameau couronné par la fenêtre ouverte d'une cuisine de Harstud, en Norvège, prestement brouté un bouquet de fleurs et accroché les rideaux en se retirant, avec les manières de raquettes dont s'ornait malencontreusement son crâne, emportant tout, voilages, anneaux et barre de suspension. De la même région provenait le portrait de l'énorme barbu breughélien qui élevait à hauteur de sa bouche, serré dans une pogne à souffleter un ours insolent, un hanap de bière blonde, et qui n'était pas, comme on eût pu le croire, *Érik le Rouge levant un toast à la découverte fortuite de l'Amérique*, mais bien *Thor Ove Bendixen, sous-chef de bureau depuis bientôt dix ans à la caisse d'épargne de Svalbard, fêtant sa promotion au rang de chef de bureau*. Venaient ensuite, j'abrège, *Accident de voitures au Mozambique* (deux autos militaires de marque ZIL s'accrochaient en se dépassant devant le comité de ville de Beira), *Jérôme Sacristani, de la charcuterie Mazières à Périgueux, remporte à Agen le concours régional du meilleur apprenti charcutier-traiteur* (scène rapidement badigeonnée d'après Bacon), *A Vancouver, la révolte gronde parmi les esclaves postulantes d'Aïda* (où on reconnaissait de nouveau la manière de *Bouhassan Abdelkader...* et de *Vingt-Un Rosado...*, les mêmes amples mouvements, la même rhétorique antiquisante, illustrant cette fois la colère bien légitime des centaines de candidates figurantes qui s'étaient présentées au Royal British Columbia Opera sur la foi d'une annonce requérant une taille minimale d'un mètre cinquante-deux, lorsque les régisseurs avaient prétendu écarter toutes celles qui faisaient moins d'un mètre soixante-huit), *Le ministre de la Culture, M. Henri Bandolo, inaugure au Palais des Congrès de Yaoundé une exposition-vente de quinze meubles fabriqués au Cameroun par des artisans chinois*, *A l'occasion du départ en retraite, après quarante années d'enseignement, de Mrs Lucille Pilgrim, une touchante cérémonie d'adieu est organisée à la St Mary's Junior School de Bridgetown*, *Stephen Jordan, de Glasgow, arrêté avec un peu de résine de cannabis dans la poche de son pantalon, préfère balancer aux douanes de Jersey le reste de la drogue qu'il porte caché dans son caleçon*, *Le Conseil d'État de la République française annule définitivement l'arrêté municipal du deux décembre mille neuf cent quatre-vingt-trois du maire de Leguevin, Haute-Garonne, mettant fin pour insuffisance profes-*

sionnelle au stage de garde champêtre de Daniel Bondoerffer (toile, on l'aura deviné désormais, due au pinceau dramatique du petit maître de *L'Élection de Bouhassan*, du *Sacre de Vingt-Un* et de *Révolte servile en Colombie britannique*), *Sous la direction de M. John Moffitt, la Nelson Beekeepers Association procède à la destruction d'un nid de guêpes menaçant l'aire de pique-nique de Hackett River, en Nouvelle-Zélande* (opération, voulut bien me préciser Thalia qui lisait toujours son catalogue, menée selon une méthode low tech consistant à insuffler dans le nid en question, à l'aide d'un tuyau d'arrosage, une bonne cuiller à thé de carbaryl en poudre. Je te dis ça, Sonia, pour le cas où tu aurais des guêpes dans ton jardin), *Un citoyen mozambicain arrêté à Lomahasha avec un pistolet Makarov dans la poche, Nancy Harel débarque à Manille, de retour de la MacDonald's Hamburger Marketing University d'Oakbrook, Illinois, avec son diplôme de Bachelor of Hamburgerology en poche* (je me fis répéter deux fois le titre, mais j'avais bien compris : cette fille faisait le V de la victoire parce qu'elle avait gagné son diplôme d'hamburgerologie. Il faudrait que je demande à Fix s'il l'était, lui, bachelier en steaks à la mie de pain), etc., etc. Une toile retenait l'attention parce que, seule de la série, elle avait été composée, à la façon d'une carte habillée, en deux figures affrontées de part et d'autre d'une diagonale : *Willy Flitt, de Fort Yukon, gagne dix mille dollars à la loterie d'État de l'Alaska / Nkanga-Mengue Daniel, élève au collège évangélique de Melen, empoche quinze mille francs CFA en finalisant le jeu Mémo-Loto L'Union-Le Mémorial du Gabon* : têtes symétriquement épanouies, l'une rose l'autre noire, mains tendues pour recevoir le magot – beaucoup plus consistant en Alaska. Dix mille dollars ! Ma paye du jour ! La veille, j'aurais bien travaillé pour quinze mille francs CFA. Mais c'était hier.

Toutes les scènes figurées par ces toiles, pour ténues qu'elles fussent, appartenaient encore à la sphère des manifestations publiques ou collectives. Huit autres tableaux, accrochés à la suite, présentaient des quantités humaines plus discrètes encore. C'étaient des balbutiements du discours du monde commandés à des particuliers choisis au hasard sur des annuaires téléphoniques, sous le prétexte de participer à un reality-show mondial orchestré par Élisabeth de B., la célèbre productrice de NBC. A cette série appartenaient *Johannes Tobolok, que sa femme Greta vient d'abandonner, voulant se faire son sixième punch de la nuit, sort un œuf du frigidaire et, le prenant pour un citron, le presse dans son poing :* grandes giclures de jaune rayonnant comme des pétales de tournesol autour d'un poing crispé, bleu, visage couleur de jambon pas frais du malheureux, intérieur minable qu'une fenêtre ouverte faisait communiquer avec l'immensité mauve, électrico-alcoolique, d'une nuit berlinoise évoquant celle qui accueille, dans le tableau de Felixmüller, *La mort du poète W. Rheiner*. C'étaient des émotions du même registre qu'exprimait, de façon très différente, *Séparation à Riga* : au centre, un grand bouleau aux branches et aux rameaux très fins, très nets, nus, fibrillant en cascade d'angles aigus, plantait un sombre éclair dans l'herbe rase de l'hiver. Quatre oiseaux à longue queue, des tourterelles peut-être, y étaient perchés. A gauche, sur la parabole d'un remblai entourant la surface blanche d'un étang gelé, un homme et une femme marchaient : frêles silhouettes penchées, à dix bons mètres l'une de l'autre. Dans le fond, estompées par la brume, on devinait les lignes verticales, pointillées, comme gaufrées, d'une cité : le microraïon Iougla, m'apprit Thalia. Les coulées bleues, vertes, mauves, cloisonnées de sinueuses lignes noires, d'un ciel crépusculaire encadré de sombres façades où s'allumaient des fenêtres, traversé par une feuille d'arbre écarlate, comme une petite main de sang, surplombant un passant en long pardessus, un peu voûté, au visage ovale esquissé à peine autour du trou des orbites, dénotaient l'influence d'Edvard Munch sur l'auteur de *Sydney, sept heures du soir, un homme sort de Concord Hospital où sa mère vient de mourir*. Un pinceau manifestement inspiré encore d'Edward Hopper avait fixé *Gregor McGregor, paraplégique écossais en vacances sur la Riviera, contemplant la mer du haut de la moyenne corniche en songeant qu'il ne s'y baignera jamais*. Le soleil plongeant derrière un cap méditerranéen faisait comme une troisième roue, de feu, à la petite voiture du mélancolique infirme assis tel Xerxès sur son trône au-dessus de l'Hellespont, des guirlandes de lumière, en contrebas, s'allumaient dans de longs figements violets. Il y avait plutôt, me semblait-il, du David Hockney bien léché dans l'œuvre suivante : *Au dancing-rencontre "L'Infraction" du Quebec Inn, Regis Chouquette se demande si la fluorescence de son col de chemise n'en fait pas ressortir la saleté.* C'était, enfin, avec une méticulosité, une attention aux jeux microscopiques de la lumière dignes, à mon avis, d'un petit maître hollandais de natures mortes qu'un autre anonyme avait figuré deux scènes animalières : *Dans une chambre de l'hôtel Montt de Valparaíso, un client aperçoit sur son sommier la plus grosse punaise qu'il lui ait jamais été donné de voir,* et *Mrs Brenda King d'Oahu, Hawaï, découvrant un moucheron dans son lavabo alors qu'elle fait sa toilette du soir, se demande si elle va le noyer.* Toutes les élytres, pattes, papules et palpes, antennes, ailes et nervures, corselets annelés, barbules et barbelures, mandibules chitineuses, toute la boîte à outils minuscule de ces insectes, pompes et crochets, bistouris et tenailles, si menus que fussent ces accessoires, seringues, pipettes et canules, balanciers à voler et ventouses ou velcro à marcher, avaient été détaillés par l'artiste sur la trame grossière, tachée, de la toile à matelas ou le grain, nacré par une diaphane pellicule de crasse où adhéraient des gouttes brillantes, de la porcelaine. La toile suivante marquait manifestement le début d'une nouvelle série, consacrée à des événements d'une taille, disons, plus aisément observable : au premier plan, chemise bleue largement ouverte sur sa poitrine maigre, un homme pleurait. Les sanglots lui faisaient un rictus étrange, presque comique, d'autant qu'il avait une tête osseuse, un grand nez taillé à la serpe : il plissait terriblement les yeux enfoncés dans de sombres orbites, le froncement de sa bouche faisait saillir le menton et se creuser dans ses joues trois rides profondes, on aurait dit, en fait, la mimique d'un grand enfant acromégale feignant, ou s'efforçant de pleurer. Mais ça n'était pas de la blague : on apercevait, posés sur son épaule gauche, un long cou blanc et une nuque aux très courts cheveux noirs, ceux d'une femme, sans doute, ou d'un fils, dont le visage se cachait dans son dos, et derrière, inclinées par la perspective contre le gouffre blanc du ciel, les ruines de leur maison : le pignon intact jusqu'au deuxième étage, tout le reste pulvérisé comme par un poing géant, plaques de béton enchevêtrées entre lesquelles s'épanouissait la rose de métal froissé d'une turbine. Chute de l'avion brésilien, me dis-je in petto. Je connais. La visite était terminée. Étais-je désireux, me demandait Thalia, d'aller voir l'atelier où en ce moment même une équipe de Michel-Ange au service de ces toqués était en train de peindre d'après les indications portées sur mes fiches ? Non, merci. J'étais pourtant assez curieux de voir comment ils allaient s'y prendre pour illustrer les disparitions, mais j'étais résolu à ne pas leur concéder d'autre satisfaction que celle de m'avoir berné une fois. Je ne voulais plus desserrer les dents. Une chose, néanmoins, me chiffonnait, et je m'en ouvris à mes hôtes : pourquoi diable se donnaient-ils tant de mal pour collecter leurs sujets ? Pourquoi inventer toutes ces histoires de fille criminelle et amnésique, ou enlevée, ou Dieu sait quoi, quand il était si facile, si facile pour eux, j'entends, de payer une équipe de traîne-savates, une autre, à dépouiller les journaux ? Tout simplement ? Sans embobiner le monde ? Sans dépenser des fortunes pour ça ? Thalia eut un fin sourire, laissa Barnabooth me répondre. Je n'avais pas une âme d'artiste, cela se voyait. Je n'avais pas le sens du précaire. C'était d'ailleurs pour ça qu'on m'avait engagé, voulut bien me faire savoir cet être. D'abord, continua-t-il, d'une voix infiniment fatiguée, il faut que toute chose trouve sa fin. Le Grand Pictomobile pouvait continuer indéfiniment, ça n'était qu'une question de moyens, c'est-à-dire pas un problème, s'il ne contenait dans son mode d'emploi, sa règle du jeu, le principe de sa disparition : celle-ci arriverait le jour où ils auraient, Thalia et lui, épuisé toutes les fictions permettant de le faire tourner – en tout cas toutes celles que leur suggérait leur imagination, qui était assez féconde, m'assura-t-il. Ensuite, **et cela revenait au même**, l'art était un mélange de faux et de vrai, un centaure à croupe de cheval fabuleux et torse d'homme banal, un bâtard engendré par la copulation clandestine de la vérité et du mensonge, de la lucidité et de l'illusion, ne le savais-je pas ? Ainsi le Grand Pictomobile, forme avancée de l'art, était-il à la fois ce qu'il y avait de plus réaliste et le produit d'une tromperie renouvelée – jusqu'au jour où leurs multiples combinaisons en seraient épuisées. Le réel ne s'y affichait que dans la mesure où la fiction parvenait à le susciter. You see ? La fiction et l'argent, songeai-je. Mais je n'étais pas un artiste. C'est ingénieux, répondis-je.

34

Mon panama, ou les aventures de mes oncles

Il y en avait un autre, en fait. Comptez vous-mêmes : "Huit autres tableaux... plus discrètes encore... balbutiements..." Or, récapitulons : Johannes Tobolok, séparation à Riga, malheur à Sydney, Gregor McGregor, Régis Chouquette, punaise à Valparaíso, lavabo avec moucheron à Hawaï : nous n'en avons que sept. C'est bien ce que je disais. Où est passé le huitième ? Le huitième, le voici, ex machina : sur une plage de Miami Beach, entre la frise pastellée des façades art déco surmontées de palmes qui font les moulins à vent, et la frange de brisants où se rompt une mer qui semble un cocktail de lait et de curaçao, sur le sable jonché de corps bruns huilés, à l'ombre précaire d'une watch-tower, une jeune fille cubaine dont le maillot semble fait de très peu d'ailes fluorescentes, dans les bleus-verts, de ces papillons tropicaux qui volent sur les marais de Matanzas et s'égarent jusque dans les faubourgs de Camagüey, là-bas dans la grande île en forme de tarpon où elle n'est pas née et qu'elle ne souhaite pas tellement connaître – c'est le monde qu'elle voudrait connaître, les avions qui rayent le ciel en tous sens les paquebots blancs les ports les aéroports les grands hôtels et leurs bars, la tour de Pise la tour Eiffel les pyramides d'Égypte et Borobûdûr –, une jeune fille très svelte donc et très brune, on dirait un biscuit salé, est mécontente parce qu'une rafale a plaqué du sable sur sa glace à la mangue. Je regarde son visage métis, à Sonia, c'est ainsi que ses parents l'ont appelée, parce que ça faisait à la fois latino et norteamericano, à leur avis, son visage entre deux ou trois mondes, couleur de tabac foncé, avec les grandes feuilles vertes effilées des yeux sous des cils recourbés comme les rouleaux, les breakers, les rompientes de lait azuré qui battent la plage, verts les yeux oui avec des points jaunes et d'autres violets semés dedans et des sourcils fins et longs comme des antennes de scarabée d'or. Ses parents sont partis, avec une caravane d'autres exilés cubains, pour Cayo Hueso où commence le procès de Rolando Nieves Machado et António Pérez Quesada, qui se sont fait pincer par les coast guards alors qu'ils naviguaient sur un petit bateau bourré de poudre et de détonateurs, au large de Cayo Maratón. Ce sont des héros des "Comandos del mar", lui ont dit ses parents, il faut aller les soutenir, mais elle, elle ne comprend pas très bien tout ça, un bateau ça sert à faire du ski nautique ou à aller bronzer sur les keys de Biscayne bay, à son avis, pas à s'enfoncer dans le Gulf Stream avec à bord de quoi faire sauter l'Empire State Building, et à soixante-dix-huit ans, encore ! Car c'est l'âge qu'il avait, le tío António, setenta y ocho, quand il s'est fait cueillir, chapeau de paille sur les yeux et cigare au bec, à la barre de sa bombe flottante. A cet âge-là, selon elle, on ferait mieux de rester toute la journée enfoncé dans un rocking chair, à l'ombre de la véranda, à siroter des mint juleps, ou des daïquiris si ça vous chante, en regardant la télé. Elle n'est pas très sensible à ce romantisme-là, Sonia. Elle me raconte tout ça en poussant des petits bouts de langue sur sa glace, de-ci de-là, pour contourner les grains de sable, comme un chat, et je me dis que c'est elle le brûlot capable de réduire en cendres tout Miami Beach et de proche en proche la côte de Floride fusant comme un cordeau Bickford jusqu'à Fort Lauderdale au moins. Son second prénom, m'apprend-elle, passant du coq à l'âne, c'est Incarnación, et ça ne m'étonne pas du tout. De temps en temps elle hausse son bras toujours armé, comme la statue d'une Liberté moderne, futile, pour qui cependant on serait prêt à mourir, du cornet de glace, son bras sur lequel le sel dessine des guipures, elle s'en aide pour remonter sur son front la masse de cheveux frisottés qui cascade, torrent d'escarboucles, masque le grain de beauté parfait sur la pommette, se ploie et divise sur l'épaule. Son menton est doux comme son épaule, ses dents légèrement écartées, lorsqu'elle est attentive, mordent ses lèvres qui pâlissent, de palissandre virant au bois de rose, c'est comme ça, je ne le dirai pas autrement. Et elle m'écoute, Sonia Incarnación, ses jambes pliées de côté, que le sable revêt d'une peau de miroirs, sirène habanera, en appui sur le bras, hanche ronde épaule saillante, saillants aussi ses petits pechos à damner des saints, péchés mortels à peau de pêche, elle est attentive, ses yeux feuilles de menthe braqués sur moi qui lui raconte des histoires : que je suis détective, qu'à San Francisco une belle blonde franco-russe m'a engagé pour savoir quel crime avait bien pu commettre sa fille Élisabeth qui devait avoir son âge, à peu près, à elle, Sonia, belle aussi, mais moins qu'elle et blonde, comme sa mère, et d'ailleurs qu'elle n'existait pas, qu'au bout du compte elle n'était qu'une invention servant à faire tourner une énorme lanterne magique tapissée de tableaux où le monde entier... Que la dernière série comptait bien huit tableaux, non pas sept, le huitième étant un portrait d'elle ici, sur la plage de Miami Beach, entre la frise pastellisée des façades art déco et la bande de lait bleu de la mer, elle fronçant les sourcils parce qu'une rafale de vent... Et comme je vois un froncement, un plissement ternir l'éclat des feuilles de menthe, l'ombre d'une perplexité glisser sur le rayon vert, je lui fais le sourire le plus charmant que je puis, et lui dis : Tu as bien compris, j'en suis sûr, que toute cette histoire est inventée ? OK me fait-elle, haussant ses belles épaules, écrasant dans le sable, d'un geste énervé, le reste de son cornet : si tu n'es pas détective, tu es quoi, alors ? – Un repris de justice, un évadé du bagne, un individu extrêmement dangereux, un subversif suborneur, un fou qui se prétend écrivain ! lâche Fix, reparti à l'assaut du fond de la plage, un string noir ficelant grotesquement son cul blanc de dinde de Thanksgiving, une paire d'écouteurs ballottant autour du cou. Il va vous faire le coup du poète, j'en suis sûr. Monsieur est poète ! La main sur le cœur ! Prends ton luth et me donne un baiser ! Va te faire foutre, oui ! Poëte ! Il croit encore que ça plaît aux jeunes filles, mais c'est complètement périmé ! Outdated ! Obso-lète ! Le langage que nous aimons, maintenant, est celui de la **communication** ! Des messages publicitaires ! Des clips ! Du marketing ! Des sondages ! Panels ! Tout le monde y vient, les politiques, les hommes d'Église, les journalistes, les romanciers ! Et on a raison ! Efficacité, économie, rapidité ! Des mots comme des missiles sol-air, standardisés, ultra-légers, portables sur le dos, fonçant vers leur objectif à vitesse trisonique ! Message délivré en un temps record ! En plein dans le trou du cul de la tuyère ! Dans le cœur de cible ! Explosion d'images subliminales ! Sublime ! Une langue nouvelle, à la mesure athlétique de l'humanité sportive ! Une langue saine et équilibrée, basses calories, pour un public aux performances sans cesse améliorées ! Tenez, moi, par exemple, grâce à un entraînement raisonnable, jogging, club de gymnastique, à une diététique **pensée**, stricte mais sans excès, à des équipements conçus en fonction de concepts nouveaux, eh bien, sans être Carl Lewis, je cours tout de même plus vite que... que le soldat de Samothrace, par exemple ! Beaucoup plus vite ! Et je pense aussi plus vite ! Donc ! Normal ! Mens sano ! La pensée suit l'amélioration de l'espèce ! Plus affûtée ! Plus pointue ! J'utilise la méthode de lecture du président Kennedy ! Je balaie la page, je retiens **l'essentiel** ! Et ça n'est pas grand-chose, souvent, croyez-moi ! Suivez mon regard ! Je programme mes connaissances ! Je les formate et reformate ! Constamment ! A tous les niveaux ! Je les articule en fonction du créneau ! De la demande ! Suivi de marché ! Il y a un marché des connaissances, et des mots aussi, señorita ! Il y a des mots qu'on ne demande plus du tout ! Personne n'en veut ! D'autres qu'on s'arrache ! Je les utilise en flux tendu, mes connaissances ! Jamais plus de stocks ! Rotations constantes, recyclages ! Rentabilité maximum ! Je n'ai peut-être pas un savoir, disons, encyclique, mais je le **place** mieux, je le **vends** mieux qu'un autre ! Surtout qu'un poète ! Un poëte ! Faites-moi rire ! Sombres blocs ils s'y croient ! Sombres ploucs, oui ! Vous connaissez, mademoiselle, je présume, Edward Poe ? Edward Allan Poe ? Un désaxé ! Un ivrogne, d'ailleurs, soit dit en passant. Perdu d'alcool, comme monsieur ! Un drunkard, un borracho, oui, un pochetron, comme on dit chez moi...

D'où sa pensée embarrassée, aussi. Les poètes, croyez-moi, sont tous des ratés, des ivrognes, des drogués, des homosexuels ! Ce Rimbaud, par exemple, dont on nous rebat les oreilles... Ça n'est pas pour rien non plus qu'il a arrêté d'écrire... Ça n'est quand même pas un hasard ! Citez-moi un poète heureux ! Un poète sportif ! Tous des dérangés, des atrabilaires ! Des faibles, oui, des mauviettes ! Pour ne pas dire pire ! Et ça se lamente, et ça prend la pose ! Et ça fait la manche ! Ah, ça, ils n'oublient pas ! En redingote élimée, avec des yeux creux... Tuberculeux... Mauvaise haleine, dents gâtées, pensée chargée ! Ah, n'embrassez jamais un poète, señorita ! L'alimentation, on revient à ça ! Il faut partir du commencement ! Eau minérale ! Plus de tabac ! Ça vous remet les idées en place ! Un corps sain ! Corpore sana, disaient les Anciens ! Vous connaissez la suite... Tenez, par exemple, dans l'avion, ce matin... Oui, j'arrive de la côte ouest, pour mes affaires... Je passe mon temps en avion. Donc, je lisais dans le *San Jose Mercury News* un bien intéressant article. Chapter one of diet diary. La petite Connie, vingt-quatre ans... elle pesait cent vingt-cinq pounds quand elle fréquentait la Milpitas High School, et maintenant... quarante de plus ! Ah, je dis attention ! Attention, petite Connie ! Holà ! Cent soixante-cinq pounds, ça commence à chiffrer ! A vingt-quatre ans ! Alors, elle veut maigrir, et pourquoi, vous savez, miss ? Ça n'est pas votre problème, mais essayez de deviner... Eh bien, preumio, pour pouvoir porter un bikini pendant ses vacances au Mexique avec son sweetheart, Mike, qui joue dans l'équipe de foot de la High School. Éternelle coquetterie féminine ! Vous connaissez le Mexique, je suppose, señorita ? Oh, pardon ! Vous êtes d'où ? Cuba ? Beau pays aussi, très beau, même ! Rumba, rhum, barbudos... Hemingway y chassait le buffle, dans les savanes de cannes à sucre... Vous le saviez ? En voilà un qui en avait, tiens, comme écrivain... si je puis me permettre. Prix Nobel, d'ailleurs. Pas n'importe qui. Je ne vous ennuie pas, au moins ? (Ce connard s'est posé sur le sable, maintenant, sa petite ficelle noire sciant ses cuisses obscènes de chapon.) Deuxio, j'en reviens à Connie, parce que l'année prochaine elle va se marier avec Mike, et que pour commander la robe en août, il faut qu'elle soit à son poids idéal de cent trente pounds. C'est un jour important, le plus important de la vie d'une femme n'est-ce pas, miss, que celui où, au bras de son père, elle monte les marches de l'église ! Pas pour y être unie à un poète, non, Dieu l'en garde, mais bien à un manager... un décideur... un footballeur, même, si vous voulez. Tercio, je ne m'égare pas, parce que cela convaincra peut-être Mike, qui fait lui-même vingt pounds de trop, de prendre soin de lui. Charmante attention ! Il abuse un peu de la bière, après les matches. Enfin voilà qu'elle a gagné un stage d'amincissement de six mois au Anza College, à Cuppertino. Ce qui se fait de plus moderne. Ce sont les leaders de leur branche ! On lui fait passer des tests très complets, elle doit courir sur un treadmill, un tapis roulant, figurez-vous, avec des électrodes plaquées partout et un masque avec un tuyau sur la bouche, on la sangle dans les bracelets chromés d'une chaise Cybex II, on la plonge dans un bassin pour la peser sur une balance électronique immergée, on la pince avec des callipers, c'est une espèce de gadget qui ressemble à une pince de crabe et qui aide, si j'osais je vous montrerais, bien que je n'aie rien d'un vieux crabe, je crois, eh eh, ma foi, je plaisantais, qui aide, le calliper, à établir la composition du corps. Body composition. Inouï ce que peut faire la technologie moderne, n'est-ce pas, pour le bien-être ! **L'amélioration physique et morale de l'espèce !** Bon, les résultats de tous ces examens ne sont pas fameux fameux. Trop de matière grasse. Trop de cholestérol. Capacité aérobique insuffisante. Upper body relâché. Je vous passe les chiffres. Mais tout est mesuré ! Enregistré ! Computérisé ! Connie réagit admirablement ! Déprimée mais motivée, c'est comme ça qu'elle se dépeint elle-même. “But I got so much information about my own body !” J'ai eu tant d'informations sur mon corps ! Notre corps, cet inconnu ! A l'époque où on va dans les étoiles ! **Infor-ma-tion !** Le maître mot est lâché ! Tout passe par l'information ! Information-consommation ! Enfin, voilà Connie motivated. Elle **prend son destin en main** ! Exactement ce que cherche à susciter l'Anza College ! Action, réaction ! Sinon, il y a des psychologues ! On pense à tout ! Ensuite, attendez, ça n'est pas fini ! Il ne s'agit pas seulement d'interpréter le monde, il faut le transformer ! Comme disait le Dr Gaylord Hauser ! On rentre toutes les données dans un ordinateur ! Qui recrache un programme ! Entièrement personnalisé ! Pour Connie Davis, hicketnunque ! C'est du latin ! Mais pas le programme, qui est très clair ! Ciblé ! Une stratégie individualisée ! Dix étapes en deux cent cinquante jours pour arriver à son ideal level de cent trente pounds ! Trois cents calories en moins chaque jour ! Ou alors deux cents par jour, en un an ! Au choix ! C'est comme un crédit ! Elle pourra se sentir à l'aise dans sa robe de mariée ! Resplendissante épousée ! C'est promis ! Vous vous demandez pourquoi est-ce que je vous raconte ça ? Parce que **voilà de la philosophie moderne**, mademoiselle, de la philosophie **en acte** ! Ou je ne m'y connais pas ! Ça vaut tous les dialogues de Platoon, ça ! Car à quoi sert la philosophie, à quoi tend l'art même, l'art dont ce monsieur prétend être le... le prozélote... si ce n'est au bonheur ? **De tout temps** ! A l'épanouissement de l'individu ? Et que veut l'individu ? **Du concret !** Pas de la littérature ! Alors, moi, je dis : que la poésie fasse bouillir la marmite ! Qu'elle remplisse le panier de la ménagère ! Lui permette de choisir les produits sains ! Au meilleur prix ! Que la poésie lutte contre la pollution, et moi j'applaudis des deux mains ! Qu'elle imagine un avenir meilleur pour nos enfants ! Et je me fais poète, moi aussi ! Dès demain ! Qu'elle fasse maigrir les gros ! Grossir les... Je lui jette du sable dans les yeux. Il s'enfuit à quatre pattes, se relève, trébuche, se rattrape, file. A la prochaine ! – Qui je suis ? Une espèce de poète, en effet, dis-je à Sonia, cet imbécile n'a pas complètement tort. C'est à cause de mon oncle Walt, c'est lui qui m'a refilé ça, cette bizarrerie. Un énergumène, le vieux Walt... Le courant passe, l'ampérage monte, deux flashes verts éclatent : tu es le neveu de Walt Disney ? me demande-t-elle, émerveillée. J'ai bien envie de ne pas la décevoir, mais le Magic World d'Orlando, c'est un terrain sur lequel je ne me sens pas très assuré. – Non, non, tío Walt a été typographe, journaliste, charpentier, c'était un sacré lascar, un costaud aux cheveux et à la barbe drus, au visage tanné, aux mains calleuses, qui n'ôtait pas son chapeau de sa tête devant les rois, mais s'inclinait devant les fourmis. Il a bien dû être marin, aussi. En tout cas il n'aurait pas craint, lui non plus, tu peux me croire, de prendre la mer à soixante-dix ans passés sur une barcasse bourrée de dynamite. Quelquefois, il me semble que je suis mon oncle Walt. Car il était déjà né et mort plusieurs fois avant de naître dans une île en forme de poisson, comme celle où tu aurais pu naître, une île rémora collée au ventre musculeux de l'Amérique par la ventouse de New York. Tiens, il avait été Christophe Colomb, par exemple. Une paille ! C'est autre chose que Donald, ça, non ? Et il est sûrement né et mort plusieurs fois depuis que la mort a mis ses yeux dans les siens, au bord de la Delaware, à une poignée de miles de sa ferme natale : lui qui avait été tout le monde, avait enfermé tous les mondes dans ses mots. "With the twirl of my tongue I encompass worlds and volumes of worlds" : en tournant sa langue il annexait des mondes et des tourbillons de monde ! Rien à voir avec Mickey et Minnie ! Autrement plus fort ! Né et mort plusieurs fois, mon oncle Walt, par exemple sous les traits d'un Suisse manchot, grande gueule, soldat de la Foreign Legion, ami des maquereaux, des putes et des malfrats, fumeur éternel de cigarettes, amateur d'art nègre et de petites femmes, agité des trains et des paquebots, tournant comme un encombrant écureuil dans la cage des méridiens, ou bien ressuscité et enterré de nouveau, tío Walt, dans la grande carcasse barbue d'un écrivain boxeur, chasseur, coureur, hâbleur, qui pêchait l'espadon au large de Cojimar, dans le fleuve violet du Gulf Stream, et se démolissait ensuite avec divers mélanges de rhum dans les bars de chez toi, Cubanita, du Floridita à la Bodeguita del Medio et à toutes les barras de bois sombre, reflétant les visages de belles métisses, des rues espagnoles qui entre Prado et place d'Armes quadrillent la vieille Havane comme une page de cahier margée par la mer et les forts. So long, uncles ! "Remember my words, I may again return !" A un de ces jours, il se peut que je revienne ! Disait-il, mon oncle, ou mes oncles, comme tu veux. Et revenus aussi, mon oncle Walt et les autres, dans la peau d'assassins, de conducteurs de locomotives, d'une guérillera péruvienne, de pilotes d'avion embrassant la splendeur de la terre à l'aube, ne s'en lassant pas, de belles espionnes, d'un médecin du Bronx, d'un prince camerounais bâtisseur de palais, d'un matador mexicain toréant con temple, malgré un vent furieux qui fait voler le sable de l'arène comme celui de la plage, tout à l'heure, sur ta glace, et le sang écarlate qui gicle du garot du fauve, et claquer sa muleta comme une voile. D'un ex-contremaître noir haranguant les mineurs au bord d'un cratère de cuivre rouge, sous la verdeur violente de la jungle de Bougainville que le plumage des papegais et les rayons du soleil levant sillonnent de flèches de feu ! Et réincarné encore dans la personne d'un astronome braquant le télescope de soixante inches du mont Palomar sur l'étoile NSV 01098 soupçonnée d'être une éruptive variable, et dont le spectre révèle qu'elle est en fait une naine de type M à fort rayonnement Balmer H-α et H-ß, ce qui peut être plus intéressant, puis trouvant le temps, l'astronome, cependant qu'un technicien, accouru du deux cents inches, bricole le TV guider récalcitrant, d'envoyer à un frenchie inconnu qui prétend écrire un livre sur une journée du monde, celle-là même qui ici, dans les montagnes entre San Diego et Los Angeles, est en train de s'achever sous les premiers clignotements des astres, une lettre où il décrit la lumière de la lune presque pleine se levant, à travers un voile léger de cirro-stratus, sur les bancs de brume qui ouatent les vallées en contrebas. Car telle est la poésie de mon oncle, Sonia, les steamers y naviguent, les roues d'étoiles y tournent, les villes y grouillent, les trains y font entendre leurs longs beuglements, les couteaux et les épées s'y enfoncent, le nœud serré des chairs s'y dénoue, le sang en jaillit, ou le plaisir, on y tue, on y baise, on y boit, on y naît et meurt à chaque ligne, l'or et l'ordure s'y côtoient et s'y équivalent, l'œuf de roitelet et la galaxie spirale, c'est un continent de mots rudes, une fantasmagorie américaine autrement plus corsée que celle de ton Walt à toi, querida, nous nous y trouvons, toi et moi, nous n'échappons pas à l'attraction de son énorme masse verbale, ni la plage ni les brisants de lait bleu, les façades pastel sous les palmes gyrovagues, et même cet imbécile avec sa ficelle noire entre ses pilons de poularde, et ses mots d'eunuque, même lui qui ne comprend rien à la poésie, qui en est l'ennemi déclaré, s'y trouve, dans la poésie de mon oncle, et même, tiens, ces stupides souris et canards à béret et châteaux hantés de carton-pâte, il doit bien y avoir un petit coin pour eux, dans la poésie que mon oncle m'a léguée. Dans notre poésie, à mon oncle et à moi (et au toréro, à l'astronome, et à toi, Sonia), les mots ne sont pas des colifichets, de la broderie au petit point, ce ne sont pas des mouchoirs de dentelle, les poèmes de mon oncle : ils ont la lourdeur de la terre, la grande liberté des nuages, ils résonnent du mouvement de bélier des mers, le désir que j'ai de toi les gonfle de sang brutal. Ah, je suis beaucoup plus grand que ce qui paraît entre mon panama (que, de peur que le vent ne l'emporte, j'assure d'une main) et mes tennis ! Immensément plus grand ! Vers moi convergent en flot les objets de l'univers ! The converging objects of the universe flow ! To me ! Tous écrits par moi ! Pour toi ! A cet instant mon chapeau, arraché par une bourrasque, file hors de ma portée, cabriolant dans le ciel bleu. Elle rit. Elle me prend pour un amusant toqué, un cinglé de bande dessinée. Tout va bien.

35

Le pâtissier Paraño part à la dérive

Alors, détective, oui, bien sûr, je suis détective, Sonia, mais tant d'autres choses encore... Je suis, si tu veux, l'inspecteur Luis Mariano qui fait une descente, pistolet au poing, dans un casino clandestin occupant deux étages du numéro cent cinquante-six de l'avenida Rio Branco, à Rio de Janeiro, mais je suis aussi l'un des cinquante petits flambeurs surpris en train de jouer au pinguelim ou de parier au jogo de bicho, qui se lèvent sans trop oser maugréer de leur table et, les mains au mur, se laissent fouiller par les hommes de Polinter et confisquer leur portefeuille avec papiers et argent, et même plus précisément l'un des sept fonctionnaires de l'État qui se retrouvent dans cette situation embarrassante et, le nez contre le papier peint, tentent de prévoir les répercussions que l'affaire peut avoir sur leur carrière, et plus précisément encore celui des sept fonctionnaires qui trimballe dans son portefeuille, l'imbécile, des photos de sa maîtresse diversement vêtue voire pas du tout et se demande si le fait d'avoir joué à la caipira va lui coûter, en plus des neuf cents cruzados novos qu'il a perdus, et de sa place, l'harmonie de son ménage à laquelle il tient beaucoup par ailleurs, sa femme ayant du bien. Tu te rends compte, tu vois comme je peux être... Je suis le mari infidèle et la femme trompée, l'amant et l'amante et le privé aux chaussures éculées, à l'imperméable taché, qui n'a aucun scrupule à les photographier au téléobjectif. J'ai mille métiers, Sonia, mille croyances, je mène le troupeau de mes vies à hue et à dia, à la va-comme-j'te-pousse, je suis fermier, ouvrier, artiste, rentier, marin, prisonnier, souteneur, voyou, play-boy, chasseur de ratons-laveurs sur la Red river, je suis le sysselmann Odd Neverdal qui tue à coups de pistolet, dans une grotte de glace bleue des environs de Svalbard, un ours dangereux, le fou qu'on emmène, qui ne dormira plus jamais dans son petit lit, dans la chambre de sa mère, l'esclave pourchassé, l'immigrant qui franchit la nuit la frontière électrifiée du rio Grande. Je suis Francisco Alfaro López, tiens, ton compatriote, ou bien n'importe lequel de ses cinq compagnons, je ne fais pas le détail, le maître confiseur Luis Francisco Paraño Alfaro, par exemple, oui, même le pâtissier, qui passent en ce moment les grilles du centre de détention de Krone, ici, à Miami : ils ont acheté un bateau à Cojimar, il y a dix jours, falsifié des licences de pêche, révisé le moteur, il leur semblait que le moulin tournait, avec force claquements de dents et pets bleuâtres secouant la culasse, c'est certain, mais pour cinq mille cinq cents pesos on ne peut pas non plus se payer un off-shore, n'est-ce pas ? A dix-neuf heures, ils sont sortis de Cojimar. A peine les feux du castillo del Moro avaient-ils disparu dans la brume chocolat qui, la nuit, monte de la mer, peu de temps après qu'ils eurent, à leur grand soulagement, perdu de vue le cargo russe *Nina Onilova*, la bécane, il fallait s'y attendre, a rendu l'âme. Tous les coups de manivelle du monde n'y ont rien fait, le pêcheur les avait estafés. Pas complètement tout de même : il avait laissé les rames. C'est autre chose ça, ramer, que de beurrer un moule, enfin ils ont eu de la chance, au bout de six jours, alors que Luis Francisco commençait à regretter amèrement d'avoir laissé tomber les pâtes brisées et les frangipanes de l'hôtel Nacional, les gardes-côtes US les ont repêchés, boucanés comme de vieilles morues, à cent dix milles au sud-ouest de Cayo Hueso. Le jeune homme qui, éveillé sous les chevrons de cèdre d'une mansarde de l'Oregon, écoute la musique de la pluie, c'est encore moi, et le fumeur d'opium allongé, bras en croix, lèvres entr'ouvertes, sur un bat-flanc crasseux de Kowloon, le contrebandier yéménite qui, dans le port de Dar es-Salam, embarque clandestinement pour le Golfe soixante-dix tonnes de défenses d'éléphants : tous ceux-là et bien d'autres, par la puissance électrique des lettres.

All this I swallow, all these I feel or am. Tout cela je l'absorbe, tous ceux-là je les sens ou les suis : la veuve du marin perdu en mer qui, dans les bureaux du Service hydrographique, corrige la nouvelle édition d'une carte des entrées de la Manche, le Palinure coréen qui s'engage sur la coupée reliant son cargo au quai León y Castillo de Puerto de la Luz, aux premières heures de la nuit, un frais nordet de vingt-cinq nœuds brisant en mille moires dans l'eau noire l'éclat orange des lampadaires, la marée étant haute comme elle l'était déjà, tout à l'heure, dans les bars de Las Palmas, et me voilà qui trébuche sur une aussière, tente de me rattraper à la main courante mais glisse et vois une dernière fois tournoyer, entre les deux murailles du quai et de la coque, les lampes couleur de mangue, le capitaine du pousseur *Na-He* (il ressemble, avec sa casquette bleue et sa barbe blonde, au marin des cigarettes Players), qui alors qu'il déhale sur le bras occidental de l'Escaut, entre Flessingue et Terneuzen, deux barges chargées de six mille tonnes de minerai de fer pour les aciéries Sidmar de Gand, est soudain assailli par des vents de force dix, et je ne distingue plus, à travers les furieuses tresses d'écume cinglant les vitres de la passerelle, l'avant du convoi qui vient en travers et prend de la gîte, au large d'Eendrachtpolder, ou bien le graisseur du cargo allemand *Edda*, qui devait se marier à Hambourg il y a quatre mois, mais cela en fait bientôt six qu'il est retenu pour d'obscures raisons, avec le bateau et tout l'équipage, dans le foutu port mozambicain de Quelimane. Par peur de la maladie autant que par fidélité, il faut bien le dire, je ne suis pas allé une seule fois dans les baraques en tôle et en planches des putes dont les lampes à pétrole, tellement nimbées de moustiques et de fourmis volantes qu'on dirait que ces ailes surexcitées sont celles de la lumière elle-même, miroitent sur les eaux nocturnes de l'estuaire, clabaudantes de crapauds, de gloussements obscènes et autres saloperies (ah, la belle carte postale à envoyer au pays, si seulement il y avait des cartes postales ici), et je vois le soleil s'embourber dans les savanes marécageuses du Zambèze pour la cent cinquante-deuxième fois, en ayant envie de tirer mon coup et en me demandant si

Lotte, là-bas, par 53° 33N et 9° 59E, m'a gardé sa parole, et il sent malgré lui, le graisseur, chaque fois que le soleil sanglant tombe dans le cloaque de l'estuaire, ses soupçons grandir et se transformer peu à peu en colère et rancœur qui vont de toute façon gâcher son mariage, si jamais maintenant il se fait : tous ceux-là sans exception, et Lotte aussi, qui se console à la même heure en buvant de la bière dans un bistro de Sankt Pauli, ils sont en quelque façon moi, the caresser of life : car c'est avec eux tous que je trame le chant de moi-même.

Of these one and all I weave the song of myself : je rôde dans la nuit avec les violents, les assassins, les ivrognes, les ingénieux voleurs, car eux aussi font partie du mouvement général de la vie. Je ne refuse pas, moi le caresseur de vie, d'être aussi le poète du mal. Je suis l'homme qui décharge un fusil de chasse sur un client du Club Hollywood de la Troisième Avenue d'Edmonton, à quatre heures du matin, je suis le chef des dacoïts enturbannés de noir, armés de pistolets et de machettes affutées à la meule, qui barrent près du pont de chemin de fer de Bijoypur, avec des troncs d'arbre, la route joignant Commilla à Chandpur, sur l'estuaire du Gange, et pillent et rançonnent les camions à la lueur des torches, celui qui à l'aube braque le patron du salon de billard Kapiolani Cue à Honolulu, le ligote et l'enferme dans les chiottes, file avec la caisse, je suis Jean-Baptiste et son frère Junon qui, ayant trop bu, se battent à coups de bâton et de sabre d'abattis au milieu du chemin Baptiste à Cambourg, sous les palmes noires et les grandes étoiles de l'île de la Réunion, dans la stridence des chipectes, je suis, et ne m'en cache pas, le conducteur du pick-up Chevrolet qui freine en dérapant devant la cantina du señor Juan Carlos Agnuz, au lieu dit El Guanaco, près d'Ingeniero White, et la poussière soulevée par les roues fait des nuages lumineux qui retombent lentement devant les phares, mais déjà, flingue au poing, j'ai bondi hors de la rural avec mes deux complices, déjà nous poussons la porte de ce cabrón qui a eu le culot de nous virer, tout à l'heure, parce qu'au cours du dîner une petite altercation nous a opposés, mes amis et moi, à propos du prix des novillos au marché à bestiaux de Liniers, déjà Agnuz s'écroule dans sa vaisselle et un autre aussi, un client qui n'y était pour rien, il faut le reconnaître. Un train qui va à Bahía Blanca passe à ce moment-là, les beuglements de la locomotive, le roulement lent des wagons chargés de blé couvrent les détonations et les cris, la poussière n'est pas encore retombée, le martellement des roues aux jointures des rails résonne encore que déjà nous fuyons sur la route de Río Colorado, le cœur léger.

Je vais vêtu du manteau de velvet noir et rouge de la nuit, Sonia, mais cela peut-être le raconterai-je plus en détail une autre fois, à d'autres que toi qui seront toi aussi puisqu'elles seront aussi moi : cette jeune femme très comme il faut, par exemple, que je vois rouler au volant de sa Mercedes sur Bayshore boulevard, de l'autre côté du continent, au bord de l'autre océan – car, sache-le, les deux grands océans, et les autres, la marée les fait aller et venir, monter et descendre dans mes poèmes comme le long de leurs rivages de sable et de roc : they advance and retreat upon my poems as upon their own shores, c'est comme ça. Les lumières qui s'allument jouent comme dans les flots sur les boucles auburn de son front, sur la pointe recourbée de ses longs cils, elle porte un tailleur gris un petit col de dentelle serré et un foulard de soie verte noué autour du cou, et je trouve qu'elle ressemble à Scarlett O'Hara à quarante ans, qui serait manager d'une filiale de leasing high technology de General Electric, c'est cela son job, à Hellene, et j'irais bien séance tenante, pardonne-moi, lui acheter des lasers, des appareils de vision nocturne, un turboréacteur double flux, ce qu'elle voudrait, histoire d'engager la conversation. Ou bien cette autre que j'aperçois au sud du continent – car, sache-le aussi, my palms cover continents, mes paumes s'arrondissent autour des continents comme autour de ton genou ou de ton épaule ou de ta nuque ou de ton sein, il n'y a pas de problème –, et c'est incroyable de découvrir pareille beauté en pareil lieu, juges-en plutôt : c'est une conférence de presse pour le lancement de deux timbres portant l'effigie des beatas chilenas, les sœurs Teresa de los Andes et Laura Vacuña, tu te rends compte ? Il y a là un curé en gris, à cheveux plats faîtant une tête de faux-cul, un autre en noir qui est Don José García de Mendoza, carme déchaux, recteur du sanctuaire de la bienheureuse Thérèse des Andes, la mère Olivia Monardez, supérieure des Filles de María Auxiliadora, en grand voile bleu, un type en civil, à moustaches et lunettes, qui doit être des Correos de Chile, et qui tend le cou pour ne rien perdre des paroles de l'évêque de San Felipe, lequel souligne que cette émission postale constitue un honneur pour la femme chilienne, “les deux bienheureuses étant un exemple vivant de ce que peut signifier le sexe féminin à l'intérieur de la société et de la patrie”. Connard. Enfin, tu vois le genre. Et là, c'est trop beau pour être vrai, au-dessus de cette brochette de cagots, sur le mur, il y a un portrait de la sœur de los Andes, et adossée sous le portrait, se tenant fesses, dos et nuque contre le mur, menton légèrement relevé, yeux clos, dans la position du garde-à-vous ou du supplice, une jeune femme aux courts cheveux d'un blond sombre dégageant les oreilles, aux lèvres corail, au petit nez droit, aux paupières maquillées, dont la veste croisée bleue, profondément échancrée en V, laisse voir une chair bronzée entre les seins (réchauffant peut-être une petite croix d'or ?). Et, regarde, c'est drôle, de là où nous sommes ce décolleté impertinent fait exactement comme un plumet de maharadjah ou de fakir planté dans la chevelure blanche du sévère carme déchaux, une aigrette de belle chair dorée. Ah, sexe féminin à l'intérieur de la patrie ! Ah, voilà les bienheureuses que je veux, moi, fermes et gaies, aux corps de belles nageuses ! Oremus.

Mais ne va pas te faire une idée trop simple de moi. Il m'arrive d'être un criminel, je suis un peu débauché, c'est vrai aussi, mais celui qu'on tue, qu'on dépouille, qui est étouffé par les larmes, c'est moi encore. Je crie justice avec la vieille voix cassée de Hasati Nakazibwe, habitante de Kawempe division, à Kampala, dont le fils unique, Siraje Simogerere, a eu un petit accrochage, voici plus d'un mois, avec une Datsun blanche. Le grand malheur, c'est qu'il y avait un militaire au volant. Ces choses-là en Ouganda pardonnent rarement. Il a sorti son pistolet et abattu Siraje, pour impressionner peut-être la poule fardée qui était assise à son côté, à l'avant de la Datsun ? Et, bien que le numéro minéralogique ait été relevé, UXI 698, le dossier dort à la Central Police Station, et le tueur continue à conduire sa voiture un peu cabossée, dont il a juste changé la plaque. J'ai pour mon frère dans le péril les yeux d'Antigone d'Ivanete Pereira da Silva. Une bande de vigilants en armes fait irruption chez eux, dans le bairro da Compensa de Manaus, se jette sur João, le menotte et le traîne dehors, l'accusant d'avoir volé un transistor à son voisin Hugo Chaves Brito. Elle les suit sans se faire remarquer, ça n'est pas trop difficile, la rue est si sombre, eux si excités, dansant comme des chiens autour d'un sanglier traqué, elle les voit s'enfoncer dans le grand terrain vague qui est au bout de la rue Jorge Antônio. Elle sait ce qui va se passer, maintenant. Elle court, son cœur bat terriblement, martèle les secondes qui restent inscrites au crédit de son frère, un petit sac de secondes, quelques centaines, pas plus, déjà des cris éclatent là-bas dans la nuit, que des ombres font mine de ne pas entendre, dans les maisons entre lesquelles elle court, elle court chercher son ami, Seigneur s'il n'était pas là. Il est là, ils foncent en voiture vers le terrain vague, les phares, le klaxon effraient les justiciers, João a les dents cassées à coups de démonte-pneus et quelques brûlures de cigarette, ça n'est rien, puisqu'il est vivant.

Les quatre enfants d'Elisa et de Ramón Lardizabal, morts tous deux il y a juste deux mois, sur la route de Córdoba à Santiago del Estero, jeunes et beaux tous deux (elle avait, je me souviens, un visage indien sur un cou long et mince, des cheveux noirs tombant sur des yeux noirs un peu fous, lui, son menton carré, son nez droit, lui donnaient un air de travailleur costaud et volontaire), Monica, Luis, Raquel et María, que leur grand-mère mène au cimetière, des fleurs dans les bras, entre les tombes que mouille la bruine ; Fatma Bay d'Istanbul qui trois mois après son mariage arrangé avec l'irascible Hikmet Bay, ne l'a encore jamais vu de bonne humeur, mais ivre ça oui, assez souvent, et arbore sous sa capuche noire le visage d'un boxeur après un dur combat, les deux yeux pochés, cernés de vessies marbrées, un filet de sang séché sous la narine gauche, la lèvre supérieure éclatée ;

María Nely Alzate, que son mari Juan de Dios, la trouvant assez dérangée, pas folle, non, mais anormalement agressive, attache comme chaque jour avec une chaîne, sous les yeux de Bernardo et Luz Mery, leurs enfants, comme qui attache sa mobylette au pied de l'immeuble, histoire qu'on ne la lui fauche pas, puis il part vendre ses glaces et ses bonbons dans les rues d'Anserma Nuevo, mais voilà que le feu se déclare dans leur baraque et tandis que les enfants se sauvent et aident les pompiers, elle meurt carbonisée (l'incendie cause pour un million de pesos colombiens de dégâts, malheur irréparable, sans compter naturellement le préjudice affectif) : ceux-là aussi viennent vers moi et moi vers eux, je suis plus ou moins chacun d'eux, autant que cela se peut.

And such as it is to be of these more or less I am : le vieil homme aux mains carrées faites dirait-on pour le ciseau ou le burin mieux que l'archet, aux yeux ironiques et bons, aux cheveux blancs en touffes plumeuses au-dessus des longues oreilles parcheminées, qui fut l'élève de Simon Pullman, mort à Treblinka avec tous ses musiciens du ghetto de Varsovie, a joué de l'alto dans un orchestre de chambre de Vienne, avant l'Anschluss, a continué à jouer avec quelques amis juifs, certains soirs, pour eux, contre la peur, dans un appartement près du Schubertring, des airs qui évoquaient le soleil plongeant à travers des treilles sur des carafes de vin blanc, des rires, des yeux teintés de mélancolie, au bord du Danube, cependant que les camions des patrouilles roulaient sur les ponts déserts du Danube, puis a pu fuir aux antipodes, a ouvert une boutique dans la Strand Arcade et inventé, pendant la guerre, un modèle de fermeture éclair pour les parachutes de la RAAF, et qui fête aujourd'hui, à quatre-vingts ans ("I look old, but I'm just eighty", plaisante-t-il) le cinquantième anniversaire de son arrivée en Australie, je l'aime comme je m'aime moi-même. Et ceux-là, les cinq bandits qui s'introduisent à trois heures du matin dans une maison bourgeoise d'Olayinka street à Lagos, je les hais comme je me hais moi-même (je résiste à tout mieux qu'à ma propre diversité). Ils font coucher les occupants face contre terre cependant qu'ils raflent les gadgets électroniques, les appareils domestiques, fourrent toute cette bimbeloterie dans de grands sacs, puis se tapent la cloche avec le contenu du frigidaire, saucisson, pâté de foie, fromage de Hollande, vin français, porto, et ensuite, naturellement, que faire ? Déshabiller la femme, et le mari qui se lève et tente de discuter, le larder de coups de couteau. Le chef des bandits viole la femme, puis ils s'en vont par où ils sont venus, sac à l'épaule, à la queue leu leu, tout à fait contents et repus, souples dans leurs baskets, à travers les rues désertes d'Ajengule.

I resist anything better than my own diversity. Pauvreté et richesse se disputent en moi, une main sur le clavier du télex je vends pour onze mille australes mille taureaux au remate de Liniers, mille balles de cent kilos de jute pour un million deux cent soixante-treize mille takas à Narayanganj, mille autres de trente-sept kilos de coton pour six cent cinquante mille roupies à Karachi, mille livres de cuivre fin chilien à la Bourse des métaux de Londres pour mille quatre cent trente-trois dollars, mille quintaux de cacao pour vingt-six millions de sucres à la Bourse de Guayaquil, mille ballots de thé BP1 best available pour trente-quatre mille deux cents shillings à la criée de Mombasa, mille onces d'or à Johannesburg pour trois cent quatre-vingt-quinze mille dollars, mille tonnes de sucre à Londres pour cent soixante-dix-sept mille livres, mille barils de West Texas intermediate pour vingt mille dollars au marché libre de Rotterdam,

je m'en tiens là,

de l'autre main je fais la manche, je récolte cinq francs à la sortie de l'église Saint-Honoré d'Eylau à Paris, cinq roupies d'une touriste anglaise en short sous le Gateway of India à Bombay, cinquante colones en remontant la queue du cinéma Bellavista à San José de Costa Rica, cinq pesos, contrefait en lépreux, devant le Little Theatre de Manille où la soprano Lucretia Faye Shaw interprète des airs de Gounod et de Ravel, ainsi que des chants populaires philippins en tagalog, cinquante piastres sous les portiques de la mosquée d'Ibn Tulûn au Caire, cinq talas à Apia, devant le siège du Fono, cinq coups de bâton devant le Nile Hotel de Kampala, et de nouveau je m'en tiens là. I am large, I contain multitudes. I rest.

Je me contredis? Très bien alors, je me contredis. Je suis assez vaste pour enfermer des multitudes, mes coudes s'appuient sur les échancrures des mers, je contemple la dérive des continents, l'accélère ou la freine à ma guise, l'oriente à ma guise, je vois avec les mots des choses que ne saisissent pas les instruments de mesure géomagnétiques et autres. L'Amérique se déplie comme un éventail, s'ouvre par le haut, sa masse en surplomb, bientôt déséquilibrée, se désagrège en milliers de trous criblant les toundras des North West Territories, et tout le Canada, du Saskatchewan au Labrador, se déchire brusquement entre baie d'Hudson et Saint-Laurent, fait crouler dans l'Atlantique une avalanche de gravats énormes, terre de Baffin, Terre-Neuve, Nouvelle-Écosse, cependant que ce mouvement de rotation autour du pivot de la mer Caraïbe décolle de la côte Pacifique, de l'autre côté, la longue éclisse de la Californie. Je vois avec les mots l'Afrique s'arracher à l'Asie, rompre des crevasses du golfe Persique et de la mer Rouge l'arche désertique qui les lie encore, pivoter vers le nord en bousculant l'Espagne, en comblant la Méditerranée, en poussant toute cette terre chiffonnée de l'Europe vers l'océan Glacial. Je vois les continents tourner lentement, formidablement, dans le sens des aiguilles d'une montre, les archipels d'Asie, Philippines, îles de la Sonde, Japon, s'écarter du rivage en voltes désordonnées, comme des nuées de poissons effrayés. Toute la côte nord de l'Australie, depuis Dampier Land et le Grand Désert de Sable jusqu'au cap York et à la Grande Barrière, est couverte par une masse floconneuse qu'une traînée de vapeurs joint en diagonale à un autre tas de gelée opalescente au-dessus de la mer de Tasman, une large bande de nuages traverse la mer du Japon, de Vladivostock et du détroit de Tartarie à l'extrémité nord de la grande île, Hokkaïdo, Sakhaline, la majeure partie de l'archipel nippon, la Corée, la côte de Chine du Nord, la péninsule du Chantung, Port-Arthur et Tsingtao célèbre par sa bière se voient parfaitement à travers une atmosphère limpide, des enroulements gazeux se lovent au-dessus des hautes terres mongoles: je vois parfaitement tout cela, reflété dans mon œil. Tout cela est mon œil, l'astre oxydé de mon œil roulant dans un ciel blanc.

Je me tiens by the city's quadrangular houses, je remonte les avenues des villes, j'y vois, entre les toits, les nuages se gorger de toutes les couleurs troubles de l'activité humaine, nacre, lait, suie, bile, bouillon de poule, mine de plomb, sang caillé, pisse, vieux thé refroidi des nuits au sodium, se mêler le reflet spasmodique de toutes les lettres de tous les alphabets, je vois que le ciel au-dessus des villes est comme une grande mémoire nébuleuse où s'inscrit et se brouille notre chronique, chaque lampe, chaque enseigne, chaque phare d'automobile, chaque brasero, chaque feu allumé par des gueux sur un terrain vague, chaque cigarette y déposant sa marque ténue, étincelle dans le grand incendie de Londres. Sans la Marlboro que je grille sur la Cinquième Avenue, la Parisienne filtre sur Corrientes, la Spoutnik de première classe à long bout cartonné, pincé trois fois pour retenir les brins de tabac, que la bise du golfe de Finlande fait rougeoyer sur le pont Dvorsovii, la bougie qu'une provocante ingénue à courtes nattes allume sur ma table poisseuse, à la terrasse d'une guinguette de Tôn Dúc Tháng, au-dessus des eaux puantes de la rivière, les nuits de New York, de Buenos Aires, de Leningrad, de Saigon ne se peindraient pas exactement de la même façon dans les nuages. Peut-être même (personne, en tout cas, ne saurait prouver le contraire), faute de cette infime lueur, cette goutte discrète, leur vase fourmillant de feux ne déborderait-il pas dans le noir du ciel.

Now, écoute, I will do nothing but listen,

mon pavillon acoustique déployé au-dessus des villes comme une immense, diaphane oreille de chauve-souris, se ravit de tous les bruits,

O, les rémouleuses, les bétonneuses, les marteaupiqueuses, les excaveuses, les terrasseuses, les lessiveuses,

les bulldozers, les snipers, les serial-killers,

les automobiles, les imbéciles (quel bruit, Seigneur !)

les métros, les radios, les propos de bistro,

les autobus, les marchés aux puces,

les camions de livraison, les marchandes des quatre saisons, le roucoulement des pigeons,

les alarmes, les crises de larmes,

les carillons, les postillons, les trublions, les lions en cage, les scènes de ménage,

les klaxons, les téléphones, les interphones, etc.

les et cœtera, les fiers-à-bras, les abracadabras,

les coups de feu, les crissements de pneus, les adieux sur les quais des gares, les hurlements qui montent des verrières de la gare de Delhi lorsque, les haut-parleurs ayant annoncé que le train de Bombay partirait du quai cinq et non du quai numéro un, comme prévu, des milliers de voyageurs ployant sous les bagages les plus encombrants et pittoresques se ruent subitement dans la même direction, telle une cargaison désarrimée, s'accrochent, s'empêtrent, se bousculent, s'insultent, tombent, se piétinent, forment une immense et confuse gélatine humaine sur laquelle les policiers foncent bientôt armés de longs lathis, et lorsqu'en fin de compte les gourdins ont dispersé les usagers, on relève des dizaines de blessés, diversement écrasés, étouffés ou démantibulés, et quatre qu'on emmène sur des civières, recouverts d'une bâche, et qui ne reverront plus jamais les coupoles gothico-mogholes de Victoria Terminus,

les paires de claques, les coups de matraques,

les volées de pierres et de petrol-bombs qui sonnent contre les carlingues et pètent les vitres des bus à Kwa-Thema, à Tembisa, dans les banlieues est de Johannesburg, à Inanda, Umlazi, Ntuzuma et Kwa-Mashu, près de Durban, qui blessent les chauffeurs non grévistes à Recife, la balle qui étoile le pare-brise de l'autobus de la compagnie Nápoles desservant la ligne Maranguape1, et passe à un centimètre de la tempe du motorista Edesio José da Paixão, le décourageant de continuer à faire le jaune,

les aubades, les sérénades, les grenades, les cris du stade, les **gôôôôôôôls** frénétiques qui éclatent dans la cancha de Boca Juniors lorsque Comas, à la dix-septième minute, ouvre la marque contre les Péruviens de Sporting Cristal, les feux d'artifice et les pétards qui fusent lorsque Graciani fait exploser les filets de ce clown de Gustavo González, le gardien des rives du Rimac, à la cinquante-troisième, juste une minute après que Comas, encore, lui a carré pour la troisième fois la pelota dans ses cages, à ce boludo, et deux minutes après que Manassero de Cristal, exploitant une grave erreur du défenseur Tábarez, a égalisé 2-2, faisant habilement filer la redonda entre les jambes de Navarro Montoya, ce qui est une des pires humiliations qu'on puisse infliger à un goal, que d'émotions, les hurlements et les bordées de sifflets qui saluent comme il convient l'attitude paillassesque de González qui, à la quarante-cinquième, alors que Comas, again, s'apprête à tirer un penal sanctionnant une charge dangereuse commise par lui, le pitre incaïque, sur Graciani, va le trouver pour l'assurer avec force gestes et bras d'honneur à la foule qu'il n'a aucune chance, et en effet Comas, nerveux, la met au-dessus de la barre, et là-dessus ce guignol andin de se mettre à genoux et de remercier Dieu, et la même comédie recommence à la quatre-vingt-neuvième, soulevant de nouveau une bronca phénoménale dans les tribunes de la Bombonera, et des jets de monnaie en direction du but péruvien : le voilà, ce hijo de la gran puta, qui se met à danser entre ses bois de façon à déconcentrer Perazzo qui du coup lui propulse le cuir droit dans les mains et l'autre qui, en signe de triomphe burlesque, se met à embrasser son maillot !

J'entends les millions d'infimes éboulis que font les feuilles d'herbe soulevant la terre des jardins dans l'hémisphère boréal, les millions de craquements, de crissements ténus, des feuilles qui tombent dans l'hémisphère austral, je... Mais le soir tombe, la mer est rose, maintenant, comme dans la piscine de Thalia, il n'y a presque plus personne sur la plage, je vois que tu as froid, tu as la chair de poule, je suis trop bavard, rentrons. J'ai un petit cadeau à te faire. Quand je te dirai ce que c'est, tu ne vas pas me croire.

36

Mort dans l'après-midi au large de Valparaíso

Eh bien maintenant, je crois que je vais tranquillement m'envoyer le Pacifique. Avec votre permission. Je vois ça aller et venir, bleu, bleu et vert, immense mais pas pour moi. Je l'enfile dans ma baignoire, le Pacifique, moi, j'y verse des sels, je m'y prélasse au milieu des atolls. Ou bien je le mets dans mon verre, si je veux (si j'ai envie de boire de l'eau, et salée, en plus : non. Mauvaise idée). Je l'assèche d'un coup de serpillière. Aller et venir bleu et blanc le long des côtes, lapant, léchant, gros chien que je mets en fuite si ça me chante. Allez, ouste ! A la niche ! Non, pas encore. Que je m'amuse un peu à lui faire faire le beau. Roule-toi sur le dos, pattes en l'air, remue ta queue, obscène Pacifique. Montre-nous tes piètres tours. Voyons ça. Naufrages et noyades. Au large de Valparaíso, Alonso Sagrado Guttiérez se tient debout à l'avant de la barque *Soro*, que manœuvre Valentín Veas Cisterna, le patron. La côte forme une barre mauve à l'horizon, les neiges des cerros sont teintées de rose par le soleil tout près de plonger dans la direction de l'île de Pâques, on voit peut-être s'allumer les premiers feux de Viña del Mar ? Alonso a enfoncé son chapeau de paille sur ses yeux afin de ne pas être ébloui par les milliers de fléchettes lumineuses du couchant, dans sa main droite il tient le manche de gayac d'un lourd harpon dentelé. Devant lui, devant l'étrave de la barque qui avance doucement, moteur coupé, aux avirons, la mer bouillonne : des thons en chasse, en train de saccager un banc de sardines. Cela fait comme un bruit de cascade rythmé par

le grincement des rames dans les tolets. Une rumeur qui, depuis près de dix ans qu'il est pêcheur, excite toujours autant Alonso. Un peu, pense-t-il (il ne pense pas exactement, trop concentré, transporté dans le poids et la pointe acérée du harpon, dans la fixité pénétrante du regard, arc trop tendu où sont encochées la flèche de fer et la flèche de l'œil, il ne pense pas, donc : il est, plutôt, comme englobé par cette pensée profonde et familière), un peu comme les oladas de l'arène doivent griser le matador et le porter dans un état d'hypnose, d'anesthésie de tout ce qui n'est pas la vista et le bras, et les cojones ou l'âme (car dans ce cas, **c'est la même chose!**), vers le taureau. C'est que les grands albacores, aussi, sont comme des taureaux : lourds et foudroyants, braves jusqu'à la mort, des idoles meurtrières. Ainsi, dans l'arène qu'arrondit tout autour de lui la mer hérissée de lumière et d'écume, sous les gradins des nuages crépusculaires et des monts lointains, à six heures du soir, Alonso Sacré (c'est ce que veut dire son deuxième prénom, Sagrado) s'avance vers le taureau, au rythme grinçant des avirons de son peón-patron. Et, ¡ puta ! le voici qui jaillit : énorme fuseau noir, musculeux, barbelé, incliné un peu sur le flanc pour laisser voir l'argent de son ventre, la monnaie martelée de son œil. Pure puissance vivante, masse de dense énergie, choc au cœur, cette chose, le temps d'un éclair, joint la surface scintillante aux profondeurs glacées où s'éteint toute lueur. Le bras d'Alonso s'est détendu, et c'est comme s'il avait senti physiquement l'impact du fer dans la chair dure. Il a le temps d'éprouver cette joie éclatante de tueur, adossé au disque sanglant du soleil, debout sur le verre pilé de la mer, et puis la ligne de chanvre qui se dévide en sifflant lui enserre la cheville et l'arrache de la barque. A la vitesse où plonge l'albacore, il n'y a rien à faire.
– Bon, pas mal, vieux dogue. Quoi d'autre ? Il roule d'un bord sur l'autre en jappant, retourne son gros ventre bleu plein de tétines, et nous voici sur la côte de Nouvelle-Galles du Sud, au large de Boambee beach. Robert William, sa femme et leur fils pêchent à la traîne sur leur dinghy. Une grosse houle fait tanguer le frêle esquif. (Frêle esquif, frêle esquif... Qu'est-ce que c'est que ces poncifs, soudain ? Un soupçon me vient : ce

ton empesé... cette propension à retomber dans le stéréotype... cet animal ne serait-il pas? **Lui**? Déjà de retour?) Brusquement, le drame! Une ligne, une grosse ligne de nylon tressé, s'entortille autour de l'hélice, faisant caler le moteur. L'esquif, l'embarcation, comme vous voudrez, maître, vient en travers. Tout commence à dégringoler à bord, la glacière avec les boîtes de bière, la nourrice dont l'essence se répand, les bassines où reposent wahoos et barracudas éventrés. La côte se rapproche, voilée par une continuelle, tonitruante explosion d'écume. Un marteau-pilon de mousse. N'écoutant que son courage (oui, c'est Fix, je le reconnais, il n'y a que lui pour sortir des expressions pareilles!), le fils se jette à l'eau pour aller chercher des secours. Et cependant qu'il nage, le bateau où gesticulent ses vieux parents disparaît derrière des montagnes liquides, puis réapparaît, disparaît encore et... d'un coup il n'y a plus qu'une coque renversée, frêle fétu (le doute n'est plus permis) escaladant les murailles verdâtres... – Aucun intérêt. Trouve autre chose, chien savant, dis-je à Pacifix. – J'ai encore un naufrage, jappe-t-il. Très intéressant! Édifiant! La barque à moteur *Llisen*, prise dans une violente tempête près du phare Guafo, au large de Puerto Montt! Paysage sublime du golfe d'Ancud! Volcans enneigés! L'île de Chiloe, l'île des sorcières! Les six marins à l'eau! Priant dans l'onde amère! Joignant leurs mains sous leur pif, comme pour nager la brasse, mais non, pour implorer Dieu! In gurgite vasto! Qui les exauce! Comme dans un ex-voto les contemplant, par l'intermédiaire d'un saint ou d'une sainte, dans une gloire en haut à gauche du tableau! Leur dépêchant le bateau de pêche *Niño Corvo* qui les repêche, pauvres pécheurs! Qu'en dites-vous, maître? Cela ne vaut-il pas un sucre? Ce clébard-océan commence à m'énerver. Change de disque, lui fais-je. J'en ai assez des naufrages, c'est toujours pareil. Il se gratte, il se secoue les puces pour essayer d'en trouver une qui me convienne. Fronce de la truffe, frénétique reniflard, mâchonne dans le poil, se passe la tondeuse. Et voilà ce qu'il dégotte: une petite vedette que deux Noirs en short tiennent de l'avant, au bord d'une plage-babine où va et vient, encore, sa grosse baveuse langue bleue. Au fond, on voit une île assez élevée, verte. Dans la vedette se tiennent cinq hommes assis et un gros debout, au front luisant, en chemisette imprimée de toucans et d'ananas, portant des lunettes noires. C'est Fred Kalo Timakata, m'apprend-il, président de la république du Vanuatu, débarquant à Mataso dans les îles Shepherds. – Bon, et alors ? – Euh... Il est accueilli aux cris de "Matoria", ce sont des exclamations de bienvenue. – Et alors, enfin ? – Non, rien. J'avais pensé... que vous aimeriez écouter son discours ? – Eh bien, non. Remballe-moi ça. – Bon, alors, voici autre chose : une dizaine de types moustachus, mal rasés, vêtus d'anoraks, coiffés de bonnets de laine, bottés, s'avancent dans les buissons ras, frangés de lichen, qui couvrent le rivage de Bahía Grande, en Terre de feu. Chacun tient en main une barre de fer ou un gourdin. Ils avancent contre le vent qui marbre le détroit, siffle entre les matorrales et gerce leurs faces de cuivre rouge. Ce sont des pêcheurs de crabes. Euh... On ne pêche pas le crabe dans les buissons, encore moins à coups de bâton, n'est-ce pas, patron ? – Allez, continue. – On pêche le grand crabe des eaux froides, la hideuse centolla barbelée de poils durs comme ceux de brosses à bougie, maître, avec de la charogne. – Je m'en fous, dépêche-toi. Au fait ! – J'y viens, j'y viens ! Ils se jettent en vociférant sur la plage où se dandinent des centaines de manchots de Magellan. Panique indescriptible chez les smokings ! Bombe à Hollywood en pleine cérémonie des Oscars ! Les oiseaux se jettent à plat ventre, tentent de gagner la mer à quatre pattes, si on peut appeler "pattes" leurs ailerons, n'est-ce pas ? On dirait des loutres, ou de petits... chiens, des teckels blanc et noir, et qui braient ! Car le manchot de Magellan (pájaro bobo común), je vous l'apprends peut-être, patron, a l'horrible, le déchirant cri de l'âne ! Je m'y connais un peu en ornithologie et... Les gourdins s'abattent, les os fragiles craquent, les plumes volent, le duvet, le sang. Vous savez, maître, et n'y voyez pas une allusion intéressée, qu'on fait aussi des aliments pour chien avec la chair de ces palmipèdes de la famille des sphéniscidés ? Sphéniscidés... Je vois bien qu'il n'a plus rien dans son sac, qu'il essaie de faire durer, d'amuser la galerie. Allons... Pas le plus petit tsunami, pas le plus discret tremblement de terre ? – Euh, je... Si, un, mais alors vraiment très minable, dans l'île de Tchichijima, à minuit quarante-trois... Un autre, pas très présentable non plus, magnitude 3,8, au lage de la côte sud de Californie... Je crois qu'on vous l'a déjà proposé ? Désolé, maître, ça n'était pas une journée à ça... – Un typhon, même modèle réduit ? – Euh... Il me sort, comme un mot d'excuse, le bulletin cyclone du jour : ZCZC. WWXX40LFPW211245. ORIGINE : SCEM / PREVI / MAR. OCÉAN INDIEN : NÉANT. PACIFIQUE SUD : NÉANT. PACIFIQUE NORD : NÉANT. NNNN. C'est bien ma chance. Je le froisse, j'en fais une boule, la lance au loin, il court après, il fonce, tout frétillant, fanfaron, la ramène dans sa gueule baveuse. Je sais rapporter ! jappe-t-il, ce gros Pacifix. J'ai déjà rapporté, à Greyhound Rock, en Californie, les mains, les pieds et la tête d'un malheureux jeune homme... On sait. On a déjà vu ça. Il essaie désespérément de se rattraper. De trouver autre chose... Il farfouille, fébrile... Ah, voilà ! A Palawan aux Philippines, deux enfants maigres et nus, à la peau verte, à la taille ceinte d'une corde où sont enfilés des poids de fonte. Très au-dessus de Marcial et Jacinto, à quinze mètres, vingt mètres, peut-être, ondule un dais de chatoyante soie, derrière eux se gonfle un voilage aux mailles légères. Avec des gestes ralentis, ils choquent de grosses pierres contre le récif de corail. Des bulles plates et lumineuses s'échappent en chapelet de leur bouche, dessinent au-dessus d'eux comme la forme d'un arbre aux larges feuilles tremblantes. Les pierres effritent le dur corail, soulèvent de petits nuages blancs. Des anfractuosités jaillissent des éclairs, fusées phosphoreuses, polychromes, ressorts animaux violemment détendus, nageoires, antennes, dards hérissés, gueules béantes, yeux globuleux propulsés dans le filet où toute cette vivante tringlerie se dérègle en soubresauts. Jacinto et Marcial, empanachés d'argent, poumons écrasés, tympans percés, tirent sur la corde et s'envolent vers le ciel rayonnant autour de l'ovale sombre de la barque. Mais au moment où Jacinto passe comme une flèche le long du filet, celui-ci forme soudain une poche et une maille de chanvre à la dérive emprisonne un bras de l'enfant. La corde file entre ses mains, il la lâche. Il parvient à se dégager, mais il n'a plus la force de lutter contre le poids de la fonte.

Ce fumier a l'air tout fier de son histoire, heureux, requinqué. Je le menace avec sa laisse, le renvoie à sa niche. Il file, oreilles basses, queue fourrée entre les pattes. D'un cri, je le bloque dans sa fuite. Ici, Pacifix ! Il creuse les reins et revient, essuyant ignoblement le sol avec sa panse, balançant la langue de droite et de gauche. Dis donc, lui fais-je, tu n'aurais pas oublié une histoire, aux Philippines ? Il fait mine de ne pas voir. Une histoire de chien ? – Ah oui, naturellement. Mais elle a si peu d'intérêt (il rit jaune). – Raconte toujours. – Eh bien voilà (il prend l'air détaché), c'est à Muntinlupa, il y a deux types qui profitent de l'absence de leur voisin, qu'ils n'aiment pas, pour tuer son chien. Je trouve ça assez lamentable. Des lâches ! – Et c'est tout ? – Non, ils le font cuire dans une marmite et ils le mangent. Je ne vois pas ce qu'il y a de drôle. Bon, assez perdu de temps avec cet animal. Je le renvoie à sa niche, une fois pour toutes. Comme je ne suis pas chien, je lui balance un os à ronger, tout de même. Cette grande île en forme de péroné, tiens, attrape ! Déjà cassée en deux, pour qu'il puisse plus commodément suçoter la moelle. C'est qu'il n'a plus ses dents d'autrefois, ce pauvre vieux Pacifix... Et cette large omoplate de bœuf... Hop ! Il traîne tout ça sur sa paillasse en grondouillant de plaisir. Il s'excite dessus, le saliveux ! Laissons-le.

Que faire avec le grand océan, maintenant ? J'étais parti de là, et puis je me suis laissé distraire. J'ai coutume d'offrir les océans aux jeunes femmes. L'Atlantique, par exemple, je l'ai laissé à Sonia, quand on s'est quittés. Sous quelle forme, je le dirai tout à l'heure. Parfois, j'en fais des éventails de plumes de paon, il me semble que le cas s'est déjà présenté aujourd'hui, non ? Parfois je les enferme dans de beaux flacons, j'en fais des sels de bain. Ou bien je les agite dans un shaker et les verse dans un verre avec de la glace pilée, et nous voilà boire un cocktail. Ou bien je perce plusieurs trous dans leur fond, par lesquels ils se vident, forcément, formant des tourbillons, d'amples calices de fleurs bleues que je cueille et réunis en bouquet : j'offre de grands arums si beaux sur lesquels les baleines font comme des pucerons. Il m'arrive encore de procéder de la façon suivante : je saisis fermement, de chaque côté, leur peau céruléenne (par exemple, s'agissant du Pacifique, je l'attrape d'abord par le Zhejiang et l'Oregon. Ensuite, je renouvelle l'opération avec l'Australie et le Chili. Le Pacifique, avec l'isthme de Panama d'un côté, qui ne demande qu'à se rompre, et les effilochures des îles de la Sonde de l'autre, est **trop fragile au milieu** pour qu'on le saisisse par là. Le cas de l'Atlantique est à cet égard complètement différent, avec les deux poignées commodes du Brésil et de l'Afrique occidentale. C'est un exemple). Je saisis, donc, et je tire avec force, les distendant (ils sont plus élastiques qu'ils n'en ont l'air) jusqu'à leur faire recouvrir parfaitement la surface du globe. Qu'est-ce qui se passe pendant ce temps-là **en dessous** ? allez-vous me demander. Rien. Les gens voient des changements dans le ciel : il est bleu, ou noir, il y a des nuages, il pleut... C'est tout. Bien. Les voici donc sphériques. Il ne me reste plus qu'à réduire prodigieusement cette sphère (ce qui, d'un point de vue topologique, ne pose pas **le moindre problème**) jusqu'à la dimension d'une bille d'agate ou d'aigue-marine. Pour l'aigue-marine, il vaut mieux prendre le Pacifique, qui est le plus bleu des trois océans, tout le monde vous le dira. L'océan Indien a des nuances mordorées qui donnent une belle topaze. L'Atlantique, ce serait plutôt l'agate : c'est sous cette forme que je l'ai offert à Sonia. Allait bien avec ses yeux. Car la bille, c'est plutôt pour les très jeunes filles. Les cocktails, elles n'ont pas assez d'expérience de la vie. Boivent du Coca, maintenant.

Tiens, by the way : j'aperçois une jeune collégienne néo-zélandaise, Dana : comme elle est jolie, en dépit de l'occupation bien prosaïque à laquelle on la voit adonnée : une brochette entre ses dents de nacre, oui, en train de se taper la cloche à je ne sais quelle fête ridicule du Nayland College ! Ces Anglo-Saxons, tout de même ! Leur manie des groupes, des promotions, des fêtes scoutes. . Mais elle a des yeux limpides, d'aigue-marine, justement, une peau blanche, si fine, des fossettes si attendrissantes autour de la bouche (même si c'est, en ce moment, la goinfrerie qui les creuse), de blonds cheveux emmêlés... Yeux noirs, peau brune, voilà le péché. Le péché catholique romain (**cela revient au même !**). Ah, Rome aux cheveux de nuit, nouvelle Babylone, grande mère des prostituées et des exquises abominations de la terre ! Mère de la peinture et de l'encre ! De la luxure et des arts (**cela revient au même !**) ! Yeux bleus, peaux blanches, au contraire, nous voilà avant le serpent. Cela a son charme édénique aussi... Dana, donc : on imagine qu'elle a le corps couvert d'un très fin duvet blond (c'est pareil : le duvet brun est animal, le blond plutôt végétal, à mon avis : moissons, Cérès, tout ça...). Bon. Elle doit avoir de bonnes dents, c'est sûr, pour bouffer ainsi sa brochette, une petite langue rose... Tout à fait l'air de pétante joyeuse santé qu'on voit dans les publicités inviter à manger des flocons d'avoine ou du beurre allégé... Mais boire des cocktails, non, ça je ne la vois pas. L'océan dans une coupe ? Non, elle doit plutôt faire dessus de la planche à voile, ses beaux seins galactiques découpant leur ombre sur le Kevlar, ses jambes de blé mur, jaillies du caoutchouc noir, posées sur le brasillement des vagues... Son léger duvet blond saupoudré de sel... Je disais, donc, pas de cocktail pour les jeunes filles. Des fleurs, alors ? Bien sûr, cela se peut. Mais il y a qu'en général elles habitent chez leurs parents : alors, à quoi bon offrir à la mère un bouquet d'océan, je vous le demande ? Quant aux flacons de sels de bain, il faut en user avec précaution : car, voyez-vous, par l'évocation de la nudité qu'il entraîne inévitablement, ce présent revêt une signification nullement équivoque. Signification qui est recherchée, d'ailleurs, c'est incontestable, mais qu'il faut parfois amener avec plus de tact, pour éviter d'effaroucher certaines âmes excessivement virginales (ou au contraire excessivement hypocrites). C'est pourquoi, la plupart du temps, s'agissant de les offrir à de toutes jeunes filles, je réduis les océans à la figure et à la taille d'une bille : cadeau poétique, suggérant je ne sais quelle fausse (heureusement !) idée de pureté, cadeau discret qu'on peut glisser dans une poche, sous son oreiller, etc. Cadeau intime, aussi, qu'on peut par exemple suspendre à une petite chaîne, entre les seins. Et l'on ne sait pas que c'est le Pacifique, qui est là ! Ou l'Atlantique, ou l'océan Indien !

On vous l'a dit, mais on croit que c'est pour rire ! Tu exagères, dit-on ! L'océan, avec tous ses bateaux, ses monstres ? Ses îles, ses fosses abyssales ? Oui, Sonia (ou Dana, ou Judy), avec ses Bermudes (ou ses Mariannes, ses Mascareignes), ses frégates englouties, tous ses équipages d'os clair dans la nuit ! Ses montagnes tendues de velours noir ! Tout ce monde du silence se balançant entre tes seins ! Roulant dans cette grosse goutte sur le sable de tes seins !

Dans le fond, si j'allais lui rendre visite, à cette Dana ? Je rappelle Pacifix. Qu'il me ramène ses os ! Réflexion faite ! La Nouvelle-Zélande, en tout cas ! J'en ai besoin ! Et l'Australie aussi, pendant qu'il y est (j'ai une idée derrière la tête) ! Gueule du clebs ! Enfin, il y va, en renâclant, farfouille dans sa niche, revient avec l'omoplate, repart, laisse tomber à mes pieds les deux morceaux saliveux de péroné. Ça va. Qu'il dégage, maintenant ! Qu'il aille se faire cuire à Muntinlupa. Il déguerpit. Une bille d'aigue-marine, donc. Allons-y. Et puis non, pas le même cadeau qu'à Sonia, quand même... Il ne faut pas exagérer. Au moment où je saisis les deux bords supérieurs du Pacifique pour lui faire subir l'opération décrite plus haut, je regarde encore Dana. Elle est rentrée chez elle, maintenant. Et... oh ! Elle joue avec Kitty, sa petite chatte blanche ! La lumineuse enfant ! Au front plus pur qu'un beau ciel sans nuage ! Elle enroule autour du cou de la minette deux ou trois tours de laine à tricoter ! La pelote choit, le chat se pelotonne ! La petite chantonne ! Ce spectacle charmant me donne une idée ! Je vais **innover** ! Si, cette fois, je faisais de l'océan un miroir ? Un miroir ou plutôt un écran bleuté, un champ de cristaux liquides ? Où se formeraient des images en trois dimensions ? Aux enfants modernes, pour angéliques qu'il soit, il faut de la technologie. Fini, le temps des contes de fées racontés au fil lent des rivières. Oui, oui, de l'infographie, du morphing, des images de synthèse, voilà ce qui captive, capture les yeux rêveurs des jeunes buveuses de Coca-Cola ! Ah ! Soif d'aujourd'hui ! Mais je vais l'étancher, moi, la pépie de ces pépiantes lèvres ! J'ai tout l'océan pour ça, tous ses mirages, cela suffira, peut-être ? Assez parlé. J'étire et façonne la plaine marine, je réduis, je projette, je scanne très finement, j'informatise, je modélise... Je travaille à la fois avec l'alène du cordonnier, la mailloche du tonnelier, le racloir du mouleur, le délot de la dentellière, la calandre du papetier, et le laser, la station de travail crachant cinquante Mips, des logiciels aberrants, le scanner haute résolution, la caméra trente-cinq millimètres (aucune de ces techniques ne présente de difficulté pour moi). Enfin, voici le Pacifique reformaté : un miroir-écran ovale, de la taille d'un sac du soir, serti dans un étui de très fine peau de requin. Un vanity-case, conjuguant les charmes narcissiques de l'eau dormante aux sortilèges carrolliens du looking-glass. Ah ah ! Il suffira que la charmante s'y mire – et elle le fera ! – pour que son image, de l'autre côté, m'appartienne. Simulacre, peut-être, mais si parfait : sa peau exquise, numérisée, n'en sera pas moins douce à mes data gloves. Je me glisse dans l'équivoque écrin, je m'y embarque – on dirait aussi une de ces périssoires chères au révérend Dodgson –, je m'y programme (**cela revient au même !**) sous l'apparence d'un méphistophélique chat noir. Allons, voyons, voguons. "Le bateau indolemment glisse / Plein d'imaginaires délices / Dans l'or du beau jour qui s'achève./ La vie serait-elle un rêve ?"

37

Inondation à l'île de la Fantaisie

(histoire de la pluie)

Me voici donc dans la peau pixelisée d'un greffier noir et vicieux, un Don Juan chat botté, de synthèse par surcroît. Pourquoi pas ? Le calife Haroun al-Rashid, Commandeur des croyants, ne se plaisait-il pas, pour telle ou telle raison où souvent le stupre avait sa part, à se déguiser en mendiant ? Je lui ai fait livrer ma traîtreuse boîte, elle l'ouvre, s'y contemple, la voici capturée, de l'autre côté du miroir. Elle aime les chats du Cheshire et les effets spéciaux, nous nous promenons – son bras autour de ma taille, ma patte sur son épaule – dans la 3D (au moins : à mon avis, il doit bien y en avoir quatre ou cinq, de dimensions). Je n'ai qu'une crainte : c'est que ce chien de malheur ne ressorte de sa marmite et ne vienne me chercher des poux. Qu'il ne ressuscite, comme Mary Cunningham : regarde, Dana, là-bas aux antipodes, dans la lointaine Irlande, tous les membres de la famille, sans compter quelques amis, sont réunis dans le funerarium de l'hôpital. Costumes noirs, cravates sombres. Toussotements. Tout le monde a embarqué hier, à Holyhead. Prix des billets. Pas donné. Sans compter le train, depuis Londres, Birmingham... Moins cher que l'avion quand même. Heureu... Temps de chien sur le canal Saint-Georges, en plus. Le cercueil sur des tréteaux, recouvert d'un drap violet. Tremblotants néons. Employés en costume gris, trognes rouges. Doivent pas se ruiner en eau minérale. Les gosses malades, et la tante. Toute la traversée à dégueuler. Disgusting. ...sement que ça n'arrive qu'une fois. Pardon. Poor old Mary. Va chercher dans les quatre mille cinq, cinq mille livres. Tout de même. Tout compris. Frais d'hôtel, faire-part. Dans les règles. Le petit qui s'est enrhumé. Huh, huh... M'énerve, à tousser comme ça. Les cierges sont électriques. Plus de tradition nulle part. Alas, poor Yorick. Le beau-frère : beau manteau, en cashmere, il me semble ? Toucher, mine de rien. Les affaires n'allaient pas fort, pourtant ? Deborah bien vieillie. Était gironde, autrefois. Dansé avec elle une fois ou deux. Vous remplissait agréablement les bras. Mmm. C'est la vie. Qu'est-ce que ? Ah oui, bon sang, le savon ! Cette fichue manie de piquer les savons d'hôtel... Toujours ça de pris. Oui, mais tout fondu collé dans son papier, maintenant, dans la poche fessière. Le faire passer dans la veste ? Deb qui me regarde. Ses yeux dans ma poche. Et Leopold, maintenant, qui veut faire rouvrir le... Voir une dernière fois. Tu crois qu'il n'aurait pas pu ? Se sont pas dérangés en masse, quand elle était là-haut. Moi non plus, faut dire. Allez Mary, c'est ça, je te rappelle... demain, après-demain... Beaucoup de travail, oui, toujours pareil. Enfin, mieux vaut trop que pas du tout... Par les temps qui courent... Bon, tu as déjà meilleure voix (va me faire rater les résultats du foot !). Si, si, ça va aller mieux. Bon, je t'embrasse. Prix des communications. Se rendent plus compte. Déresponsabilisés. Détachés de tout. Peut pas appeler la nuit dans les hôpitaux. Hop, le savon ! Dans la poche de la veste ! Ni vu ni connu ! Lavender fragrance... Colle aux doigts... Une dernière fois. Il insiste. Quand est-ce que ça va se terminer ? Les rubiconds en gris rappliquent avec des clefs à pipe. Pourraient pas faire des instruments spéciaux ? Un peu moins... vulgaires ? Métal argenté, ouvragé ? Genre ostensoir ? Pour le prix... Un créneau, peut-être ? En parler à Murphy. Te défont les boulons vite fait. Garagistes de l'au-delà. Graissage-vidange. Seigneur, pardonnez-moi. Dimitte nobis debita nostra. Ouvrent l'espèce de capot (voilà que ça recommence !). Bon Dieu ! Poldy qui fait un bond en arrière ! What the hell ? Il hurle. She's not Mary. Qu'est-ce que c'est que cette histoire ? Allons voir. Non, pas d'erreur. La tante qui pique une crise. **She is not my sister !** C'est une autre Mary Cunningham ! La leur, vérification faite, se trouve toujours à l'étage, côté vivants. Toujours en rayon. Pas en pleine forme, non, mais vivante. Ça fait tout de même une sacrée différence. Eh bien, Dana, ça va lui faire de la visite, et inespérée, à la poor old Mary. Oui, mais : comment est-ce qu'ils vont lui expliquer ça, leur présence à tous, frères et sœurs et neveux et amis, même ? Tout de noir vêtus ? Peut-être vaudrait-il mieux reprendre le bateau sans lui dire bonjour ? D'un autre côté... toute cette dépense pour rien ! Sans compter que... c'est terrible à dire, mais... ça risque de n'être que partie remise ! Il va falloir repiquer au truc ? A moins que... qu'ils ne se libèrent de leurs obligations par avance, en quelque sorte ? Tout le monde y gagnerait ! Même Mary ! Surtout Mary ! Qu'est-ce que ça peut bien lui chanter, à elle, qu'ils reviennent... après ? Grave problème de savoir-vivre, qu'ils vont essayer de résoudre en éclusant des Guinness au pub du coin, cependant que la forêt de leurs parapluies dégoutte et fume dans un pot de porcelaine.

Maintenant, regarde, Dana : un de ces parapluies déploie ses grandes ailes noires et disparaît dans le ciel couleur de fumée de tourbe, il s'élève dans les nuages et file avec le vent d'ouest qui flagelle les cornettes d'une compagnie de bonnes sœurs en partance pour Lourdes, arrache le chapeau noir à larges ailes d'un jeune homme qui aimerait bien se prendre pour un écrivain irlandais du début du siècle dont j'ai malheureusement oublié le nom, et fait plonger les ferries dans la plume au sortir des jetées de Kingstown. Il fonce, le parapluie, en sens contraire à la rotation de la terre, et il va reparaître... Mais patience ! Pour le moment, il pleut sur Dublin, Dana, il pleut sur l'hôpital et ses dépendances, sur le cimetière de Prospect où Mary n'ira pas reposer aujourd'hui, Trinity College et le GPO, les petites maisons de briques, les pavés et les quais de la Liffey, Nassau street, Grafton street, Capel street et toutes les ruisselantes streets, il pleut sur Anna Livia Plurabelle et ça n'a rien d'inhabituel. Il pleut sur Dublin comme il pleut sur Sanvic et sur maints endroits du monde, Dana : sur les canaux d'Amsterdam qu'on dirait tout piquetés de frêles pousses de crocus, sur la côte de l'Ijselmeer et les îles de la Frise occidentale, et Winschoten où maître

Wielinck, juge au tribunal de police, allume pensif sa pipe en regardant par la fenêtre de son bureau les phares briller sur l'asphalte mouillé. Il vient d'apprendre qu'il a condamné à deux semaines de prison et un an de retrait du permis, pour conduite en état d'ivresse, un homme mort trois mois auparavant, qui n'était donc pas passible de cette peine, ni d'ailleurs d'aucune autre, sauf peut-être éternelle, et encore ça n'est pas prouvé. Non, quoique l'homme fût un fieffé ivrogne battant femme et enfants, ça n'est pas prouvé. Maître Wielinck, tirant sur sa pipe, se demande en regardant tomber la pluie s'il croit encore à l'enfer et au paradis et au Jugement : il a évité de se poser la question jusqu'à ce jour, et cette condamnation malencontreuse, vraiment malencontreuse, l'oblige à l'affronter. Or, s'il n'y a pas de Juge dans les cieux et les siècles des siècles, si la forme du tribunal n'est pas inscrite dans l'eschatologie, tout prétoire terrestre, Jan Wielinck le pressent, risque de n'être plus qu'un théâtre de marionnettes sinistres, une pénible liturgie sociale confinant à l'idolâtrie. C'est embêtant, vraiment embêtant. Puff, puff... D'ailleurs, et quoi qu'il en soit de ces graves affaires, c'est un arrêt de mauvais goût qu'il a bien involontairement rendu là, et maître Wielinck en est sincèrement désolé, parce que sa vie durant il s'est efforcé de concilier la loi humaine avec la loi divine, d'un côté, et avec le **bon goût**, de l'autre : c'était sa conception de la Justice : d'être prise entre ce grand et ce petit idéal. Enfin, il pleut sur Winschoten et aussi, plus à l'est, sur la Frise orientale, Wilhelmshaven et Bremerhaven. Sur les boulevards et les canaux de Bruxelles, Dana, passent de grands voiles gris, comme des rideaux flottants de gaze, Bruxelles semble une chambre d'hôtel abandonnée, à la fenêtre ouverte et où un homme s'est suicidé. Une péniche qui s'appelle *Ni Dieu ni maître* passe sur le Willebroeke canal, à travers les carreaux ruisselants de pluie de la passerelle on devine le visage d'une femme blonde, au teint hâlé, en train de se rouler une cigarette. Une pluie chaude et lente noie les buildings et les bidonvilles de Kuala Lumpur, une pluie glacée mêlée de neige les gratte-ciel de Manhattan, des bourrasques balaient la Virginie, le port de Newport News où le torpilleur *Scaffold* tire sur ses amarres, au milieu des grandes rosaces sombres que le vent fait éclore sur les bassins, la route US 15 sur laquelle Jack Lewis conduit son camion Ford Ranger en conversant avec son vieux copain Curtis Evans Lewis, contremaître chez Daniel Constructions, à Danville. "Tu ne vas pas me croire", dit le contremaître, et il ouvre les bras pour représenter la taille de je ne sais quel foutu poisson pêché dans la baie de Chesapeake. Ce sera son dernier, et bien véniel, mensonge : la branche d'un arbre furieusement ployé par la tempête, sur le bord de la route, s'incline au-devant du camion, pulvérise le pare-brise et le cloue, bras en croix, à son siège. Son âme s'envole au ciel, ou peut-être nulle part, ou dans l'une quelconque des gouttes de pluie qui cinglent la Virginie, je n'ai là-dessus pas plus d'avis, et même moins, que maître Wielinck. Il pleut sur Paris, mon amour, sur le pont Mirabeau et la Seine, sur la tour Eiffel, le Sacré-Cœur de Montmartre, les Folies-Bergère et le WWWW Club où mes amis m'attendent, il flotte de l'Aquitaine au Massif central et aux régions de l'Est, il vase sur la Bretagne, les châteaux de la Loire, les plages du D Day et le Nord-Pas-de-Calais (on enregistre en revanche de belles éclaircies sur Poitou-Charente). It's raining on Sydney, Wellington et Auckland, je ne t'apprends rien puisque nous y sommes, ou plutôt nous y étions il y a quelques instants. Car maintenant nous ne sommes plus nulle part, Dana, nous sommes dans les nuages de cristaux liquides, les milliards de milliards de minuscules miroirs reflétant les toits et les rues et les visages, et aussi les arbres, les chemins, et la tristesse des animaux dans les champs, et mêlant tout cela, comme leur nature, fluide et brillante, les y incline. **Le monde est miscible dans la pluie**, Dana ! Écoute-moi, je vais t'apprendre une chose : les hommes sont si stupides, ils se fient si naïvement au témoignage de leurs sens infirmes, qu'ils croient que la pluie **tombe** ! Mais elle ne tombe pas plus, Dana, que le courant électrique ne remplit une ampoule. Nous autres les chats, certains chats exceptionnels, en tout cas, comprenons ça bien mieux qu'eux. Crois-tu que l'électricité, coulant par un petit tuyau, emplit l'ampoule comme le vin une carafe ? Non, n'est-ce pas ? Ou bien, autre chose : crois-tu que les habitants des antipodes, la famille et les amis de Mary Cunningham, par exemple, toujours en train de discuter, discutant même de plus en plus, dans ce pub près de l'hôpital – certains, qui ont trop goudronné à la Guinness le chemin tortueux de leur pensée, le font avec une emphase croissante et typiquement irish –, crois-tu qu'ils tombent, la tête la première, dans le vide ? Non, n'est-ce pas ? Eh bien, sache-le, la pluie ne tombe pas plus qu'ils ne tombent dans le vide ou l'électricité dans l'ampoule. La pluie est peut-être le séjour des âmes, ça je n'en sais rien. A franchement parler. Mais ce que je sais, c'est qu'elle est comme une croissance sans fin de cheveux sur l'immense crâne gazeux qui englobe la terre, englobé lui-même par un infini cerveau immatériel. Je suis obligé d'employer des métaphores un peu grossières, pardonne-moi, pour te faire comprendre des choses que savent spontanément les plus subtils des chats : **l'intérieur est à l'extérieur !** L'Esprit est dans le vide, ce qu'on appelle le vide, tout autour, il cerne le monde sensible, il dépêche vers lui et reçoit de lui des émissaires, des espions, ondes, nuées, vents et ondées : milliards de milliards de nerfs éphémères, renseignant le prodigieux cerveau de l'espace ! Radicelles nourrissant de sucs terreux, terriens, le grand arbre abstrait ! Tu comprends ? La pluie, puisqu'il s'agit d'elle, est comme un réseau inimaginablement complexe de fibres optiques constituées, chacune, de millions de lentilles fish-eye balayant la terre, pompant des milliards d'images à la seconde et les répercutant sur une machine aux proportions de l'univers, faite uniquement de circuits lumineux, qui les numérise et ensuite... ensuite je ne puis plus te dire. Même moi, cela me dépasse. Tout cela se mémorise, se métaphorise et se météorise dans l'immense archive cosmique. Sache seulement qu'à côté de l'œil myriapodique de la pluie, le plus perfectionné des satellites d'observation est à peu près aussi clairvoyant qu'un lombric dans son tunnel de gadoue. Certains poètes ont eu l'intuition de cela, Dana, mais très vague. Je pense à des vers d'un Sud-Américain dont le nom m'échappe. Un tango de Carlos Gardel, peut-être ? "Bruscamente la tarde se ha aclarado / Porque cae la lluvia minuciosa / Cae o cayó. La lluvia es una cosa / Que sin duda sucede en el pasado." Brusquement l'après-midi s'est éclairci / Parce que tombe la pluie minutieuse. / Tombe ou tomba. La pluie est chose / Qui sans nul doute a lieu dans le passé. Eh bien ! Ce type, ce Gardel, mettons, a vu deux choses : d'abord que la pluie éclairait : car la pluie **éclaire** des millions de cibles à la fois ! Et ensuite, avec son idée un peu tordue, un peu paradoxale, de passé, on peut imaginer qu'il a entr'aperçu quelque chose du fait que la pluie va à rebours de ce que voit le sens commun. Fugitive illumination ! En vérité, ce qu'il aurait dû écrire n'est pas "tombe ou tomba", mais "tombe ou monte" : ça n'était pas dans le temps, mais dans l'espace qu'il fallait inverser le flux ! Le sens ! Mais il ne l'a pas vu ! (Il me revient tout d'un coup que ce type était peut-être bien aveugle : ce serait Paul Groussac, alors ? Peu importe.) Well, the rain doesn't fall, OK ? La pluie rayonne sur Amsterdam et New York, Kuala Lumpur et Bruxelles, sur Anna Livia Plurabelle et ça n'a rien d'inhabituel. Elle balaie la région d'Anse à Galets dans l'île de Haïti, la ville de Jean-Rabel où certains voient le centre du monde, et tout le Haut Artibonite, de Gonaïves où ses roulements de tambour éveillent Toussinette Agony au beau milieu d'un rêve philanthropique mettant en scène le Dr Wisler Marcellus, le président Roosevelt et Notre Seigneur Jésus-Christ, à Saint-Michel de l'Attalaye en passant par La Marmelade, tordant et nouant les palmes comme des fauberts mouillés, arrachant palissades et cabanes, noyant bétail, poules et chiens. Elle vole sur les eaux irisées et les torchères du lac de Maracaïbo, fait déborder les ríos Catatumbo et Escalante, dévaste des villages de tôle nommés le Bouc, l'Anesse tondue, le Paradis, le Projet, le Petit Trou, l'île de la Fantaisie, et d'autres encore, emportant son tribut de caisses, de tables, de bassines, de faitouts étamés. Elle bâtit en un tournemain une aérienne cathédrale sur la ville de Guayaquil, avec des voûtes de nuées grises, des arcs-boutants de lumière prismatique, des rosaces au travers desquelles joue le soleil, des cloches de foudre. A seize heures un éclair tombe ("tombe" ! Qu'est-ce qu'un éclair, à ton avis, Dana ? Une brutale surtension dans le courant des images !), un éclair jaillit sur un pylône à El Salitral, et la ville est privée d'électricité. La projection de *La Vida de NS Jesu-Cristo*, recomendada por Su Santidad el Papa, en matinée au ciné Nueve de Octubre, est interrompue au grand désappointement des fidèles, pardon, des spectateurs, qui se demandent bien si le héros va être capable de ressusciter el señor Lazare, comme il l'a imprudemment parié. Tout le monde, cependant, ne trouve pas à se plaindre de cette coupure de courant : elle fait bien l'affaire, au contraire, d'un groupe de huit hommes habillés en costume de marin qui déboulent, l'air très pressé, porteurs de mitraillettes et, pour certains, de grenades attachées au cou, dans la succursale du Banco Ecuadoriano de la vivienda de Sauces II. Pas de sirène, pas de système de sécurité, ils n'ont qu'à se servir tranquillement. La recette se monte à deux millions de sucres. Ah, tout de même, voilà qu'un obstiné refuse de remettre les cinquante mille sucres qu'il est en train de déposer sur son compte, il faut lui donner un bon coup de crosse sur la tête qui le fait saigner beaucoup. Les petits marins repartent contents, six dans une camionnette bleue, les deux autres sur une mobylette rouge. Deux millions et cinquante mille sucres, donc. A l'aise et dans la pénombre. Du gâteau. Qu'est-ce qu'ils vont en faire ? Mais je ne sais pas, moi. Mais non, Dana, il ne s'agit pas de morceaux de sucre : c'est leur monnaie, là-bas, en Ecuador, qui s'appelle comme ça ! Cette adorable enfant voyait déjà des bandits blondinets en col matelot, les poches bourrées de sucres pour faire des gâteaux... braquant une banque pour faire une énorme surprise à leurs chiens ! Au fait... Fix ? Collant comme il est, je suis sûr qu'il a dû ressortir de sa marmite, à cette heure. Que je vais encore le retrouver dans mes pattes... Un peu échaudé, peut-être... un peu pot-au-feu sur les bords... Voyons... Pas de Fix en vue ? Oh, mais, en voilà une bonne nouvelle : il s'est perdu ! Sans blague... Ses nouveaux maîtres l'ont perdu... Des diplomates français à Luanda. Ils ont eu bien raison. Passent une annonce dans le *Jornal de Angola* ... Pequeños Anuncios. "Perdu chien couleur châtain, oreilles et pattes poilues, museau noir, avec une tache blanche sur le poitrail (c'est lui tout craché ! Ce Tartuffe avec son scapulaire !), répondant au nom de Dicky (le pseudonyme est **transparent** !), dans la zone de Maianga. Porteur d'un collier de cuir beige avec sa carte d'immatriculation (sa plaque de police, oui !). Prière à qui le trouve de le rapporter à l'ambassade de France." Et la récompense ? Pas de récompense ? Radins, va... Moi, il faudrait me payer cher pour que je le ramène... le prétendu Dicky .. Bon... La pluie, Dana. Il pleut sur Mombasa où il advient la même chose, au même moment, deux océans plus à l'est, qu'à Guayaquil, je veux dire déluge et foudre sur un pylône électrique, et coupure consécutive de courant : mais comme il y est alors minuit, l'incident ne caviarde que les cinq dernières minutes de *Sargam*, avec Rishi Kapoor et Jaya Pradha, au cinéma Belle Vue. Et il pleut encore sur Lahore et sur l'archipel du Vanuatu, au grand plaisir des moustiques, il pleut sans cesse sur Brest, Dana, il pleut sur le bassin de la rivière Mwanza en crue, et sur Chikwawa dont les habitants campent dans des huttes de branchages, exposés aux attaques des animaux féroces, et tu penses bien que le gouvernement du Malawi se garde de leur distribuer des secours, au contraire, on les fait poireauter toute la journée à Belen, en leur promettant des vivres, et ils n'auront rien, pas même une explication. Une explication ! Et quoi encore ? Il pleut sur le Zambèze, sur le lac Kariba dont le niveau a monté de deux mètres et demi, sur les Victoria Falls qui n'ont jamais depuis sept ans si majestueusement déchiré si ample robe de soie, si suggestivement tiré le rideau de leur douche, ô Dana, veux-tu que nous y allions ? Nous y sommes à l'instant, vois-tu, accoudés tous deux au belvédère, contemplant Mosi Oa Tunya, "la fumée qui tonne". Je me suis fait panthère, j'en avais un peu assez d'être un simple chat noir (et puis, prudence : on finira bien par le retrouver... l'autre). Je suis vêtu d'un costume de lin grège qui fait ressortir à merveille mon pelage d'anthracite, mes moustaches de vinyle et mes yeux d'agate, tu portes, sous un imperméable léger, une petite robe de percale bleu pluie, ô ma rain. Mais déjà nous filons vers les déserts, nous pouvons nous y mettre nus, si tu veux, comme en un sauna, car l'eau grésille sur les briques brûlantes du monde, aujourd'hui. La nuit de Bahrein flamboie d'éclairs, des nuages de grêle crèvent sur le golfe Persique, une mitraille de petites billes de glace ricoche et roule sur l'asphalte de Manama, suscitant la curiosité des enfants et l'effroi des croyants, et couvre d'un manteau neigeux le pont illuminé des pétroliers, les bondes du ciel s'ouvrent au-dessus des sables d'Oman, transformant en île une dune à Ayoun où sont réfugiés trois enfants, nous les sauvons aux commandes d'un hélicoptère de l'armée, la petite Khadija Nouri, à Casablanca, n'a pas la même chance, l'infortunée est emportée par les eaux bouillonnantes qui traversent la montée du souk el-Masira, une zone dépressionnaire centrée sur la Méditerranée dirige des perturbations atmosphériques pluvieuses sur toute l'Afrique du Nord, on enregistre cent cinq millimètres d'eau à Tlemcen, cent vingt-trois à Beni Saf, la nationale quatorze est coupée entre Tighennif et Mascara. Il pleut sur le Red Center australien, sur Ayers Rock et toutes les rivières fantômes portées en pointillés bleus sur les cartes, les lacs mirages suivis de la mention (Dry), il pleut sur les kangourous et la grande tristesse des aborigènes, sur Borroloola et le golfe de Carpentaria, sur la bourgade d'Alice Springs où l'on voit d'habitude couler plus de bière que d'eau du ciel. Il pleut sur toute terre calcinée, cendreuse, rougie par la montée des oxydes, sur les grains crissants de silice, sur la pierre ponce, le papier de verre, la soude caustique, le métal chaud, le natron et le sable éblouissant, le poussier et le mâchefer, sur tous les décombres du grand incendie de la terre. Une pluie étrange se dresse comme une haie d'arbres sombres sur le golfe d'Aden, elle avance vers la brûlante Djibouti et l'emplit de sa rumeur de choses brisées, elle fait de la cuvette du quartier six un lac où se mirent les lampes. Une pluie sainte fait glisser ses longs doigts, ses pieux doigts de Hadj polis par l'égrènement du chapelet, sur les collines chères à Dieu d'al Cafa et al Marwa, la mère des cités et en son sein la Maison d'Abraham, elle lave de son eau la Kaaba, sombre pivot des mondes, en compagnie du prince gouverneur Saoud Ibn Abdul Mohsen, du député-gouverneur Ahmad al-Sahwi, du maire Omar Qadi, du Dr Saleh al-Shaibi, représentant les gardiens de la Clef, et des ambassadeurs des pays arabes et islamiques, tous recueillis sous le dôme noir de britanniques pépins. Une pluie profane, Dieu lui pardonne, attife de transparents voiles de mousseline la Pierre noire, comme s'il s'agissait d'une esclave soudanaise parée pour être vendue à un riche marchand, ou à un vizir, elle orne sa peau de nuit de poudre de nacre, de colliers d'argent, d'aiguillettes de cristal, puis s'en va, plus loin vers le sud-est, siffler et fumer sur les roches torréfiées de l'Hadramaout, entre Shiban et Terim, dévaler en fusant les vallées vers le port de Moka : car la pluie, Dana, fait du Yémen un gigantesque percolateur. Nous buvons un café noir comme l'enfer à Aden, à la terrasse du Grand Hôtel de l'Univers, singing in the rain, regardant les boutres chargés d'or et de pèlerins fuir, inclinés sous les flèches de la pluie. Les températures montent graduellement dans le Hedjaz. Un vent de sud-ouest porteur de pluie, si Dieu le veut, souffle sur le littoral de la mer Rouge au sud de Djeddah. Eh bien, il semble que Dieu l'ait voulu, isn't it, Dana ? Une dépression se creuse sur la mer d'Oman. Le sous-inspecteur Haider Ali est formel : **on ne la lui fera pas !**

38

Prodigieuses machines nébuleuses

(métamorphoses)

Sur ces entrefaites, en effet, le parapluie qui s'est envolé de Dublin, poursuivant son vol vers l'orient, bien au-dessus des nuages et des précipitations, est arrivé à la verticale de Rajshahi, sur la rive gauche du Gange. En vérité, il n'est pas arrivé à Rajshahi, bien sûr : c'est Dublin qui s'est transformé, grâce à un laser associé à un ordinateur, en Rajshahi, la Liffey gonflant un peu en Gange, cependant que le parapluie de Poldy, de son côté, subissait quelques métamorphoses : un bec a remplacé sa crosse, des pattes lui ont poussé, ses baleines sont devenues les hampes de noires rémiges. Je rappelle au spectateur inattentif que même Dana et moi sommes probablement, dans cette séquence, des créatures de synthèse (ce qui me permet toutes sortes de privautés que je n'oserais peut-être pas dans la "vie réelle"). Je dis "probablement" parce qu'à vrai dire je suis un peu perdu moi-même dans ces cascades d'artifices que je prétends régir. Ce qui est certain, c'est que j'ai récupéré mon apparence humaine : mais n'est-ce qu'une apparence ? Ce que je crois savoir aussi, c'est que j'ai en mémoire un programme qui me permettra **le moment venu** de métamorphoser complètement, et si délicieuse qu'elle soit, la jeune Dana (l'image de Dana ?). Mais chaque chose en son temps ! Nous verrons bien. Pour le moment, à Rajshahi, le sous-inspecteur Haider Ali, de la police locale, monte la garde devant la Government Madrasa High School. Il va de long en large, torse bombé, sanglé dans l'uniforme beige, une longue latte de bambou en main, la moustache érigée en posture d'intimidation maximale. C'est qu'il faut de la prestance pour tenir en respect ces petits voyous de fraudeurs. Depuis que la session du certificat d'études secondaires a débuté, hier, on ne compte plus le nombre d'incidents, parfois graves, qu'ils ont provoqués. A Commilla, il a fallu expulser manu militari neuf cent soixante-neuf tricheurs ! Neuf cent soixante-neuf ! Et le pire, c'est qu'il y avait aussi huit profs dégénérés qui vendaient sans vergogne les corrigés, et qu'il a fallu également mettre hors d'état de nuire. A Boakhali, dans le district de Chittagong, une cinquantaine de personnes ont été blessées par la chute d'un toit de tôle sur lequel elles étaient grimpées afin de communiquer, au moyen de panneaux de carton, avec les candidats planchant dans la cour de l'école. Si ces gens-là se retrouvent maintenant avec un bras ou une côte cassés, ça n'est pas le sous-inspecteur qui ira les plaindre. A Rajbari, la police a dû charger à coups de lathi, à Sher-e-Bangla il a fallu tirer à blanc pour disperser le même genre d'engeance déshonnête. A Rajshahi, en tout cas, Haider Ali s'est juré que les pompeurs ne feraient pas la loi. Aussi bombe-t-il le torse, fait-il voltiger sa matraque comme un sergent-major, aussi **ouvre-t-il l'œil** ! Et heureusement, qu'il l'ouvre ! Car que voit-il ? Il voit un corbeau **se livrer à un curieux manège** ! L'animal fait des cercles autour de la Madrasa High School ! Avec l'air de celui qui a une idée derrière la tête ! Hum, hum ! Voilà qui est suspect ! Pas d'erreur ! C'est la cour de l'école, où les candidats sont rassemblés, en plein air, qu'il vise ! Et soudain (heureusement que le sous-inspecteur n'est pas myope !) il le voit **lâcher quelque chose** ! Mais pas une fiente, pour sûr ! Ça descend beaucoup plus doucement ! Son sang ne fait qu'un tour. Il ne se laissera pas blouser par un oiseau ! Il fonce, s'ouvrant un chemin à grands moulinets, et arrive à temps pour écraser sa lourde godasse noire, à la barbe des petits salauds, sur une boule de papier ! Là, fièrement campé, dans la pose du chasseur de tigre (appuyé sur son lathi, le pied posé sur... une boule de papier, à vrai dire), un doute le prend : et si ça n'était, la proie, le fauve, la pièce à conviction, le corps du délit qu'il tient là, sous son pied, qu'une boulette de papier, en effet? De quoi aurait-il l'air, lui, Haider Ali, sous-inspecteur de la police de Rajshahi? Ne s'est-il pas échauffé trop vite? Ne sachant comment se tirer de cette incertitude, il prolonge sa triomphale station: risquant ainsi d'aggraver son cas, il en a bien conscience, mais... Enfin il se baisse et ramasse la chose. Il aimerait bien, maintenant, disparaître sous terre. Que ces petits fumiers se passent et se repassent des antisèches, si ça leur chante. La jeter, cette boule? Non, tout de même. Il la déplie, la défroisse. O délicieux instant! Festin de la pensée! Long regard sur le calme des dieux! Que lit-il sur ce torchon? Les réponses aux quatre premières questions de l'épreuve de mathématiques! La **preuve par neuf** de la tricherie! Ah, mais ça ne se passera pas comme ça! Certainement le corbeau va revenir, avec la suite! Et cette fois-ci, il le descend! Il n'en aura pas l'occasion, car le malhonnête animal, pendant ce temps-là, a mis le cap sur l'Afrique. Voulez-vous savoir comment je suscite l'Afrique? Je, c'est-à-dire mon logiciel? Mon logiciel, c'est-à-dire celui qui, peut-être (je n'arrive toujours pas à reprendre le commandement de cette machine que j'ai pourtant **créée de mes mains**! Le contrôle, oui, je l'ai. Pas de problème. Mais ça ne signifie pas que **c'est moi qui commande**. Peut-être suis-je manipulé, peut-être une souris – une souris! – maniée par **quelqu'un d'autre** – un chien? – me pilote-t-elle de telle sorte que je contrôle le bazar?)... Je disais, celui qui, peut-être? Oui, le magicien logiciel qui peut-être me dessine, me téléguide? Enfin, toujours est-il que "je", quel que soit le degré de "réalité humaine" qu'il faille mettre là-dedans (mais je suis encore capable de me poser la question: **ergo sum**, non? Ou je me trompe?), je prends, donc, un arbre à feuillage léger, assez ombelliforme, qui dispense son ombre parcimonieuse non loin de l'école de Rajshahi (et sur une branche duquel, soit dit en passant, le corbeau a fait une rapide escale, histoire de se lisser les plumes, son mauvais coup accompli. C'est dire qu'il m'a **soufflé** l'Afrique, comme il eût, sans l'intervention décisive de Haider Ali, soufflé les quatre premières réponses de mathématiques aux cancres de Rajshahi). Je (ou "quelqu'un", donc) prends cet arbre, je densifie son

feuillage, je le modèle, le déporte sur la gauche, l'arrondis, le taille à droite, je balance deux grands coups de cisaille électronique, ça fera le golfe d'Aden et la mer Rouge, où nous étions tout à l'heure, à boire un café sous la pluie chaude, lumineuse, tu te souviens, Dana ? Je fais jaunir certaines feuilles, garde les autres vertes, voici les déserts et la grande forêt, la savane ne pose pas plus de problème, je bleuis certaines branches et branchettes, voilà le Nil, le Niger et le Zaïre, et tous leurs accessoires, Omo, Lomami, Lulonga, Mangala, Oubangui, Sangha, Kasai, Bani, Bénoué, sans compter le Sénégal et les Voltas, l'Ogooué, le Zambèze et le fleuve Orange. Et enfin j'ai l'Afrique, vue de trente-six mille kilomètres d'altitude. Les milliards de circuits optroniques des nuages, balayant et connectant les mémoires quasi infinies d'images que la pluie (je vous le rappelle) a stockées, me calculent et me dessinent ça en beaucoup moins de temps qu'il n'en faut pour le dire. Le temps d'un éclair, exactement. Maintenant, je déclenche la séquence "rentrée d'un vaisseau spatial dans l'atmosphère", du classique, même les enfants connaissent. Bidouillent ça. J'allume les rétrofusées. Je n'ai qu'à y penser. Les machines nébuleuses font le reste. Mon arbre-Afrique grossit, bascule selon un angle changeant. S'aplatit, se tord, se distend. Crâne des *Ambassadeurs*. L'orbiteur décroche, plonge vers la terre. Le ciel pâlit, les tuiles thermiques de mon ventre sont portées à blanc, les communications sont momentanément
int9rsdy /
re;.:77 ß ________________________________
____
________________________________2 ë¡¶{eræc'est déjà
la barre qui écume devant les îles, des mangroves à palétuviers, des pistes rouges dans la verdure, je contrôle de nouveau ma plume (ma souris à plumes), heureusement parce que tout ça défile très vite et de plus en plus près. Je cabre l'engin, nous touchons le sol à Bo, en Sierra Leone, au milieu d'un grand nuage de latérite et d'une panique de charognards. Ça te plaît, Dana ? Tu n'as pas eu peur ? Elle est sanglée sur le siège à mes côtés, ma main joue entre ses genoux anti-G. C'est quand même plus marrant que la fête de ton col-

lège, non ? Nous débarquons de notre navette virtuelle, qui aussitôt disparaît, espèce de mirage à ressorts, dans les tremblements brillants de l'air. C'est qu'il fait plutôt chaud, par ici. La sueur plaque sa petite robe bleu-gris de pluie sur son corps, c'est assez excitant. Cela m'amène de façon inattendue à réfléchir de nouveau sur mon degré de réalité : le fait que je bande, n'est-ce pas, ça aussi, une preuve ? Un être de synthèse peut-il bander **réellement** ? Aussitôt, je comprends l'ineptie de cette démonstration : pourquoi n'aurait-**on** pas prévu ça aussi ? Si "moi" je puis remodeler le Gange-ex-Liffey en la ligne de chemin de fer, d'ailleurs passablement désaffectée, me semble-t-il, qui va de Freetown à Pendemba, et un corbeau en singe ? Car le corbeau aussi, entretemps, aura fait son boulot : j'ai confiance en l'infographie. Plumes en poil, ailes en pattes, plus de bec mais deux petites oreilles, queue allongée et resserrée : un mangabey, quoi. Allons, foin de ces hamletteries ! Rendons-nous, dis-je à Dana, rue Kokowandu : je vais te montrer quelque chose qui va t'amuser, je croâ (pardon ! Ça m'a échappé !). Au numéro sept de la rue Kokowandu demeure un nommé Ngo Bockarie. Or, il possède un singe mangabey, attaché au fromager qui est devant sa case et sous lequel, lorsque la saison le permet, il prend ses repas. Et il ne manque jamais d'en donner un peu au singe, qui s'en délecte. Il ne manque jamais de le faire, sauf précisément aujourd'hui, où il s'envoie des bananes en suisse sous le nez du primate estomaqué. Installé sous le fromager, il s'enfile une à une les demi-bananes rissolées, caramélisées, léchant soigneusement ses gros doigts après chaque fournée, et le mangabey n'en perd pas une, les yeux agrandis de concupiscence, les narines dilatées, rondes comme des sabots de waterbuck, pour aspirer les effluves sucrés. Il va de long en large sur sa branche, faisant tinter sa chaîne et émettant de brefs couinements, manifestant sa perplexité par de furieux gratouillements, puis, n'y tenant plus, il projette sur la table de Ngo Bockarie de petits objets qu'il a remisés à toutes fins utiles dans un creux du tronc, graviers, capricornes séchés, plumes d'oiseaux, capsules de bière, piécettes, page de cahier d'écolier roulée en boule, et même un peigne qu'il a volé un jour à une femme qui visitait Ngo. Mais l'autre glouton n'en a cure, il s'énerve juste lorsque le peigne tombe dans le plat, et voici que la dernière demi-banane, gros asticot croustillant, a disparu entre ses lèvres dégoulinantes d'huile. Alors le mangabey se met sur son séant pelé et s'adresse en ces termes à son maître : "Ngo Bockarie, gbe be nya goe ?", ce qui en dialecte mondo veut dire à peu près la même chose qu'en araméen "lema sebachthani", soit : pourquoi m'as-tu laissé tomber ? De stupeur, l'indigne saute sur ses pieds, renverse la table et s'enfuit en hurlant comme un vari blessé. L'animal ensorcelé, lui, rompt son lien et en trois bonds disparaît dans la forêt. On ne le reverra plus, autant essayer d'attraper un pinçmacaque, Dana. Or, pendant que ces événements se déroulent dans la ville de Bo, l'antisèche récupérée par le sous-inspecteur Haider Ali est passée par tout un cycle de transformations et de transports de lieux (on aura peut-être salué son bref passage en Sierra Leone), et elle adopte maintenant l'apparence d'une feuille de papier à lettre ligné, dont le recto et le verso sont couverts par une écriture penchée, à l'encre violette très pâlie, glissée dans une enveloppe extrêmement défraîchie, écrasée, aplatie comme si elle avait longtemps séjourné sous quelque chose de lourd, et adressée à M. Carl Healey, Cordova Mines, Ontario : la suscription, très fanée elle aussi, a été barrée et surchargée, car cela fait quatre ans que le fermier en retraite Carl Healey n'habite plus à Cordova Mines où il a passé, au milieu des épis de blé, l'essentiel de ses quatre-vingt-quatre années d'existence, mais à Norwood, à mi-chemin de Montréal et de Toronto. Découvrant la lettre dans sa boîte, Carl est doublement surpris : d'abord, parce qu'aussi loin que remonte sa mémoire, qui est encore assez bonne, Dieu merci, il ne se souvient pas d'avoir reçu une lettre – une vraie lettre, s'entend, une lettre personnelle, manuscrite : on n'est pas de grands épistoliers chez les paysans, à fortiori les vieux paysans, et de l'Ontario, encore. Il faut dire les choses comme elles sont. En plus, Carl Healey a beau ne pas s'y connaître beaucoup en lettres, ni par conséquent en timbres, il ne peut pas ne pas remarquer que celui qui orne le coin droit de l'enveloppe est une effigie à deux cents du roi George V, qui mange depuis bien longtemps les pissenlits par la racine (ce qui est d'ailleurs, soit dit en passant, Dana, la seule façon qu'ont les rois de manger les pissenlits : car autrement, ils les dédaignent). En y regardant de plus près (il ne se décide pas à ouvrir cette chose miraculeuse, qu'il tourne et retourne entre ses gros doigts rougis, fripés, lisses par endroits, comme de vieux tubercules), il croit constater que le cachet postal date d'un jour de mars mille neuf cent trente et un. Il finit par s'asseoir, baisser le son du téléviseur (pas deux choses à la fois) et glisser la lame d'un couteau taché du sang de myriades de poules et lapins sous la pliure de l'enveloppe, qui tombe littéralement en poussière. Il en extrait la feuille de papier ligné. C'est bien cela : elle est datée du huit mars mille neuf cent trente et un, 36 Lessard ave, Jane st., Toronto, Ont. "Dear Carl, j'ai pensé que je devais vous envoyer quelques lignes pour vous faire savoir que tout va bien." L'auteur de la lettre raconte en substance qu'il (ou elle) a trouvé un boulot payé quinze dollars la semaine, et vendu vingt-six douzaines d'œufs à cinq cents la douzaine. Jusqu'alors, il (ou elle) était payé deux dollars pour déblayer la neige, point. "So that's not too bad." Il ne faut pas se plaindre. "Good bye for now, hoping to hear from you soon", conclut la lettre. A présent, au revoir, en espérant avoir bientôt de vos nouvelles. Il y a une sorte de paraphe entortillé, absolument illisible évidemment. Mais qui peut bien être **la lettre** ? Carl a beau mettre sa mémoire à la torture, il ne voit pas. Le message a mis cinquante-huit ans à lui parvenir. Il avait donc vingt-six ans, à l'époque. Une femme ? L'histoire de la neige semble écarter cette hypothèse, et pourtant... Les temps étaient rudes. C'était la grande dépression, encore. Une femme qui fût partie de Cordova tenter sa chance à Toronto, lui brisant le cœur à lui, Carl, resté au village ? Dont il eût attendu une lettre jour après jour, mois après mois, dans la maison de bois au bout du chemin que les saisons couvraient de poussière, puis de boue, puis de neige, et de nouveau de boue, sous la grande éolienne rouge ? Sans savoir que cette lettre qui eût pu changer sa vie était partie depuis longtemps, mais qu'il faudrait pour la recevoir attendre plus d'un demi-siècle, qu'il n'était pas certain qu'il serait encore de ce monde, alors (aujourd'hui), lui le vigoureux jeune fermier à la peau tannée par le vent qui soufflait du pôle, qui faisait grincer l'éolienne, jour après jour d'attente vaine? Sans savoir que, s'il la recevait un jour, il aurait, peut-être, perdu jusqu'au plus léger souvenir de celle qui l'avait écrite, dont le silence le faisait souffrir? Et justement parce que toute sa vie, peut-être, ne serait ensuite qu'un effort pour oublier? Que, s'il la recevait, celle qui l'avait écrite et qui eût voulu changer sa vie, sans le lui dire clairement ("Good bye for now, hoping to hear from you soon"), parce qu'à cette époque-là on était réservés, chez les paysans et paysannes de l'Ontario tout particulièrement, celle-là, donc, qu'il aurait oubliée (qu'il avait oubliée), l'aurait alors volontairement oublié aussi? Ou bien qu'elle serait morte? Morte peut-être, pourquoi pas, directement ou indirectement, de tristesse de n'avoir jamais reçu de réponse ("Hoping to hear from you soon") de celui qui attendait sa lettre jour après jour sous la grande éolienne, pensant en mourir? De la honte aussi de lui avoir fait assez nettement comprendre tout de même, à son avis à elle, dans les limites de la bienséance de l'époque (mille neuf cent trente et un! En Ontario!), qu'elle désirait changer sa vie à lui, Carl ("from you soon"), et d'avoir été éconduite de la façon la plus outrageante qui fût: par le silence. Pour la première fois peut-être de sa longue existence passée sous les nuages, parmi la germination des céréales, Carl Healey se rend compte qu'il ne sait rien de sa vie, de sa propre vie. Et cela par la grâce – si on peut appeler ça une grâce, un coup de poignard plutôt, cette illumination alors qu'il a un pied déjà dans la terre à blé – d'une des seules lettres qu'il ait jamais reçues, mais combien trop tard, de sa vie qui eût pu, sait-on, en être bouleversée – l'eût-il reçue à temps. Pour la première fois aussi de sa rude vie vouée au commerce de la terre, non à celui du rêve, quelque chose de romanesque rôde autour de lui. Le mot, bien sûr, lui manque, mais c'est ce qu'il ressent: toute son existence a été dominée par la répétition, pis, a été une recherche de la répétition: il faut bien que le grain soit semé, et lève, et germe, soit fauché puis battu, ensilé puis vendu, **il**

n'y a pas à sortir de là. Si l'on sortait de là, c'était la ruine, le malheur. Mais si on ne sortait pas de là, ça n'était pas le bonheur, pourtant. Mais il n'avait jamais cru (il avait oublié) qu'**autre chose** fût possible. Or, autre chose peut-être avait, eût été possible. Sa vie eût pu être changée. Son destin n'était pas, comme il l'avait cru jusqu'à aujourd'hui, vingt et un mars mille neuf cent quatre-vingt-neuf, aussi droit qu'une tige de blé : il était aussi ramifié que la ramure d'un érable. Simplement, il l'avait parcouru à rebours, non pas montant du sol, comme la vie le fait, hésitant ensuite et **choisissant** à la fourche de chaque branche puis rameau puis tigelle, mais descendant, roulant à la façon d'une inerte goutte de pluie, suivant la ligne de plus grande pente comme une chose pesante et stupide. **Peut-être** (Maybe ! Ce mot déjà lui était étrange), peut-être **la lettre** était-elle (avait-elle été) une femme rousse à la peau laiteuse, avec qui il eût ouvert une épicerie à Toronto, ou bien fait le commerce de la sauvagine dans la région de la baie d'Hudson, ou bien qui eût chanté dans un cabaret et lui il eût été... et ils eussent eu un fils qui serait maintenant... député, peut-être, ou bien... La découverte de tous ces possibles abolis, du fait que sa vie réelle n'est que la seule qui se soit réalisée, et peut-être la moins intéressante, de toutes ses vies virtuelles, provoque en lui une sorte d'ivresse, tout cela tourne dans sa tête, il lui semble que tourne dans sa tête, que sa tête **est** la roue de la grande éolienne rouge et grinçante cependant qu'il attendait... que, peut-être, il avait attendu... rouge et grinçante au-dessus de presque toutes les années de sa vie, et rouillée, ensuite. Elle ne tournait plus depuis une dizaine d'années quand il a quitté pour toujours Cordova Mines, il y a quatre ans. Il décide de se verser – ce qu'il ne fait qu'exceptionnellement, quand il y a du monde – un grand verre de whisky, glisse la lettre dans la poche pectorale de sa chemise à carreaux, monte le son du téléviseur. Dehors, il neige, et il voit la neige d'une autre façon, comme une chose qui tombe de l'année mille neuf cent trente et un, ou d'avant, une chose ironique qui vient de sa jeunesse, sans se presser. Aldoma Dussault, lui, qui est presque exactement son contemporain – quatre-vingts balais – et ne vit pas tellement loin de Norwood, dans le paisible village de Plaisance, près de Hull, c'est autre chose qui lui rappelle sa jeunesse, à chaque fois qu'il va acheter une carte de Bingo ou faire ses courses. Aldoma est un sympathique et alerte petit vieux, il a une tête d'enfant tout fripé, avec des yeux brillants et des cheveux dressés bien droit, en houppe bien drue sur son front, on dirait vraiment un galopin très usagé, on s'attend à le voir sortir, en vieilles culottes courtes, jouer avec de vieilles billes dans la cour, mais non, il s'est fait un large nœud de cravate, a passé une veste à revers piqués et un manteau, et il va acheter du jambon dans la fesse, dont il raffole, et qui est justement en promotion chez Bonichoix, à un dollar quatre-vingt-seize le kilo, et des choux de Bruxelles chez Top Banana, boulevard Saint-Joseph à Hull, une idée comme ça. Et, à la caisse, au moment où il tire de son portefeuille quelques billets de un dollar (en quoi s'est métamorphosée, on s'en doute, la feuille de papier ligné), ça lui fait un petit velours. Ça n'est pas qu'il aime plus qu'un autre jeter son argent par les fenêtres, mais voilà : le dessin qui figure sur l'endos des vieilles piastres (qui vont malheureusement être retirées de la circulation) représente le Parlement fédéral et devant, sur la rivière des Outaouais, un petit remorqueur qui n'est autre que le *Missinaibi*, son dernier bateau, qu'il a piloté jusqu'à sa retraite, en mille neuf cent soixante-treize : trente-cinq pieds de long, en bois, à fond plat. Car Aldoma a toujours vécu sur la rivière, traînant des billes de bois de Calumet et Hawkesbury (le barrage de Carillon n'existait pas encore, en ce temps-là) jusqu'au moulin de la CIP. Jusqu'à quatre cents cordes de pitoune de quatre pieds par sac de billots, des fois : de gros voyages ! Il n'y avait pas de trop des deux cent quarante forces des diesels, ni des deux scrous, pour déhaler tout ça ! Il avait son port d'attache à Hull, près de la rue Verdun. Après, ç'a été à Baie Fournier, près du vieux pont de la Pointe. Aldoma, dans sa jeunesse, a été bûcheron, c'était l'époque où on construisait le réservoir du Baskatong. Il a été second ingénieur sur des bateaux à stime, aussi, le *Progresso* et le *Templeton*, dans les années soixante. Mais ce qu'il aimait par-dessus tout, et qui embrume encore ses yeux, c'était d'être seul au milieu des scintillements de l'eau, dans l'immense odeur de bois coupé. S'il la connaît, la rivière des Outaouais ! Ben mozeuss à cause de la brème qui tombe tout soudain ! Qu'on n'y voit pas plus que dans une lessiveuse ! Et les battures qu'il y a partout ! Trompeuses, parce qu'il pousse de l'herbe dessus. La plus mauvaise, c'est celle qui est près de la traverse Masson-Cumberland. Heureusement, il y a deux lumières sur lesquelles on peut s'enligner. Mais quand il y a de la brème... Et le vent nordais qui coupe comme un couteau et fait sortir les billes du sac, quand il souffle fort... Avant qu'on ne construise des dammes sur l'Outaouais et la rivière Gatineau, aussi, il y avait de gros cours d'eau avec la fonte des neiges, au printemps. Ça dévalait ! Il ne faut pas croire que c'est un métier facile, d'être marin d'eau douce, ah non ! Ainsi, payant son jambon et ses choux de Bruxelles, Aldoma Dussault navigue en esprit, les grands troncs balafrés chahutent dans l'eau sanglante, on dirait des thons dans une madrague. Le ciel rouge est rayé d'arbres noirs, les premières étoiles s'allument vers Montréal, la nuit peut bien tomber, pas de Baie Fournier, ce soir, il continue, le *Missinaibi* ne s'arrêtera plus jamais, il embouquera le Saint-Laurent, traversera le lac Saint-Louis et le lac Saint-Pierre, dépassera Trois-Rivières et Québec, tous les saints du paradis le salueront depuis les rives du grand fleuve, Saint-Jean-de-Port-Joli, Saint-Éloi, Saint-Fabien, Sainte-Félicité, Sainte-Anne-des-Monts, Sainte-Marthe de Gaspé et Saint-Yvon, puis après Rivière-au-Renard il entrera dans le golfe, il continuera, il emmènera son dernier sac de billes là où on n'a jamais vu un tronc d'arbre, au beau milieu de l'océan, après Saint-Pierre et Miquelon. Alors il s'arrêtera, juss là.

39

Rigobert, pourquoi tues-tu ton père ?

Le vice-amiral Oscar Pammo est triste. L'océan, il l'imagine : grand, immense, même, avec des vagues, des vents... Ça doit être beau. En fait, il l'a déjà vu, à plusieurs reprises, en vacances. Très impressionnant. ¡Espectacular ! Il s'est baigné dedans. Une sensation de puissance... Autre chose, pour sûr, que le lac Titicaca, sur lequel cette malheureuse guerre du Pacifique, perdue il y a juste cent dix ans, a exilé la flotte bolivienne. Et encore... Sur **la moitié** duquel ! L'autre appartient à ces salauds de Péruviens, et l'océan aussi. Des bateaux à fond plat, des dreadnoughts dans le genre du *Missinaibi*, coincés sur la moitié d'un lac, c'est tout ce qu'il a pour jouer, le chef d'état-major de la marine bolivienne. Enfin, lui, le vice-amiral Oscar Pammo, il a passé la barre à un autre, il est dans les affaires, maintenant. Mais comment ne pas être triste en un jour comme aujourd'hui où les drapeaux sont en berne, avec un crêpe noir et bleu, en commémoration de la perte de l'océan ? Comment ne pas être triste quand on est vice-amiral en retraite (et tous les amiraux, hélas ! sont comme en retraite, en Bolivie. La différence, à vrai dire, c'est que quand on est officiellement retirado, on peut officiellement faire des affaires), comment ne pas être triste quand on a commandé cette nostalgique petite flotte prisonnière des Andes, condamnée à faire des ronds sur un demi-lac de l'altiplano, et qu'on a baptisé "Litoral", en souvenir de la côte perdue, la côte qui gémit sous un joug étranger, l'agence de change que l'on dirige, maintenant, calle Colón, entre Mercado et Potosí ? Colón ! Il n'aurait pas découvert grand-chose, l'Amiral de la mer océane, s'il avait été assigné à résidence sur le lac de Côme ! Comment ne pas être triste quand on est un patriote bolivien, tout simplement ? Tous les Boliviens, jusqu'aux plus pauvres, jusqu'à ceux qui vivent dans les vallées les plus reculées des Andes, les llanos les plus désespérément désolés, même les jeunes filles de Santa Cruz de la Sierra (ah, les jeunes filles de Santa Cruz...), les enfants qui dorment à même le trottoir de la Paz et ne savent pas ce qu'est l'océan, pleurent la perte de l'océan. Telle est la vérité, señor. La verdad, c'est que tous les Boliviens ont l'océan dans le sang : précisément parce qu'on le leur a ôté. Si on l'avait, peut-être qu'on ne saurait qu'en faire, qu'on n'en voudrait pas. Mais on ne l'a pas ! **On nous a volé l'océan !** Nuestro Oceano ! (Je ne jurerais pas que la nouvelle, que le vice-amiral vient d'apprendre, de l'assassinat de l'attaché militaire péruvien, le capitaine de vaisseau Juan Vega Llona, en pleine avenue Seis de Agosto, n'ait pas, en dépit d'une certaine solidarité de corps, secrètement adouci son amertume.) Or, la boule de papier de Rajshahi (je ne perds pas le nord ! Ne croyez pas !), la boule de papier de Rajshahi poursuit son voyage à travers les formes. L'image du Parlement d'Ottawa et du remorqueur s'efface, les inscriptions "Bank of Canada / Banque du Canada", "One / Un", deviennent un texte en capitales grossièrement tracées qui dit, en espagnol et avec des fautes : "GLISSEZ 6 000$ DANS L'ENVELOPPE, OU LA BOMBE VA PÉTER. EN PLUS, ON SAIT QUE VOTRE MAISON D'IRPAVI EST DOMINÉE PAR DES COLLINES : UN COUP DE BAZOOKA EST VITE PARTI. PENSEZ À VOS ENFANTS. PS : LE MUCHACHO NE SAIT RIEN." A la place des paraphes des caissier et contrôleur général s'étale la signature : GRUPO TUPAC KATARI. Ce message nettement comminatoire est posé sur une enveloppe vide, elle-même posée sur un paquet emmailloté de gros papier, qui ressemble à un paquet de tortillas, d'où émerge une antenne de radio de voiture, et que porte comme le Saint Sacrement un lustrabotas de quinze ans, un muchacho cireur de souliers : qui remonte la rue Colón et, dans cet équipage, pousse la porte de la Casa de cambios Litoral SA, au fond de laquelle, dans son bureau, le vice-amiral mélancolique rêve à l'océan perdu en sirotant un cafecito.

Boule de papier, parapluie, corbeau, océan, toutes les formes voyagent, Dana, se métamorphosent l'une dans l'autre. C'est ce que ne comprend pas l'amiral cambiste : le Pacifique, le lac Titicaca, une bille d'aigue-marine, **c'est la même chose** ! Dublin est devenue Rajshahi, puis Bo, puis Norwood (pas très loin de laquelle, si on suit le chemin de fer qui par Peterborough va à Toronto, puis l'embranchement qui, divergeant à Stratford de la ligne de Detroit, remonte vers la rive orientale du lac Huron, on arrive à une autre Dublin : mais pas plus, ni moins Dublin, en dépit de son nom, que Norwood ou Bo, ou Rajshahi, Hull ou La Paz : sous la naïveté de ces noms en écho, qui répètent aux pourtours du monde le souvenir d'une patrie perdue, il y a l'intuition vague d'une circulation générale, incessante, des formes et des lieux – d'une universelle copulation : Paris est partout, et pas seulement dans les bourgades de l'Ontario, de l'Idaho ou du Texas qui reprennent son nom – parce que, oui, il y a aussi un Paris dans l'Ontario ; et pas très loin, encore, de Dublin : il suffit de reprendre le train jusqu'à Stratford, et de continuer cette fois vers Buffalo. En laissant évidemment un London derrière soi. Mais ça n'est pas seulement Paris, ou Berlin, ou London ou Roma, qui sont partout – à Bo, à Rajshahi, à Norwood : mais Bo aussi, et Rajshahi, et Norwood, et La Paz, et Santa Cruz de la Sierra ou Alice Springs, sont partout : à Paris, Berlin, Los Angeles... **Bo est universel**, autant que Rome, Londres ou New York). Toutes formes s'échangent, Dana, les plus grandes passent dans les plus humbles, les plus éloignées s'approchent, se touchent et se mêlent, c'est un morphing sans retenue. Le sous-inspecteur a perdu ses moustaches, grossi et noirci pour devenir Ngo Bockarie, qui s'est desséché, tanné, blanchi, pour passer dans Carl Healey et Aldoma, et maintenant le patron du remorqueur a retrouvé la moustache du sous-inspecteur pour incarner le vice-amiral, **tout cela revient au même** ! Perpetuum mobile ! Et perpetuum carmen ! Et toi-même, Dana, pendant que je te parlais, que nous glissions dans le tourbillon des formes virtuelles, tu es devenue une autre ! Tu n'es plus Dana, tu es Molly, en fait, maintenant. Oh, cela fait un petit moment que je t'avais repérée, pour être honnête. Tu étais projetée sur un écran, puisque tu es, depuis une heure, l'actrice que je préfère. C'était dans un ciné de Warrawong, près de Wollongong, enfin, pas loin de Sydney. Pour fixer les idées. Je passais par là. Oh, bon sang! Comme tu étais belle! Tes cheveux blonds frisottés lançaient des éclairs autour d'un visage d'un ovale parfait, ta bouche petite aux lèvres entr'ouvertes, roulées comme des vaguelettes de grenadine, découvrait les dents, il me semblait deviner dans tes yeux marron cet infime strabisme, plutôt à vrai dire ce soupçon d'une très légère dissymétrie possible, qui est comme le grain de beauté du regard (je l'ai déjà dit?), l'ultime touche de trouble. Ta robe chinée laissait voir l'arrondi d'une épaule, la plongée d'un dos délicieux, on avait envie de tirer l'étoffe le long du bras pour te dévoiler toute. Tu n'avais pas la blondeur saine et sportive, toi, tu semblais plutôt une nouvelle version de l'ingénue perverse, une sorte de BB ou de Marilyn moderne overseas. Tu avais l'air, voilà, d'une blonde italienne – une madone équivoque, la trop jeune femme d'un vieux doge, nourrissant sous l'or et les perles des pensées étranges. "What do you do when the wrong kind of girl gives you all the right feelings?" disait la pub du film: que faire si la fille qui vous excite n'est pas le genre qu'il vous faut? En ce qui me concerne, il n'y avait pas à hésiter: d'abord, récupérer l'Australie que je venais de donner à ronger à un chien: quelle erreur j'allais faire! Ensuite, à la première occasion, aller te chercher: à la séance suivante à Warrawong. Mon plan était fait. Je t'ai attendue derrière l'écran, grillant des cigarettes, faisant les cent pas... Il y avait une scène où tu disparaissais aux yeux de ces crétins affalés dans leur fauteuil, de l'autre côté, en fermant derrière toi une porte. Je guettais avec une croissante impatience le moment où j'allais, moi, voir s'ouvrir cette foutue porte, et toi t'y encadrant, dans un flot de lumière solarisant les torsades blondes de tes cheveux. Puis le rectangle se rongerait, s'amincirait... et je serais là, dans l'ombre. Je te saisirais doucement le poignet. J'allumerais aussitôt, pour que tu n'aies peur qu'une toute petite seconde. Pour te rassurer, je m'étais composé l'apparence de ton partenaire, un certain Andrew quelque chose qui était plutôt joli garçon, ça tombait bien, quoiqu'un peu mièvre peut-être, à mon avis. Un genre d'Anthony Perkins. Cependant je ne voyais toujours pas la nuit se déchirer, jaillir autour de ta silhouette de vierge noire, comme ces rayons fracassants qui dans la peinture manifestent l'irruption de Dieu, la lumière bleue du projecteur. Si je m'étais trompé ? Si à cette séance ils donnaient *Godzilla* ou *Mad Cop* ? Si personne n'allait sortir (ou entrer, **cela revenait au même**), ou bien alors un monstre préhistorique ou bien un flic sadique robotisé ? Brr... Si j'allais attraper, au lieu de ta main de dogaresse, l'énorme paluche écailleuse, griffue, de Godzilla ? J'aurais l'air fin... Pas longtemps, d'ailleurs. Mon cœur battait à se rompre. Un rideau de brumeuse électricité se tendit d'un coup. On n'y voyait paraître que l'ombre de ta main sur la poignée de la porte. Puis le rideau se dilata, devint un mince volume, puis une cage ou un aquarium de gaz opalescent, de la brillance laiteuse d'un écran de radar ou de radioscopie : cependant que, comme suscitée par ce balayage électronique, tu apparaissais, ligne par ligne : ou plutôt ton négatif obscur : découpé, détouré par les rayons dans le bloc de ténèbres dont je faisais moi-même partie : la courbe svelte d'un bras, le galbe d'une hanche, un genou puis toute la jambe, le golfe de l'épaule et du cou, un profil cerné d'une auréole de menues étincelles (ces belles sinuosités lumineuses émergeant de la nuit évoquaient aussi une exploration spatiale, tu étais, ô mer de la volupté, un lointain corps céleste, j'étais comme la sonde Phobos que mon œil-spectromètre infrarouge imageur voyait au même moment, fonçant dans un froid de moins soixante-dix-sept degrés, survoler un très beau volcan de vingt-sept kilomètres d'altitude sur le plateau de Tharsis, planète Mars). Tu étais là toute, statue d'ombre ne tenant plus, désormais, que par le mince pédoncule d'un poignet à la nuit dont tu avais été dégagée. Je savais que j'allais devoir agir très vite : car si je ne parvenais pas à saisir ton poignet, qui serait l'ultime partie de toi se silhouettant encore un peu, le temps d'un éclair, lorsque le pivotement de la porte t'aurait de nouveau presque entièrement rendue au néant, tu m'échapperais : tu te volatiliserais. Mais il ne fallait pas non plus, bien sûr, qu'un geste trop précipité de ma part me fasse apercevoir, dans l'entrebâillement, des imbéciles de l'autre côté, ni que, me découvrant au dernier moment, tu t'effraies et profites du rais de lumière filtrant encore pour rouvrir et t'enfuir rejoindre ce couillon d'Andrew (le vrai). Qui restait seul, l'air KO pensif, à regarder la porte se fermer derrière toi. Il fallait donc que je te saisisse le poignet à l'instant exact où, persistant encore sur ma rétine, il serait déjà en train de retourner à l'ombre. Et c'est ce que je réussis parfaitement, Molly, comme tu sais. Et aussitôt tu t'es faite chair, et j'ai allumé la lumière. Et je t'ai demandé si tu voulais bien faire une promenade avec moi, et tu m'as dit oui je veux bien oui. Et je t'ai emmenée assister à quelques prises dans les studios de l'Universal dont je suis le patron, my dear Molly. Pour te montrer un peu ce que nous savons faire. Parce que je te réserve un grand rôle dans un film dont je suis en train d'écrire en ce moment même le scénario, et qui s'appellera peut-être *Équinoxe*, ou *Métamorphoses*, ou *Portrait de l'artiste en globe terrestre*, je ne sais pas très bien encore. C'est une œuvre, sans vouloir me vanter, comme on n'en a jamais tentée. Cela ne ressemblera à rien d'autre. C'est que je veux te couvrir de gloire, te faire régner sur toutes les mers, ma dogaresse : la mer écarlate sous les jardins de l'Alameda, repliée en mille pétales dont j'assemble une rose pour tes cheveux, la mer couleur de perle des matins du Nord, que j'égrène autour de ton cou, celle, adamantine, de midi que j'attache à tes petites oreilles, la mer de soie noire nocturne que je moule étroitement sur ton corps (mais point trop longue), l'écumante dont je te fais des dessous chics, des atolls de dentelle... et sur toutes ces mers, les caressant, les effleurant, les soulevant de ses rames, navigue ma galère de doge, Bucéphale-Bucentaure... Ah, à propos ! L'amiral ! J'allais l'oublier, celui-là ! Clap, seconde ! Envoyez ! Le muchacho lustrebottes, donc, portant son paquet de tortillas à antenne de radio surmonté de la lettre menaçante, pousse la porte de la maison de change "Litoral", sur la calle Colón, entre Potosí et Mercado. Il se présente devant la caissière, la señora Rosario Zabala, qui n'en croit pas ses yeux. Mais il faut bien se rendre à l'évidence. Ce n'est pas que le lustrebottes, par sa prestance et son attitude (il arrive à peine à hauteur du guichet, et se dandine d'un pied sur l'autre), ajoute du poids au message, non, mais enfin il est écrit : Six mille dollars ou tout va sauter, et il y a une antenne de radio qui sort de ce machin. “Un momento, por favor”, fait-elle au muchacho, avec un sourire qu'elle ne réserve même pas au lieutenant Johnny López, un de leurs plus gros clients, ami des narcos et Jefe de Inteligencia du ministère de l'Intérieur, ces choses-là se peuvent. “Je vais en aviser le directeur.” Toc toc, elle frappe à la porte du vice-amiral (retirado) qui rêve du jour où la flotte bolivienne, construite en grand secret dans les vallées des Andes, transportée en contrebande, par pièces détachées, sur le bord du Pacifique, réassemblée en une nuit sous la protection des milices narcos, foncera enfin vers Iquique, déployée sur tout l'horizon, noircissant le couchant de ses fumées, blanchissant l'océan de ses sillages, dans un joyeux et martial fracas de canon tonnant, de pavillons claquant, de gabiers chantant dans les hunes. Plaît-il ? Il sursaute. Il y a là, señor almirante, un jeune cireur de bottes... La roche Tarpéienne est près du Capitole ! Il a une bombe et réclame six mille dollars. ¡Puta ! La Reconquista est remise à plus tard ! L'amiral montre dans ces circonstances qu'il a l'étoffe d'un chef. Sans envisager un instant de céder, il saisit l'engin, le dépose dans la rue, et appelle Radio Patrulla. Les flics bouclent le quartier, ouvrent le paquet et y découvrent deux bouteilles vides, une de bière et une de soda. Le lustrebottes est transféré à la caserne des pompiers pour interrogatoire. Espérons que ces pompiers-là sont d'un genre un peu plus fréquentable que ceux de Taoyuan. Moteur ! Vingt-deux heures vingt-cinq, rue Chieh-Hsin. Cela fait une heure que le feu s'est déclaré au numéro cent soixante-dix-sept, et que des voisins ont composé le cent dix-neuf pour prévenir la police. Maintenant, des dragons incandescents sinuent jusqu'au toit, toutes les vitres ont éclaté, des jets d'étincelles fusent dans le ciel noir. Dans la rue, la foule regarde, avec sur les visages levés les reflets mouvants des flammes. Soudain, enfin, une sirène retentit, et voici débouler un camion-citerne rouge. Mais alors, assez zigzagant. Trois soldats du feu en débarquent, hilares, à leur haleine on dirait plutôt des cracheurs de feu. Celui qui déroule le tuyau se prend les pieds dedans et choit comme un clown, les deux autres pouffent sous leur casque nickelé. Le public apprécie modérément. Et puis ça y est, le voilà lance en batterie, il fait signe aux deux autres d'envoyer la sauce. On tourne les vannes et... rien ! Le tuyau reste plat comme une grosse bande molletière. L'abruti qui s'est préparé au recul de la lance, du coup, tombe de nouveau. Alors là, c'est le fou-rire sous les casques ! C'est la meilleure ! Ils ont oublié la flotte ! Ils en pleurent de rire, sur la citerne. Vide ! Ils s'en tapent sur les cuisses ! Tout ce qu'il y a de plus vide ! Les Chinois sont gens disciplinés, respectant l'uniforme, tout de même la foule manifeste son mécontentement, et vient les prier fermement de faire quelque chose, d'entrer par une fenêtre et d'aller voir s'il n'y a personne là-dedans. “Mais comment faire, sans eau ?” répondent ces trois enflés, en hoquetant. Et de regarder à droite, à gauche, et de farfouiller sur le trottoir, à quatre pattes, sous les pieds des gens, les bousculant, comme de gros chiens assoiffés, langue basse : des fois qu'ils trouveraient de l'eau. Mais non, il n'y en a pas, ils écartent les pattes en signe d'impuissance. Ils ont fait ce qu'ils ont pu et vont se rasseoir sur la citerne, toujours gloussant. Pour une fois qu'il leur est donné d'assister tranquillement à un incendie, ils vont bien regarder. Ils voient deux voisins, messieurs Chen Chi-jen et Chen Chu-chu'an, escalader jusqu'au premier étage où ils ont cru entendre des cris d'enfant, et en redescendre une petite fille, Hsia Long-ying : ils applaudissent. Puis remonter et ramener une seconde petite fille, Hsia Pei-chun : ils applaudissent encore. Puis se blesser en passant à travers une verrière. Finalement, ils trouvent ça bien regrettable, comme tout le monde, lorsque Chen Chu-chu'an, qui est reparti tout seul à l'assaut, découvre les corps carbonisés de trois autres enfants de la famille Hsia. S'il y avait eu de l'eau, évidemment, commentent-ils, ça ne serait peut-être pas arrivé. Et encore, comment savoir ? Les pompiers d'Ashkelon, par exemple, ont de l'eau, eux. Mais, dans l'éclatant tumulte de l'incendie, trois fois de suite ils croient trouver un enfant, et ce n'est qu'une grande poupée qu'ils rejettent aux flammes. Sous une chaise, ils voient encore une poupée recroquevillée, ne cherchent pas à la tirer de là, et c'est la petite Tami, six mois.

Ces deux scènes, Molly, feront partie d'un film intitulé *Histoire de la nuit*, qui mêlera l'épique, le lyrique, le sordide, le comique, l'astronomique, débutera comme un opéra par une ouverture symphonique que j'ai déjà tournée, et ne sera cependant qu'une partie – une petite partie ! – de l'œuvre plus vaste dont je t'ai parlé et dont je veux que tu sois la star. Ce sera, cette œuvre, un théâtre catoptrique généralisé, une machine à métamorphoses, un proliférant cancer d'images. De l'Abel Gance, de la Polyvision projetée sur un immense écran sphérique multifacettes, utilisant les plus vieux trucs à la Méliès comme les derniers effets spéciaux. Les vérins hydrauliques ! Le riding ! Ce sera la légende d'un jour ! Un édifice ayant un bruit de multitude, disait le père Hugo, qui m'a conseillé aux tout débuts (c'était l'ancien éclairagiste d'Abel Gance, un vieux de la vieille, tu aurais vu sa dégaine, avec sa casquette éternellement de travers sur sa crinière blanche... et sa gouaille... Mais attention, un génie, il vous aurait éclairé la fin du monde avec une bougie et le miroir d'un poudrier). Tous les monstres, chacun dans son compartiment ! La vie immense ouvrant ses difformes rameaux ! L'objectif étant de réduire à presque rien la différence entre le monde et sa représentation ! Objectif inatteignable, bien sûr, et même insensé, inepte, et je dirais même criminel, mais c'est précisément pourquoi il s'impose à qui **n'a pas froid aux yeux** ! Mieux valent les grands, les immenses échecs, que les petites réussites, Molly. Les petites comédies de mœurs bien ficelées, comme des rôtis de porc, comme ce film, je suppose, dont je t'ai heureusement tirée, à Warrawong... L'homme n'est pas une machine à réussir, Molly. Ce sont les animaux qui réussissent leur coup. As-tu déjà vu un singe se casser la gueule en sautant d'une branche à l'autre ? Ça arrive, mais c'est rare. Il faut qu'il soit vraiment vieux, et bigleux, le singe. Ou alors qu'il se prenne pour un homme ! Qu'il voie trop loin, trop grand ! Et boum ! Ça ne pardonne pas ! Icare ! L'intelligence a été donnée à l'homme pour concevoir de grands, d'audacieux échecs ! La tour de Babel ! L'hydravion géant d'Howard Hughes ! *Finnegan's Wake* ! Prométhée ! J'allais discourant ainsi, agitant les mains (cela faisait latin lover, à mon avis), elle à mon côté, un peu étonnée je crois, l'adorable Molly (ah, ça la changeait énormément de son précédent réalisateur ! Pour ne pas parler de son producteur !), à travers les studios à demi en ruine d'ailleurs, conformément au principe que je venais d'énoncer, de l'Universal. Hangars plus grands que des centrales nucléaires, par les toits crevés desquels on voyait tourner les étoiles, portes coulissantes de la taille de murailles de Chine déraillées, passerelles jetées comme des ponts suspendus entre des murs lézardés dont la cime disparaissait dans les nuages. De loin en loin des groupes de figurants interrompaient leur modeste contribution à l'œuvre générale pour me saluer respectueusement : Rigobert Ngayilolo, qui était en train de tuer son père, Ngayilolo François, à coups de hache, dans un faubourg de Brazzaville, posait un instant la cognée, tel un honnête bûcheron, pour se découvrir à mon passage. Haqqy Benkamel Kouyou qui en faisait autant, mais à coups de pierres, dans la région de Homs en Syrie, s'arrêtait au moment où, la première partie de sa besogne achevée, il allait accommoder sa belle-mère, et s'inclinait devant Molly avec une ancestrale civilité. Faisant tinter leurs chaînes et grimaçant un sourire sur leur visage émacié par les privations, Mizza Khan Awan, Allahwarayo Umrani, Mohammad Mousa Sumra et Souleyman Sumro, que des dacoïts de la terrible tribu des Narejo maintenaient prisonniers dans leur village des bords de l'Indus, tentaient aimablement de se soulever de la terre battue où ils gisaient, au milieu de leurs déjections. Tous, ceux-là comme les autres, je les connaissais par leur nom et les présentais à Molly, détaillant sommairement leur histoire. Je savais qu'ils étaient aussi sensibles à ces attentions qu'elle curieuse d'entendre de ma bouche l'explication de ces misérables merveilles. “Ces quatre-là, commentai-je, ont été enlevés il y a quinze jours sur la route nationale près de Karimabad. Et ce monsieur que voici – un être à l'aspect farouche, formidablement hirsute, portant un collier de grenades grosses comme des melons, des bandes de cartouches croisées sur sa poitrine, une carabine de chasse à l'éléphant Enfield à l'épaule et un sabre d'abattis à la ceinture, venait de surgir d'un souterrain, alerté sans doute par le son de ma voix et le tintinnabulement des chaînes : me reconnaissant, il porta la main droite à son cœur et inclina la broussaille enturbannée de sa tête –, ce monsieur-là, donc, c'est Ali Awaz Narejo, le chef des dacoïts. Et ceux-ci – deux autres gros blaireaux venaient de sortir, tout terreux et très armés, du souterrain – ce sont Karimdad et Ali Gul Narejo. Ils seront arrêtés tous les trois lorsque la police de Khaipur va donner l'assaut, ce qui – je tirai de son gousset le vieil oignon, cadeau du père Hugo –, ce qui ne saurait tarder, si je ne m'abuse." Les trois farouches, stoïciens à leur façon, ne laissèrent pas paraître d'émotion à cette annonce. "Et toi, Rigobert, pourquoi tues-tu ton père ?" Le parricide suspendit de nouveau sa main. "Parce qu'il me querellait sans cesse pour des broutilles, patron. Des petites histoires de vols, de femmes, des petites ivresses de rien du tout. – Merci, dis-je, c'est bien, tu peux continuer, maintenant. Et toi, Benkamel ? – Parce qu'il était insupportablement tyrannique, chef. – C'est bon. Après tout, tu as peut-être raison." Et je désignai à Molly une scène qu'on était en train de mettre en boîte, dans un autre coin de l'immense studio (au milieu duquel pendait des cintres une hétéroclite panoplie d'éléments de décor – superstructures de navires, façades d'immeubles, une forêt avec tous ses arbres passablement rongés par les souris, un labyrinthe de miroirs au tain tavelé, le Pont-Neuf et les quais de la Seine, le mur de Berlin, etc.) : un patriarche en long paletot gris, qui sous une gâpette grise montrait presque trait pour trait le visage de Michel Piccoli (mais ça n'était pas lui), était assis sur une chaise, l'air mauvais, main gauche refermée sur le canon fumant d'un fusil de chasse, au milieu de ses trophées : un jeune homme d'environ vingt-cinq ans avec des rouflaquettes et des sourcils fournis, une large moustache noire, des yeux enfoncés dans les orbites, une assez belle tête de Turc ; une jolie jeune femme à la bouche petite ; un homme d'une soixantaine d'années au visage très ridé barré d'une moustache poivre et sel ; et une grosse dame dont on ne pouvait pas détailler la physionomie, car elle gisait face contre terre **au milieu d'une mare de sang** (comme tous les autres, d'ailleurs). Yusuf Demir, commentai-je à Molly. Il vient de refroidir son fils Mustafa, sa bru Habibe, et les parents de celle-ci, rue Depo Sokak à Usak, en Turquie. Je tapai sur l'épaule du vieux qui sursauta, puis ôta très poliment sa casquette. Qu'est-ce qui vous a pris ? lui demandai-je. – J'étais devenu comme un étranger chez moi, monsieur. Cette maison, c'est pourtant moi qui l'ai construite. Et voilà que ces deux-là – il désignait, de sa belle grosse main de paysan, de maçon, de chasseur, de tueur, sa large main fissurée, veinée et vernie comme un vieux bois, tenant civilement la casquette, Mustafa et Habibe étendus pâles, vidés de leur sang, à jamais réunis par les chevrotines –, ces deux-là me disent, enfin c'est mon fils qui a parlé, mais c'était elle qui parlait à travers sa bouche, la maudite : "Nous voulons rester seuls en tête à tête, quand tu es là nous ne nous sentons pas à l'aise !" J'ai été jeune moi aussi, monsieur, je sais ce qui se passe entre les jeunes corps, croyez-moi, mais ça ne m'a jamais fait manquer de respect à mon père. Eh bien, les voilà seuls en tête à tête, maintenant ! Je leur ai donné ce qu'ils méritaient, ces enfants indignes qui voulaient me chasser comme un chien de cette maison que j'ai passé toute ma vie à bâtir ! Quand il a vu que je décrochais mon fusil, Mustafa s'est repenti, mais trop tard. Les renards se repentent aussi quand les chiens les attrapent à la gorge. "Baba, baba ! Istedigin zaman bu evde kalabilirsin", il gueulait ! Tu nous as mal compris, papa, ne te mets pas en colère ! Je les ai alignés tous les deux, ils étaient en train de manger ! A ma table ! Et puis après, les deux autres, là... Ils n'avaient qu'à pas s'en mêler... Ils auraient mieux fait d'éduquer leur fille, ces deux lapins-là... C'est votre femme, monsieur ? me demande-t-il, désignant Molly de sa casquette, les yeux soudain pleins de soupçon sous ses sourcils très noirs. Oh, méfiez-vous des femmes, monsieur ! – C'est curieux, dis-je à Molly, ne m'en veuille pas, mais je n'arrive pas à le détester complètement, ce vieil assassin.

40

Une case brûle à Zanzibar

(histoire de la nuit 1)

Bien d'autres choses encore, tout un bric-à-brac de tragédies, de farces (les deux mêlées parfois, avec un **mauvais goût** étrange), tout un peuple de figurants – un peuple ! Dix, cent peuples se côtoyant, se croisant, échangeant parfois des horions, parfois des plaisanteries – encombraient les studios ouverts aux vents et aux nuages de l'Universal : une vraie préface de Cromwell. Disséminés sur une piscine si vaste qu'on n'en voyait pas les bords, plusieurs naufrages avaient lieu à la fois. Une pirogue de vingt-cinq pieds était retournée par une forte mer dans les parages de la Cambuse. Les quatre pêcheurs, tous natifs de L'Escalier (île Maurice), disparaissaient dans les brisants, cependant que s'élevait un chœur en créole : Li naze dan dilo / So nazwar so pagay / So lake guvernay / Li enn tipti pwason (en pwason, en pwason, ça me rappelait quelque chose... Ah, oui, six lettres : kasalo). Les têtes des malheureux reparaissaient un instant, ballottées dans des bouillons d'eau gazeuse qui les engloutissaient derechef, cependant que les voix horripilantes (et totalement déplacées) reprenaient de plus belle : Li blan ubyen ble / Zonn u ver u nwar / Ruz kuler dife / Li enn tipti pwason. Dans un autre coin de la vaste naumachie, le bateau *Ro Pornprasut* transportant deux cents personnes qui revenaient joyeuses et plus ou moins éméchées d'une noce à Ban Koh Phi Phi, glissait à vive allure sur le dos musculeux du fleuve Krabi ; devant le bureau des Eaux et Forêts, le pilote, Prasurt Yaithoun, semblait soudain fasciné par les dentelles d'écume, phosphorescentes dans le crépuscule, qui couvraient une roche immergée, et y empalait sans hésiter sa barcasse, qui se déchirait en produisant le bruit de dix mille noix brisées par autant de casse-noix. Plus loin, un rhinocéros népalais poursuivait deux dames finlandaises sur le toit du monde, à Tiger Tops : enclume au ras du sol, naseaux-aspirateur, petites oreilles en cornet de marrons bien déployées, le gros cochon articulé gagnait du terrain, mais les deux blondes parvenaient in extremis à s'enfermer dans leur Land Rover et s'en tiraient avec une aile et une portière défoncées. Non loin d'Athènes se déroulait une scène qui présentait avec la précédente quelques similitudes formelles : Iorgos Papazoglou, qui travaillait (assez mollement) avec ses collègues à la réfection de la piste 33R-15L de l'aéroport d'Hellenikon, fumant force Karélia Lights, discutant des amours de leur Premier ministre avec une hôtesse de l'air, et à partir de là des blondes touristes allemandes, hollandaises, finlandaises et autres, sur fond de mélopées transistorisées, était soudain ébloui par l'éclat grandissant très vite des phares d'atterrissage d'un Boeing 737 qui manifestement avait décidé de se poser là même où ils tenaient leurs assises. L'engin grossissait à une allure de cauchemar, monstrueux vautour-presse-purée déployant ses rémiges de duralumin entre des fusées d'air bleuâtre, traînant en rase-mottes les rasoirs tourbillonnants de ses mixers, lançant vers eux des serres de ferraille et de caoutchouc gonflé à bloc. Sainte Mère de Dieu ! Ils se jetaient à plat ventre et cette avalanche de métal hurlant, cette espèce de couperet à réaction passait à un mètre peut-être au-dessus de l'endroit où se trouvaient leurs têtes l'instant d'avant, faisant éclater leurs tympans, emplissant leurs poumons d'une onde étouffante de kérosène brûlé. Impérial au manche à balai du vol Olympic 903, le commandant Papachristopoulos regardait le tarmac et ne daignait rien voir. Molly avait eu un peu peur. Elle pressait un mouchoir contre son petit nez pour ne pas respirer toutes ces friteries de pétrole. On marchait au milieu de l'énorme fatras, des appareils de vision ultramodernes, presque immatériels, sortes d'insectes vidéoscopiques, de chauves-souris photosensibles, glissaient sans bruit autour de nous, dans les allées de ce marché aux puces de la vie. Au loin, au-delà d'une vaste halle servant à stocker de l'ombre, on voyait comme des fontaines lumineuses réfléchies dans un miroir, et c'était Manhattan la nuit. Sur fond de ce décor féerique (c'était le mot de Molly), on croisait le rhinocéros népalais rentrant au garage, l'œil torve, la corne voilée et marquée d'écailles de peinture. Qu'est-ce qu'elles t'avaient fait, ces Finlandaises ? lui demandai-je. – Je n'aime pas les blondes, c'est tout, me soufflait-il en lançant à Molly un regard appuyé. Elle se serrait contre moi. Je la rassurais. Tu n'as rien à craindre, chérie. Tout le monde, ici, est à mes ordres. Cette espèce de gros coléoptère comme les autres. Ça n'est qu'un hanneton qui a tellement bouffé d'herbe qu'il ne peut plus voler. Pas vrai, Fix ? Cornufix ? Fous le camp, pachyderme de mes deux, ou je te botte tes fesses à coulisses. C'est vu, fucking bastard ? Sa mère – j'explique à Molly – était une licorne et son père un verrat. L'animal renâcle terriblement, hoche l'espèce de caillou qui lui tient lieu de tête, mais il obtempère. Et l'avion, il ne va pas revenir ? me demande Molly. – Non, non, ne t'en fais pas. Je lui ai fait donner son cachet. De quoi l'occuper pour un moment (je lui montre une grande cage où un vautour à vieille nuque rosâtre piquée de quelques cheveux en brosse, appuyé sur ses ailes comme sur des béquilles, fouaille joyeusement dans une charogne). Mais pressons-nous. Ce que je veux te faire voir, ce sont des rushes d'*Histoire de la nuit*. Il fallait encore traverser le studio des obituaires, ainsi nommé parce qu'on y avait regroupé, pour des raisons de commodité technique, toutes les inhumations. On enterrait à Anchorage, au milieu de neige carbonique cernant l'œil bilieux d'un sunlight, Dempsey A. Anderson, membre du Lions Club, coach de l'Alaska Hockey Association et de l'équipe All-Star. Il avait influencé des centaines de jeunes joueurs, qui suivaient sa dépouille crosse sur l'épaule. Son âme se perpétuerait dans l'imprévisible grimoire tracé par les palets sur la glace, in saecula saeculorum, Amen ! (Je faisais devant chaque cercueil poudreux, escorté de trognes rougies par le froid et les larmes, un éloge funèbre express.) Et encore Elmer Royal "Roy" Eaton, policeman, pêcheur, employé du Arctic Health Research Center, membre de l'Union des musiciens, de la Moose Lodge et des Pioneers of Alaska. Il avait arrêté des dizaines de menus délinquants, ferré des centaines de saumons, joué de la flûte à bec dans je ne sais combien d'églises et de préaux gelés, Requiescat in peace ! Que Dieu lui donne en son paradis de bonnes chaussettes et un cache-nez ! Et encore Feodosia Sacalof, membre de la Cook Inlet Native Corp., de la Salamanatoff Native Organization, et de la Sisterhood of the Church. Elle avait contribué à de nombreux livres d'histoire locale, aimait pêcher et cultiver les fleurs, elle était la dernière personne à savoir parler le dialecte Dena'ina de Outer Inlet, Requiescat ! Une chose ou une infinité de choses, Molly, meurt dans chaque agonie. Avec Feodosia meurt une des façons qu'ont les hommes de dire le monde. Pas moins belle, la façon de la langue Dena'ina d'Outer Inlet, que celle du latin ou de l'anglais : apte à dire non le droit, ou l'économie, ou quelque aspect que ce soit de l'homogénéisation planétaire, mais le grain de la neige, la couleur de la glace, les rayons et les ombres sur la mer, la bienveillance ou la malveillance du vent et des vagues bouclées, la douceur d'une fourrure, d'un duvet d'oie sauvage, les nuances très subtiles des petits arcs-en-ciel qui brillent sur la peau des poissons, et l'excellence de la graisse, et l'intention cachée des yeux plissés : toutes choses, tous savoirs vénérables, Molly, comme le sont aussi la classification des formes si multiples et changeantes des nuages, et de la famille des pluies, plus nombreuse que celle des herbes sur la terre. Qu'est-ce qui demeurera de moi quand je mourrai ? – Je vais te le dire, moi : pas grand-chose. Le souvenir d'un grand vantard, d'un touche-à-tout gâcheur de pellicule. Nom de Dieu ! C'est **lui** qui revient, déguisé en producteur, en costume de lin croisé sur un ras-du-cou noir enserrant son garrot de tank, cigare au mufle, lunettes noires avec un pont en arceau autour de sa corne ébréchée, ses pattes difformes, vaguement ongulées, chaussées de luxueux écrase-merde anglais à chenilles ! Cette morgue qu'il a, soudain ! Agitant sa petite queue tirebouchonnée de porc cuirassé ! A laquelle il a noué un catogan ! Caressant son énorme menton-marteau pilon mal rasé, pour faire artiste ! Hérissé de brosses à dents de l'avant-veille ! Un bulldozer **à la mode** ! Jouant négligemment avec son portefeuille, bourré de billets, en cuir de rhinocéros ! On va avoir droit, je le sens, à une définition pachydermique de **l'art** ! Et ça ne loupe pas ! “Voyez-vous, heu, mademoiselle, ce que ne comprend pas ce monsieur, c'est qu'un bon film, c'est **d'abord une bonne histoire**. Il n'y a pas de mystère. Le public aime les histoires. Et il a raison, le public ! Il a toujours raison ! Il aime qu'on le fasse rêver, il a déjà assez de soucis comme ça, le public, pour n'avoir pas envie d'aller encore se prendre la tête entre les mains dans une salle de ciné. C'est comme pour la littérature, d'ailleurs. A votre avis, au XXIe siècle, qui demeurera ? Barbara Cartland ou, euh... je ne sais même pas qui. Vous voyez ! C'est dire ! Donnez-moi une bonne histoire, et je vous fais un bon film : principe numéro un. La **règle d'or** ! Monsieur Hitchcock, par exemple, voilà un cinéaste. Alfred Hitchcock. Pas monsieur Godard. Laissez ça aux intellectuels maladifs ! Des gens qui ne savent que s'ennuyer, et qui voudraient bien obliger les autres à s'ennuyer aussi, pour se sentir moins seuls. Mais pas si bêtes, les autres ! Ils ne marchent pas, les autres ! Parce que qu'est-ce que veut le public, n'est-ce pas, mademoiselle ? Je me permets de vous donner des conseils pour vous éviter de faire des bêtises, de vous fourvoyer dans des voies sans issue, parce que vous m'êtes, euh... sympathique (il lui souffle au visage deux jets de fumée bleue), et qu'il me serait agréable de vous aider dans votre carrière. Votre jeune carrière, mais déjà si prometteuse. Ne vous laissez pas détourner par de mauvais conseillers ! De faux prophètes ! Des aventuriers qui posent à l'artiste ! Il est très difficile de redresser une image, ensuite. Elle vous colle à la peau ! Je pourrais vous citer bien des exemples de jeunes talents charmants gâchés, souillés, enterrés par des Pygmalions abusifs. Des esprits tordus ! Je vous disais donc que ce que veut le public, c'est preumio de pouvoir **se mettre à la place des héros**, des acteurs, et en même temps, seugondo, d'**être dépaysé**. Ça a l'air contradictoire, mais c'est pour ça que l'Art est difficile, mademoiselle. **L'art qui marche** ! Croyez-moi, c'est plus difficile de fabriquer une bonne histoire, une histoire qui fonctionne, que de récrire la Kabbale de Jérusalem ! Ou celle des dévots ! Vous devez devenir pour des milliers de jeunes filles, de jeunes femmes modernes, **un modèle** ! Un modèle à la fois proche et inaccessible. Voilà ce que doit vous offrir un vrai réalisateur. Et vous le méritez ! Ça se voit ! Et je sais juger les gens, moi, les débutants, du premier coup d'œil ! J'en ai visionné, j'en ai auditionné ! Et savez-vous pourquoi j'ai ce coup d'œil ? Parce que **j'aime les artistes**, moi, mademoiselle ! Tout l'Art, mademoiselle, j'en reviens à l'Art (il faut toujours revenir à l'Art, en partir pour y revenir ! O notre bonne auberge ! Notre cinq étoiles !), tout l'Art consiste – écoutez bien, c'est important, ce que je vais vous dire là – à **surprendre mais pas trop** ! Ma non troppo ! Voilà la formule magique ! Le cocktail admirable ! Cinq mesures de tradition, de bonne vieille habitude, de recettes éprouvées, et un trait d'inattendu, de nouveauté, de révolution, même, si vous voulez : j'irai jusque-là. Jusque-là mais pas plus loin. Pure question de vocabulaire, d'ailleurs. Glace pilée, une cuillerée de sucre, secouer, servir frappé. Aaahh ! Ça fait du bien par où ça passe ! L'Art ! Le **vrai** Art ! A propos, si on allait s'en jeter un ? Je parle, je parle, ça donne soif..." Allons-y, dis-je à Molly. Laissons ce rhinocéros décorner encore un peu. Après, on lui fera les poches, pour lui apprendre. On va s'asseoir autour d'une table au bistro Play Boy à La Virginia, en Colombie (chemin faisant, on est enfin arrivés dans les studios où se tournent les multiples scènes d'*Histoire de la nuit*). Le Play Boy, ce n'est pas le genre d'établissement que Cornufix fréquente d'habitude, mais on n'a pas de Fouquet's en plateau. A côté de nous, le jeune boucher Luis Hernando Henao Tovar boit une bière en jouant aux cartes avec des amis. Un consommateur se lève, sort un pistolet et l'abat, puis pousse tranquillement la porte et disparaît dans la nuit. Ça n'empêche pas le pachyderme de reprendre le cours de sa conférence. "Euh... Je disais donc... Pauvre jeune homme... Où en étais-je ? Le vrai Art... Le goût du public... Ah, oui, c'est ça : il faut **respecter les goûts du public** ! C'est bien le moins qu'on lui doive ! Le public est roi ! C'est ça la démocratie dans l'Art ! Et puis, autre chose, que je n'aurais garde de négliger : c'est avec l'argent des autres, après tout, qu'on fait des films. Ne l'oublions jamais ! (Il tâte, dans sa poche, son portefeuille en cuir de rhinocéros. Il ne perd rien pour attendre, l'ongulé !) Alors, il ne faut pas cracher dans la soupe ! Se moquer du monde ! On est comptable des sous des autres, n'est-ce pas ? Le vrai artiste, mademoiselle, est scrupuleux ! Extrêmement scrupuleux ! Économe ! Il respecte le public, mais il respecte l'argent, aussi, qui lui permet de vivre ! De vivre pour **créer** ! Or, que veut l'argent ? L'argent, mademoiselle, veut prospérer, se multiplier ! Il est comme tout le monde, l'argent ! Il veut **faire des petits**, l'argent ! L'argent est femme, mademoiselle ! Eh eh... Il ne veut pas s'investir dans des entreprises stériles, mégalomaniaques, des fantasmes de songe-creux, des masturbations ! Des subversions ! Pas du tout ! Il a horreur de ça, l'argent ! Or, voyez mademoiselle comme le monde est bien fait, il se trouve que ces deux impératifs **éthiques**, de respect du public et de l'argent des autres, **se confondent** ! Pas de dilemme cornélien ! (Cornélien toi-même !) C'est en respectant les goûts du public (je ne dis pas en les flattant, ne me faites pas dire ce que je n'ai pas dit – il pointe sa corne déglinguée dans ma direction), en respectant les goûts du public, donc, qu'on **fait de l'argent** ! C'est imparable ! **Tout le monde est content !** Et les acteurs les premiers ! Car j'en reviens à votre carrière, mademoiselle, de laquelle j'ai le plus grand souci, souci dont je m'autorise pour vous donner ces quelques avis qui vous seront précieux, n'en doutez pas ! Ce sont des conseils de père, si vous permettez. Songez à votre carrière, mademoiselle. Et n'oubliez jamais que c'est l'argent, c'est **l'aisance**, qui permet de choisir les bons, les grands rôles ! En définitive, **l'Art y trouve son compte !** Un vrai artiste se doit d'être riche ! Pas par cupidité, non, mais pour protéger son Art, justement ! Car il ne faut jamais faire que ce qu'on a envie de faire ! Et qu'est-ce qui vous donnera cette liberté, sinon **le pognon** ? C'est exprès que je parle vulgairement, pour qu'il n'y ait pas d'ambiguïté : l'argent est le garant des droits de l'Homme, Miss Molly, l'intraitable défenseur de la liberté de l'esprit." Sur ce, il vide son verre, rote, et nous sortons dans la rue sombre. Je tire de ma poche un pistolet en plastique et l'en menace. Le pognon, et vite! De peur, il commence à bredouiller, à balader sa grosse langue bleuâtre sur ses badigouinces d'herbivore. Mais, qu'est-ce...? Allez, on ne plaisante pas. Allonge, unicorne! Il me tend l'objet, bourré à craquer. Mais de roupies népalaises. On n'ira pas loin, avec ça. On file en les semant joyeusement au vent, cependant qu'il court de droite et de gauche, mufle au sol, pour les attraper, criant comme un rhinocéros qu'on égorge.

Nous voici enfin installés dans la salle de projection. La lumière s'éteint, j'aime te sentir là tout près: agacerie de tes cheveux, de ton épaule, très fine électricité, infime orage magnétique innervant le flanc qui touche au tien... Comme si la peau **voyait**! Blancheur longue des jambes croisées, tandis que jaillit le faisceau dansant du projecteur. Tu te souviens? A Warrawong, quand on s'est connus? Dans les jets de lumière bleue? On dirait que c'était... il y a longtemps. Je me demande à quoi peut bien ressembler ce film maintenant, sans toi. Cet imbécile d'Andrew tout seul, parlant au vide, embrassant le vide... ayant des good feelings avec du vide... Il a dû y avoir une émeute, dans le ciné. Remboursez! Les rayons solarisent ses cheveux, comme lorsque je l'ai aperçue, dans l'encadrement de la porte: fibrilles d'or très blanc, aurore boréale de poche, où passe ma main... ses jambes de soie pénombreuse... La projection commence. Enfoncés genoux mêlés dans le capiton d'un carrosse en bois de piano incrusté d'élytres de scarabée, on ne voit d'abord que le huit-reflets scintillant de notre cocher noir, fouettant les chevaux noirs à travers le ciel nocturne. Croupes et chapeau haut-de-forme grandissent jusqu'à occuper tout l'écran: ténèbres pommelées, un peu bleues. Des bouquets de flammes, mais petits d'abord, s'y allument, s'y répercutent, cela fait une circulation de feux fluide comme des miroitements sur un panneau d'ébène. C'est une émulation d'étincelles qui grouillent faiblement sur le papier brûlé du monde. Car la nuit, Molly (je lui chuchote ça en mettant ma langue dans son oreille), est une page noire, calcinée, un très délicat vélin-velours calandré pour l'écriture des braises. Bougies ou lampes à pétrole renversées, cigarettes tombées d'une bouche endormie, obscurité amie des pyromanes : dès que la nuit tombe, la conspiration des candélabres se répand comme une traînée de poudre, prend dans son filet d'éclats une moitié mouvante de la terre. Flamboyante mise en plis ! Grand incendie de l'ombre ! Chez toi, darling, à Glynde dans la paisible Australie, une main criminelle, mafieuse peut-être, embrase peu avant l'aube un entrepôt de produits alimentaires italiens : pâtes et peperoni partis en paillettes, bouteilles de bardolino, de chianti, de valpolicella, de lambrusco, d'asti spumante, illuminent la mer vineuse de fusants feux d'artifice. Plus haut sur la ronde meule qui broie sans jamais les mêler grains de café et grains de blé, sombre mouture et blanche farine, dans le village de Hingon Roy Saderpara, de l'huile jaillit sur des charbons ardents, fume un peu en sifflant puis éclate en tiges de feu qui transpercent deux maisons et font voler dans le vent, telles de virevoltantes lucioles, des copeaux de paddy incandescent. Et la même chose advient à Mozahardy, à Phulpur, Mymensingh, Khrustal, Cox's Bazar : le Bangladesh est comme une idole noire parée de bijoux de flammes. Plus loin, dans la grande plaine rayée de cours d'eau qui descendent vers le Gange, à Kargaina, sur la route de Bareilly à Badaun, trois jeunes gens se sont endormis épuisés sur un tas de tissus, dans la boutique du tailleur où ils ont travaillé toute la nuit, coupant, cousant. Un mouvement d'un des dormeurs fait tomber la chandelle qui luit faiblement sur une table, et ils périssent, enveloppés d'étoffes ardentes. A Kotdawar, sur les premiers épaulements de l'Himalaya, un court-circuit fait jaillir des gerbes d'étincelles, le feu est bientôt chez lui dans toutes les chambres de l'hôtel Tenjab, il se vautre sur tous les lits, fait briller ses chaussures avec tous les rideaux, brosse ses terribles dents dans tous les lavabos qu'il fait péter, de là il saute sur les magasins qui l'entourent et les pille. Les pompiers, bien sûr, sont ailleurs, sans doute participent-ils aux fêtes de Holi qui jettent toute l'Inde dans les rues, de l'Himalaya au cap Kanya Kumari. A Rajouri, sur la frontière avec le Pakistan, le carnaval tourne mal lorsque la procession atteint le Chowk : le bharon touche avec ses pinces rituelles un musulman. En principe personne ne s'offense d'être touché par les tongs, puisque c'est un gage de bonheur, mais ce musulman-là ne l'entend pas de cette oreille, il n'est pas disposé à collaborer à ces idolâtries, et le fait vivement savoir. Aussitôt on s'empoigne, des gourdins tournoient, des briques pleuvent des toits, des coups de feu éclatent, des boutiques disparaissent en fumée. Et ainsi, Molly, au fur et à mesure que la nuit feuillette le monde, elle l'illustre d'écarlates enluminures, de lettrines gravées au fer rouge. Les hangars de l'aéroport d'Aropa sont en flammes, des entrepôts de gingembre et de girofle s'embrasent à Arawa, embaumant la nuit de Bougainville, six camions attaqués par des dacoïts brûlent sur le pont de Berali, à Balipani en Assam, un stock de coprah flambe sur le port de Dar es-Salam, un wagon bourré de balles de coton sur une voie de garage à Erevan, une auberge pour pèlerins à Gorakhpur. Sur les plateaux du Congo le bureau de poste d'Abala n'est plus qu'une torche crépitante, le pêcheur François Ngandzania y a mis le feu pour faire disparaître les traces des malversations de son oncle Lucien Ibara. Une cabane se consume à l'écart du village de Celeiros do Douro, dans le district de Vila Real, et l'on retrouve au petit matin, dans les décombres à la lisière des champs, les corps recroquevillés et rapetissés, tassés dans un coin à l'opposé de la porte, de toute la misérable famille d'ouvriers agricoles qui l'habitait. Un réservoir contenant six mille tonnes d'ammoniaque s'effondre comme un chapeau-claque à l'usine Azotas de Ionava, en Lituanie, le liquide suffocant se répand, atteint le dépôt de nitrofosk, et un formidable chalumeau jaillit vers les nuages. De très loin alentour, dans les mornes campagnes où la neige se mélange à la boue, où peu de lampes, et faibles, trouent la nuit, on voit passer dans le ciel bas des paquets de lumière, météores qui réveillent les animaux. A Klerksdorp, un camion brûle sur la route de Johannesburg, à l'angle de Platan drive. A deux heures moins le quart du matin, il a percuté la Mercedes conduite par Hendrik Putter, et dans laquelle le boxeur Solomon Bushy Bester, ancien champion poids moyen junior d'Afrique du Sud, occupait la place du mort. Il faut découper l'épave pour sortir son corps. Il avait commencé à boxer à neuf ans, entraîné par Billy Lotter, et était passé professionnel en soixante-dix-sept. De l'avis général, il aurait pu devenir champion du monde s'il avait plus travaillé, mais il manquait d'acharnement. C'était un teigneux, pas un bosseur. Un peu comme Ozeki Asahifuji. Il avait été battu aux points en quinze rounds, en mille neuf cent quatre-vingts, au Danemark, par l'Ougandais Ayub Kalule. Ç'avait été un combat courageux, mais ça ne lui avait pas plu de se faire battre par un kafir. L'année d'après, il s'était encore fait corriger par Gert Steyn, à Ellis Park : au moins celui-là était-il blanc. Il avait, en revanche, donné une leçon à l'Américain Buster Drayton, qui devait emporter plus tard le titre mondial IBF. Et maintenant, sur une civière au bord de la route, on ferme ses yeux qui ne verront plus jamais un ring, ni le lobby du Tivoli Hotel dont il était devenu le manager, une reconversion réussie : l'un après l'autre clos au milieu de son large visage illuminé par les flammes, nez épaté, moustaches en crocs, menton en galoche, définitivement esquinté par un poids trop lourd pour lui. A deux heures trente du matin, un incendie éclate dans une cuisine du downtown Hilton de Los Angeles, il faut évacuer les cinq cents clients en pyjama, vingt et une compagnies de pompiers arrivent toutes sirènes hurlantes. A Malone, État de New York, c'est à trois heures moins le quart que le feu vient déranger les cafards dans les cuisines du restaurant Roy and Rita's, sur West Main street, à Montevideo une bougie tombée au sol, comme dans la boutique du tailleur de Kargaina, est fatale à une baraque sise sur Alejandro Gallinal, au numéro deux mille quinze pour être précis. Il n'est pas jusqu'au Groenland où la nuit ne fasse pousser des flammes sur la glace : c'est à Nuuk qu'à onze heures et demie la police (encore sous le coup de l'assassinat d'un petit chien) doit éteindre un feu allumé dans un sofa par une cigarette chue de la bouche d'un gros homme que ni la bière ni la télévision n'ont su distraire de l'immense ennui propre à ces latitudes, Molly : et qui s'est endormi sur le convertible, clope au bec, ronflant, sa tête de morse engoncée dans son double menton comme dans un cache-nez, devant l'écran où la neige tombe désormais comme elle tombe dehors, dans Jagtvej et dans tout Nuuk, sur la femme que son compagnon ivrogne a plantée d'un coup de couteau dans l'épaule, sur le jeune délinquant qui a endommagé le matériel du Bingo Club, sur celui qui remonte, mains dans les poches, le quai des Greenland Fisheries après avoir visité, en vain, la cabine du capitaine du remorqueur *Vanja* (et singulièrement l'armoire à pharmacie), comme il neige sur tout le Groenland, sur la maison d'Ammassalik où un jeune homme vient de se pendre, sur Sinarsuaq où un four oublié par un autre éthylique solitaire allume un autre incendie : frêles feux sous les flocons. Et ainsi de suite à Oacoma sur le Missouri, à Papeete où des flammes jaillissent de l'atelier de confection de paréos de Victor Haparai, le détruisant entièrement, mais ce qui est beaucoup plus triste que l'envol en étincelles de ces fleurs de tissu, Molly, c'est que la fournaise sèche aussi sur pied le jardin d'orchidées, dont j'eusse aimé te cueillir les plus veloutées, les plus scandaleuses, de Celina Sun, la voisine de Victor Haparai. Et s'embrasent encore une ferme du kolkhoze turkmène "Quarante ans d'Octobre", les docks papous d'Andersons Foodland Ltd à Rabaul, des poubelles à Rouge Bouillon, un bidonville à San José de Costa Rica, la maison à Tobago du vieux Samuel Daniel que son fils, nouvel Énée sauvant son père Anchise, prend sur ses épaules et porte loin des flammes, la synagogue d'Yerres près de Paris, alors que le rabbin Jacques Hadjadj dirige un office de Pourim dédié à la reine Esther, la maison de Mme Patrice Frérot rue des Petites-Croix à Yerville, le feu ayant pris dans le compteur électrique, et s'étant propagé très rapidement. Toutes ces lettres embrouillées, Molly, ces éclatants hiéroglyphes, composent chaque nuit sur le palimpseste obscur un nouveau texte crypté, un poème secret où il est question des grandes légendes de l'humanité et de matches de boxe, de crime et de tendres fleurs, de folie, de malheur et d'amour, du mouvement général des marchandises et de l'exploitation des classes laborieuses : toutes les histoires se disent en s'anéantissant dans les signes de feu de la nuit, il n'est pas de passion humaine qui n'y soit exprimée, pas de canton de l'esprit ou de l'infamie qui ne s'y traduise, et si l'*Histoire de la nuit* ne forme qu'une partie du film, c'est une partie où il y a aussi bien le tout des métamorphoses. Devant l'océan Indien une case brûle à Zanzibar. A l'aube, quand revient la lumière, tout s'efface, il ne reste que fumées.

41

Les dernières chaussettes d'Attila

La lumière se rallume, elle n'est plus là. Oh, je ne suis pas surpris, je l'avais prévu. Voulu. C'est mal, je le sais. Mais l'homme est faible. Moi spécialement, en dépit de, à cause plutôt de mon extraordinaire pouvoir. Imaginez... Auquel d'entre vous n'est-il pas arrivé d'avoir envie de tout plaquer pour suivre une femme dans la rue, puis dans une autre et jusqu'au bout de toutes les rues du monde ? Or, mes tentations sont multipliées par cent, mille... Je ne sais pas qui y résisterait. Comment ne pas être un peu volage lorsqu'on vole ainsi, qu'on est transporté instantanément en tout lieu, qu'on marche en toute rue où l'on peut croiser la Beauté ? Ah, c'est autre chose que les Messageries roses, je vous l'assure. C'est pourtant comme ça, incidemment, que je suis entré en contact avec Naomi. Telle Doña Prouhèze, je contemplais, distraitement d'ailleurs, les îles du Japon, pareilles à des nuages immobiles, à de curieux instruments de musique... tout à la fois assemblés et disjoints, oui, comme moi, rêvassais-je. Feux dans la nuit, là-bas aussi. Incendie dans un atelier de retraitement de ferrailles, à Sakaï, Osaka-ken. Enfin, peu importe. Si inattentif que fût mon regard, je ne pouvais pas ne pas la voir. Elle rayonnait sur des millions d'écrans de télévision, même sur celui que regardait la famille Kawasaki (les propriétaires de l'atelier en question, qui habitaient, hélas pour eux, juste au-dessus) : belles pommettes, petit nez droit, pincé, bouche mutine, yeux vifs comme des flèches encochées sur l'arc des sourcils, haut front, cheveux en soie microsillon passés derrière de petites oreilles qui donnaient des idées aux dents. Tailleur noir à veste boutonnée, quasi militaire, un foulard noir à pois blancs passé dans le col. Bon goût parfait. Je me désintéressai vite de l'incendie, je dois l'avouer (bien que les choses tournassent mal, très mal même). J'ai toujours aimé les Japonaises, je ne sais pas pourquoi. Si, j'ai bien une petite idée. D'abord il y a le mystère, bien sûr. C'est peut-être banal, mais il y a souvent du vrai dans le banal, c'est pour ça qu'il l'est. Celui qui n'aborde pas une serveuse de bar, mettons, comme le plus grand mystère qu'il lui ait été donné de rencontrer, celui-là n'aime pas les femmes. Or, par rapport à une serveuse canadienne, supposons, une serveuse japonaise incarne l'absolu du mystère. C'est comme ça. Cela tient à la civilisation. D'autres l'ont expliqué mieux que moi. Il y a aussi l'idée qu'on se fait (que je me fais, en tout cas) d'un mélange de pudeur et d'ardeur, de réserve et de lubricité. Doit être très curieux. Pousser des petits cris. Enfin bon. Ajoutons à cela non seulement la pâleur étrange de la peau, magnifique dans son contraste avec la chevelure, mais encore son grain si particulier, délicat, velouté, je ne dirais pas de pêche, non, mais de nubuk. La langue Dena'ina avait peut-être un mot pour ça ? On approcherait très vaguement le phénomène (j'explique cela pour ceux qui n'auraient jamais **touché**, même furtivement, de Japonaise) en disant que les Japonaises semblent entièrement tendues de peau de sein, là où elle est la plus subtile. Mais il n'y a pas que l'aspect tactile : il y a, lié à lui, certainement, le fait que cette peau extraordinaire, ionisée, change de couleur, ou plutôt de reflet, avec la lumière. Peau poudre de riz, peau aile de papillon. Ce qu'il y a de plus éloigné, assurément, du cuir et de la couenne. Peut-être un pur phénomène ondulatoire ? Une immatérielle étoffe changeante, tissée d'ondes ? Bon, quoi encore ? Ah, oui, autre banalité : elles (les Japonaises) évoquent une idée d'interdit. On n'y peut rien. En approche-t-on une, on imagine aussitôt qu'elle va se retirer, yeux baissés, dans un labyrinthe de papier, à pas menus claquant sur les carreaux de bois où va bientôt paraître un type chauve en armure, poussant des cris gutturaux, jouant avec un sabre qu'il vient d'essayer en décapitant quelques mouches en vol, et dont il s'est mis en tête d'éprouver, maintenant, la lame sur vous. Très excitant. Ceci encore qui est moins connu, et que me rappelle la considération précédente : la beauté des Japonaises est toujours **sur le fil du rasoir** ! A la limite du défaut. Strabisme, jambes torses, hanches basses : il s'en faut de peu. Et c'est justement ça qui est magnifiquement émouvant. Cette proximité avec l'imparfait, l'inaccompli. Cet écart, ce coup de reins (abolissant le hasard !) qui les jette in extremis, comme essoufflées, dans la grâce. Moins une ! Une grâce fragile, une grâce qui frôle la disgrâce pour en triompher. O miracle humain ! Si les yeux des Japonaises et ce qu'il y a derrière, l'âme, mettons, sont du côté du mystère, si leur peau photosensible semble émaner d'êtres qui auraient plus de commerce avec la lumière qu'avec des régions épaisses de la matière, leurs formes ont un côté naïvement progressiste, darwinien presque. Qu'on n'imagine pas un instant que je dis cela avec ironie : c'est le défaut infime, virtuel, qui manifeste non l'inexistante perfection, mais le travail de perfection qui est à proprement parler la beauté : pas une idée, pas un archétype, la beauté. Toutes ces considérations suffisent peut-être à faire entendre pourquoi j'eus aussitôt envie de connaître Naomi, dès que je l'aperçus, illuminant de millions de doux éclairs la nuit de l'archipel du Japon, de Hiroshima et Nagasaki où s'épanouissaient déjà les fleurs de cerisier, jusqu'à Sapporo et Hakodate qui devraient encore attendre un mois et demi (selon les prévisions aimablement fournies, je vous le rappelle, par le saké Haku Tsuru) pour en voir la couleur (blanche, je vous le rappelle). Elle jouait, dans un feuilleton intitulé *La Maison de sable*, le rôle d'une jeune femme qui, s'ennuyant seule à la maison, se décidait à appeler "Télé Kura", un numéro de messageries. Je dois dire que par les mêmes messageries, auxquelles je me connectai aussitôt, parcourant en un instant tout leur réseau, on pouvait également joindre, entre autres, une fille qui ne déclinait pas d'autre nom que celui, d'ailleurs charmant, de "Collégienne prise en faute". Elle portait évidemment un col marin sur une robe virginalement blanche laissant nus des bras couleur, comme il se devait, de rayons de lune. Sur son visage évoquant un blanc et frais galet poli par les eaux, agréable aux mains, s'inscrivaient une grande bouche aux coins relevés – détail qui m'a toujours séduit –, et des sourcils droits et sombres. Un air niais et doux très excitant qui faisait concevoir qu'en dépit de tous les efforts (vos efforts !), elle s'obstinait à ne pas comprendre sa leçon ! Qu'il allait ainsi **falloir la punir** ! C'était inévitable ! Or, elle avait une chevelure magnifique : deux mèches tombant derrière l'oreille droite, caressant la courbe de la joue, d'autres tombant en pluie légère sur le front haut, tandis qu'une énorme masse soyeuse, baudelairienne, cascadant le long de sa joue gauche, se lovait sur l'épaule, contre le cou. La première chose à faire, de toute évidence, pour chasser de son visage cette expression d'agneau confiant – mais néanmoins **coupable** ! – était d'empoigner rudement cette ondoyante crinière. On imaginait toute une alchimie de petits os frêles et de gémissements, fanfreluches, taches d'encre sur les doigts pâles, porte-jarretelles et porte-plume, enfin... N'en parlons plus. Je dois dire tout de même que j'hésitai. Mais quelque chose de plus fort me poussait vers Naomi : vous voyez bien que je ne suis pas si mauvais. Ce fut donc moi qui lui répondis, à Télé Kura. Et c'est ainsi qu'elle se trouve à mes côtés maintenant, cependant que la lumière revient dans la salle de projection des studios Globe. Menue, mignonne dans son tailleur, **plus belle encore qu'à la télé !** Et en outre un air pimpant, facétieux, qu'elle n'avait évidemment pas dans *La Maison de sable*... C'est trop beau pour... Je me retourne : pas de daimio, de rônin à sabre et borborygmes ? Non, tout va bien. "Tu t'ennuyais chez toi, Naomi, lui dis-je, mais te voilà chez moi, et je veux que tu t'y distraies. Ici, on ne voit pas le temps passer, on tourne vingt-quatre heures sur vingt-quatre, ou quarante-huit sur quarante-huit, car cela revient au même, n'est-ce pas ? On tourne tout ce qui peut advenir sur la terre, toutes les situations imaginables, les grandioses (nous faisons les tempêtes, les tremblements de terre, les révolutions et émeutes, les catastrophes aériennes, explosions de fusées, orages magnétiques et autres), les minuscules et les triviales aussi, je ne vais pas détailler, il y en a trop. Les jeunes femmes qui s'ennuient chez elles, les fous qui tournent en rond dans leur chambre d'hôpital : tout ! Est-ce que c'est le monde, ici, ou bien est-ce qu'il est ailleurs, en dehors de ces murs ? On ne sait plus bien, maintenant. Je veux dire : qui copie qui ? Ou quoi, quoi ? Ou plutôt : qui rivalise avec qui ? Car ici (là-bas aussi, sans doute), nous improvisons. On n'attend pas que quelque chose arrive là-bas pour le redoubler ici : sinon, comprends-tu, nous serions toujours en retard. Or, nous sommes toujours **en avance sur l'événement !** Nous y tenons ! Mais peut-être disent-ils la même chose, là-bas ? Qui est-ce qui avance sur quoi ? Voilà ce que nous ne savons plus bien. Le précédent directeur le savait, peut-être. Mais il ne me l'a pas dit. On ne lui en a pas laissé le temps. Peut-être est-ce pour cela qu'il a été tué ? C'est possible, mais ce n'est pas sûr. Albert Kafkan, le fondateur de ces studios, un riche Français ami de Marcel Proust et des frères Lumière, et d'Albert Einstein aussi, le savait, lui, forcément. Mais il n'a laissé aucun témoignage. D'ailleurs, il a été ruiné. Naturellement, on pourrait déduire du fait qu'il a **fondé** ces studios en des temps historiques, assez proches de nous, même, la conclusion qu'il s'agissait alors de reproduire le monde, d'une façon ou d'une autre. Parce que le monde, incontestablement, **existait**, à l'époque. Et cette conclusion est incontestablement exacte, Naomi. Mais elle n'est pas probante, désormais. Car, qu'est-ce qui prouve que la croissance démesurée de cette entreprise de représentation – si démesurée que personne, ici, à part moi, n'en connaît plus les origines, que personne, même moi, ne quitte plus cette enceinte, à supposer d'ailleurs qu'il y en ait une –, oui, qu'est-ce qui prouve que cette hypertrophie monstrueuse, alors même que le monde, là-bas, **rapetissait**, paraît-il, n'a pas inversé les rôles ? Satellisé, en quelque sorte, 'le monde' (si le mot convient encore) autour de la masse infiniment plus considérable désormais, et donc créant une gravité bien plus forte, de sa représentation ?" Sur ces entrefaites un ex-jeune officier pakistanais à temps partiel, employé désormais au room service, dévale l'allée sur sa pétaradante motocyclette Enfield, et pile devant les fauteuils : une main gantée de cuir sur le guidon de la décorative machine (c'est-à-dire sa propre moustache magnifiquement cirée et relevée, et munie d'une poignée de frein et de débrayage), l'autre de coutil blanc soutenant un plateau d'argent sur lequel tintent légèrement – mais sans qu'une goutte en verse – deux coupes emplies d'Orbite polaire, le cocktail récemment inventé par mon ami le barman Victor Rosa. "Your drinks, sahib." Je voyais Naomi perplexe, mais ne s'ennuyant plus du tout. Cela t'amuserait-il, lui demandai-je, de visiter l'un des magasins – innombrables ! – où nous entreposons, de quarante-huit heures en quarante-huit heures, tous les accessoires utiles à notre théâtre ? Et sur sa réponse affirmative, je l'emmenai à travers le vaste labyrinthe du magasin des voleurs : comme son nom l'indiquait, on y stockait tout le matériel nécessaire aux vols du jour, à l'exclusion cependant des billets de banque. Un capharnaüm inexprimable, on s'en doute, un planétaire mont-de-piété, où voisinaient sans ordre les objets les plus considérables – des bateaux, des avions, certains jours – avec des œufs, des pommes, des cendriers : articles toujours très demandés. Par exemple, sur une table demi-lune Louis XVI qui serait volée dans un château vendéen par un gang d'antiquaires, s'alignait la collection de douze cendriers destinés à être piqués au Nile Hotel de Kampala par le sergent Perez Tibamwenda, du quatorzième bataillon. Pour l'heure les pièces les plus importantes étaient un semi-remorque plein de poulets congelés barboté par de faux policiers en Afrique du Sud et un camion de livraison de bière de la Compañia Cervecera Backus y Johnson dont cinq hommes armés allaient s'emparer pendant qu'Ignacio Dante Guevara, le chauffeur, commencerait à le décharger, calle 4 de l'urbanización la Calera de la Merced, à Surquillo au Pérou (j'expliquais tout ça à Naomi : je connaissais évidemment dans ses moindres détails le programme de la journée). Quasiment sous les roues des poids lourds s'étalait toute la bimbeloterie fourguée par le gérant du pub "Soleil levant" de Saint-Hélier : magnétoscopes et platines compact, téléviseurs, caméras, bijoux, parfums, vêtements. Du tout venant, dans quoi étaient aussi allés piocher les antisociaux pincés grâce à la vigilance d'un gardien de nuit de l'hôtel Nacional à La Havane, Pambo-Mabiala et son âme damnée Ragassi Clément, et Martín

Levano Espinoza, le voleur attrapé par la ronde de nuit de Puerto Maldonado. Une vache qui serait abattue et découpée par des voleurs de bétail dans le kral de M. Aaron Mizi, à Kabulanda en Zambie, mais mâchonnait présentement de vieux papiers, s'ébattait en compagnie d'un cheval qui serait fauché à Yehuda Elmaleh d'Ashdod, un cacatoès des Moluques qui sifflait l'ouverture de *Guillaume Tell*, enlevé à l'affection de ses maîtres à Santa Monica, douze paons royaux présentant à la curiosité de dix singes un diorama du monde sur les ocelles moirés de leur queue, et un loup des pampas en cage, tous destinés à être cravatés dans un zoo par des contrebandiers honduriens qui seraient heureusement coffrés par la police de Juticalpa. Les animaux, comme je l'avais prévu, émurent beaucoup Naomi. Il y avait des garages entiers d'automobiles et de deux roues que nous traversâmes au pas de course, tant cela ne méritait aucun commentaire, et au milieu de toute cette tôlerie un rickshaw appartenant à Hridayananda Gupta, résidant à Morang au Népal, et dont Mahadiya Mia s'emparerait traîtreusement pour le revendre à Jogawani, en Inde. Mais ça ne lui porterait pas bonheur, commentai-je à Naomi, il serait arrêté et condamné à un mois de prison et cinq mille roupies d'amende. Des entassements de sacs menaçaient de s'écrouler – sacs de briquets, plusieurs centaines de sacs de speller de soja et de semences de lin qui disparaîtraient, sur une voie de garage de la zone portuaire de San Lorenzo, des wagons du ferrocarril Mitre, deux mille un (oui, ni deux mille ni deux mille deux, deux mille un) sacs de café Robusta que Richard Vito, alias Richard Baguma, un businessman de Kampala, s'apprêtait à barboter dans les entrepôts du Coffee Marketing Board, et qui répandaient une odeur capiteuse, un sac d'épis de maïs qui va coûter la vie, dis-je à Naomi, à Malam Grah Souleymane : à Zinder, au Niger. Car c'est dans son champ qu'Ibrahim Boukar dit Youra Choukado, jeune Peul connu de ses proches comme paresseux et bagarreur, se faufilant à travers le bosquet roide et crissant, hérissé de thyrses de grains qui flambent comme des torches sous l'épouvantable soleil de midi, va les cueillir et les fourrer dans un sac qu'il jette sur son épaule, à côté de son arc. Ce n'est pas la première fois que Youra maraude dans les plate-bandes de Malam : et celui-ci, malheureusement pour lui, est sur ses gardes. Il va donc accourir, et tempêter : se tenant à distance, néanmoins, car il se méfie du Peul. Fatal calcul ! Youra Choukado aura tout le champ nécessaire pour prendre son arc, poser sur le boyau de bœuf l'encoche d'une flèche enduite de venin de vipère à corne, bander l'arme : Malam fuira, trop tard, un premier trait l'atteindra derrière le bras gauche, un second à l'omoplate. Il se traînera jusqu'à sa maison, où des spasmes l'emporteront, au bout de quelques heures. Virtualités terribles, Naomi, contenues dans les objets les plus pauvres : Iliades, tragédies d'Eschyle menant dans les choses triviales une vie cachée, une existence minuscule de larves, jusqu'au moment où elles vont éclore, creusant à toute vitesse dans l'espace, autour du minable objet, la grande scène d'opéra du malheur : éclats sinistres des cuivres, tonnerres et éclairs, lourds rideaux de sang pourpre ! Tout ça enfermé dans un sac d'épis à demi grillés par le soleil et le vent de sable, toute cette pompe funèbre latente dans un ballot de chaussettes ! Je lui désignai six carrés de tissu noué, du genre qu'utilisent les ménagères pour aller laver leur linge, et qui contenaient mille deux cent cinquante paires de chaussettes 35 % coton et 65 % acrylique et mille sept cent quatre-vingt-cinq slips homme taille basse 100 % coton : des postes de télévision avaient été posés dessus, ainsi qu'une machine à coudre Singer à pédalier modèle mille neuf cent trente-cinq qui n'allait pas tarder à être volée dans un atelier de la banlieue de Canton. Eh bien, croirais-tu, Naomi, qu'un homme va bientôt être séquestré puis tué pour cette lingerie de supermarché ? Tu l'imaginerais plutôt, je suppose, pour ces tableaux que tu vois là-bas empilés, à côté de la mashine ya kupasua mbao, la machine à raboter le bois, du transformateur et du compresseur qu'Issack Ryoba Magafu ne va pas tarder à soustraire au matériel de la coopérative artisanale d'Ilala, causant ainsi un grave préjudice à l'appareil de production tanzanien ? N'est-ce pas ? Moi aussi, je dois le dire, c'est ça qui me viendrait à l'esprit : que si l'Alien doit être planqué quelque part, c'est parmi les quarante-sept toiles que Nanda-Maria

Nousak, sa femme de ménage, va voler au domicile de Nikolaos Katzikirakos Gkikas, rue Kriezotou à Kolonaki, où elle continue à faire la poussière et les carreaux en l'absence du grand peintre retenu à l'étranger pour raisons de santé. Mais non ! Ce n'est pas dans les géométries bleues de l'aristocrate zoographique qu'est embusqué Thanatos, comme l'image dans le tapis : mais bien dans le nid plus douillet qu'offrent à ses vieux os les sacs de chaussettes et de slips. Regarde bien, Naomi, ce déballez-moi-ça : la camarde est tapie dedans. Mais n'aie crainte : ce n'est pas contre toi, ni moi, pour l'heure, qu'elle en a, c'est Attila qu'elle attend, vautrée peinarde dans les chiffons. Car Attila, qui sert de fourgue à une bande de compatriotes turcs écumant les rayons lingerie et sous-vêtements des grandes surfaces de la région varoise, a essayé de doubler ses collègues Suha, Suderya, Mamahmunt et Mustafa : lesquels ont fini par apprendre qu'il se mettait à gauche, avant partage, 25 % du prix de revente aux forains des slips, chaussettes, collants et culottes récupérés par leur minutieuse industrie. Ils n'ont pas aimé cela du tout, cela les a beaucoup déçus d'Attila, et ils ont tenu un conseil de guerre tous les quatre, coiffés de grosses casquettes à pompon (volées également, il va sans dire), devant un Pernod à une terrasse d'un bistrot de la Ciotat. Il faisait un peu froid, dehors, sur le quai, mais pas tellement, et c'était pour qu'on n'entende pas. De l'autre côté du bassin on voyait la coque rouge d'un méthanier qui ne serait peut-être jamais livré. Des mouettes volaient dans l'air vif, l'une d'elles a chié sur la casquette de Mamahmunt, et cela n'a pas arrangé son humeur, qui était déjà mauvaise. Ils sont tombés d'accord, tous les quatre. Ce fumier, ce pédéraste gréco-arménien qui ne prenait aucun risque, qui se la coulait douce pendant qu'eux ratissaient, avec des ruses de guérilleros, les glacis néonisés, les champs catalauniques battus par l'œil des caméras vidéo, ce porc byzantin avait voulu les entuber : qu'il meure ! Il n'y avait que ça qui pût solder le compte. Et c'est ainsi, Naomi, qu'ils vont enlever Attila, lui faire subir dans une cave de la Ciotat diverses avanies sur lesquelles je ne m'étendrai pas, le tuer puis brûler son corps, et s'en débarrasser ensuite, de cette espèce d'énorme kebab calciné, sur l'aire de repos de Tavel de l'autoroute A9. Et Nanda-Maria, la cаmériste macédonienne aux forts pâturons ? Que va-t-elle faire de tous ces tableaux ? Eh bien, un usage assez sympathique, finalement. Elle va en donner une vingtaine à sa fille Eleni et à son amie Dionysia Sakellariou, pour embellir leur vie. Les autres, elle va les vendre à son amant Iannis Perdiou, et à Anastasia, la femme du grand gynécologue Giorgios Vraka (nom, remarque cette bizarrerie, qui est comme la transcription en grec de celui de Georges Braque). Et avec ça, elle va jouer au PRO-PO, le loto sportif. C'est une flambeuse, Nanda-Maria, un tempérament généreux, hédoniste et audacieux, une digne descendante du plus célèbre des Macédoniens : un Alexandre femme de ménage. Elle conçoit la vie comme un jeu de hasard : il faut forcer le destin, miser gros, risquer sa chemise en toute circonstance. Si on gagne, tant mieux. Si on perd, il ne faut pas pleurer. "Phtochi ginaika imai, echo anangkes", se murmurera-t-elle comme pour se justifier (car, à part ça, elle aime bien le peintre. Mais il est vieux et sans enfant, alors...) en descendant la rue Kriezotou, sa forte poigne refermée sur le cadre du dernier tableau tenu devant elle comme le bouclier qu'en d'autres temps, Amazone, elle eût brandi dans le combat des lances, à Issos ou Arbèles : Je suis une femme pauvre, j'ai des besoins. C'est à ça entre autres, Naomi, que se manifeste le temps qui a passé depuis Alexandre de Macédoine, ravalant les âmes intrépides à des emplois domestiques : *anangké* désigne, désormais, des "besoins", tout comme *metaphorai* les transports en commun...

42

Une embuscade sous l'Équateur

(saga des autobus)

C'est un larcin bien plus petit que Nuris María Amador Vázquez a commis au domicile de Carlos Miguel Niño, chez qui elle est employée, à Barranquilla : une paire de boucles d'oreille, une bague et une chaîne avec une breloque, que tu vois dans cette boîte à chaussures, à côté de centaines d'autres contenant le même genre d'objets, prétextes à des vols sans imagination (sinon toujours sans justification) : deux pendentifs et deux anneaux d'or que Simione Navuto et Isikeli Baleisasa, deux petits malins équipés d'une canne-épée, vont étouffer dans la maison de Gaj Raj Singh à Rakiraki, îles Fidji, des parures et des colliers appelés à disparaître de la devanture de la bijouterie que Leonidas Printezis tient odos Dimitrou, au numéro cinq, à Marousi, des perles et des bracelets d'or et d'argent que des bandits particulièrement audacieux vont rafler en plein jour, sous les yeux de leurs propriétaires, dans la villa de l'ex-président du département des études islamiques de l'Université du Punjab, à Lahore, les bijoux que sept dacoïts déguisés en policiers (ou bien sept policiers faisant les dacoïts, j'hésite encore) ont arrachés aux habitants du village de Goth Tchandou, la chaîne en or, la montre Rolex et les stylos précieux qui ont causé la mort, à Bangkok, du malheureux Krurksak Kanchanathep, etc., etc. On n'en finirait pas. Veux-tu une de ces babioles, Naomi, que tu garderas en souvenir de moi, qui te prouvera que tu n'as pas rêvé ? Les objets qui ont ou vont entraîner mort d'homme, un très vieux règlement interdit d'en faire don. D'ailleurs, je ne pense pas que tu en voudrais, n'est-ce pas ? Mais les autres, rien ne s'y oppose. Je ferai supprimer la scène, voilà tout. Ces deux perles attachées à de petites chaînes d'argent, par exemple, j'aimerais te les offrir. Elles iront bien à ta peau pruinée. Annuler le vol à la villa de Lahore, donc. Le signaler à l'assistant (je note sur un calepin). Elle essaie ses pendentifs dans une psyché qui va disparaître d'un manoir d'Écosse, au milieu d'un abracadabrant bric-à-brac : cinq palettes de briques réfractaires, deux douzaines de brocs étamés, un buisson de raquettes de tennis, plusieurs orchestres, à cordes et à vent (je lui joue un petit air de violon), des piles de caisses de champagne (nous en ouvrons une bouteille, tiède mais ça ne fait rien, c'est pour la fête, et puis pour voir rouler les gouttes sur ses joues), les six cartouches de Pall Mall que Jacqueline Élisabeth Maxamillion Shannon et Celine Mary Byrne, jeunes kleptomanes dublinoises (tiens, au fait, et la famille Cunningham ? Est-ce qu'ils ont fini par prendre une décision ?) vont cravater chez Le Riches store à Saint-Hélier (on s'en grille une ou deux), quatorze cartons de savon à enlever à la coopérative commerciale de Shinyanga en Tanzanie, les cinq fusils, formés en faisceau, récupérés à l'armurerie de la police de Buin par les Négritos révoltés, tout un lot de psautiers, de bréviaires italiens des XIVe et XVe siècles, de parchemins et de correspondances des XVe, XVIe et XVIIe siècles qui vont s'envoler de la bibliothèque du Grand Séminaire de Saint-Dié, à la barbe du chanoine Poirson, le fer à repasser, la scie et la clef à molette que Peter O'Donald Corbin, chômeur domicilié Marl Hole Gap, Halls road, à Bridgetown, ne va pas tarder à piquer à l'étalage de Cortez Sealy, sur Roberts road... Dans un coin, lovés en luisants rouleaux, quinze mille pieds de fil téléphonique qui vont être subtilisés entre Kalagachhia et Sagardi au Bangladesh. Au-dessus de nos têtes, tendus entre des pylônes déménagés au risque de leur vie par d'audacieux ferrailleurs nigérians de Port Harcourt, des fils électriques, volés également, bourdonnent : on y fait passer, dis-je à Naomi, le courant qu'une inextricable et crépitante perruque de branchements clandestins pompe sur toute la surface de la terre. On n'oublie rien ! Rien ne nous échappe ! En prévision de petits cadeaux à faire dans la suite de l'histoire, je fourre dans mes poches quelques bricoles prélevées sur le fonds de commerce de Leonidas. C'est déjà (je le sens avec une tristesse dont je ne puis me défendre) l'anticipation d'une trahison. Comme elle est charmante, pourtant, riant (elle est un peu paf, c'est le champagne), les perles brillant sur ses joues, se regardant dans le miroir : et moi derrière elle qui la regarde nous regarder nous regardant.

Une vaste esplanade s'étend devant la série d'aériens pavillons qui abritent le magasin des voleurs (les ai-je décrits ? Toits de verre, maints crevés, tout à la fois portés par de hautes colonnes de fonte et soutenus, à bout de câbles, par une mouvante forêt de montgolfiers et de cerfs-volants). Tout au fond on aperçoit, devant les tribunes de ce qui semble un hippodrome, quelque chose comme une estrade plantée de mâts dont des jeunes femmes vêtues de longues robes blanches, perchées au sommet, seraient les voiles (parmi elles, il me semble reconnaître Molly, mais je n'en suis pas sûr). Qu'est-ce que c'est ? me souffle Naomi. – Comment, toi qui es actrice, et japonaise, tu ne sais pas ? C'est un bureau d'embauche du Grand Théâtre de la Nature de Yokohama : la plus grande scène du monde, pourtant, tu devrais la connaître. Enfin, de notre monde. Et ça m'étonnerait que **là-bas** – si "là-bas" existe – on fasse mieux. Ses joues rosissent. Je lui explique que ce théâtre fait partie du Globe Studio, à moins qu'il ne l'englobe (ce qui, en définitive, **revient rigoureusement au même**) et qu'en tout état de cause j'en suis le régisseur. Un cortège s'avance justement à travers l'esplanade, conduit par un petit monsieur maigre qui me salue bien bas, et que je présente à Naomi : le directeur des métaphores. J'emmène tous ces nouveaux embauchés, voyez-vous, mademoiselle, prendre le bus pour Yokohama, où on les attend. C'est que le Grand Théâtre de la Nature a toujours besoin de nouveaux acteurs. On ne chôme pas, au Grand Théâtre ! La Nature a horreur du vide, eh eh ! Je le réprimande du regard pour cette blague téléphonée. Pour se faire pardonner, il propose : Mais puisque je vous sens curieuse de connaître notre entreprise, et avec la permission de monsieur le Régisseur (j'acquiesce d'un clignement d'yeux), je suis sûr que ces messieurs et dames seront heureux de vous exposer eux-mêmes ce qu'ils savent faire, et le rôle pour lequel ils ont été engagés. Et, s'inclinant très bas de nouveau, il balaie à deux ou trois reprises le sol avec les plumes de paon qui ornent sa casquette à carreaux. Les premiers à s'avancer sont une quinzaine de nègres hilares originaires de Dar es-Salam. Nous étions de petits, oh, très petits trafiquants de peaux et d'ivoire, explique bien volontiers l'un d'eux à Naomi, et le ndugu là-bas, dans le bureau, nous a embauchés pour jouer ce rôle-là même, précisément : petits trafiquants de peaux et d'ivoire. C'est heureux, parce que moi et mes amis – je m'appelle Cosmas Alumandu, et voici mon petit frère, Alumandu Francis, et eux ce sont Rachid Idd, Malisawa Havinitoshi, Joachim Jackson, Mohammed Elisaria, Saloum Simba, James Makuri Chacha, enfin je ne vais pas te les présenter tous – mes amis et moi, donc, on n'aurait su absolument rien jouer d'autre, d'autant qu'il n'y a pas beaucoup de rôles pour les Noirs dans le théâtre qui est une affaire de Blancs, à ce qu'on dit. On avait peur qu'on ne nous fasse donner la réplique à la camarade, là-bas – il désigne une grande et belle fille à la peau de thé au lait, aux yeux effilés comme des feuilles d'eucalyptus : il paraît qu'elle joue une Blanche dans une histoire très compliquée où il y a un Noir qui est un général ou un marchand arabe, on n'a pas très bien compris. Veux-tu choisir un bracelet ? On te le vend pas cher, parce qu'il ne se verra pas sur ta peau, tu es toute couleur d'ivoire, tu es chinoise ? Et il ouvre en s'esclaffant les malles qu'ils traînent avec eux, et les voilà qui déballent des dizaines de peaux de léopard et de mangouste, trente-sept défenses d'éléphant, douze carapaces de tortue, une cascade de bracelets, bagues, colliers et colifichets d'ivoire, deux peaux et deux cornes de gazelle, et une queue de buffle. Un peu à l'écart de la joyeuse bande, un type à la mine renfrognée fait des additions dans un carnet. Il y en a bien pour à peu près qua-rante-neuf mille cent soi-xante-quinze shil-lings, annonce-t-il, détachant chaque syllabe pour souligner l'énormité de la somme. Celui-là, rigolent les autres, c'est notre peau à nous qu'il veut. Entendant qu'on parle de lui, le fonctionnaire rectifie la position et se présente : Chef de police Elias Mahenge, pour vous servir et servir la loi. J'ai été embauché, moi, comme, euh... chef de police, justement. La fille couleur de thé au lait, aux yeux en feuille d'eucalyptus, arrive d'un pas nonchalant, elle porte une robe noire dont la large ceinture serrée semble dissimuler une grossesse. Je suis Seble Bersoma, dit-elle avec un gracieux sourire, je suis actrice au Théâtre national d'Adis-Abeba depuis dix ans. J'ai toujours rêvé de jouer Shakespeare, j'ai lu *Othello* toute jeune, puis vu le film. Mais évidemment, avec les événements qui se sont déroulés en Éthiopie, on ne jouait plus ce genre de pièce au Théâtre national. Et puis voilà que, juste au moment où je suis tombée enceinte, on m'a proposé le rôle de Desdémone. Je ne pouvais pas refuser, ce n'était pas seulement pour moi, mais pour mon enfant, aussi : je n'aurais pas pu l'aimer complètement, vous comprenez, s'il m'avait privée de ça... Mais si j'avais dit mon état, on ne m'aurait jamais acceptée. Alors je l'ai caché, j'ai serré les dents, et cette ceinture autour de mon ventre, au fur et à mesure que le temps passait cela devenait de plus en plus difficile, les répétitions étaient épuisantes. Et puis voilà que la première a été reculée, pour des raisons techniques, disent-ils. Alors, j'ai vu l'annonce, je suis venue ici et j'ai été embauchée pour jouer mon rôle : celui d'une actrice éthiopienne enceinte de six mois, et attendant de jouer Desdémone. C'est merveilleux, comment vous remercier, camarade Régisseur... – Allons, allons... ce n'est rien. Je lui présente Naomi : mademoiselle aussi est actrice, la grande famille des gens du spectacle, etc. Il y a encore un plombier turc, deux ouvrières coréennes, un jardinier britannique, plusieurs prisonniers en cavale : tous embauchés pour jouer leur propre rôle. Cependant, des coups de klaxon comminatoires retentissent. C'est le machiniste du bus pour Yokohama qui s'impatiente, s'exclame le directeur des métaphores. Il a horreur de rouler de nuit. Allons, en voiture, messieurs-dames ! Veux-tu que nous les accompagnions ? dis-je à Naomi. Le voyage, je te préviens, ne sera pas de tout repos. C'est assez gore, cela tient plus du train-fantôme que du car pullman climatisé. Ça ne fait rien, me répond-elle, avec moi elle n'aura pas peur. Et puisque le terminus est à Yokohama, autant en profiter. On embarque donc dans la carlingue polychrome, sur les flancs de laquelle il est écrit : ALL THE WORLD – YOKOHAMA. Comme il y a beaucoup de passagers, elle s'assied sur mes genoux. Ça commence à fond la caisse.

Nous roulons sur Maharlika highway en direction de Manille, à hauteur de Barangay Tuaca. Le passager René Azul, assis au deuxième rang à gauche, sur le bord du couloir central, entr'ouvre une chemise en plastique et contemple son œuvre : il n'en est pas mécontent. Cheveux bouclés, front bas, fines moustaches, fortes pommettes, bouche mince : oui, ça doit être ça. René Azul est un homme qui, avec un simple crayon, fait trembler bien des malabars enfouraillés : c'est le meilleur dessinateur de portraits-robots de la police philippine, il a le chic pour croquer les tueurs. Ce sont ses dessins, par exemple, qui ont permis l'arrestation, l'an dernier, des meurtriers d'un leader syndical. Et là, il vient d'achever le portrait-robot du tireur à la motocyclette qui a descendu d'une rafale d'AK47 le député Moises Espinosa, la semaine dernière à l'aéroport de Masbate. Seulement voilà, s'il excelle à transformer des bribes de témoignages en un visage cohérent, René Azul n'est pas assez observateur : l'œil n'est pour rien dans son art purement spéculatif, fait d'écoute, de logique, d'un peu d'intuition et d'une main docile. Sinon, il aurait remarqué que l'un des deux hommes assis au dixième rang à droite, et qui se lèvent maintenant, et viennent se poster juste derrière lui, a des cheveux bouclés noirs sur un front bas, de fortes pommettes (l'une marquée d'une légère cicatrice qui ne figure pas sur le dessin), une bouche dont la minceur inquiétante est soulignée, redoublée par une fine moustache. Et au moment où René Azul rouvre la chemise de plastique pour voir l'effet que ça ferait s'il rajoutait une cicatrice sur une pommette, ou au menton (non qu'aucun témoignage l'ait indiqué, mais il a assez d'expérience pour être averti de l'inclination des témoins à ignorer, précisément, le détail qui aurait dû les frapper ; et puis, une cicatrice sur le visage d'un tueur est un stéréotype, et si les stéréotypes sont des stéréotypes, René Azul ne l'ignore pas, c'est qu'ils correspondent souvent à une réalité statistique. Les tueurs au visage d'ange, ça existe, bien sûr... mais tout de même, ça ne court pas les rues, il faut bien le dire. C'est plutôt dents gâtées et compagnie. René Azul n'est pas un écrivain, un poète : c'est un professionnel – un artiste professionnel), à ce moment-là, donc, l'homme à la pommette balafrée pose la gueule d'un pistolet sur la tempe du dessinateur, qui n'aura pas la joie de connaître son triomphe : la plus exceptionnelle réussite, et la dernière, de sa carrière. Des éclats de cervelle et d'os se collent aux vitres et au skaï des sièges, un œil désorbité roule dans l'allée, cependant qu'explosent des hurlements suraigus. Je mets ma main sur la bouche de Naomi, je la ceinture, je la berce, je lui murmure doucement dans l'oreille de se calmer, qu'elle s'ennuyait à la maison, qu'elle a voulu venir, que je suis là, que je l'avais prévenue, que ce n'est qu'un début, que ce n'est rien, c'est la vie, ce n'est que du théâtre, que la vie est un songe. Pendant ce temps-là, les deux tueurs jettent le corps par la portière, s'emparent du fatidique portrait et descendent tranquillement à Quezon. Le bus repart cap au nord-ouest (pour autant que je puisse m'en rendre compte car, à l'arrêt de Caluag, est montée une brune absolument escultural qui a quelque peu affolé mes gyrocompas. Elle s'est assise deux rangs devant nous, dans une vague de parfum qui baignera toute la suite de l'histoire). Voilà maintenant que tandis que nous roulons à tombeau ouvert vers le delta du Gange, écartant à grands sons de trompe une foule de vaches, de chiens, de rickshaws, de piétons, de vélos, nous quittons la route dans un virage peu après Chashapara. Grand Dieu ! J'ai beau être prévenu, l'impression est notable ! Tous collés à la paroi, puis au plafond, demi-tonneau vers la gauche suivi d'un brusque rappel sur la droite, tangage ultra-rapide et giboulée d'objets, décélération désarticulante, c'est autrement secouant que les montagnes russes ! Nous retombons à plat dans un marécage de boue puante, on évacue sept blessés, puis on repart, le Grand Théâtre de Yokohama a besoin de nous. La précieuse brune est toujours là, j'ai dû la croiser, la frôler peut-être en un point de ma trajectoire, tenant toujours

Naomi serrée contre moi. Entre Srinagar et Anantuag voilà que c'est une bombe placée dans un porte-bagages qui explose, obligeant vingt autres passagers à nous quitter en route. Au fur et à mesure qu'on avance, traversant des plaines brûlantes, des rizières brumeuses, de hautes montagnes d'encre bleu-noir, franchissant sur des ponts de bois ou de fer de larges fleuves impassibles, piqués de voiles fauves, des torrents marbrés, soufflant dans leurs gorges une haleine glacée, charriant des cadavres de yacks gonflés comme des outres assyriennes, la cabine du bus est le siège d'une transformation qui – comme si elle se nourrissait, littéralement, de l'espace parcouru – l'étire et l'élargit aux dimensions d'un avion moyen courrier, mettons, puis bientôt d'un jumbo, puis du pont-salon d'un ferry-boat : et cela sans qu'aucun de ses points paraisse plus lointain ou moins visible que par avant. C'est un peu comme si nous étions, Naomi et moi, dans la loge d'une salle d'opéra d'où l'on pût voir et entendre tous les autres spectateurs : comme si l'autocar All the world-Yokohama était un théâtre modulable intercontinental tout terrain ! Ainsi, tandis que certains nous quittent, des dizaines, bientôt des centaines de compagnons de voyage nous rejoignent, tous embauchés selon le même principe, mêlant leurs costumes, leurs bagages, leurs couleurs, leurs langues, sans que jamais pour autant la chevelure magnifique de l'altière brune (c'est un exemple) soit très au-delà du point que (si, me levant, je me courbais et tendais le bras) je pourrais atteindre de ma main, ni la place où est mort René Azul à plus de quatre enjambées de la nôtre, ni le siège du chauffeur, à qui il est prétendument interdit de parler, et qui d'ailleurs est relayé de temps en temps, un Philippin cédant la place à un Bengali, puis à un Indien, un Pakistanais, etc., hors de portée de voix : c'est comme si l'espace, tout en restant contenu **globalement** dans le même volume, et respectant en son sein les mêmes rapports, subissait un processus d'enrichissement, de densification et de saturation : comme si d'autres dimensions s'y ajoutaient **en douce**, qui se manifesteraient toujours, néanmoins, sous les classiques formes tridimensionnelles. Je ne sais si je me fais comprendre. Après être encore tombé dans un ravin à la faveur, si on peut dire, du brouillard, entre Kaza et Shimla (douze morts, cette fois), tout ça continue sa route : un peu déglingué mais n'en blindant pas moins, carlingue bourlinguant vers la corne de l'Afrique, désormais. La bombe, d'après ce qui se murmure (et c'est aussi ce qu'a entendu dire la brune explosive, avec qui j'échange à cette occasion quelques premiers mots), est le fait d'un front de libération des musulmans du Kashmir et du Jammu, qui prétend protester contre la publication aux États-Unis et en Grande-Bretagne des *Satanic Verses*. Ben voyons... Naomi s'est peu à peu habituée, je ne suis plus dans la douce nécessité de la bâillonner à chaque fois, mais elle manifeste tout de même une certaine impatience d'arriver. Dis, Blaise (elle m'appelle comme ça à cause de Blaise Pascal, les espaces infinis, le-centre-partout-la-périphérie-nulle-part, le seul Français enfin dont elle ait jamais ouï dire, avec Napoléon : mais m'appeler Napoléon...), dis, Blaise, est-on bien loin de Yokohama ? me demande-t-elle de temps en temps, tournant vers moi à demi son frais minois d'ivoire où scintillent des perles, vrillant sur mes genoux son corps si frêle.

On n'était pas arrivés... Derrière les vitres, estourbis de soleil ou estompés de pluie, de grands pays braillards longuement s'étendaient. On traversait des bourgades de terre, de tôle, de ciment, où des foules sortaient de stades en vociférant, se bagarraient à coups de pierre et de bâton, s'agglutinaient autour de tas de légumes et de fruits rutilants, de quartiers de viande noirâtre fréquentée par les mouches, de volailles entravées, de coupons de tissu, des villes immenses sous des couvercles de fumées, où des hommes épuisés et muets montaient avec le soir, descendaient dans des banlieues faiblement éclairées, se réunissaient en cortèges furieux hérissés de drapeaux, de banderoles, de pantins pendus à des crocs. Tous les rideaux de fer descendaient avec un bruit sinistre à Bangalore lorsque nous y passions, les membres de la communauté Marwari convergeaient de Sultanpet, Chickpet, Nagarthpet et Avenue road vers le poste de police de Cubbon Park pour exiger la libération de cinquante des leurs arrêtés lors d'un dharma de protestation contre la construction d'un abattoir moderne, ça bardait à Chittagong, à Rajouri, tout le bazar de Jwalapur était en ébullition, indigné par la brutalité inqualifiable de Sri Sourendra Singh, le chef de la police, les hôteliers et restaurateurs de Gopalpur manifestaient pour exiger le châtiment des agresseurs de leur collègue, M. Khadem Ali, poignardé à l'aube derrière son comptoir, les quartiers sud de Karachi étaient à feu et à sang, des nationalistes Sindhi parcouraient Sarwar Shahid et Abdullah Haroun en bousillant automobiles, stations-service, agences de voyage, hôtels et boutiques mohajir, l'émeute se déplaçait dans la ville en traçant derrière elle, telle une grosse taupe, un sillon de verre brisé, de marchandises éventrées et éparpillées, de flammes, de gaz lacrymogènes, de coups de feu et de matraque, s'en prenant aux Bihari et aux Mohajir, les premiers parce qu'ils venaient s'installer dans le Sindh, les seconds parce qu'ils étaient supposés être de mèche avec les premiers, les commerçants, adossés farouches à leurs rideaux baissés, s'apprêtaient au combat aux cris de “Jiye Mohajir”, des paysans surexcités fourraient dans leurs poches, croyant qu'il s'agissait de carnets de chèques, des liasses de billets d'avion pour Ryad, New York, Londres ou Tokyo. Tous ces encombrements, évidemment, nous retardaient beaucoup, on eût dit, à certains moments, que le bus naviguait sur un océan de visages convulsés par la fureur et la peur, dont les vagues fussent les milliers de poings tambourinant sur sa légère coque. Les chauffeurs vengeaient ces outrages et rattrapaient le temps perdu en traversant les campagnes effarées : c'était alors un cataclysme de ferraille et de klaxon qui fonçait sur les routes et pistes, projetant sans y prendre autrement garde quantité de morts sur les bas-côtés, piétons, cyclistes ou conducteurs de négligeables véhicules. Bientôt nous eûmes quitté la populeuse Asie. A sept kilomètres de Bangale et à une centaine au sud de l'Équateur, sur la route de Nairobi à Garissa, des guérilleros du Saint-Esprit évadés du camp de Thika, en cavale dans les hautes herbes, ouvrirent le feu à notre passage. Deux pneus crevés, nous dûmes stopper. Ils nous firent prêter serment d'allégeance à leur grande prêtresse Alice Lakwena, ne nous en rançonnèrent pas moins, déshabillèrent pour je ne sais quelle raison, sans doute magique, les quatre victimes sanguinolentes de leur mitraillage, des Somaliens de Kismayo, et les jetèrent par cette portière qui avait déjà vu passer toute une danse macabre menée par René Azul. Je crus un moment que ces gueux avaient perdu la tête, car ils voulaient pour tout de bon emmener dans leur nid de sacrés vautours Naomi, Desdémone et la belle brune. Je dus les rappeler vertement à leur rôle, et les menacer de licenciement immédiat de la troupe, avec interdiction à vie de se représenter sur les planches (et ils savaient très bien **ce que cela signifiait**), pour qu'ils abandonnent leur odieux projet : de fort mauvais gré d'ailleurs, crachant de-ci de-là des jets saliveux de je ne sais quel kat ou bétel du diable. Ils s'enfuirent enfin dans la brousse, marmonnant des imprécations. Ce ne furent ensuite que de très hauts tourbillons de poussière rouge, des embourbements sous de grands arbres étuvés, cinq corps écrasés contre un mur à Masangano, sur la route de Kabure, des discussions à n'en plus finir, dans les touffeurs, sur le prix des bonbonnes d'essence ou de vin de palme, des attentes jacassantes de bacs avalant leurs chaînes comme des purges, dégueulant leurs chaînes en hoquetant, comme un ivrogne vomit sa bile, par le travers de courants boueux, des vols de papillons par les vitres cassées, des terrains vagues mazouteux où des familles entières attendaient depuis parfois des jours, autour de leur maison rassemblée sur une brouette, se protégeant de l'affolant soleil sous des parapluies aux ailes froissées, endurant les mouches avec patience, les vagues du golfe de Guinée gonflant leurs muscles jaunes sous les pilotis d'un wharf que nous enfilâmes à cent à l'heure, dans une pétarade de troncs de cocotier. Ainsi passa la brûlante Afrique.

43

Terreur sur la route de Tampico

(histoire de la nuit 2)

A trois heures du matin, nous traversons Montréal désert, taillé dans la glace. Les rares voitures sont emmitouflées de fumées blanches comme de fourrures d'ours polaires. Les passagers qui montent à l'arrêt de Saint-Léonard laissent paraître des trognes moroses au-dessus du col givré de leurs canadiennes : c'est que l'équipe locale des Expos s'est fait torcher sept-deux par les Dodgers de Los Angeles, hier après-midi à West Palm Beach, en match de Ligue des Pamplemousses. Randy Johnson, le géant gaucher de six pieds dix pouces, a bien déçu, on peut dire qu'il s'est fait péter la balloune, leur offrant la victoire sur un plateau. Au cours d'une troisième manche de cauchemar, ce con n'a pas distribué moins de quatre buts sur balle. Après les deux premiers, c'est bien simple, il ne visait plus la mitaine mais tentait de loger la balle dans la zone des prises, et ça a été le commencement de la fin. Au lieu de se retirer du monticule pour se regrouper, il restait là à faire le jeu des Dodgers, ce grand enflé. Enfin, foutue journée... Et un froid, avec ça... Moins quinze, à cette heure. Soudain, alors qu'on approche de la station Frontenac, une bande de jeunes Noirs coiffés de casquettes des Expos, justement, commence à s'en prendre à deux types vêtus de cuir, assis au fond, et qui manifestement reviennent d'une soirée plutôt qu'ils ne partent au travail. L'un est un blond au visage fin, l'autre a les traits creusés, les yeux enfoncés dans les orbites, et le peu de cheveux que lui a laissés le traitement contre le SIDA sont teints en rose : voilà qui ne plaît pas du tout aux quatre voyous. D'abord, ils se contentent de pousser de petits gloussements, de battre des paupières, de tortiller du cul sur leur siège, enfin de se livrer à toute une gesticulation censée exprimer, dans leur esprit fruste, la féminité et par voie de conséquence l'homosexualité. Puis, voyant que les deux ne relèvent pas la provocation, ils passent aux gestes obscènes, majeur dressé, passé dans l'anneau des doigts, coulissant entre les lèvres en cul de poule, etc. Rien. Toujours rien. Ces deux tantouzes commencent à les échauffer. Se payent leur gueule, ou quoi ? S'ils ne veulent pas sortir de leur trou, on va aller les y chercher. Tapettes, enculés. Les insultes pleuvent, les plus lourdes, les plus graveleuses que leur suggère leur pauvre imagination. Préparez la vaseline, on va vous taper dans le rond. T'as de la fièvre, on va te mettre le thermomètre. Les deux types en cuir se lèvent alors que le bus approche de la station Frontenac. Au moment où il ralentit et se range contre le trottoir neigeux, l'un des quatre, sentant que les proies s'échappent, bondit et porte plusieurs coups de couteau à l'homme aux cheveux roses. Un de ses copains l'achève avec des ciseaux. La grande nuit sanglante a pris les commandes, l'assassin taciturne en smoking noir et ceinture de soie ponceau s'est installé au volant de l'autobus dégringolant les Amériques, des morts violentes plein les phares. Il n'est pas recommandé d'adresser la parole au machiniste. Déjà, longeant l'Hudson depuis Albany, escamotant les parallèles en moins de temps qu'il n'en faut pour parcourir un block, nous dévalons les briqueteries fumantes du Bronx, nous filons sur l'asphalte défoncé de Grand Concourse au moment où la tête de Luis Chávez Chamorro est à demi arrachée de ses épaules par une balle de fusil d'assaut AR 15. On s'envole au-dessus de Long Island Sound – par la vitre, à droite, on voit jaillir de l'eau noire, monter dans un ciel couleur de foie cirrhotique les millions de traçantes de Manhattan (pas de rhinocéros, cette fois) –, et dans la Deux-cent-quatorzième rue de Queens Christopher Young, un jeune homme de dix-sept ans, se fait trouer la poitrine sous nos yeux : un double jet de sang lui fait comme des ailes d'ange entre les omoplates. Plus personne ne souffle mot. Certains ont le nez écrasé au carreau, d'autres la tête prise dans les mains. Déjà c'est Brooklyn et devant nous, à l'angle d'Euclides avenue et de Linden boulevard, Frederick Stager, qui ramène chez elle sa sœur Irene, voit deux hommes se battre : au moment où il freine pour arrêter sa voiture, une balle de 45 pulvérise le pare-brise et s'enfonce comme une vrille, par l'œil droit, dans sa boîte crânienne. Le masque blême, aux lèvres minces, du chauffeur ne cille pas. Il allume une cigarette. Personne ne proteste. Les lumières orange des rues filent en traits de feu, comme les balises d'une piste vues d'un avion au décollage. Le bus roule à une vitesse telle qu'on se demande si, en dépit de l'impression d'horizontalité, il ne **tombe** pas vers le centre de la terre, le long des rues en puits d'une ville infernale. Il ne ralentit que pour nous laisser voir le spectacle de la mort. Certains, qui aimeraient bien qu'il s'arrête carrément, mais n'osent pas le demander au terrifiant chauffeur, font circuler une pétition **exigeant le droit à une information complète**. Je suis content de voir que la belle brune, devant, ne la signe pas. D'un retournement parfait de poignet habitué à tapoter la cendre au bout d'un fume-cigarettes (ça tombe bien, j'en ai un en ivoire dans ma poche, acheté au camarade Alumandu : je sens qu'il va me servir à quelque chose), elle tend la feuille à son voisin, un gros porc qui ne décolle son pif graisseux de la vitre que pour actionner son caméscope. Il sort un Mont-Blanc de sa poche et griffonne quelque chose. Lorsque le ridicule placet me parvient, une minute plus tard, je déchiffre, en capitales de quasi-illettré que la vitesse a fait trembler : BRAVO ! ENTIEREMENT D'ACCORT ! ON EST DES CITOYENS ADULTE, OU QUOI ? ON A LE DROIT DE TOUT SAVOIR ! ON SE FAIT CACHÉ DES CHOSES ! ÇA SUFFIT ! C'EST UN MONDE ! Signé : FIX. Le bus ralentit sur Hermiker street : Vidéofix peut enregistrer l'instant où, cassé en deux par une balle dans l'estomac, la bouche si terriblement, si monstrueusement ouverte qu'il semble que ses mâchoires, se retournant, vont coiffer sa tête et l'engloutir, puis l'avaler lui-même tout entier, se refermant à l'envers sous ses pieds, Bonnie Alexander recule de trois pas et s'effondre contre une poubelle. Oh, c'est affreux, murmurent quelques voix timides, aussitôt rembarrées par des chut! furieux. Juste le temps de changer de cassette, et voici, sur Saint Mark's avenue, face contre terre et du plomb dedans, et du sang grumeleux partout autour, le corps d'Ernest Pearson. Dommage! Quelques instants plus tôt, on le voyait se la manger en direct. Enfin! On ne peut pas tout avoir (dit-il à sa voisine)! Le beurre et l'argent du beurre! Le bébé et l'eau du bain! Elle plisse à peine de longues lèvres dédaigneuses. Franchissant l'Hudson par Holland tunnel, nous émergeons à Hoboken. Sur Willow avenue, à l'angle de la Neuvième rue, la tête chauve de Navroze Mody sonne horriblement contre le trottoir et se rompt lorsque le bus freine et s'arrête pour laisser monter quelques passagers, parmi lesquels un Indien et un Chicano, en grande controverse sur l'étiologie du drame. Des jeunes filles, selon l'Indien, se sont moquées de la calvitie de son compatriote: énervé, il en a bousculé une, qui a appelé à l'aide. Luis et William Acevedo, Ralph Gonzalez et Luis Padilla, qui causaient dans une voiture, surveillant la scène, ont accouru et rossé Navroze jusqu'à ce que mort s'ensuive. C'est un traquenard, un crime raciste, s'indigne l'Indien, approuvé par tout ce que le bus compte de citoyens de ce pays, et même de Bengalis et de Paks, tous d'accord pour une fois. Pas du tout, prétend le Chicano: c'est l'Asiatique qui aurait grossièrement importuné une pure jeune fille dont le rire argentin, cependant qu'elle plaisantait avec une compagne de ses jeux innocents, charmait la nuit d'Hoboken comme le chant du rossignol, à l'anochecer, les vergers parfumés d'Oaxaca. Le preux chevalier Acevedo aurait couru sur ses pieds rapides mettre sa force au service de la faiblesse offensée, mais Mody au crâne luisant, persistant dans son outrageante attitude, lui aurait décoché un mawashi. Alors Gonzalez le Juste se serait jeté entre eux, mains levées en signe d'apaisement, mais le karatéka du Deccan lui aurait violemment rabattu le bras gauche, tombant en même temps en garde. Alors l'équanime Gonzalez lui eût balancé un punch qui eût égratigné son crâne en ventouse, puis un kick dans la chest. Quand l'obstiné serait tombé pour la deuxième fois, Gonzalez le Magnanime aurait eu ces paroles ailées: "You're hurt, why don't you leave?" Tu es blessé, pourquoi ne laisses-tu pas tomber? eût-il conseillé. A quoi l'insensé eût répondu "Why should I?" lui rallongeant un autre coup de pied (remarquez, inspecteur Mahenge, que ça ne doit pas être commode, car il gît au sol). De fil en aiguille, le fils du Gange brûlant se serait écroulé une troisième fois, sa tête cette fois faisant un big smack contre le trottoir. Tout ça paraît très vraisemblable. Cependant Navroze dont le nom, Naomi, est chez les adorateurs du feu celui de ce jour inaugural du printemps où nous nous sommes rencontrés, qui glisse maintenant vers sa fin, et que racontait dans un alphabet de pierres, de lumière et d'ombre, l'ordonnancement du palais de Persépolis, Navroze gît tête renversée dans le caniveau, yeux blancs tournés vers l'intérieur, ignorants désormais des nuages de sodium et de néon qui roulent vers l'Atlantique entre les toits d'Hoboken, se déchirent aux cheminées d'usines et aux grues d'Hoboken. Déjà nous dévalons vers le sud-ouest New Jersey turnpike, contournons le halo de Philadelphie, sautons la Delaware et nous engouffrons sur John Kennedy highway, cap au sud-ouest toujours, plongeons sous Baltimore Harbour et filons sur l'expressway de Washington, où nous arrivons juste à temps pour voir, à six blocs du fantôme blanc du Capitole, des flammes jaillir de la gueule d'un pistolet de ténèbres et un homme s'écrouler dans une voiture qui démarre aussitôt. Il faut prévenir la police, crie une voix féminine. Une naïve. "If you tell the police you saw somebody shooting somebody, they'll just say 'so what?'", répond une voix sarcastique: si vous prévenez les flics, ils vous diront seulement "et alors?". L'homme en noir accélère et brûle le feu rouge, sans manifester autrement qu'il a remarqué quelque chose. Nous effaçons maintenant les Alleghanies, volons plein ouest entre de grandes plaines sous la lune, entrons dans Saint Louis pour y être aveuglés par un manège de feux et de flashes qui ressemble, de loin, reflété dans les eaux noires du Missouri, à une tournoyante machine foraine, ou bien aux spasmes lumineux d'un gigantesque flipper: ce sont des voitures de police, des ambulances, des motos de presse agglutinées autour d'une crack house où un jeune homme de dix-huit ans vient de se suicider à la roulette russe. On sort justement, sur une civière, son corps bâché. Mitraille d'électricité. Orage de curiosité. Fix, muet de bonheur, œilleton enfoncé dans l'orbite. Avant de faire tourner le barillet, Henry Gillespie s'était vanté d'être l'assassin, avec trois teens de ses amis, de Martha Hemphill, découverte hachée par une décharge de double canon scié dans une cour d'immeuble, et de Calvin Davenport, retrouvé farci de 357 magnum dans le coffre de sa voiture. Ainsi, de toute façon, que le chien percute une balle ou pas, il n'avait plus tellement d'avenir : c'était le revolver ou la chaise électrique. Ç'a été le revolver. Maintenant, par l'Oklahoma et le Texas, nous piquons vers le rio Grande, voir si la nuit latine a aussi la couleur de la sangre. Un mélange de neige et de grésil tombe sur les collines, après Waco et Austin et jusqu'à San Antonio, on entre en trombe au Mexique à Matamoros, on traverse comme l'éclair les platitudes laguneuses du Tamaulipas, des Vierges des Douleurs et des Christs sanguinolents irisent de loin en loin la pluie sombre, enfermés dans des cages de verre, les pieds chauffés par de petites flammes, des ivrognes en chapeau s'écroulent bras en croix dans la boue, le vent sent vaguement le pétrole, la radio qu'écoute le chauffeur nous laisse profiter en sourdine de mâles discours déclamés à l'occasion du cent quatre-vingt-troisième anniversaire de la naissance de Benito Juarez (musique militaire), nosotros los Mexicanos, no admitiremos, nuestro país, nuestra revolución, nuestra autoridad soberana... Des discours à moustaches, pour ainsi dire. Dans le vaisseau qui fonce vers Ciudad Victoria ont pris place maintenant des représentants de la moitié de l'humanité. Et c'est peut-être, en fait, Ciudad Victoria, et après elle Ciudad México et tout l'isthme et l'Amérique du Sud tirée par le câble de la Panaméricaine qui foncent vers nous immobiles sur les gradins de l'engin théâtral où le sinistre chauffeur en habit noir et rouge occupe la place du souffleur : tout le tapis roulant du continent nocturne qui s'engloutit dans la fosse d'orchestre ? Si la scène est cet espace qui se jette sous nos phares, elle est aussi dans les travées où chacun vaque au rôle pour lequel il a été embauché :

les petits trafiquants tanzaniens, circulant entre les sièges, vendent peaux et ivoires à des Canadiens en canadienne ou des Texans en stetson. Le chef de police Elias Mahenge (qui n'est pas du tout, quant à lui, du genre "so what?"), complète le procès-verbal touchant quantité de faits gravement délictueux qu'il va transmettre au juge du tribunal de Kisutu, la camarade Mary Longway. Seble Bersoma, endormie contre une vitre, rêve qu'elle chante "willow, willow, willow"... Le plombier turc change de temps en temps une durite, ou débouche le gicleur. Les prisonniers en cavale cavalent : trois types particulièrement dangereux qui se sont fait la belle de la prison de Wilkinson road, à Victoria (Victoria dans l'Alberta, pas Ciudad Victoria vers laquelle nous roulons, ou qui roule vers nous : ce serait trop bête), grâce à l'aide de complices qui ont écarté les barreaux de leur cellule avec des vérins hydrauliques, neuf évadés de Boggo road à Brisbane, et vingt-deux fugitifs, pas moins, du pénitencier de Mercedes en Argentine, troupe farouche armée jusqu'aux dents de pistolets, de fusils Itaka, et même d'une mitrailleuse Halcón que leur chef, le terrible Raúl Rodríguez Andino, a mise en batterie en haut de l'allée centrale (et cela commence à sentir le roussi, car il tire de plus en plus souvent, avec de plus en plus de nervosité, une boussole de sa poche, s'inquiétant manifestement de ce que nous allions vers le sud. Mais il paraît lui aussi, et si dur à cuire qu'il soit, redouter de s'adresser au cauchemardesque chauffeur). Les assassins assassinent, de temps en temps un corps passe par la portière. L'horticole britannique, en bottes et grand tablier, armé d'une bêche et d'un râteau, se tient juste derrière le chauffeur, surveillant côté jardin l'éclosion de l'aube sur le golfe. Et la mirifique morena, la beauté philippino-mexicaine (car **cela revient au même** : une hermosura hispano-tropicale) ? Oh, elle, je sais bien pour quel rôle elle a été engagée. Elle le joue à la perfection. Mais patience ! Nous arrivons à Ciudad Victoria aux premières heures de la madrugada, au moment même où Baltazar Alonso Castillo, membre de la police rurale de l'État de Tamaulipas, ci-après désigné comme el victimario, pistolet fumant à la main, sa belle chevelure noire hérissée d'éclats de verre comme s'il s'était peigné avec une bouteille, ou comme si la brillantine dont il use généreusement avait soudain gelé, s'enfuit en courant d'une cantina de la colonia Sagitario, suivi de près par son frère Israel. ¡Caramba ! Que s'est-il passé ? Baltazar et Israel buvaient de la bière en compagnie du maçon Vicente Reyes Pérez, ci-après dénommé el lesionado, et de ses deux beaux-frères, les diaboliques Felipe et Raimundo Soto. Or voilà, à la chaleur de l'alcool, et la nuit inclinant irrésistiblement vers le jour, de vieux différends surgirent, qu'on avait essayé d'oublier : la fois où el victimario avait obligé el lesionado à démolir un mur qui contrevenait prétendument aux règlements municipaux, la fois où el lesionado était resté un peu trop longtemps à faire la causette à la femme du victimario, pendant qu'elle préparait les tortillas. Entre autres. Tant et si bien que le futur lésionné finit par allonger sur le crâne de celui qui allait devenir son victimaire – mais qui pour l'heure est sa victime – un bon coup de bouteille de 75 cl de *Dos Equis*. Ce sur quoi les deux Soto en profitent pour l'attaquer à coups de poing et de pied, malgré l'entrée en lice d'Israel. Alors, déjà à terre et bien amoché, el victimario, entrant enfin dans son rôle, opte pour dégainer son 38 spécial, dont une balle ricoche sur le pariétal gauche d'el lesionado : en voilà un qui aura eu de la chance ! Profitant de la confusion et de la stupeur ainsi créées, Baltazar prend ses jambes à son cou, suivi par l'hermano : au moment précis où nous passons dans la rue M 21. Mais voici que déjà, du fond de la nuit finissante, Ciudad Mante nous tend ses bras sanglants : tandis que nous remontons Pablo Sidar Sur, devant un antre de vice et en présence des dames Rosamaria et Estela qui en ont vu d'autres, mais ça n'est pas une raison, le visage du journalier José Luis Vázquez San Diego est ouvert de l'œil qui se retrouve pendant au bout d'un faisceau de fibres nacrées à la tressautante pomme d'Adam, par le tesson de bouteille que brandit Santiago Macias : tête de lapin écorché. Frissons et horripilations. Au même moment, sur le même trottoir mais un peu plus loin, la jeune María de los Angeles Torres court en hurlant, pieds nus, cheveux au vent, mains autour du cou que boursoufle un collier d'hématomes et d'excoriations : car son mari

Efrén Inocencio a tenté de la pendre, mais la corde n'était pas assez solide. Por celos infundados, il a fait ça : à cause de soupçons indus ! Desdémone s'en tire, on oserait presque dire à bon compte. Il serait temps néanmoins que le jour vienne : the lark ! And not the nightingale ! Par pitié ! Mais l'homme en noir roule toujours. Cela fait longtemps que le noceur macabre en smoking et ceinture de soie a passé le manche, à Matamoros peut-être, à un Aztèque guère plus engageant, tout droit sorti de Siqueiros, avec sa machette au côté, son poncho noir zébré de rouge et sa tête de mort olivâtre sous un chapeau mou. Et la route de Tampico s'engouffre en rugissant sous nos sièges : pueblos aux murs blancs, champs de cannes, masques de chevaux et d'ânes, idoles ténébreuses, paysans que met en mouvement l'approche de l'aube. Du violet, du jaune, du vert rongent le noir, devant. Tout cela, jusqu'au ciel, se précipite vers nous, comme une crue cataractant sous nos fesses. Qu'est-ce que cela devient, **après** ? me demande Naomi, qui a peur, je le sens, que nous n'arrivions jamais à Yokohama. Est-ce que, comme un tapis ou un escalier roulant, cela s'enroule pour resurgir de nouveau, **devant** ? Elle craint, c'est clair, de voir reparaître soudain, sur la route de Tampico, Montréal et le Bronx, peut-être même les émeutes de Karachi, l'embuscade entre les hautes herbes d'Afrique... Non, non, je la rassure : tout est détruit aussitôt. Chaque jour est broyé, découpé en fragments, en paillettes infimes qui, combinées tout à fait autrement, recomposeront de nouvelles scènes. Nous ne faisons jamais deux fois la même chose, **on ne se baigne jamais dans le même fleuve**, au Grand Théâtre de Yokohama : le public ne le supporterait pas. Le Jefe de los choferes (c'est son titre, à l'Aztèque) est d'une humeur abominable, à chaque fois qu'il passe rageusement une vitesse une bonne dizaine de pignons sautent dans un bruit de rafale de mitrailleuse. Cela fait tressaillir le terrible Raúl Rodríguez Andino, qui au demeurant est un peu rassuré parce que sa boussole lui indique que nous roulons vers l'ouest, désormais. Le Jefe de los choferes est furieux parce que le champion des supermouches mexicains, Germán Torres, s'est fait mettre une tête par le Coréen Yul Woo-li, à

Séoul. Mais ça n'a pas été un combat loyal ! Un combat de machos, d'hombres ! ¡Hombre ! Il remâche sa colère en discutant avec son ayudante. D'abord, le bridé faisait plus que le poids de la catégorie, il y a eu chanchullo pendant le pesage ! Enculés ! Quinze minutes auparavant, Torres, en culotte et chaussures, faisait quarante-neuf kilos, et voilà que sur la bascule, au moment fatidique, il n'en accusait plus que quarante-sept et six cents grammes ! Et pourquoi ce mystère, à ton avis ? L'ayudante prend la question comme un direct au menton, il recule de cinquante bons centimètres. Euh... Il cherche, s'affole, ne voit pas. ¿Por que ? Il est vraiment trop con, celui-là ! Pour que l'autre n'affiche que quarante-huit neuf cents, tiens ! Alors qu'il faisait deux kilos de plus ! La balance était truquée ! ¡Carajo ! ¡Me cago en la leche de la chinga de su madre, a este Chino de mierda ! Le Chef des chauffeurs chie dans le lait de la putain de sa mère, à ce Chinetoque de merde. Ah ! Qu'est-ce que Torres pouvait faire, hein ? Il crache un long jet de salive sanglante. Et pourtant, il est sorti bien castigado du combat, le tricheur, il a fallu lui refiler de l'oxygène au vestiaire, il était sur le point de tourner de l'œil. Ça a besoin de biberons d'oxygène, et ça veut se battre ! Ces gros bébés tout lisses, sans poils, sans moustaches ! Ça veut se battre contre des Mexicains ! **¡Mexicanos adelante !** En plus, le match terminé, l'imprésario asiate a annoncé à Torres et son manager qu'il n'était pas disposé à leur payer un jour d'hôtel de plus ! Et le comble, c'est qu'il rechigne à leur verser les cinquante mille dollars de bourse ! ¡En verdad, se portan bien guachos ! Le Jefe de los choferes crispe les poings sur le volant, il demande à l'ayudante de lui décapsuler une bière, qu'il boit en vitesse, se versant le fond de la canette sur la tête, comme entre deux rounds. ¡Puta ! Personne n'a intérêt à lui faire des histoires, sur la route ! Il n'est pas d'humeur à ça ! Il rote bruyamment, jette la canette par le carreau baissé, boxe l'air. Ce qui le fait sinistrement marrer c'est que le nouveau soi-disant champion du monde des supermouches à merde, ce Chinetoque, donc, doit rencontrer prochainement le Mexicain Humberto "Chiquita" González. Alors là, on va rire ! A moins qu'ils ne l'entubent encore au pesage, ou qu'ils ne le droguent, Chiquita le va a dar un baile, il va lui mettre une de ces danses, à l'imberbe ! Le Jefe lâche le volant, frappe et refrappe sa paume gauche de son poing droit : enthousiaste. Le macaque no pega ni estampillas, il ne tiendra pas deux rounds contre la Chiquita ! C'est comme si c'était déjà fait ! Envoyez l'oxygène ! Passe-moi une autre cerveza, Ramoncito ! Je commence à craindre qu'il ne remarque Naomi, ma Chinita, dans son rétroviseur, mais heureusement son attention est déjà sollicitée par un autre motif de vindicte : les phares de l'autobus 463 des Transportes Oriente collés à son pare-chocs arrière, et les barrissements d'éléphant en rut que fait entendre cet enculé. ¡La leche ! Le Jefe écrase tellement l'accélérateur qu'il a peur que son pied ne passe au travers de la caisse assez ajourée, à vrai dire, du 625 des Autotransportes Mante. Il ferait beau voir qu'un maricón des Oriente lui apprenne à conduire à lui, Anselmo Martínez ! Ramón, balance-lui une canette par la portière, intime le Chef. Ah ah ! A ta santé, Oriental ! La bouteille malencontreusement, ratant le pare-brise, éclate contre les grosses babines nickelées du 463. En plein dans le protège-dents ! N'empêche, il a eu peur, et perd une cinquantaine de mètres. Maintenant, Anselmo lui réserve un autre tour de son sac : il lève légèrement le pied, le laisse venir, ven, ven, tío, et au moment où ce cabrón déboîte pour doubler (croyant déjà que c'est arrivé !), vlam !, il balance un grand coup de patin. Mais alors, le putain de coup de frein ! La rigolade ! Le Chinois se met debout sur sa pédale, ses pneus, lisses comme la peau des Chinetoques, lâchent de la fumée, il part en travers, contrebraque dans un nuage de poussière, titube, repart à l'assaut. Pas KO, mais compté debout, le niaque ! ¡Muy castigado ! Bien corrigé ! **Le Jefe, on ne l'entube pas comme ça !** ¡Otra cerveza, Ramón ! L'ayudante qui, de peur, s'est compissé (c'est Fix, ma parole !), allègue qu'il vaut peut-être mieux garder des munitions pour allumer l'autre... ¡Nada ! Les canettes vides sont tout aussi efficaces ! Et puis, tu n'as qu'à pisser dedans, cobarde ! Le Chef jette un coup d'œil d'effroyable dédain sur les taches sombres qui déshonorent le pantalon de Ramoncito. Une tapette dont même les Oriente ne voudraient pas ! Même comme mécanicien ! Pendant ce temps-là, le 463 revient fort. Pleins phares, barrissant de toutes ses sirènes, rétroviseurs écartés comme des oreilles de pachyderme en colère. Merde ! Ça va barder ! Ce fumier a au moins vingt chevaux de plus sous le pied ! C'est comme à Séoul ! Il y a chanchullo ! Des trombes d'air chaud fusent par tous les trous de la tôle, sous le tableau de bord où le voyant AGUA est passé au rouge. Qu'importe ! Il y est plus souvent qu'à son tour. La carlingue, derrière, n'est plus qu'un tunnel de hurlements et d'évanouissements. Combattre avec un public pareil ! Qui ne défend même pas son champion ! Alors qu'à Séoul ils se sont gênés, les Chinois, pour siffler Germán Torres ! Pour lui balancer des pièces de monnaie ! Pour piquer la mallette de son manager et la piétiner ! S'il pouvait les jeter par la portière, ces salauds ! Ça allégerait le 625 ! Ça compenserait les chevaux qui lui manquent ! Mais il ne faut pas compter sur Ramón pour faire ça ! Ce pauvre type est tassé par terre, tête dans les genoux, humant sa pisse... ¡Rrrramónn ! ¡Otra cerveza ! **¡Otra cerveza, hijo de la gran puta !** Le misérable ne bouge pas, reste là, secoué par les trépidations, les sanglots, peut-être ? L'infeliz ! Putain ! Le bouchon du radiateur saute, il s'en faut de peu qu'il ne crève le pare-brise, et un geyser de vapeur d'eau, tels ces petits nuages personnalisés dont des dieux hostiles enveloppaient la tête des héros de l'*Iliade,* voile la route devant les yeux d'Anselmo. Trahi par les chevaux, par son écuyer, par son public, par le matériel ! Mais il ne se rendra pas ! ¡Jamás será vencido ! Il continue dans le brouillard brûlant ! Comme une locomotive ! Plutôt mourir ! ¡Nuestro pueblo ! ¡Nuestra autoridad etílica ! Il en pleure. La route cependant s'est élargie, et l'inconcevable advient : mètre par mètre, le 463 remonte et double le 625 ! D'abord apparaît la gueule honnie du chauffeur, mordant presque le volant de ses dents pourries, puis défile, le long de la vitre du Jefe anéanti, une théorie de visages de morts vivants, bouches béantes, bavantes, dans des sacs ballottants de peau bilieuse. Au moment où l'unique feu arrière du 463 passe à sa hauteur, Anselmo pense que tout est foutu. Une fumée puante d'huile et de métal brûlés commence à s'engouffrer par les trous du plancher. Il n'attend plus rien maintenant, que d'être foudroyé en plein combat par une bielle incandescente jaillie d'entre ses pieds. En este momento, l'imbécile oriental fait l'erreur de sa vie : **une queue de poisson**, oui, il lui fait une queue de poisson et bloque ses six pneus de merde, tortillant son cul de tôle, à l'entrée d'Altamira, sous le pif d'Anselmo qui n'aperçoit, à travers la buée, que le halo du stop, mais n'en croit pas ses yeux : rien n'est perdu ! L'idiot lui donne l'occasion de la revanche ! Il se voyait déjà KO, mais pas du tout ! Le gong retentit, et c'est là reprise ! Alors là, **ça va saigner** ! Les freins marchent encore à peu près, heureusement, et le mufle du 625 n'emplafonne pas trop violemment le cul du 463. Un peu, mais pas trop. Juste ce qu'il faut, juste un acompte pour ce qui va suivre. Car déjà le Jefe a sauté à terre, le cric à la main droite, la machette au côté, marchant formidable sur le verre brisé, tel Tezcatlipoca, au milieu des tourbillons de poussière. Et le combat commence, sous les remparts de tôle amochée aux créneaux desquels se tient le peuple nauséeux. Le métal sonne et gémit, les dents grincent, les yeux injectés de sang se défient, moustaches et crics sont sillonnés d'étincelles. On n'obtient aucun résultat. Le Jefe alors tire sa machette, et voilà que l'homme de l'Oriente fuit et fait trois fois le tour des murailles, ah, pour courir, ça, il sait courir ! Le vil lièvre ! Il gagne ainsi un peu d'avance, assez pour se jeter dans sa cabine qu'Anselmo, ayant ressaisi son cric, commence à démolir. O triomphe ! O récompense due à la valeur ! Joie du verre cascadant ! De la ferraille gondolée, enfoncée ! Du caoutchouc tailladé ! A l'instant où les phares expirent, le jardinier britannique, qui est resté impassible pendant que ces événements se déroulaient, crie "Look, look ! The sun in scarlet mantle clad !" Et en effet la grosse pivoine pointe là-bas, le rubicond Humpty Dumpty foule la rosée, yon high eastern hills, vers le golfe. Terre, enfin ! Enfin, l'empyrée du soleil levant ! On y était dis-je doucement à Naomi qui, d'épuisement, s'était endormie entre mes bras, on y était, à Yokohama !

44

Enterrement d'un vendeur de glaces

(stations)

Quelquefois, dis-je à Czarina, je me demande si je ne suis pas mort. Car ce n'est pas seulement d'omnivoyance que je suis doué, mais de cette parfaite (et épuisante parfois) téléprésence qu'Augustin prête aux bienheureux habitants de la Cité de Dieu. Et comme je vois qu'elle ne saisit pas complètement la nuance, je précise : attention, Czarina, ne mélangeons pas tout ! Dans des affaires aussi subtiles, il importe d'être exact. L'omnivoyance est une chose, la téléprésence ou ubiquité une autre. Le prophète Élisée, par exemple, qui "quoique absent de corps" surprit son serviteur au moment où il se faisait graisser la patte par Naaman le Syrien, ne disposait que de la première : car il n'était que prophète. Les yeux de son esprit s'ouvraient loin de ses yeux de chair, ou bien encore lorsque ceux-ci étaient fermés, c'est entendu : mais son corps demeurait en un seul lieu et l'indélicat Giezi, tout visible qu'il fût, n'en était pas moins "loin de lui". Tandis que pour les invités au Sabbat éternel, l'évêque d'Hippone est formel : "Un point est assuré, c'est que **le corps sera incontinent où l'esprit voudra.**" Eh bien, c'est exactement mon cas, querida. Alors, oui, il m'arrive de m'interroger (Fix, bien sûr, que sa pachydermique lourdeur n'empêche pas de deviner mon doute, Fix enfonce le clou : Tu es mort, me souffle-t-il. Mort et enterré, je te dis). Serait-ce possible ? Et qui serais-je, alors ? Je veux dire, quel mort ? Un bon mort, forcément. Les mauvais n'ont pas droit du tout à ces égards. Tout à fait immobiles, eux, enchaînés dans l'éternel cul de basse-fosse. Un mort en odeur de sainteté, voyons... Don Antonio Venancio Mendizabal, par exemple, qu'on enterre en ce moment même au cimetière d'El Salvador ? Trépassé au milieu de l'affection des siens, à l'âge de quatre-vingt-deux ans, causant des sentiments de profonde douleur ? Cela m'étonnerait. C'était un infatigable défenseur de la Coopérative des fermiers de Rosario et environs, il avait dans cette activité donné mille preuves de sa capacité et de son honnêteté, orienté par les préceptes d'une profonde foi catholique. Or, ça n'est pas que je ne sois capable ni honnête, ni bon chrétien (dis-je à Czarina, qui m'a l'air du genre à affecter de ne pas badiner avec ces choses-là), au contraire : mais c'est que je ne connais rien aux choses agricoles. Or, quelle apparence qu'un corps glorieux en sache moins que le corps périssable qui l'a précédé ? Hein ? Alors, disons, Grigorios Nikolaïdis Charalampous, autour du cercueil de qui l'évêque Petros de Babylone, assisté de l'archimandrite Kleopas et de l'aumônier Andreas, balance l'encensoir, dans la petite chapelle de la Vierge du cimetière d'Agios Georgios, au Caire ? Originaire du village chypriote d'Arsos, c'est en mille neuf cent vingt-deux qu'il a émigré vers la terre de la Grande Promesse, où son honnêteté, sa gentillesse et son désir de travailler l'ont tôt distingué parmi sa communauté comme aux yeux des fils de Pharaon. Il a commencé chez son oncle Panteli Nikolaïdi, un bien saint homme aussi, qui tenait boutique sur terre à l'enseigne du café-bar d'Atampa. Puis, en mille neuf cent cinquante-sept, il a pris sur ses épaules la lourde responsabilité du magasin de glaces et limonades Ioanna, à Atampa toujours. C'était un bon père et un bon Chypriote (**cela revient au même,** Czarina !), son fils Pantelis Charalampous a hérité de lui son amour du prochain, ses glaces bonnes et pures étaient renommées dans toute la communauté, appréciées même des lécheurs de cornets les plus difficiles, chacun te le dira. Pas du tout du genre, soit dit en passant, de la glace que ce pigeon de Mamat bin Mohd Yassin, employé de bureau de son état, bécotait il y a deux heures dans la pénombre du cinéma Capitol à Singapour. Il était tout écarquillé de bonheur, le pauvre vieux Mamat : hier, au Fu Lu Shou building, sur Rochor road, il avait rencontré un jeune Eurasien très gracieux, fine moustache et cheveux bouclés aux épaules, et de fil en aiguille ils avaient sympathisé, et convenu de se retrouver le lendemain, aujourd'hui donc, au cinéma. Et dès qu'ils ont été assis, le mousquetaire du macadam est allé lui acheter un cornet : quelle délicatesse ! En plus de toutes ses autres qualités ! Après... après il ne se souvient plus de rien. Sorbet au coltar. Il a dû dormir, puisque maintenant il se réveille. Le film, c'était pourtant *Rambo III*, une histoire assez bruyante. **Nom de dieu** ! Une, justement, explosion, comme ça, sans prévenir, le fait tomber de son fauteuil, à moitié tomber : bon, du calme ! Coup d'œil gêné à gauche. S'il avait ronflé, ça ferait mauvais... Le... le moustachu bouclé n'est plus là ! Pas d'erreur, c'est un gros chauve, à présent. Perplexe, et passablement ensuqué, Mamat se caresse le menton. Alors là ! Sa... Non, ça n'est pas possible, l'autre main peut-être, non, rien : **sa bague** ! Sa grosse bagouze en or ! Quelle idée aussi, Mister Mamat, quelle idée de laisser sa main, quand on est un vieux blaireau bureaucrate, dans celle du premier bouclé venu... Mais comment vivre aussi, sans ces risques délicieux ? Pour en revenir à Charalampous, il était kalokagathos kai philanthropos, il aidait les autres sans le crier sur les toits, sa main gauche, on peut le dire, ignorait ce que faisait sa main droite (la mienne, de dextre, au même instant, comme pour faire mieux saisir la portée de cette belle formule, s'empare de la longue, de la tiède main gauche de Czarina. Je connais mon *Tartuffe* par cœur). Ne craignons pas de le dire : Alexandre de l'ice cream, Grigorios Charalampous a jeté les bases exquises, fragiles sous la langue mais durables dans les esprits, d'une nouvelle rencontre entre pyramides et Acropole : **d'une civilisation néoptolémaïque du sorbet !** As einai elaphro to roma tis philoxenis choras pou ton skepazei, kai o Theos as anapausei tin psichin tou se skinais dikaion, psalmodie avec beaucoup de sensibilité le maître de chapelle Georgios Vallas qu'accompagnent les chantres Kelaïdikis et Xenakis : légère soit à celui qu'on ensevelit la terre de ce pays hospitalier, et que Dieu repose son âme parmi celles des Justes ! Nous y voilà. Suis-je ce pieux vendeur de glaces parvenu au séjour des saints ? Non, dis-je à Czarina, je me suis posé la question mais c'est impossible, vraiment. Ça n'est pas que je ne sois kalokagathos, ni philanthrope comme pas deux. Mais, vois-tu, l'idée même de sucer une glace m'écœure. Sauf, naturellement, si... Mais non, chut ! Pas ici, pas encore, d'accord.

Car il faut vous dire que Czarina, qui n'est autre que l'époustouflante brune montée dans l'autobus à la station de Caluag, aux Philippines, je l'ai retrouvée dans une église. J'avais raccompagné Naomi chez elle, du côté de Yokohama, et Dieu sait si j'aimais Naomi, n'empêche : je ne pensais plus qu'à la belle inconnue. Il faut me pardonner : c'est que sans être mort, je n'en sentais pas moins que mon temps s'achevait. Cette idée absurde que je pusse être mort, je ne faisais mine, un instant, d'y croire que pour impressionner l'âme exaltée de Czarina, et aussi pour m'amuser aux dépens de ce gros con de Fix qui nous filait le train, appareils photo en bandoulière, le long des collatéraux de l'église de Malaga où reposait, sur un lit de brocart, gardé par un tercio de la Légion, le Christ de la Buena Muerte. Je n'étais pas si ignorant des choses élémentaires de la théologie que je ne susse que cette divine ubiquité dont parle Augustin ne serait l'apanage des Justes qu'après la Résurrection. Or, **la Résurection n'avait pas encore eu lieu**, je vous le rappelle, à la date du vingt et un mars mille neuf cent quatre-vingt-neuf. A supposer donc que je fusse mort, je n'aurais pas disposé de mon corps : ce qui était le cas, et comment ! Ergo. En revanche, disais-je, je sentais se multiplier les signes avant-coureurs de ce qui pouvait bien être la mort : de rapides, de limpides douleurs traversaient ce corps incontestable (notamment lorsque au côté de Czarina – que je sentais contre le mien, que j'essayais, mine de rien, d'épouser aussi étroitement que le permettait la solennité du lieu – je contemplais les bras très longs et maigres du supplicié affreusement tendus en arrière sur le bois, sa tête qui cherchait à se redresser pour aspirer une goulée d'air frais : figure, encadrée de militaires à la nuque rase et de candélabres électriques, de tous les corps qui au même moment étaient livrés, de par le monde, à la torture). Dans l'ouragan d'images qui continuait de battre, inlassablement, mes yeux immenses, les scènes de mort proliféraient maintenant au point de faire disparaître presque le grouillement magnifique de la vie. Le pressentiment me gagnait qu'à l'ultime moment, mourant de soif au bord de la fontaine, je serais empêché de regagner en triomphateur le WWWW Club où mes amis devaient déjà, entre deux robres, tirer de leurs goussets les chronographes afin de surveiller (les uns avec espoir, les autres avec inquiétude) l'écoulement des dernières dizaines de minutes, ou de pages, qui m'étaient accordées pour réussir ou échouer dans mon pari. Lorsque j'eus raccompagné Naomi, donc, je me mis aussitôt à la recherche de la belle voyageuse. Je ne tardai pas à la dénicher dans cette église de Malaga. Retrouver ses yeux redoutables posés, à travers la mantille, sur le corps tendineux du Christ de la Bonne Mort, ne contribua pas à apaiser mes gethsémaniennes appréhensions. D'ailleurs, l'éclatante Philippine était une de ces femmes que leur maintien altier font hésiter à approcher. Pas du tout l'air d'une ex-reine de beauté devenue chanteuse, ce qu'elle était pourtant, je l'apprendrais bientôt, ni le genre à porter ce prénom de cabaret absolument délicieux, et inattendu pour une fille de Manille. Pommettes, menton, bouche, nez admirables, traits d'une netteté parfaite, luminosité mate de la peau, que la pénombre de l'église, où luisaient aussi les membres arqués du crucifié, faisait faiblement rayonner, c'était véritablement du côté du Panthéon antique, ou encore de la légende dorée chrétienne qui en découle, plutôt que du caf'conc, qu'on était amené à chercher des comparaisons : une Minerve qui eût eu aussi la grâce farouche d'une Diane, une Pietà, une vierge martyre de Zurbarán. Derrière le moucharabieh de dentelle noire on devinait des yeux de pur phosphore et les arcs longs, minces, balistiques des sourcils. Et que dire, quels mots trouver pour le cou que ceignait un rang de perles, pour la masse de cheveux bruns encadrant ce visage de tsarine ibérico-océanienne ? Toute de noir vêtue, bien sûr, l'impératrice chanteuse, et si stupéfiante sous la funèbre étoffe que presque l'envie ne vous visitait pas de la lui ôter. Penchée, donc, sur le Christ en croix, entre les gueules de marbre des légionnaires au garde-à-vous, l'arme au pied : comme si c'eût été son époux étrangement couché, l'attendant sur un lit-catafalque abrité par un humain baldaquin. Il y avait de la messe noire là-dessous, le seul élément du décor qui fût étranger absolument à cet érotisme à la Barbey d'Aurevilly était bien sûr cet imbécile de Fix mitraillant le supplicié de ses flashes et Czarina de ses déplorables commentaires (autant de malhabiles, de graveleuses mains de mots tendues vers elle, boudinées, suantes et tremblantes) : "Quelle présence !" "On jurerait qu'il respire encore !" et autres ignominies verbales. Ah ! Avant de mourir, je ferais encore un petit tour de piste ! Un petit tour de valse avec la radieuse succube ! Je n'avais pas **dit mon dernier mot** ! Je serais son Potemkine, moi, à cette Grande Catherine pinoy, je ferais défiler le monde autour de mon impériale maîtresse comme ces villages postiches dont on prête l'artifice au prince de Tauride !

Quelquefois, dis-je à Czarina cependant que nous arpentons les collatéraux, parcourant inlassablement, dans un sens puis l'autre, le chemin de croix, quelquefois je me demande si je ne suis pas mort. Je ne suis pas seulement omnivoyant comme le prophète Élisée, par exemple, je ne suis pas **seulement** un prophète : car mon corps est partout où mon esprit le veut. Je suis là où les corps s'enlacent, où les enfants naissent, et sur les pentes des volcans de Bornéo où les fleurs géantes s'ouvrent en crissant, dans les profondeurs glauques où le désir sexuel s'empare de mollusques que leur apparence infâme devrait éloigner de ces fantaisies. J'assiste à un accouchement dans le métro de New York, je suis témoin de la naissance du petit Aitor à la maternité das Cruces, dans le faubourg ouvrier de Barakaldo (et aussi de la légère malversation qui s'ensuit, les parents graissant la patte du médecin pour qu'il inscrive "Bilbao", qui fait plus chic que Barakaldo, sur le certificat de naissance), je suis au Kaiser Hospital de Los Angeles lorsque Nicholas pointe son crâne gluant entre les jambes de sa mère Rosetta au moment même où Wassim jette son premier cri à côté de sa mère Firdowsa, je vois aussi les infirmières s'emmêler les pinceaux et tendre ensuite Wassim à Rosetta et Nicholas à Firdowsa : je suis partout où la vie émerge, partout où elle fait sa première expérience du masque, de l'imposture, de l'équivoque qui seront sa loi. Je vois des scènes de comédie, aussi. Bien sûr. Je suis dans les gradins du stade lorsque Hesi Shalom, le gardien de l'équipe de Nes-Ziona, bottant un formidable coup de pied depuis sa surface de réparation, propulse un boulet de canon qui passe entre les attaquants puis les défenseurs atomisés du Betar de Lod, pour s'encastrer finalement dans les filets du gardien adverse, lequel gît effaré dans l'herbe, à plat-ventre, le nez entre ses gants de cuir : n'osant, de honte, se relever. Ou bien encore j'assiste à La Paz à un curieux meeting électoral de l'homme d'affaires Max Fernández. Son visage épais, sous le cheveu dru et gominé, est tout ruisselant de sueur, il n'a pas l'air content, il martèle le pupitre pour scander son message : Votez pour qui vous voulez, pour le général Banzer et l'ADN, par exemple, je m'en fous, mais en tout cas **votez contre moi !** ¿Claro ? D'accord, Max, bravo, crient les militants enthousiastes. Certains pleurent d'émotion. C'est que ce magnat de la bière, désireux de transformer la Bolivie en une vaste brasserie où il puisse exercer ses talents de meneur d'hommes mieux qu'à la Cerveceria nacional, s'est acheté un vieux parti ruiné afin de se porter candidat à la présidence de la République. Cette histoire lui a déjà coûté trois millions de dollars. Oui mais voilà, les vieux renards du vieux parti, pelés et galeux mais rusés, lui ont fait un enfant dans le dos : je ne te détaillerai pas comment, Czarina, ce serait trop déprimant. Alors Max, qui ne veut plus payer pour être cocu, a retiré sa candidature. Oui mais voilà, c'est trop tard, a décidé la Cour nationale électorale. Alors maintenant, Max dépense encore beaucoup d'argent à organiser des meetings pour demander au peuple de voter contre lui, et à payer des équipes chargées d'aller déchirer, dans les rues de La Paz, Sucre, Santa Cruz et Cochabamba (sa ville natale !), ses propres affiches. Je suis là où la vie s'exerce au trompe-l'œil, Czarina, là où ses imprévisibles écarts, ses faux-bonds et chausse-trappes déclenchent le rire, mais je suis surtout, depuis peu de temps, là où tournoie la mort. Je puis bien te le dire, à toi, tu n'es pas une mijaurée, une poule mouillée, je le sens. Comme de ces stations de pierre sculptée qui retracent la montée au Golgotha, je suis tout environné d'images de derniers instants. Elles ne m'environnent pas exactement, d'ailleurs, c'est plutôt comme si cela se passait **en moi**. Jamais personne n'a été plus vivant que moi, et pourtant, oui, c'est en moi que la vie désespère et renonce à elle-même : en moi, Buena Muerte, on se jette et se noie, se brûle et se pend (Fix, qui a troqué ses appareils photo contre le calepin et le stylo, prend des notes, comme... comme qui, déjà ? Ah oui, les dames du palais Piwonka. C'est si loin...). Au fond du tunnel de moi-même, je vois marcher sur les quais de la station Martínez du ferrocarril Mitre, à Buenos Aires, une svelte et belle jeune femme qui s'appelle Adela. Jeune et belle et mannequin, et cependant elle marche sur le quai de la station avec l'idée qu'eut avant elle un poète de son pays qui est aussi le tien, Czarina – ah, mais non, c'est vrai, tu es pinoy, philippine émigrée en Espagne. Mais c'est que tu lui ressembles. Elle marche sur le quai avec l'idée qu'avait, assis dans le train qu'on entend gronder maintenant à l'approche de la station, le même train du ferrocarril Mitre, mais cinquante ans auparavant, le poète Leopoldo Lugones. Et cette idée, Anna Karénine sans doute l'avait aussi, Tsarine, lorsqu'elle marchait sur le quai de la gare d'Obiralovka. Et Tolstoï lui-même, lorsqu'il s'est couché pour ne plus se relever sur le quai de la gare d'Astapovo. Il neigeait. Regrettait-il de n'avoir pas achevé son roman avec la mort d'Anna, de nous avoir infligé toute cette fin édifiante sur le bonheur agricole de Kitty et Levine ? Et cette idée, que c'en est fini des formes et des couleurs du monde, que le spectacle est terminé, le commissaire de police japonais Haruo Tamura l'a aussi cependant qu'il marche sur le quai de la station de Chiba. Une pluie fine fait briller les rails. Et encore Rana Mohammad Sharif qui se couche lentement, précautionneusement, sur la voie de chemin de fer, peu avant l'aube, près de Samanabad Station : et, transmis par le rail contre lequel il a posé sa tête, des tintements légers, mélodieux, emplissent son oreille. Et les trains arrivent, maintenant, il n'y a plus rien à faire, les trains sont lâchés, je vois grossir leur œil de cyclope, j'entends leur grondement enfler, éclater en gerbes de sons ferraillant qui sont comme la musique du chaos : celle qui résonne au prélude de la *Création*, et de nouveau lorsque tout se défait, se dénoue et se résout. Car je suis au commencement et à la fin, Czarina, je suis l'alpha et l'oméga (Fix note, souligne. S'il croit que je n'ai pas compris sa misérable interprétation...). Le corps svelte d'Adela semble voler puis tombe sur le mâchefer constellé de mégots et de chewing-gums, entre les traverses, comme le corps inoubliable d'Anna, et le corps grassouillet du policier de la crim' de Kojimati, sur lequel peut-être nous verserons un peu moins de pleurs, et l'acier énorme les broie entre ses meules, ainsi que le corps de Rana Mohammad Sharif. Il me revient, Tsarine, comment n'y ai-je pas songé avant, que ç'a toujours été sous tes traits que j'ai imaginé Anna Karénine telle qu'elle apparaît à Vronski à la gare de Pétersbourg, puis dans la tempête de neige, sur le quai de la gare de Bologoié : cette vivacité avec de la hauteur, cette audace dans les yeux, l'air d'une princesse qui n'hésiterait pas à monter sur les planches. A se faire teindre en blonde... Non, pas ça ! Est-ce toi que j'aimais à travers Anna, est-ce que j'ai commencé à te connaître en lisant et, te devinant, à te susciter, à rendre inévitable notre rencontre, ou bien est-ce parce que tu incarnes l'idée que je me faisais d'Anna que maintenant je t'aime ? Enfin je ne pardonne pas à Tolstoï, t'ayant créée, de ne pas avoir fini son livre avec toi. Avec Anna, veux-je dire. Et je veux croire aussi que ce qu'il allait faire à Astapovo, c'était se jeter sous le train, pour terminer sa vie comme elle, comme il eût dû terminer, avec sa vie, son livre. Mais pas plus qu'il n'osa mettre le point final lorsque la lumière, après un ultime flamboiement qui éclaire des pages restées obscures, s'éteint dans les yeux d'Anna, il n'ose se jeter sous le train. Les quelques jours qui lui restent à vivre sont comme le prix à payer pour ces dix-neuf chapitres en trop. Barine, va ! Il neige.

45

Gül loin de tout

Je vois encore au fond de moi-même des pans de nuit où brillent de brusques flammes humaines. Dans un village près de Bénarès, Shrimati Shakuntala Devi a une fille dans la fleur de sa jeunesse. Son rêve est de la voir mariée et bien mariée, mais comment faire pour réunir la dot, avec la misère dans laquelle on ne se débat même plus, qui est un fleuve large et puissant comme le Gange, sur lequel on dérive, puis on coule et c'est tout ? L'amère espérance, qui est parfois laissée aux pauvres, d'une ultime injustice, celle d'être oubliés par leurs enfants, parce que leur vie sera autre, meilleure, elle l'a eue de toutes ses forces, mais c'en est fini. Avec cette espérance, ses forces se sont absolument épuisées. D'innombrables jeunes femmes pourraient lui dire, pourtant, à quel point l'idée qui la faisait survivre a peu à voir avec le bonheur, ou plutôt – car il n'est pas sûr que de quelque chose qui s'appellerait le bonheur, on se fasse une idée – combien elle est impuissante à éloigner le malheur, cette vieille habitude. Gül, par exemple, que ses parents ont mariée deux ans auparavant, et contre une forte dot, à un homme de l'âge de son père, immigré à Duisburg. Elle a eu un fils de lui, mais cet enfant ne desserre pas le nœud de tristesse qui l'étrangle un peu plus chaque jour, lorsque son vieux mari rentre du travail sans un mot ou un regard pour elle (ou alors, ceux qu'il a parfois, elle préférerait ne pas les entendre ni les voir), que les habitants du quartier, dans les magasins où elle fait les courses, lâchent contre elle des phrases qu'elle ne comprend pas, mais qui sont faites pour blesser, et la blessent en effet par l'enlaidissement de la bouche et du regard qui les accompagne, lorsque fumées et nuages roulant au ras des cheminées d'usines et des antennes de télévision font oublier jusqu'à l'idée du grand ciel bleu qui tout de même planait au-dessus de son enfance et de sa jeunesse à Sivash, au cœur des hauts plateaux d'Anatolie. Et l'hiver, il y avait de la neige éclatante où se marquaient les empreintes des bêtes, tandis qu'ici quand elle tombe, comme aujourd'hui, cela fait dans les rues de la boue que les voitures projettent sur ses jambes, et au-dessus de sa tête de la brume trouée de lampes au sodium. Ça n'est pas qu'elle se forme une idée très précise du bonheur – bien qu'elle en ait une, tout de même, une idée à quatre sous tirée des romans photos du genre *Biz Ayrilamayiz*, "le jeune homme avait abreuvé son âme de mots aussi doux que de la poésie", etc. –, mais en tout cas elle est certaine que cette vie qui est la sienne, si on peut appeler "sienne" une vie sur laquelle on n'a absolument aucune prise, c'est cela le malheur. Et s'il fallait un mot pour dire de façon concise ce malheur, ce serait **loin** : loin de son mari, de sa langue, de la terre qu'elle connaît, de ses rêves inconsistants. Alors, loin de tout, Gül va dans la salle de bains, noue ensemble des serviettes et son grand châle, et se pend comme s'est pendu, loin de tout, à Ras al-Khaimah, Thomas l'immigré indien, et loin, infiniment loin de tout encore, le monde n'ayant pas plus de forme ni de couleur désormais que la neige qui tombe dans la nuit qu'aucun jour ne viendra dissiper avant longtemps, un jeune homme à Ammassalik. Et comme se pend aussi à Songkhla, en Thaïlande, la toute jeune Jaruwan Fanfai : quelle pitié de voir ce corps si frêle, si gracieux, ce corps de danseuse aspirant à la légèreté de ce que l'air porte ou meut, aile d'oiseau, nuage, feuille, fumée, à la liberté sinueuse de ce qui vole ou tremble dans le vent, accroché à une corde comme un animal de boucherie, tué et déformé déjà par sa lourdeur : de toutes les morts celle où se marque le plus hideusement la pesanteur que la beauté, de quelque façon qu'elle se manifeste, s'invente ou se rêve, cherche à nier. Et la vie aussi, qui a à voir avec la beauté. Cela faisait longtemps que Jaruwan répétait pour danser le jour de l'ouverture de la fête du sport, à Songkhla.

Mais son père, au dernier moment, s'y est opposé. Et désespérément loin de tout se sent aussi, dans une chambre du quatrième étage du bloc quarante-huit de l'hôpital universitaire de Singapour, M. Chia Chan Khee dont les poumons sont comme des sacs de papier de verre, tapissés de poussière minérale parce qu'il a passé toute sa vie à travailler comme ouvrier dans les carrières. La pierre contre laquelle il s'est épuisé, blessé maintes fois, qui l'enfermait dans son cachot énorme, l'empêchant de voir le jour et les robes des filles dans les rues, et le soleil brillant sur la mer à travers les longs cils des palmes, toutes ces belles choses, la pierre qu'il creusait non pour s'évader, même pas, mais pour vivre, parce que c'était la part de vie qui lui était allouée, maintenant c'est lui qui l'enferme et c'est elle qui le mine, voilà la part de mort qui lui a été donnée. Son existence, songe-t-il, n'aura eu d'autre sens que d'accomplir ce pathétique retournement, creusant / creusé, vivant / mourant. Les médecins lui ont dit qu'il y avait un léger mieux mais qu'est-ce que cela peut bien lui faire ? Qu'est-ce que ça peut bien changer à l'issue de cette bataille dont il ne saurait même pas dire quand elle a commencé d'être perdue, et si elle ne l'a pas été aussitôt qu'engagée ? Et ce flacon accroché au-dessus de son lit, qui laisse filtrer, à travers un tuyau de plastique, des gouttes dont le lent écoulement vers sa veine est le spectacle qui rythme ses jours et qui lui rappelle encore, comme si décidément il n'était qu'un bloc de pierre humaine, le ruissellement de l'eau dans les tailles, la poche qui parfois éclate et noie les amis (il y a échappé, lui, quelle chance il a eue...) : quel remède peut-il lui prodiguer contre la maladie irréversible qu'a été sa vie ? Alors il arrache le cathéter, sort sur la coursive du quatrième étage, enjambe le garde-fou et se jette dans le vide. Shrimati Shakuntala Devi, cependant, s'est levée sans un bruit, au milieu de la nuit. Toute la famille dort dans l'unique pièce, sur les filets de corde des charpoys. Dans la pénombre ménagée par la lampe à huile qui brûle, avec quelques bâtonnets d'encens, devant un chromo du Bienheureux Seigneur Krishna, elle distingue la forme immobile de sa fille : la belle et douce forme d'une femme, hélas, couchée à côté de la place qu'elle vient de quitter. Que va-t-elle devenir ? Devra-t-elle épouser un être difforme, un boiteux, un bossu au visage de singe ? Noir, même, peut-être ? Elle en frémit. La princesse malheureuse dont elle porte le nom, Shakuntala, fut la mère d'un grand roi : certes, elle n'en demandait pas tant. Mais de là à imaginer que sa fille, peut-être, devra partir sur les routes, se prostituer au premier venu... Elle sort précautionneusement, ferme la porte avec la chaîne. Des chiens aboient, on entend, assez loin, les derniers tumultes de Holi. Une grande lueur à gauche signale Bénarès, un bras du Gange brille soudain comme un collier d'argent puis s'éteint. Ce qu'elle fait maintenant, prendre le bidon de kérosène et la boîte d'allumettes dans la remise, asperger ses vêtements comme le font là-bas, avec de l'eau teintée d'écarlate, les derniers fêtards du Carnaval des couleurs, c'est ce que font au même moment Violette Lebon, allée des Peupliers à Bois-des-Nèfles-Cocos, dans l'île de la Réunion, et encore Esperanza Cabalbag qui a barricadé avec des barres de fer les portes et fenêtres de sa maison, à l'autre bout du monde, dans un faubourg du Sud-Est de San Diego, enfermant avec elle Jaime, Tamara et Filomeno, ses trois enfants. Elle allume dans la nuit du Carnaval une flamme rouge en forme de femme.

Votre serviteur est soudain un peu las, Tsarine. Permettez que je prenne votre bras. Même, asseyons-nous là, dans ce confessionnal, et réconfortez-moi un peu, je vous en prie. Horreur ! Derrière le petit volet qui se lève avec un bruit sec, il y a encore la hure en pâte à crêpes de ce damné curé-psychiatre émergeant d'une blouse-surplis blanche granulée de pellicules. Alors quittons ce lieu, voulez-vous, et allons boire un de ces laits d'amande, ou je ne sais quoi, qu'on fait ici je crois, dans de fraîches boutiques carrelées. Pardonnez-moi mais... c'est à cause de tous ces mots, ces morts veux-je dire, en dedans de moi, comme de la pierre qui me rongerait... Tous ces pendus à la voûte de mon crâne, ces bûchers dans mes tripes... Mais chassons ces visions. Après tout, l'âme éternelle ne naît ni ne meurt jamais, le feu ne la brûle pas, l'eau ne la mouille ni le vent ne la dessèche, elle ne fait que changer de corps comme de vêtement : c'est ce que le Bhagavant rappelle à l'archer Arjuna, au moment de la bataille, n'est-ce pas ? Allons, cela va déjà mieux. Ce n'était qu'une faiblesse passagère. J'ai eu une vie assez agitée, depuis quelque temps : il ne faut pas chercher plus loin. Soyons gais. Dis, tu ne me quitteras pas, n'est-ce pas ? Moi, je suis décidé à rester avec toi jusqu'au bout. J'avais bien, pourtant, encore quelques idées. Des rendez-vous ici et là, je peux te l'avouer. Eh, c'est que je sais encore danser, tout de même. Quelques rendez-vous, oui, mais j'y renonce (Seigneur ! En venir là !). Une jeune fille en Malaisie, qui me plaisait parce qu'elle avait l'air doux et un peu bête, et qu'elle s'appelait Carmen. La fleur que tu m'avais donnée, et tout ça. Tu as beaucoup plus qu'elle une tête à t'appeler Carmen, d'ailleurs. Elle, c'était plutôt Butterfly ou Chrysanthème. Un tout autre registre. Ça ne t'ennuie pas que je t'en parle ? Je la vois qui m'attend, à la gare de Kuala Lumpur. Il neige sur Kuala Lumpur. Non, pardon. Je déraille... C'est cette légère fatigue... Il y a de la brume sur Kuala Lumpur, voilà. Les gratte-ciel disparaissent dans la brume. Le train de Penang est en retard. C'est celui que je devais emprunter. Elle est vêtue d'une tunique de soie turquoise, avec sur l'épaule droite une étole couleur de bronze, imprimée de motifs évoquant des cristaux de neige. Voilà, c'est bien ça : il y a tout de même de la neige, mais sur son épaule de neige. Non, d'ivoire. Enfin, sur son épaule. Elle a un visage sans aucun trait accusé, un visage très peu dramatique, tu vois ? C'est assez reposant. Un soupçon de rose aux joues, une petite bouche corail niaisement – mais délicieusement ! – entr'ouverte, encadrée de fossettes, ma petite fiancée de Malaisie... Ses yeux assez ronds (moi, je préfère les yeux en pointe de flèche, les yeux de louve, comme les tiens, mais les yeux ronds ont quelque chose de rassurant. De délassant. Avec une femme aux yeux effilés, on vit au milieu des poignards), enfin ses yeux assez ronds, marron, fixent les rails qui s'enfoncent dans la brume, et par où je dois arriver. Mais aucun risque qu'elle se jette sous le train comme Anna, je te rassure. Aucune nervosité, en fait, elle passe seulement, de temps en temps, un doigt dans la frange vaporeuse de cheveux qui tombe sur son front, masque un œil derrière une brume brune... une légere brume, disons. Elle a l'air douce et craintive, d'une sottise nullement considérable, d'ailleurs délicate et attentionnée, ma petite bégum. L'air, si tu veux savoir, d'avoir été vendue dès son jeune âge à un riche marchand (et lubrique, forcément), puis rachetée très cher par un voyageur sentimental. Quels autres encore? Quels autres rendez-vous? Tu veux vraiment savoir? Voyons... Eh bien, il y avait aussi Naritsara. Elle est étudiante en troisième année à la faculté de gestion de l'université Ramkhan Haeng à Bangkok. Ça n'est pas que la gestion soit un sujet qui nous ménage beaucoup d'occasions de conversation, mais elle est très mignonne, Naritsara. Elle a un visage lisse et ambré comme... comme un beau savon à l'huile de palme, au lait de coco... Est-ce que ça n'est pas un peu trivial comme comparaison? Non, je ne pense pas. On a envie d'être au bain avec ce visage, voilà. De le laisser fondre contre soi. Un petit nez dessiné d'un vol de plume, des sourcils, pff!, la courbe évanescente d'une étoile filante, les yeux, deux traits obliques de noire espièglerie, tout ça léger léger. Sa bouche, en revanche, grande et rouge, à la lèvre inférieure un peu lourde: en fait, oui, je n'y puis rien, elle a un sourire de Bouddha. Un accroche-cœur au milieu du front. Voilà comme elle est. Elle voulait que je l'accompagne, la pauvrette, à la finale du concours de Miss Thaïlande, parce qu'elle était parmi les soixante sélectionnées. Elle a le numéro sept, c'est bon signe, et de toute façon je ne me fais pas de souci pour elle, c'est la plus jolie. Remarque bien, j'ai connu aussi une fille, à Douchanbé, qui était finaliste du concours "princesse de Navrouz", eh bien les autres avaient l'air de miliciennes à côté d'elle, très *Mille et Une Nuits*, elle: et malgré tout elle n'a eu que le troisième prix. Enfin, Naritsara avait le trac. Elle voulait gagner parce que le slogan "être belle et pleine de valeur" qui était, comment dire? la maxime de ce concours, lui plaisait. Cela voulait dire, selon elle, que la beauté ne consistait pas seulement à plaire, mais aussi à **être utile à la société**. Voilà qui me rappelle... quoi, déjà? Ah oui, un article que j'ai lu il y a quelque temps – en fait, c'était hier – à propos de la littérature. "A good book is one that discusses basic issues that are meaningful in our society." Un bon livre traite des questions qui ont un sens dans notre société. Think, think, think ! Ce bon vieux Dr Maaruf ! N'empêche, les eussé-je crus, lui et mon amie Naritsara, que j'eusse enfin pu établir de façon **scientifique** (économétrique, même, peut-être ?) cette calembredaine qui traînassait depuis longtemps dans mes rêvasseries : le rapport – baudelairien ! – entre la beauté d'une femme et celle d'un livre : eh bien c'était, selon eux, d'être utile à la société ! Il fallait y penser ! Et note bien que ce "problème", quant à lui, n'est d'absolument **aucune utilité sociale** ! Je dirais même : au contraire ! Toujours est-il que Naritsara s'imaginait être utile (donc belle) parce que, non contente d'étudier la gestion, elle savait taper à la machine, conduire, nager et parler anglais. Qu'en dis-tu, Czarina ? Charmant, non ? Nous buvions un verre sur le port de Malaga. Plein de barques, naturellement, que je voyais danser sur des champs d'étincelles, comme je voyais Naritsara, en robe safran, se balancer d'un pied sur l'autre, de touchante façon, sur l'estrade du bâtiment Avon crépitante de flashes, puis une autre encore qui me plaisait bien, je ne savais pas trop où, mais en Thaïlande, probablement, dans une piscine, semblait-il, d'un hôtel peut-être, l'eau scintillait autour d'elle en maillot de bain une pièce noir échancré et lacé entre les seins, vous voyez d'ici le genre d'idée que... son très grand front brillait aussi entre les éclats liquides, cheveux d'ondine, oui, tirés en chignon derrière, anneaux aux deux minuscules poignets. Se tenait très droite, comme au garde-à-vous, bras le long du corps, mains plaquées sur les cuisses. Sur un plongeoir, oui, sûrement. Rendez-vous avec elle aussi, certainement, non, à... l'Oriental Hotel ? Pour s'amuser dans l'eau ? Ombres aux aisselles, au-dessus des clavicules de nunuche irrésistible collégienne-plongeuse, entre les cuisses. Lilly aussi très bonne nageuse, Lilly de Macao... Basic issues that are meaningful in our societies... Pardon, Tsarine. Je rêvassais. Ce sont les feux de l'eau qui m'éblouissent, m'hypnotisent... Comme les grandes roues de la brume sur Kuala Lumpur... Comme de la neige qui tomberait jusqu'en dedans de moi. Je ne t'ai pas dit que j'ai connu une autre miss, encore ?

C'était en Bolivie, il y a... il va bientôt y avoir vingt-quatre heures. Ce qu'elle était mignonne, miss ADN... Nous sommes allés au cinéma, ensemble. Il ne faut pas que tu sois surprise de toutes ces rencontres, Czarina. Je suis comme le Seigneur Krishna, tu sais, celui que... qu'on voyait tout à l'heure, derrière la lampe à huile et les bâtonnets d'encens, dans la cabane de la malheureuse Shakuntala. Avec sa peau bleue, et une mince couronne d'or autour de la tête, en train de jouer de la flûte et de danser sur le gazon du Govardhana, en compagnie de ses gopî. Ses bergères, si tu préfères. C'était un enfant miraculé, sauvé de la fureur d'un tyran comme Moïse ou le Christ, il jouait de la flûte comme Apollon, il fut gardien de vaches comme Argus, il était aussi invincible qu'Hercule, il est mort d'une blessure au talon comme Achille. Enfin, mort, façon de parler. Or, remarque ça, Czarina (l'infâme Fix, déguisé cette fois en loufiat – ça lui va à merveille – continue à prendre des notes sur son carnet, sous couvert de nous préparer l'addition. ¿Necesitas ayuda, tío? je lui demande : tu veux que je t'aide ? Tu ne sais pas compter, peut-être ? Il sursaute, rougit, renfourne son calepin dans la poche marsupiale de son tablier et va se mettre en faction plus loin, plateau en main, son décapsuleur en sautoir au bout d'une chaîne comme l'ordre du Saint-Esprit des larbins, l'air renfrogné), je disais donc : remarque bien que le Christ est mené, au désert, tout en haut d'une montagne d'où il découvre le monde entier, qu'Apollon était l'Œil du monde, qu'Argus était tout barbouillé d'yeux, et qu'Achille portait au combat, après la mort de Patrocle, le monde représenté sur son bouclier. Tu me suis ? Il n'y a guère que ce balourd d'Hercule... Je ne sais plus où je voulais en venir. Ah, oui, voilà : comme Krishna se multipliait par mille, par dix mille, dans la danse dite Râsa Lîlâ, pour être en particulier, tendrement enlacé avec chacune de ses gopî, de même je... je sillonne l'espace immense à la vitesse de la pensée pour retrouver à l'instant mes bergères, aller voir avec elles si les roses sont écloses, toutes ces choses... n'importe où dans le monde qui n'est pas pour moi plus grande carrière que... que ce bistro, carrelé d'ailleurs comme ce bistro de parallèles et méridiens. Oh, je ne sais plus... si le monde est hors de moi ou en moi, ou bien même **est moi** qui suis hors de moi. C'est comme si... comme si j'étais un point, une piqûre seulement du globe – comme si j'étais **moi**, donc – mais une piqûre par où la sphère terrestre, se creusant, se resserrant en tourbillon vertigineux, défilât continuellement pour se reformer aussitôt ailleurs – se redéployant, se réengendrant "en dessous" de moi pour se recourber "en dedans" d'elle-même et de nouveau se précipiter en moi : **sans trêve** ! Une sphère de Moebius, si je puis dire, dont je fusse le point de passage entre "dedans" et "dehors". Je ne sais pas si tu comprends. Non, sûrement pas. Moi-même, je ne... je ne sais pas si **ça a un sens**. Ça n'est pas d'un psychiatre que j'ai besoin, comme le prétend ce... loufiat, là-bas : c'est d'un mathématicien. **Je suis justiciable de la mythologie et de la topologie, moi**, pas de leurs misérables médecines de l'âme ! De leurs emplâtres et placebos pour bourgeois désaxés ! Seul un ordinateur, peut-être, et encore surpuissant, pourrait calculer si je puis exister, ou si je n'existe pas, si **je suis impossible parce que j'existe trop** ! Infiniment trop ! Que je suis pulvérisé ! Disséminé ! Ou bien au contraire (**cela revient au même**) le produit instable d'une monstrueuse concentration ! Plausible seulement au sein de champs de forces inimaginables ! Dans l'œil de cyclones magnétiques inouïs ! Cela, dis, au moins, tu le comprends, que ça revient au même ? Moi, tout le monde, n'importe qui, personne ! Ulysse, Outis ! S'il me suffit d'allonger la main pour toucher... mais non, j'ai dit que non, je ne le ferai pas. Mais si je puis caresser aussi facilement l'Inde entière que ton épaule... plus facilement, même, parce que je ne ressens pas devant l'Inde immense et vénérable cette crainte délicieuse que m'inspire ta peau... la rouler comme un tapis, l'Inde, avec toutes ses montagnes, ses terres brûlantes, ses grands fleuves macabres, resserrer en un clin d'œil le pandémonium de ses villes à la taille d'un nœud de laine, tisser tout ça et hop ! le jeter sur mon épaule ! Le dérouler sous tes pieds ! Ou bien t'en faire sortir nue ! Car ne t'y trompe pas : comme le divin joueur de flûte avait une préférée, Radha aimée entre toutes, moi aussi je n'ai tourné tant de pages du monde, connu tant de visages et de corps, épelé tant de noms que parce qu'en tout lieu j'aspirais à celui-ci, en tout nom, Tsarine, je déchiffrais ton étrange blase d'inspiratrice de toutes mes rêveries, en tout corps... Mais viens, allons, trouvons un hôtel. Hôtel de la Gare, hôtel du Globe ou de l'Univers, pour moi ça sera pareil.

46

Triste route du destin

A l'hôtel, l'hôtel de quoi, je ne sais plus. A Malaga, Malacca ? Par la fenêtre, on voit passer dans le ciel des volées de blancs pétales : amandiers, frangipaniers ? Soudain, j'y songe : avec tout ça, ça fait quarante-huit heures que je ne me suis pas rasé. Bon sang ! Je dois piquer ! Je ne voudrais pas érafler la peau si belle de Czarina. Direction salle de bains, donc. Et en effet, j'ai tout l'air d'un militant islamiste. Pas tout à fait une aussi sale gueule que Moukmammadsadyk, le président du Directoire des musulmans de l'Asie centrale : mais presque. D'ailleurs, je ne sais pas si c'est une impression, mais il me semble que j'ai vieilli, depuis hier. Et là, commençant à me débarbeler le menton, dans la glace à trois pans au-dessus du lavabo, je vois, déployée tout autour de moi, répétée en échos infinis s'engendrant comme les degrés, les vivants piliers d'un temple qui enfermerait tout l'espace, la foule inconcevable de mes visages tournés dans toutes les directions : oui, moi, ma gueule à moitié enneigée, la jungle de mes cheveux, mon tarin comme une péninsule, le réseau hydrographique des rides convergeant vers des océans oculaires sillonnés de rouges vaisseaux, des poils jaillissant des oreilles comme des éruptions solaires... tout un monde lointain et familier (trop familier !), une géographie intime multipliée jusqu'aux limites de l'étendue. Et dans chacun de ces visages, les composant, en émergeant pour s'y réengouffrer, une fontaine de formes, une étoile d'images. A demi nu, à demi rasé, agitant ma forêt de bras, je me précipite dans la chambre. Regarde-moi, lui dis-je. Ne fais plus qu'un avec moi, ô Arjuna, et tu vas accéder à la vision de l'Omniforme. Épouse étroitement ma multitude de bouches, mes yeux qui ignorent le repos des paupières, mes myriades de bras s'arrondissant autour de toutes choses. Car c'est moi le Joueur de flûte et le Chanteur, ô chanteuse aux yeux en pétale de lotus, et je vais te montrer mes formes par centaines et milliers, leurs couleurs et leurs aspects divers. Regarde dans mon corps l'univers entier, des milliards d'êtres mobiles et immobiles illuminés par la lumière de mille soleils... Oui, tous ces soleils en moi me brûlent, je... je crois que je suis un dieu malade, beauté...

Vois-tu pénétrer dans mes bouches, comme les fleuves se jettent dans la mer ou les papillons dans la flamme, les hordes des guerriers ? Non, je ne rêve pas, je ne délire pas. Même, regarde, le premier de tous est un héros intrépide de ton pays étendu comme une main sur la mer, le sergent Francisco Grampil : vois sa large face de tortue carnivore reluire de sueur sous le casque feuillu, dans la montagne du Davao oriental, cependant qu'il se bat seul contre une centaine de féroces guérilleros de la Nouvelle Armée du Peuple. Autour de lui gisent les cadavres de ses camarades, dont le chef de la patrouille, le second lieutenant Rolito Bordeos. Tout ce qui n'est pas tué ou hors de combat a fui. L'intraitable Grampil a récupéré les armes, et cela fait déjà cinq heures que cet homme-orchestre de la mort subite, bondissant, courant à quatre pattes à la vitesse d'un fox-terrier, rampant, plongeant, enfournant les projectiles à ailettes, se bouchant les oreilles, se débouchant les tympans, dégoupillant, déchirant à belles dents les paquets huilés de cartouches, crachant sur le métal pour le refroidir, s'affaire du lance-grenades au mortier de 60, sans parler bien sûr des fusils d'assaut dont il balance des rafales presque machinales, entre deux activités plus sérieuses. Et maintenant les commies écœurés décrochent, laissant trente-sept des leurs couchés sous les grands arbres. Cet homme au cœur de lion et au corps lisse d'acier inoxydable est le second de sept enfants d'une famille de cultivateurs de tabac d'Alcala, La Luna. C'est parce qu'il ne pouvait pas payer ses études qu'il est entré dans l'armée : quelle perte c'eût été pour la guerre si ses parents avaient été riches, ô Tourment de ceux à qui tu te refuses ! Ce n'est pas lui qui eût hésité avant la bataille ! Le sort des armes n'a pas été aussi faste à Anarbek Soltonov, et c'est les pieds devant que ce héros kirghize passera entre mes terribles crocs. Au sud de Jallalabad, sur un sentier de neige dominant des gorges, sous le grand ciel bleu où planaient des aigles, une mine l'a rompu en trois morceaux (et moi, il me semble que... que ma propre explosion m'a pulvérisé de telle sorte que j'adhère à la surface entière du globe). Et maintenant on le porte en terre dans son village natal de Kalba, raïon de Talas. Le sol est gelé, le vent joue du couteau, une brume froide efface les hauts sommets du Tian Shan. Des drapeaux rouges claquent sur la neige autour du cercueil qu'entourent quelques soldats, que suit un cortège silencieux d'anoraks et de bonnets de fourrure. Une aigre sonnerie résonne : le trompette a les lèvres gercées, le son s'élève puis s'étrangle et retombe. Ça ne fait rien, Anarbek s'en foutait bien, de la trompette, lui ce qu'il aimait c'était son accordéon Tchaïka dont il jouait dans les fêtes paysannes. Un sous-officier en grande houppelande remet aux parents l'ordre de l'Étoile rouge et la médaille “za boievnye zaslougi”, pour les mérites au combat. Niiaz Aliev, le directeur de l'école de Kalba où Anarbek a fait ses études, dit que tous les habitants partagent le chagrin des parents, et propose que le nom de Soltonov soit donné à une des rues du village, puis les écoliers, petites têtes mongoles sous des oursins de fourrure synthétique, chantent “Adieu caamaarade, aaaadieu, noble cœur”, et tout est dit. Et à la suite de ces guerriers, bien d'autres encore, des armées entières avec tout leur matériel léger et lourd, leur paquetage, leurs blessés et leurs morts, se pressent sous la herse de mes dents pour se précipiter dans le gouffre de ma gueule béant comme la soute d'un prodigieux vaisseau interplanétaire, une patrouille de Sinchis qui tombe dans une embuscade du Sentier lumineux au cœur d'une forêt désolée de la province de Salipo, le détachement numéro trois de La Unión qui découvre dans la jungle un cimetière terroriste, les hommes du lieutenant Ceferino Tanagan qui, dans un faubourg d'Hermosa, au nord de la province de Bataan, abattent les subversifs Jess Mallari alias Ka Rona, Rocky Ronquillo alias Ka Amad, Benjamin Santos, Nestor et Florentini Papa Jr, les soldats papous qui tirent, près de Buin, sur de jeunes émeutiers cherchant à déterrer des bombes japonaises de la Seconde Guerre mondiale, une foule d'autres vêtus de gris, de beige, de vert olive, de noir, défilant, chantant, hurlant, faisant des pompes, écoutant des discours, saluant les couleurs, sautant d'hélicoptères, montant et démontant leurs armes... Dieu, quelle fatigue ! Et parmi eux, traversant au pas cadencé, fusil à l'épaule, la cour écrasée de soleil d'une caserne de Luanda, effectuant un quart de tour à gauche, gauche !, mettant l'arme au pied, puis la chargeant, épaulant, attentifs à l'ordre que va leur donner leur chef, il y a les soldats Mateus Valente Miguel, Daniel Garcia, Samuel Quetange, Francisco Diogo, João Adão et José Domingos de Oliveira. Les trois citoyens en short et chemisette qui sont collés au mur, au bout de leur ligne de mire, ne sont pas des canailles ordinaires, de vulgaires contre-révolutionnaires ou espions à la solde des carcamanos, non : ils sont soupçonnés par leur chef, le lieutenant-colonel Manuel Francisco Lourenço (Ngakumona), d'avoir **volé le porte-monnaie de son épouse** Mariana de Lourdes, au marché de Cala-Boca... Et ces trois petits salauds, jusqu'à l'ultime instant, continuent à contrefaire les innocents, se tortillant dans les liens de sisal, pleurant et suppliant. Feu ! Justice est faite. Quelle idée, aussi, d'aller voler le porte-monnaie de la femme d'un héros de la guerre d'indépendance !

Quelle idée, oui... Où en étais-je ? Qu'est-ce que je... disais ? Qu'est-ce que je suis allé fiche dans cette galère ? Ou plutôt qu'est-ce qu'elle vient fiche en moi ? Toute cette chiourme immense qui rame en moi... Si je pouvais m'en débarrasser, maintenant, de tout ce tohu-bohu qui bouillonne de mon tréfonds à ma surface comme les remous d'une eau inépuisable : l'ancien maçon qui, ligoté sur une chaise, regarde sans émotion apparente le cathéter mortel entrer dans sa veine, à minuit vingt-sept, au pénitencier de Huntsville... le condamné qui a passé douze ans dans le death row, accusé du meurtre d'un flic, et qu'on libère du Lew Sterret Criminal Center...

Guillermo Soto González et Barnabé Cuéllar qui, couverts d'écailles en plastique et de plumes multicolores censées faire d'eux Quetzalcoatl et Tlaloc, dieu de la pluie, essaient de se retenir de rire au sommet de la grande pyramide de Teotihuacan où ils participent à une reconstitution des cérémonies aztèques de l'équinoxe... le vendeur de légumes Rafael González Amador qui referme ses mains, à San José Aculco, autour du cou de la vieille María Dominguez Olvera... Mahmut Balta que la police arrête dans un hôpital d'Istanbul où il est venu faire examiner son fils de dix-huit mois, parce qu'il a épinglé au revers de son veston un badge à faucille et marteau trouvé sur le trottoir et que, dans son innocence, il prend pour un insigne olympique... Les dix-sept personnes qui meurent écrasées sous les oranges, sur la route de Labé en Guinée, lorsque le camion qui les transporte tombe dans un ravin. Et tous les autres, les innombrables, les harassants... Ils grouillent sur moi comme des tiques sur la peau d'un chien... d'un chien à Sincelejo, fourrageant furieusement son poil ras sous l'arbre miraculeux... ailleurs... comme toutes les tiques de tous les clebs galeux du monde ! Qu'ils me laissent donc reposer un instant ! Mais non, il faut que... que **je me les farcisse tous** ! A Ciudad Mante... où nous sommes passés il n'y a pas si longtemps... à Ciudad Mante c'est en hissant un sac de cinquante kilos en haut d'une pyramide de sucre, quelques instants avant que ne retentisse la sirène marquant la fin du travail, que celui qui portait en vie le nom de Juan Resendiz Trejo, demeurant calle Tachos sans numéro de la colonia Azucarera, trébuche et tombe d'une quinzaine de mètres, et son cerveau se répand dans la suave poudre blanche, sous les yeux de ses camarades horrifiés. Et de même mon cerveau, sans trêve, sans que j'y puisse rien, se rompt et se projette à la surface de la terre... Christo Papavasiliou et son fils Ilia, deux paysans macédoniens, après s'être envoyé un petit en-cas de tomates et d'oignons, partent tôt dans l'après-midi de leur village de Kato Kamili Serron pour aller visiter Anastasia, leur sœur et tante. Il fait grand soleil sur le chemin poudreux, des alouettes sifflent, des brassées de fleurs couvrent les pentes, le printemps est au rendez-vous. Mais voilà que la vieille entêtée refuse de leur céder ses champs, alors son neveu, la jetant à terre, commence à la bourrer de coups de pied. Puis, comme elle murmure qu'elle ne veut toujours pas, il vide une bouteille d'alcool à brûler sur son corps et le père, malgré les supplications de sa sœur, jette l'allumette. Tournant autour du paquet de flammes, Christo continue à shooter, faisant attention toutefois à ne pas brûler ses chaussures. A Pointe Noire, le graveur André Tonneu, qui tient boutique en face de la pharmacie La Croix du Sud, se rase de bon matin chez lui, avenue du Caire. Il est d'humeur exécrable à cause des manigances de Thérèse Moutoula, la femme de Kimbassa Marius, oncle de Marianne Nzoumba Boungou, sa maîtresse à lui, le graveur, dont il a une fille, Carole, qui va avoir deux ans dans une semaine. Les choses ont l'air compliqué, mais elles sont horriblement claires, flamboyantes même, dans l'esprit d'André Tonneu : Thérèse Moutoula, qui veut son malheur, monte la tête de Kimbassa Marius, et par voie de conséquence de sa nièce, contre lui, le graveur. Il n'en veut pour preuve que ce petit flacon qu'il a arraché l'autre jour des mains de Marianne, et qui contenait, à son avis, du poison. Et fourni par qui, le poison ? Par l'infernal Marius et Thérèse, son âme damnée ! Du coup il a chassé, avec pertes et fracas, maîtresse et fille, mais maintenant, et à mesure qu'approche l'anniversaire de Carole, il le regrette. Et voilà que pendant qu'André Tonneu roule ces sombres pensées, Thérèse Moutoula, s'étant débarbouillée, se met en chemin pour aller travailler à Bata. Triste route du destin qui la fait passer devant la maison du graveur ! Alors qu'il achève de se sécher le menton, André Tonneu aperçoit au ras de sa fenêtre, venue le défier l'air de rien jusque chez lui, cette face de cauchemar. C'en est trop ! Il bondit dans la rue avec son rasoir et l'égorge. Puis il rentre dans sa maison, mais comme la foule, qui n'a rien compris, s'assemble et vocifère, il en ressort pour rafraîchir à coups de machette le crâne de Tsika Mabiala Joseph. Alors, tel un gladiateur, lame sanglante au poing, il surgit au bas des marches du commissariat d'arrondissement 3 Tié-Tié : dont les miliciens, ne comprenant pas qu'il vient se livrer, décampent en hurlant. A Maria de Lourdes da Silva, veuve et couturière comme Nha Ilda Fernandes des îles du Cap-Vert, et qui porte le même miraculeux prénom que la femme du lieutenant-colonel angolais, ce n'est pas son porte-monnaie qu'on a volé, mais son fils : Teomário n'a plus reparu au numéro cent douze de la rue Santa Rita où il habite avec elle, à Manaus, depuis une semaine, et la malheureuse se ronge les sangs : chômeur, drogué, voleur à ses heures (il faut dire les choses comme elles sont), son fils a toutes les chances d'avoir été liquidé par des policiers de métier ou d'occasion dans un de ces terrains vagues où João Pereira da Silva, voleur présumé de transistor, aurait terminé il y a une dizaine d'heures, n'eût été sa sœur Ivanete, sa misérable existence. "Mon fils, pendant sa vie, a été dans l'erreur, reconnaît Maria de Lourdes da Silva, mais il n'a jamais eu l'occasion de s'amender." Mais les da Silva sont-ils amendables ? C'est la question que l'on se pose. **Ils n'arrêtent pas de se faire remarquer !** Rien que dans l'État de Pernambouc, en effet, on suspecte fortement les frères José et Guilherme Pereira da Silva, résidant de temps en temps rue Projeto Curacá à Petrolima, d'avoir séché à coups de revolver Carlos Alberto da Silva Menezes, travailleur du bairo de Massangana. C'est encore à Petrolima que le maçon Francisco Pereira da Silva est tué de plusieurs coups de couteau par un inconnu. A Petrolima toujours (où, faut-il le rappeler, le toxico Juju prétend avoir abandonné la malheureuse Grêcia aux mains d'o Quiquinho et o Gari, alias Edilson da Silva Pontes), la noire Petrolima qui fait figure de nadir d'un monde dont Jean-Rabel en Haïti serait le radieux zénith, Braúlio Medrado da Silva Filho est ultimé de quatre balles, rua do Coliseú, par un membre du gang Galera do Mal. (Je suis, ô Cléopâtre, toute une mer immense où fuient les galères du Mal : voiles noires comme celles de Thésée, ferlées aux vergues d'ébène, coques enduites de bitume, chiourme d'esclaves éthiopiens ramant sous les tentures noires de l'orage.) Sur le trottoir de la rue Iraja, dans la favela Dancing Day (Dancing Day ! Danse macabre, alors !), Mauricio Gomes da Silva se vide de son sang, lardé de plusieurs coups de faca peixeira par un inconnu : **un inconnu** ! Facile à dire ! Tu ne trouves pas qu'il y a **un peu trop d'inconnus dans cette histoire** ? Ce serait un da Silva que ça ne m'étonnerait pas, moi ! C'est également avec nombre de coups de couteau d'écailler dans les branchies que José Ferreira da Silva, demeurant à Engenho do Meio, est admis à l'hôpital Getulio Vargas. A l'hôpital da Restauração, c'est Irandir Ferreira da Silva, taulard au pénitencier de Curuaru, qu'on met sous la tente à oxygène parce qu'il s'est gravement brûlé et intoxiqué en foutant le feu à son matelas, au lieu de supporter avec équanimité, comme moi, ses conditions de détention. Marcelo Fereira da Silva, dit "Mama no Boi", a les jambes déchiquetées par une rafale de mitraillette alors qu'il tente de s'évader du pénitencier Anibal Bruno, à Recife, tandis qu'Erivan Cândido Ferreira da Silva et Antônio Carlos da Silva, dit "Tonho Cocão", qui n'ont pas réussi à franchir le mur d'enceinte, s'en tirent avec un tabassage en règle par un groupe de matons parmi lesquels Fernando Pereira da Silva n'est pas le moins dynamique. Et avec ce palmarès, tu crois que... je ne sais pas... la petite Rita Rehem, par exemple, aurait envie d'épouser un da Silva ? Franchement, mets-toi à sa place... Mais assez, maintenant, de cette engeance. La galère du Mal poursuit sa route, la triste route du destin, à grands coups de rame dans l'eau noire comme de l'encre. Est-ce son équipage de sac et de corde qui en pleine nuit, au beau milieu du fleuve Yamuna, attaque et dépouille des voyageurs se rendant de Bhuapur à Sirajganj ? Qui traverse peu avant onze heures du soir le río Paraná à deux kilomètres en aval de Santa Anna, avec une cargaison de contrebande destinée aux rufians d'Incarnación, et ouvre le feu sur les hommes de la Préfecture navale ? Qui trimballe cent quarante barres d'or sous le plancher d'un vallam, à dix milles au large de Negombo, faisant route au nord-ouest vers Tuticorin ? Qui bombarde le rivage de Bougainville ? On ne le saura pas. L'équipage de la galère du Mal ne se met pas à table ! Les barres d'or, j'envoie mes agents Asoka et Pounamperuma les saisir, sur leur pétouillant petrol-boat des douanes, et je t'en fais don, belle Sévillane des antipodes, en souvenir de ces galions chargés des richesses du Pérou, vergues plongeant dans l'eau, panses craquantes, soulageant péniblement à la lame, alourdies de brasillantes cargaisons de métaux et de pierreries, qui me menèrent d'abord vers toi, il y a bientôt cinq siècles : moi l'axe du globe que vit Er le Pamphilien, la verge de lumière, toi en qui il était écrit, ô mappemonde, que se confondissent Orient et Occident. Les barres d'or, je les saisis et te les offre, Manilla Queen, Doña Pacífica. Mais tirer les vers du nez à l'équipage du galion du Mal, cela même moi qui le porte en moi je ne le puis pas. Tu ne sais pas quels monstres j'ai à bord, de quelle arche pénitenciaire arborant le drapeau noir je suis le capitaine et le geôlier. Regarde de quoi ils sont capables : ils s'appellent Carlo Fett, Jos Bernardy, Nico Reisdorff, Guy Hertert et Dieter Schuch. Ils attaquent banques, supermarchés et pompes à essence. Ils ne connaissent que les ciels de pluie et de suie que les vents d'ouest chassent sur l'Europe du Nord. Ils veulent, ces absurdes, faire voile vers des tropiques télévisés dont les sunlights bronzeraient leurs gueules de phoques luxembourgeois. Ils veulent manger du chocolat Bounty sous les palmes, se baigner dans l'Obao, boire du Tropico en paréo, leurs pinceaux crasseux barbotant dans les lagons ! Ils ont un pauvre rêve géographique, au XVIe siècle on eût fait des conquistadores de ces rustres flamands. Mais le ciel noir se referme sur eux. Ils servent dans ma chiourme. Voici leur histoire. Ils commencent à suspecter l'un des leurs, Éloi Steins, d'être une balance. Oh, bien sûr qu'il les a donnés, l'Éloi, après qu'ils eurent buté l'inspecteur Conrardy au cours du casse mouvementé de la Banque internationale du Luxembourg ! Tout s'éclaire dans leurs têtes à claques ! Ce petit fumier d'Éloi ! Le bon saint Éloi lui dit ô mon roi ! Enfoiré, va ! D'autant que son amie Patricia, une étrangère à la "famille", tente de le convaincre de se ranger ! De mettre sa culotte à l'envers ! Ah, eh bien on va les aider, à se ranger ! Le couple est convoqué au repaire des Dalton, une ferme à l'orée de la forêt de Waldbillig. Boue gelée dans les ornières où se reflètent les grands arbres sombres, les sinistres nuées. Crépuscule pas tropical pour un sou sur les futaies d'encre de Waldbillig, les guérets poudrés d'une neige légère, survolés de croassants corbeaux, la maison faiblement éclairée où les sept tarés (ils sont encore sept, à ce moment-là : mais patience !) qui rêvent de palmes recourbées autour d'un soleil-pamplemousse, au-dessus d'une mer-piscine à planches à voile et poissons volants, et gonzesses en pain d'épice (que n'ont-ils gagné le gros lot de la loterie de Floride !) éclusent des Mort-Subite (ces épais ont le sens du détail) : la baraque cernée par l'ombre, au bout du jour crasseux qui meurt, vers quoi marchent Patricia et le bon saint Éloi. A lui on fait sauter les rivets à coups de marteau, puis Fettes l'achève d'une balle, elle c'est le nommé Kerschen qui l'étrangle, ensuite l'ex-apprenti boucher Dieter Schuch vous découpe tout ça bien proprement, en suivant les filets, et au four ! Ensuite c'est Jean Szabo qui commence à énerver, et pas qu'un peu : n'a-t-il pas fait un casse tout seul, à son compte, sans rien dire à personne, en suisse pour ainsi dire, à la BIL du Puits-Rouge ? Et en plus, voilà-t-il pas qu'il se permet d'asperger de lacrymo, comme ça, pour rire, pour voir, le chien de Bernardy ? Ça ne plaît pas au chien, et ça ne plaît pas du tout non plus à Bernardy. La coupe est pleine, en fait : il refroidit ce guignol, songe un instant à le donner à manger au berger allemand, mais finalement le refile à Schuch qui l'incinère. Bon, eh bien maintenant, que faire ? Comment se distraire en attendant les tropiques ? Si on convoquait à Waldbillig Armand Welter, ce petit truand qui a fait plonger Bernardy pour six ans, et qui vient justement de sortir de la prison de Schvanig ? Bonne idée. On lui envoie l'invitation, et l'idiot y défère. C'est Carlo Fett qui lui fait avaler son extrait de naissance à coups de barre de fer, puis Kerschen achève le boulot d'une balle de revolver, et il part en fumée comme les trois autres. Cependant Kerschen, l'exécuteur des basses œuvres, commence à être agité de sombres pressentiments : s'il était le prochain sur la liste ? Il ne saurait dire pourquoi exactement, cette crainte, ce sont des choses impondérables, des petits riens, qu'un étranger sans doute ne remarquerait pas, mais lui y est sensible, hypersensible même, à cette dégradation inavouée de leurs rapports. Il sent, voilà, qu'il y a quelque chose de cassé. Que rien ne sera plus jamais comme avant. Ce sont des regards bizarres, un poil trop appuyés, des plaisanteries qu'il ne comprend pas, et qui pourtant font rire les autres, de petites attentions qu'on n'a plus, une attitude globalement moins affectueuse à son égard, dans la ferme de Waldbillig. A force d'y penser et d'y repenser, d'interpréter dans un sens puis dans un autre chaque petit geste, chaque remarque apparemment anodine de ses compagnons, il finit par être complètement perdu, il s'affole, il confie à un ami une lettre "à envoyer à la police s'il lui arrive malheur". Aïe... La missive ne tarde pas à atterrir dans la poche de Bernardy. Il va y avoir droit, Kerschen ! On va les lui confirmer, ses "pressentiments" ! On l'attache, on le frappe à coups de poing, à coups de fouet. Carlo Fett, qui ne se voit pas du tout dans le rôle du-prochain-sur-la-liste, lui, qui s'imagine en retraité sous les tropiques, en chemise à fleurs au bord de l'océan turquoise, avec une femme couleur de cannelle à chaque bras, Carlo Fett lui loge une balle dans le pied, puis une autre dans l'épaule, histoire de lui apprendre à trop réfléchir, et puis encore une dans le ventre. L'ombre mange le ciel gris et bas où vole une neige crissante qui poudre les guérets, les grands arbres de la forêt de Waldbillig, le toit de la ferme dont la cheminée fume, on ne dirait pas que c'est aujourd'hui le printemps. Très loin de Waldbillig où l'apprenti boucher Schuch affûte ses couteaux et allume une dernière fois son sinistre bûcher, à Suva, dans le grand océan de sels de bains, règne l'éternel printemps. Pas si loin de Suva, au bout de la chaîne mélanésienne, la police papoue disperse les black-skins, la soldatesque de Rabbie Namaliu tire dans la foule à Arawa, Kieta, Toniva, la marine papoue bombarde Buin, des paillotes s'enflamment dans la nuit revenue sur Bougainville, il y a cinq morts, le couvre-feu est décrété, une fois de plus l'ordre règne, **une fois de plus la révolution est assassinée !**

47

Où l'on reparle de l'orage magnétique

(salut)

Il me semble qu'elle est partie, mais peut-être que non, peut-être qu'elle reviendra, que tout continuera. Peut-être est-elle descendue, simplement, faire des courses ? Si elle ne revient pas, tant pis pour elle, j'irai en Thaïlande, ou en Malaisie. Je vais me gêner. Le train de Penang a du retard, j'ai encore le temps. Me dépêcher, tout de même. Il me semble que... oui, dans une heure, je dois être au Club. Tête qu'ils vont faire, Drauch et les autres... Me raser, peut-être ? Ah, non, je me suis déjà rasé, voyons. Mais non, pas complètement. Reste une joue, oui, ça pique. Achever, donc. En vitesse. Pas me couper.

On dirait bien que c'est de la neige, pas des pétales de... de je ne sais plus quoi. De jacaranda ? Non, bleu, le jacaranda. C'est peut-être que c'est moi le... **le dernier de la liste** ? Mais non, suis-je bête ! Moi, on ne me règle pas mon compte ! Je suis **au-dessus de tout ça** ! Infiniment au-dessus ! Au-dessus et en dessous, de tous les côtés ! Et où sont-ils passés, d'ailleurs, ceux-là ? Où les ai-je fourrés ? Je ne les vois plus. Perdus de vue. Ça ne fait rien. Ils ne m'amusaient plus, ces sinistres. Alors, faire un saut à Kuala ? Rejoindre Madame Butterfly qui m'attend là-bas, dans la brume, sur le quai de la gare ? Mais où trouver l'Asie, dans tout ce porridge tourbillonnant ? Je... Il faut admettre que tu es un peu paumé, ma vieille oie sauvage... Ça, là-bas, ce machin ? On dirait bien... Sumatra et le détroit, et la péninsule... mais non. Merde, alors ! Mais si, pourtant... Cette petite, là, incontestablement...

Extrême-Orient! Mais non, pas forcément. Pas intimidante du tout, elle, en tout cas! Grands yeux égyptiens, menton pointu... frimousse de fille du Pirée... cheveux ramenés au-dessus de l'oreille... Elle me rappelle un peu... qui donc? La petite Magdalena qui fêtait ses quinze ans à... à Mexico! C'est ça même! Alors ça serait plutôt, ce machin, l'isthme de... Tehuantepec? Mais non, impossible. Si je le connais, mon isthme de Tehuantepec... les lagunes, el mar Muerto, la Sierra Madre... Pas ça du tout. Pardon mademoiselle... miss... señorita? Un peu couillon, comme façon d'aborder une fille, mais : **où sommes-nous ?**

Pas de réponse.

On dirait qu'il y a quelque chose qui cloche. Quelque chose de cassé, comme dirait... l'autre. D'ailleurs, elle a disparu elle aussi, la petite brunette égéo-hispano-orientale. Dommage, elle était mignonne. Piquante, quoi. Bien moins éclatante que la Czarina, c'est sûr, mais intriguante. Aguichante, oui. Tant pis. Une autre fois.

Toute cette neige! Ou alors, je serais à l'enterrement du soldat kirghize? Mais non, je ne vois rien qui... Pas de drapeaux rouges. Si ça continue, je ne vais même pas pouvoir retrouver le Club! La chaleur du feu de houille... Je pourrais peut-être demander mon chemin à ce type, là-bas... Fix. Ce trappeur de mes deux. Mais non. Inutile. Ce type n'est même pas capable de distinguer une empreinte d'ours d'une patte d'oie cendrée.

Quand je leur raconterai ça, à Drauch et aux autres, ils sont fichus de ne pas me croire...

Une neige mêlée de grésil tombe sans discontinuer... Ça me rappelle quelque chose... Sur quoi, déjà? Sur la mer de Marmara? Non. J'y suis! Sur les collines du centre du Texas, l'Idaho Panhandle et les montagnes de la British Columbia. Alors, c'est que je suis en Colombie britannique? Et ce machin, là-bas, ce serait, disons... l'île de Gabriola?

Mais non!

J'ai peut-être encore la liberté de choisir où je suis? Où je ne suis pas, en tout cas? Ça n'est pas parce que je suis (provisoirement) déboussolé qu'on peut me faire dire ce que je ne veux pas dire, ni prendre des vessies pour des lanternes, docteur ! Quand je dis docteur... On perçoit l'ironie. J'espère. Va me chercher un whisky, imbécile ! Et plus vite que ça ! Yes, Sahib ! Tiens, au fait, où est-il passé, celui-là ? L'homme à la motocyclette ? Je l'avais pourtant engagé, il me semble ? En définitive.

Ça me rappelle... C'est ça, bien sûr. Je dois être en plein orage magnétique. Dérègle tous les instruments. Ça n'est pas de la neige, ces horripilants phosphènes qui me font sauter les yeux dans toutes les directions, ce sont des protons interplanétaires. **On n'en a jamais vu autant depuis**... depuis mille neuf cent cinquante-six ! Au bas mot ! Plus de mille kilomètres par seconde ! Allez vous y retrouver, là-dedans ! Un blizzard de rayons X, de flux radio, d'ions lourds et j'en passe ! Toute la sauce ! All instruments sent off scale ! Bien sûr ! Ma galère – mon **œil**, œil propitiatoire, œil magique peint au-dessus de l'éperon – rame de tous ses cils dans une cosmique tempête d'équinoxe. **On** ne veut pas me laisser achever mon périple ! Peinardement accoudé à un balcon de l'Olympe, **on** déchaîne contre moi le vent solaire ! Qui, **on** ? Mais le Soleil, pardi ! Mon double ! **Car je lui fais de l'ombre**, à ce pétomane !

Tu as beau faire, j'ai bien vu à travers la terre comme à travers la petite robe d'ADN, espèce d'astre éruptif... Étoile acnéique ! On ne m'enlèvera pas ça ! Je sais encore ce que je dis !

Elle était bien mignonne, ADN, quand j'y repense. J'aurais peut-être du rester là-bas, à Botafogo. Ou à Santa Cruz de la Sierra. On aurait, je ne sais pas... ouvert un commerce ? Une salle de cinéma ? Si je pouvais revenir en arrière... La revoir, avant de sombrer, peut-être ? Ma Paimpolaise...

En tout cas, maintenant, je sais où je suis ! On ne me trompe pas comme ça ! Serait-on le Soleil ! Nous allons faire face ! Montons sur le tillac ! O mort, vieux capitaine ! Sous la propagation de l'immense sillage le monde entier se peint sur l'étoffe magique ! On ne m'aura pas comme Palinure ! On ne me fera pas le coup du sommeil ! On ne m'abrutira pas de médicaments ! Je veille ! Je prends le quart !

Dans ma longue-vue toutes ces cendres stellaires se précipitent et tournoient terriblement, et cela fait une roue, une spirale de lueurs creusant comme un tunnel ou un puits micacé dans lequel nous tomberions et au fond duquel, je le sais, se tient tapi, mais loin, très loin, Vivasvant, le Naufrageur. Allons, les gars, du nerf ! Il s'agit d'éperonner le Soleil !

Nous tenons bon, nous voguons, nous sommes Ulysse aux mille ruses, celui qui tant erra, visita les cités de tant d'hommes et connut leur esprit ! Je crèverai l'œil du Cyclope ! Et nous reviendrons en Ithaque ! On fera une de ces javas ! Je vous le promets !

Nous la harponnerons, la grande baleine lumineuse ! Aux fanons de rayons ! Allez, les gars ! Grimpez dans les hunes ! Ouvrez l'œil ! Une prime de vingt dollars au premier qui la voit souffler ! There she spouts ! There she spouts ! Une tournée générale chez Pierre Cercueil, à notre retour à Nantucket !

Le vent redouble, c'est un ouragan de photons qui tournent vertigineusement dans ma longue-vue. Il me semble que... C'est très étrange... Que ma galère, à présent, **nage au-dedans d'elle-même**, plongeant en cadence ses rames retournées dans une mer qui battrait à l'intérieur de sa coque... et l'entourerait cependant ! Je ne sais encore comment expliquer ça, mais j'en suis sûr... On ne me trompe pas comme ça ! J'en ai vu d'autres ! Tout s'inverse, tout s'absorbe soi-même ! Et moi-même, cela est très certain, c'est **à l'intérieur de moi-même** que je me tiens debout sur le tillac... que je vocifère et m'arc-boute contre le vent, scrutant les blanches ténèbres...

Voici que toutes ces roues éblouissantes tournant les unes à l'intérieur des autres lentement se composent en figures, en visages, chacun des grains de lumière libère une image connue... Je les vois revenir, du fond de l'espace immense, comme pour un dernier salut, au théâtre :

La Mona couchée sous les arbres, au lever du jour, avec une grande tache noire qui s'élargit sur le vert de son uniforme, le terrible contremaître Francis Ona menant les émeutiers dans la nuit rouge de Bougainville, la couturière illuminée qui regarde passer sur la mer, dans les nuages de l'alizé, la cohorte des grands hommes... les patibulaires de la prison d'Altamira et les quatre voleurs en cavale de la banque Negara, dans leur chambre d'hôtel sur le golfe de Siam, le jeune lycéen à demi dévoré par les renards et la belle morte couchée sur un lit d'hôpital dans une ville du Honduras... les masques de guerre des sidérurgistes de Belo Horizonte, le chef du secteur provincial de la force de travail s'épongeant le front dans son bureau torride de Luanda, le commissaire spécial Yunas Dar grimpant dans le train avec l'air de celui à qui on ne la fait pas, les malheureux qu'un chien enragé a mordus près d'Islamia College et le pitoyable voyageur revenant chez lui, à Wahdat Colony... Tous surgissent de la brume rayonnante, forment de vastes cercles qui descendent et se referment, et pleuvent doucement sur moi. Voici le tout péteux Isikeli Mataitoga et le lieutenant Daniel Hoareau, son pistolet encore fumant au poing, Maka Bourachvili glissant son ours en peluche dans le réfrigérateur, les prodigieux gloutons persans, une miche de pain calée entre les dents, les filles de Sri Gopalakrishnan Nair enroulées dans leurs chevelures, voici venir du fond de l'horizon, son vélo à la main, souriant, Okulo Abir, Charles Waithaka qui crache son protège-dents, bras dessus, bras dessous avec ce qui reste de l'infortuné Solomon Bushy Bester, le gigantesque et renfrogné Ozeki Asahifuji, Gustavo González le pitre incaïque, Zape aux oreilles en cuir et Hési Shalom dit Pied d'or, et Jorge Guttiérez agitant les deux oreilles de Platero. Manoel Rodrigues de Lima marche dans la nuit claire, suffoquant de larmes et les bras croûtés de sang, Sam Putiphar pleure aussi dans une rue d'Accra, brandissant vers le ciel vide une vide bouteille de bière, tandis qu'à quatre pattes, le commandant du sous-marin atomique a le vin gai. Ce petit salaud de Kafando Kouka se tripote la braguette tout en marchant, cet imbécile de Reiji Kashiwajima, qui court à poil et tout ruisselant et bandant, double un petit truand coréen essoufflé et un Belge brandissant un crucifix, mais se fait rattraper par un Chinois en chaussettes qui file comme le vent, ses pompes en daim à la main. Dhouina Mohammed Dhouina se prépare peinard sa sacrée tisane, Dundar Kiliç et Idris le Kurde, jouant aux cartes sur une table jonchée de cadavres, se lancent des regards lourds comme des trains de marchandise, et que l'alcool fait dérailler, "Jésus-Christ" Mamadou Salifou marche de long en large, relisant son édito, caressant son crâne luisant, se demandant si peut-être... mais non, c'est bien ainsi, cela devrait plaire... Ils arrivent de partout comme des fantômes, ils semblent n'avoir pas de poids ou très peu, ils flottent et dérivent vers moi, se disposant à mon entour. Reta McPherson et Martha Davis, son enfant tout rougeaud et fripé dans ses bras, et l'abominable Madam Digba donnant le biberon fatal au petit Musa, et la grosse boquillonnante Osmesinda de Jesus, et aussi Khokan le crucifié de Dacca, qui tourne vers moi ses yeux étrangement indifférents, Johnson Siaka qui s'éteint entre les cierges, Martín Levano Espinoza l'enterré qui attend la délivrance de l'aube, à Puerto Maldonado, María Nely Alzate enchaînée dans son cachot de flammes, et Kashandra la petite Haïtienne que même les clowns ne font pas rire, dans un hôpital du Bronx. Certains, tels des saints de l'iconographie ancienne, portent avec eux l'objet avec lequel ils se sont illustrés, pour le meilleur ou souvent pour le pire, et qui sera désormais associé à leur mémoire : le nommé Pascal Trousse marche précautionneusement en tenant devant lui, comme un bouclier, une porte percée d'un trou à travers lequel il gaffe, Nanda-Maria Nousak, c'est derrière un tableau qu'elle s'abrite, cependant qu'elle descend vers moi la rue Kriezotou, Louis-la-seringue brandit son clystère, Emilio Prekul Vujkovic, l'infortuné odontologiste de Libertad, une bouteille brisée de crema doble, ex-Joseph Nzoko un magnum de Moët et Chandon, Peter Kinuthia Mirara une canette de bière, Carl Healey agite au-dessus de sa tête une enveloppe jaunie, le sous-inspecteur Haider Ali déplie une boule de papier froissé, Alonso Sagrado Guttiérez lève le harpon qui va l'entraîner dans les profondeurs, au large de Valparaíso. Une branche d'arbre fichée dans son front fait du contremaître Curtis Evans Lewis une pathétique licorne humaine, les pompiers de Taoyuan secouent, hilares, une flasque manche à eau, Attila Teszah compte et recompte des chaussettes qu'il empile dans une grande valise. Brima Datsun le frimeur arrive pleins phares du fond du ciel dans une voiture rutilante comme une comète, tout comme Arora dans sa belle décapotable noire, et Reggie Jackson aux commandes de sa Camaro interplanétaire, Anselmo Martínez déboule à tombeau ouvert, écumant aux manettes du 625, et le magicien Johnny Hart, en haut-de-forme, sourit au volant inexistant d'une demi-voiture de marque Lincoln. Voici que dérivent à ma rencontre, lentement emportés par des courants circulaires sur cette mer de phosphore, la barque où se boucanent le pâtissier Paraño et ses cinq compagnons, la pirogue renversée des quatre pêcheurs de L'Escalier, le *Na-He* poussant des montagnes de minerai neigeux, le *Flying Breeze* d'Ainsley Carter, vide, hormis quelques poissons volants... Et dans la brume irradiée à travers laquelle je continue à m'enfoncer à l'intérieur de moi-même, se profilent encore, environnées du halètement de multiples machines, les silhouettes d'une armada de vaisseaux fantômes, un cargo qui s'éventre sur un récif, un autre rouillé sous des palmes immobiles, un remorqueur en papier-monnaie déhalant son train de bois, arrondi derrière lui comme une queue de paon, un paquebot fluvial en carafe, le rafiot bourré de dynamite du vieil Alonso Pérez Quesada, une canonnière papoue sur la mer de Corail... Cependant descendent aussi vers moi, en moi, telles des méduses, les flottaisons blêmes des noyés, l'anarchiste chaussé de mocassins bleu ciel, les boat people de Pulan Perenthian, la jeune femme en robe verte de Villa Nueva, l'homme accroché aux branches de la Laïta, l'infortuné Kim Yone-yaz avec dans ses yeux de poisson mort les lumières orange du Puerto de la Luz... les fêtards de la barque *Jayalaxmi*... l'enfant pêcheur du récif de corail de Palawan.. Et avec eux viennent encore tous les démembrés, les éviscérés, les corps morcelés, dans une gloire lumineuse: les quatre-vingt-quinze déchiquetés du Darfour, la demi-femme en bas noirs de la gare routière de Konya, le décapité de la rue Afonso de Albuquerque, l'inconnu fragmentaire que les vagues du Pacifique roulent sous Greyhound Rock, la carne informe de Wilson Gomes da Silva, Luis Reyna presque reconstitué, à la réserve de sa main droite; un homme tronçonne par le train gît près de la gare de Doña

Cecilia, un autre près de Samanabad station, un autre à la gare de Chiba...

Et je vois aussi prendre place, l'une après l'autre, resplendissantes aux balcons du ciel, mes petites fiancées, Tahminaï des *Mille et Une Nuits*, Moubachara aux cheveux d'agneau karakul, Mariam dont les lèvres se recourbent en arc scythe, Selva la Mongole, Trinatsets, ah, les yeux d'obsidienne de Trinatsets, Iô la charmante génisse athénienne, Dyna l'ouvrière sino-lusitanienne aux seins circonflexes, aux lèvres et aux sourcils en tropiques. Et Sylvia aux yeux d'eau minérale, oui, même elle, convoquée pour... pour quoi, au fait ? Mon procès ? Ma mise à mort ? Nous verrons bien. Mais voici paraître maintenant Maricel, une de mes préférées, on l'aura compris. Celle entre toutes, peut-être, qui pleurera sur moi si vraiment je dois y rester... Puis Luz la belle hockeyeuse, Amparo la muy apasionada, ah, et ADN, ma petite martyre indienne aux lèvres boudeuses... Comme tout cela est loin déjà... Et après elles entrent l'hitchcockienne Susan, Gina-mauvais-genre, Sonia la Habanera, Dana-flocons-d'avoine, et Molly, ah, Molly, l'ingénue perverse, l'ébouriffante antipode... Et puis enfin Naomi aux belles pommettes, mon petit soleil levant, et doña Pacífica, la tsarine des îles, tiens, la revoilà... Toutes flottant dans la lumière comme de beaux nuages pommelés... glissant sur les rayons, tournant, dansant autour de moi... gracieuses...

Autour de chacun de ces revenants se déploie maintenant un paysage, palmes découpées sur un rideau de flammes, ourlets d'écume sur des barrières coralliennes, noires frondaisons amazoniennes, cimes neigeuses des Andes, marécages épinglés de derricks, torchères illuminant des lagunes nocturnes, rues de latérite rose où un ciel d'orage navigue dans des flaques croupies, hauts fourneaux, flèches de sable littorales, grands fleuves rougeâtres entre des toits de tôle, venelles boueuses, balcons de bois où claque du linge, bacs grouillant de mobylettes sur des estuaires au crépuscule, sous un ciel bilieux que déchiquettent les corneilles, ruines de béton percées de chicots de fer rouillé, au bord d'une plage battue de vagues grises, lacs bleutés sous des collines d'épinards, rues étoilées de lampes à pétrole, terre-pleins poussiéreux, mazouteux, où rissolent des autocars, galeries de verre et de néon, dunes douces, épineux hérissés comme de la limaille, retenant dans leurs barbelures des débris de plastique et de chiffons, maisons blanches aux auvents de roseaux, routes blanches dans la nuit, lampadaires cernés de brume d'un port, profondeurs vaguement translucides, franges de soleil dans la flotte, palmes agitées par le vent au-dessus de maisons de basalte, bungalows stupides devant l'immense trombone à coulisse turquoise, rues noires veinées de lueurs sous la bruine, arches, nœuds, planétaires, trajectoires et embrouillaminis de béton, labours poudrés de neige, clochers de brique dans le brouillard, coupoles mauves d'oxyde de carbone, gratte-ciel couronnés de feux comme des navires, plaines où le vent fait mousser l'herbe, labyrinthes de pisé, d'argile hirsute, de parpaings, terrains vagues scintillants de tessons, de boîtes de conserve, cimetières envahis par les chats où s'effondrent des anges de plâtre, amoncellements d'ordures dans des cours où brillent des feux, murailles de containers troués par la mitraille, colliers d'électricité autour de baies de bitume, géométries violettes d'aéroports, herses de la pluie sur des verrières industrielles, pylônes plantés dans les nuées, églises rutilantes d'or et de cierges, casinos et hôtels à l'aube, devant les vagues, clarté qui monte au-dessus des arbres, poubelles, égouts à ciel ouvert, traversés de passerelles, où s'affairent des rats, montagnes violettes au-dessus de l'haleine d'une ville, rangées de pavillons blancs comme de gros champignons sur des pelouses, croix flamboyantes des phares, boulevards d'eau limoneuse entre des palissades de forêts, autoroutes noctiluques, halos elliptiques des stades, banlieues de brique festonnées par la dentelle des escaliers d'incendie, places ombreuses, ornées de volutes, où murmurent des fontaines, infinies échelles des rails contre le mur de la neige, ponts haubannés comme de grandes harpes, sous lesquels passent des cargos, abattoirs déversant des flots de sang dans la mer, pénitenciers surexposés de lumière orange, estuaires où les eaux enroulent des arabesques couleur de café au lait, de miel, de jade, d'ardoise, pistes dans des déserts croûteux, tirées d'un trait jusqu'à l'horizon, villages de bois peint sous des glaciers, minarets cernés de néon vert, coupoles d'observatoires brillant comme des perles dans la clarté lunaire, avenues nimbées de fumées, ramagées de palmes poussiéreuses, bistros de planches dans des villages de grande plaine, épaves rouillées, gîtées sur des moires de pétrole, rues de terre derrière des voilettes d'eucalyptus, rues à l'aube bordées de douces automobiles de neige, cheminées, antennes de télévision dans la brume qu'illumine soudain la flamme d'une coulée d'acier...

Et tous ces lieux, à la manière d'un blason, ou de l'arrière-plan bleuté d'un portrait, semblent d'abord comme attachés à chacun des personnages qui flottent vers moi, resserrent vers moi leurs spires. Mais bientôt ils s'enchaînent, ils se raccordent l'un à l'autre, et voici qu'ils finissent par composer une immense et parfaite représentation du monde : c'est toute la terre maintenant qui converge vers moi, projetée, étagée sur un cône renversé dont la base se perd là-haut, infiniment loin, dans des tourbillons de neige. Chaque – comment dois-je les appeler ? revenants ? acteurs ? spectateurs ? –, chaque figure, disons, s'est installée à la place qui lui revient dans le treillage des parallèles et méridiens, qui seraient les gradins et les travées du cirque colossal : en haut, près du ciel où vole la neige du pôle austral, paraissent les astronomes de l'île Campbell et les tueurs de pingouins de Bahía Grande, puis les pharmaciens de Tasmanie et les naufragés de Puerto Montt... A mi-hauteur du gouffre suspendu au-dessus de ma tête, je distingue dans la foule l'évêque Niphon Kingundu et ses Old Calendar boys, Chia Chan Khee le carrier désespéré, le petit Firdaus sur son tas d'ordures, les braqueurs en costume marin du Banco ecuadoriano... Cependant que tout près de moi, dans le dernier cercle où de nouveau tourbillonne la neige, Thor Ove Bendixen arrose sa promotion au rang de chef de bureau de la caisse d'épargne de Svalbard, un élan en voile de mariée fuit dans la nuit, un type cherche des œufs de dinosaure dans la vallée de l'Anadyr, on enterre Feodosia Sacalof, un jeune homme se pend à Ammassalik...

C'est comme si, en un ultime renversement, toute la terre

désormais, assemblée en théâtre géographique, **me** contemplait : moi, l'Œil universel, devenu l'universel objet. Et moi-même, à la fois en moi et hors de moi, assis à mon rang (non loin de Pierre Barusseau, du colonel Pegliasco, du sous-préfet Lambert dit Colbert, du chat Casanova von Amorsbrunn, etc.), je me contemple : tout à la fois taureau dans l'arène (vers qui s'avance Fix, matador myope aux jambes en flanelle, brandissant sa tremblante épée : mais il m'aura quand même, je le sens, ce pied plat), pôle immobile et désolé, Lucifer cloué, au fond de l'enfer, à la glace du Cocyte. Oui, pour la première fois, je me vois moi, moi seul, au bout de l'espace, moi tout seul, infiniment seul.

48

Ultima tellus

Infiniment seul, oui. Dans une chambre blanche, contemplant fixement une fenêtre derrière laquelle tourbillonne la neige. Tout à l'heure, on m'a laissé sortir, aller jusqu'à la gare, pour l'attendre. Elle n'est pas venue. Peut-être me suis-je trompé de jour ? C'est dommage. Peut-être ne viendra-t-elle plus ? Ici, c'est loin de tout, évidemment. Je ne sais plus combien de jours il faut pour parvenir jusqu'à ce bout du monde… Ultima tellus… Cela fait si longtemps, il me semble, que j'y suis arrivé moi-même… C'est lorsque je suis revenu de la gare qu'il a commencé à neiger. Commencé ou recommencé, cela revient au même. Ils ont eu peur que je ne prenne froid. Mais non. Que me fait la neige ?

Je dis "tout à l'heure", mais en fait c'est hier, ou peut-être bien avant-hier, que je suis allé l'attendre. Le temps ne compte pas. Ils disaient que c'était le jour du printemps. Comme s'il fallait s'en réjouir. Que me fait, à moi, le printemps ? En tout cas, printemps ou pas, il a recommencé à neiger, et sans cesse, depuis, cela recommence et recommence, sans cesse, sans fin. J'ai déjà vu des printemps, ici. La glace qui tient le fleuve lié craque pendant des jours, puis soudain s'en va, s'abandonne au fil renoué du courant. Cela dérive, s'entrechoque, allant vers la mer, et un matin il n'y a plus que l'eau couleur de bronze. On sort les bêtes des granges, leur haleine fume. Ensuite, pendant des jours entiers, encore, et des nuits, et la nuit ce bruit est obsédant, la neige fond, dégoutte des toits, ruisselle selon toutes les pentes. Cauchemar de cet incessant, clapotant murmure ! Ne cesseront-ils jamais ? Il y a de la boue partout dans les cours, sur les chemins. Qu'est-ce qu'ils voient de joyeux là-dedans, je ne sais pas.

Aeger in extremis ignoti partibus orbis. Je suis malade au bout d'une terre inconnue. Maladie, c'est du moins le prétexte qu'ils donnent à notre enfermement. La fenêtre devant laquelle je me tiens n'ouvre pas, je puis juste, faisant glisser les panneaux vitrés, dégager une large fente de chaque côté, où passer les mains. La porte de ma chambre, celle de mon cabinet de toilette, ne ferment pas. A leur aise ! Que m'importe, à moi, que les fenêtres ouvrent, que les portes ferment, ou l'inverse ? Ces petites ruses puériles me feraient presque rire.

Autour de moi, il y a d'autres relégués. Un costaud américain d'une soixantaine d'années, tête de faune aux cheveux en vagues, aux yeux perçants sous le vaste front, à la barbiche poivre et sel. Il passe ses journées allongé sur son lit, en peignoir de flanelle grise, à lire du chinois. Nous échangeons des bouquins, et quelques regards. État paranoïde, disent-ils. Je ne sais pas ce que ça signifie. De toute façon, c'est un faux-semblant. Il est exilé, comme moi. Il a dû participer lui aussi à des cultes interdits, grammatolâtres. A l'inutile conspiration. Mais nous n'en parlons pas. Personne ne parle, ici, cela vaut mieux. D'ailleurs, cela ne servirait plus à rien. Le Russe ne parle pas, non plus. Cela fait des jours qu'il ne prend plus aucune nourriture. Il ne va pas tarder à mourir, sans doute. Ce fesse-matthieu de directeur lui a fait brûler tous ses manuscrits. Il y a aussi un Français décharné, édenté, aux yeux d'un bleu perçant, qui passe des heures à marmonner des onomatopées, à frapper un billot de bois. Un Livonien aux cheveux blonds, fils de pasteur, paraît-il. D'autres encore. Nous ne parlons pas, nous restons chacun dans notre coin. Quelquefois nous jouons aux cartes, sans mot dire, et c'est tout. Mais le plus souvent, je reste dans ma chambre à regarder tomber la neige. Elle recouvre le monde, elle emplit nos bouches même, on dirait. Jam desuetudine longa vix subeunt verba. Si anciens sont les mots en nous que leur sève en est presque tarie, désormais. Appelez ça le printemps, si vous voulez.

L'Établissement est situé au sommet d'une colline. Au-delà

de la fenêtre, quand ne tournoient pas ces feux pâles qui dévorent le ciel comme une rétine d'aveugle, on voit des toits de pierre plate, les hourds de bois du château, puis la plaine et les marais avec au milieu le glissement du fleuve vers le Pont. Haec est in pœnam terra reperta meam. Voilà l'endroit qu'on a trouvé pour mon châtiment. Ici Médée dépeça son frère, et sema ses membres sanglants. Ici je gis moi-même disloqué sous le pôle.

Je suis allé attendre Fabia à la gare. Peu de gens descendent dans ce trou du cul du monde, j'ai tout de suite vu qu'elle n'était pas là. En vérité, je le savais. Le jour lointain déjà où on est venu me chercher, elle pleurait entre mes bras, elle voulait me suivre dans le désert où on me condamnait. Il valait mieux qu'elle reste. J'espérais alors qu'elle obtiendrait ma grâce. Des années ont passé. Je me suis dépouillé de cette vulgarité d'espérer. Exul ut occiderem nunc mihi vita data est. Mourir en exil est le destin qui m'était fixé. Fix est empereur à Rome, maintenant, paraît-il. Qu'attendre de sa faveur ?

Ils disent que le printemps, lâchant les eaux du fleuve, nous protège des barbares qu'on voit l'hiver, franchissant le pont de la glace, tourner autour de nos murs, portant des arcs qui ressemblent à des lyres, sur de petits chevaux qui tiennent du loup. Ils ne voient pas – ils sont payés pour ne pas voir ! – que les barbares sont à Rome, que l'imbécillité, couronnée de lauriers, tient le sceptre.

Oui, nous sommes seuls dans une extrême Scythie. Au village, il y a un café où viennent des êtres frustes, vêtus de braies. La nuit les rues sont noires, seules les éclairent la neige et parfois les étoiles. Quand il n'y a plus de neige, il n'y a plus de lumière. Que l'eau qui goutte et ruisselle, monotone, dans l'obscurité. Je déteste l'eau, qui n'a pas de forme, qui accepte lâchement n'importe laquelle. L'eau est ce qu'il y a de plus éloigné de l'esprit. Dans le parc de l'Établissement, certains relégués cachent des bouteilles. On nous fait nourrir des poules et autres animaux domestiques, quand vient le printemps : jugez si j'en suis impatient ! Il y a ici quelques femmes, parmi notre troupe, et d'autres qui nous surveillent. Elles ne me plaisent pas, en aucune façon.

Derrière la fenêtre où se reflète un peu un visage que je ne reconnais plus, je regarde la neige tomber. Tomber, c'est une façon de parler. Elle tourne, se jette au-devant de moi et me traverse, comme une hélice infinie. Et soudain, je vois qu'elle est une Pentecôte, un buisson immense, couvrant le monde, de signes ardents. En chacune des petites lueurs voyageuses brille une forme intelligente. Serait-ce possible ? Ainsi, ils nous ont vaincus, mais leur victoire ne serait qu'apparente ! Car nous avons creusé nos catacombes dans le ciel ! En cette extrémité de la terre où nous gisons, en ce nulle part et ce jamais réservé à notre exil se déploient les formes chiffrées de l'espace et du temps ! J'ai peur d'être victime d'une illusion, je ferme les yeux puis les rouvre.

Je vois que viennent vers moi à travers l'air, et me transpercent, des tourbillons de lettres qui rayonnent doucement. Elles arrivent de toutes les directions de l'étendue et de l'Histoire, et les portent jusqu'à mes yeux. Elles jaillissent de la bouche énorme des dieux et des héros, Thot, Nabu et Tachmétou, le Serpent à plumes et le Grand Renard Tahmurath, elles sortent tout armées de l'esprit d'Hermès et de Brahma, d'Odin, d'Allah ou d'Abraham. Œs, l'homme amphibie, les six frères de la tribu de Tasm, Satan l'ange déchu : tout ce monde-là s'y met, et d'autres. Ils sèment à tous vents les graines intelligentes, ils leur donnent des formes propres à s'accrocher partout. Rien, tous les hivers du monde, tous les fonctionnaires de l'hiver ne pourront plus empêcher leurs pousses de soulever le sol où sont les morts : le voilà, le vrai printemps.

Les signes de la pensée couvrent la terre cuite, entre Tigre et Euphrate, de vols de flèches, d'empreintes innombrables d'oiseaux. Ruches grouillantes de paroles d'argile ! Et d'autres descendent le Nil, et bientôt les premières lettres fourmillent comme des cristaux dans l'ombre des mines de turquoise sinaïtiques. Elles sortent des flancs de la pierre et ouvrent boutique dans les cités commerçantes. Elles se souviennent encore des entrailles de la terre, des grands corps parés qui s'y décomposent, mais elles connaissent désormais les rames et les voiles des bateaux, l'éclat des métaux, la senteur des grains et du vin, elles apprennent l'âpreté des passions que n'ont plus les navigateurs de l'au-delà. Les voici voyager avec les marchands et les guerriers, et avec les poètes qui les suivent. Caravanes de la myrrhe et de l'encens, caravanes du sel et de la soie, galères chargées d'amphores, scribes, armateurs, rufians, centaures bardés de fer et de cuir les portent, en un mouvement qui s'épanouit comme les deux branches d'un Y phénicien ou grec, d'un 𐩺 himyarite, d'un ץ hébreu, vers l'Occident où elles se simplifient et se symétrisent, vers l'Orient où, déferlant comme des vagues, elles se compliquent et se chamarrent de boucles, de panaches : et où bientôt elles rencontrent, vers les hauts plateaux de Mongolie, les signes qui enferment l'immense Chine dans leurs délicates cages d'encre.

Tous ces temps et ces lieux reviennent vers moi avec les radieux tourbillons : déserts de gypse, cités de brique, caravansérails, nuages de poussière soulevés par les cavaliers, éclats de miroirs des boucliers, sacs de villes, files de prisonniers enchaînés, grands fleuves lumineux, quais de marbre, entrepôts, portiques et villas, artisans gravant des plaques d'os, peignant des vases, entaillant stèles et cippes, fonctionnaires frappant monnaies et sceaux, copiant édits, décrets, lois et rescrits, comptables dressant bilans et inventaires, lettrés penchés sur le papyrus, le papier, la feuille de palmier, le parchemin, les couvrant de colonnes ou de lignes, sacrées ou profanes : car chacun des cristaux en quoi se décomposent ces discrets grains de lumière qui brûlent le monde à mon entour affecte la forme parfaite d'une lettre. C'est une tempête de lettres qui efface devant mes yeux le pauvre monde glacé de mon exil.

Équerres, cercles, triangles, losanges, tridents, géométrie rigoureuse des lettres sudarabiques et libyques, caractères tifinagh comme de l'algèbre peinte sur la peau séchée des bêtes, empennages de flèches, trombes et éclairs runiques, obliques biffures syriaques, cavalerie au galop des lettres arabes, hérissées de lances et d'oriflammes, de courbes cimeterres, nœuds et boucles, croix et cols de cygne, pièces d'échecs et têtes de serpent des syllabes éthiopiennes, toujours un peu gaufrées, gondolées, comme vues à travers les tremblements de l'air chaud sur Axoum ! Pattes d'insectes carrées des caractères hébreux, courbes simples des majuscules arméniennes, au délié si fin qu'il s'efface, trait évanoui que l'esprit seul dessine ! Et toute la quincaillerie glagolitique, ciseaux, poinçons, tenailles, sabliers et agrafes, et la petite tringlerie grêle, musicale, des lettres bengalies sous leur barre, et les jeux d'anneau, de cerceau, de bulle des birmanes ! Délicate ferronnerie des caractères ouigours groupés en chaînettes, en fines lames de scie crêtées de barbelures, fleurs de lotus fanées des thaï, courbées sur des eaux mortes, potences ouvragées des nagari, accrochant leurs notes baroques sous la ligne de la portée ! Et les voltes légères des hiragana, les scarifications des katakana, à côté des kanji fermés, ciselés comme des stèles ! Et l'œil de l'alpha, le gamma comme un sexe, et le petit cul de l'oméga !

Alif, aleph, alfa ! Rois mages ! Kaf, lam, mim ! Tsade, qof, resh ! Pi et phi, vierges sages ! Et toute la bande, bœufs et chameaux, maisons avec leurs portes, crocs et glaives, mains tenant l'aiguillon, paumes arrondies sur les bouches, dents et yeux étincelant au milieu du visage, singes et poissons ! Et la borne du tav ! Torrents, golfes, futaies de bouleaux, arcs bandés, pluie et lumière du soleil ! Celles qui ont des noms et celles qui, n'en ayant pas, se prêtent à tous ! Celles qui s'appellent boue ou démangeaison ! Celles que j'appelle nuage, étincelle, pétale et aile, barque, temple, tigre, homme et femme : elles volent vers ma solitude, elles la peuplent et ressuscitent, là où il semblait que presque plus rien n'existât, que mon esprit fût creusé par la vrille du néant, mes yeux broyés par les meules éblouissantes de la neige, l'extrême liberté du grand jeu du monde.

Parmi toutes celles qui dansent devant moi, et que je chéris toutes, j'élis peu à peu, néanmoins, mes préférées. Car on peut aimer les lettres comme des femmes, aussi, à la taille souple, aux jambes nerveuses, aux reins creux, des femmes aux belles, aux éternelles boucles, à la fois Salomé et Shéhérazade, environnées du poudroiement de leurs bijoux et colifichets, mouches et voilettes, taschdid, dagesh, mappik, melakim, hamzas et sukun, esprits, virama, miagkiy znak, accents, points et boulets magiques. J'aime voir paraître א et שׁ, filles de Jérusalem, ض et ظ arabes, et aussi ح et خ, dont les courbes me rappellent celles de la grecque ζ. J'aime l'arc net d'Ω, la jaillissante fontaine d'ϒ. Des beautés éthiopiennes que célèbre le Cantique des Cantiques, ce sont peut-être ጊ, ሚ, ጺ, ጹ qui me charment le plus, et aussi ፉ, nœud de velours serrant les odorantes chevelures amhariques : mais leur compagnie à toutes me plaît, à vrai dire, ce sont mes reines de Saba, leur visite embaume d'aromates et de bois de santal mon séjour glacé. D'entre les Arméniennes, dont les gestes déliés ont l'art de créer de la beauté avec du vide, comment pourrais-je me passer longtemps de Գ, Ր, Վ et Ք ? Parmi les rudes, les pauvres lettres du Nord, je trouve un charme barbare à Ж russe, cimier varègue orné de cornes, masque shamanique, emblème dramatique enfin, que l'usage de la main adoucit en *Ж*. Dans l'Orient, j'aime ᠲ ouigoure, gargouille, figure de proue de la nef des mots nomades, et ऊ nagari, la souffleuse de conque. ꨀ tchame a la grâce fragile d'un nuage, ㅊ et 거, frêles beautés coréennes, me ravissent comme une course rapide, un oiseau sur un fil dans le matin calme.

Le dessin d'une course ou d'un oiseau, il semble que ce soit par-là qu'elles attachent, les belles hangul. Mais c'est le fait d'un esprit ignorant encore du grand arcane. Car enfin, quel oiseau ? Assez ri ! Il n'y a pas d'oiseau, nulle part, jamais. Il est temps d'en finir avec ces superstitions, que profèrent en vain ceux qui nous ont condamnés. Que ces esprits terreux s'amusent avec leurs jouets, leurs idoles ! Si ça leur chante ! Qu'ils se vautrent dans les cloaques de leur illusoire Babylone ! Notre royaume n'est pas de ce monde, tout simplement **parce que ce monde n'existe pas**.

Ah ah, **ça vous la coupe, messieurs** ?

J'ai parlé tout à l'heure de tablettes d'argile, de pierre et d'os, de papyrus et de parchemin. J'ai évoqué des Sinaï, des cités mésopotamiennes, des Phénicies, je ne sais quelles Méditerranées de mer et d'autres de désert, des pistes, des comptoirs, des scribes, moines, reîtres et rois. Avec les mots d'Orient et d'Occident est venue sur mes lèvres la notion d'un monde ouvert comme un livre autour d'une antique pliure. C'était façon de dire pour non-initiés, un mythe appelé "Histoire". Histoire à dormir debout, oui. Toutes ces chimères ne sont en vérité que noms donnés par la fantaisie des lettres à quelques-unes de leurs figures. Il n'y a pas de temps, pas de lieu, pas d'histoire ni de géographie qui ne soit un pur jeu de lettres.

Je vous ai fait un récit où il était question d'une foule d'hommes et de femmes répandus sur la surface de la terre, enfermés dans la parenthèse d'un jour : et vous m'avez cru ! Il y avait, comme sur le bouclier ouvré par un dieu pour un héros moderne, des villes, des plaines, des routes, des mers sillonnées de navires, le vol des nuages, le bruit de la pluie, l'éclat fascinant du feu, le manège de la lumière et de la nuit. Enfants ! C'étaient contes pour enfants ! Rien de tout cela, en quoi vous êtes accoutumés à croire, n'existe.

Pas plus que n'existent bien sûr l'Établissement où je serais relégué, ni ceux qui eussent prétendu m'y exiler, ni la gare où je serais allé attendre Fabia. Je n'ai pas attendu. Attendre qui ? Il n'y a pas de femme du tout, il n'y en a jamais eu, ce sont des billevesées. Vous comprenez ? Tahminaï, Selva, Trinatsets, Amparo, Molly et les autres : même elles – la vérité est à ce prix – sont des fictions, des forgeries des lettres entre elles. Il n'y a que ج , א et ऊ , [illegible] , ض et [illegible] , Ω et ☥ et toutes les autres, et les combinaisons et figures qu'il leur plaît d'adopter, les fables qu'elles composent à leur attention et effacent aussitôt.

Quand je dis "vous"... Je ne m'adresse à personne, naturellement, ni personne à personne, puisque ni vous ni moi ne sommes rien, que des motifs éphémères et interchangeables dans cette danse, des hasards à cette loterie éternelle. C'est une parlerie d'ombres qui s'achève, un colloque de lettres. Est-ce clair ? Que ceux qui se bercent d'exister se hâtent de disparaître d'ici, il est grand temps, parce qu'ici tout s'éteint, nous ne sommes rien, libres de nouveau parce qu'anéantis, et nous allons dormir, on souffle enfin la flamme du monde, cette blague, comme une chandelle, ici, nulle part.

Grand calme impérieux ! Unique empire !

Il n'y a que les lettres qui tombent dans l'espace vide. »

Sur ces entrefaites, il se tut.

Post-scriptum

1. Il n'est pas d'usage d'ajouter un post-scriptum au roman qu'on vient d'achever. Mais on m'accordera peut-être que ce n'est pas la seule chose qui, dans ce livre, s'affranchit de la coutume. Il ne me semble pas faire montre de jactance en prétendant qu'il ne ressemble à aucun autre : car j'admets qu'on peut trouver, aussi, qu'« il ne ressemble à rien ». Il peut être neuf comme il peut être incongru. Dans son *Cosmos*, Alexandre de Humboldt parle de la « noble confiance » de Pline qui écrivait, au début de son *Histoire naturelle* : « La route que je vais parcourir n'a pas encore été foulée. Personne parmi nous, personne chez les Grecs n'a entrepris de traiter à soi seul l'universalité du monde. Si j'échoue dans mon entreprise, ce sera encore une belle et grande chose d'avoir osé la tenter. » Je ne suis pas si ignorant des façons contemporaines, lesquelles raffolent de la vanité mais abhorrent la fermeté, que je ne sache combien la revendication de cette « noble confiance », inhérente pourtant à l'*énergie* littéraire, risque de m'attirer des inimitiés. Eh bien, tant pis. Italo Calvino, qui n'était pas exactement le type du fat, le disait autrement, dans les *Leçons américaines* : « La littérature ne peut vivre que si on lui assigne des objectifs démesurés, voire impossibles à atteindre. Il faut que poètes et écrivains se lancent dans des entreprises que nul autre ne saurait imaginer, si l'on veut que la littérature continue de remplir une fonction. »

2. L'entreprise, l'objectif peut-être impossible à atteindre, chacun en sera juge, consistait donc à décrire une journée du monde : sa prodigieuse diversité, l'unité qui fait que c'est un monde. Sa banalité, sa bizarrerie permanentes. L'étrangeté de chaque situation l'une à l'autre, leur proximité. Il s'agissait d'aller dans cette direction que Calvino appelle littérature « extensive » (par opposition à la littérature « intensive » du « parti des cristaux »), et qui cherche à créer un « équivalent verbal » de l'espace et de la multiplicité. Il s'agissait encore de tenter un pari comparable (d'un point de vue formel, s'entend...) à celui d'Ovide dans les *Métamorphoses* : composer plusieurs centaines d'histoires en un récit continu (*carmen perpetuum*). « En dépit de son habileté, estime le traducteur et présentateur des *Métamorphoses* (éditions Garnier-Flammarion), Ovide n'a pas triomphé de la difficulté » j'aurai donc la consolation, si l'on estime que j'ai échoué, de me trouver en bonne compagnie... En dire plus sur le dessein général du livre serait tomber dans l'indélicatesse. Tout le monde n'a pas la chance paradoxale d'être incompris de son éditeur, qui obligea Malcolm Lowry à rédiger une longue défense et explication du *Volcan* épargnant désormais, à ceux qui veulent bien la lire, de se contenter d'une intelligence superficielle. Il me faut en revanche donner quelques indications sur la façon dont il s'est fait : car c'est sa nature même qui s'y trouve engagée.

3. Toutes les « histoires » narrées dans ce livre sont véritablement advenues. Ne sont imaginaires que les aventures (dans tous les sens du terme, hélas) prêtées au « Je » et à son contradicteur, lointain avatar du détective Fix, le casse-pieds du *Tour du monde en quatre-vingts jours*. En d'autres termes, c'est comme si dans les *Mille et Une Nuits* (dont j'ai fait aussi quelque usage, y compris rhétorique), tout était vrai, sauf Shéhérazade et Shahriyar. Il s'agit donc bien, en dépit de la mise en scène quelque peu fantastique, du portrait d'un jour du monde, le vingt et un mars mille neuf cent quatre-vingt-neuf, date de l'équinoxe sur une partie de la planète. Avant de dire avec quelles pincettes, tout de même, il faut prendre cette vérité-là, je suis obligé d'expliquer un peu la méthode que j'ai suivie.

4. J'ai commencé à travailler à ce livre peu après l'équinoxe d'automne 1988, plus de deux ans et demi avant d'en écrire la première ligne. Le dix-neuf octobre, il pleuvait, les infirmières manifestaient, j'achetai une carte du monde de marque Ravenstein, que je collai sur un panneau d'aggloméré : j'y piquerais les épingles de différentes couleurs marquant la progression de ma conspiration. Il s'agissait de m'assurer d'un réseau planétaire de correspondants s'engageant à m'envoyer la presse de chaque pays en date du vingt-deux mars, lendemain du jour choisi à l'avance. Pourquoi ce jour-là ? Parce qu'il y a quelque chose de contradictoire dans le fait d'élire un jour absolument au hasard ; d'un autre côté, je ne voulais pas que la date retenue fût référable à une culture plutôt qu'à une autre. Se trouvaient ainsi exclues même des dates comme le premier janvier, par exemple, qui n'ont, dans d'autres calendriers que le nôtre, aucune spécificité. Il fallait donc s'en remettre à une détermination astronomique : l'astronomie, dans mon esprit tout au moins, transcendant toute division de classe, de religion ou de culture... Et il ne me déplaisait pas que le jour retenu connût l'égalité de la lumière et des ténèbres qui caractérise l'équinoxe Constituer ce réseau, le vérifier, le relancer, fut l'affaire de plusieurs centaines de lettres (ce préalable indispensable n'aurait pu être réalisé sans l'aide qu'à l'époque me prêta Yves Mabin, sous-directeur chargé du livre et de l'écrit au ministère des Affaires étrangères, ni la collaboration des nombreux conseillers et attachés culturels français que je remercierai nommément par après). A partir de la fin mars jusqu'au début de l'été, je reçus une avalanche de quotidiens dont, après élimination des doubles et de ceux datés d'un autre jour que celui demandé, je retins quatre cent quatre-vingt-onze, en trente et une langues (allemand, anglais, arabe, bengali, cambodgien, chinois, cinghalais, coréen, espagnol, éthiopien, français, grec, hébreu, hindi, hongrois, islandais, italien, japonais, malais, néerlandais, norvégien, ourdou, portugais, roumain, russe, serbo-croate, suédois, swahili, thaï, turc, vietnamien). Les traduire et surtout, on imagine, les faire traduire, résumer, mémoriser et classer, par ordre alphabétique de pays, par thèmes, etc., la matière aléatoire qu'ils me proposaient, me prit ensuite deux ans, jusqu'au dix-neuf mai mille neuf cent quatre-vingt-onze où je décidai que cela suffisait comme ça, et qu'il fallait commencer à écrire. Formalité qui me tint occupé jusqu'au vingt-huit février mille neuf cent quatre-vingt-treize : trois semaines avant l'équinoxe de printemps, donc...

5. De ce qui précède découlent les correctifs qu'il faut apporter à la véracité alléguée du tableau : le principal étant que le matériau brut en est la vision du monde transmise par environ cinq cents quotidiens du même jour. Or chacun sait qu'il s'opère ainsi un choix et une mise en scène du réel allant jusqu'à son pur et simple effacement. Ainsi, pour prendre un exemple très simple, il était bien difficile de dénicher, dans la vingtaine de quotidiens de Chine populaire, des motifs qui pussent être imagés, et en bref la moindre apparence de quelque passion ou habitude humaines. Ensuite, la vitesse de propagation de l'information étant proportionnelle à la richesse des pays concernés, si les journaux américains du vingt-deux « mettent en scène » le vingt et un, ceux de Tanzanie ou du Bangladesh évoquent un « hier » beaucoup plus fortement courbé, qui peut remonter à une, voire deux semaines. Il s'agit donc, au vrai, d'un jour « de synthèse », tel que le donne à voir une coupe pratiquée le lendemain à travers la presse du monde entier.

6. A ces déformations inévitables s'ajoutent celles propres à mon intervention. Essentiellement, j'ai opéré, sur la sélection faite par la presse, une nouvelle sélection, éliminé des histoires soit parce qu'elles ne me paraissaient que médiocrement romanesques, soit tout simplement parce qu'elles n'ont pas trouvé place dans la construction progressive de la fiction. Il y en a quelques-unes que je regrette d'avoir dû abandonner. Il y en a une que j'ai écartée parce qu'elle me répugnait trop pour que j'aie envie de l'écrire. Pour le reste, il m'est arrivé d'évoquer, au lieu d'un procès qui se déroulait effectivement le vingt et un, le crime qui en est à l'origine; d'autre part les pensées et, souvent, les paroles prêtées aux acteurs de ce théâtre du monde, tout en étant plausibles, sont évidemment de mon invention; enfin, à chaque fois qu'il m'a semblé que ces pensées ou paroles imaginées avaient la moindre chance de causer un tort moral aux personnes réelles, j'ai changé leur nom. S'il est vrai, par exemple (ou en tout cas donné pour vrai par je ne sais plus quel journal de l'Ontario) qu'un fermier en retraite de quatre-vingt-quatre ans, habitant Norwood, a reçu ce jour-là une lettre expédiée le huit mars mille neuf cent trente et un par un ou une correspondante dont sa mémoire a perdu la trace, si la teneur de la lettre est bien celle donnée au chapitre trente-huit, c'est moi qui ai imaginé les rêveries dans lesquelles cet événement plonge le vieil homme, et du même coup j'ai modifié son vrai nom en celui de Carl Healey.

7. A ces réserves près, tous les faits qui nourrissent les récits sont « vrais »: même les programmes de cinéma, les températures et conditions météorologiques, les taux des monnaies, les petites annonces et les heures des marées. Je n'ai glissé, comme le ver dans le fruit, ou l'image dans le tapis, qu'une histoire inventée. Au reste, je donne ces explications parce que la composition du délirant et de l'authentique est la base même du livre; mais on se doute que mon premier souci n'a pas été celui du « réalisme ».

8. De si nombreuses personnes m'ont aidé, du début à la fin de cette entreprise, qu'il est presque inévitable que j'en oublie, dans mes remerciements, quelques-unes: qu'elles veuillent bien me le pardonner.

M'ont envoyé les journaux du monde entier:
Albert Abi-Aad, Nayla Abdelnour, Marc Agi, Bruno Aiach, Philippe Albou, Emmanuel Altit, J.-L. Amalric, Arnaud d'Andurain, Michel Arnaud, Pascal Assathiany, André Bailleul, B. Banos-Robles, Odile Baron-Supervielle, Mathieu Bejot, William Benichou, Claude Berengier, Yves Beton, Frédéric

Bobin, Pierre Boisson, Michel Bole-Richard, Marc Bonici, Carlos Eduardo Agnelo Borges, Anne-Marie de Both-Diez, Claude Boudier, Arlette Bourgazian, Tessa Brisac, Philippe Cardinal, Pierre Carpentier, María Luisa Herrera Casasús, Jean-Claude Cassier, Stéphane Casteran, Jean-Michel Champault, Nicolas Chapuis, Jean-Charles Châtel, T. Chatin, Dominique Chatton, Anne Chauvel, Anne Cherix, Paul Choix, Teresa Coelho, Chantal Colleu-Dumond, Pierre Colombier, Joseph Commets, Ronald Corlette-Theuil, J.-M. Cotret, Gérard Couillet, Pascal Coutant, Abdoulaye Dalil, Franck Delevoie, P. Delval, Jean-Louis Depierris, Catherine Derivery, J.-F. Desmazières, Philippe Dova, Anne Drouet, Marie-Hélène Estève, Jean-Luc Eyguesier, Pierre Faugère, Charles Fejtö, Denis Fleys, Susana Frondizi-Bullrich, Jacques Gainet, Cécile Garcia, Michel Gardille, Christian Geschwind, Jean-François Grunstein, Bernard Guetta, R. Guillaneuf, Gérard Guillet, Yves Guillou, Chantal Haage, Ran Halévi, Olivier Hartog, Martine Jacot, Rauda Jamis, Michel Jannin, Abdul Qadir Jusbani, François Josephe, Christian Jouret, Claude Journaud, D. B. Kappagoda, Pierre Labbé, Jeanine Lacroix, André Ladousse, Anna Lakos, Fabrice Lamarche, Jacqueline Landau, Marcel Langel, Jean Lartet, Jean Lasserre, Alain Lavaud, Anne Le Bihan, J.-L. Le Bras, Daniel Lefort, Charles Louis Le Guern, Philippe Leclerc, Françoise Led, M. A. Leibovits, Angela Leitão, Jean Lemière, Michel Leroy, Susan Jill Levine, Jacques Libion, Una Liutkus, Bernard Maizeret, François Marchetti, Yannis Mavroïdakos, Pierre Mazzoni, Anahide Merametdjian, Jacques Messager, Bernard Millet, Jacques de Mones, X. Monin, Sydney Moutia, Jean-Daniel Neveu, Adauto Novaes, Dominique d'Ollone, Jérôme Pasquier, Robert Peccoud, Daniel Pelbois, Christian Pellaumail, Jacky Piguet, Xavier Pommeret, Philippe Pons, Georges Pratlong, Bernard Prunières, Oscar Puiggros, Michel Raymond, Alain Riottot, Evelyne Robar-Dorin, Jacques Roland, Jean Romnicianu, Pascal Rostoll, Benoît Rouyer, Christian Saglio, Michel Sailhan, Philippe Samain, Pascal Sanchez, François Sastourné, Mylène Sauloy, Henri Scepi, G. Serieys, Joan Sherley, Alain Siberchicot, Nicole Siganos, Yuichi Taniguchi, Louis-Marie

Tattevin, Marie-Hélène Teullières-Preston, Charles Thimonier, Alexandre Tolstoï, Henri Tomasini, Jean-François Trape, J.-P. Tutusaus, J.-F. Valette, Manuel Vicente, Robert Vigneau, Stein Viksveen, Alexis Vovk, Wang Lu, Brigitte Weinert, Anne Wolf, Georges Zask.

Luc Barbulesco, Philippe Cardinal, Arielle Crozon, M. Desoulières, Ran Halévi, Christian Jambet, Jacqueline Landau, Mme Lorenceau, Yannis Mavroïdakos, Kasumiko Murakami, François Sastourné, Béatrice Saubin, Teertankhar Chanda, ont eu la gentillesse d'éplucher à titre amical les chiens écrasés arabes, swahilis, ourdous, hébreux, hindis, norvégiens, danois, grecs, japonais, chinois, malais, bengalis.

Danièle Alloin, M. Calvet, Jean-Louis Cheminée, Michel Crozon, Stéphane Deligeorges, Gary Diamond, Thérèse Encrenaz, Daniel Kunth, Pierre Lantos, Bruno Morando, Neil Reid et Bernard Victorri ont pris le risque de me donner des informations scientifiques en dépit de l'usage éventuellement fabuleux que j'allais en faire.

M'ont encore aidé de diverses façons :
Véronique de Andréis, Zhongmin Argawal, Hélène Bamberger, Nathalie Baye, Claire Brière, Geneviève Brisac, Yesim Celik, François Chaslin, Bernard Comment, Laurence Delarbre, Michel Drouet, Lionel Duroy, Jean Echenoz, Annie François, Joséphine Guattari, Agnès Hirtz, Michèle Ioannou, Ivy Janin, Jean-Marie Laclavetine, Serge Lafaurie, Antoine et Isende de Lévis-Mirepoix, Nicole Lorel, Caroline Masson, Anne-Marie et Frédéric Métailié, Natacha Michel, Kasra Mofarah, Claude et Alain Mouffarège, Jean-Pierre Neu, Henri Ortiz, Eve Pachta, Francine Para, Dominique Paul-Boncour, Sylvie Péju, Dominique Ponsart, Claudia Pozzana, Pascale Richard, Sophie Ristelhueber, Jean Rolin, Gérard Rondeau, Alessandro Russo, Anne Sastourné, Martine Segonds-Bauer, Marie-José Sfeir, Marie-France Shapira, Sylvie Sudre, Gilberte Tsaï, Anne Victorri, Fabrice Wilthien, Henri Zahner, Michèle et Jean-Claude Zancarini, Boussaad Ziri, Alain Zivie, Christiane Zivie-Coche.

9. Je dédie ce livre à la mémoire de ma mère et de mes amis Pierre Blanchet et Édouard de Andréis, morts tous trois pendant que je l'écrivais. Je voudrais aussi en faire de quelque façon l'hommage à Salman Rushdie. La première raison en est que les vicissitudes de l'obscurantisme, qui entraînait ce jour-là des foules à proférer contre lui des cris de mort, dans les rues du Bangladesh, font apparaître son nom dans plusieurs chapitres (c'était la face ténébreuse de l'équinoxe; du côté lumière, il y avait le retour au Paraguay d'Augusto Roa Bastos, après des années d'exil). La seconde est beaucoup plus générale: puisqu'il est à peu près avéré qu'on ne peut attendre des États des mesures à la hauteur de l'agression qui a été commise contre la liberté de penser et d'écrire, dont cet homme est désormais le malheureux symbole, il revient à ceux qui écrivent et lisent de faire savoir sans cesse que rien ne saurait le leur faire oublier. Pas un livre ne devrait paraître où le nom de Rushdie ne soit rappelé.

Table

TRANSCODAGE : ATELIER PAO ÉDITIONS DU SEUIL
IMPRESSION : SEPC À SAINT-AMAND (CHER)
DÉPÔT LÉGAL : SEPTEMBRE 1993. N° 12862-3 (2298)

Dans la même collection

DOMAINE FRANÇAIS

Jean-Louis Baudry, *Personnages dans un rideau*, roman
Evgen Bavcar, *Le Voyeur absolu*
Bruno Bayen, *Restent les voyages*, roman
Éloge de l'aller simple, roman
Hernando Colón. Enquête sur un bâtard, roman
Simone Benmussa, *Le prince répète le prince*, roman
Jean-Luc Benoziglio, *La Boîte noire*, roman
Beno s'en va-t-en guerre, roman
L'Écrivain fantôme, roman
Cabinet portrait, roman
Le jour où naquit Kary Karinaky, roman
Tableaux d'une ex, roman
Peinture avec pistolet, roman
Alain Borer, *Rimbaud en Abyssinie*, essai
Rimbaud d'Arabie, essai
Philippe Boyer, *Le Petit Pan de mur jaune*, essai
Les Îles du Hollandais, roman
Pascal Bruckner, *Lunes de fiel*, roman
Parias, roman
Pascal Bruckner et Alain Finkielkraut
Le Nouveau Désordre amoureux, essai
Au coin de la rue, l'aventure, essai
Belinda Cannone, *Dernières Promenades à Petrópolis*, roman
Michel Chaillou, *La Croyance des voleurs*, roman
La Petite Vertu
Mémoires de Melle, roman
Antoine Compagnon, *Le Deuil antérieur*, roman
Hubert Damisch, *Fenêtre jaune cadmium*, essai
Michel Deguy, *Jumelages*, suivi de *Made in USA*, poèmes
La poésie n'est pas seule, essai
Aux heures d'affluence, poèmes et proses

Florence Delay et Jacques Roubaud, *Partition rouge, poèmes et chants des Indiens d'Amérique du Nord*
Jacques Derrida, *Signéponge*, essai
Jean-Philippe Domecq, *Robespierre, derniers temps*, récit
Sirènes, Sirènes, roman
La Passion du politique, essai
Lucette Finas, *Donne*, roman
Alain Finkielkraut, *Ralentir, mots-valises !*
Le Juif imaginaire, essai
L'Avenir d'une négation, essai
Viviane Forrester, *La Violence du calme*, essai
Van Gogh ou l'Enterrement dans les blés, biographie
Jean-Marie Gleize, *Léman*, récit
A noir, Poésie et littéralité
Jacques Godbout, *L'Écrivain de province*, journal
Jean-Guy Godin, *Jacques Lacan 5 rue de Lille*, récit
Georges-Arthur Goldschmidt, *Un jardin en Allemagne*, récit
La Forêt interrompue, récit
Serge Grunberg, *« A la recherche d'un corps », Langage et silence dans l'œuvre de William S. Burroughs*, essai
L'Hexaméron (Michel Chaillou, Michel Deguy, Florence Delay, Natacha Michel, Denis Roche, Jacques Roubaud)
Nancy Huston, *Les Variations Goldberg*, roman
Histoire d'Omaya, roman
Nancy Huston et Sam Kinser, *A l'amour comme à la guerre*, correspondance
Jeanne Hyvrard, *Le Corps défunt de la comédie*, littérature
Raymond Jean, *Cézanne, la vie, l'espace*, biographie
Abdellatif Laâbi, *Le Règne de barbarie*, poèmes
Jacques Lacarrière, *Le Pays sous l'écorce*, récit
Hugo Lacroix, *Raideur digeste*, roman
Yves Laplace, *On*, roman
Giovanni Marangoni, *George Jackson Avenue*, roman
Eric Marty, *Sacrifice*, roman
François Maspero, *Les Passagers du Roissy-Express*
Patrick Mauriès, *Second Manifeste Camp*, essai
Pierre Mertens, *Les Éblouissements*, roman
Lettres clandestines, récit
Les Phoques de San Francisco, nouvelles

Daniel Mesguich, *L'Éternel Éphémère*, essai
Natacha Michel, *Impostures et Séparations*, 9 courts romans
Canapé Est-Ouest, récit
Le jour où le temps a attendu son heure, roman
Jean-Claude Milner, *Détections fictives*, essais
Philippe Muray, *Jubila*, roman
Claude Nori, *Une fille instantanée*, roman
Pierre-Yves Petillon, *La Grand-Route*, essai
L'Europe aux anciens parapets, essai
Rafaël Pividal, *La Maison de l'écriture*, roman
Marcelin Pleynet, *Les États-Unis de la peinture*, essais
Alina Reyes, *Le Boucher*, roman
Jean Ricardou, *Le Théâtre des métamorphoses*, mixte
Jacqueline Risset, *Dante écrivain*, essai
François Rivière, *Fabriques*, roman
Le Dernier Crime de Celia Gordon, roman
Agatha Christie, « Duchesse de la mort », essai
Profanations, roman
Tabou, roman
Julius exhumé, roman
Denis Roche, *Louve basse*, roman
Dépôts de savoir & de technique, littérature
Maurice Roche
Je ne vais pas bien, mais il faut que j'y aille, roman
Patrick Rœgiers, *Beau Regard*, roman
L'Horloge universelle, roman
Olivier Rolin, *Phénomène futur*, roman
Bar des flots noirs, roman
Alix Cléo Roubaud, *Journal 1979-1983*
Jacques Roubaud, *Le Grand Incendie de Londres*
La Boucle
Elisabeth Roudinesco, *Théroigne de Méricourt*, essai
Pierre Schneider, *Plaisir extrême*, essai
Jacques Teboul, *Vermeer*, roman
Cours, Hölderlin, roman
Le Vol des oiseaux, roman
Paule Thévenin, *Antonin Artaud, ce Désespéré qui vous parle*
Jean-François Vilar, *Les Exagérés*, roman
Nous cheminons entourés de fantômes aux fronts troués,
roman noir

Bertrand Visage, *Tous les soleils*, roman
Angelica, roman
Rendez-vous sur la terre, roman
Bambini, roman
Frédéric Vitoux, *Fin de saison au palazzo Pedrotti*, roman
La Nartelle, roman
Riviera, nouvelles
Sérénissime, roman

DOMAINE ÉTRANGER

John Ashbery, *Fragment*, poèmes
John Barth, *La Croisière du Pokey*, roman
Donald Barthelme, *Le Père mort*, roman
Walter Benjamin, *Rastelli raconte...*, nouvelles
José Bergamin, *La Solitude sonore du toreo*, essai
Peter Brook, *Points de suspension*, essai
Margarete Buber-Neumann, *Milena*, biographie
William S. Burroughs, *Le Métro blanc*, textes
German Castro Caycedo, *Mille fusils à la mer*, récit
Robert Coover, *Le Bûcher de Times Square*, roman
La Bonne et son Maître, roman
Une éducation en Illinois, roman
Gerald reçoit, roman
Demandez le programme !, nouvelles
John Hawkes, *Aventures dans le commerce des peaux en Alaska*, roman
Innocence in extremis, récit
Le Photographe et ses modèles, roman
La Patte du scarabée, roman
Le Cannibale, roman
Cassandra, roman
Glenn B. Infield, *Leni Riefenstahl et le IIIe Reich*, essai
Brian McGuinness, *Wittgenstein*, t. 1, biographie
Giorgio Manganelli, *Discours de l'ombre et du blason*
Serguei Paradjanov, *Sept Visions*, scenarii

Thomas Pynchon, *V.*, roman
L'homme qui apprenait lentement, nouvelles
Vente à la criée du lot 49, roman
L'Arc-en-ciel de la gravité, roman
Vineland, roman
Ishmaël Reed, *Mumbo Jumbo*, roman
Thomas Sanchez, *Rabbit Boss*, roman
Kilomètre zéro, roman
Susan Sontag, *La Photographie*, essai
La Maladie comme métaphore, essai
Moi, et cetera, nouvelles
Sous le signe de Saturne, essais
Gertrude Stein, *Ida*, roman
Autobiographie de tout le monde
Botho Strauss, *Théorie de la menace* précédé de
La Sœur de Marlène, récits
Kurt Vonnegut, *Le Breakfast du champion*, roman
R. comme Rosewater !, roman
Le Cri de l'engoulevent dans Manhattan désert, roman
Gibier de potence, roman
Rudy Waltz, roman
Tom Wolfe, *Acid Test*, roman